U0087890

孽海花

曾　樸　撰
葉經柱　校注
繆天華　校閱

三民書局

孽海花　總目

附錄

引言

葉經柱

曾樸和李伯元、吳趼人、劉鶚，是清末四大小說家。孽海花這部小說，就是曾樸的代表作。

清德宗光緒三十一年，孽海花第一、二兩冊（即一、二編，每編各十回）相繼出版。這書出版之後，極受社會大眾歡迎，在一兩年間，竟再版至十五次，銷行至五萬部之多。它對當時中國的影響，不言可喻。

孽海花為甚麼如此受社會大眾歡迎呢？最主要的原因，是在當時滿清政府極端腐敗、國勢萬分阽危的情勢下，它表現了一種強烈的進步思想，指引出一種救亡圖存的新希望。孽海花的創始人金天翮和撰述人曾樸，都具有這種傾向革命救國的進步思想，從小說林本第一回結尾所寫第六十回「專制國終擊專制禍，自由神還放自由花」那兩句標題中，已經很清楚地看出，他們是希望把這部小說寫到打倒專制政府建立民主自由新中國才結束的。

在最初出版的小說林本第二回，作者嚴詞抨擊科名制度（後來修改時刪除），說「這便是歷代專制君主束縛我同胞最毒的手段。要知棘闈貢院，就是昏天黑地的牢獄；制義策論，就是炮烙桁楊的刑具；舉貢生監，就是斬絞流徒的罪科。所以自從科名兩字出現於我國，弄得一般國民，有腦無魂，有血無氣，看著茫茫禹甸，是君主的世產；赫赫軒孫，是君主的世僕，任他作威作福，總是不見不聞。」又說元世祖不過是個蒙古游牧部落的酋長，「一朝霸佔了中國，我們同胞也自帖耳搖尾的順服了九十餘年。你們想想，如今五洲萬國，那裡有這種好說話的百姓？本國人不管，倒教外國人來耀武揚威；多數人退後，倒被少數人把持宰制。」作者反對君主專制，發揚民族主義，在這裡表現得很強烈，難能可貴。

對於國民革命，對孫中山、史堅如、陳千秋等一班革命黨人，作者都表現了充分的同情。在第二十九回寫革命運動中，作者敘述了明亡以後的祕密會社史。他說鄭成功建立祕密會社，是埋「下了一粒民族的種子，使他數百年後，慢慢膨脹起來」。他說對於以往「那痛苦的歷史，當時接觸靈魂，沒有一個不感覺，張拳怒目，誓報國讎。就是過了幾百年，隔了幾百代，總有一班人牢牢記著，不能甘心的。我常常聽見故老傳聞，那日滿洲入關之始，亡國遺民，起兵抗拒的，原也不少。」

對於祕密會黨的活動，他說「肉眼看來，毫不覺得，他們甘心做叛徒逆黨，情願去破家毀產，名在那裡？利在那裡？奔波往來，為著何事？不過老祖宗傳下這一點民族主義，各處運動，不肯叫他埋沒永不發現罷了」。孫中山的國民革命，正是發揚這一民族主義。因此，「現在的革命，要組織我黃帝子孫民族共和的政府」。

從以上這些地方看，孽海花作者之反滿清專制政體，傾向民主革命，主張民族主義，已經表露無遺。在當時那種專制淫威統治下，公開這樣描述，作者的思想和膽識，的確遠非同時的一流作家所能及。他這種進步的思想，使一班知識分子在黑暗中看到一線光明，也是深受一般人喜愛的原因。

其次，孽海花在人物和社會的描寫上頗見功力，也該是它受社會大眾歡迎的重要原因。它最成功的地方，是描寫京城內外一般知識分子、官僚和名士們的生活與思想，以至社會風氣的轉移。特別是對許多作態名士，刻畫得生動之至。現在且看他對李純客的描寫吧：

卻說小燕便服輕車，叫車夫逕到城南保安寺街而來。那時秋高氣和，塵軟蹄輕，不一會，已到了門口，把車停在門前兩棵大榆樹蔭下。家人方要通報，小燕搖手說不必，自己輕跳下車，正跨進門，瞥見門上新貼一幅淡紅硃砂箋的門對，寫得英秀瘦削、歷落傾斜的兩行字道：

保安寺街，藏書十萬卷；

戶部員外，補闕一千年。

小燕一笑。進門一個影壁，繞影壁而東，朝北三間倒廳。沿倒廳廊下一直進去，一個秋葉式的洞門。洞門裡面，方方一個小院落。庭前一架紫藤，綠葉森森，滿院種著木芙蓉，紅豔嬌酣，正是開花時候。三間靜室，垂著湘簾，悄無人聲。那當兒，恰好一陣微風，小燕覺得正在簾縫裡透出一股藥煙，清香沁鼻。掀簾進去，卻見一個椎結小童，正拿著把破蒲扇，在中堂東壁邊煮藥哩！見小燕進來，正要立起，只聽房裡高吟道：「淡墨羅巾燈畔字，小風鈴佩夢中人！」小燕一腳跨進去笑道：「夢中人是誰呢？」一面說，一面看，只見純客穿著件半舊熟羅半截衫，踏著草鞋，本來好好兒一手捋著短鬚，坐在一張舊竹榻上看書，看見小燕進來，連忙和身倒下，伏在一部破書上發喘。顫聲道：「呀，怎麼小燕翁來了！老夫病體竟不能起迓！怎好？」小燕道：「純老清恙，幾時起的？怎麼兄弟連影兒也不知？」純客道：「就是諸公定議替老夫做壽那天起的。可見老夫福薄，不克當諸公盛意。雲臥園一集，只怕今天去不成了。」小燕道：「風寒小疾，服藥後，當可小痊。還望先生速駕，以慰諸君渴望！」小燕說話時，卻把眼偷瞧，只見榻上枕邊，拖出一幅長箋，滿紙都是些抬頭。那抬頭卻奇怪，不是閣下台端，也非長者左右，一疊連三全是「妄人」兩字。小燕覺得詫異，想要留心看他一兩行，忽聽秋葉門外，有兩個人一路談話，一路躡手躡腳的進來。那時純客正要開口，只聽竹簾子拍的一聲。正是：十丈紅塵埋俠骨，一簾秋色養詩魂。不知來者何人，且聽下回分解。（第十九回）

本來正悠閒地坐著看書吟詩，一見人來，連忙倒下發喘裝病，這樣的名士，你說可不可笑？

作者透過對各種人物的刻畫，同時展開對於晚清社會情態的描述，諸如宮廷內部的混亂，官吏的賄賂公行，對洋人的畏懼屈服，知識分子的醉生夢死，革命運動的風起雲湧，各方面都寫到。經由這種描寫，顯示了清廷崩潰的徵兆，放出了革命成功的信號。

再就文學而論，孽海花也是一部很出色的白話文學創作。它全書的文字都十分生動流利，沒有當時廣陵潮和九尾龜那種難以領會的揚州或蘇州土語。書中有時夾雜些文言詞句，祇因為那是當時達官名士習用的口語。在對話中，為求切合實際，形容某種人物就用某種語文，這正是小說家寫作時必須注意的一種技巧，也可說是必須遵守的一項原則。就時代的遞嬗和語文的演進來說，孽海花可說是繼儒林外史之後的一部重要文學作品。

最後，孽海花的故事情節，人物大都真有其人，故事大都實有其事，這是它與儒林外史或其他小說截然不同的一大特點。在第二十一回，作者說：「在下這部孽海花，卻不同別的小說，空中樓閣，可以隨意起滅，逞筆翻騰，一句假不來，一語謊不得，只能將文機御事實，不能把事實起文情。」在修改後要說的幾句話中，他又說他要寫一部政治歷史小說，「想借用主人公做全書的線索，盡量容納近三十年來的歷史，避去正面，專把些有趣的瑣聞逸事，來烘托出大事的背景」。現在看此書，曾樸的確是這樣做的，而且做得很成功。書中的男女主人公金汮和傅彩雲，影射的是清穆宗同治七年（戊辰，西元一八六八年）科舉狀元洪鈞和清末名妓趙彩雲（賽金花）；其他中國晚清二百七十五個以上的人物都有影射，掌握了同治光緒三十年間士大夫的生活面貌，涉及新思潮激盪下革命志士的活動，敘述了太平天國、中法戰爭、中日甲午戰爭等史實，反映了一個狂風巨浪的時代。由於書中影射人物十分明顯，為了怕引起糾紛，作者的岳父曾阻止他出版。曾樸說：「余作孽海花第一冊既竟，岳父沈梅孫見之，因內容俱係先輩及友人軼事，恐余開罪親友，乃藏之不允出版。但余因此乃余心血之結晶，不甘使之埋沒，乃乘隙偷出印行，時光緒三十二年也（按：此為曾樸誤記，實乃光緒三十一年）。孽海花初署東亞病夫著，無人知東亞病夫為誰氏。」（中國古典小說研究專集(1)二二〇頁林瑞明著孽海花與晚清新舊交替的世代）這種真人實事的小說，應該是廣受讀者歡迎的一個重要原因。

目前臺灣海峽兩岸印行的孽海花，我們看到的有十三種版本。在這十三種版本中，臺灣世界書局的兩種和北京寶文堂書店的一種，都沒有分段，其餘十種都已分段。這已分段的十種，有的分得多，有的分得少。我們現在重排，採取中庸之道，分段適中，不少也不多。

在注釋方面，臺灣的八種版本都沒有注釋；大陸出版的五種，僅北京華夏出版社的本子有少數注釋，但不夠完善。我們希望中學生都能讀這本書，所以注釋很多，為其他版本所未有，應該是注釋最詳細完善的一種。

在文字方面，大陸的五種，除長沙岳麓書社本外，其他四種都有刪改的情形。譬如第五回的末尾有一段關於男女性愛的文字，就被刪去好幾行。刪去的文字是這樣的：「又招招手兒。姐兒道：『青天白日算什麼呢！』那人道：『我愛的就是青天白日。』姐兒瞅著一眼道：『你真愛麼？我知道哩。你沒良心！從前一腳踢死了太太，太太臨死時，對你說來，除非你一生不上床便罷，你要上床，鬼就來捉你。是不是你晚上怕太太的鬼，不敢睡罷咧？』……一面走一面說道：『我就捨不得踢死你，我可也不饒你。』這句話，那姐兒從此不言語了。」現在世界講新潮，講前衛，講開放，報章雜誌充斥著性愛文學，色情影片到處都是，大學女生公開在校園內欣賞A片，像孽海花這麼含蓄的描寫，算得了甚麼呢？臺灣各版本沒有刪節，十分合理。我們尊重作者，也沒有輕易更動一個字。繆天華教授說：希望我們這本孽海花是所有版本中最完善的一種。

現在，新編的孽海花出版了，我們期望它是目前許多版本中最好的一種。而卷首所附的病夫日記二篇，透露出作者內心的祕密和私生活的情況，尤其是極珍貴的資料，這是其他本子所沒有的。

孽海花考證

葉經柱

一

在古典小說中，曾樸的孽海花是很重要的一種。

魯迅曾著中國小說史略一書，在最後一篇清末之譴責小說中，扼要評介了清末小說界四個代表作家和他們的代表作，就是曾樸的孽海花、李伯元的官場現形記、吳趼人的二十年目睹之怪現狀和劉鶚的老殘遊記。直到今天，它們仍是臺灣海峽兩岸深受讀者喜愛的小說。

孽海花的作者曾樸，初字太樸，後改字孟樸，筆名東亞病夫，江蘇省常熟縣人，清同治十一年正月二十二日（西元一八七二年三月一日。曾虛白所撰年譜謂生於一八七一年，其後在他處已自行更正）生，民國二十四年（西元一九三五年）六月二十三日（陰曆乙亥五月二十三日）卒，享年六十四歲。（參閱魏紹昌撰晚清四大小說家雨中訪虛霩園和曾樸墓）

曾樸天賦穎異，十八歲即有未理集（詩集）、推十合一室文存（駢散文集）和執丹瑣語（讀書札記）等書出版。十九歲中秀才，二十歲中舉人，二十二歲到北京任職部曹。二十三歲入同文館，學法文八月。二十七歲，回常熟任小學校長，開始熱心研究法國文學。三十三歲（西元一九〇四年），與友人在上海創辦小說林書社，創刊小說林雜誌。

民國成立後，曾樸任江蘇省議員，其後歷任江蘇省官產處長、禁米處長、財政廳長和政務處長。十六年辭職，與長子虛白在上海創辦真美善書店，發刊真美善雜誌，專心從事文學活動。他出版的著作和譯述近三十種。補後漢書藝文志及考證，收入開明書店出版的二十五史補編。他翻譯了不少法國文學家的作品，如雨果的九十三年和鐘樓怪人、左拉的奈儂夫人、莫里哀的夫人學堂等。當然，他最重要的著作還是孽海花。

曾樸晚年困於心臟病，在常熟城西九萬圩經營虛霩園，以蒔花種竹自娛。他死後，葬在常熟縣西門外寶岩灣楊梅林中，或許由於地處偏僻，在中共十年浩劫的文化大革命時期沒有遭到破壞。民國六十九年，當地政府撥款將曾樸墓加以整修，重新建立墓碑，並列為常熟縣文物保護單位。

談到孽海花，不能不說到金天翮。在光緒三十一年最初出版時，孽海花的作者署「愛自由者發起，東亞病夫編述」，這愛自由者就是金天翮。曾樸在修改後要說的幾句話中說：「這書造意的動機，並不是我，是愛自由者。愛自由者，在本書的楔子裡就出現，……他非別人，就是吾友金君松岑，名天翮。」金天翮，又名天羽，字松岑，號天放、天放樓主人，筆名金一、K. A.、愛自由者、麒麟，齋名天放樓，江蘇省吳江縣人，清同治十二年（西元一八七三年，或云一八七四年）生於吳江同里鎮。

金天翮工詩，與同時的陳去病、柳亞子齊名，有「吳江三詩人」、「吳江文壇三傑」之譽。他多次自述曾撰孽海花六回（曾樸文中僅說五回），然後交曾樸續寫。孽海花原預定寫六十回，這六十回目也是他和曾樸共同商定。曾樸去世，金天翮以詩輓之：「司勳曾賦杜秋詩，盧後王前各費辭。袍笏三登君作劇，江湖一笑我違時。名園虛覊仙乎境，小說虞初錦樣思。香火緣深交似水，此情只有夜台知。詩挽孟樸先生歸道山。予嘗戲撰孽海花小說六回，棄去而先生續之，故首聯云云。」

民國二十八年，金天翮曾任上海租界內光華大學中文系教授。三十年十二月，太平洋戰爭爆發，光華大學停辦，他回到蘇州，杜門著述。三十六年元月，因病在蘇州濂溪坊寓所去世，享年七十五。（臺北傳記文學社印行之民國人物小傳，第二冊有曾樸傳、第九冊有金天翮傳，可以參考。）

二

金天翮寫的孽海花六回，只有一二兩回於光緒二十九年（西元一九〇三年）十月在日本東京江蘇留日學生醵資創辦的江蘇雜誌第八期發表過。經過曾樸的大力修改和續寫，孽海花第一冊（五卷十回）在光緒三十一年（西元一九〇五年）由小說林書社出版。小說林本孽海花與前兩年在江蘇雜誌發表的孽海花最大的不同，就是小說林本在第一回的結尾，把孽海花預定寫的六十回目全文列出。這在曾樸後來修改時又完全刪除的六十回目全文如左：

第一回　惡風潮陸沉奴隸國　真薄倖轉劫離恨天

第二回　金榜誤人香魂墜地　杏林話舊茗客談天

第三回　陸孝廉訪艷宴閶門　金殿撰歸裝留滬瀆

第四回　領事館舖張賽花會　青年黨喚起亡國魂

第五十六回　傳電信留辮費千金　探洋牢揮拳爭一飯
第五十七回　誓復女權陳女史航海　頹湔國恥殷國士投河
第五十八回　典玄狐裘作律師代價　脫黑蝶襪遂志士熱心
第五十九回　同志愴懷聯盟追悼　三堂會審顧影生憐
第　六十　回　專制國終嬰專制禍　自由神還放自由花

三

金天翮最初的計畫，不過是想「藉洪鈞和賽金花兩個狀元的愛情故事作線索，來描寫一個將轉來轉想變難變的所謂維新時代的矛盾現象和心理」（羅家倫臺灣重印新序）。金天翮把稿子拿給曾樸，曾樸一看，就覺得格局太小，有了不同的意見。他在修改後要說的幾句話中說：「我那時正創辦小說林書社，提倡譯著小說，他把稿子寄給我看。我看了認是一個好題材。但是金君的原稿過於注重主人公，不過描寫一個奇突的妓女，略映帶些相關的時事，充其量，能做成了李香君的桃花扇、陳圓圓的滄桑豔，已算頂好的成績了。而且照此寫來，祇怕筆法上仍跳不出海上花列傳的蹊徑。在我的意思卻不然，想借用主人公做全書的線索，盡量容納近三十年來的歷史，避去正面，專把些有趣的瑣聞逸事，來烘托出大事的背景，格局比較的廓大。當時就把我的意見，告訴了金君。誰知金君竟順水推舟，把繼續這書的責任，全卸到我身上來。我也就老實不客氣的把金君四五回的原稿，一面點竄塗改，一面進行不息，三個月工夫，一氣呵成了二十回。」

曾樸「一氣呵成了二十回」的孽海花，未經任何報刊雜誌發表，直接由他自營的小說林書社分作兩冊，在光緒三十一二年相繼出版。他接著寫的第二十一回至第二十五回，在光緒三十三年（西元一九〇七年）正月至六月出版的小說林月刊連載，因不足十回，未再出書。

後來，他又將已發表的孽海花大加修改。真美善書店成立，真美善雜誌創刊，經過修改的前二十五回，新撰的第二十六回到第三十五回，又在真美善雜誌上連載，時刊時停，到第三十五回刊出時，已是民國十九年四月。在此期間，曾樸又將全文細心修訂，由真美善書店陸續出書，每十回作為一集，民國十八年元月出版初集和二集，二十年元月出版第三集，接著又有三集合一的三十回本孽海花出版。至於已發表的第三十一回至第三十五回，並未收入。

在曾樸修改過程中，小說林本第一回原有的六十回目，被他一筆勾銷。因此，我們現在看海峽兩岸通行的孽海花，那六十回全目再也看不到。

孽海花有續作三種。最早是陸士諤的新孽海花，宣統二年（西元一九一〇年）由改良小說社印行，文筆既欠精彩，內容復多失曾樸原意，很少有人重視。其次是包天笑的碧血幕，由小說林書社印行，可惜沒有完成。最好的續作是張鴻的續孽海花。張鴻初名澂，字映南，號璚隱；後更名鴻，字隱南，晚號燕谷老人，又稱蠻巢居士。江蘇常熟人，光緒甲辰進士，與曾孟樸是總角交，而年齡稍長。民國二十三年秋，曾氏以續書相託，說：「孽海花宗旨，在記述清末民初的軼史，你的見聞，與我相等，那時候許多局中人，你也大半熟悉，現在能續此書者，我友中只有你一人。」不久曾氏謝世，而張已是七十歲的老人了。為了不負故友所託，乃續成十五卷共三十回，是自原書第三十一回續起，曾氏原續的五回摒而不用。續書最初披載於中和月刊，後由瞿兌之整理校訂，單行問世。這是最好的一本續作，可與原作並傳。

現在我們看到十幾種不同版本的孽海花，大都是曾樸原著的三十五回本，只有早期出版的四種是三十回本，一是北京寶文堂書店本，一是臺北廣文書局本，另外兩種都是由臺北世界書局先後出版。唯一將曾樸與張鴻兩人的著作合成一書的，是民國四十六年世界書局印行的通俗小說名著叢刊中的一本，書名為定本孽海花續孽海花，共六十回，如前所述，曾樸自撰的最後五回沒有收入。

四

目前流行在臺灣海峽兩岸的孽海花，我們看到的不同版本，其中臺灣有八種，中國大陸有五種。我們這次出版孽海花，是根據世界書局本重排，因為它是曾樸哲嗣曾虛白教授審核過的定本。可惜這個定本沒有分段，錯字也多，而且只有三十回。我們參考其他版本，分出段落，改正錯字，把曾樸自撰且曾發表過的第三十一回至第三十五回也一併收入。雖然加入這最後五回，似乎有點勉強，而使這部小說變成沒有結束；但是我們把曾樸生前所寫的孽海花全部呈現在讀者面前，是對原作者的尊重，也較能使讀者滿足。

孽海花版本多，文字上難免略有出入，我們詳加校勘，擇其善者而從之。原則上，書中文字絕不輕易更改。如果更改，一定有版本上或字辭典非改不可的依據。譬如北京寶文堂書店本，是我們看到的大陸唯一正體字版本，前有名作家阿英（錢杏邨）的孽海花敘引，校對精細，錯誤很少，是我們校勘時主要的一種參考版本。

下面姑舉數例，以見我們確曾悉心校勘的一斑。文中所述回數頁數等，均以民國七十四年世界書局本為準。所舉錯誤，臺灣各版本大都相同，文中不再多作說明。

第一，第七回六十九頁第十一行，有「炫服縟川」一語，經查南朝宋顏延年詩及辭書，確定炫字錯了，應改為袨才對。

第二，第十二回一一四頁第十行，有「繫上一條踠地綷縩裙」一語，實則海峽兩岸的中文字典中，根本沒有縩字，只有䌨字，然而兩岸的孽海花都錯成縩字。

第三，第十二回一一五頁第九行，有「無不金釭銜壁」一語，查文選班固西都賦和辭書，都是「金釭銜璧」，壁字顯然不對。

第四，第十三回一二四頁第十三行，有「老爺別吹滂」一語，滂字錯了，應作吹嗙才對。大陸簡體字本想是查不出吹滂這一語詞，都省作「老爺別吹」。這樣說倒很合乎現代口語，但把滂字刪除，這種作法不合校勘之道。

第五，第二十七回三一〇頁第三行，有「韻高附掌稱善」一語，海峽兩岸各版本都用附掌一詞，然而各辭典都只有拊掌，未見附掌，因此我們把附字改成拊。

第六，第二十五回二七五頁第十一行，有「窗搞全行卸去」一語，窗搞不成詞，改作窗格。又同頁第十四行，有「也半摳身的招呼著」一語，摳身也不成詞，改作傴身，因荀子中即有傴身一詞。

其他如第二十六回荀束之改為束筍（二九四頁第一行），第三十回煊赫之改為烜赫（三五五頁第五行），都是依據辭書，再三推敲，始作決定。

第三十一回以後，我們依據文化公司本排印。第三十三回三七四頁第五行，有「向著山後卑南覓逃走」一語，原文顯有脫誤，改為「向著山後卑南覓路逃走」，自較適當。

最特別的，是臺灣所有三十五回本，在第三十三回中有兩行排錯，一直找不出錯在哪裡。以文化公司本為例，三六八頁至三六九頁有這麼一段：

> 自己解下韁繩，取了鞭子，翻身跨上鞍「在夏夜濃蔭下，簡直成了無邊的黑海，全靠了葉孔枝縫中篩簸下一些淡白月影，照見前面彎曲林徑裡忽隱忽現的徐驤背影。義成遙遠的緊跟著前進。兩人騎行的距離，雖隔著半里多，卻是一般的速度。」韂。……

很顯然，「翻身跨上鞍韂」是一句，引號中的一段是誤排。那一段話究竟該插接在甚麼地方呢？我們將上下文看了幾遍，都沒有看出。等到從大陸買來多種版本的孽海花，詳細核對，問題才算得到解決。

原來文化公司本三七〇頁有這麼一段：

> 虧得他開了路，自己倒安然的渡過溪來。看著溪那邊，是一座深密的大樹林。過了一會兒，樹林盡處，豁然開朗。……

這段話，粗看似乎前後有些不大連貫，但也勉強過得去。等到拿大陸簡體字本一對照，原來那誤排的兩行就在這一段中間。正確的敘述是這樣的：

看著溪那邊，是一座深密的大樹林。「在夏夜濃蔭下，簡直成了無邊的黑海，全靠了葉孔枝縫中篩下一些淡白月影，照見前面彎曲林徑裡忽隱忽現的徐驤背影。義成遙遠的緊跟著前進。兩人騎行的距離，雖隔著半里多，卻是一般的速度。」過了一會兒，樹林盡處，豁然開朗。……

大陸作家魏紹昌著有晚清四大小說家一書，民國八十二年七月由臺灣商務印書館出版，其中關於曾樸和孽海花的，有孽海花最初兩回的原來面目、孽海花版本小考、雨中訪虛霩園和曾樸墓和關於賽瓦公案的真相——從曾樸孽海花說到夏衍賽金花等文，讀者如有興趣，可以參閱，在此不再贅述。

孽海花在民國四年小說林本初版時，封面標明「歷史小說」。書中人物，大都實有其人，以名號拆字分合或諧聲隱寓歷史人物之姓名。後人為增加讀者的興趣和研究的方便，編成人名索隱表。孽海花人名索隱表，最早見於民國五年上海望雲山房出版的孽海花第三集，冒鶴亭（名廣生，光緒甲午舉人，北伐後曾任考試委員及國史館纂修）作，依回次排列（至二十四回止）。民國二十年真美善本孽海花出版，此表續補至三十回。其後劉文昭氏再加修訂，增至三十五回，依姓氏筆畫排列。本書人名索隱表以冒鶴亭表為本，參照劉氏表，略作補充。上列為小說中人物之名號，下列為隱寓歷史中人物之名號及簡歷，比較起來看，這個表是最完備的。

東亞病夫曾孟樸先生

舊學時代
潘伯寅 翁叔平 李若農 李蒓客
文芸閣 李木齋 費屺懷 端午橋
黃仲弢 以上自文至黃皆出[illegible]柳門七子之列 王先謙益吾 王頌蔚
葉鞠裳 盛伯熙 王闓秋
易實甫 張季直 廖季平

甲午時代
翁叔平 吳清卿 汪鳳藻 袁慰亭
李鴻藻 李鴻章 林[illegible]山 李伯蔭
李仲彭 鄧鐵香 張樵野 劉坤一
衛達三 丁禹廷 鄧[illegible]昌 左寶貴
聶功亭 龔照瑗

政變時代
康有為 康廣仁 譚復生 林[illegible]閣
楊叔嶠 劉裴村 楊深秀 江建霞
黃公度 容純甫 二徐 陳寶箴
陳寶箴子 張香濤 剛毅 懷塔布
王照 梁卓如 汪康年 楊莘伯
榮祿 李蓮英 [illegible]九霄 袁慰廷
李提摩太

庚子時代
端王 莊王 溥儁 溥倫 榮祿
剛毅 啟秀 趙舒翹 毓賢
何潤甫 裕祿 李秉衡 鹿傳霖 聶功亭
立豫甫 袁爽秋 許竹篔 徐用儀 沈[illegible]
唐才常

曾孟樸手擬《孽海花》人物名單

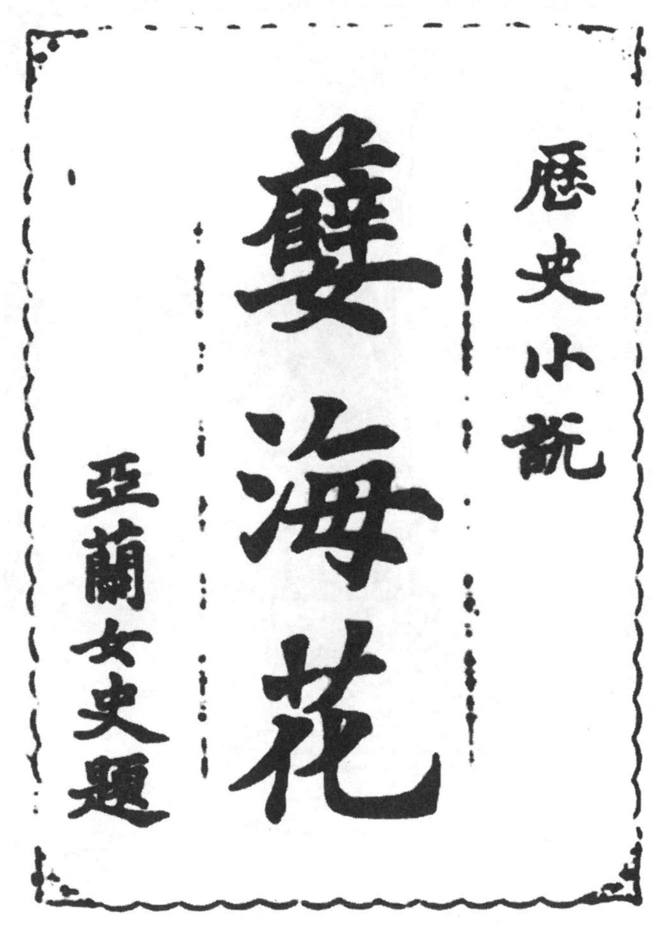

小說林本封面，1905 年初版

真美善本封面，1928 年初版

病夫日記

一

（十七年五月二十二日）今天，我開始想記日記了。從前我也曾經做過這種工作，但記的都是些晴雨，客來，訪友，以及日常不相干的表面事情，從沒記內心的感想。這為什麼呢？（一）是文字的關係，一下筆總要用文言，文言不是能達感情適當的工具。（二）是習慣的關係，我們的社會是虛偽的，文字也一大半是虛偽，決不肯把感情上的印象忠忠實實的寫在紙上。你看最出名的翁文恭日記和李蒓客日記，記下的也不過是些朝政和學問罷了，要在那裡去找他的人生，簡直一片模糊。祇為這些日記，都是名臣或名士，搭足架子，預備天下後世人看的。我現在要寫的卻不是這樣。全是沒有秩序，不成文章，亂七八糟隨便寫的。但是，都是我個性的表現，不論思想或感觸，捉到即寫，也不按定每日，有便寫，沒有便不寫，在我最後的生活史上，留些子痕跡罷了。

真美善半年第一卷的彙編，訂好了，燾兒拿了來給我看，是布脊，金字，灰色紙面的裝訂，紅色的書頭，共一千多頁，居然成一巨冊。這是我們到上海來後一點小成績。一千多頁裡面，我們父子倆的作品，差不多要居十之六七，也算努力了。好不好另是個問題，然在半年間精神的跡像，無論如何不易消滅。世間那一件事，不是同泡幻一般。回想我近數年的經過，省議會的議長潮是一幕，驅齊擁韓蘇人治蘇的夢想是一幕，輔助陳陶遺想恢復蘇省財政的元氣，又是一幕，當時何嘗不焦心積慮，竭力奮鬥，如今在那裡呢？一古腦兒煙消雲滅，如夢影一般的散了。留在這裡一點兒可把玩的東西，還是歸滬後一些文藝的紙上空談。這麼說起來秀才人情紙半張，到底是我們的本等，祇好空談空談，倒可以自己留些生活的痕跡。

黃謙齋來，帶了萃青送我許多糖食。萃青用三千塊錢盤了稻香村茶食店。這回謙齋來，是替陳夢餘的姨太太來尋夢餘的。據謙齋說：夢餘討了兩個小，因為太太利害，一個都不敢進房，天天伺候太太吃鴉片煙，太太倒變了左擁右抱。去年一個跟了太太的兄弟跑了，現在只賸一個。夢餘和太太逃難搬住上海，叫沒跑的姨娘看家，好幾個月，不通信，也不寄一個錢，那姨太太發了極，託謙齋來尋夢餘說話，謙齋竟打抱不平，特地奔到上海來，問夢餘，竟尋了一天，謙齋真是孩子氣，也真算得沒事忙了。

（五月二十三日）昨天把孽海花第三十一回的稿子，做到天亮，總算做完了。想同意珠出去看五點鐘卡爾登的影戲。因為牠的戲題：孽海花，其實名目雖同，另是一齣外國戲，不過被牠動了興致罷了。正要想走，傅彥長同了金屋書店主人，邵洵美來了。

邵洵美，現在也算一個詩家，是邵筱邨的孫，悅如的兒子，我卻從沒有見過。他的面孔，清瘦而長，又帶些凹形，差不多是瓦爿餅式，和他的父親很相像，若不是先曉得，我會叫出悅如來的。

開首講了些出版界的事情。後來講到文藝界太沒有聯合的組織，何不仿法國的客廳或咖啡館，大家鼓些興會起來。傅彥長道：——這事祇怕是法國的特長，他國模仿不來，尤其是我們的中國。客廳的主角，總要女性，而且要有魔力的女性；我們現在可以說一個也沒有；即使有，照目下我們的環境、習尚，也沒有人肯來。

洵美道：——從前本想把郁達夫的王女士，來做犧牲品，那裡曉得這位王女士，也祇歡喜和情人對面談心，覺得很好，社交稍微廣大一點，也是不行。

我說：——那麼陸小曼何如？

彥長道：——叫他碰碰和，唱唱戲，是高興的；即使組織成了客廳，結果還是被蝴蝶派占優勝，我們意中的客廳，只怕不會實現。

後來，洵美又講起了法國有個囂俄學會，裡面有關囂俄信仰者格來氏，曾做過一部囂俄文學研究，極有價值。

（五月二十四日）陳季同是我法文的導師，我在真美善雜誌上已經提過多次了。這回因張若谷來，又提起了他。若谷提議像這種世界文學的先驅者，我們應當替他做一篇文章，表揚一下。這日，張若谷又介紹我到法國圖書館（Alliance Francaise）去，燾兒翻閱書目，恰發現了陳季同的作品四種。真是巧遇。今將他的書名，寫在下面：

一個支那人描繪的巴黎

Les Parisiens peinte par un Chinois 1 vol.

黃衫客傳奇

Le Roman de l'homme Jaune 1 vol.

祖國 Mon Pays 1 vol.

支那人的劇壇

Le Theatre des Chinois 1 vol.

尚有一種名：Les Plaisires en Chinois（支那人的享樂）沒有看見。Mon Pays 的內容，計文十一篇，目錄如下：

1. 支那社會組織 L'organisation sociale de la Chinois
2. 支那的一個貞德 Une Jeaune d'Arc Chinois
3. 支那學生 L'ecolier Chinois
4. 嚴公夫人的歷史 L'Histoire de la Duchesse Nien
5. 支那游歷 Voyage en Chine
6. 支那益蟲 Les Insects Utiles de la Chine
7. 支那商的教育 L'Education Commerciale en Chine
8. 支那的猶太人 Les Juifs en Chine
9. 支那水利 De l'utilisation des Eaux en Chine
10. 世界的議會 Les Parlements du Monde

11. 支那亭子 Les Pavillon Chinois

支那戲劇，計六卷，卷頭獻給 Mme Marie Talabot，自敘；一卷，戲劇；二卷，著作人；三卷，曲；四卷，類；五卷，腳色與風俗；六卷，幕閉。

（五月二十五日）我又全夜沒有睡，譯了一段莫利愛的青年事蹟，又看了 Pierre Louys 一節論文，題目是：莫利愛傑作的著作人，是不是高耐一？這個奇僻的問題，他的意思，是不信是莫利愛自己做的，是高耐一代作的；他的證據，就是兩點，一莫利愛沒受過高深教育，二莫利愛沒一些遺留的手稿，有的，祇有兩張收據，綴字多錯誤，便斷定做不出假面人、厭世人等諸作品，真算得奇論了。

有人問我道：──魯男子的戀，是不是事實？

──當然是事實。但情節有變換或顛倒，時間不盡同真事吻合，這是各小說家自序體的小說的常例，祇為所重的在情感，所以寫情感處全是真的，幾乎沒些子虛偽。

──齊宛中不用說是實有其人，難道附屬人物如丫鬟阿林，也是真人，事情也是真的嗎？

──是，但不是本鄉人，也不是本鄉的事，是我浪漫史中一段最疚心的事。

唉！這件事，一提到，我心裡總覺怦怦不安。我良心上過不去的事，當然不願面告別人，記在這裡，當我的懺悔吧！

我幼年時，感情極豐富，性慾也極強烈。我和 T 的戀愛，祇為尊重她，始終保守著醇潔，沒有犯她的童貞，這是真的，但我的受苦是大了。記得每早晚相會後，經過一番偎倚纏綿的親暱，沒有不弄到神智迷離的程度。你想，像我那時情慾正盛的時候，受了這種刺激，全身如火一般燃燒，如何過得去呢？在先，衹好學著西廂記上指頭兒告了消乏的法子，發洩一下。心裡終究不滿足。慢慢兒，就想真的試驗了。第一個，是年輕的僕婦，相貌並不好，是胖胖的圓臉，兩頰常是緋紅，像兩顆桃子一般。年紀約十九歲。——我那時衹有十六歲，我略略的引誘一二次，竟把她弄得狂了，竟色膽如天的早上到了我床上，這是我第一次性試驗。不多幾日，被母親覺察，把她轟走了。第二回是個鄰女，姿色比較的好，卻是她來誘惑我的，我也就來者不拒了。這種行為，當時很自知不對，一做後，無不悔恨，不過一到不可遏抑的時候，不知不覺的又犯了。為了這種事，被T知道，不曉得暗暗吵鬧多少次，常常弄得我遍體鱗傷，然她卻能了解我，體諒我，知道是胡鬧，並不動真情。然習慣卻養成了，我一生的浪漫行為，未始不伏根於此。

後來我和T婚姻問題，已絕了望，我病了一場，精神頹唐到萬分。這種舉動，也不發生了。不過終日唉聲嘆氣，過著愁夢光陰。父親那時在京，怕我弄出真禍來，叫我到北京去，應順天鄉試。我一進京，住在常昭館裡。有一天，臨晚出門閒步，忽見斜對門一個大宅子裡，門上貼著都察院徐的門條。走出一個十五六歲垂髫的女子，手裡拿了一個信封似的交給門公，便站在門階上閒看。

我看她長得眉目如畫，膚色雪白，尤其一雙水汪汪的眼睛，竟有幾分像T，不覺呆看住了。我那時T的影像，還印刻在腦裡，一見相貌好些的女子，總覺得像T。

她被我看得長久也覺得了，頓時把眼光瞟過來，正碰上了，一點不避我，彼此對看了好久，大家笑了一笑。

從此，每天臨晚，我總到門口，她常常出來。記得到第三天晚上，我和她說了話了。

等到第二次進京，我還去訪問，長班告訴我：她在去年上害癆病死了。我聽見這消息，哭了她幾天。我疑心她的病，是不是因憂鬱而起，也沒處去問，直到如今，還是我良心上一件最難過的事呀。她姓林，小名叫杏春，戀裡面的阿林，實在是影射著她。

（錄自宇宙風第二期）

二

民國二十三年六月八日

我現在在文學上表現的，都是些生活上的零星回憶，覺得除了回憶，沒有生活；除了回憶，也沒有文學；從前覺得希望是美麗的，現在經歷的多，竟不覺牠美麗了；倒覺得回憶是美麗了。這大概是年齡的關係吧！

未來，是一個妖媚的妓女；常常誘騙你！

現在，是一個醜惡的老婆；常常厭倦你！

過去，是一個飄渺的仙女；常常依戀你！

讀魯迅的野草；魯迅有了進步了，吶喊，徬徨，不過是新式的儒林外史。這一篇卻別有風味，過客和楓葉兩篇，尤悽婉可誦，我說：是象徵的影像主義。

七月五日

差不多一個月不記日記了。我回去了一趟常熟，耽擱了半個多月，中間又為趕月刊，沒工夫寫，總之沒有繼續不斷的常性，是我一生的大毛病。

我一回到常熟，大家都勸我離開上海，搬回去住，母親說：上海費用大；姊妹們說：母親年紀大，近來早起總覺頭眩，夜間常要睡不著，應當在家裡侍奉侍奉；朋友們說：家裡有花園，樂得享享清福，幾個從小的老朋友，都老了，大家希望我回來，朝夕過從，結個談侶；人人說的都有理由。但是，我的要上海，到底為了什麼呢？上海是個商場，我在商業上是個驚弓之鳥，不願再做馮婦的了。何必住上海？上海是政治的策源地，我對於政治，是厭倦的了，決定在五年內沒有談政治的可能，何必住上海？上海是個遊樂場，我既不想嫖，又不好賭，京戲令我頭痛，大餐也叫我倒胃，跳舞我不會，游戲場我怕鬧，何必住上海？我所以捨不得上海的緣故，祇為了一件事。上海是我國藝術的中心，人才總萃，交換廣博，知覺靈敏，流布捷便，是個藝術的皇都；既想做藝術國裡的臣隸，要貢獻他的忠誠，厚集他的羽翼，發揮他的功業，光大他的榮譽，怎能離開那妙史的金闕呢？然而事實卻叫我不能住上海了。這是何等可惱的事！

我回常熟的第二天，就叫了一隻船，到寶巖去父親墳上祭掃。我兩年多沒來了。一個墳丁，滿頭白髮，皮皺骨出，形容可怕。他若不叫我，我幾乎認不得他。墳上一切都還好，不過中主塚，土有些坍卸，到冬天非修不可。珊圓的墳，倒還完好。我在祭掃時，心中存想各人的形貌，父親的聲音笑貌，如在目前，珊圓的面目，再也想像不出，自亦不解何故，難道相處的日子過短，腦膜上印得不深嗎？然而一想到臨終時一番慘狀，則又使我心中難受，淚涔涔忍不住了。

回來時，順便往游小石洞。洞在寺後，深入地底，中為泉池。拾級而下，愈下愈寒。上蓋危石，石縫中出一朱籐，蟠曲似龍形，壽官拍一照。回來已上燈了。

這回到常熟，我祇做了一篇第三十三回的孽海花。敘的是乙未年臺灣獨立的事。起先原想從臺灣獨立直敘到孫文廣州革命。後來做來做去，總做不好，換了三次稿子，到底祇敘了唐文卿七天大總統的事，連劉永福守臺南的事，都來不及敘，可見做文章自己也做不了主，筆勢到的地方，就把你原定計劃衝破了；文章尚如此，何況別的事呢？誇張意志自由的，也可以醒悟了。

我因此忽然起了一個念頭，想把孽海花來一氣呵成。我仔細算過，一天祇要能做二千字，一個月可做六萬字。孽海花如做六十回，除去已做好三十三回，尚餘二十七回，每回一萬字，共計二十七萬字，四個多月便可完工，不必逐回在雜誌上慢慢發表了。

我回家看見一個老僕陳松，樣子已老得不堪。忽然因他我就想起一件小時候的事了。從前我們也有一個老僕，名字卻忘記了。他也是一頭白髮，也是駝腰曲背，但人是很凶，常要管小孩子的。我小時候淘氣得利害，常常拿了錢和丫鬟們到門口買東西吃，被他看見，輕則說幾句，重則告訴母親，因此吃打的時候也有。我恨極了。有一天，好像他偷了米或是衣服，有一個丫鬟告知我，我就借公濟私的報仇，把這件舉發了。這個人，就被三叔父罵一頓開發了。當時我得意非常，好像我打了勝仗一般。看他垂頭喪氣而去，我還對他冷嘲熱諷。後來過了一年多，忽然這個人不知在那裡尋了短見。我一聽見這個消息，直把我嚇得來發抖。我也不曉得他為什麼死的，但是，在我心上，總好像是被我害死的。我夢中也常常見他；一個人獨坐時，眼睛彷彿看見他；這樣的良心不安了差不多有兩三年哩。

昨日下船，走過興隆橋，我忽然感觸了我心上不可癒合的傷痕。

記得我十七歲時，春天，傍晚。我在虛霩出來，要到一個地方，打興隆橋走過，正要下橋時，忽遇Pin Kin在對面走來。臉色很不好的向我問道：——你往那裡去？我臉紅了，一時答不出來。——我……

——我告訴你，請你回家去吧！求你以後少到我們那裡來，祇怕要得罪你！

這幾句話，簡直是法堂上死刑的宣告！當時不知道我怎樣捱過去的。

這一段事，是沒人知道的。所以後來的結果，我是老早知道沒有望的了。不過何以弄到如此，其中必定有個緣故，我始終沒有明白。

我昨天午後，三下鐘，到馬斯南路公館。閱來信中，有徐蔚南給我的信，賞嘆孽海花賽金花與向菊笑戀愛的一段，以為描寫得深刻，其實這一段很蹈虛的，祇怕是過譽吧。季小波給我的信，想從我做法文的導師，他替我們畫圖案。我歡喜談法文，卻不願意為人師，祇可以做個研究的同志。胡適之送我白話文學史，余上沅戲劇論。

（錄自宇宙風第一期）

孽海花人名索隱表

小說中人物（名、字）	隱寓歷史中人物（名、字）	籍貫	出身	職業	附註
黃文載	王文在（念堂）	山西稷山	同治戊辰探花	編修	
王慈源	黃自元（敬輿）	湖南安化	同治戊辰榜眼	寧夏府知府	
金汮（雯青）	洪鈞（文卿）	江蘇吳縣	同治戊辰狀元	兵部左侍郎	
潘曾奇（勝芝）	潘遵祁（順之）	江蘇吳縣	道光乙巳翰林	侍讀銜編修	
錢端敏（唐卿）	汪鳴鑾（柳門）	浙江錢塘	同治乙丑翰林	吏部右侍郎	
陸仁祥（菶如）	陸潤庠（鳳石）	江蘇元和	同治甲戌狀元	東閣大學士	
潘宗蔭（八瀛）	潘祖蔭（伯寅）	江蘇吳縣	咸豐壬子探花	工部尚書	
僧格林沁	僧格林沁	蒙古	襲爵	科爾沁親王	
阿拉喜崇阿	烏拉喜崇阿（達峰）	滿洲	咸豐丙辰翰林	兵部尚書	
過肇廷	顧肇熙（緝庭）	江蘇吳縣	同治甲子舉人	臺灣道署布政使	
何太真（珏齋）	吳大澂（愙齋）	江蘇吳縣	同治戊辰翰林	湖南巡撫	

謝介福（山芝）	謝家福（綏之）	江蘇吳縣	諸生	直隸同知	
莫友芝	莫友芝（郘亭）	貴州獨山	道光辛卯舉人	江蘇知縣	
湯壎伯	湯經常（壎伯）	江蘇武進		畫家	
姚鳳生	姚孟起（鳳生）	江蘇吳縣	附生	書家	
楊詠春	楊沂孫（詠春）	江蘇常熟	道光癸卯舉人	鳳陽府知府	
任阜長	任薰（阜長）	浙江蕭山		畫家	
成木生	盛宣懷（杏蓀）	常州武進	附生	郵傳部尚書	
貝佑曾（效亭）	費學曾（佑庭）	常州武進	監生	清河道置直隸按察使	費念慈（書中作米繼曾）之父
龔孝琪	龔橙（孝拱）	浙江仁和			龔自珍長子
馮桂芬（景亭）	馮桂芬（敬亭）	江蘇吳縣	道光庚子榜眼	右中允	
倭良峰	倭仁（良峰）	蒙古	道光乙丑翰林	文華殿大學士	
徐雪岑	徐壽（雪村）	江蘇無錫		分省縣丞	
徐英（忠華）	徐建寅（仲虎）	江蘇無錫	監生	直隸候補道	
薛輔仁（淑雲）	薛福成（叔耘）	江蘇無錫	同治丁卯副貢	右副都御史，出使英、法大臣。	
呂蒼舒（順齋）	黎庶昌（蒓齋）	貴州遵義	廩貢生	川東道，出使日本大臣。	
李葆豐（台霞）	李鳳苞（丹霞）	江蘇崇明	同文館學生	出使德國大臣	

馬中堅（美菽）	馬建忠（眉叔）	江蘇丹徒	法國留學生	直隸候補道	
王恭憲（子度）	黃遵憲（公度）	廣東嘉應	光緒丙子舉人	湖南按察使	

以上第二回

雲宏（仁甫）	容閎（純甫）	廣東香山	美國留學生	江蘇巡撫署譯員	
李任叔	李善蘭（壬叔）	浙江海寧	附生	戶部郎中	
胡星岩	胡光墉（雪巖）	浙江錢塘		商家	
志剛	志剛（克庵）	滿洲		道員	
孫家穀	孫家穀（稼生）	安徽鳳臺	咸豐丙辰進士	荊宜施道	
曹以表（公坊）	曾之撰（君表）	江蘇常熟	光緒乙亥舉人	刑部郎中	本書作者曾樸之父
龔平（和甫）	翁同龢（叔平）	江蘇常熟	咸豐丙辰狀元	協辦大學士	
潘止韶	潘欲仁（子昭）	江蘇常熟	副貢生	沛縣教諭	本書作者曾樸之師
楊墨林	楊坊（憩棠）	浙江鄞縣		上海墨海書林主人	

以上第三回

李治民（純客）	李慈銘（蒓客）	浙江會稽	光緒庚辰進士	山西道監察御史	
莊芝棟（壽香）	張之洞（香濤）	直隸南皮	同治癸亥探花	體仁閣大學士	

莊佑培（崙樵）	張佩綸（幼樵）	直隸豐潤	同治辛未翰林	署左副都御史	名作家張愛玲之祖父
陳琛（森葆）	陳寶琛（伯潛）	福建閩縣	同治戊辰翰林	山西巡撫	
黃禮方（叔蘭）	黃體芳（漱蘭）	浙江瑞安	同治癸亥翰林	兵部右侍郎	
王仙屺（憶莪）	王先謙（益吾）	湖南長沙	同治乙丑翰林	國子監祭酒	
祝溥（寶廷）	寶廷（竹坡）	宗室	同治戊辰翰林	禮部右侍郎	鄭獻親王濟爾哈朗八世孫，壽富（書中作富壽）之父。
盛伯怡	盛昱（伯熙）	宗室	光緒丁丑翰林	國子監祭酒	肅武親王豪格七世孫
黎石農（殿文）	李文田（芍農）	廣東順德	咸豐己未探花	禮部左侍郎	
敬王	奕訢	滿洲	皇六子	恭親王	
高揚藻（理惺）	李鴻藻（蘭蓀）	直隸高陽	咸豐壬子翰林	協辦大學士	
李公	李鴻章（少荃）	安徽合肥	道光丁未翰林	文華殿大學士	書中稱威毅伯，名作家張愛玲之外曾祖父。
馮子材	馮子材（翠亭）	廣東欽州	軍功	廣西提督	
蘇元春	蘇元春（子熙）	廣西永安	行伍	廣西提督	
袁旭（尚秋）	袁昶（爽秋）	浙江桐廬	光緒丙子進士	太常寺卿	
錢冷西	錢振倫（崙仙）	浙江歸安	道光戊戌翰林	國子監司業	

以上第五回

包鈞	寶鋆（佩蘅）	滿洲	道光戊戌翰林	武英殿大學士	
徐延旭	徐延旭（曉山）	山東臨清	咸豐庚申進士	廣西巡撫	
唐炯	唐炯（鄂生）	貴州貴筑	道光己酉舉人	雲南巡撫	
黃桂蘭	黃桂蘭（卉亭）	安徽合肥	軍功	廣西提督	
趙沃	趙沃（慶池）			道員	
太后	西太后	滿洲		慈禧皇太后	宮中稱老佛爺
格拉和博	額勒和布（筱山）	滿洲	咸豐壬子翰林	武英殿大學士	
羅文名	閻敬銘（丹初）	陝西朝邑	道光乙巳翰林	東閣大學士	
莊慶藩	張之萬（子青）	直隸南皮	道光丁未狀元	東閣大學士	
義親王	世鐸	皇族	襲爵	和碩禮親王	太祖努爾哈赤次子代善封禮親王，九傳至世鐸。
鍾祖武	孫毓汶（萊山）	山東濟寧	咸豐丙辰榜眼	兵部尚書	
彭玉麟	彭玉麟（雪琴）	湖南衡陽	廩生	兵部尚書	
潘鼎新	潘鼎新（琴軒）	安徽廬江	道光己酉舉人	廣西巡撫	
岑毓英	岑毓英（彥卿）	廣西西林	附生	雲貴總督	
吳景	何璟（小宋）	廣東香山	道光丁未翰林	閩浙總督	
張昭同	張兆棟（友三）	山東濰縣	道光乙巳進士	福建巡撫	

達興	德馨（曉峰）	滿洲	生員	江西巡撫	
江以誠	汪以誠（衡舫）	浙江錢塘	監生	南匯縣知縣	
劉永福	劉永福（淵亭）	廣東欽州	綠林	南澳鎮總兵	
曾國荃	曾國荃（沅甫）	湖南湘鄉	優貢生	兩江總督	
唐景崧	唐景崧（維卿）	廣西灌陽	同治乙丑進士	臺灣巡撫	
潘瀛	潘瀛	安徽	軍功	南澳鎮總兵	
王孝祺	王孝祺（福臣）	安徽合肥	軍功	北海鎮總兵	
王德榜	王德榜（朗青）	湖南江華	軍功	貴州布政使	

以上第六回

傅彩雲	趙彩雲（靈飛）	安徽歙縣	清末名妓	同治戊辰狀元洪鈞之妾	即賽金花，亦名曹夢蘭。
匡朝鳳（次芳）	汪鳳藻（芝房）	江蘇元和	光緒癸未翰林	侍讀	

以上第七回

戴伯孝					
呂萃芳	劉瑞芬（芝田）	安徽貴池	諸生	廣東巡撫	
許鏡澂（祝雲）	許景澄（竹筠）	浙江嘉興	同治戊辰翰林	吏部右侍郎	
曾繼湛（劼剛）	曾紀澤（劼剛）	湖南湘鄉	襲侯	戶部左侍郎，出使英、法、俄大臣。	

以上第八回

莊煥英（小燕）	張蔭桓（樵野）	廣東南海	監生	戶部左侍郎	
劉錫洪	劉錫鴻（雲生）	廣東番禺	監生	出使英國副大臣	
崈厚	崇厚（地山）	滿洲	道光己酉舉人	左都御史	
余笏南	徐琪（花農）	浙江仁和	光緒庚辰翰林	洗馬	
塔繙譯				駐德、奧、俄使館翻譯	
黃繙譯	黃鍾瑞			同右	

以上第九回

曾侯夫人	劉氏	湖南湘陰	陝西巡撫劉蓉女		曾紀澤之妻

以上第十回

米繼曾（筱亭）	費念慈（屺懷）	江蘇武進	光緒己丑翰林	編修	費學曾（書中作貝佑曾）之子
姜表（劍雲）	江標（建霞）	江蘇元和	光緒己丑翰林	候補四品京堂	
連沅（荇仙）	聯元（仙蘅）	滿洲	同治戊辰翰林	內閣學士	
易鞠（緣常）	葉昌熾（鞠裳）	江蘇長洲	光緒己丑翰林	侍講	

段扈橋	端方（午橋）	滿洲	光緒壬午舉人	直隸總督	
荀春植（子珮）	沈曾植（子培）	浙江嘉興	光緒庚辰進士	安徽布政使	
黃朝杞（仲濤）	黃紹箕（仲弢）	浙江瑞安	光緒庚辰翰林	湖北提學使	
繆平（寄坪）	廖平（季平）	四川井研	光緒己丑進士	綏定府教諭	
唐猶輝（常肅）	康有為（長素）	廣東南海	光緒乙未進士	工部主事	

以上第十一回

戴隨員				駐德、奧、俄使館隨員	
繆仲恩（綬山）	廖壽恆（仲山）	江蘇嘉定	同治己巳翰林	禮部尚書	
尹宗湯（震生）	楊崇伊（莘伯）	江蘇常熟	光緒庚辰翰林	漢中府知府	
章騫（直蜚）	張謇（季直）	江蘇通州	光緒甲午狀元	修撰	
聞鼎儒（韻高）	文廷式（芸閣）	江西萍鄉	光緒庚寅榜眼	侍讀學士	
蘇胥（鄭龕）	鄭孝胥（蘇堪）	福建閩縣	光緒壬午解元	湖南布政使	
呂成澤（沐庵）	李盛鐸（木齋）	江西德化	光緒己丑榜眼	山西布政使	
楊遂（淑喬）	楊銳（叔嶠）	四川綿竹	光緒乙酉舉人	五品卿銜軍機章京	戊戌變法六君子之一
莊可權（立人）	張權（君立）	直隸南皮	光緒戊戌進士	候補四品京堂	
孫知州	孫雲錦（海岑）	安徽合肥	諸生	開封府知府	
吳長卿	吳長慶（筱軒）	安徽盧江	軍功	浙江提督調防	

				金州	
劉毅	劉可毅（葆真）	江蘇陽湖	光緒壬辰翰林	編修	
余同	徐桐（蔭軒）	漢軍	道光庚戌翰林	體仁閣大學士	
汪蓮孫	王懿榮（廉生）	山東福山	光緒庚辰翰林	國子監祭酒	

以上第十三回

傅容	徐郙（頌閣）	江蘇嘉定	同治壬戌狀元	協辦大學士	
伯夫人	趙繼蓮	安徽太湖	高廉道趙昀女		李鴻章之妻，名作家張愛玲之外曾祖母。
李祖玄	李蘜偶	安徽合肥			李鴻章之女
傅氏夫人	傅原仙	江蘇嘉定			徐郙之女，費念慈之妻。

以上第十四回

柴龢（韻甫）	蔡鈞（和甫）	江西上猶	監生	出使日本大臣	
俞耿（西塘）	裕庚（朗西）	漢軍	優貢生	太僕寺少卿	
郭筠仙	郭嵩燾（筠仙）	湖南湘陰	道光丁未翰林	兵部左侍郎	
丁雨汀	丁汝昌（禹廷）	安徽廬江	軍功	海軍提督	

以上第十八回

莊南（稚燕）	張塏徵（仲宅）	廣東南海	監生	刑部主事	
魚陽伯（邦禮）	魯伯陽（靜涵）	安徽合肥	監生	上海道	
王二	王五（子斌）	直隸故城	獵戶	鏢客	
連公公	李蓮英	直隸河間	太監	總管	

以上第十九回

林勛（敦古）	林旭（暾谷）	福建侯官	光緒癸巳解元	四品卿銜軍機章京	戊戌變法六君子之一

以上第二十回

余雄義	徐用儀（筱雲）	浙江海鹽	咸豐己未舉人	兵部尚書	
俞書屏	徐樹銘（壽蘅）	湖南長沙	道光丁未翰林	工部尚書	
呂旦聞	李端棻（苾園）	貴州貴筑	同治癸亥翰林	禮部尚書	
楊誼柱（越常）	楊宜治（莧裳）	四川成都	同治丁卯舉人	太常寺少卿	
余敏	玉銘	內務府	包衣	四川鹽茶道	
珠官	翁之潤（澤芝）	江蘇常熟		法部主事	

以上第二十一回

戴同時（勝佛）	譚嗣同（復生）	湖南瀏陽	監生	四品卿銜軍機章京	

章誼（鳳孫）	張端本（鳳生）	浙江錢塘	蔭生	南韶連道	
曾敬華	曾廣銓（敬詒）	湖南湘鄉	蔭生	雲南糧道	
章一豪	張曜（朗齋）	浙江錢塘	軍功	山東巡撫	
魯通一	衛汝貴（達三）	安徽合肥	軍功	寧夏鎮總兵	

以上第二十二回

方代勝（安堂）	袁世凱（慰廷）	河南項城	附貢	直隸總督	
金貴妃	瑾妃	滿洲	工部侍郎長敘之女		
寶貴妃	珍妃	滿洲	工部侍郎長敘之女		
致敏	志銳（伯愚）	滿洲	光緒庚辰翰林	伊犁將軍	

以上第二十三回

金繼元	洪浴	江蘇吳縣	蔭生	工部郎中	洪鈞長子
言紫朝	葉志超（曙青）	安徽合肥	行伍	直隸提督	
馬裕坤	馬玉崑（景山）	安徽蒙城	軍功	直隸提督	
左伯圭	左寶貴（冠亭）	山東費縣	行伍	高州鎮總兵	
韓以高（惟蓋）	安維峻（曉峰）	甘肅秦安	光緒庚辰翰林	福建道監察御史	

以上第二十四回

景親王	奕劻	貝勒	襲爵	慶親王	高宗（乾隆）第十七子永璘封慶親王，三傳至奕劻。
龔弓夫	翁斌孫（弢夫）	江蘇常熟	光緒丁丑翰林	直隸提法使	
劉益焜	劉坤一（峴莊）	湖南新寧	附貢	兩江總督	
劉瞻民	劉銘傳（省三）	安徽合肥	軍功	臺灣巡撫	
汪子昇	王同愈（勝之）	江蘇元和	光緒己丑翰林	江西提學使	
洪英石	翁綬琪（印若）	江蘇吳江	光緒辛卯舉人	江西知縣	
魯師曶	潘志萬（吻曶）	江蘇吳縣			
廉篆夫	陸恢（廉夫）	江蘇吳縣		畫家	
余漢青	徐熙（翰卿）	江蘇長洲		骨董家	
韋廣濤	魏光燾（午莊）	湖南邵陽	監生	閩浙總督	
季九光	李光玖（健齋）	湖南湘鄉	襲男	浙江按察使	
俞虎丞	余虎恩（勛臣）	湖南平江	軍功	福建提督	
陸伯言					案伯言為陸遜，三國時吳人。
柳書元	劉樹元（雲樵）	湖南長沙	軍功	記名提督	
鄧士祀	鄭世昌（正卿）	廣東番禺	水師學堂學生	記名總兵，致遠兵船管帶。	

宋欽	宋慶（祝三）	山東蓬萊	軍功	四川提督	
劉成佑	劉長佑（蔭衢）	湖南新寧	道光己酉拔貢	雲貴總督	
依唐阿	依克唐阿（堯山）	滿洲	軍功	奉天將軍	
耿義	剛毅（子良）	滿洲	繙譯生員	協辦大學士	

以上第二十五回

永潞	榮祿（仲華）	滿洲	蔭生	文華殿大學士	
賢親王	奕譞	滿洲	皇七子	和碩醇親王	宣宗（道光）第七子，德宗（光緒）生父。
葉赫那拉氏	光緒皇后	滿洲		隆裕皇太后	都統桂祥女

以上第二十六回

小德張	張德（元福）	直隸河間	太監	總管太監	
永祿	永祿		太監	敬事房太監	
繆素筠	繆嘉蕙（素筠）	雲南昆明		女畫家	嫁陳氏，早寡。慈禧之畫，多為其代筆。
寇連材	寇連材	直隸昌平	太監	內奏事處太監	
高萬枝	高萬枝		太監		

高道士	高峒元		道士	白雲觀住持	
常璘	長麟（石農）	滿洲	光緒庚辰進士	戶部左侍郎	
大公主	大公主	宗室	恭王女		
四格格	四格格	宗室	慶王女		直隸總督裕祿寡媳
袁大奶奶	袁大奶奶			內務府大臣慶善女	慈禧姪媳，未嫁而寡。
倪罕廷	聶士成（功亭）	安徽合肥	軍功	直隸提督太原總兵	
召廉村	邵友濂（小村）	浙江餘姚	同治甲子舉人	臺灣巡撫	
烏赤雲	伍廷芳（秩庸）	廣東香山	美國留學生	外務部右侍郎，出使美、日、祕大臣。	
李蔭白	李經方（伯行）	安徽合肥	光緒壬午舉人	郵傳部右侍郎	
羅積丞	羅豐祿（稷臣）	福建閩縣	監生	出使英國大臣	

以上第二十七回

陳青（千秋）	陳清	廣東南海	橫濱僑商	興中會會員	
李大先生	李瀚章（小荃）	安徽合肥	道光己酉拔貢	兩廣總督	李鴻章之兄

以上第二十八回

王紫詮	王韜（紫詮）	江蘇長洲	附生	新聞記者	
蔡爾康	蔡爾康（紫紱）	江蘇上海	廩貢生	新聞記者	
畢嘉銘	畢永年（松甫）	湖南安化	拔貢	興中會會員	
裘叔遠	邱煒萲（菽園）	福建海澄		新加坡天南新報館主	
孫汶（一仙）	孫文（逸仙）	廣東香山	醫學博士	興中會總會長	民國成立，曾任臨時大總統，後尊為國父。
楊雲衢	楊飛鴻（衢雲）	福建海澄	英文教員	興中會首任會長	
歐世傑					
大砲梁	大砲梁	廣東清遠	會黨	興中會會員	廣東北江一帶三合會首領
何大雄	胡衍鴻（展堂）	廣東番禺			
張懷民					
史堅如	史堅如（文緯）	廣東番禺	學生	興中會會員	
陳龍	陳夔石（少白）	廣東新會		興中會會員	
超蘭生	趙聲（伯先）	江蘇丹徒	諸生	興中會會員	
陸崇溎（皓冬）	陸中桂（皓東）	廣東香山		興中會會員	

以上第二十九回

官慶	慶寬（小山）	內務府	包衣	江西鹽法道	
貞貝子	載振	慶王子	貝子銜鎮國將軍	農工商部尚書	
敷二爺	載搏	慶王子	鎮國將軍		慶親王奕劻之次子

以上第三十回

古冥鴻	辜湯生（鴻銘）	福建同安	留英博士	外務部左丞	
向菊笑	田際雲	直隸武清		京劇花旦名演員	藝名想九霄
李芊香	李蘋香	安徽歙縣		上海名妓	本名黃碧漪，有詩妓之稱。
林絳雪	林絳雪			上海名妓	
林黛玉	林黛玉	江蘇松江		上海名妓	上海花界四金剛之一
花翠琴	花翠琴			上海名妓	
金小寶	金小寶	江蘇蘇州		上海名妓	上海花界四金剛之一
金遜卿	金清鑣（琴孫）	江蘇吳縣		上海租界華商公誼會董事	壟斷上海報關事業，人稱金四少爺，後被仇殺。

夏氏三兄弟	夏月恆、月珊、月潤	安徽懷寧		京劇名演員	月恆居長，工武生。月珊行三，工丑。月潤行八，工武生。
陸蘭芬	陸蘭芬	江蘇蘇州		上海名妓	上海花界四金剛之一。本姓趙，初名胡月娥。
陳驥東	陳季同（敬如）	福建侯官	福建船政學堂畢業	總兵銜候補副將，駐法使館參贊代公使。	曾助唐景崧守臺，署藩使。
張書玉	張書玉			上海名妓	上海花界四金剛之一
蕭紫荷	馮春航（旭初）	江蘇吳縣		京劇花旦名演員	藝名小子和
筱蓮笙	潘月樵	江蘇常熟		京劇老生名演員	藝名小蓮生，曾參與辛亥革命光復上海之役。
寶子固	寶頤（子觀）	滿洲鑲藍旗		同知，上海英租界會審公解會審委員。	

以上第三十一回

丁槐	丁槐（衡三）	雲南鶴慶	世職	廣西提督	
余姑太	余姑太	廣西灌陽			唐景崧之女，嫁余某。
李文魁	李文魁		行伍	臺灣撫署中軍統帶	
林朝棟	林朝棟（蔭堂）	臺灣彰化		道員銜把總	
邱逢甲	丘逢甲（滄海）	臺灣彰化	光緒己丑進士	工部主事	乙未年被臺灣義民推為副總統兼大將軍，與唐景崧共同抗日。
胡寶玉	胡寶玉			上海名妓	
翁梅倩	翁梅倩			上海名妓	後下海演京劇，工老生。
翁養魚	龔照瑗（仰蘧）	安徽合肥	監生	光祿寺卿，出使英、法、義、比大臣。	
黃翼德	黃翼德			臺灣撫署護衛營統帶	
楊岐珍	楊岐珍（西園）	安徽壽州	行伍	福建水師提督	

以上第三十二回

吳彭年	吳彭年（季籛）	浙江		駐臺灣粵軍統帶	
李惟義	李維義			駐臺灣粵軍左營管帶	
林義成	林義成			臺灣義軍將佐	
徐驤	徐驤	廣東	諸生	臺灣義軍將佐	
袁錫清	袁錫清			臺南駐軍管帶	
鄭姑姑	鄭姑姑	臺灣彰化			清人筆記多載其抗日守臺事蹟，傳為鄭芝龍後裔。

以上第三十三回

尤烈	尤列（少紈）	廣東順德	算學館學生	興中會會員	早年在香港與孫中山、陳少白、楊鶴齡共謀革命，人稱四大寇。
丘四	丘四		會黨	興中會會員	
朱淇	朱淇（菉孫）	廣東南海	諸生	興中會會員	
朱貴全	朱貴全		會黨	興中會會員	
何啟	何啟	廣東南海	醫學博上	律師，香港議政局員。	

李杞	李杞	廣東香山	檀香山工人	興中會會員	
李家焯	李家焯			知縣銜巡勇管帶	
李征庸	李徵庸（鐵船）	四川鄰水	光緒丁丑進士	雲南記名道督辦，四川礦務商務大臣。	
侯艾存	侯艾泉	廣東香山	檀香山工人	興中會會員	
唐常博	康有溥（幼博）	廣東南海		候補主事	即康廣仁，有為弟，戊戌變法六君子之一。
徐勉	徐勤（君勉）	廣東三水	附生	保國會會員	
陳萬春	陳千秋（禮吉）	廣東南海			
梁超如	梁啟超（卓如）	廣東新會	光緒乙丑舉人	保國會會員	
麥化蒙	麥孟華（孺博）	廣東順德	舉人	保國會會員	
程奎光	程奎光	廣東香山			
程耀臣	程耀臣	廣東香山			
黃永襄	黃詠商	廣東香山		興中會會員	
鄭士良	鄭士良（弼臣）	廣東歸善	醫校學生	興中會會員	
歐矩甲	歐榘甲（雲樵）	廣東歸善	附生	保國會會員	
談鍾靈	譚鍾麟（文卿）	湖南茶陵	咸豐丙辰翰林	兩廣總督	

龍子積	龍澤厚（積之）	廣西桂林	優貢	知縣	
謝贊泰	謝纘泰（聖安）	廣東開平		興中會會員	
羅伯約	羅伯雅	廣東		保國會會員	

以上第三十四回

余仁壽	徐仁鑄（研甫）	直隸宛平	光緒乙丑翰林	編修	寶廷（書中稱祝溥）之子
富壽（伯猷）	壽富（伯茀）	宗室（鑲藍旗）	光緒戊戌翰林	編修	
程夫人	龔氏	湖南善化			禮部員外龔鎮湘之女，署湖北布政使梁鼎芬之妻。
程叔寬（二銘）	陳三立（伯嚴）	江西義寧	光緒乙丑進士	吏部主事	
萬范水	樊增祥（嘉父）	湖北恩施	光緒丁丑翰林	江寧布政使	別號樊山，作前後彩雲曲，歷敘賽金花事跡。
葉笑庵	易順鼎（實甫）	湖南龍陽	光緒丙子舉人	欽廉兵備道	別號哭庵
劉光地	劉光第（裴村）	四川富順	光緒癸未進士	四品卿銜軍機章京	戊戌變法六君子之一

以上第三十五回

回目

第一回　一霎狂潮陸沉奴樂島　卅年影事托寫自由花

江山吟罷精靈泣，中原自由魂斷。金殿才人，平康佳麗，間氣鍾情吳苑。輶軒西展，遽瞞著靈根，暗通瑤怨。孽海❶飄流，前生冤果此生判。

群龍九馗宵戰，值鈞天爛醉，夢魂驚顫。虎神營荒，鑾儀殿鬧，輸爾外交纖腕。大千公案，又天眼愁胡，人心思漢。自由花神，付東風拘管。

卻說自由神，是那一位列聖，勅封何朝，鑄像何地，說也話長。如今先說個極野蠻自由的奴隸國。在地球五大洋之外，哥倫波未闢、麥折倫不到的地方。是一個大大的海，叫做孽海。那海裡頭有一個島，叫做奴樂島❷。地近北緯三十度，東經一百十度；倒是山川明麗，花木美秀，終年光景，是天低雲黯，半陰不晴；所以天空新氣，是極缺乏的。列位想想：那人所靠著呼吸的天空氣，猶之那國民所靠著生活的自由，如何缺得！因是一般國民，沒一個不是奄奄一息，偷生苟活。因是養成一種崇拜強權獻媚異族

❶ 孽海：罪惡之海，言人生多罪惡。與「業海」同。孽，本作「孼」。音ㄋㄧㄝˋ。罪惡。

❷ 奴樂島：金松岑以麒麟為筆名，於清德宗光緒二十九年（西元一九〇三年）十月一日，在東京江蘇雜誌發表孽海花，其第一回原文作：「那海裡頭有一個島，叫做Nolow島，譯起中國文來，是奴樂二字。」奴樂，意即快樂的奴隸。這對當時半殖民地的中國，實具有深刻的嘲諷意味。

的性格，傳下來一種什麼運命、什麼因果的迷信。因是那一種帝王，暴也暴到呂政、奧古士都、成吉斯汗、路易十四的地位；昏也昏到隋煬帝、李後主、查理士、路易十六的地位。那一種國民，頑也頑到馮道、錢謙益的地位；秀也秀到揚雄、趙子昂的地位。而且那島從古不與別國交通，所以別國也不曉得他的名字。從古沒有呼吸自由的空氣，那國民卻自以為是：有「吃」，有「著」，有「功名」，有「妻子」，是個自由極樂之國。

古人說得好：「不自由，毋寧死。」果然那國民享盡了野蠻奴隸自由之福，死期到了。去今五十年前，約莫十九世紀中段，那奴樂島忽然四周起了怪風大潮；那時這島根岌岌搖動，要被海若捲去的樣子。誰知那一般國民，還是醉生夢死，天天歌舞快樂，富貴風流，撫著自由之琴，喝著自由之酒，賞著自由之花，年復一年，禁不得月嚙日蝕，到了一千九百零四年，平白地天崩地塌，一聲響亮，那奴樂島的地面，直沈向孽海中去。咦！咦！咦！原來這孽海和奴樂島，卻是接著中國地面，在瀚海之南，黃海之西，青海之東，支那海之北。此事一經發現，那中國第一通商碼頭的上海——地球各國人，都聚集在此地——都道希罕，天天討論的討論，調查的調查，禿著幾打筆頭，費著幾磅紙墨，說著此事。內中有個愛自由者❸聞信，特地趕到上海來，要想偵探偵探奴樂島的實在消息，卻不知從何處問起。那日走出去。看看人來人往，無非是那班肥頭胖耳的洋行買辦，偷天換日的新政委員，短髮西裝的假革命黨，霧說亂話的新聞社員：都好像沒事的一般，依然叉麻雀，打野雞❹，安塏第喝茶，天樂窩聽唱；馬龍車水，酒地花

❸ 愛自由者：本書原始作者金松岑之筆名，寓為國家爭取自由之意。

❹ 叉麻雀二句：叉麻雀，即打麻將。打野雞，即嫖妓。俗稱當街拉客行為卑賤之最下流妓女為野雞。雞與妓音

天，好一派昇平景象！

愛自由者倒不解起來，糊糊塗塗昏昏沉沉的過了數日，這日正一個人悶悶坐著，忽見幾個神色倉皇手忙腳亂的人奔進來嚷道：「禍事！禍事！日俄開仗了，東三省快要不保了！」正嚷著，旁邊遠遠坐著一人冷笑道：「豈但東三省呀！十八省早已都不保了！」愛自由者聽了猛吃一驚，心想剛剛很太平的世界，怎麼變得那麼快！不知不覺，立了起來，往外就走。一直走去，不曉得走了多少路程。忽然到一個所在，抬頭一看，好一片平陽大地！山作黃金色，水流乳白香，幾十座玉宇瓊樓，無量數瑤林琪樹，正是華麗境域，錦繡山河，好不動人歆羨呀！只是空蕩蕩靜悄悄沒個人影兒。愛自由者走到這裡，心裡一動，好像曾經到過的；正在徘徊不捨，忽見眼前迎著面一所小小的空屋。愛自由者不覺越走越近了。到得門前，不提防門上卻懸著一桁珠簾；隔簾望去，隱約看見中間好像供著一盆極嬌豔的奇花，一時也辨不清是隋煬帝的瓊花呢？還是陳後主的玉樹花呢？但覺春光澹宕，香氣氤氳，一陣陣從簾縫裡透出來。

愛自由者心想，遠觀不如近睹，放著膽，把簾子一掀，大踏步走進一看，那裡有什麼花！倒是個螓首蛾眉桃腮櫻口的絕代美人！愛自由者頓嚇一跳，忙要退出，忽聽那美人喚道：「自由兒，自由兒，奴樂島奇事發現，你不是要偵探麼？」愛自由者忽聽奴樂島三字，頓時觸著舊事，就停了腳，對那美人鞠了鞠躬道：「令孃知道奴樂島消息嗎？」那美人笑道：「咳，你瘋了，那裡有什麼奴樂島來！」愛自由者愕然道：「沒有這島嗎？」美人又笑道：「呸，你真呆了！那一處不是奴樂島呢！」說著，手中擎著一卷紙，鄭重的親自遞與愛自由者。愛自由者不解緣故，展開一看，卻是一段新鮮有趣的歷史。默想了

相近，故稱妓為雞，以示文雅。

一回，恍恍惚惚，好像中國也有這麼一件新奇有趣的事情；自己還有一半記得，恐怕日久忘了，卻慢慢寫了出來。

正寫著，忽然把筆一丟道：「呸，我瘋了！現在我的朋友東亞病夫，囂然自號著小說王，專門編譯這種新鮮小說，我祇要細細告訴了他，不怕他不一回一回的慢慢地編出來，豈不省了我無數筆墨嗎？」當時就攜了寫出的稿子，一逕出門，望著小說林發行所來，找著他的朋友東亞病夫，告訴他，叫他發布那一段新奇歷史。愛自由者一面說，東亞病夫就一面寫，正是三十年舊事，寫來都是血痕；四百兆同胞，願爾早登覺岸！端的上面寫的是些什麼，列位不嫌煩絮，看他逐回道來。

第二回　陸孝廉訪豔宴金閶　金殿撰歸裝留滬瀆

話說大清朝應天承運❶，奄有萬方❷，一直照著中國向來的舊制，因勢利導，果然風調雨順，國泰民安。列聖相承，繩繩繼繼❸。正是說不盡的歌功頌德，望日瞻雲。直到了咸豐皇帝手裡，就是金田起義❹，擾亂一回，卻依然靠了那班舉人、進士、翰林出身的大元勳，拚著數十年汗血，斫著十幾萬頭顱，把那些革命軍掃蕩得乾乾淨淨。斯時正是大清朝同治五年，大亂敉平，普天同慶，共道大清國萬年有道之辰。這中興聖主同治皇帝，准了臣子的奏章，諭令各省府縣，有鄉兵團練剿賊出力的地方，增廣了幾個生員；被賊匪蹂躪及大兵所過的地方，酌免了幾成錢糧。蘇松常鎮太❺幾州，因為賦稅最重，恩准減漕❻。所以蘇州的人民，尤為涕零感激。卻好戊辰會試的年成又到了，本來一般讀書人，雖在亂離兵燹，

❶ 應天承運：指政權的取得，合乎天意與時代的演變。應天，順應天命。承運，承受天命。

❷ 奄有萬方：統治天下。奄，覆蓋；占有。

❸ 繩繩繼繼：或作「繼繼繩繩」。連續不斷。

❹ 金田起義：即太平天國之亂。清宣宗道光三十年（西元一八五〇年）六月，天主教傳教士廣東花縣人洪秀全，在廣西桂平金田村起義，反抗滿清統治。

❺ 蘇松常鎮太：指蘇州、松江、常州、鎮江、太倉，均在今江蘇省，是著名的江南魚米之鄉。

❻ 減漕：減少田賦運往北京的糧食。漕，即漕糧。清初對江南各省田賦，徵納白米，轉輸入京之稱。

八股八韻、朝考卷白摺子的功夫，是不肯丟掉，況當歌舞河山拜揚神聖的時候呢！果然，公車士子，雲集輦轂，會試已畢，出了金榜。不第的自然垂頭喪氣，襆被❼出都，過了蘆溝橋，渡了桑乾河，少不得灑下幾點窮愁之淚。那中試的進士，卻是欣欣向榮❽，拜老師，會同年，團拜請酒，應酬得發昏。又過了殿試，到了三月過後，臚唱❾出來，那一甲第三名探花黃文載，是山西稷山人；第二名榜眼王慈源，是湖南善化人；第一名狀元是誰呢？卻是姓金名汮，是江蘇吳縣人。我想列位國民沒有看過登科記，不曉得狀元的出色價值，這是地球各國，只有獨一無二之中國方始有的；而且積三年出一個，要累代陰功積德，一生見色不亂，京中人情熟透，文章頌揚得體，方纔合配。這叫做群仙領袖，天子門生，一種富貴聰明，那蘇東坡、李太白，還要退避三舍，何況英國的倍根、法國的盧騷呢？

話且不表。單說蘇州城內元妙觀，是一城的中心點，有個雅聚園茶坊，一天有三個人在那裡同坐在一箇桌子喝茶：一箇有鬚的老者，姓潘，名曾奇，號勝芝，是蘇州城內的老鄉紳；一箇中年長龍臉的姓錢，名端敏，號唐卿，是箇墨裁高手；下首坐著的是小圓臉，姓陸，名叫仁祥，號菶如，殿卷白摺，極有工夫。這三個都是蘇州有名的人物。唐卿已登館選；菶如還是孝廉。那時三人正講得入港❿。潘勝芝開口道：「我們蘇州人，真正難得！本朝開科以來，總共九十七個狀元，江蘇到是五十五個！那五十五

❼ 襆被：束裝；打鋪蓋捲。晉書魏舒傳：「襆被而出。」襆，音ㄆㄨˊ。

❽ 欣欣向榮：草木漸盛的樣子。此與欣然得意同。語出陶潛歸去來辭。

❾ 臚唱：亦稱「臚傳」或「傳臚」。科舉時代，宣旨唱名，傳呼新進士入見謂之。臚，音ㄌㄨˊ。傳達。

❿ 入港：相合；談得投機。

個裡頭，我蘇州城內，就占了去十五個。如今那圓嶠巷的金雯青，也中了狀元了，好不顯煥！」錢唐卿接口道：「老伯說的東吳文學之邦，狀元自然是蘇州出產。而且據小姪看來，蘇州狀元的盛衰，與國運很有關係！」勝芝愕然道：「到要請教！」

唐卿道：「本朝國運，盛到乾隆年間，那時蘇州狀元，亦稱極盛：張書勛同陳初哲，石琢堂同潘芝軒，都是兩科蟬聯；中間錢湘舲遂三元及第⓫。自嘉慶手裡，只出了吳廷琛、吳信中兩個，幸虧得十六年辛未這一科，狀元雖不是，那榜眼、探花、傳臚都在蘇州城裡，也算一段佳話。自後道光年代，就只吳鍾駿崧甫年伯，算為前輩爭一口氣，下一粒讀書種子。然而國運是一代不如一代了。至於咸豐手裡，我親記得是開過五次，一發荒唐了，索性脫科了。」那時候唐卿說到這一句，就伸著一只大拇指搖了搖頭，接著說道：「那時候世叔潘八瀛先生，中了一個探花，從此以後，狀元鼎甲，廣陵散絕響於蘇州。如今這位聖天子中興有道，國運是要萬萬年，所以這一科的狀元，我早決定是我蘇州人。」菶如也附和著道：「吾兄說的話真關著陰陽消息，參伍天地，其實我那雯青同年兄的學問，實在數一數二！文章書法是不消說，史論一門，綱鑑熟爛又不消說。我去年看他在書房裡，校部元史，怎麼奇渥溫、木華黎、禿禿等名目，我懂也不懂。聽他說得聯聯翩翩⓬，好像洋鬼子話一般。」勝芝正色道：「你不要瞎說，這不是洋鬼子話，這大元朝彷彿聽得說就是大清國。你不聽得，當今親王大臣，不是叫做僧格林沁、阿

⓫ 三元及第：同一人在鄉試、會試、廷試（殿試）均獲第一名。三元，謂鄉試第一名之解元，會試第一名之會元，廷試第一名之狀元。

⓬ 聯聯翩翩：連續不斷。見後漢書張衡傳。聯翩衍為疊辭，義同。

拉喜崇阿嗎？」

勝芝正欲說去，唐卿忽望著外邊叫道：「肇廷兄！」大家一齊看去，就見一個相貌很清瘦、體段很伶俐的人，迷縫著眼，一腳已跨進園來；後頭還跟著個面如冠玉、眉長目秀的書生。葦如也就半抽身，傴著腰，招呼那書生道：「怎麼珏齋兄也來了！」肇廷就笑眯眯的低聲接說道：「我們是途遇的。曉得你們都在這裡，所以一直找來。今兒晚上謝山芝在倉橋浜粱聘珠家替你餞行，你知道嗎？」葦如點點頭道：「還早哩！」說著就拉肇廷朝裡坐下。唐卿也與珏齋並肩坐了，不知講些什麼，忽聽「餞行」兩字，就回過頭來，對葦如道：「你要上那裡去？怎麼我一點也不知道？」葦如道：「不過上海罷了！前日得信，雯青兄請假省親，已回上海，寓名利棧，約兄弟去游玩幾天。從前兄弟進京會試，雖經過幾次，聞得近來一發繁華，即如蘇州開去大章、大雅之崑曲戲園，生意不惡；而丹桂茶園、金桂軒之京戲亦好；京菜有同興、同新，徽菜也有新新樓、復新園；若英法大餐，則杏花樓、同香樓、一品香、一家春，尚不曾請教過。」珏齋插口道：「上海雖繁華世界，究竟五方雜處，所住的無非江湖名士，即如寫字的莫友芝，畫畫的湯壎伯，非不洛陽紙貴，名震一時，總嫌帶著江湖氣。比到我們蘇府裡姚鳳生的楷書，楊詠春的篆字，任阜長的畫，就有雅俗之分了。」

唐卿道：「上海印書叫做什麼石印，前天見過一本直省闈墨，真印得紙墨鮮明，文章就分外覺得好看，所以書本總要講究板本。印工好，紙張好，款式好，便是書裡面差一點，看著總覺豁目爽心。」那勝芝聽著這班少年談得高興，不覺也忍不住，一頭拿著只瓜楞茶碗，連茶盤托起，往口邊送，一面說道：「上海繁華總匯，聽說寶善街，那就是前明徐相國文貞之墓地。文貞為西法開山之祖，而開埔以來，不能保其佳城石室⓭，曾有人做一首竹枝詞弔他道：『結伴來游寶善街，香塵輕軟印弓鞋。舊時相國墳何在？半屬民廛半館娃！』豈不可嘆呢！」肇廷道：「此刻雯青從京裡下來，走的旱道呢，還是坐火輪船呢？」韡如道：「是坐的美國旗昌洋行輪船。」勝芝道：「說起輪船，前天見張新聞紙，載著各處輪船進出口，那輪船的名字，多借用中國地名人名，如：漢陽、重慶、南京、上海、基隆、臺灣等名目；乃後頭竟有更詫異的，走長江的船叫做孔夫子。」大家聽了愕然，既而大笑。

言次，太陽冉冉西沉，暮色蒼然了。勝芝立起身來道：「不早了，我先失陪了。」道罷，拱手別去。肇廷道：「韡如，聘珠那裡你倒底去不去？要去，是時候了。」韡如道：「可惜唐卿、珏齋，從來沒開過戒。不然豈不更熱鬧嗎？」肇廷道：「他們是道學先生，不教訓你兩聲就彀了，你還想引誘良家子弟，該當何罪！」原來這珏齋姓何，名太真，素來歡喜講程、朱之學，與唐卿至親，意氣也很相投，都不會尋花問柳，所以肇廷如此說著。當下唐卿、珏齋都笑了一笑，也起身出館，向著韡如道：「見了雯青同年，催他早點回來，我們都等著哩！」說罷揚長而去。肇廷、韡如，兩人步行。望觀西直走，由關帝廟前，過黃鸝坊橋。忽然後面來了一肩轎子，兩人站在一面，讓他過去。誰知轎子裡面，坐著一個麗人。一見肇廷、韡如，就打著蘇白招呼道：「顧老爺，陸老爺，從啥地方來？謝老爺早已到倪搭，請呀篤就去罷！」說話間轎子如飛去了。兩人都認得就是梁聘珠，因就彎彎曲曲，出專諸巷，穿閶門大街，走下塘，直訪梁聘珠書寓。果然，山芝已在，看見顧、陸兩人，連忙立起招呼。肇廷笑道：「大善士發了慈

⓭ 前明徐相國四句：徐相國，即徐階，明松江華亭人，字子升，官至禮部尚書、東閣大學士。所謂西法開山之祖，應為徐光啟，非徐階。佳城，指墓地。石室，石造之墓。

悲心，今天來救大善女的急了。」說時，恰聘珠上來敬瓜子，葦如就低聲湊近聘珠道：「耐阿急弗急？」聘珠一扭身放了盆子。一屁股就坐下道：「瞎三話四，倪弗懂個。」你道肇廷為什麼叫山芝大善士？原來山芝名介福，家道尚好，喜行善舉，蘇州城裡有謝善士之名。當時大家大笑。

葦如回過頭來，見尚有一客，坐在那裡，體雄偉而不高，面團團而發亮，十分和氣，一片志誠，年紀約三十許，看見顧、陸兩人，連忙滿臉堆笑的招呼。山芝就道：「這位是常州成木生兄，昨日方由上海到此。」彼此都見了，正欲坐定。相幫的喊道：「貝大人來了。」葦如抬頭一看，原來是認得的常州貝效亭名佑曾的，曾經署過一任直隸臬司⑭，就是火燒圓明園一役，議和裡頭得法，如今卻不知為什麼棄了官回來了，卻寓居在蘇州。於是大家見了，就擺起檯面來，聘珠請各人叫局。葦如叫了武美仙，肇廷叫了諸桂卿，木生叫了姚韵初。山芝道：「效亭先生叫誰？」效亭道：「聞得有一位杭州來的姓褚的，叫什麼愛林，就叫了他罷。」山芝就寫了。葦如道：「說起褚愛林，有些古怪，前日有人打茶圍，說他房內備著多少箏琵簫笛，夾著多少碑帖書畫，上有名人珍藏的印。還有一樣奇怪東西，說是一個玉印，好像是漢朝一個妃子傳下來的。看來不是舊家落薄，便是個逃妾哩！」

肇廷道：「莫非是趙飛燕的玉印嗎？那是龔定庵先生的收藏。定公集裡，還有四首詩，記載此事。」木生道：「先兩天，定公的兒子龔孝琪，兄弟還在上海遇見。」效亭道：「快別提這人，他是已經投降了外國人了。」山芝道：「他為什麼好端端的要投降呢？總是外國人許了他重利，所以肯替他做鄉導。」效亭道：「倒也不是，他是脾氣古怪，議論更荒唐。他說這個天下，與其給本朝，寧可贈給西洋人，你

⑭ 臬司：官名，元代為肅政廉訪司，明清按察司按察使的別稱。臬，音ㄋㄧㄝˋ。法。

想這是什麼話？」肇廷道：「這也是定公立論太奇，所謂其父報仇，其子殺人。古人的話倒底不差的。」木生道：「這種人不除，終究是本朝的大害！」效亭道：「可不是麼！庚申之變，虧得有賢王留守，主張大局。那時兄弟也奔走其間，朝夕與英國威妥瑪磋磨，總算靠著列祖列宗的洪福，威酋答應了賠款通商，立時退兵。否則你想京都已失守了，外省又鬧著長毛⑮，糟得不成樣子，真正不堪設想！所以那時兄弟就算受點子辛苦，看著如今大家享太平日子，想來還算值得。」山芝道：「如此說來，效翁倒是本朝的大功臣了！」效亭道：「豈敢！豈敢！」木生道：「據兄弟看來，現在的天下，雖然太平，還靠不住。外國勢力，日大一日，機器日多一日，輪船鐵路，電線槍砲，我國一樣都沒有辦，那裡能彀對付他？」

正說間，諸妓陸續而來，五人開懷暢飲，但覺笙清簧暖，玉笑珠香，不消備述。眾人看著褚愛林面目，煞是風韵，舉止亦甚大方，年紀二十餘歲。問她來歷，只是笑而不答，但曉得她同居姊妹，尚有一個姓汪的，皆從杭州來蘇。遂相約席散，至其寓所。不一會，各妓散去，鐘敲十二下，山芝、效亭、肇廷等自去訪褚愛林。莘如以將赴上海，少不得部署行李，先喚轎班，點燈伺候，別著眾人回家，話且不提。

卻說金殿撰⑯請假省親，趁著飛似海馬的輪船，到上海，住名利棧內，少不得拜會上海道縣及各處顯官，自然有一番應酬，請酒看戲，更有一班同鄉都來探望。一日，家丁投進帖子，說馮大人來答拜。

⑮ 長毛：指洪秀全之太平軍。因太平軍皆蓄長髮，故稱長毛，有輕侮之意。

⑯ 殿撰：宋有集賢殿修撰、右文殿修撰等官。明、清翰林院修撰為狀元專就之官，故俗稱狀元為殿撰。

雯青看著，是馮桂芬三字。即忙立起身，說有請。家丁揚著帖子，走至門口，站在一旁，將門簾擎起。但見進來一個老者，約六十餘歲光景，白鬚垂頷，兩目奕奕有神，背脊微傴，見著雯青，即呵呵作笑聲。雯青趕著，搶上一步，叫聲景亭老伯，作下揖去。見禮畢，就坐，茶房送上茶來。兩人先說些京中風景。景亭道：「雯青，我恭喜你飛黃騰達，現在是五洲萬國交通時代，從前多少詞章考據的學問，是不盡可以用世的。昔孔子繙百二十國之寶書，我看現在讀書，最好能通外國語言文字，曉得他所以富強的緣故，一切聲光化電的學問，輪船槍砲的製造，一件件都要學會他，那纔算得個經濟⑰！我卻曉得去年三月，京裡開了同文館，考取聰俊子弟，學習推步及各國語言，論起『一物不知，儒者之恥』的道理，這是正當辦法，而廷臣交章諫阻。倭良峰為一代理學名臣，而亦上一疏。有個京官鈔寄我看，我實在不以為然。聞得近來同文館學生，人人叫他洋翰林、洋舉人呢！」雯青點頭。景亭又道：「你現在清華高貴，算得中國第一流人物，若能周知四國，通達時務，豈不更上一層呢！我現在認得一位徐雪岑先生，是學貫天人、中西合撰的大儒，一個令郎，字忠華，年紀與你不相上下，並不考究應試學問，天天是講著西學哩！」

雯青方欲有言，家丁復進來道：「蘇州有位姓陸的來會。」景亭問是何人。雯青道：「大約是菶如。」果然走進來一位少年，甚是英發。見二人，即忙見禮坐定，茶房端上茶來，彼此說了些契闊的話，無非幾時動身，幾時到埠，曉得菶如住在長發棧內。景亭道：「二位在此甚好，聞得英領事署後園，有賽花會，照例每年四月舉行，西洋各國，琪花瑤草，擺列不少，很可看看。我後日來請同去罷？」端了

⑰ 經濟：經世濟民。見宋史王安石傳論，與政治、治道同。

茶，喝著二口，起身告辭。二人送景亭出房，進來重敘寒暄，談及游玩。雯青道：「靜安寺、徐家匯花園，已經游過，並不見佳，不如游公家花園。你可在此用膳，膳後叫部馬車同去。」葦如應允，雯青遂分付開膳。一面關照賬房，代叫皮篷馬車一部。

二人用膳已畢，洗臉漱口，茶房回說，馬車已在門口伺候。雯青在身邊取出鑰匙，開了箱子，換出一身新衣服穿上，握了團扇，讓葦如先出，鎖了房門，囑咐家丁及茶房幾句，將鑰匙交代賬房，出門上了馬車。那馬夫抖勒韁繩，但見那匹阿剌伯黃色駿馬，四蹄翻盞⑱，如飛的望黃浦灘而去。沿著黃浦灘北直行，真個六轡在手，一塵不驚。但見黃浦內波平如鏡，帆檣林立。猛然抬頭，見著戈登銅像⑲，矗立江表；再行過去，迎面一個石塔，曉得是記念碑。二人正談論，那車忽然停住。二人下車，入園門，果然亭臺清曠，花木珍奇。二人坐在一個亭子上，看著出入的，短衣硬領、細腰長裙、團扇輕衫、靚妝袨服的中西士女。正在出神，忽見對面走進一個外國人來，後頭跟著一個中國人，年紀四十餘歲，兩眼如瑪瑙一般，頷上微鬚，亦作黃色，也坐在亭子內。兩人咭唎呱囉，說著外國話。雯青、葦如，茫然不知所謂。俄見夕陽西頹，林木掩映，二人徐步出門，招呼馬車，仍沿黃浦灘，進大馬路，向四馬路兜個圈子。但見兩旁房屋，尚在建造。正欲走麥家圈，過寶善街，忽見雯青的家丁，拿著一張請客票頭，招呼道：「薛大人請老爺即在一品香第八號大餐。」雯青曉得是無錫薛淑雲請客，遂也點頭。葦如自欲回

⑱ 翻盞：馬蹄圓形，略如杯盞，駿馬飛奔，四蹄揚起，有如杯盞轉動，故稱。極言其奔馳之快。

⑲ 戈登銅像：咸豐十年（西元一八六〇年），李秀成率太平軍陷常州、蘇州，上海成立自衛軍，屢敗太平軍，號常勝軍。英人戈登 (Charles George Gordon) 曾任常勝軍指揮官，表現優異，故塑立銅像，以為永久紀念。

棧，在棋盤街下車。

雯青一人出棋盤街，望東轉彎，到一品香門前停住上樓。樓下按著電鈴，侍者上來問過，領到八號，淑雲已在，起身相迎。座間尚有五位，各各問訊。一位呂順齋，甘肅遵義廩貢生，上萬言書，應詔陳言，以知縣發往江蘇候補；那三個是崇明李台霞，名葆豐；丹徒馬美菽，名中堅；嘉應王子度，名恭憲，皆是學貫中西。還有一位無錫徐忠華，就是日間馮景亭先生所說的人。各道久仰坐定，侍者送上菜單，眾人點訖。淑雲更命開著大瓶香賓酒，且飲且談。忽然門外一陣皮靴聲音，雯青抬頭一看，卻是在公園內見著的一個中國人一個外國人望裡面走去。淑雲指著那中國人道：「諸君認得此人嗎？」皆道不知。淑雲道：「此人即龔孝琪。」順齋道：「莫非是定庵先生的兒子嗎？」淑雲道：「正是。他本來不識英語，因為那威妥瑪要讀中國漢書，請一人去講，無人敢去，孝琪遂挺身自薦，威酋甚為信用。聽得火燒圓明園，還是他的主張哩！」美菽道：「那外國人我雖不曉得名字，但認得是領事館裡人。」淑雲道：「那孝琪有兩個妾，在上海討的，寵奪專房。孝琪有所著作，一個磨墨，一個畫紅絲格，總算得清才豔福。誰知正月裡那二妾忽然逃去一雙，至今四處訪查，杳無蹤跡，豈不可笑呢！」

眾人正談得高興，忽然門外又走過一人，向著八號一張。順齋立起來，與那人說話。這人一來，有分教：裙屐招邀，江上相逢名士；江湖落拓，世間自有奇人。不知此人姓甚名誰，且聽下回分解。

第三回　領事館鋪張賽花會　半倫生演說西林春

卻說薛淑雲請雯青在一品香大餐，正在談著，門外走過一人，順齋見了立起身來，與他說話。說畢，即邀他進來，眾人起身讓坐。動問姓名，方曉得是姓雲字仁甫，單名一個宏字，廣東人，江蘇候補同知，開通闊達，吐屬不凡。席間眾人議論風生，多是說著西國政治藝學，雯青在旁默聽，茫無把握，暗暗慚愧。想道：「我雖中個狀元，自以為名滿天下，那曉得到了此地，聽著許多海外學問，真是夢想沒有到哩！從今看來，那科名鼎甲是靠不住的，總要學些西法，識些洋務，派入總理衙門當一個差，纔能彀有出息哩！」想得出神，侍者送上補丁，沒有看見，眾人招呼他，方纔覺著。匆匆吃畢，復用咖啡。侍者送上簽字單，淑雲簽畢，眾人起身道擾各散。

雯青坐著馬車回寓，走進寓門，見無數行李，堆著一地。尚有兩個好像家丁模樣，打著京話，指揮眾人。雯青走進賬房，取了鑰匙，因問這行李的主人。賬房啟道：「是京裡下來，聽得要出洋的，這都是隨員呢！」雯青無話。回至房中，一宿無語。次早起來，要想設席回敬了淑雲諸人。梳洗過後，更找菶如，約他同去。晚間，在一家春請了一席大餐。自後，彼此酬酢了數日，吃了幾檯花酒，游了一次東洋茶社，看了兩次車利尼馬戲。

一日，果然領事館開賽花會。雯青、菶如坐著馬車前去，仍沿黃浦灘到漢壁禮路，就是後園門口，見門外立著巡捕四人，草地停著幾十輛馬車，有西人上來問訊。二人照例各輸了洋一元，發給憑照一紙，迤邐進門。踏著一片綠雲細草，兩旁矮樹交叉，轉過數彎，忽見洋樓高聳，四面鐵窗洞開，有多少中西人，倚著眺望。樓下門口，青漆鐵欄杆外，復靠著數十輛自由車。走進門來，腳下法蘭西的地毯，軟軟的足有二寸多厚。舉頭一望，但見高下屏山，列著無數中外名花，詭形殊態，盛著各色磁盆，列著標幟，卻因西字，不能認識。內有一花，獨踞高座，花大如斗，作淺楊妃色，嬌豔無比，粉鬚四垂如流蘇，四旁綠葉，彷彿車輪大小，周圍護著。那四圍小花，好像承歡獻媚，服從那大花的樣子。問著旁人，內中有個識西字的，道是維多利亞花，以英國女皇的名字得名的。二人且看中國各花，則揚州的大紅牡丹，最為出色，花瓣約有十餘種，餘外不過蘭蕙、薔薇、玫瑰等花罷了。尚有日本的櫻花，倒是酣豔風流，獨占一部。走過屏山背後，看那左首，卻是道螺旋的扶梯。二人移步走上，但見士女滿座，或用著洋點，或用著咖啡，卻見台霞、美菽也在，同著兩個老者，與一個外國人談天。見了雯青等，起身讓坐。各各問訊，方曉得這外國人叫傅蘭雅，一口好中國話。兩位老者，一姓李，字任叔；一即徐雪岑。二人坐著，但聽得遠遠風琴唱歌，歌聲幽幽揚揚，隨風吹來，使人意遠。雪岑問著傅蘭雅，今天晚上有跳舞會嗎？傅蘭雅道：「領事下帖請的，約一百餘人，貴國人是請著上海道，製造局總辦，又有杭州一位大富翁胡星岩。還有兩人，說是貴國皇上欽派出洋，隨著美國公使蒲安臣，前往有約各國辦理交涉事件的，要定香港輪船航日本，渡太平洋，先到美國。那兩人一個是道員志剛，一個是郎中孫家穀。這是貴國第一次派往各國的使臣，前日纔到上海，大約六月起程。」雯青聽著，暗忖：怪道剛纔棧房裡來許多官員，說是出洋的，心裡暗自羨慕。說說談談，天色已晚，各自散去。

流光如水，已過端陽，雯青就同著菶如結伴回蘇。衣錦還鄉，原是人生第一榮耀的事，家中早已挂燈結綵，鼓吹喧闐；官場鹵簿，親朋轎馬，來來往往，把一條街擁擠得似人海一般。等到雯青一到，有挨著肩攀話的，有攔著路道喜的，從未認識的故意裝成熱絡，一向冷淡的格外要獻殷勤，直將雯青當了楚霸王，團團圍在垓下。好容易左衝右突，殺開一條血路，直奔上房，纔算見著了老太太趙氏和夫人張氏。自然笑逐顏開，闔家歡喜。正坐定了講些別後的事情，老家人金升進來回道：「錢老爺端敏、何老爺太真，同著常州纔到的曹老爺以表，都候在外頭，請老爺出去。」雯青聽見曹以表和唐卿、珏齋同來，不覺喜出望外，就吩咐金升請在內書房寬坐。

原來雯青和曹以表號公坊的，是十年前患難之交，連著唐卿、珏齋，當時號稱「海天四友」。——你道這個名稱，因何而起？當咸豐末年，庚申之變❶，和議新成，廷臣合請回鑾的時代，要安撫人心，就有舉行順天鄉試之議。那時蘇、常一帶，雖還在太平軍掌握，正和大清死力戰爭，各處縉紳士族，還是流離奔避；然科名是讀書人的第二生命，一聽見了開考的消息，不管多壘四郊，總想及鋒一試。雯青也是其中的一個，其時正避居上海，奉了趙老太太的命，進京赴試。但最為難的，是陸路固然阻梗，輪船尚未通行，祇有一種洋行運貨的船，名叫甲板船，可以附帶載客。雯青不知道費了多少事，纔定妥了一隻船。上得船來，不想就遇見了唐卿、珏齋、公坊三人。談起來，既是同鄉，又是同志，少年英俊，意氣相投，一路上辛苦艱難，互相扶助，自然益發親密，就在船上，訂了金蘭之契❷。後來到了京城，又

❶ 庚申之變：指第二次英法聯軍之役。英法聯軍攻占北京，仁宗奕詝奔熱河。庚申，清咸豐十年，西元一八六〇年。

合了幾個朋友，結了一個文社，名叫含英社，專做制藝工夫，逐月按期會課。在先不過預備考試，鼓勵鼓勵興會罷了。那裡曉得正當大亂之後，文風凋敝，被這幾個優秀青年，各逞才華，大放光彩，忽然震動了京師。一藝甫就，四處傳抄，含英社的聲譽，一天高似一天，公車士子，人人模仿，差不多成了一時風尚。曹公坊在社中，尤為傑出。他的文章和別人不同，不拿時文來做時文；拿經史百家的學問，全納入在時文裡面，打破有明以來江西派和雲間派的門戶，獨樹一幟。有時樸茂峭刻，像水心陳碑；有時宏深博大，如黃岡石台。龔和甫看了，拍案叫絕道：「不想天崇國初的風格，復見今日！」慫恿社友，把社稿刊布。從此含英社稿，不脛而走，風行天下，和柳屯田❸的詞一般。有井水處，沒個不朗誦含英社稿的課藝，沒個不知曹公坊的名字。不上幾年，含英社的社友，個個飛黃騰達，入鸞掖，占鼇頭，祇賸曹公坊一人向隅，至今還是個國學生，也算文章憎命了！可是他素性淡泊，功名得失，毫不在意，不忍違背寡母的期望，每逢大比❹年頭，依然逐隊赴考。這回聽見雯青得意回南，曉得不久就要和唐卿、珏齋一同挈眷進京，不覺動了燕游之興，所以特地從常州趕來，借著替雯青賀喜為名，順便約會同行，路上多些伴侶，就先訪了唐卿、珏齋一齊來看雯青。當下雯青十分高興的出來接見，三人都給雯青致賀。雯青謙遜了幾句。錢、何兩人，相離未久，公坊卻好多年不見了，說了幾句久別重逢的話，招呼大家坐下，書童送上茶來。雯青留心細看公坊，祇見他還是胖胖的身幹，闊闊兒的臉盤，膚色紅潤，眉目

❷ 金蘭之契：黃金堅固，蘭花芬香，因用以比喻交友之契合，語本周易繫辭上，後沿用指結義兄弟。

❸ 柳屯田：柳永，宋福建崇安人，字耆卿，初名三變，仁宗景祐進士。官至屯田員外郎，世號柳屯田。

❹ 大比：科舉之制，稱各省鄉試為大比，見書言故事科第類。

清疏，年紀約莫三十來歲，並未留鬚。披著一件蕉舊白紗衫，罩上天青紗馬褂，搖著脫翮雕翎扇，一手握著個白玉鼻煙壺，一坐下來不斷的聞。鼻孔和上唇，全粘染著一搭一搭的虎皮班，微笑的向雯青道：「這回雯兄高發，不但替朋儕吐氣，也是令桑梓生光！捷報傳來，真令人喜而不寐！」雯青道：「公坊兄，別挖苦我了！我們四友裡頭，文章學問，當然要推你做龍頭，弟是殳尾❺。不料王前盧後，適得其反❻；劉蕡下第，我輩登科❼，厚顏者還不止弟一人呢！」就回顧唐卿道：「不是弟妄下雌黃❽，祇怕唐兄印行的不息齋稿，雖然風行一時，決不能望五丁閣稿的項背哩！」唐卿道：「當今講制義的，除了公坊的令師潘止留先生，還有誰能和他抗衡呢？」

於是大家說得高興，就論起制義的源流，從王荊公、蘇東坡起，以至江西派的章、馬、陳、艾，雲間派的陳、夏、兩張，一直到清朝的熊、劉、方、王、龍轡、虎轡，下及咸、同墨卷。公坊道：「現在大家都喜歡罵時文，表示他是通人，做時文的叫時文鬼。其實時文也是散文的一體，何必一筆抹倒？名家稿子裡，盡有說理精粹如周、秦諸子，言情悱惻如魏、晉小品，何讓於漢策、唐詩、宋詞、元曲呢！」

❺ 殳尾：最後。宋楊萬里八月朔曉起趣辨行李：「破除殳尾暑，領略打頭清。」

❻ 王前盧後二句：唐初楊炯，與王勃、盧照隣、駱賓王齊名，時稱王、楊、盧、駱為四傑。楊炯負才自傲，自謂過於王勃，嘗言：「吾愧在盧前，恥居王後。」議者然之。此言王前盧後，故云適得其反。

❼ 劉蕡下第二句：劉蕡，唐昌平人，字去華。浩然有救世意。擢進士第，太和初，舉賢良方正，能直言極諫，引諸儒百人於庭策之。考官見蕡對嗟伏，以為過古晁董，而畏中官不敢取。河南府參軍李郃謂人曰：「劉蕡下第，我輩登科，實厚顏矣。」蕡，音ㄈㄣˊ。

❽ 妄下雌黃：同「信口雌黃」。雌黃，隨口批評，不合事實。

珏齋道：「我記得道光間，梁章鉅仿詩話的例，做過一部制義叢話，把制義的源流派別，敘述得極翔實。錢梅溪又仿唐文粹例，把歷代的行卷房書，匯成了一百卷，名叫經義最，可惜不曾印行。這些人都和公坊的見解一樣。」唐卿道：「制義體裁的創始，大家都說是荊公，其實是韓愈，你們不信，祇把原毀一篇細讀一下。」

一語未了，不防葦如闖了進來，喊道：「你們真變了考據迷了，連敲門磚的八股，都要詳徵博引起來，祇怕連大家議定今晚在褚愛林家公分替雯兄接風的正事倒忘懷了！」唐卿道：「啊呀！我們一見公坊，祇顧講了八股，不是葦兄來提，簡直忘記得乾乾淨淨！」雯青現出詫異的神情道：「唐兄和珏兄向不吃花酒，怎麼近來也學時髦？」公坊道：「起先我也這麼說，後來纔知道那褚愛林不是平常應徵的俗妓，不但能唱大曲，會填小令，是板橋雜記裡的人物，而且妝閣上擺滿了古器古畫古硯，倒是個女賞鑑家呢！所以唐兄和珏兄，都想去看看，就發起了這一局。」珏齋道：「祇有我們四個人做主人，替你洗塵，不約外客，你道何如？」雯青道：「那褚愛林不就是龔孝琪的逃妾；你在上海時和我說過，她現住在三茅閣巷的嗎？」葦如點頭稱是。雯青道：「我一準去。那麼現在先請你們在我這裡吃午飯，吃完了，你們先去，我等家裡的客散了，隨後就來。」說著，吩咐家人，另開一桌到內書房來，讓錢、何、曹、陸四人隨意的吃，自己出外招呼賀客。不一會，四人吃完先走了。

這裡雯青直到日落西山，纔把那些蜂屯蟻聚的親朋，支使出了門，坐了一肩小轎，向三茅閣巷褚愛林家而來。一下轎，看看門口，不像書寓，門上倒貼著「杭州汪公館」五個大字的紅門條。正趄趔著腳，早有個相幫似的掌燈候著，問明了，就把雯青領進大門，在夜色朦朧裡，穿過一條彎彎曲曲的石徑，兩邊還隱約看見些湖石砌的花壇，雜蒔了一叢叢的灌木草花，分明像個園林。石徑盡處，顯出一座三間兩廂的平屋，此時裡面正燈燭輝煌，人聲嘈雜。雯青跟著那人跨進那房中堂，屋裡面高叫一聲客來，下首門帘揭處，有一個靚妝雅服二十來歲的女子，就是褚愛林，滿面含笑的迎上來。雯青瞥眼一看，暗暗吃驚，是熟識的面龐。祇聽愛林清脆的聲音道：「請金大人房裡坐。」那口音益發叫雯青迷惑了。雯青一面心裡暗忖，愛林在那裡見過？一面已進了房。看那房裡明窗淨几，精雅絕倫，上面放一張花梨炕，炕上邊挂一幅白描董雙成像，並無題識，的是苑畫。兩邊蟠曲玲瓏的一堂樹根椅几，中央一個紫榆雲石面的百齡臺，臺上正陳列著許多銅器玉件畫冊等。唐卿、珏齋、公坊、蓴如都圍著在那裡一件件的摩挲❾。

珏齋道：「雯青你來看看，這裡的東西都不壞！這癸歆觚、父丁爵，是商器。方鼎籀古亦佳。」唐卿道：「就是漢器的楤豆、鴻嘉鼎，製作也是工細無匹。」公坊道：「我倒喜歡這吳、晉、宋、梁四朝甎文拓本，多未經著錄之品。」雯青約略望了一望，嘴裡說著：「足見主人的法眼，也是我們的眼福！」一屁股就坐在廂房裡靠窗一張影木書案前的大椅裡，手裡拿起一個香楠匣的葉小鸞眉紋小研在那裡撫摩，眼睛卻祇對著褚愛林呆看。蓴如笑道：「雯兄，你看主人的風度，比你煙臺的舊相識何如？」愛林嫣然笑道：「陸老不要瞎說，拿我給金大人的新燕姐比，真是天比雞矢了！金大人，對不對？」雯青頓然臉上一紅，心裡勃的一跳，向愛林道：「你不是傅珍珠嗎？怎麼會跑到蘇州，叫起褚愛林來呢？」愛林道：「金大人好記性。事隔多年，我一見金大人，幾乎認不真了。現在新燕姐大概是享福了？也不枉她一片苦心！」雯青忸怩道：「她到過北京一次，我那時正忙，沒見她。後來她就回去，沒通過音信。」愛林

❾ 摩挲：同「摩抄」。用手撫摩賞玩。

驚詫似的道：「金大人高中了，沒討她嗎？」雯青變色道：「我們別提煙臺的事。我問你怎麼改名了褚愛林？怎樣人家又說你在龔孝琪那裡出來的呢？看著這些陳設的古董，又都是龔家的故物。」

愛林淒然的挨近雯青坐下道：「好在金大人不是外人，我老實告訴你，我的確是孝琪那裡出來的。不過人家說我捲逃，那纔是屈天冤枉呢！實在祇為了孝琪窮得不得了，忍著痛打發我們出來各逃性命。那些古董，是他送給我們的紀念品。金大人想，若是捲逃，那裡敢公然陳列呢！」雯青道：「孝琪何以一貧至此？」愛林道：「這就為孝琪的脾氣古怪，所以弄到如此地步。人家看著他舉動闊綽，揮金如土，祇當他是豪華公子，其實是個漂泊無家的浪子！他祇為學問上和老太爺鬧翻了，輕易不大回家。有一個哥哥，向來音信不通，老婆兒子，他又不理，一輩子就沒有用過家裡一個錢。一天到晚，不是打著蘇白和妓女們混，就是學著蒙古唐古忒的話，和色目人去彎弓射馬。用的錢，全是他好友楊墨林供應。墨林一死，幸虧又遇見了英使威妥瑪，做了幕賓，又浪用了幾年。近來不知為什麼事，又和威妥瑪翻了腔，一個錢也拿不到了，祇靠賣書畫古董過日子。因此，他起了個別號，叫半倫，就說自己五倫都無，祇愛著我。我是他的妾，祇好算半個倫。誰知到現在，連半個倫都保不住呢！」說著眼圈兒都紅了。雯青道：「他既犧牲了一切，投了威妥瑪，做了漢奸，無非為的是錢。為什麼又和他翻腔呢？」愛林道：「人家罵他漢奸，他是不承認。有人恭維他是革命，他也不答應。他說他的主張燒圓明園，全是替老太爺報仇。」雯青詫異道：「他老太爺有什麼仇呢？」

愛林把椅子挪了一挪，和雯青耳鬢廝磨的低低說道：「我把他自己說的一段話告訴了你，就明白了。那一天，就是我出來的前一個月，那時正是家徒四壁，囊無一文，他脾氣越發壞了，不是搥床拍枕，就是咒天罵地。我倒聽慣了，由他鬧去。忽然一到晚上，溜入書房，靜悄悄的一些聲息都無。我倒不放心起來，獨自躡手躡腳的走到書房門口，偷聽時，忽聽裡面拍的一聲，隨著咕嚕了幾句。停一會，又是嗶拍兩響，又唧噥了一回。這是做什麼呢？我耐不住，闖進去，祇見他道貌莊嚴的端坐在書案上，面前攤一本青格子，歪歪斜斜寫著草體字的書。書旁邊，供著一個已出櫝的木主。他一手握了一支硃筆，一手拿了一根戒尺，正要去舉起那木主，看見我進來，回著頭問我道：『你來做什麼？』我笑著道：『我在外邊聽見嗶拍嗶拍的聲音，我不曉得你在做什麼，原來在這裡敲神主！這神主是誰的？好端端的為甚要敲他？』他道：『這是我老太爺的神主。』我駭然道：『老太爺的神主，怎麼好打的呢？』他道：『我的老子，不同別人的老子。我的老子，是個盜竊虛名的大人物，我雖瞧他不起，但是他的香火子孫，遍地皆是，捧著他的熱屁當香，學著他的醜態算媚，我現在要給他刻集子，看見裡頭很多不通的，欺人的，錯誤的，我要給他大大改削，免得貽誤後學。從前他改我的文章，我挨了無數次的打。現在輪到我手裡，一施一報，天道循環，我就請了他神主出來，遇著不通的敲一下，欺人的兩下，錯誤的三下，也算小小報了我的宿仇。』我問道：『兒子怎好向父親報仇？』他笑道：『我已給他報了大仇，開這一點子的小玩笑，他一定含笑忍受的了。』我道：『你替老太爺報了什麼仇？』他很鄭重的道：『你當我老子是好死的嗎？他是被滿洲人毒死在丹陽的。我老子和我犯了一樣的病，喜歡和女人往來。他一生戀史裡的人物，差不多上自王妃，下至乞丐，無奇不有。他做宗人府主事時候，管宗人府的便是明善主人，是個才華蓋世的名王。明善的側福晉⑩，叫做太清西林春，也是個豔絕人寰的才女，閨房唱和，流布人間。明

⑩ 側福晉：清制，凡親王、郡王、世子之正室，均封為福晉，側室則封為側福晉。按：滿洲語謂妻曰福晉。

善做的詞，名西山樵唱；太清做的詞，名東海漁歌。韻事閒情，自命趙孟頫、管仲姬，不過爾爾。我老子也是明善的座中上客，酒酣耳熱，雖然許題箋十索，卻無從平視一回。有一天，衙中有事，明善恰到西山，我老子跟蹤前往。那日，天正下著大雪，遇見明善和太清並轡從林子裡出來，太清內家裝束，外披著一件大紅斗篷，映著雪光，紅的紅，白的白，豔色嬌姿，把他老人家的魂攝去了。從此日夜相思，甘為情死。但使無青鳥⓫，客少黃衫⓬，也只好藏之中心罷了。不想孽緣湊巧，好事飛來，忽然在逛廟的時候，彼此又遇見了。我老子見明善不在，就大著膽上去，說了幾句蒙古話。太清也微笑的回答。臨行，太清又說了明天午後東便門外茶館一句話，我老子猜透是約會的隱話，喜出望外。次日，不問長短，就趕到東便門外，果見離城百步，有一爿破敗的小茶館，他便走進去，揀了個座頭，喊茶博士泡了一壺茶，想在那裡老等。誰知這茶博士拿茶壺來時，就低聲問道：「尊駕是龔老爺嗎？」我老子應了一聲「是」。他就把我老子領到裡間，早見有一個粗眉大眼、戴著毡笠趕車樣兒的人坐在一張桌上，一見我老子就很足恭⓭的請他坐，我老子問他：「你是誰？」他顯出刁滑的神情道：「你老不用管，你先喝一點茶，再和你講。」我老子正走得口渴，本想潤潤喉，端起茶碗來，嘓都嘓都的倒了大半碗。誰知這茶不喝便罷，一到肚，不覺天旋地轉的一陣頭暈，硼的一聲倒了。』……」

⓫ 青鳥：謂使者。相傳西王母以青鳥為使，見漢武故事。青鳥乃三足之鳥，為西王母取食者。

⓬ 客少黃衫：意指無人幫忙撮合。典出唐蔣防所著霍小玉傳。文中敘名妓霍小玉與隴西士子李益有盟約，後李益為功名而負盟，小玉憂憤成疾，俠士黃衫客乃強挾李益見小玉。

⓭ 足恭：過分謙恭。見論語公治長。足，過分。

愛林正說到這裡，那邊百靈臺上錢唐卿忽然喊道：「難道龔定庵就這麼糊裡糊塗的給他們藥死了嗎？」愛林道：「不要慌，聽我再說。」正是：為振文風結文社，卻教名士殉名姬。欲知定庵性命如何，且聽下文細表。

第四回　光明開夜館福晉呈身　康了困名場歌郎跪月

話說上回褚愛林正說到定庵喝了茶博士的茶暈倒了，唐卿著慌的問，愛林叫他不要慌，說我們老太爺的毒死，不是這一回。正待說下去，珏齋道：「唐卿，你該讀過定庵集，據他送廣西巡撫梁公序裡，做宗人府主事時，是道光十六年丙申歲，到十八年，還做了一部商周彞器文錄，補了說文一百四十七個古籀。我做的說文古籀補，就是被他觸發的，如何會死呢？」公坊道：「就是著名的己亥雜詩三百十五首，也在宗人府當差兩年以後哩！」雯青道：「你們不要談考據，打斷她的話頭呢？愛林你快講下去。」

愛林道：「他說：『我老子暈倒後，人事不知。等到醒來，忽覺溫香撲鼻，軟玉滿懷，四肢無力，動彈不得。睜眼看時，黑洞洞一絲光影都沒有。可曉得那所在，不是個愁慘的石牢，倒是座縹渺的仙闥。頭倚繡枕，身裹錦衾，衾裡面，緊貼身朝外睡著個嬌小玲瓏的妙人兒，祇隔了薄薄一層輕綃衫褲，滲出醉人的融融暖氣，透進骨髓，就大著膽，伸過手去撫摩，也不抵攔，祇覺得處處都是膩不留手。那時他老人家暗忖，常聽人說：京裡有一種神祕的黑車，往往做宮娃貴婦的方便法門，難道西林春也玩這個把戲嗎？到底被裡的是不是她呢？就忍不住低低的詢問了幾次。誰知憑你千呼萬喚，祇是不應。又說了幾句蒙古話，還是默然。可是一條玉臂，已漸漸伸了過來，身體也婉轉的暱就，彼此都不自主的唱了一齣愛情啞劇。雖然手足傳情，卻已心魂入化，不覺相偎相倚的沉沉睡去了。正酣適間，耳畔忽聽古古的一聲雄雞，他老人家嚇得直坐起來，暗道：「不好！」揉揉眼，定定神，好生奇怪，原來他還安安穩穩睡在自己家裡書室中的床上。想道：難道我做了整天的夢嗎？茶館，仙闥，錦被，美人，都是夢嗎？急得一疊連聲喊人來。等到家人進來，他問自己昨天幾時回來的？家人告訴他，昨天一夜在外，直到今天天一亮，明貝勒府裡打發車送回來的。回來時，還是醉得人事不知，大家半扶半抱的纔睡到這床上。我老子聽了家人的話，纔明白昨夜的事，果然是太清弄的狡獪，心裡自然得意，但又不明白自己如何睡得這麼死？太清如何弄他回來？心裡越弄越糊塗，覺得太清又可愛，又可怕了。隔了幾天，他偶然游廠甸，又遇見太清，一見面，太清就對著他含情的一笑。他留心看她，那天一個男僕都沒帶，衹隨了個小鬟，這明明是有意來找他的。但態度倒裝的益發莊重。他鼓勇的走上去，還是用蒙古話，轉著彎，先試探昨夜的事。太清笑而不答。後來被他問急了，纔道：「假使真是我，你怎麼樣呢？」他答道：「那我就登仙了！但是仙女的法術太大，把人捉弄到雲端裡，有些害怕了！」太清笑道：「你害怕，就不來。」他也笑道：「我便死，也要來。」於是兩人調笑一回，太清終究傾吐了衷情，約定了六月初九夜裡，趁明善出差，在邸第花園裡的光明館相會。這一次的幽會，既然現了莊嚴寶相，自然分外綢繆。從此月下花前，時相來往。忽一天，有個老僕送來密縫小布包一個，我老子拆開看時，內有一箋，箋上寫著娟秀的行書數行，認得是太清筆跡：

我曹事已洩，妾將被禁，君速南行，遲則禍及。附上毒藥粉一小瓶，酖人無跡，入水，色紺碧，味辛，刺鼻，慎茲色味，勿近，恐有人酖君也。香囊一扣，佩之胸當，可以醒迷，不擇迷藥或迷香，此皆禁中方也。別矣，幸自愛！

我老子看了，連夜動身回南。過了幾年，倒也平安無事，戒備之心，漸漸忘了。不料那年行至丹陽，在縣衙裡，遇見了一個宗人府的同事，便是他當日的賭友。那人投他所好，和他搖了兩夜的攤❶。一夜回來，覺得不適，忽想起纔喝的酒味，非常刺鼻，道聲不好，知道中了毒。臨死，把這事詳細告訴了我，囑我報仇。他平常雖然待我不好，到底是我父親，我從此就和滿人結了不共戴天的深仇。庚申之變，我輔佐威妥瑪，原想推翻滿清，手刃明善的兒孫，雖然不能全達目的，燒了圓明園❷，也算盡了我做兒子的一點責任。人家說我漢奸也好，說我排滿也好，由他們去罷！』這一段話，是孝琪親口對我說的，想來總是真情。若說孝琪為人，脾氣雖然古怪，待人倒很義氣。就是打發我們出來，固然出於沒法，而且出來的不止我一人，還有個姓汪的，是他第二妾，也住在這裡。他一般的給了許多東西，時常有信來問長問短。姓汪的有些私房，所以還不肯出來見客。我是沒法，纔替他丟臉。我原名傅珍珠，是在煙臺時依著假母的姓，褚是我的真姓，愛林是小名，真名實在叫做畹香。人家倒冤枉我捲逃！金大人，你想我的命苦不苦呢？」

雯青聽完這一席話，笑向大家道：「俗語說得好，一張床上，說不出兩樣話。你們聽，愛林的話，

❶ 搖了兩夜的攤：搖攤，賭博的一種，分么、二、三、四四門。賭博者分門下注，中者得彩三倍。

❷ 燒了圓明園：上文所謂庚申之變，英法聯軍入北京，火燒圓明園。四十年後，光緒二十六年（庚子，西元一九〇〇年），八國聯軍入北京，火燒頤和園。此處原文為「燒了頤和園」，想係作者一時失察之筆誤，故逕改為「燒了圓明園」。

不是句句護著孝琪嗎？」唐卿道：「孝琪的行為，雖然不足為訓，然聽他的議論思想，也有獨到處，這還是定庵的遺傳性。」公坊道：「定庵這個人，很有關於本朝學術統系的變遷。我常道本朝的學問，實在超過唐、宋、元、明，衹為能把大家的思想，漸漸引到獨立的正軌上去。若細講起來，該把這二百多年，分做三個時期：第一個時期，是開創時期，就是顧、閻、惠、戴諸大儒❸，能提出實證的方法來讀書，不論一名一物，都要有切實證據，纔許你下論斷，不能望文生義，就是聖經賢傳，非經過他們自己的一番考驗，不肯瞎崇拜；第二時期，是整理時期，就是乾、嘉時畢、阮、孫、洪、錢、王、段、桂諸家❹，把經史諸子，校正輯補，向來不可解的古籍，都變了文從字順；第三時期，纔是研究時期，把古人已整理的書籍進了一層，研求到意義上去，所以出了魏默深、龔定庵一班人，發生獨立的思想，成了這種驚人的議論。依我看來，這還不過是思想的萌芽哩！再過幾年，衹怕稷下、驪山爭議之風❺，復見今日。本朝學問的統系，可以直接周、秦，兩漢且不如，何論魏晉以下？」珏齋道：「就論金石，現在的攷證方法，也注意到古代的社會風俗上，不專論名物字畫了。」於是大家談談講講，就擺上檯面來，自然請雯青坐了首席，其餘依齒坐了。酒過三巡，燭經數跋❻，揆今弔古❼，賞奇析疑，醉後詼諧，成

---

❸顧閻惠戴諸大儒：指顧炎武、閻若璩、惠棟、戴震等人。

❹畢阮孫洪句：指畢沅、阮元、孫詒讓、洪頤煊、錢大昕、王念孫、王引之、段玉裁、桂馥等人。

❺稷下驪山爭議之風：稷下，在今山東臨淄北。戰國齊威王、宣王時，儒、道、名、法、陰陽諸家，均聚集於此，著書立說，議論政治，世稱稷下先生。驪山，在陝西長安（西安）東，此處借指戰國時代秦都咸陽。秦王嬴政（秦始皇）初立時，尊呂不韋為相國。不韋招致賓客游士，因而儒、墨、名、法、道、兵、農、陰陽諸家賢士，多至秦國，不韋門下食客多達數千人，咸陽遂成為當時之文化中心。

黃車之掌錄❽；麈餘咳吐，亦青瑣之軼聞❾。直到漏盡鐘鳴，方始酒闌人散。

卻說公坊這次來蘇，原為約著雯青、唐卿、珏齋同伴入都，次日大家見面，就把這話和雯青說明了，雯青自然極口贊成。又知道公坊是要趁便應順天鄉試的，不能遲到八月。好在自己這回請假回來，除了省親接眷，也無別事，當下就商定了行期，各自回去料理行裝，說定在上海會齊。匆匆過了一個月，那時正是七月初旬，炎蒸已過，新涼乍生，雯青就別了老親，帶了夫人；唐卿、珏齋，也各攜眷屬，祇有公坊是一肩行李，兩個書童，最為瀟洒。大家到了上海，上了海輪，海程迅速，不到十天，就到了北京。雯青、唐卿、珏齋三人，不消說，都已託人租定了寓所，大家倒都要留公坊去住。公坊弄得左右為難，索性一家都不去，反一個人住到順治門大街的毗陵公寓裡去。從此，就和雯青、唐卿、珏齋常常來往。肇廷本先在京，朋友聚在一處，著實熱鬧。而且這一班人，從前大半在含英社裡出過風頭的，這回重到首都之區，見多識廣，學問就大不相同了。把「且夫、嘗思」都丟在腦後，一見面，不是談小學❿經史，就是講詩古文詞；不是賞鑑板本，就是搜羅金石。雯青更加讀了些徐松龕瀛環志略，陳資齋海國見聞錄，魏默深海國圖志，漸漸博通外務起來，當道都十分器重。還有同鄉潘八瀛尚書，宗蔭龔和甫尚書，平常

❻ 燭經數跋：多次除去燈芯。跋，通「拔」。

❼ 掞今弔古：談今論古，無限感嘆。掞，音ㄕㄢˋ。發抒。

❽ 黃車之掌錄：黃車，指黃車使者。虞初，漢河南人，武帝時，以方士任侍郎，乘車，衣黃衣，號黃車使者，著有周說，凡九百四十三篇，為小說家祖。掌錄，掌記；掌故。

❾ 麈餘咳吐二句：執麈尾（拂塵）之閒談，乃宮禁中之軼聞。青瑣，漢宮門，刻為連瑣文，以青塗之。

❿ 小學：自漢以後，以研究文字之學為小學。

替他們延譽，同聲相應，同氣相求，不曉得結識了多少當世名流！

隔了兩年，莘如竟也中了狀元，與雯青先後輝映，也挈眷北來。祇有曹公坊考了兩次，依然報罷。本想回南，經雯青等勸駕，索性捐了個禮部郎中，留京供職。在公坊並不貪利祿之榮，祇為戀朋友之樂，金門大隱⓫，自預雅流，鞠部看花⓬，偶寄馨逸⓭，清雅蕭閒的日月，倒也過得快活。

閒言少表，如今且說那一年，又遇到秋試之期，那天是八月初旬，新秋天氣，雯青一人悶坐書齋，一陣拂拂的金風，帶著濃郁的桂花香，撲進湘簾。抬頭一望，祇見一丸涼月，初上柳梢。忽然想起今天是公坊進場的日子，曉得他素性落拓，不親細務，獨身作客，考具一切，祇怕沒人代為料理。雯青待公坊是非常熱心的，便立時預備了些筆墨紙張及零星需用的東西，又囑張夫人弄了些乾點小菜，坐了車，帶了親自去看公坊，想替他整備一下。剛要到公寓門前，遠遠望見有一輛十三太保的快車，駕著一匹剪鬃的紅色小川馬，寓裡飄飄洒洒跑出一個十五六歲華裝奪目的少年，跳上車，放下車簾，車夫幾聲「得得於於」，那車子飛快的往前走了。雯青一時沒看清臉龐，看去好像是個相公模樣，暗想是誰叫的呢？轉念道：「不對，今天誰還有工夫叫條子呢！嗄，不要是景龢堂花榜狀元朱霞芬罷？他的名叫蔆雲，他的

⓫ 金門大隱：隱居在朝市。金門，謂門飾以黃金者，指天子之門，在此借稱朝廷。昭明文選晉人王康琚反招隱詩：「小隱隱陵藪，大隱隱朝市。」

⓬ 鞠部看花：樂部欣賞美人。鞠部，同「菊部」。世稱樂部曰菊部。宋高宗掖庭有菊夫人者，善歌舞，妙音律，為韶仙院之冠，宮中稱為「菊部頭」。

⓭ 馨逸：香氣異常。見水經河水注。

綽號卻叫小表嫂。肇廷曾告訴過我，就為和公坊的關係，朋友和他開玩笑，公坊名以表，大家就叫他一聲表嫂。誰知從此就叫出名了。此刻或者也是來送場的。」

雯青一頭想著，一頭下車往裡走。長班⑭要去通報，雯青說：「不必。」說著就一逕向公坊住的那三間屋裡去。跨上階沿就喊道：「公坊，你倒瞞著人，在這裡獨樂！」公坊披著件夏布小衫，趿著鞋在臥室裡懶懶散散的迎出來道：「什麼獨樂不獨樂的亂喊？」雯青笑道：「纔在你這裡出去的是誰？」公坊哈哈一笑道：「我道是什麼祕事給你發覺，原來你說的是菱雲。我並沒瞞人。」雯青道：「不瞞人，你為什麼沒請我去吃過一頓便飯？」公坊道：「不忙，等我考完了，自然我要請你呢。」雯青笑道：「到那時我是要恭賀你和小表嫂的金榜挂名、洞房花燭了。」公坊道：「連小表嫂的典故，你都知道了，還冤我瞞你！不過金榜挂名是夢話，洞房花燭倒是實錄。我說考完請你，就是請你吃菱雲的喜酒。」雯青道：「菱雲已出了師嗎？這個老斗⑮是誰呢？老婆又誰給他討的？」公坊祇是微微的笑，頓了一頓道：「發乎情，止乎禮，世上無伯牙。個中有紅拂，行乎其所不得不行罷了。」雯青道：「這麼說，公坊兄就是個護花使者了。這個喜酒，我自然不客氣的要吃定。現在且不說這個，明天一早，你要進場，我是特地來送你的。你向來不會管這些事，考具理好了沒有？不要臨時缺長少短，不如讓我來替你拾掇一下，總比你兩位貴童要細膩熨貼些。我內人也替你做了幾樣乾點小菜，也帶了來。」說時就喊僕人拿進一個小籃兒。公坊再三的道謝，一面也叫小童松兒、桂兒搬了理好的一個竹考籃，一個小籐箱，送到雯青面

⑭ 長班：舊時北京稱供役於各省會館的聽差為長班，此處借稱公寓中的差役。

⑮ 老斗：舊時稱與優伶親近的人。

前道：「胡亂的也算理過了，請雯兄再替我檢點檢點罷！」雯青打開看時，見籐箱裡放的是書籍和雞鳴爐、號帘、牆圍、被褥、枕墊、釘錘等。三屜槅考籃裡，下層是筆墨稿紙挖補刀漿糊等，中層是些精巧的細點，可口的小肴，上層都是米鹽醬醋雞蛋等的食料，預備得整整有條，應有盡有，不覺詫異道：「這是誰給你弄的？」公坊道：「除了菱雲，還有誰呢？他今兒個累了整一天，點心和菜，都是他在這裡親手做的。雯兄，你看他不是無事忙嗎？衹怕白操心，弄得還是不對罷！」雯青道：「罪過！罪過！照這種摳心挖膽的待你，不想出在堂名中人，我想迦陵的紫雲，靈岩的桂官，算有此香豔，決無此親切，我倒羨你這無雙豔福！便回回落第，也是情願。」公坊笑了一笑。當下雯青仍把考具歸理好了，把帶來的筆墨，也加在裡面。看看時候不早，怕耽擱了公坊的早睡，臨行約好到末場的晚間，再來接考，就走了。

在考期裡頭，雯青一連數日，不曾來看公坊。偶然遇見肇廷，把在毗陵公寓遇見的事告訴了。肇廷道：「霞芬是梅慧仙的弟子，也是我們蘇州人。那妮子向來高著眼孔，不大理人，前月有個外來的知縣，肯送千金給他師傅，要他陪睡一夜，師傅答應了，他不但不肯，反罵了那知縣一頓跑掉了，因此好受師傅的責罰。後來聽說有人給他脫了籍，倒想不到就是公坊。公坊名場失意，也該有個鍾情的璧人，來彌他的缺陷。」於是大家又慨歎了一回。

匆匆過了中秋，雯青屈指一算，那天正是出場的末日。到了上燈時候，就來約了肇廷，同向毗陵公寓而來。到了門口，並沒見有前天的那輛車子，雯青低低對肇廷道：「衹怕他倒沒有來接罷！你看門口沒有他的車。」肇廷道：「不會不來罷！」兩人一遞一聲的說話，已走進寓門。寓裡看門的知是公坊熟人，也不敢攔擋。兩人剛踹上一個方方的廣庭，衹見一片皎潔的月光，正照在兩棵高出屋檐的梧桐頂上，庭中一半似銀海一般的白，一半卻迷離惝恍，搖曳著桐葉的黑影。在這一搭白一搭黑的地方，當天放著一張茶几，几上供著一對紅燭，一爐檀香，几前地上伏著一個人。仔細一認，看他頭上梳著淌三股烏油滴水的大鬆辮，身穿藕粉色香雲紗大衫，外罩著寶藍韋陀銀一線滾的馬甲，腳蹬著一雙回文嵌花綠皮薄底靴，在後影中揣摩，已有遮掩不住的一種婀娜動人姿態，此時俯伏在一個拜墊上，嘴裡低低的咕噥。肇廷指著道：「咦，那不是霞郎嗎？」雯青搖手道：「我們別聲張，看他做什麼，為甚事禱告來！」正是：此生欲問光明殿，一樣相逢淪落人。不知霞郎為甚禱告，且聽下回分解。

第五回　開樽賴有長生庫　插架難遮素女圖

話說雯青看見霞芬伏在拜墊上，嘴裡低低的禱告，連忙給肇廷搖手，叫他不要聲張。誰知這一句話，倒驚動了霞芬，疾忙站了起來，連屋裡面的書童松兒也開門出來招呼。雯青、肇廷和霞芬，本來在酬應場中認識的，肇廷尤其熟絡。當下霞芬看見顧、金二人，連忙上前叫了聲「金大人，顧大人」，都請了安。雯青在月光下留心看去，果然好個玉媚珠溫的人物，吹彈得破的嫩臉，鉤人魂魄的明眸，眉翠含顰，靨紅展笑，一張小嘴，恰似新破的榴實，不覺看得心旌搖曳起來。暗想誰料到不修邊幅的曹公坊，倒遇到這段奇緣，我枉道是文章魁首，這世裡可有這般可意人來做我的伴侶？

雯青正在胡思亂想，肇廷早拉了霞芬的手笑問道：「你志志誠誠的燒天香，替誰禱告呀？」霞芬脹紅臉笑著道：「不替誰禱告，中秋忘了燒月香❶，在這裡補燒哩！」階上站著一個小童松兒插嘴道：「顧大人，不要聽朱相公瞎說，他是替我們爺求高中的！他說舉人是月宮裡管的，祇要吳剛老爹修桂樹的玉斧砍下一枝半枝，肯賜給我們爺，我們爺就可以中舉，名叫蟾宮折桂❷。從我們爺一進場，他就天天到這裡對月碰頭，頭上都碰出桂圓大的疙瘩來。顧大人不信，你驗驗看。」霞芬瞪了松兒一眼，一面引著

---

❶ 燒月香：燒香拜月。中秋節女子拜月，由來甚古。參見宋人金盈之撰醉翁談錄。

❷ 蟾宮折桂：喻科舉登第。蟾宮，月宮。

顧、金兩人向屋裡走，一面說道：「顧大人別信這小猴兒的扯謊，我們爺今天老早出場，一出場就睡，直睡到這會兒還沒醒。請兩位大人書房候一會兒，我去叫醒他。」肇廷嘻著嘴挨到霞芬臉上道：「是幾時孟光接了梁鴻案，曹老爺變了你們的？我倒還不曉得呢！」霞芬知道失口，搭訕著強辯道：「我是順著小猴兒嘴說的。顧大人又要挑眼兒了，我不開口了。」說著已進了廳來。

肇廷好久不來，把屋宇看了一周遭，向雯青道：「你看屋裡的圖書字畫，傢伙器皿，布置得清雅整潔，不像公坊以前亂七八糟的樣子了，這是霞郎的成績。」雯青笑道：「不知公坊幾生修得這個賢內助呀！」霞芬祇做不聽見，也不進房去叫公坊，倒在那裡翻抽屜。雯青道：「怎麼不去請你們的爺呢？」霞芬道：「我要拿曹老爺的場作❸給兩位看。」肇廷道：「公坊的場作，不必看就知道是好的。」霞芬道：「不怎麼講，每次場作，他自己說好，老是不中；他自己一得意，更糟了，連房都不出了。這回他卻很懊惱，說做得臭不可當。我想他覺道壞，祇怕倒合了那些大考官的胃口，倒大有希望哩！所以要請兩位看一看。」說完話，正把手裡拿著個紅格文稿遞到雯青手裡，祇聽裡邊臥房裡，公坊咳了聲嗽，喊道：「霞芬，你喊喊喳喳和誰說話？」霞芬道：「顧大人、金大人在這裡看你，來一會子了，你起來罷。」公坊道：「請他們坐一坐，你進來，我有話和你說。」霞芬向金、顧兩人一笑，一扭身進了房。祇聽一陣悉悉索索穿衣服的聲音，又低低講了一回話，霞芬笑瞇瞇的先出來，叫桂兒跟著一逕往外去了。

這裡公坊已換上一身新製芝麻地大牡丹花的白紗長衫，頭光面滑的纔走出臥房來，向金、顧兩人拱拱手道：「對不起，累兩位久候了！」雯青道：「我們正在這裡拜讀你的大作，奇怪得很，怎麼你這回

---

❸ 場作：應試時在場屋（應試場所）中所作之文。

也學起爛污調來了？」公坊劈手就把雯青拿的稿子搶去，望字紙簏裡一摔道：「再不要提這些討人厭的東西。我們去約唐卿、珏齋、菶如，一塊兒上菱雲那裡去！」肇廷道：「上菱雲那裡做什麼？」雯青道：「不差，前天他約定的，去吃霞芬的喜酒。」肇廷道：「霞芬不是出了師嗎？他自立的堂名叫什麼？在那裡呢？」公坊道：「他自己的還沒定，今天還借的景龢堂梅家。」公坊一壁說，一壁已寫好了三個小簡，叫松兒交給長班分頭去送，並吩咐雇一輛乾淨點兒的車來。松兒道：「不必雇，朱相公的車和牲口都留在後頭車廠裡給爺坐的，他自己是走了去的。」公坊點了點頭，就和雯青、肇廷說：「那麼我們到那邊談罷！」

於是一行人都出了寓門，來到景龢堂。祇見堂裡敷設的花團錦簇，桂馥蘭香，挂起五鳳齊飛的彩絹宮燈，鋪上雙龍戲水的層絨地毯，飾壁的是北宋院畫，插架的是宣德銅爐，一几一椅，全是紫榆木的名手雕工，中間已搬上一桌山珍海錯的盛席，許多康彩乾青的細磁❹。霞芬進進出出，招呼得十二分殷勤。那時唐卿、珏齋也都來了，祇有菶如姍姍來遲，大家祇好先坐了。霞芬照例到各人面前都敬了酒，坐在公坊下肩。肇廷提議叫條子，唐卿、珏齋也祇好隨和了。肇廷叫了琴香，雯青叫了秋菱，唐卿叫了怡雲，珏齋叫了素雲。真是翠海香天❺，金樽檀板❻，花銷英氣，酒祓清愁；盡旅亭畫壁之歡，勝板橋尋春之夢。

❹ 康彩乾青的細磁：由清康熙到乾隆朝所製造的彩色青色各種精美瓷器。磁，通「瓷」。

❺ 翠海香天：美女如雲，香氣瀰漫。翠，青綠色，指女子之服飾。海與天，均言其眾多。

❻ 金樽檀板：喝酒、唱歌。金樽，同「金尊」，或作「金罇」。酒樽之美稱。檀板，樂器名，檀木製成的拍板。

須臾，各伶慢慢的走了，霞芬也抽空去應他的條子。這裡主客酬酢，漸漸雌黃當代人物起來。唐卿道：「古人說京師是個人海，這話是不差，任憑講什麼學問，總有同道可以訪求的。」雯青道：「說的是。我想我們自從到京後，認得的人也不少了。大人先生，通人名士，都見過了。到底誰是第一流人物？今日沒事，大家何妨戲為月旦❼！」公坊道：「那也不能一概論的，以兄弟的愚見，分門別類比較起來，揮翰臨池❽，自然讓龔和甫獨步；吉金樂石❾，到底算潘八瀛名家；賦詩填詞，文章爾雅❿，會稽李治民純客，是一時之傑；博聞強識⓫，不名一家，只有北地莊壽香芝棟為北方之英。」肇廷道：「豐潤莊崙樵佑培、閩縣陳森葆琛何如呢？」唐卿道：「詞鋒可畏，是後起的文雄；再有瑞安黃叔蘭禮方，長沙王憶莪仙屺，也都是方聞⓬君子。」公坊道：「旂人⓭裡頭，總要推祝寶廷名溥的是標標的了。」唐卿道：「那是還有一個盛伯怡呢。」雯青道：「講西北地理的順德黎石農，也是個風雅總持⓮。」珏齋道：「這些人裡頭，我衹佩服兩莊，是用世之才。莊壽香大刀闊斧，氣象萬千，將來可以獨當一面，只嫌功

❼ 月旦：品評人物。見後漢書許劭傳。
❽ 揮翰臨池：運筆作書（寫字）。翰，長而堅韌之鳥毛，可以製筆。臨池，典出王羲之臨池學書故事。
❾ 吉金樂石：吉金，祭祀所用鼎彝之屬。樂石，可為樂器之石，文士或通用之於碑碣。
❿ 爾雅：文雅正直。參閱史記三王世家索隱。
⓫ 博聞強識：或作「博聞彊識」、「博聞強記」、「博聞彊志」。見聞廣博，記憶力強。識，同「誌」、「志」。
⓬ 方聞：有道而博聞。參見漢書武帝紀第六。
⓭ 旂人：同「旗人」。清代編立滿洲、蒙古、漢軍各八旗，以隸其眾。隸旗籍者號為旗人，俗稱旗下人。
⓮ 總持：總領；統領。與佛家語總持不同。

名心重些；莊崙樵才大心細，有膽有勇，可以擔當大事，可惜躁進些。」

四人正在評論得高興，忽外面走進個人來，見是菶如，大家迎入。菶如道：「朝廷後日要大考了，你們知道麼？」大家又驚又喜的道：「真的麼？」菶如道：「今兒衙門裡掌院⑮說的，明早就要見上諭⑯了。可憐那一班老翰林，手是生了，眼是花了，得了這個消息，個個極得屁滾尿流，琉璃廠⑰墨漿都漲了價了。正是應著句俗語叫『急來抱佛腳』了。」大家談笑了一回，到底心中有事，各各辭了公坊自去。

次日果然下了一道上諭，著翰詹科道⑱，在保和殿大考。雯青不免告訴夫人，同著料理考具。張夫人本來很賢惠很能幹的，當時就替雯青置辦一切，缺的添補，壞的修理，一霎時齊備了。雯青自己在書房裡，選了幾支用熟的紫毫，調了一壺極勻淨的墨漿。原來調墨漿這件事，是清朝做翰林的絕大經濟，玉堂金馬⑲，全靠著墨水翻身。墨水調得好，寫的字光潤圓黑，主考學臺，放在荷包裡；墨水調得不好，寫的字便晦蒙否塞，只好一世當窮翰林，沒得出頭。所以翰林調墨，與宰相調羹，一樣的關繫重大哩！

閒言少敘，到了大考這日，雯青天不亮就趕進內城，到東華門下車，背著考具，一逕上保和殿來。那時考的人，已紛紛都來了。到了殿上，自己把小小的一個三摺疊的考桌支起，在殿東角向陽的地方支

⑮ 掌院：掌院學士，翰林院之長。見清會典翰林院。

⑯ 上諭：皇帝告臣民之詔書。

⑰ 琉璃廠：地名，在北京和平門南，自明代始，即為書肆文物薈萃之地。一名琉璃廠甸，本名海王村，以其地曾有琉璃窯，因得今名。

⑱ 翰詹科道：翰調翰林院，詹調詹事府，科調六科給事中，道調各道御史。

⑲ 玉堂金馬：或作「金馬玉堂」，原指漢代皇宮之金馬門與玉堂門，後世稱翰林院。

好了，東張西望，找著熟人，就看見唐卿、珏齋、肇廷都在西面，菶如卻坐在自己這一邊。桌上攤著一本白摺子，一手遮著，怕被人看見的樣子。低著頭，在那裡不知寫些什麼。雯青一一招呼了。忽聽東首有人喊著道：「壽香先生來了，請這裡坐罷！」雯青抬頭一望，只見一個三寸丁的矮子，猢猻臉兒，烏油油一嘴髫子根，滿頭一寸來長的短頭髮，身上卻穿著一身簇新的紗袍褂，怪模怪樣，不是莊壽香是誰呢？也背著一個籐黃方考箱，就在東首，望了一望，挨著第二排，一個方面大耳很氣概的少年右首，放下考具，說道：「崙樵我跟你一塊兒坐罷！」雯青仔細一看，方看清正是莊崙樵。挨著崙樵右首坐的，便是祝寶廷。暗想這三位寶貝，今朝聚在一塊兒了。不多會兒，欽命題下來，大家咿咿啞啞的吟哦起來，有搔頭皮的，有咬指甲的，有坐著搖擺的，有走著打圈兒的。另有許多人卻擠著莊壽香，問長問短，壽香手舞足蹈的講他們聽。看看太陽直過，大家差不多完了一半，只有壽香還不著一字。寶廷道：「壽香前輩，你做多少了？」壽香道：「文思還沒來呢！」寶廷接著笑道：「等老前輩文思來了，天要黑了，又跟上回考差一樣，交白卷了。」

雯青聽著好笑，自己趕著帶做帶寫。又停一回，聽見有人交卷，抬頭一看，卻是莊崙樵，歸著考具，得意揚揚的出去了。雯青也將完卷，只賸首賦得詩，連忙做好謄上，看一遍，自覺還好，沒有毛病。便見唐卿、珏齋也都走來。菶如喊道：「你們等等兒，我要挖補一個字呢！」唐卿道：「我替你挖一挖好麼？」菶如道：「也好。」唐卿就替他補好了。雯青看著道：「唐卿兄挖補手段，真是天衣無縫。」隨著肇廷也走來。於是四人一同走下殿來，卻見莊壽香一人背著手，在殿東臺級兒上走來走去，嘴裡吟哦不斷。不提防雯青走過，正撞了滿懷，就拉著雯青喊道：「雯兄，快來欣賞小弟這篇奇文！」恰好祝寶廷也交卷下來，就向殿上指著道：「壽香，你看殿上光都沒了。還不去寫呢！」壽香聽著，頓時也急起來，對雯青等道：「你們都來幫我胡弄完了罷！」大家只好自己交了卷，回上殿來，替他同格子的同格子，調墨漿的調墨漿。唐卿替他挖補，菶如替他拿蠟臺，壽香半真半草的胡亂寫完了，已是上燈時候。大家同出東華門，各自回家歇息去了。

過了數日放出榜來，卻是莊崙樵考了一等第一名，雯青、唐卿也在一等，其餘都是二等。崙樵就授了翰林院侍講學士，雯青得了侍講，唐卿得了侍讀。壽香本已開過坊⑳了，這回雖考得不高，倒也無榮無辱。卻說雯青升了官，自然有同鄉同僚的應酬，忙了數日。

這一日，略清靜些，忽想到前日崙樵來賀喜，還沒有去答賀，就叫套車，一逕來拜崙樵。他們本是熟人，門上一直領進去。剛走至書房，見崙樵正在那裡寫一個好像摺子的樣子，見雯青來，就望抽屜裡一摔，含笑相迎。彼此坐著，講些前天考試的情形，又講到壽香狼狽樣子，說笑一回。看看已是午飯時候，崙樵道：「雯青兄，在這裡便飯罷！」雯青講得投機，就滿口應承。崙樵臉上卻頓了一頓，等一回，就託故走出，去叫著個管家，低低說了幾句，就進來了。崙樵進來後，卻見那個管家在上房走出，手裡搿著一包東西出去了。雯青也不在意，只是腹中饑炎上焚，難過得很，卻不見飯開上來。崙樵談今說古，興高彩烈，雯青只好勉強應酬。直到將交未末申初，始見家人搬上筷碗，拿上四碗菜，四個碟子。崙樵讓坐，雯青已餓極，也不客氣，拿起飯來就吃，卻是半冷不熱的，也只好胡亂填飽就算了。

⑳開過坊：即開坊。清制，詹事府官專備翰林院遷轉之資，故俗謂翰林院官得升轉者曰開坊。坊謂春坊，即詹事府。詳見清會典事例。

正吃得香甜時，忽聽得門口大吵大鬧起來，崙樵臉上忽紅忽白。雯青問是何事，崙樵尚未回答，忽聽外面一人高聲道：「你們別拿官勢嚇人，別說個把窮翰林，就是中堂王爺，吃了人家米，也得給銀子。」——你道外面吵的是誰？原來崙樵欠了米店兩個月米帳，沒錢還他，那店夥天天來討，總是推三宕四，那討帳人發了極，所以就吵起來。崙樵做了開坊的大翰林，連飯米錢都還不起，說來好像荒唐，那裡知道崙樵本來幼孤，父母不曾留下一點家業，小時候全靠著一個堂兄撫養，幸虧崙樵讀書聰明，科名順利，年紀輕輕，居然巴結了一個翰林，就娶了一房媳婦，奩贈豐厚。崙樵生性高傲，不願依人籬下，想如今自己發達了，看看妻財也還過得去，就膽大謝絕了堂兄的幫助，挈眷來京，自立門戶。誰知命運不佳，到京不到一年，那夫人就過去了。崙樵又不善經紀，坐吃山空，當盡賣絕，又不好吃回頭草，再央求堂兄。到了近來，連飯都有一頓沒一頓的。自從大考升了官，不免有些外面應酬，益發支不住。說也可憐，已經吃了三天三夜白粥了。奴僕也漸漸散去，只賸一兩個家鄉帶來的人，終日怨恨著。——這日一早起來，喝了半碗白粥，肚中實在沒飽，發恨道：「這瘟官做他幹嗎？我看如今那些京裡的尚侍，外省的督撫，有多大能耐呢？不過頭兒尖些，手兒長些，心兒黑些，便一個個高車大馬、鼎烹肉食起來！我那一點兒不如人？就窮到如此！沒頓飽飯吃，天也太不平了！」越想越恨，忽然想起前兩天，有人說浙閩總督納賄買缺一事，又有貴州巡撫侵占餉項一事，還有最赫赫的直隸總督李公許多驕奢罔上的款項，卻趁著胸中一團饑火，夾著一股憤氣，直沖上喉嚨裡來，就想趁著現在官階，可以上摺子的當兒，把這些事情，統做一個摺子，著實參他們一本，出出惡氣，又顯得我不畏強禦的膽力。便算因此革了官，那直聲震天下，就不怕沒人送飯來吃了，強如現在庸庸碌碌的乾癟死！主意定了，正在細細打起稿子，不想恰值雯青走來，正是午飯時候，順口虛留了一句，誰知雯青竟要吃起來。崙樵沒奈何，拿件應用的紗袍子，叫那管家當了十來吊錢，到飯莊子買了幾樣菜，遮了這場面。卻想不到不做臉的債主兒，竟吵到面前，頓時臉上一紅道：「那東西混賬極了！兄弟不過一時手頭不便，欠了他幾個臭錢，兄弟素性不肯恃勢欺人，一直把好言善語對付他，他不知好歹，倒欺上來了！好人真做不得！」說罷，高聲喊著：「來！來！」就只見那當袍子的管家走到，崙樵圓睜著眼道：「你把那混賬討賬人，給我綑起來！拿我片子送坊去，請坊裡老爺好好的重辦一下子，看他還敢硬討麼！」那管家有氣沒氣慢慢的答應著，卻背臉兒冷笑。

雯青看著，不得下臺，就勸崙樵道：「崙樵兄，你別生氣！論理這人情實可惡，誰沒個手鬆手緊，欠幾個錢打甚麼緊，又不賴他，便這般放肆！都照這麼著，我們京官沒得日子過了，該應重辦！不過兄弟想現在崙兄新得意，為這一點小事，辦一個小人，人家議論不犯著。」一面就對那管家道：「你出去說，叫他不許吵，莊大人為他放肆，非但不給錢，還要送坊重辦哩！我如今好容易替他求免了！欠的賬，叫他到我那裡去取，我暫時替莊大人墊付些就得了！」那管家諾諾退下。崙樵道：「雯兄，真大氣量！依著兄弟，總要好好兒給他一個下馬威，有錢也不給他。既然雯兄代弟墊了，改日就奉還便了！」雯青道：「笑話了，這也值得說還不還！」說著，飯也吃完，那米店裡人也走了，雯青作別回家，一宿無話。

次日早上起來，家人送上京報，卻載著「翰林院侍講莊佑培遞封奏一件」，雯青也沒很留心。又隔一日，見報上有一道長上諭，卻是有人奏參浙閩總督、貴州巡撫的劣跡，還帶著合肥李公，旨意很為嚴切，交兩江總督查辦。下面便是接著召見軍機莊佑培。雯青方悟到這參案，就是崙樵幹的，怪不得前日見他寫個好像摺子一樣的。當下丟下報紙，就出門去了。這日會見的人，東也說崙樵，西也說崙樵，議論紛紛，轟動了滿京城。順便到珏齋那裡，珏齋告訴他崙樵上那摺子之後，立刻召見，上頭問了兩個鐘頭的話纔下來，著實獎勵了幾句哩！雯青道：「崙樵的運氣快來了。」這句話，原是雯青說著頑的，誰知崙樵自那日上摺，得了個采，自然愈加高興。橫豎沒事，今日參督撫，明日參藩臬，這回劾六部，那回劾九卿，筆下又來得，說的話鋒利無比，動人聽聞。樞廷㉑裡有敬王和高揚藻、龔平，暗中提倡，上頭竟說一句聽一句起來。半年間那一個筆頭上，不知被他撥掉了多少紅頂兒，滿朝人人側目，個個驚心，他到處屁也不敢放一個。就是他不在那裡，也只敢密密切切的私語，好像他有耳報神㉒似的。

崙樵卻也真厲害，常常有人家房闈祕事，曲室祕談，不知怎地被他囫囫圇圇的全探出來，於是愈加神鬼一樣的怕他。說也奇怪，人家愈怕，崙樵卻愈得意，米也不愁沒了，錢也不愁少了，車馬衣服也華麗了，房屋也換了高大的了。正是堂上一呼，堂下百諾，氣燄薰天，公卿倒屣㉓，門前車馬，早晚填塞，雯青有時去拜訪，十回倒有九回道乏㉔，真是今昔不同了。還有莊壽香、黃叔蘭、祝寶廷、何珏齋、陳森葆一班人跟著起哄，京裡叫做「清流黨」的「六君子」，朝一個封奏，晚一個密摺，鬧得雞犬不寧，煙雲繚繞，總算得言路大開，直臣遍地，好一派聖明景象，話且不表。卻說有一日黃叔蘭丁了內艱㉕，設

㉑ 樞廷：掌國家政務樞機之所，與「樞庭」、「樞府」同，即朝廷。

㉒ 耳報神：暗地裡通風報信的人。見紅樓夢第四十七回。

㉓ 倒屣：即倒屣相迎，謂待客殷勤，禮遇特厚，不及穿鞋，倒屣出迎。屣，音ㄒㄧˇ。鞋。

㉔ 道乏：向為自己出力之人表示謝意。此處有藉詞困乏不願延見接談之意。

幕開弔。叔蘭也是清流黨人，京官自大學士起，那一個敢不來弔奠！衣冠車馬，熱鬧非常。這日雯青也清早就到，同著唐卿、菶如、公坊幾個熟人，聚在一處談天。一時間壽香、寶廷陸續都來了，大家正在徧看那些輓聯輓詩，評論優劣。壽香忽然喊道：「你們來看崙樵這一付，口氣好闊大呀！」唐卿手裡拿著個白玉煙壺，一頭聞著煙，走過去抬頭一望，掛在正中屏門上一付八尺來長白綾長聯，唐卿就一字一句的讀出來道：

看范孟博立朝有聲，爾母曰教子若斯，我瞑目矣！
效張江陵奪情未忍，天下惜伊人不出，如蒼生何？

唐卿看完，搖著頭說：「上聯還好，下聯太誇大了，不妥！很不妥！」寶廷也跟在唐卿背後看著，忽然嘆口氣道：「崙樵本來鬧得太不像了，這種口角，都是惹人側目的。清流之禍，我看不遠了！」正說著，忽有許多人招呼叫別聲張，一會兒果然滿堂肅靜無譁，人叢中走出四個穿吉服的知賓，恭恭敬敬，立在廳檐下候著。雯青等看這個光景，知道不知是那個中堂來了。原來京裡喪事，知賓的規矩，有一定的：王爺中堂來弔，用四人接待；尚書侍郎用二人；其餘都是一人。現在見四人走出，所以猜是中堂。誰知遠遠一望，卻見個明藍頂兒、胖白臉兒、沒鬍子的赫赫有名的莊大人，一溜風走了進來。四個知賓，戰兢兢的接待不迭。莊大人略點點頭兒，只聽雲板三聲，一直到靈前行禮去了。

禮畢出堂，換了吉服，四面望了望，看見雯青諸人，都在一堆裡，便走過來，作了一個總揖道：「諸

㉕ 丁了內艱：即丁內艱，遭母喪。與「丁內憂」同。

位恭喜，兄弟剛在裡頭出來，已得了各位的喜信了。」大家倒愕著不知所謂。崙樵就靴統裡抽出一個小小護書，護書裡拔出一張半片的白摺子，遞給雯青手裡。雯青與諸人同看。——原來那摺上寫著：「某日奉上諭、江西學政著金汋去；陝甘學政著錢端敏去；浙江學政著祝溥去；」其餘尚有多人，多不相干，大家也不看了。崙樵又向壽香道：「你是另有一道旨意，補授了山西巡撫了。」壽香愕然道：「你別胡說，沒有的事。」崙樵正色道：「這是聖上特達之知，千秋一遇，壽香兄可以大抒偉抱，仰答國恩，兄弟倒不但為吾兄一人私喜，正是天下蒼生的幸福哩！」壽香謙遜了一回。

崙樵道：「今日在裡頭，還得一個消息，越南被法蘭西侵佔得厲害，越南王求救於我朝，朝旨想發兵往救呢！」唐卿道：「法蘭西新受了普魯士戰禍，國力還未復元，怎麼倒是他首先發難，想我們的屬地了？情實可惡！若不借此稍示國威，以後如何能駕馭群夷呢！」雯青道：「不然，法國國土，大似英吉利，百姓也非常猛鷙。數十年前有個國王叫拿破崙，各國都怕他，著實厲害。近來雖為德國所敗，我們與他開釁，到底要慎重些，不要又像從前吃虧。」壽香道：「從前吃虧，都是自己不好，引虎入門，不必提了。至於庚申之變，事起倉卒，又值髮逆擾亂，我們不能兩顧，倒被他們得了手，因此愈加自大起來。現在事事想來要挾，我們正好趁著他們自驕自滿之時，給他一個下馬威，顯顯天朝的真威力，看他們以後再敢做夜郎嗎！」崙樵拍著手道：「著啊，啊！目下我們兵力雖不充，還有幾個中興老將，如馮子材、蘇元春都是百戰過來的。我想法國地方，不過比中國二三省，力量到底有限，用幾個能征慣戰之人，死殺一場，必能大振國威，保全藩屬，也叫別國不敢正視。諸位道是嗎？」大家自然附和了兩句。崙樵說罷，道有事，就先去了。雯青、壽香回頭過來，卻不見了葬如、公坊。公坊本不喜熱鬧，葬如因放差沒有他，沒意思，先走了，也就各自散回。

雯青回到家來，那報喜的早擠滿一門房，「大人升官」、「大人高發」的亂喊。雯青自與夫人商量，一一從重發付。接著謝恩請訓，一切照例的公事。還有餞行辭行的應酬，忙的可想而知。這日離出京的日子近了，清早就出門，先到龔、潘兩尚書處辭了行。從潘府出來，順路去訪曹公坊，見他正忙忙碌碌的在那裡收拾歸裝。——原來公坊那年自以為臭不可當的文章，竟被霞郎估著，居然掇了巍科㉖。但屢踏槐黃㉗，時嗟落葉㉘，知道自己不是金馬玉堂中人物，還是跌宕㉙文史，嘯傲煙霞㉚，還我本來面目的好，就浩然有南行之志。這幾天見幾個熟人都外放了，遂決定長行，不再留戀軟紅㉛了。當下見了雯青，就把這意思說明。雯青說：「我們同去同來，倒也有始有終。祇是丟了霞郎，如何是好？」公坊道：「筵席無不散，風情留有餘。果使廝守百年，到了白頭相對，有何意味呢？」就拿出個手卷，上題朱霞天半圖，請雯青留題道：「叫他在龍漢劫㉜中留一點殘灰罷！」雯青便寫了一首絕句，彼此說明，互不相送，就珍重而別。

㉖ 掇了巍科：得到最高的科第。掇，音ㄉㄨㄛˊ。拾取。

㉗ 屢踏槐黃：屢次參與考試。科舉時代，陰曆七月舉行考試，正槐花黃時，故稱考試為槐黃。

㉘ 時嗟落葉：多次落第嗟嘆。落葉，喻落第。

㉙ 跌宕：放逸不羈，優游涵泳。

㉚ 嘯傲煙霞：嘯傲，放曠不受拘束。煙霞，山水之景色。

㉛ 軟紅：同「輭紅」。謂繁華之都市。

㉜ 龍漢劫：道家語，五劫中之初劫。詳見宋張君房撰雲笈七籤。

雯青又到莘如、肇廷、珏齋幾個好友處話別。順路走過莊壽香門口，叫管家投個帖子：一來告辭，二來道賀。帖子進去，卻見一個管家走來車旁，請個安道：「這會兒主人在上房吃飯哩！早上卻吩咐過，金大人來，請內書房寬坐，主人有話，要同大人說呢！」雯青聽著，就下了車。這家人揚著帖子，彎彎曲曲，領雯青走到一個三開間兩明一暗的書室。那書室卻是外面兩間很寬敞，靠南一色大玻璃和合窗，沿窗橫放一只香楠馬鞍式書桌，一把花梨加官椅，北面六扇紗窗，朝南一張紫檀炕床，下面對放著全堂影木嵌文石的如意椅，東壁列著四座書架，緊靠書架放著一張紫榆雕刻楊妃醉酒榻，西壁有兩架文杏十景廚，廚中列著許多古玩。廚那邊卻是一扇角門虛掩著，想通內室的。地下鋪著五彩花毯，陳設極其華美。雯青到此，就站住了。那家人道：「請大人裡間坐。」說著打起裡間簾子，雯青不免走了進來，看著位置，比得外間更為精緻。雯青就在窗前一張小小紅木書桌旁邊坐下，那家人就走了。雯青也把自己跟人，打發到外邊去歇歇。等了一回，不見壽香出來，一人不免焦鬱起來。隨手繙著桌上書籍，見一本書目，知道還是壽香從前做學臺時候的大著作。正想拿來看著消悶，忽然墜下一張白紙，上頭有條標頭，寫著「袁尚秋討錢冷西檄文」。看著詫異。只見上頭寫的道：

錢狗來，告爾狗！爾狗其敬聽！我將剸狗腹，刳狗腸㉝，殺狗於狗國之衢，爾狗其慎旃！

雯青看了，幾乎要笑出來，曉得這事也是壽香做學臺時候，幕中有個名士叫袁旭，與龔和甫的妹夫錢冷西，在壽香那裡爭恩奪寵鬧的笑話，也就丟在一邊。正等得不耐煩，要想走出去，忽聽角門呀的一

㉝ 剸狗腹二句：剸，音ㄊㄨㄢˊ。割。刳，音ㄎㄨ。剖開。

聲開了。一陣笑話聲裡，就有一男一女，帖帖達達走出南窗楠木書桌邊。忽又一陣腳聲，一個人走回去了，一人坐在加官椅上，低低道：「你別走呀，快來呢！」一人站在角門口跺腳道：「死了，有人哩！」一人忽高聲道：「沒眼珠的王八，誰叫你來！還不滾出去？」雯青一聽那口音，心裡倒嚇一跳。貼著簾縫一張，見院子裡那個接帖的家人，手裡還拿著帖子，踉踉蹌蹌往外跑，角門邊卻走出個三十來歲塗脂抹粉大腳的妖嬈姐兒。那人涎著臉，望那姐兒笑，又招招手兒。姐兒道：「青天白日算什麼呢！」那人道：「我愛的就是青天白日。」姐兒瞅著一眼道：「你真愛麼？我知道哩。你沒良心！從前一腳踢死了太太，太太臨死時，對你說來，除非你一生不上床便罷，你要上床，鬼就來捉你。是不是你晚上怕太太的鬼，不敢睡罷咧？」那人順手攤著姐兒，三腳兩步，推倒在書架下的醉楊妃榻上，一面走一面說道：「我就捨不得踢死你，我可也不饒你。」這句話，那姐兒從此不言語了。

雯青被書架遮著，看不清楚，聽得卻不耐煩了，心裡又好氣，又好笑，逼得餓不可當。幾番想闖出來，到底不好意思，彷彿自己做了歹事一般，心畢卜畢卜地跳，氣花也不敢往外出。忽聽一陣吃吃的笑，也不辨那個。又一會兒，那姐兒出聲道：「我的爺，你書，招呼著，要倒！」語還未了，硼的一聲，架上一大堆書，都望著榻上倒下來。正是：風憲何妨充債帥，書城從古接陽臺。到底倒下來的書，壓著何人，欲明這個啞謎，待我喘過氣來，再和諸位講。

第六回　獻繩技談黑旗戰史　聽笛聲追白傅遺蹤

話說雯青在壽香書室的裡間，聽見那姐兒上氣不接下氣的說了幾句話，硼的一聲，架上一大堆書，望榻上倒下來。在這當兒，那姐兒趁勢就立起來，發恨道：「你祇顧自個兒樂，別人的死活，全不管了，枉道你是讀書人！怎地不仁，簡直是狠心短命的殺人！」說到這裡，就縮住了口，嗤的一笑，撲翻身飛也似的跑進角門去了。那人一頭理著書，哈哈作笑，也跟著走了。登時室中寂靜。雯青得了這個當兒，恐那人又出來，到不好開交，連忙躡手躡腳的溜出書房，卻碰著那家人。那家人滿心不安，倒紅著臉替主人道歉，說主人睡中覺還沒醒哩，明兒個自己過來給大人請安罷。雯青一笑，點頭上車。豪奴俊僕，大馬高車，一陣風的回家去了。到了家，不免將剛纔所見，告訴夫人，大家笑不可仰。雯青想幾時見了壽香，好好的問他一問哩。想雖如此，究竟料理出京事忙，無暇及此。

過了幾日，放差的人，紛紛出京，唐卿往陝甘去了，寶廷往浙江去了。公坊也回常州本籍，過他的隱居生活去了。雯青也帶了家眷，擇吉長行，到了天津。那時旗昌洋行輪船，我中國已把三百萬銀子去買了回來，改名招商輪船局。辦理這事的，就是莘如在梁聘珠家吃酒遇見的成木生。這件事，總算我們中國在商界上第一件大紀念。這成木生現在正做津海關道，與雯青素有交情，曉得雯青出京，就替他留了一間大餐間。雯青在船上，有總辦的招呼，自然格外舒服。不日就到了上海。關防在身，不敢多留，換坐江輪，到九江起岸，直抵南昌省城，接篆❶進署，安排妥當，自然照常的按棚開考。雯青初次衡文，又兼江西是時文出產之鄉，章、羅、陳、艾，遺風未沫。雯青格外細心搜訪，不敢造次。

有話即長，無話即短。不覺春來秋往，忽忽過了兩年。那時正鬧著法越的戰事，在先秉國鈞的原是敬親王，輔佐著的便是大學士包鈞，協辦大學士吏部尚書高揚藻，工部尚書龔平，都是一時人望的名臣。祇為廣西巡撫徐延旭，雲南巡撫唐炯，誤信了黃桂蘭、趙沃，以致山西、北寧連次失守，大損國威。太后震怒，徐、唐固然革職拿問，連敬王和包、高、龔等全班軍機也因此都撤退了。軍機處換了義親王做領袖，加上大學士格拉和博、戶部尚書羅文名、刑部尚書莊慶藩、工部侍郎鍾祖武一班人了。邊疆上主持軍務的也派定了彭玉麟督辦粵軍，潘鼎新督辦桂軍，岑毓英督辦滇軍，三省合攻，希圖規復，總算大加振作了。然自北寧失敗以後，法人得步進步，海疆處處戒嚴，又把莊佑培放了會辦福建海疆事宜，何太真放了會辦北洋事宜，陳琛放了會辦南洋事宜。這一批的特簡❷，差不多完全是清流黨的人物。以文學侍從之臣，得此不次之擢❸，大家都很驚異。在雯青卻一面慶幸著同學少年，各膺重寄，正盼他們互建奇勛，為書生吐氣；一面又免不了杞人憂天❹，代為著急，祇怕他們紙上談兵，終無實際，使國家吃虧。

❶ 接篆：政府機關之印信均用篆文，俗因稱印信為篆，稱接印為接篆。

❷ 特簡：特別簡選任命之官吏。

❸ 不次之擢：即不次拔擢。不次，不依次序。

❹ 杞人憂天：喻無謂之憂慮。見列子天瑞。杞，周國名。

誰知別人倒還罷了，衹有上年七月，得了馬尾海軍大敗的消息，眾口同聲，有說莊崙樵降了，有說莊崙樵死了，卻都不確。——原來崙樵自到福建以後，還是眼睛插在額角上，擺著紅京官大名士的雙料架子，把督撫不放在眼裡。閩督吳景，閩撫張昭同，本是乖巧不過的人，落得把千斤重擔，卸在他身上。船廠大臣又給他面和心不和，將領既不熟悉，兵士又沒感情，他卻忘其所以，大權獨攬，衹弄些小聰明，鬧些空意氣。那曉得法將孤拔倒老實不客氣的乘他不備，在大風雨裡架著大砲打來。崙樵左思右想，筆管兒雖尖，終抵不過槍桿兒的凶；崇論宏議雖多，總擋不住堅船大炮的猛，衹得冒了雨，赤了腳，也顧不得兵船沉了多少艘，兵士死了多少人，暫時退了二十里，在廠後一個禪寺裡躲避一下。等到四五日後調查清楚了，纔把實情奏報朝廷。朝廷大怒，不久就把他革職充發了。雯青知道這事，不免生了許多感慨。在崙樵本身想，前幾年何等風光，如今何等頹喪，安安穩穩的翰林不要當，偏要建什麼業，立什麼功，落得一場話柄。在國家方面想，人才該留心培養，不可任意摧殘，明明白白是個拾遺補闕的直臣，故意捨其所長，用其所短，弄到兩敗俱傷。況且這一敗之後，大局愈加嚴重，海上失了基隆，陸地陷了諒山，若不是後來莊芝棟保了張國樑的舊將馮子材出來，居然鎮南關大破法軍，殺了他數萬人，八日中克復了五六個名城，算把法國的氣焰壓了下去，中國的大局，正不堪設想哩！衹可惜威毅伯衹知講和，不會利用得勝的機會，把打敗仗時候原定喪失權利的和約，馬馬虎虎逼著朝廷簽定，人不知鬼不覺依然把越南暗送。總算沒有另外賠款割地，已經是他折衝樽俎❺的大功，國人應該紀念不忘的了。

如今閒話少說，且說那年法越和約簽定以後，國人中有些明白國勢的，自然要咨嗟太息，憤恨外交

---

❺ 折衝樽俎：謂決勝算於杯酒之間。古時會盟有樽俎，故云。樽，同「尊」。酒器。

的受愚；但一班醉生夢死的達官貴人，卻又個個興高采烈，歌舞昇平起來。那時的江西巡撫達興，便是其中的一個。達興本是個紈絝官僚❻，全靠著祖功宗德，唾手得了這尊榮的地位，除了上諂下驕之外，祇曉得提倡聲技。他衙門裡祇要不是國忌❼，沒一天不是鑼鼓喧天，笙歌徹夜。他的小姐，姿色第一，風流第一，戲迷也是第一。當時有一個知縣，姓江名以誠，伺候得這位撫臺小姐最好，不惜重資，走遍天下，搜訪名伶如四九旦、雙麟、雙鳳等，聘到省城，他在衙門裡，專門做撫臺的戲提調，不管公事。省城中曾有嘲笑他的一副對聯道：

以酒為緣，以色為緣，十二時買笑追歡，永朝永夕酣大夢；
誠心看戲，誠意聽戲，四九旦登場奪錦，雙麟雙鳳共消魂！

也可想見一時的盛況了。

話說雯青一到江西，看著這位撫院的行動，就有些看不上眼。達撫臺見雯青是個文章班首，翰苑名流，倒著實拉攏。雯青顧全同僚的面子，也祇好禮尚往來勉強敷衍。有一天，雯青剛從外府回到省城，江以誠忽來稟見。雯青知道他是撫臺那裡的紅人，就請了進來。一見面，呈上一付紅柬，說是達撫臺專誠打發他送來的。雯青打開看時，卻是明午撫院請他吃飯的一個請帖。雯青疑心撫院有什麼喜慶事，就問道：「中丞那裡明天有什麼事？」江知縣道：「並沒甚事，不過是個玩意兒。」雯青道：「什麼玩意

❻ 紈絝官僚：富貴人家出身之官僚。絝，同「袴」。
❼ 國忌：昔稱帝后崩殂之日為國忌，或稱國忌日。

呢？」江知縣道：「是一班粵西來的跑馬賣解的，裡頭有兩個雲南的苗女，走繩的技術，非常高妙，能在繩上騰踏縱跳，演出各種把戲。最奇怪的，能在繩上連舞帶歌，唱一支最長的歌，名叫花哥曲。是一個有名人，替劉永福的姨太太做的，花哥就是那姨太太的小名。曲裡面還包含著許多法越戰爭時候的祕史呢，大人倒不可不去賞鑒賞鑒！」雯青聽見是歌唱著劉永福的事，倒也動了好奇之心，當時就答應了准到。

一到明天，老早的就上撫院那裡來了。達撫臺開了中門，很殷勤的迎接進來，先在花廳坐地。達撫臺不免慰問了一番出棚巡行的辛苦，又講了些京朝的時事，漸漸講到本題上來了。雯青先開口道：「昨天江令轉達中丞盛意，邀弟同觀繩戲，聽說那班子非常的好，不曉得從那裡來的？」達撫臺笑道：「無非小女孩氣，央著江令到福建去聘來。那班主兒，實在是廣西人，還帶著兩個雲南的猓姑，說是黑旗軍裡散下來的餘部，所以能唱花哥曲。花哥就是他們的師父。」雯青道：「想不到劉永福這老武夫，倒有這些風流故事！」達撫臺道：「這支曲子，大概是劉永福或馮子材幕中人做的。祇為看那曲子的內容，不但是敘述豔跡，一大半是敷張戰功。據兄弟看來，祇怕做曲子的另有用意罷！好在他有抄好的本子在那邊場上，此時正在開演，請雯兄過去，經法眼一看，便明白了。」說著，就引著雯青迤邐到衙東花園裡一座很高大的四面廳上來。

雯青到那廳上，祇見中間擺上好幾排椅位，兩司道府及本地的巨紳，已經到了不少，看見雯青進來，都起來招呼。江知縣更滿面笑容，手忙腳亂的趨奉，把雯青推坐在前排中間，達撫臺在旁陪著。雯青瞥眼見廳的下首裡，掛著一桁珠簾，隱隱約約都是珠圍翠繞的女眷。大約著名的達小姐也在裡面。繩戲場設在大廳的軒廊外，用一條很粗的繩，緊緊綳著，兩端拴在三叉木架上。那時早已開演，祇見一個十七八歲的蠻女，面色還生得白淨，眉眼也還清秀，穿著一件湖綠色密紐的小襖，紮腿小腳管的粉紅褲，一對小小的金蓮，頭上包著一塊白綢角形的頭兜，手裡拿著一根白線繞絞五尺來長的桿子，兩頭繫著兩個有黑穗子的小球，正在繩上忽低忽昂的走來走去，大有矯若游龍、翩著驚鴻之勢。堂下胡琴聲咿咿啞啞的一響，那女子一壁婀娜地走著，一壁囀著嬌喉，靡曼地唱起來。那時江知縣就走到雯青面前，獻上一本青布面的小手摺，面上粘著一條紅色簽紙，寫著「花哥曲」三字，雯青一面看，一面聽她很清楚的官音唱道：

我是個飛行絕跡的小猢猻，我是黑旂隊裡一個女領軍。我在血花肉陣裡過了好多歲，我是劉將軍的舊情人。（一解）

劉將軍，劉將軍，是上思州裡的出奇人！他長毛不做做強盜，出了鎮南走越南。（二解）

保勝有個何大王，殺人如草亂邊疆。將軍出馬把他斬，得了他人馬，霸佔了他地方。（三解）

將軍如虎，兒郎如兔，來去如風雨，黑旂到處人人怕。（四解）

法國通商逼阮哥，得了西貢，又要過紅河。法將安鄴神通大，勾結了黃崇英反了窩。在河內立起黃旂隊，嘯聚強徒數萬多！（五解）

慌了越王阮家福，差人招降劉永福，要把黑旗掃黃旗，拜了他三宣大都督。（六解）

精的槍，快的砲，黃旂軍裡夾洋操，刀槍劍戟如何當得了！如何當得了！（七解）

幸有將軍先預備，軍中練了飛雲隊，空中來去若飛仙，百丈紅繩走狦妹。（八解）

我是飛雲隊裡的女隊長，名叫做花哥身手強，銜枚夜走三百里，跟了將軍到宣光。敵營紮在大嶺的危崖上，沉沉萬帳月無光。（九解）

將軍忽然叫我去，微笑把我肩頭撫：「你若能今夜立奇功，我便和你做夫婦。」（十解）

我得了這個稀奇令，要嫁英雄值得去拚性命。刀光照見羞顏紅，歡歡喜喜來承認。（十一解）

大軍山前四處伏，我領全隊向後崖撲，三百個蠻腰六百條臂，蜿蜒銀蛇雲際沒。（十二解）

一聲吶喊火連天，山營忽現了紅妝妍。鸞刀落處人頭舞，槍不及肩來砲不及燃。（十三解）

將軍一騎從天下，四下裡雄兵圍得不留罅；安鄴喪命崇英逃，一戰威揚初下馬。（十四解）

我便做了他第二房妻，在戰場上雙宿又雙飛。天天想去打法蘭西，偏偏我的命運低。半路裡犯了駙馬爺黃佐炎的忌，他私通外國把越王欺！暗暗把將軍排擠，不許去殺敵搴旗！（十五解）

鎮守了保勝山西好幾年，保障了越南固了中國的邊！惹得法人真討厭，因此上又開了這回的大戰！（十六解）

戰！戰！戰！越南大亂搖動了桂粵滇。可惡的黃佐炎，一面請天兵，一面又受法蘭西的錢，六調將軍，將軍不受騙。（十七解）

三省督辦李少荃，廣東總監曾國荃。李少荃要講和，曾國荃只主戰，派了唐景崧，千里迢迢來把將軍見。（十八解）

面獻三策：上策取南交，自立為王，向中朝請封號。否則提兵打法人，做個立功異域的漢班超，

總勝卻死守保勝敗了沒收梢。（十九解）

將軍一聽大歡喜，情願投誠向清帝。紙橋一戰敵膽落，手斬了法國大將李威利。（二十解）

越王忽死太妃垂了簾，阮說輔政串通了黃佐炎，偷降法國把條約簽，暗害將軍設計險。（二十一解）

我有個猢狼洞裡的舊夫郎，刁似狐狸狠似狼。他暗中應了黃佐炎的懸賞，扮做投效人，來進營房。（二十二解）

雖則是好多年的分離，乍見了不免驚奇！背著人時刻把舊情提，求我在將軍處，格外提攜！（二十三解）

將軍信我，升了他營長。誰知道暗地裡引進了他的羽黨！有一天把我騙進了棚帳，醉得我和死人一樣。（二十四解）

約了法軍來暗襲山西，裡應外合的四面火起，直殺得黑旗兵轍亂旂靡，衹將軍獨自個走脫了單騎。（二十五解）

等我醒來衹見戰火紅，為了私情受了蒙。惡奴逼得我要逃也沒地縫，綑上馬背便走匆匆。（二十六解）

走到半路來了一枝兵，是馮督辦的部將叫潘瀛。一陣亂殺把叛徒來殺盡，倒救了我一條性命。（二十七解）

問我來歷我便老實說，他要通信黑旂請派人來接。我自家犯罪自家知，不願再做英雄妾。（二十

八解）

我害他喪失了幾年來練好的精銳，我害他把一世英名墜！我害了山西、北寧連連的潰，我害了唐炯、徐延旭革職又問罪！（二十九解）

我害他受了威毅伯的奏考；若不是岑毓英，若不是彭雪琴，權力的庇蔭，軍餉的擔任，如何會再聽宣光、臨洮兩次的捷音？（三十解）

我無顏再踏黑旗下的營門，我願在馮軍裡去沖頭陣。我願把彈雨硝煙的熱血，來洗一洗我自糟蹋的瘢痕！（三十一解）

七十歲的老將馮子材，領了萬眾鎮守鎮南來。那時候馬江船燬諒山失，水陸官兵處處敗。（三十二解）

將軍誓眾築長牆，氣概儼然張國樑。後有王孝祺，前有王德榜，專候敵軍來犯帳。（三十三解）

果然敵人全力來進攻，砲聲隆隆彈滿空。將軍屹立不許動，退者手刃不旋踵。（三十四解）

忽然旗門兩扇開，掀起長鬚大叫隨我來！兩子隨後腳無鞋。（三十五解）

我那時走若飛猱輕過了燕，一瞥眼兒抄過陣雲前。我見砲火漫天好比繁星現，我連斬砲手斷了彈火的線。（三十六解）

潘瀛赤膊大辮蟠了頸，振臂一呼，十萬貔貅排山地進！孝祺率眾同拚命，跳的跳來滾的滾。德榜旁出神勇奮，突攻衝斷了中軍陣，把數萬敵人殺得舉手脫帽白旃耀似銀，還衹顧連放排槍不收刃。（三十七解）

八日夜追奔二百里，克復了文淵、諒山一年來所失的地，乘勝長驅真快意，何難一戰收交趾！（三十八解）

威毅伯得了這消息，不管三七二十一，草草便把和議結。（三十九解）

戰罷虧了馮將軍，戰功敘到我女猢猻。我罪雖重大，將功贖罪或許我折準。且借鐃歌❽唱出回心院，要向夫君去乞舊恩！（四十解）

這一套花哥曲唱完，滿廳上發出如雷價的齊聲喝采，震動了空氣，雪白的賞銀，雨點般撒在紅氍毹上，越顯出紅白分明。雯青等大家撒完後，也拋了二十個銀餅。頓時那苗女跳下繩來，婀婀婷婷，走到撫臺和雯青面前，道了一聲謝。雯青問她道：「你這曲子真唱得好，誰教你的？」苗女道：「這是一支在我們那邊最通行的新曲，差不多人人會唱。況且曲裡唱的就是我們做的事，那更容易會了。」達撫臺道：「你們真在黑旗兵裡當過女兵嗎？」苗女點了點頭。雯青道：「那麼你們在花哥手下了？你們幾時散出來的呢？」苗女道：「就在山西打敗了仗後，飛雲隊就潰散了。」達撫臺道：「現在花哥在那裡呢？」苗女道：「聽說劉將軍把她接回家去了。」雯青道：「花哥的本事，比你強嗎？」苗女笑道：「大人們說笑話了！我們都是他教練出來的，如何能比？黑旗兵的厲害，全靠盾牌隊。盾牌隊的精華，又全在飛雲隊。花哥又是飛雲隊的頭腦，不但我們比不上，祇怕是世上無雙，所以劉將軍離不了她了。」

正問答間，廳上筵席恰已擺好：中間一席，上首兩席，下首是女眷們，也是兩席。達撫臺就請雯青

❽ 鐃歌：古軍樂。見李白鼓吹入朝曲。鐃，音ㄋㄠˊ。

坐了中間一席的首坐，藩臬道府作陪。上首兩席的首位，卻是本地的巨紳。一時觥籌交錯，諧笑自如，請君且食蛤蜊，今夕祇談風月。迨至酒半，繩戲又開，這回卻與上次不同，又換了一個苗女上場，紮扮得全身似紅孩兒一般。在兩條繩上，串出種種把戲，有時疾走，有時緩行，有時似穿花蝴蝶，有時似倒掛鸚哥。一會豎蜻蜓，一會翻筋斗，雖然神出鬼沒的搬演，把個達小姐看得忍俊不禁，竟濃裝豔服的現了莊嚴寶相。在雯青看來，覺得沒甚意味，倒把繩上的眼，不自覺的移到簾上去了。須臾席散，賓主盡歡。

雯青告辭回衙，已在黃昏時候。歇了幾日，雯青便又出棚，去辦九江府屬的考事，幾乎鬧了一個多月。等到考事完竣，恰到了新秋天氣，忽然想著楓葉荻花，潯江秋色，不可不去游玩一番。就約著幾個幕友，買舟江上，去訪白太傅琵琶亭故址。明月初上，叩舷中流，雯青正與幾個幕友飛觥把盞，論古談今，甚是高興，忽聽一陣悠悠揚揚的笛聲，從風中吹過來。雯青道：「奇了，深夜空江，何人有此雅興？」就立起身，把船窗推開，只見白茫茫一片水光，盪著香爐峰影，好像要破碎的一般。幕友們道：「怎地沒風有浪？」雯青道：「水深浪大，這是自然之理。」停一回，雯青忽指著江面道：「哪，哪，哪，那裡不是一只小船，咿咿啞啞的搖過來嗎？笛聲就在這船上哩！」又側著耳聽了一回道：「還唱哩。」說著話，那船愈靠近來，就離這船不過一箭路了。卻聽一人唱道：

莽乾坤，風雲路遙。好江山，月明誰照？天涯攜著個玉人嬌小，暢好是鏡波平，玉繩低，金風細，扁舟何處了？

雯青道：「好曲兒，是新譜的。你們再聽！」那人又唱道：

癡頑自憐，無分著宮袍。瓊樓玉宇，一半雨瀟瀟。落拓江湖，著個青衫小，燈殘酒醒，只有你儂相靠，博得個白髮紅顏，一曲琵琶淚萬條！

雯青道：「聽這曲兒，倒是個憤世憂時的謫宦。是誰呢？」說著那船卻慢慢地並上來，雯青看那船上，黑洞洞沒有點燈，月光裡看去，彷彿是兩個人，一男一女。雯青想聽他們再唱什麼，忽聽那個男的道：「別唱了，怪膩煩的。你給我斟上酒罷！」雯青聽這說話的是北京人，心裡大疑。正委決不下，那人高吟道：

宗室八旗名士草，
江山九姓美人麻。

只聽那女的道：「什麼麻不麻？你要作死哩！」那人哈哈笑道：「不借重尊容，那得這付絕對呢？」雯青聽到這裡，就探頭出去細望。那人也推窗出來，不覺正碰個著。就高聲喊道：「那邊船上是雯青兄嗎？」雯青道：「咦！奇遇，奇遇。你怎麼會跑到這裡來呢？」那人道：「一言難盡，我們過船細談。」說罷，雯青就教停船，那人一腳就跳了過來。這一來，有分教：一朝解綬，心迷南國之花；千里歸裝，淚灑北堂之草。不知來者果係何人，且聽下回分解。

第七回　寶玉明珠彈章成豔史　紅牙檀板畫舫識花魁

卻說雯青正在潯陽江上，訪白傅琵琶亭故址，忽然遇著一人，跳過船來。這人是誰呢？仔細一認，卻的真是現任浙江學臺宗室祝寶廷。寶廷好端端的做他浙江學臺，為何無緣無故，跑到江西九江來？不是說夢話麼！列位且休性急，聽我慢慢說與你們聽。

原來寶廷的為人，是八面玲瓏，卻十分落拓，讀了幾句線裝書，自道滿洲名士，不肯人云亦云，在京裡跟著莊崙樵一班人，高譚氣節，煞有鋒芒。終究旗人本性是乖巧不過，他一眼看破莊崙樵風頭不妙，冰山將傾，就怕自己葬在裡頭。不想那日忽得浙江學政之命，喜出望外，一來脫了清流黨的羈絆，二來南國風光，西湖山水，是素來羨慕的，忙著出京。一到南邊，果然山明川麗，如登福地洞天。你想他本是酪漿氈帳❶的遺傳，怎禁得蒓肥鱸香❷的供養？早則是眼也花了，心也迷了。可惜手持玉尺，身受文衡❸，不能尋蘇小之香痕，踏青孃之豔跡❹罷了。

---

❶ 酪漿氈帳：飲酪漿，住氈帳，指旗人簡陋的生活。

❷ 蒓肥鱸香：蒓菜肥，鱸魚香，指南方富裕的生活。蒓，通「蓴」。音ㄔㄨㄣˊ。

❸ 手持玉尺二句：謂身負典試人才之重任。玉尺，玉作之尺。李白上清寶鼎詩：「仙人持玉尺，度君多少才。」後世稱典試曰玉尺量才。文衡，以文章試士，品評文章之高下，有如衡秤量物。

如今且說浙江杭州城，有個錢塘門，門外有個江，就叫做錢塘江。江裡有一種船，叫做江山船，只在江內來往，從不到別處。如要渡江往江西，或到浙江一路，總要坐這種船。這船上都有船孃，都是十七八歲的妖嬈女子，名為船戶的眷屬，實是客商的鉤餌。老走道兒知道規矩的，高興起來，也同蘇州、無錫的花船一樣，擺酒叫局，消遣客途寂寞，化下些纏頭錢就完了。若碰著公子哥兒懞懂貨❺，那就整千整百的敲竹槓了。做這項生意的，都是江邊人，只有九個姓，他姓不能去搶的，所以又叫「江山九姓船」。

閒話休提。話說寶廷這日正要到嚴州一路去開考，就叫了幾只江山船，自己坐了一只最體面的頭號大船。寶廷也不曉得這船上的故事，坐船的規例，糊糊塗塗上了船，看著那船很寬敞，一個中艙，方方一丈來大，兩面短欄，一排六扇玻璃蕉葉窗，炕床桌椅，鋪設得很為整齊潔淨。裡面三個房艙，寶廷的臥房，卻做在中間一個艙。外面一個艙空著，裡面一個艙，是船戶的家眷住的。房艙兩面，都有小門，門外是兩條廊，通著後艄。上首門都關著，只賸下首出入。寶廷周圍看了一遍，心中很為適意。暗忖：怪道人說上有天堂，下有蘇杭，一只船也與北邊不同，所以天隨子❻肯浮家泛宅，原來怎地快活！那船戶載著個學臺大人，自然格外巴結，一回茶，一回點心，川流不斷。一把一把香噴噴熱手巾，接著遞來，

❹ 尋蘇小之香痕二句：蘇小，即蘇小小，南齊時錢塘名妓，才空士類，容華絕世，今杭州有蘇小小墓。青孃，即董小宛。小宛名白，一字青蓮，清初金陵名妓，嫁名士冒辟疆為妾，卒年二十八。

❺ 懞懂貨：猶言糊塗蟲，譏刺語。懞懂，通「懵懂」。懞，音ㄇㄥˇ。

❻ 天隨子：唐陸龜蒙，長洲人，居松江甫里，不喜與流俗交，常放遊江湖間，時謂江湖散人，號天隨子。

寶廷已是心滿意足的了。

開了船，走不上幾十里，寶廷在臥房走出來，在下首圍廊裡，叫管家吊起蕉葉窗，端張椅子，靠在短欄上，看江中的野景。正在心曠神怡之際，忽地裡撲的一聲，有一樣東西，端端正正打上臉來。回頭一看，恰正掉下一塊橘子皮在地上。正待發作，忽見那艙房門口坐著個十七八歲很妖嬈的女子，低著頭，在那裡剝橘子吃哩，好像不知道打了人，只顧一塊塊的剝，也不抬頭兒。那時天色已暮，一片落日的光彩，正反照到那女子臉上。寶廷遠遠望著，越顯得嬌滴滴，光灩灩，耀花人眼睛。也是五百年風流冤業，把那一臉天加的精緻密圈兒，遮蓋過了，只是越看越出神，只恨她怎不回過臉兒來。忽然心生一計，拾起那塊橘皮，照著她身上打去，正打個著。寶廷想看她怎樣，忽後梢有個老婆子，一疊連聲叫珠兒。那女子答應著，站起身來，拍著身上，臨走卻回過頭來，向寶廷嫣然的笑了一笑，飛也似的往後梢去了。寶廷從來眼界窄，沒見過南朝佳麗，怎禁得這般挑逗，早已三魂去了兩魂，只恨那婆子不得人心，劈手奪了他寶貝去，心不死，還是呆呆等著。

那時正是初春時節，容易天黑。不一會，點上燈來，家人來請吃晚膳，方回中艙來，胡亂吃了些，就踅到臥房來，偷聽間壁消息。卻黑洞洞沒有火光，也沒些聲兒，倒聽得後梢男女笑語聲，小孩啼哭聲，抹骨牌聲，夾著外面風聲、水聲，嘈嘈雜雜，鬧得心煩意亂，不知怎樣纔好。在床上反覆了一個更次，忽眼前一亮，見一道燈光，從間壁板縫裡直射過來。寶廷心裡一喜，直坐起來。忽聽那婆子低低道：「那邊學臺大人安睡了？」那女子答著道：「早睡著哩，你看燈也滅了。」婆子道：「那大人好相貌，粉白臉兒，烏黑鬚兒，聽說他還是當今皇帝的本家，真正的龍種哩！」那女子道：「媽呀，你不知那大人的脾氣兒倒好，一點不拿皇帝勢嚇人。」婆子道：「怎麼？你連大人的脾氣都知道了？」那女子笑道：「剛纔我剝橘皮，不知怎的，丟在大人臉上，他不動氣，倒笑了。」婆子道：「不好哩，大人看上了你了！」那女子不言語了。就聽見兩人屑屑索索，脫衣上床，那女子睡處，正靠著這一邊。寶廷聽得準了，暗忖：可惜隔層板，不然就算同床共枕。心裡胡思亂想，聽那女子也歎一回氣，咳一回嗽，直鬧個整夜。好容易巴到天亮，寶廷一人悄地起來。滿船人都睡得寂靜，只有兩個水手，咿啞咿啞的在那裡搖櫓。寶廷借著要臉水，手裡拿個臉盆，推門出來，走過那房艙門口，那小門也就輕輕開了。珠兒身穿一件緊身紅棉襖，笑嘻嘻的立在門檻上。寶廷沒防她出來，倒沒了主意，待走不走。那珠兒笑道：「天好冷呀，大人怎不多睡一會兒？」寶廷笑道：「不知怎地，你們船上睡不穩。」說著，就走近女子身邊，在他肩上揑一把道：「穿的好單薄，你怎禁得這般冷！我知道你也是一夜沒睡。」珠兒臉一紅，推開寶廷的手低聲道：「大人放尊重些。」就挪嘴兒望著艙裡道：「別給媽見了。」寶廷道：「你給我打盆臉水來。」珠兒道：「放著多少家人，倒使喚我。」寶廷涎著臉道：「我只愛你的水。」珠兒道：「纏死人的冤家，我賞你這一遭兒。」嗤的一笑，搶著臉盆去了。寶廷回房，不一會，珠兒捧著盆臉水，冉冉的進房來。寶廷見她進來，趁她一個不防，搶上幾步，把小門順手關上。這門一關，那情形可想而知。列位，在下也不必細表。

卻不道正當兩人難解難分之際，忽聽有人喊道：「做得好事！」寶廷回過頭，見那老婆子圓睜著眼，把帳子揭起。寶廷吃一嚇，趕著爬起來，卻被婆子兩手按住道：「且慢，看著你豬兒生象，烏鴉出鳳凰，面兒光光嘴兒亮，像個人樣兒，到底是包草兒的野胚，不識羞，倒要爬在上面，欺負你老娘的血肉來！

老娘不怕你是皇帝本家，學臺大人，只問你做官人強姦民女，該當何罪？拚著出乖露醜，綑著你們到官裡去評個理！」寶廷見不是路，只得哀求釋放道：「願聽媽媽處罰，只求留個體面。」珠兒也笑著，向他媽千求萬求。那婆子頓了一回道：「我答應了，你爹爹也不饒你們。」珠兒道：「爹睡哩，只求媽遮蓋則個。」婆子冷笑道：「好風涼話兒！怎麼容易嗎？」寶廷道：「任憑老媽媽分付，要怎麼便怎麼。」那婆子想一想道：「也罷，要我不聲張，除非依我三件事。」寶廷連忙應道：「莫說三件，三百件都依。」老婆子道：「第一件，我女兒既被你污了，不管你有太太沒太太，娶我女兒要算正室。」寶廷道：「依得，我們太太剛死了。」婆子又道：「第二件，要你拿出四千銀子做遮羞錢。第三件，養我老夫妻一世衣食。三件依了，我放你起來，老頭兒那裡，我去擔當。」寶廷道：「件件都依，你快放手罷。」婆子道：「空口白話，你們做官人，翻臉不識人，我可不上當，你須寫上憑據來！」寶廷道：「你放我起來纔好寫！」真的那婆子把手一推，寶廷幾乎跌下地來。珠兒趁著空，單叉著褲，一溜煙跑回房去了。寶廷慢慢穿衣起來，被婆子逼著，一件件的寫了一張永遠存照的婚據。婆子拿著，揚揚得意而去。

這事當時雖不十分丟臉，他們在房艙鬧的時候，那些水手家人，那個不聽見！寶廷雖再三叮嚀，那裡封得住人家的嘴，早已傳到師爺朋友們耳中。後來考完，回到杭州，寶廷又把珠兒接到衙門裡住了，風聲愈大，誰不曉得這個祝大人討個江山船上人做老婆？有些好事的做竹枝詞❼，貼黃鶯語❽，紛紛不一。寶廷只做沒聽見。珠兒本是風月班頭，吹彈歌唱，色色精工。寶廷著實的享些豔福，倒也樂而忘返

❼ 竹枝詞：專詠民間瑣事之七絕詩，本唐朝劉禹錫依巴渝民歌剪製之詩體。

❽ 黃鶯語：民間歌謠蓮花落一類的歌曲。清人王奕清等撰曲譜：「王越世昌有哩囉嗹黃鶯兒。」

了。一日，忽聽得莊崙樵兵敗充發的消息，想著自己從前也很得罪人，如今話柄落在人手，人家豈肯放鬆！與其被人出手，見快仇家，何如老老實實，自行檢舉，倒還落個玩世不恭、不失名士的體統。打定主意，就把自己狎妓曠職的緣由，詳細敘述，參了一本。果然，奉旨革職。寶廷倒也落得逍遙自在，等新任一到，就帶了珠兒，游了六橋、三竺，逛了雁宕、天台，再渡錢塘江到南昌，游了滕王閣，正折到九江，想看了匡廬山色，便乘輪到滬，由滬回京。不想這日攜了珠兒，在潯陽江上，正「小紅低唱我吹簫」❾的時候，忽見了雯青也在這裡，寶廷喜出望外，即跳了過來。原來寶廷的事，雯青本也知些影響，如今更詳細問他，寶廷從頭至尾，述了一遍。雯青聽了，嘆息不置，說道：「英雄無奈是多情，吾輩一生，總跳不出情關情海，真個有情人，都成了眷屬，功名富貴、直芻狗耳！我當為寶翁浮一大白❿！」寶廷也高興起來，就與幕友輩猜拳行令，直鬧到月落參橫⓫，方始回船傍岸。

到得岸邊，忽見一家人手持電報一封，連忙走上船來。雯青忙問是那裡的，家人道：「是南昌打來的。」雯青拆看，見上面寫著：「九江府轉學憲金大人鑒：奉蘇電，趙太夫人八月十三日辰時疾終，速回署料理。」雯青看完，彷彿打個焦雷，當著眾人，不免就號啕大哭起來。寶廷同眾幕友，大家勸慰，無非是「為國自重」這些套話。雯青要連夜趕回南昌，大家拗不過，衹好依從。寶廷自與雯青作別過船，

❾ 小紅低唱我吹簫：宋范成大有婢名小紅，頗有才色，後贈予姜夔。姜夔過垂虹云：「自作新詞韻最嬌，小紅低唱我吹簫。」

❿ 浮一大白：謂滿引一大杯酒。見說苑善說。大白，酒杯名。

⓫ 月落參橫：月亮落下，參星橫空，言天將明。參，音ㄕㄣ。

流連了數日，與珠兒趁輪到滬。在滬上領略些洋場風景，就回北京做他的滿洲名士去了。

話分兩頭：卻說雯青當日趕回南昌，報了丁憂，朝廷自然另行放人接替。雯青把例行公事，料理清楚，帶了家眷，星夜奔喪。回到了蘇州，開喪出殯，整整鬧了兩個月，盡哀盡禮，自不必說。過了百日，出門謝客，還要存問故舊，拜訪姻鄙⓬。富貴還鄉，格外要敬恭桑梓，也是雯青一點厚道。只是從那年請假省親以來，已經有十多年不踏故鄉地了。山邱依然，老成凋謝，想著從前鄉先輩馮景亭先生見面時，勉勵的幾句好言語，言猶在耳，而墓木已拱，自己雖因此曉得了些世界大勢，交涉情形，卻尚不能發抒所學，報稱⓭國家，一慰知己於地下，不覺感喟了一回。自古道：「歡娛嫌夜短，寂寞恨更長。」你想雯青是熱鬧場中混慣的人，頂冠束帶，是他陶情的器具；拜謁讌會，是他消閒的經綸，那裡耐得這寂寞來？如今守制在家，官場又不便來往，只有個老鄉紳潘勝芝，寓公貝效亭，還有個大善士謝山芝，偶然來伴伴熱鬧，你想他苦不苦呢？正是靜極思動，陰盡生陽，就只這一念無聊，勾起了三生宿業，恰正好「素幔張時風絮起，紅絲牽動彩雲飛」。

話休煩絮。卻說雯青在家，好容易捱過了一年。這日正是清明佳節，日麗風和，姑蘇城外，年年例有三節勝會，傾城士女，如癡如狂，一條十里山塘，停滿了畫船歌舫，真個靚妝藻野，袨服縟川⓮，好

⓬ 姻鄙：同「姻黨」。猶言戚黨。鄙，通「黨」。音ㄉㄤˇ。

⓭ 報稱：報答而副其意。見漢書孔光傳。稱，音ㄔㄥˋ。

⓮ 靚妝藻野二句：濃妝豔抹的仕女，華美動人的服飾，妝點美化了山野川原。語出南朝宋顏延年三月三日曲水詩序。靚妝，同「靚莊」。謂脂粉之妝飾。藻，猶飾。袨服，盛服；美麗之衣。縟，繁彩色。

不熱鬧！雯青那日獨自在書房裡，悶悶不樂，卻來了謝山芝，雯青連忙接入。正談間，效亭、勝芝陸續都來了。效亭道：「今天閶門外好熱鬧呀！雯青兄怎樣不想去看看，消遣些兒？」雯青道：「從小玩慣了，如今想來，也乏味得很。」勝芝道：「雯青，你十多年沒有鬧這個頑意兒了，如今莫說別的，就是上下塘的風景，也越發繁華，人也出色，幾家有燈船的，妝飾得格外新奇，烹炮亦好。」山芝不待說完，就接口道：「今日兄弟叫了大陳家的船，要想請雯兄同諸位去熱鬧一天，不知肯賞光嗎？」雯青道：「不過兄弟尚在服中，好像不便。」效亭向山芝作個眼色。山芝道：「我們並不叫局，不過借他船坐坐舒服些，用他菜吃吃適口些，逢場作戲，這有何妨！」勝芝、效亭都攛掇著，雯青想是清局，也無礙大禮，就答應了。

一同下船，見船上紮著無數五色的彩球，夾著各色的鮮花，陸離光怪，紙醉金迷，艙裡卻坐著個裊裊婷婷花一樣的人兒，抱著琵琶彈哩。效亭走下船來，就哈哈大笑道：「雯兄可給我們拖下水了。」雯青正待說話，山芝忙道：「別聽效亭胡說！這是船主人，我們不能香火趕出和尚，不叫別個局，還是清局一樣。」勝芝道：「不叫局也太殺風景。雯青自己不叫，就是完名全節了，管甚別人！」雯青難卻眾意，想自己又不是真道學，不過為著官體，何苦弄得大家沒趣，也就不言語了。於是大家高興起來，各人都叫了一個局。等局齊，就要開船。

那當兒裡，忽然又來了一個客，走進艙來，就招呼雯青。雯青一看，卻是認得的，姓匡號次芳，名朝鳳，是雯青同衙門的後輩，新近告假回籍的，今日也是山芝約來。過時見名花滿坐，翠繞珠圍，次芳就向眾人道：「大家都有相好，如何老前輩一人向隅⑮？」大家尚未回言，次芳點點頭道：「噁，我曉得了，老前輩是金殿大魁⑯，必須個蕊宮榜首⑰，方配得上。待我想一想。」說著，仰仰頭，合合眼，忽拍手道：「有了，有了。」眾人問：「是誰？」次芳道：「咦，怎麼這個天造地設、門當戶對的女貌郎才，你們倒想不到？」眾人被他鬧糊塗了，雯青倒也聽得呆了。在坐的妓女，也不知道他胡蘆裡賣的甚藥。正要聽他下文，次芳忽望著窗外一手指著道：「哪，哪，那岸上轎子裡，不是坐著個新科花榜狀元⑱大郎橋巷的傅彩雲走過嗎？」雯青不知怎的聽了「狀元」二字，那頭慢慢回了過去。誰知這頭不回，萬事全休，一回頭時，卻見那轎子裡正坐著個十四五歲的、不長不短、不肥不瘦的女郎，面如瓜子，臉若桃花，兩條欲蹙不蹙的蛾眉，一雙似開非開的鳳眼，似曾相識，莫道無情，正是說不盡的體態風流，丰姿綽約。雯青一雙眼睛，好像被那頂轎子抓住了，再也拉不回來，心頭不覺小鹿兒撞⑲。說也奇怪，那女郎一見雯青，半面靠著玻璃窗，目不轉睛的釘在雯青身上。直至轎子走遠看不見，方各罷休。大家看出雯青神往的情形，都暗暗好笑。次芳乘他不防，拍著他肩道：「這本卷子好嗎？」雯青倒唬一跳⑳。山芝道：「遠觀不如近睹。」就拿一張薛濤箋寫起局票來，分付船等一等開，立刻去叫彩雲。雯青此時

---

⑮ 向隅：漢劉向說苑貴德：「今有滿堂飲酒者，有一人獨索然向隅而泣，則一堂之人皆不樂矣。」後因稱惠不及眾或孤獨失意為向隅。隅，音ㄩˊ。牆角。

⑯ 金殿大魁：殿試狀元。金殿，莊嚴華麗之宮殿。科舉時殿試首選曰狀元，亦稱大魁。

⑰ 蕊宮榜首：美人榜上第一人。蕊宮，天宮，謂美人如天宮下凡之仙女。

⑱ 花榜狀元：同「蕊宮榜首」。花，喻美人。

⑲ 小鹿兒撞：同「小鹿觸心頭」。喻驚懼。見清人翟灝撰通俗編獸畜。

⑳ 唬一跳：即嚇一跳。唬，同「嚇」。音ㄒㄧㄚˋ。

也沒了主意，由他們鬧，一言不發了。等了好一回，次芳就跳了出來道：「你們快來看狀元夫人呀！」雯青抬頭一望，只見顫巍巍裊婷婷的那人兒，已經下了轎，兩手扶在一個美麗大姐肩上，慢慢的上船來了。這一來，有分教：五洲持節，天家傾繡虎之才；八月乘槎，海上照驚鴻之采。不知來者是否彩雲，且聽下回分解。

第八回

避物議男狀元偷娶女狀元
借誥封小老母權充大老母

話說彩雲扶著個大姐走上船來，次芳暗叫大家不許開口，看她走到誰邊。彩雲的大姐，正要問那位叫的，只說得半句，被彩雲啐了一口道：「蠢貨！誰要你搜根問底？」說著，就撇了大姐，含笑的捱到雯青身邊一張美人椅上，並肩坐下。大家譁然大笑起來。山芝道：「奇了，好像是預先約定似的！」勝芝笑道：「不差，多管是前生的舊約。」次芳就笑著朗吟道：「身無彩鳳雙飛翼，心有靈犀一點通❶。」雯青本是花月總持，風流教主，風言俏語，從不讓人，不道這回見了彩雲，卻心上萬馬千猿，又驚又喜，聽了勝芝說是前生的舊約，這句話更觸著心事，任人嘲笑，只是一句話掙不出。就是彩雲自己，也不解何故，踏上船來，不問情由，就一直往雯青身邊，如今被人說破，倒不好意思起來，只顧低著頭弄手帕兒。雯青無精打采的搭赸❷著，向山芝道：「我們好開船了！」山芝就吩咐一面開船，一面在中艙擺起酒席來。

眾人見中艙忙著調排桌椅，就一擁都到頭艙去了。有爬著欄干上看往來船隻的，有咬著耳朵說私語的。雯青也想立起來走出去，卻被彩雲輕輕的一拉，一扭身就往房艙裡床沿上坐著。雯青不知不覺，也

---

❶ 身無彩鳳雙飛翼二句：唐李商隱七言律詩無題。

❷ 搭赸：通作「搭訕」。謂心懷愧疚或無聊之際而隨口應付。赸，音ㄕㄢˋ。

跟了進去。兩人並坐在床沿上，相偎相倚，好像有無數體己話要說，只是我對著你、你對著我的癡笑。歇了半天，雯青就兜頭問一句道：「你知道我是誰麼？」彩雲怔了一怔道：「我很認得你，只是想不起你姓名來。」雯青就細細告訴了他一遍。彩雲想一想，說：「我媽認得金大人。」雯青道：「你今年多少年紀了？」彩雲道：「我今年十五歲。」雯青臉上呆了半晌，卻順手拉了彩雲的手，耳鬢廝磨❸的端相的不了，不知不覺兩股熱淚，從眼眶中直滾下來。口裡念道：「當時只道渾閒事，過後思量總可憐。」彩雲看著，暗暗吃驚，止不住就拿著帕子替他拭著淚，說道：「你怎的沒來由哭起來？」口雖如此說，卻自己也一陣透骨心酸，幾乎也哭出來。雯青對著彩雲，只是上下打量，低低念道：「愁到天地翻，相看不相識。」一面道：「彩雲，我心裡只是可憐你，你知道麼？」彩雲摸不著頭腦，卻趁勢就靠在雯青身上道：「你只管傷心做什麼？回來等客散了，肯到我那裡去坐坐麼？我還有許多話要問你呢！」雯青點頭。只聽外面次芳喊道：「請坐罷，講話的日子多著哩！」雯青、彩雲只好走出來，見席已擺好，山芝正拿著酒壺斟酒，讓效亭坐首座。效亭不肯，正與勝芝推讓。後來大家公論，效亭是寓公❹，仍讓他坐了。勝芝坐二座，雯青坐三座，次芳挨雯青坐下，山芝坐了主席。大家叫的局，也各歸各座。彩雲自然在雯青背後坐了。

正是釧動釵飛，花香鳥語，曲翻白紵❺，酒捲回波❻，其時船已搖到了白公堤下真娘墓前一帶柳蔭

---

❸ 耳鬢廝磨：亦作「耳鬢相磨」。極言其親密之狀。廝磨，相磨。

❹ 寓公：寄住在他鄉的士大夫。貝效亭是常州人，時住蘇州，故稱寓公。

❺ 白紵：即白紵歌，樂府歌曲名，為吳之舞曲，即白紵舞歌。紵，音ㄓㄨˋ。麻布。

下泊著。一輪胭脂般的落日，已慢慢地沈下虎邱山下去了。船上五彩絹燈，一齊點起，照得滿船如不夜城一般。大家揎拳猜謎，正鬧得高興。次芳道：「今日這會，專為男女兩狀元作合，我倒想個新鮮酒令，好多吃兩杯喜酒。」大家問是何令，次芳指著彩雲道：「就借著女狀元的芳名，叫做彩雲令。用還魂記曲文起句，第二句，用曲牌名，第三句，用詩經，依首句押韻。韻不合者罰三杯。佳妙者各賀一杯。再用唐詩一句，有彩雲兩字相連的飛觴，照座順數，到『彩雲』二字，各飲一杯，雲字接令。」大家聽畢道：「好新鮮雅致的令兒，只是煩難些。」彩雲道：「誰要你們稱名道姓的作弄人。」次芳道：「你別管，酒令如軍令，違者先罰！」彩雲笑了笑，就低頭不語了。次芳道：「我先說一個罷！」念道：

甚蟾宮貴客傍雯霄，集賢賓，河上乎逍遙。

大家都譁然道好。效亭道：「應時對景，我們各賀一杯，你再說飛觴罷！」次芳道：「彩雲簫史駐。」順著數去，恰是雯青、效亭各一杯。次芳先斟雯青一杯道：「請簫史飲個成雙杯兒，添些氣力，省得騎著龍背，跌下半天來。」雯青正要舉杯，卻被彩雲劈手奪去道：「你倒高興喝，我偏不許你喝！」次芳笑道：「嗄，一會兒，就怎地肉麻！」效亭道：「別鬧，人家要接令哩！」一面就念道：

迤逗的彩雲偏，相見歡，君子萬年。

大家道：「吉祥豔麗，預卜狀元郎夫榮妻貴，該賀該賀！」效亭道：「快喝賀酒，我要飛觴哩！」

---

❻回波：古舞曲名，言其姿勢如水之回旋。

接著就念句「學吹鳳簫乘彩雲」。「彩」字數到雯青，「雲」字次芳。次芳道：「賀酒還沒全喝，倒要喝令酒了。」大家照喝了。次芳道：「作法自斃❼，這回可江郎才盡了！」彩雲道：「做不出，快罰酒！」次芳聳著肩道：「好了。有了，你們聽聽，稍頓一頓，人家就要罰酒，險呀！」雯青笑道：「你說呢？」次芳念道：

昨夜天香雲外，謁金門，鸞聲噦噦❽。

飛觴是「斷續彩雲生」。效亭一杯，雯青一杯，接令。山芝道：「次芳這幾句話，是明明祝頌雯翁起服進京升官的預兆，快再飲賀酒一杯！」雯青道：「回回硬派我喝酒，這不是作弄人嗎？」彩雲低聲道：「我替你喝了罷！」說著，舉杯一飲而盡，大家拍掌叫好。雯青道：「你們是頑呢，還是行令？」就念道：

又怕為雨為雲飛去了，念奴嬌，與子偕老。

大家道：「白頭偕老，金大人已經面許了，彩雲你須記著。」彩雲背著臉，不理他們。雯青笑念道：「化作彩雲飛。」次芳笑道：「老前輩不放心，只要把一條軟蘼繩，牢牢結住裙帶兒，怕她飛到那兒去！」彩雲瞅了一眼。雯青道：「該山芝、效亭各飲一杯。」效亭道：「又捱到我接令。我說的是：

❼ 作法自斃：立法者，轉以犯己所立之法而自害。今以喻籌畫設計而反自陷其身者。

❽ 噦噦：音ㄏㄨㄟˋ ㄏㄨㄟˋ。和鳴聲。見詩經小雅庭燎。

他海天秋月雲端掛，歸國遙，日月其邁。」

勝芝道：「你怎麼說到海外去了？不怕海風吹壞了人，金大人要心痛的呢！」山芝道：「勝翁你不知道，雯翁通達洋務，安知將來不奉使出洋呢？這正是佳讖❾！」大家催著效亭飛觴。效亭道：「唐詩上『彩雲』兩字連的，真說完了！」低頭想了半天，忽然道：「有了，碧簫曲盡彩雲動。」雯青暗數，知道又臨到自己了，便不等效亭說完，就執杯在手道：「我念一句收令罷！」就一面喝酒，一面念道：

美夫妻圖畫在碧雲高，最高樓，風雨瀟瀟。

就念飛觴道：「彩雲易散玻璃薄。」應當次芳、勝芝各一杯。次芳道：「雯兄，這句氣象蕭颯，做收令不好，況且勝翁也沒說過，請勝翁收令罷。」勝芝道：「我荒疏久了，饒恕了罷！」山芝道：「快別客氣，說了好收令。」勝芝不得已，想一想念道：

雨跡雲蹤纔一轉，玉堂春，言笑晏晏。

又說飛觴：「橋上衣多抱彩雲。」於是合席公飲了一杯。雯青道：「我們酒也彀了，山翁賞飯罷！」次芳在身上摸出一隻十二成金的打簧表，按了一按，卻璫璫的敲了十下道：「可不是，該送狀元歸第了。快叫開船回去，耽誤了吉日良時，不是耍處。」彩雲帶嗔帶笑的指著次芳道：「我看匡老，只有你一張

❾ 佳讖：好的預言。讖，音ㄔㄣˋ。預言。

嘴，能說會道，我就包在你身上，叫金大人今晚到我家裡來，不來時便問你！」次芳道：「這個我敢包。不但包他來，還要包你去。」彩雲道：「包我到那裡去？」次芳道：「包你到圓嶠巷金府上去。你放心，總不會包你到西洋外國去，吃外國火腿的。」彩雲啐了一口。大家說說笑笑，飯也吃完，船也到了閶門太子碼頭了，各妓就紛紛散去。效亭、勝芝先上岸回家去了。彩雲轎子也來，那大姐就扶著彩雲，走上船頭。彩雲忽回頭叫聲：「金大人，你來，我有話給你說。」雯青走出來道：「什麼話？」彩雲望著雯青，頓了一頓，笑道：「不要說了，到家裡去告訴你罷！」說著，就上轎走了。次芳道：「這小妮子❿聲價自高，今日見了老前輩，你看他一種癡情，十分流露，倒不要孤負了她。」雯青微笑，就謝了山芝，也自上岸。你想：雯青、彩雲今日相遇的情形，這晚那有不去相訪的理呢！既去訪了，彩雲那有不留宿的理呢！紅珠帳底，絮語三生；水玉簾前，相逢一笑。韋郎未老，淒迷玉簫之聲⓫；杜牧重來，綢繆紫雲之夢⓬。雙心一襪，盒誓釵盟，不消細表。

---

❿ 小妮子：小姑娘。

⓫ 韋郎未老二句：唐人韋臯，少館姜氏。有青衣玉簫，與有情，韋贈以玉指環，約七年來取，及期不至，玉簫絕食而死。後韋任劍南、西川節度使，念之不置，有善少翁術者，召玉簫魂至，謂韋云：「十三年後，再為侍妾。」韋既久在蜀，會作生日，東川盧某獻一歌姬，號玉簫，視之，其貌與姜氏之玉簫無異也。指肉隱起如所著玉環，時以為玉簫再生。

⓬ 杜牧重來二句：唐人杜牧，任監察御史，分司洛陽，時司徒李愿家居，家妓為當時第一。常宴朝士，以牧司風憲不敢邀。牧因遣人諷愿使召己，既至，曰：「聞有紫雲者，妙歌舞，願一見。」當筵賦詩，旁若無人，愿因將紫雲贈之。太和末，遊湖州，目成一女子，年十餘歲，結以金幣，約以十年後來典郡，當納之。宦海

卻說匡次芳當日薦了彩雲，見雯青十分留戀，料定當晚雯青決不能放過的。到了次日清早，一人趕到大郎橋巷，進後門來。相幫要喊客來，次芳連連搖手，自己放輕腳步，走上扶梯，推門進去，卻見中間大炕床上，躺著個大姐，正在披衣坐起，看見次芳，就低聲叫：「匡老爺，來得怎早！」次芳連忙道：「你休要聲張，我問你句話，金大人在這裡不在？」那大姐就挪嘴兒，對著裡間笑道：「正做好夢哩！」次芳就在靠窗一張書桌邊坐下。那大姐起來，替次芳去倒茶，次芳瞥眼看見桌上一張桃花色詩箋，恭恭楷楷，寫著四首七律詩道：

山色花光映畫船，白公隄下草芊芊。萬家燈火吹簫路，五夜星辰賭酒天。鳳脛燒殘春似夢，駝鉤高捲月無煙。微波渺渺塵生襪，四百橋邊採石蓮。

吳孃似水豔無曹，貌比紅兒藝薛濤。燒燭夜攤金葉格，定場春擁紫檀槽。蠅頭試筆蠻箋膩，鹿爪拈花羯鼓高。忽憶燈前十年事，煙臺夢影浪痕淘。

胡麻手種葛鴉兒，紅豆重生認故枝。四月橫塘聞杜宇，五湖曉網薦西施。靈簫孤負前生約，紫玉依稀入夢時。只有傷心說不得，憑闌吹斷碧參差。

龍頭劈浪鳳簫哀，展盡芙蓉向月開。細雨銀荷中婦鏡，東風銅雀小喬臺。青衫痕漬隔年淚，絳蠟心留未死灰。腸斷江南歌子夜，白鳧飛去又飛回。

浮沉，十四年後，迨知友周墀為相，始上牋乞守湖州。至則前女已從人三載，生二子。牧不勝惆悵，乃作歎花詩云：「自恨尋芳到已遲，往年曾見未開時。如今風擺花狼藉，綠葉成陰子滿枝。」

次芳看著這幾首詩，頑豔絕倫，覺得雯青尋常沒有這付筆墨。正在詫異，忽見詩尾題著「讖情生寫詩彩雲舊侶慧鑒」一行小字，暗忖雯青與彩雲，尚是初面，如何說是舊侶呢？難道這詩不是雯青手筆麼？心裡惑惑突突的摸擬，恰值那大姐端茶上來，次芳就微笑的問道：「昨夜金大人是幾時來的？」那大姐道：「我們先生前腳到家，金大人後腳就跟了來。吃了半夜的酒，講了一夜的話。」次芳道：「你聽見講些什麼呢？」大姐道：「他們講的話，我也不大懂。只聽金大人說，我們先生的面貌，活脫像金大人的舊相好，又說那舊相好，為金大人死了。死的那一年，正是我們先生養的那一年。」那大姐正一五一十的說，就聽裡間彩雲的口聲喊道：「阿巧，你咭唎咕嚕同誰說話哟？」阿巧向次芳伸伸舌頭答道：「匡老在這裡尋金大人哩！」只聽裡面好像兩人低低私語了幾句，又屑屑索索一回，彩雲就雲鬢蓬鬆，開門出來。見了次芳，就笑道：「請匡老裡面坐，金大人昨夜被你們灌醉了，今日正害著酒病哩！」說著，就往後間梳洗去了。

次芳一面笑，一面就走進來。看見雯青，卻橫躺在一張煙榻上，旁邊還堆著一條錦被，見次芳來，就坐起來招呼。次芳走上去道：「恭喜！恭喜！」雯青笑道：「別取笑人。次兄請坐著，我想託你辦一件事，不曉得你肯不肯？」次芳道：「老前輩不用說了，是不是那紅兒、薛濤⑬的事嗎？」雯青愕然道：「怎麼這幾首歪詩，又被你看見了？我的心事，也不能瞞你了。」次芳道：「這種事，門子裡都有一定規矩的，須得個行家去講，纔不致吃龜鴇⑭的虧。我有個熟人叫戴伯孝，極能幹的，讓我去轉託他辦便

---

⑬ 紅兒薛濤：紅兒，唐雕陰（今陝西鄜縣北）官妓杜紅兒。羅虬曾作比紅兒詩絕句百首。薛濤，唐代名妓，長安人，字洪度，隨父流落蜀中，遂入樂籍，知音律，工詩文。

了。」雯青道：「只是現在熱孝⑮在身，做這件事，好像於心不安，外面議論，又可怕得很！」次芳道：「那個容易，祇要現在先講妥了，做個外室，瞞著尊嫂，到服滿進京，再行接回，便兩全其美了。」雯青點頭說：「既如此，這事祇有請次兄替我代託戴先生罷！兄弟昨夜未歸，今日必須早些回去，安排妥密，免得人家疑心。」說著就穿衣，別了次芳，又低低託咐了幾句，一逕下樓走了。次芳祇好去找了戴伯孝，託他去向老鴇交涉。老鴇自然有許多做作，好說歹說，纔講明了身價一千元，又叫了彩雲的生身父來。原來彩雲本是安徽人，乃父是在蘇州做轎班的，恐怕將來有枝節，爽性另給了那轎班二百塊錢，叫他也寫了一張文契。費了兩日工夫，纔把諸事辦妥，就由戴伯孝親來雯青處告訴明白。雯青歡喜，自不必說。從此大郎橋巷，就做了雯青的外宅，無日不來，兩人打得如火的一般熱。

光陰似箭，轉瞬之間，雯青也滿了服，幾回要將此告訴張夫人，只是自己理短，總說不出口。心想不如一人先行到京，再看機會罷，就將這個辦法，與彩雲商量。彩雲也沒別話，就定見了。自己一人到京，起服銷假。這日宮門召見下來，就補授了內閣學士。雯青自出差到今，已離京五六年了。時局變更，滄桑屢改，朝中歌舞昇平，而海外失地失藩，頻年相屬，日本滅琉球，法國取了安南，英國收了緬甸，中國一切不問，還要鋪張揚厲，擺出天朝空架子。記得光緒十三年，翰林院裡還有人獻了一篇平法頌，文章辭藻，比著康熙年代的平滇頌，乾隆年代的平定金川頌，還要富麗哩。話雖如此，到底交涉了幾年，這外交的事情，倒也不敢十分怠慢，那些通達洋務的人員，上頭不免看重起來。恰好這年出使英、俄大

⑭ 龜鴇：妓館之主持者，男曰龜，女曰鴇。鴇，音ㄅㄠˇ。

⑮ 熱孝：謂初遭親喪身著孝服。

臣呂萃芳，要改充英、法、義、比四國大臣。出使德、俄、荷、奧、比五國大臣許鏡澂，三年任滿，要人接替。而斯時一班有名的外交好手，如上回雯青在上海認得的雲仁甫，已派過了美、日、祕副使；李台霞已派署過德國正使，現在又有別事派出。徐忠華派充參贊，馬美菽也出洋游歷，呂順齋派充日本參贊，朝廷正恐沒人應選。也是雯青時來運來，又有潘八瀛、龔和甫這班大帽子⑯，替他揄揚幫襯⑰，聲譽日高一日，廷旨就派金汮出使俄羅斯、德意志、荷蘭、奧大利亞四國。旨意下來，好不榮耀！雯青趕忙修摺謝恩，引見請訓，拜會各國公使；一面奏調參贊、隨員、繙譯，就把次芳奏保了參贊，做個心腹。又想著戴伯孝湊合彩雲的功勞，也保了隨員，派他做了會計。且請假兩月，還蘇修墓，奉旨俞允。

那時同鄉京官葦如也開了坊了，唐卿卻從陝甘回來了。珏齋也因公在京，只有肇廷改了外官，不在那裡。這班人合著輪流替雯青餞賀。這日席間，大家談起交涉的方略，雯青發議道：「兄弟不才，謬膺使節，此去方略，還要諸君臨別贈言。依兄弟愚見，第一是聯絡邦交，第二是調查國勢。語云：『知彼知己，百戰百勝。』我國交涉吃虧，正是不知彼耳！不知國情，固是大害；不知地理，為害尤烈！遠事不必說，就是伊犁一案，彼趁著白彥虎造反就輕輕佔據了，要不是曾繼湛力爭，這塊地面，就不知不覺的送掉了！兄弟向來留心西北地理，見那些交界地方，我們中國紀載，都糢糊影響⑱得很，俄國素懷蠶食之心，不知暗中被佔了多少去了。只苦我國不知地理，啞了吃黃連，說不出的苦。兄弟這回出去，也

⑯ 大帽子：前清禮帽之稱。此指可作憑藉而占優勝之顯貴權勢。

⑰ 揄揚幫襯：稱譽贊助。

⑱ 糢糊影響：糢糊，同「模糊」。不清楚；不明顯。影響，不真實之事。

不敢自誇替國家爭回什麼權利，不過這地理上頭，兄弟數十年苦功，總可考究一番，叫他疆界井然，不能再施鬼蜮手段罷了！」葦如等聽了，自然十分佩服。珏齋道：「可不是麼？所以兄弟前回到吉林，實在沒法，只好仿著馬伏波⑲的故事，立了一個三丈來高的銅柱，刻了幾句銘詞，老遠望著，就見巍巍雲表，那銅柱拓本，看著倒很古雅，明日兄弟送一分去。雯兄留著，倒可參考參考。」雯青道：「珏齋兄的銅柱銘，將來定可與闕特勤碑⑳、好太王碑並傳千古了！」

當日歡飲一天，雯青心裡只記掛著彩雲，忽忽已一年多不見了，忙著出京。那時上海縣先期得信，趕緊打掃天后宮行轅，以備使節小駐。這日船抵金利源碼頭，不免有文武官員晉見許多儀節，自己復要拜會各國領事。入城答拜道縣回來，恰值次芳帶著戴伯孝來見，當面謝了保舉。雯青把行轅一切公事，全行託付了次芳。把定出洋的公司船以及部署行李等瑣事，都交給戴會計。諸事安排妥了，歸心如箭，就叫心腹俊童阿福，向上海道借了一隻小輪船，連夜回蘇。到得家中，夫妻相見，自有一番歡慶，不消說得。坐定，說著出洋的事來。雯青笑說：「這回倒要夫人辛苦一趟了！但是夫人身弱，不知禁得起波濤跋涉否？」夫人笑道：「這個不消老爺耽心，辛苦不辛苦，倒在其次。聞得外國風俗，公使夫人，一

⑲ 馬伏波：馬援，東漢茂陵人，字文淵。建武中，拜伏波將軍，平交趾。嘗曰：「丈夫為志，窮當益堅，老當益壯。」又言：「男兒要當死於邊野，以馬革裹尸還葬耳，何能臥床上在兒女子手中邪？」封新息侯，卒於軍。世稱馬伏波。

⑳ 闕特勤碑：闕特勤 (Kul tigin)，突厥毗伽可汗之弟，對東突厥勢力興隆，貢獻至大。闕特勤於唐開元十九年卒，明皇詔張去逸與呂向齎璽書弔祭，並為立此碑。

樣要見客赴會，握手接吻，妾身系出名門，萬萬弄不慣這種腔調，本來要替老爺弄個貼身伏侍的人，」說到這裡，卻笑了一笑。雯青心裡一跳，知道不妙。只聽夫人接道：「好在老爺早已討在外頭，倒也省了我許多周折。我昨日已吩咐過家人們，收拾一間新房，只等老爺回來，擇吉接回。稍停兩日，就叫她跟隨出洋，妾身落得在家過清閒日子哩！」雯青忸怩了半天道：「這事原是下官一時糊塗。……」下句還未說出，夫人正色道：「你別假惺惺，現在倒是擇日進門是正經，你是王命在身的人，那裡能儘著耽擱？」

雯青得了夫人的命，就放膽，看了明日是黃道吉日，隔夜就預備了酒席，邀請親友，來看新人。到了這日，夫人就命安排一頂綵轎，四名鼓樂手，去大郎橋巷迎接傅彩雲。不一時，門前簫鼓聲喧，接連鞭爆之聲、人聲、腳步聲，但見四名轎班，披著紅，簇擁一肩綠呢挖雲四垂流蘇的官轎，直進中堂停下。夫人早已預備兩名垂髫美婢，各執大紅紗燈，將新人從綵轎中緩緩扶出。卻見顫巍巍的鳳冠，光耀耀的霞帔，襯著杏臉桃腮，黛眉櫻口，越顯得光彩射目，芬芳撲人，真不啻嫦娥離月殿，妃子降雲霄矣。那時滿堂親友，雜沓爭先，喝采聲，詫異聲，交頭接耳，正議論這個妝飾越禮。忽人叢中夫人盛服走出，大家倒吃一驚。正是：名花入手消魂極，豔福如君幾世修。不知夫人走出何事，且聽下回分解。

第九回　遣長途醫生試電術　憐香伴愛妾學洋文

卻說諸親友正交頭接耳，議論彩雲妝飾越禮，忽人叢中夫人盛服走出，卻聽她說道：「諸位親長，今日見此舉動，看此妝飾，必然詫異。然願聽妾一言：此次雯青出洋，妾本該隨侍同去，無奈妾身體荏弱，不能前往。今日所娶的新人，就是代妾的職分。而且公使夫人，是一國觀瞻所繫，草率不得，所以妾情願從權，把誥命補服，暫時借她，將來等到覆命還朝時，少不得要一概還妾的。諸尊長以為如何？」言次，聲音朗朗，大家都同聲稱贊。於是傳齊吹手，預備祭祖。雯青與夫人在前，傳彩雲在後。行禮畢，彩雲叩見雯青夫婦，大家送入洞房。雯青這一喜，直喜得心花怒放，意蕊橫飛，感激夫人到十二分。自己就從新房出來，應酬外客。那潘勝芝、貝效亭、謝山芝一班熟人，擺擂臺，尋唐僧，翻天覆地的鬧起酒來。想要叫局，只礙著雯青如今口銜天語❶，身膺使旄❷，只好罷休。雯青陪著暢飲，到漏靜更深，方始散去。雯青進來，自然假意至夫人房中，夫人卻早關了門。雯青只得自回新房，與彩雲敘舊。久別重逢，綢繆備至，自不消說。

正是芳時易過，倏滿假期，便別了夫人，帶了彩雲，出了蘇州城，一逕到上海。其時蘇滬航路，還

---

❶ 口銜天語：意謂奉天子之命。銜，奉命。天語，天子之言。李白明堂賦：「聽天語之察察。」

❷ 身膺使旄：身受使節之任務。膺，當；承受。使旄，猶言使節。旄指旄節，使臣所持之節。所以為信。

沒有通，不像現在有大東、戴生昌許多公司船，朝來暮往的便捷。雯青因是欽差大臣，上海道特地派了一隻官輪來接，走了一夜，次早就抵埠頭。雯青先把家眷安排上岸，自己卻與一班接差的道縣，酬應一番。行轅中又送來幾封京裡書札，雯青一一檢視，也有親友尋常通賀的，也有大人先生為人說項的，還有一班名士黎石農、李純客、袁尚秋諸人寄來的送行詩詞，清詞麗句，覺得美不勝收。繙到了末一封，卻是莊小燕的，雯青連忙拆開，暗想此人的手筆，倒要請教。——你道雯青為何見了莊小燕姓名，就如此鄭重呢？這莊小燕，書中尚未出現過，不得不細表一番：原來小燕是個廣東人，佐雜出身，卻學富五車❸，文倒三峽❹，而且深通西學，屢次出洋，現在因交涉上的勞績，保舉到了侍郎，聲名赫赫，不日又要出使美、日、比哩。雯青當時拆開一看，卻是四首七律道：

> 詔持龍節度西溟，又捧天書問北庭。神禹久思窮亥步，孔蝕真遺案丁零。遙知氿極雙旌駐，應見神洲一髮青。直待車書通絕徼，歸來扈蹕禪云亭。
>
> 聲華籍籍侍中居，清切承明出入廬。早擅多聞箋豹尾，親圖異物到邛虛。工名幾勒黃龍艦，國法新銜赤雀書。爭識威儀迎漢使，吹螺代鼓出穹閭。
>
> 竹枝異域詞重譜，敕勒風吹草又低。候館花開赤瓔珞，周廬瓦覆碧流黎；異魚飛出天池北，神馬徠從雪嶺西。寫入夷堅支乙志，殺青他日試標題。

---

❸ 學富五車：謂讀書極多，學問豐富。見幼學故事瓊林文事。

❹ 文倒三峽：謂文章精彩動人，氣勢磅礴，有如長江三峽之水，滾滾而來。

不嫌奪我鳳池頭，譚思珠玲佐廟謀。敕賜重臣雙白璧，圖開生絹九瀛洲。茯苓賦有林牙誦，苜蓿花隨驛使稠。接伴中朝人第一，君家景伯舊風流。

雯青看罷，拍案叫絕道：「真不愧白衣名士❺，我輩愧死了！」遂即收好，交與管家，一面喊伺候上岸。坐著雙套馬車，沿途還拜各官，並德、俄諸領事。直到回天后宮行轅，已在午牌❻時候，早有自己的參贊、繙譯、隨員等等這一班人齊集著，都要謁見。手本進去，不一時，就見管家出來傳話：「單請匡朝鳳匡大人、戴伯孝戴老爺進去，有公事面談，其餘老爺們，一概明日再見罷。」大家聽見這話，就紛紛散了。只賸匡次芳、戴伯孝二人，低著頭，跟那管家往裡邊去。到了客廳，雯青早在等著。見他們進來，連忙招呼道：「次兄，伯兄，這幾日辛苦了！快換了便服，我們好長談。」次芳等上前見了，早有阿福等幾個俊童，上去替他們換衣服。次芳一面換，一面說道：「這是分內的事，算什麼辛苦？」說著，主賓坐了。雯青問起乘坐公司船。次芳道：「正要告訴老前輩。此次出洋，既先到德國，再到俄、奧諸國，自然坐德公司的船為便。前十數日德領事來招呼，本月廿二日，德公司有船名薩克森的出口，這船極大。船主名質克，晚生都已接頭過了。」伯孝道：「卑職和匡參贊商量，替大人定的是頭等艙，匡參贊及黃繙譯、塔繙譯等坐二等，其餘隨員學生都是三等。」雯青道：「我聽說外國公司船，十分寬

❺ 白衣名士：古時未仕者著白衣，後因以為無功名者之稱。莊小燕出身佐雜，未經科舉及第而入仕，故稱白衣名士。

❻ 午牌：午時。古代用以揭示時刻之時牌，有七種，自卯時至酉時，用象牙製成，刻字填金。

敞，就是二等艙，也比我們招商局船的大餐間大得多哩！其實就是我也何必一定要坐頭等呢！」次芳道：「使臣為一國代表，舉動攸關國體，從前使德的劉錫洪、李豐寶，使俄的嵩厚、曾繼湛，使德、義、荷、奧的許鏡澄，我們的前任呂萃芳，晚生查看過舊案，都是坐頭等艙，不可惜小費而傷大體。」

次芳說時，戴會計湊近了雯青耳旁，低聲道：「好在隨員等坐的是三等，都開報了二等，這裡頭核算過來差不多，大人樂得舒服體面。」雯青點點頭。次芳順手在靴統裡，拔出一個摺子，遞到雯青手裡道：「這是開報啟程日期的摺子，謄寫已好，請老前輩過目後，填上日子，便可拜發❼了。」雯青看著，忽然面上躊躇了半晌道：「公司船出口是廿二，這天的日子……」這句話還沒有說出，戴伯孝接口道：「這不用大人費心，卑職出門就是二三百里，也要檢一個黃道吉日。況大人銜命萬里，關著國家的禍福，那有輕率的道理？這日子是大人的同衙門最精河圖學的余笏南檢定的，恰好這日有此船出口，也是大人的洪福照臨。」雯青道：「原來笏南在這裡。他檢的日子，是一定好的，不用說了。」看看天色將晚，次芳等就退了出來，當日無話。

次日，雯青不免有宴會拜客等事，又忙了數日，直到廿二日上午，方把諸事打掃完結。午後大家上了薩克森公司船，慢慢的出了吳淞口，口邊俄、德各國兵輪，自然要升旗放砲的致敬。出口後，一路風平浪靜，依著歐亞航路進行。彩雲還是初次乘坐船，雖不顛簸，終覺頭眩眼花，終日的困臥。雯青沒事，便請次芳來談談閒天，有時自己去找他們。經過鬧熱的香港、新加坡、錫蘭諸埠頭，雯青自要與本埠的領事紳商交接。彩雲也常常上去游玩，不知看見多少新奇的事物，聽見了多少怪異的說話，倒也不覺寂

❼ 拜發：寄發。此摺子係呈報上級機關，故用拜發。

窶。不知不覺，已過了亞丁，入了紅海，將近蘇彝士河地方。

這日，雯青剛與彩雲吃過中飯，彩雲要去躺著，勸雯青去尋次芳談天。彩雲喊阿福好好伺候著，恰好阿福不在那裡。雯青道：「不用叫阿福。」就叫三個小童跟著，到二等艙來，聽見裡面人聲鼎沸，不知何事。雯青叫一個小童，先上前去探看，只聽裡面阿福的口聲，叫著這小童道：「你們快來看外國人變戲法！」正喊著，雯青已到門口，向裡一望，祇見中間一排坐著三個中國人，都垂著頭，閉著眼，似乎打盹的樣子。一個中年有鬚的外國人，立在三人前頭，矜心作意❽的凝神注視著。四面圍著許多中西男女，仰著頭望，個個面上有驚異之色。次芳及黃、塔兩繙譯，也在人叢裡，看見雯青進來，齊來招呼。次芳道：「老前輩來得正巧，快請看畢葉先生的神術！」雯青茫然不解，那個外國人早已搶上幾步來，與雯青握著手，回顧次芳及兩繙譯道：「這便是出使敝國的金大人麼？」雯青聽這外國人會說中國話，便回道：「不敢，在下便是金某，沒有請教貴姓大名？」黃繙譯道：「這位先生叫畢葉士克，是俄國有名的大博士，油畫名家，精通醫術，還有一樣奇怪的法術，能拘攝魂魄。一經先生施術之後，這人不知不覺，一舉一動，都聽先生的號令，直到醒來，自己一點也不知道。昨日先生與我們談起，現在正在這裡試驗哩！」一面說，一面就指著那坐的三個人道：「大人，看這三個中國工人，不是同睡去的一樣嗎？」雯青聽了，著實稱異。畢葉笑道：「這不是法術，我們西國叫做 Hypnotisme，是意大利人所發明的，乃是電學及心理學裡推演出來的，沒有什麼稀奇。大人，你看他三人齊舉左手來。」說完，又把眼光注射三人，那神情，好像法師畫符唸咒似的。喝一聲「舉左手」，只見那三人的左手，如同有線牽的一

❽ 矜心作意：專心注意。矜，敬慎。

般，一齊高高豎起。又道：「我叫他右手也舉起！」照前一喝，果然三人的右手，也都跟著他雙雙並舉了。於是滿艙喝采拍掌之聲，如雷而起。雯青、次芳及繙譯隨員等，個個伸著舌頭，縮不進去。畢葉連忙向眾人搖手叫不許喧鬧。又喊道：「諸君看，彼三人都要仰著頭張著嘴伸著舌頭拍著手贊歎我的神技了！」他一般的發了口令，不一時，果然三人一齊拍起手來，那神氣一如畢葉所說的，引得大家都大笑起來。

次芳道：「昨日先生說，能叫本人把自己隱事，自己招供，這個可以試驗麼？」畢葉道：「這個試驗是極易的，不過未免有傷忠厚，還是不試的好。」大家都要再試。雯青就向畢葉道：「先生何妨挑一個人試試。」畢葉道：「既金公使要試，我就把這個年老的試一試。」說著就拉出三人中一個四五十歲的老者，單另坐開，畢葉施術畢，喝著叫他說。稍停一回，這老者忽然垂下頭去，嘴裡咕嚕咕嚕的說起來。起先不大清楚，忽聽他道：「這個欽差大人的二夫人，我看見了好不傷心呀！他們都道欽差的二夫人標緻，我想我從前那個雪姑娘，何嘗不標緻呢！我記得因為自己是底下人，不敢做那些。雪姑娘對我說：『如今就是武則天娘娘，也要相與兩個太監，不曾聽見太監為著自己是下人推脫的。聽說還有拚著腦袋給朝裡的老大們砍掉，討著娘娘的快活哩！你這沒用的東西，這一點兒就怕麼？』我因此就依了。如今想來，這種好日子，是沒有的了。」大家聽著這老者的話，愈說愈不像了，恐怕雯青多心，畢葉連忙去收了術。雯青倒毫不在意，笑著對次芳道：「看不出這老頭兒，倒是風流浪子。真所謂『莫道風情老無分，桃花偏照夕陽紅』了。」大家和著笑了。雯青便叫阿福來裝旱煙。一個小童回道：「剛纔那老者說夢話的當兒，他就走了。」雯青聽了無話。正看畢葉在那裡古倒❾那三個人，一會兒，都揩揩眼睛，如夢初覺，大家問他們剛纔的事，一點也不知道。畢葉對雯青及眾人道：「這術還可以把各人的靈魂，彼此互換，現在這幾人已乏了，改日再試罷。」

雯青正聽著，忽覺眼前一道奇麗的光彩，從艙西犄角裡一個房門旁邊直射出來，定睛一看，卻是一個二十來歲非常標緻的女洋人，身上穿著純黑色的衣裙，頭戴織草帽，鼻架青色玻璃眼鏡，雖妝飾樸素的很，而粉白的臉，金黃的髮，長長的眉兒，細細的腰兒，藍的眼，紅的唇，真是說不出的一幅絕妙仕女圖。半身斜倚著門，險些鉤去了這金大人的魂靈。雯青不知不覺的看呆了，心想何不請畢先生，把這人試一試，倒有趣，只不好開口。想了半天，忽然心生一計，就對畢葉道：「先生神術，固然奇妙極了，但兄弟尚不能無疑。這三個中國人，安見不是先生買通的呢？」畢葉聽罷，面上大有怫然之色。雯青接著道：「並非我不信先生，我想請先生再演一遍。」說著，便指著女洋人低聲道：「倘先生能借這個女洋人，一試妙技，那時兄弟真死心塌地的佩服了。」次芳及兩個繙譯也附和著雯青。畢葉怫然道：「這有何難！我立刻請這位姑娘，把那東邊桌子上的一盆水果搬來，放在公使面前好麼？」這句話原被雯青那一句激出來的。大凡歐洲人性情是直爽不過，又多好勝，最恨人家疑心他作偽，總要明白了方肯歇手，別的都顧不得了。畢葉被雯青這一激，也不問那位姑娘是誰，就冒冒失失的施起他的法術來。他的法術，又是百發百中，頓時見那姑娘臉上呆一呆，就嫋嫋婷婷的走到東邊桌子上，伸出纖纖玉手，端著那盆冰梨雪藕，款步而來，端端正正的放在雯青坐的那張桌上，含笑斜睇❿，嫣然傾城⓫。雯青這一樂，非同

❾ 古倒：作弄；搗騰。江蘇蘇州、常州一帶方言。

❿ 斜睇：斜著眼睛看，有不敢正視之意。睇，音ㄉㄧˋ。斜眼注視。

小可，比著那金殿傳臚、高唱誰某的時候，還加十倍！那裡知道這邊施術的畢葉，這一驚，也不尋常，卻比那死刑宣告牽上刑臺的當兒彷彿一般，連忙摘了帽子，向滿船的人致敬，先說西話，又說中國話，叮囑大家等姑娘醒來，切不可告訴此事。大家答應了。那時船主質克，因聽見喧鬧的聲音，也來艙查看。畢葉也給他說了。質克微笑應諾，畢葉方放了心。慢慢請那位姑娘自回房中去，把法術解了。

雯青諸人看見畢葉慌張情形，倒弄得莫名其妙。問他何故，畢葉吞吞吐吐道：「這位姑娘，是敝國有名的人物，學問極好，通十幾國的語言學，不敢瀆犯的意思。」次芳道：「畢葉先生知道他的名姓嗎？」畢葉道：「記得叫夏雅麗。」雯青道：「他能說中國話麼？」畢葉道：「聽說能作中國詩文，不但說話哩！」雯青聽了，不覺大喜。原來雯青自見了這姑娘的風度，實在羨慕，不過沒法親近。今聽見會說中國話，這是絕好的引線了。當時就對畢葉道：「兄弟有句不知進退的話，只是不敢冒昧。」畢葉道：「金大人不用客氣，有話請講！」雯青道：「就是敝眷，向來願學西文，只是沒有女師傅，總覺不便。現據先生說，那貴國夏姑娘，精通語言學，還會中文，沒有再巧的好機會了！現在舟中沒事，正好請教。先生既然跟夏姑娘同國，不曉得肯替兄弟介紹介紹麼？」畢葉想一想道：「這事既蒙委託，那有不盡力的道理？不過這姑娘的脾氣古怪，只好待小可探探口氣，明日再行奉覆罷！」當時次芳及黃、塔兩繙譯，又替雯青幫腔了幾句，畢葉方肯著實答應，於是大家都散歸。

雯青回房，就把畢葉奇術，告訴彩雲。彩雲道：「這沒什麼奇，那些中國人，一定是他的同黨，跟

⑪ 嫣然傾城：嫣然，形容笑容極美。傾城，形容絕色美女。西漢協律都尉李延年歌：「北方有佳人，絕世而獨立，一顧傾人城，再顧傾人國。寧不知傾城與傾國，佳人難再得。」

我們蘇州的變戲法一樣騙人。」雯青又把那個女洋人的事情告訴她，說：「這女洋人是我叫他試的，難道也是通同的麼？」彩雲於是也稀奇起來。雯青又把學洋文的話，從頭述了一遍，彩雲歡喜的了不得。原來彩雲早有此意，與雯青說過幾次。當晚無話。

次早，雯青剛剛起來，次芳已經候在大餐間。雯青見面，就問：「昨天的事怎麼了？」次芳道：「成了。昨日老前輩去後，他就去跟這位姑娘攀談，灌了多少米湯⓬，後來慢慢說到正文。姑娘先不肯，畢先生再四說合，方纔允了。好在這姑娘也往德國，說在德國，或許有一兩個月耽擱，隨後至俄。與我們的路途，倒是相仿的，可以常教。不過要如夫人去就他的，每月薪水要八十馬克。」雯青說：「八十馬克，不貴不貴，今天就去開學麼？」次芳道：「可以，他已等候多時了。」雯青道：「等小妾梳洗了就來，你去招呼一聲。」次芳答應著去了。雯青進來，次芳的話彩雲早已聽得明白，趕著梳好頭，雯青就派阿福伺候過去，自己也來二等艙，與次芳等閒談，正對著夏雅麗的房間。說話之間，時時偷看那邊。彩雲見了那位姑娘，倒甚投契。夏雅麗叫他先學德文，因德文能通行俄、德諸國緣故。從此之後，每日早來暮歸。彩雲資性聰明，不到十日，語言已略能通曉。夏雅麗也甚歡喜。

一日，薩克森船正過地中海，將近意大利的火山。時正清早，曉色蒼然，雯青與彩雲剛從床上跨下，共倚船窗，隱約西南一角，雲氣鬱葱，島嶼環青，殿閣擁翠，奇景壯觀，怡魂養性，正在流連賞玩，忽見一人推門直入，左手攬雯青之袖，右手執彩雲之臂，發出一種清冽之音，說道：「我要問你們倆說話哩！如不直說，我眼睛雖認得你們，我的彈子，可不認得你們！」雯青同彩雲兩人抬頭一看，嚇得目瞪口呆，不知何意。正是：一朝魂落幻人手，百丈濤翻少女風。欲知後事如何，且聽下回分解。

⓬ 灌了多少米湯：比喻假意恭維他人，令人心神迷醉。灌米湯，亦作「灌迷湯」。

第十回　險語驚人新欽差膽破虛無黨　清茶話舊侯夫人名噪賽工場

卻說雯青正與彩雲雙雙的靠在船窗，賞玩那意大利火山的景緻，忽有人推門進來，把他們倆拉著問話。兩人抬頭一看，卻就是那非常標緻的女洋人夏雅麗姑娘，柳眉倒豎，鳳眼圓睜。兩人這一驚，非同小可，知道前數日畢葉演技的事，露了風了。只聽那姑娘學著很響亮的京腔道：「我要問你：我跟你們往日無仇，今日無故，幹麼你叫人戲弄我姑娘？你可打聽打聽看，你姑娘是大俄國轟轟烈烈的奇女子，可不比你們中國那些窩囊❶婦道們，憑人家糊弄著不害臊。我為的是看重你是一個公使大臣，我好意教你那女人念書，誰知道你們中國的官員，越大越不像人，簡捷兒都是糊塗的蠢蟲！我姑娘也不犯合你們講什麼理，今兒個就叫你知道知道姑娘的厲害！」說著，伸手在袖中，取出一支雪亮的小手槍。雯青被那一道的寒光一逼，倒退幾步，一句話也說不出。還是彩雲老當❷，見風頭不妙，連忙上前拉住夏雅麗的臂膀道：「密斯請息怒，這事不關我們老爺的事，都是貴國畢先生要顯他的神通，我們老爺是看客。」雯青聽了方抖聲接說道：「我不過多了一句嘴，請他再演，並沒有指定著姑娘。」夏雅麗鼻子裡哼了一聲。彩雲又搶說道：「況老爺並不知道姑娘是誰，不比畢先生跟姑娘同國，曉得姑娘的底裡，就應該慎

❶ 窩囊：或作「窩裡窩囊」，顢頇怯懦之謂。

❷ 老當：同「老到」、「老練」。辦事妥當而周密。

重些。倘或畢先生不肯演，難道我們老爺好相強嗎？所以這事還是畢先生的不是多哩，望密斯三思！」

夏雅麗正欲開口，忽房門呀啞一響，一個短小精悍的外國人，捱身進來。雯青又喫一嚇，暗忖道：「完了，一個人還打發不了，又添一個出來！」彩雲眼快，早認得是船主質克，連忙喊道：「密斯脫質克，快來解勸解勸！」夏雅麗也立起道：「密斯脫質克，你來幹麼？」質克笑道：「我正要請問密斯到此何幹？密斯倒問起我來！密斯你為何如此執性？我昨夜如何勸你，你總是不聽，鬧出事來，倒都是我的不是了！我從昨夜與密斯談天之後，一直防著你，剛剛走到你那邊，見你不在，我就猜著到這裡來了，所以一直趕來，果然不出所料。」夏雅麗怒顏道：「難道我不該來問他麼？」質克道：「不那麼說，這事金大人固有不是，畢先生更屬不該。但畢葉在演術的時候，也沒有留意姑娘是何等人物，直到姑娘走近，看見了貴會的徽章，方始知道，已是後悔不及。至於金大人，是更加茫然了。據我的意思，現在金大人是我們兩國的公使，倘逞著姑娘的意，弄出事來，為這一點小事，鬧出國際問題，已屬不犯著，而戕害公使，為文明公律所不許，於貴國聲譽有礙，尤其不可。況現在公使在我的船上，都是我的責任，我決不容姑娘為此強硬手段。」夏雅麗道：「照你說來，難道就罷了不成？」質克道：「我的愚見，金公使瀆犯了姑娘，自然不能太便宜他。我看現在貴黨經濟，十分困難，叫金公使出一宗巨款，捐入貴黨，聊以示罰；在姑娘雖受些小辱，而為公家爭得大利，姑娘聲譽，必然大起，大家亦得安然無事，豈不兩全？至畢先生是姑娘的同國，他得罪姑娘心本不安，叫他在貴黨盡些力，必然樂從的。」

這番說話，質克都是操著德話，雯青是一句不懂。彩雲聽得明白，連忙道：「質克先生的話，我們老爺一定遵依的，只求密斯應允。」其時夏雅麗面色已和善了好些，手槍已放在旁邊小几上，開口道：

「既然質克先生這麼說，我就看著國際的名譽上，船主的權限上，便宜了他。但須告訴他，不比中國那些見錢眼開的主兒，什麼大事，有了孔方，都一天雲霧散了。再問他到底能捐多少呢？」質克看著彩雲道：「這個一聽姑娘主張。」夏雅麗拿著手槍一頭往外走，一頭說道：「本會新近運動一事，要用一萬馬克，叫他擔任了就是了！」又回顧彩雲道：「這事與你無干，剛纔恕我冒犯，回來仍到我那裡，今天要上文法了！」說著揚長而去。彩雲諾諾答應。質克向著彩雲道：「今天險極了！虧得時候尚早，都沒有曉得，暗地了結，還算便宜。」說完自回艙面辦事。

這裡雯青本來嚇倒在一張榻上發抖，又不解德語，見他們忽然都散了，心中又怕又疑。驚魂略定，彩雲方把方纔的話，從頭告訴一遍，一萬馬克，彩雲卻說了一萬五千。雯青方略放心。聽見要拿出一萬五千馬克，不免又懊惱起來，與彩雲商量能否請質克去說說，減少些。彩雲撅著嘴道：「剛纔要不是我，老爺性命都沒了。這時得了命，又捨不得錢了！我勸老爺省了些精神罷！人家做一任欽差，那個不發十萬八萬的財，何在乎這一點兒買命錢，倒肉痛起來？」雯青無語。不一會，男女僕人都起來伺候，雯青、彩雲照常梳洗完畢，雯青自有次芳及隨員等相陪閒話，彩雲也仍過去學洋文。早上的事，除船主及同病相憐的畢先生，同時也受了一番驚恐，其餘真沒一人知道。到傍晚時候，畢葉也來雯青處，其時次芳等已經散了。畢葉就說起早上的事道，船主質克另要謝儀，罰款則俟到德京由彩雲直接交付，均已面議妥協，叫彼先來告訴雯青一聲。雯青只好一一如命。彼此又說了些後悔的話。

雯青又問起：「這姑娘到底在什麼會？」畢葉道：「講起這會，話長哩！這會發源於法蘭西人聖西門❸，乃是平等主義的極端，他的宗旨，說世人侈言平等，終是表面的話，若說內情，世界的真權利，總歸富貴人得的多，貧賤人得的少，資本家佔的大，勞働的人佔的小，那裡算得真平等？他立這會的宗旨，就要把假平等弄成一個真平等：無國家思想，無人種思想，無家族思想，無宗教思想，廢幣制，禁遺產，衝決種種網羅，打破種種桎梏；皇帝是仇敵，政府是盜賊，國裡有事，全國人公議公辦；國土是個大公園，貨物是個大公司；國裡的利，全國人共享共用；一萬個人，合成一個靈魂，一萬個靈魂，共抱一個目的。現在的政府，他一概要推翻。現在的法律，他一概要破壞。擲可驚可怖之代價，要購一完全平等的新世界。他的會派，也分著許多，最激烈的叫做虛無黨。又叫做無政府黨。這會起源於英、法，現在卻盛行到敝國了。也因敝國的政治，實在專制，又兼我國有一班大文家，叫做赫辰及屠爾克涅夫❹、托爾斯泰，以冰雪聰明的文章，寫雷霆精銳的思想，這種議論，就容易動人聽聞了。就是王公大人，也有人會的。這會的勢力，自然越發張大了。」

雯青聽了，大驚失色道：「照先生說來，簡直是大逆不道、謀為不軌的叛黨了！這種人要在敝國，是早已明正典刑❺，那裡容他們如此膽大妄為呢！」畢葉笑道：「這裡頭有個道理，不是我糟蹋貴國，實在貴國的百姓彷彿比個人，年紀還幼小，不大懂得世事，正是扶牆摸壁的時候。他只知道自己該給皇帝管的，那裡曉得天賦人權、萬物平等的公理呢！所以容易拿強力去逼壓。若說敝國，雖說政體與貴國相仿，百姓卻已開通，不甘受騙，就是剛纔大人說的『大逆不道，謀為不軌』八個字。他們說起來，皇

❸ 聖西門：聖西門 (Claude Henri Comte de Saint Simen, 1760–1825)，法國社會主義者。

❹ 屠爾克涅夫：通譯作屠格涅夫 (Ivan Sergeyevitch Turgéniev, 1818–1883)，俄國小說家。

❺ 明正典刑：依法處死。

帝有『大逆不道』的罪，百姓沒有的。皇帝可以『謀為不軌』，百姓不能的。為什麼呢？土地是百姓的土地，政治是百姓的政治，百姓是主人翁，皇帝、政府，不過是公僱的管帳夥計罷了！這種說話，在敝國皇帝聽了，也同大人一樣的大怒，何嘗不想殺盡拿盡？只是殺心一起，血花肉雨，此餉彼酬，赫赫有聲的世界大都會聖彼德堡，方方百里地，變成皇帝百姓相殺的大戰場了！」雯青越聽越不懂，究竟畢葉是外國人，不敢十分批駁，不過自己咕嚕道：「男的還罷了，怎麼女人家不謹守閨門，也出來胡鬧？」畢葉連忙搖手道：「大人別再惹禍了！」雯青只好閉口不語，彼此沒趣散了。

斯時薩克森船尚在地中海，這日忽起了風浪，震盪得實在利害，大家困臥了數日，無事可說。直到七月十三日，船到熱瓦，雯青謝了船主，換了火車，走了五日，始抵德國柏林都城。在德國自有一番迎接新使的禮節，不必細述。前任公使呂萃芳交了篆務，然後雯青率同參贊隨員等一同進署。連日往謁德國大宰相俾思麥克❻。適遇俾公事忙，五次方得見著。隨後又拜會了各部大臣，及各國公使。又過了幾月，那時恰好西曆一千八百八十八年正月裡，德皇威廉第一去世，太子飛蝶麗❼新即了日耳曼帝位，於是雯青就趁著這個當兒，覲見了德皇及皇后維多利亞第二，呈遞國書，回來與彩雲講起覲見許多儀節。彩雲恃著自己在夏雅麗處學得幾句德語，便撒嬌撒癡要去覲見。雯青道：「這是容易，公使夫人，本來應該覲見的。不過我中國婦女素來守禮，不願跟他們學。前幾年只有個曾小侯夫人，她卻倜儻得很，一到西國，居然與西人弄得來，往來聯絡得很熱鬧。她就跟著小侯，一樣覲見各國皇帝。我們中國人聽見

❻ 俾思麥克：通譯作俾斯麥 (Karl Otto Eduard Leopold von Bismarck, 1815–1898)，德國政治家，世稱鐵血宰相。

❼ 飛蝶麗：原文為 Frederick，通譯作腓特烈。

了，自然要議論她，外國人卻很佩服的。你要學她，不曉得你有她的本事沒有？」彩雲道：「老爺你別瞧不起人！曾侯夫人也是個人，難道她有三頭六臂麼！」雯青道：「你倒別說大話，有件事，現在洋人說起，還讚她聰明，只怕你就幹不了？」彩雲道：「什麼事呢？」雯青笑著說道：「你不忙，你裝袋旱煙我吃，讓我慢慢的講給你聽。」彩雲抿著嘴道：「什麼稀罕事兒！值得這麼拿腔❽！」

說著，便拿一根湘妃竹牙嘴三尺來長的旱煙筒，滿滿的裝上一袋蟠桃香煙，遞給雯青。一面又回頭叫小丫頭道：「替老爺快倒一杯釅釅兒的清茶來！」笑眯眯的向著雯青道：「這可沒得說了，快給我講罷！」雯青道：「你提起茶，我講的便是一段茶的故事。當日曾侯夫人，出使英國，那時英國，剛剛起了個什麼叫做手工賽會，這會原是英國上流婦女集合的，凡有婦女親手製造的物件，薈萃❾在一處，叫人批評比賽，好的就把金錢投下，算個賞彩。到散會時，把投的金錢，大家比較，誰的金錢多，係誰是第一。卻說這個侯夫人，當時結交很廣，這會開的時候，英國外部送來一角公函，請夫人赴會。曾侯便問夫人：『赴會不赴會？』夫人道：『為什麼不赴？你覆函答應便了！』曾侯道：『這不可胡鬧。我們沒有東西可賽，不要事到臨頭，拿不出手，被人恥笑，反傷國體！』夫人笑道：『你別管，我自有道理！』曾侯拗不過，只好回書答應。」彩雲道：「這自應答應，叫我做侯夫人，也不肯不掙這口氣。」

說著，恰好丫鬟拿上一杯茶來。雯青接著，一口一口的慢慢喝著，說道：「你曉得她應允了，怎麼樣呢？卻毫不在意，沒一點兒準備。看看會期已到，你想曾侯心中乾急❿不乾急呢？那曉得夫人越做得

---

❽ 拿腔：義同「拿翹」、「拿喬」。猶言擺架子。故意作態，或故示難色，以抬高身分。

❾ 薈萃：亦作「會萃」、「彙萃」。聚集。

沒事人兒一樣。這日正是開會的第一日，曾侯清早起來，卻不見了夫人，知道已經赴會去了。連忙坐了馬車，趕到會場，只見會場中人山人海，異常熱鬧。場上陳列著有錦繡的，有金銀的，五光十色，目眩神迷，頓時嚇得出神。四處找他夫人，一時慌了，竟找不著。只聽得一片喝采聲、拍掌聲，從會場門首第一個桌子邊發出。回頭一看，卻正是他夫人坐在那桌子旁邊一把矮椅上，桌上卻擺著十幾個康熙五采的雞缸杯⓫，幾把紫沙的龔春⓬名壺，壺中滿貯著無錫惠山的第一名泉，泉中沉著幾撮武彝山的香茗，一種幽雅的古色，映著陸離的異彩，直射眼簾；一股清俊的香味，趁著氤氳的和風，直透鼻管。許多碧眼紫髯的偉男，蜷髮蜂腰的仕女，正是摩肩如雲、揮汗成雨的時候，煩渴的了不得，忽然一滴楊枝水⓭，劈頭洒將來，正如仙露明珠，瓊漿玉液，那一個不歡喜讚歎！頓時拋擲金錢，如雨點一般。直到會散，把金錢彙算起來，侯夫人竟占了次多數。曾侯那時的得意，可想而知，覺臉上添了無數的光彩。你想侯夫人這事辦得聰明不聰明？寫意不寫意？無怪外國人要佩服她！你要有這樣本事，便不枉我帶你出來走一趟了。」

彩雲聽著，心中暗忖，老爺這明明估量我是個小家女子，不能替他爭面子，怕我鬧笑話，我倒偏要

⓾ 乾急：內心焦急而無計可施。通作乾著急。

⓫ 雞缸杯：明憲宗成化年間所建之瓷窯，名為成窯。成窯所產酒杯，種類甚多，雞缸杯尤為精緻。

⓬ 龔春：本作「供春」，明宜興人，先為吳仕家僮，後於金沙寺僧處得陶土之訣，遂為陶工，以精巧著名。所製茶壺，世多珍之。

⓭ 楊枝水：言渴極之人，得清香之名茶，有如楊枝淨水之珍貴。按：印度習俗，凡邀請賓朋，先贈楊枝及香水等，祝其健康，以表懇請之意。故修法時請佛菩薩，亦用楊枝淨水。

顯個手段，勝過侯夫人，也叫她不敢小覷⑭。想著，扭著頭說道：「本來我不配比侯夫人。他是金一般玉一般的尊貴，我是腳底下的泥，路旁的草也不如，那裡配有她的本事？出去替老爺坍了臺⑮，倒叫老爺不放心，不如死守著這螺螄殼公使館，永不出頭。要不然，送了我回去，要出醜也出醜到家裡去，不關老爺的體面。」雯青連忙立起來，走到彩雲身旁，拍著她肩笑道：「你不要多心，我何嘗不許你出去呢！你要覲見，只消叫文案上備一角文書，知照外部大臣，等他擇期覲見便了。」彩雲見雯青答應了，方始轉怒為喜，催著雯青出去辦文。雯青微笑的慢慢踱出去了。正是：初送隱娘⑯金盒去，卻看馮嫽錦車⑰來。欲知後事，且聽下回細說。

---

⑭ 小覷：看輕。覷，或作「覰」、「覻」。音ㄑㄩˋ。

⑮ 坍了臺：即坍臺，喻在眾人面前出醜、丟臉。

⑯ 隱娘：唐女俠聶隱娘。此以喻俄國夏雅麗姑娘。聶隱娘，貞元中魏博大將聶鋒之女。十歲，有老尼偷之去，授以劍術。既成還家，嫁磨鏡少年。元和間夫婦之許，節度使劉悟留之左右。後不知所終。詳見太平廣記卷一九四。

⑰ 馮嫽錦車：喻下文第十二回德國皇后維多利亞第二遣使專車迎傅彩雲入皇宮相見合影事。馮嫽，本為楚主侍者，嘗持漢節為公主使，行賞賜於西域城郭諸國，人皆敬信之，號曰馮夫人，為烏孫右大將妻。漢宣帝召馮夫人，問西域情狀，遣使送還烏孫。馮夫人錦車持節，詔烏就屠詣長羅侯赤谷城，立元貴靡為大昆彌，烏就屠為小昆彌，皆賜印綬。嫽，音ㄌㄧㄠˇ。

第十一回　潘尚書提倡公羊學　黎學士狂臚老韃文

上回正說彩雲要覲見德皇，催著雯青去辦文，知照外部。雯青自然出來與次芳商量。次芳也不便反對，就交黃繙譯辦了一角請覲的照例公文。誰知行文過去，恰因飛蝶麗政躬不適，一直未得回文，連雯青赴俄國的日期，都耽擱了。

趁雯青、彩雲在德國守候沒事的時候，做書的倒抽出這點空兒，要暫時把他們擱一擱，敘敘京裡一班王公大人，提倡學界的歷史了。——原來莑如、唐卿、珏齋這般同鄉官，自從那日餞送雯青出洋之後，不上一年，唐卿就放了湖北學政，珏齋放了河道總督，莊壽香也從山西調升湖廣總督，蘇州有名的幾個京官也都風流雲散。就是一個潘探花八瀛先生，已升授了禮部尚書，位高德卲❶，與常熟龔狀元平現做吏部尚書的和甫先生，總算南朝兩老。這位潘尚書學問淵博，性情古怪，專門提倡古學，不但喜歡討論金石，尤喜講公羊春秋的絕學，那班殿卷試帖的太史公，那裡在他眼裡，所以莑如雖然傳了鼎甲❷的衣鉢，沾些同鄉的親誼，又當著鄉人冷落的當兒，卻祗照例請謁，不敢十分親近。因此莑如那時在京，很覺清靜。

❶ 位高德卲：地位和道德都很高。卲，或作「劭」。美好；高尚。

❷ 鼎甲：科舉殿試時，名列一甲者三人，稱為鼎甲。

那一年正是光緒十四年，太后下了懿旨，宣布了皇帝大婚後親政的碻期❸，把清漪園改建了頤和園，表示倦勤頤養，不再干政的盛意。四海臣民，同聲歡慶，國家政治，既有刷新的希望；朝野思想，漸生除舊的動機。恰又遇著戊子鄉試的年成，江南大主考，放了一位廣東南海縣的大名士，姓黎號石農名殿文，詞章考據，色色精通，寫得一手好北魏碑版的字體，尤精熟遼金元史的地理，把幾部什麼元祕史、長春真人西游記、雙溪醉隱集都注遍了，要算何願船、張㐆齋後獨步的人物了。當日雯青在京的時候，也常常跟他在一處，講究西北地理的學問，江南放了這個人做主考，自然把沿著揚子江如鯽的名士，一網都打盡了。蘇州卻也收著兩個。你道是誰？一個姓米名繼曾號筱亭，一個卻姓姜名表號劍雲，都列在魁卷❹中。當時這部闈墨❺出來，大家就議論紛紛，說好的道「沉博絕麗」，說壞的道「牛鬼蛇神」❻。葦如在寓無事，也去買一部來看看，卻留心看那同鄉姜劍雲的，見上頭有什麼黜周「王魯」呢，「張三世」呢，「正三統」呢，看了半天，一句也不懂。後頭一道策文，又都是些阿薩克、關特勤、阿模呀、斡難呀，好像金剛經上的咒語一般，更不消說似無目睹了。便掩卷歎了一口氣道：「如今這種文章，倒底算個什麼東西？都被我們這位潘老頭兒，鬧那麼『公羊母羊』引出來的！文體不正，心術就

❸ 碻期：確定之期限。碻，同「確」。音ㄑㄩㄝˋ。

❹ 魁卷：優等之文卷。魁，首。

❺ 闈墨：清代鄉試會試時，由主試者選刊中式者之作。

❻ 牛鬼蛇神：牛首之鬼與蛇身之神，喻虛幻怪誕，亦用為形容貌陋之詞。杜牧李賀詩序：「鯨呿鼇擲，牛鬼蛇神，不足為其虛荒幻誕也。」

要跟著壞了！」

正獨自咕噥著，一個管家跑進回道：「老爺派了磨勘❼官了，請立刻就去！」莘如便叫套車。上車一直跑到磨勘處，與認得的同官招呼過了，便坐下讀卷。忽聽背後有一人說道：「這回磨勘倒要留點神，別胡粘簽子，回來粘差了，叫人笑話！」莘如聽著那口音很熟。回頭看時，卻是袁尚秋，斜著眼，蹺著腿，嘴裡啣著京潮煙袋，與鄰座一個不大熟識的，彷彿是個旂人，名叫連沅號荇仙的，在那裡議論。莘如本來認得尚秋，便拱手招呼。尚秋卻待理不理的，點了一點頭。

莘如心裡很不舒服，沒奈何，只好攤出卷子來，一本一本的看。心裡總想吹毛求疵，見得自己的細心，且要壓倒尚秋方纔那句話。忽然看到一本，面上現出喜色，便停了看，手裡拿著簽子要粘，嘴裡不覺自言自語道：「每回我粘的簽子，人家總派我冤屈人，這個可給我粘著了，再不能說我粘錯的了！」莘如一人唧噥著，不想被尚秋聽見了，便立起伸過頭來，湊著卷子道：「莘如你簽著什麼字？」莘如就拿這本卷子挪過桌子，指給尚秋看道：「你看這個荒唐不荒唐？感慨的『慨』字，會寫成木字的『概』字。這個文章，一定是槍替❽來的，否則謬不至此！」尚秋看了不語，卻對那個鄰座笑了一笑，附耳低說了兩句話，依然坐下。莘如看見如此神情，明明是笑他，自己不信，難道這個還是我錯，他不錯嗎？心裡倒疑惑起來。停一會，尚秋忽叫著那個人道：「荇仙兄，上回考差時候，有個笑話兒，你知道嗎？」指著莘如道：「也就是這位莘兄的貴同鄉。那日題目，是出的說文解字，他不曉得，聽人說是說文，他

---

❼ 磨勘：科舉時代之鄉會試卷，例須進呈，派翰林院儒臣覆核，謂之磨勘。

❽ 槍替：考試時，代人作文者，謂之槍替，或稱槍手。

便找我問道：『這題目倒底出在許說文上的呢，還是段說文呢？』我那時倒沒話回他，便道：『老兄且不要問，回去弄明白了說文是誰著的，再問罷！』」那鄰座的旂人笑道：「這人你不要笑他，他倒底還曉得說文，總算認得兩個大字。比那一字不識，漢書都沒有看過，倒要派人家寫別字的強多著呢！」莑如一聽此話，不禁臉上飛紅，強著冷笑道：「你們別指東說西的挖苦人，你們既講究說文，這部書我也曾看過，裡頭最要緊，總不外聲音意思兩樣，現在這個『慨』字，意思不是歎氣嗎？歎氣從心裡發出，自然從心旁，難道木頭人會歎氣的嗎？這就不通極了！你們說我沒有讀漢書，我看你們看的漢書，決然不是原版初印，上了當了！」尚秋見莑如動了氣，就不敢言語了。莑如接著道：「況且我們做翰林的本分，該依著字學舉隅❾寫，纔是遵王的道理，偏要尋這種僻字嚇人，不但心術壞了，而且故違公令，不成了悖逆嗎？」

當時尚秋與那個旂人，都低著頭看卷子，由他一人發話。不一時，卷子看完，大家都出來了。尚秋因剛纔的話，怕莑如芥蔕❿，特地走過來招呼道：「莑兄，八瀛尚書那裡，你今天去嗎？」莑如正收拾筆硯，聽了摸不著頭腦，忙應道：「去做什麼？」尚秋道：「八瀛尚書沒有招你嗎？今天是大家公祭何邵公喲！」莑如愕然道：「何邵公是誰呀？八瀛從沒提這人。喔，我曉得了，大家知道我跟他沒有交情，所以公祭沒有我的分兒！」尚秋忍不住笑道：「何邵公不是今人，就是注公羊春秋的漢何休呀！八瀛先生因於前幾天錢唐卿在湖北上了一個封事，請許叔重從祀聖廟，已經部議准了，八瀛先生就想著何邵公，

---

❾ 字學舉隅：清人龍啟瑞撰，依說文六書及功令通用之字，訂正訛俗，頗為詳悉。

❿ 芥蔕：本作「蔕介」。鯁礙之物，因以為心懷嫌怨及不快意之喻。蔕，或作「蒂」。音ㄉㄧˋ。

也是一個漢朝大儒，邀著幾個同志，議論此事，順便就在拱宸堂公祭一番，略伸敬仰的意思。莘兄你高興同去觀禮嗎？」

莘如向來對於這種事，不願與聞，想回絕尚秋。轉念一想，尚書處多日未去，好像過於冷落，看看時候還早，回去沒事，落得借此通通殷勤，就答應了尚秋，一同出來，上車向著南城米市胡同而來。到得潘府門前，見已有好幾輛大鞍車停著，門前幾棵大樹上，繫著十來匹紅纓踢胸的高頭大馬，知有貴客到了。當時門上接了帖子，尚秋在前，莘如在後，一同進去，領到一間很幽雅的書室，滿架圖書，卻堆得七橫八豎，桌上列著無數的商彝周鼎，古色斑斕，兩面牆上掛著幾幅橫披，題目寫著消夏六詠，都是當時名人和八瀛尚書詠著六事的七古詩：一拓銘，二讀碑，三打磚，四數錢，五洗硯，六攷印，都是拿考據家的筆墨，來做的古今體詩，也是一時創格。內中李純客、葉緣常的，最為詳博。正中懸個橫匾，寫著很大的「龜巢」兩個字，下邊署款卻是「成煜書」，知道是滿洲名士國子監祭酒成伯怡寫的了。莘如看著，卻不解這兩字什麼命意。尚秋是知道潘公好奇的性情，常時通候的書箋，還往往署著「龜白」兩字，當做自己的別號哩，所以倒毫不為奇。

當時尚秋、莘如走進書房，見正中炕上左邊，坐著個方面大耳的長鬚老者，一手托著本錦面古書，低著頭在那裡賞鑑，遠遠望去，就有一種太平宰相的氣概，不問而知為龔和甫尚書。右邊一個胖胖兒面孔，兩綹短黑鬍子，八字分開，屈著腰，湊近龔尚書，同看那書，那人就是寫匾的伯怡先生。下面兩排椅子上，坐著兩個年紀稍輕的，右面一個蒼黑臉的，滿面酒肉氣，神情活像山西票號裡的掌櫃；左邊個卻是短短身裁，鵝蛋臉兒，唇紅齒白的美少年，這兩個人，尚秋卻不大認識。八瀛尚書正坐在主位上，手裡拿著根長旱煙袋，一面吃煙，一面同那少年說話。看見尚秋，就把煙袋往後一丟，立了起來，後面管家沒有防備，接個不牢，「拍拉」一響，倒在地上。尚書也不管，迎著尚秋道：「怎麼你和韡如一塊兒來了？」尚秋不及回言，與韡如上去見了龔、成兩老，又見了下面兩位。尚秋正要問姓名，韡如招呼，指著那蒼黑臉的道：「這便是米筱亭兄。」又指那少年道：「這是姜劍雲，都是今科的新貴。」潘尚書接口道：「兩位都是石農的得意門生喲！」上面龔尚書也放了那本書道：「現在尚秋已到，只等石農跟純客兩個，一到就可行禮了。」伯怡道：「我聽說還有莊小燕、段扈橋哩。」八瀛道：「小燕今日會晤一個外國人，說不能來了。扈橋今日在衙門裡見著，沒有說定來，聽說他又買著了一塊張黑女的碑石，整日在那裡摩挲哩，只好不等他罷！」於是大家說著，各自坐定。

尚秋正要與姜、米兩人搭話，忽見院子裡踱進兩人，一個是衣服破爛，滿面污垢，頭上一只帽子，亮晶晶的都是烏油光，卻又歪戴著；一個卻衣飾鮮明，神情軒朗。走近一看，卻認得前頭是荀子珮，名春植；後頭個是黃叔蘭的兒子，名朝杞，號仲濤。那時子珮看見尚秋開口道：「你來得好晚，公祭的儀式，我們都預備好了。」尚秋聽了，方曉得他們在對面拱宸堂裡鋪排祭壇祭品，就答道：「有勞兩位了。」龔尚書手拿著一本書道：「剛纔伯怡議，這部北宋本公羊春秋何氏注，也可以陳列祭壇，你們拿去罷！」子珮接著翻閱，尚秋、韡如也湊上看看，只見那書裝潢華美，澄心堂粉畫冷金箋的封面，舊宣州玉版的襯紙，上有宋五彩蜀錦的題簽，寫著「百宋一廛⑪所藏，北宋小字本公羊春秋何氏注」一行，

⑪ 百宋一廛：清吳縣人黃丕烈，字紹武，又字蕘圃。乾隆舉人，官分部主事。喜藏書，得宋刻百餘種，顏其室曰百宋一廛。

下注「千里題」三字。尚秋道：「這是誰的藏本？」潘尚書道：「是我新近從琉璃廠翰文齋一個老書估叫老安的手裡買的。」子珮道：「老安的東西嗎？那價錢必然可觀了！」龔尚書道：「也不過三百金罷了。」別人聽了，也還沒什麼奇，菶如不覺暗暗吐舌，想這麼一本破書，肯出如此鉅價，真是書獃子了。

尚秋又將那書看了幾遍，裡頭有兩個圖章：一個是「蕘圃過眼」，還有一個「曾藏汪閬源家」六字。尚秋道：「既然蕘翁的藏本，怎麼又有汪氏圖印呢？」那蒼黑臉的米筱亭忙接口道：「本來蕘翁的遺書，後來都歸汪氏的。汪氏中落，又流落出來，於是經史都歸了常熟瞿氏鐵琴銅劍樓，子集都歸了聊城楊氏海源閣。這書或者常熟瞿氏遺失的，也未可知。我曾經在瞿氏校過書，聽瞿氏子孫說，長髮亂⑫時，曾失去舊書兩櫥哩。」劍雲道：「筱亭這話不差，就是百宋一廛最有名的孤本竇氏聯珠集，也從瞿氏流落出來，現在常熟趙氏了。」尚秋道：「兩位的學問，真了不得！弟前日從闈墨中拜讀了大著，劍雲兄於公羊學，更為精邃⑬，可否叨教⑭叨教。」劍雲道：「那裡敢說精邃，不過兄弟常有個僻見，看著這部春秋，是我夫子一生經濟學問的大結果。起先夫子的學問，本來是從周的主義，所以說『郁郁乎文哉，我從周』，直到自衛反魯，他的學問卻大變了。他曉得周朝的制度，都是一班天子諸侯大夫定的，回護著自己，欺壓平民，於是一變而為民為貴的主義，要自己制禮作樂起來，所以又說『行夏之時，乘殷之輅，服周之冕』，改制變法，顯然可見。又著了這部春秋，言外見得凡做了一個人，都有干涉國家政事的權

⑫ 長髮亂：清文宗咸豐年間太平天國之亂。因太平軍皆蓄長髮，故俗呼為長毛子、長毛賊或長髮賊。

⑬ 精邃：專精深入。邃，音ㄙㄨㄟˋ。精深；深遠。

⑭ 叨教：辱承教誨曰叨教，此處與請教、指教同。叨，音ㄊㄠ。忝。表非分、過分。

柄，不能逞著一班貴族，任意胡為的。自己先做個榜樣，褒的褒，貶的貶，儼然天子刑賞的分兒。其實這刑賞的職分，原是百姓的，從來倒置慣了，夫子就拿這部春秋去翻了過來罷了。孟夫子說個『春秋，天子之事也』，這句還是依著俗見說的。要照愚見說，簡直道：『春秋，凡民之天職也！』這纔是夫子做春秋的真命脈哩！當時做了這書，就傳給了小弟子公羊高。學說一布，那些天子諸侯的威權，頓時滅了好些，小民之勢力，忽然增高了。天子諸侯那裡甘心，就紛紛議論起來，所以孟子又有『知我罪我』的話。不過夫子雖有了這個學說，卻是紙上空談，不能實行。倒是現在歐洲各國，民權大張，國勢蒸蒸日上，可見夫子春秋的宗旨，是不差的了。可惜我們中國，沒有人把我夫子的公羊學說，實行出來。」

尚秋聽罷咋舌❶❺道：「真是石破天驚的怪論！」筱亭笑著道：「尚秋兄，別聽他這種胡說，我看他弄了好幾年公羊學，行什麼大事業出來？也不過騙個舉人，與兄弟一樣。什麼『公羊私羊』，跟從前弄咸同墨卷的，有何兩樣心腸？就是大公羊家漢朝董仲舒，目不窺園❶❻，做什麼呢？也不過為著天人三策，要博取一個廷對第一罷了。」莑如聽了劍雲的話，正不舒服，忽聽筱亭這論，大中下懷道：「筱亭兄的話，倒是近情著理。我看今日的典禮，只有姜、米兩公，是應該祭的，真所謂知恩不忘本了。」龔和甫聽了，縐著眉不語。八瀛衝口說道：「莑如你不懂這些，你別開口罷！」回頭就向尚秋、筱亭道：「劍雲這段議論，也不是他一個人的私見。上回有一個四川名士，姓繆號寄坪的來見，他也有這說。他說：『孔子反魯以前，是周禮的學問，叫做古學。反魯以後，是王制的學問，是今學。弟子中在前傳授的，

---

❶❺ 咋舌：嚼舌，形容害怕或悔恨之狀，此處表驚詫。咋，音ㄗㄜˊ。

❶❻ 目不窺園：謂專心讀書治學，無暇窺視園中景象。語出漢書董仲舒傳。

變了古學一派。晚年傳授的，變了今學一派。六經裡頭，所以制度禮樂，有互相違背，絕然不同處。後儒牽強附會，費盡心思，不知都是古今學不分明的緣故。你想古學是純乎遵王主義，今學是全乎改制變法主義，東西背馳，那裡合得攏來呢？』你們聽這番議論，不是與劍雲的議論，倒不謀而合的。英雄所見略同，只見這裡頭是有這麼一個道理，不盡荒唐的。」龔尚書道：「繆寄坪的著作，聽見已刻了出來，我還聽說現在廣東南海縣，有個姓唐的名猶輝號叫做什麼常肅，就竊取了寄坪的緒論，變本加厲，說六經全是劉歆的偽書哩！這種議論，纔算奇僻⓱。劍雲的論公羊，正當的很，也要聞而卻走⓲，真是少見多怪了。」

葦如聽大家你一句我一句，暗暗挖苦他，倒弄得大大沒趣。忽聽一陣腳步聲，幾個管家說道：「黎大人到。」就見黎公穿著半新不舊的袍褂，手捋著短鬚，搖搖擺擺進來，嚷道：「來遲了，你們別見怪呀！」看見姜、米兩人，就笑道：「你們也在這裡，我來的很巧了。」潘尚書笑道：「怎樣著？貴門生不在這裡，你就來得不巧了？」石農道：「再別提門生了，如今門生收不得了。門生愈好，老師愈沒有日子過了。」龔、潘兩尚書都一怔道：「這話怎麼講？」石農道：「我們坐了再說。」於是大家坐定。石農道：「我告訴你們，昨兒個，我因注釋元祕史，要查一查徐星伯的西域傳注，家裡沒有這書，就跑到李純客那裡去借。」成伯怡道：「純客不是你的老門生嗎？」石農道：「論學問，我原不敢當老師，只是承他情，見面總叫一聲。昨天見面，也照例叫了。你道他叫了之後，接上句什麼話？」龔尚書道：

⓱ 奇僻：奇特異常。語出晏子春秋內篇問上第三第十九章。

⓲ 聞而卻走：極言其言之荒誕。卻走，退走；退縮逃避。

「什麼話呢？」他道：「『老師近來跟師母敦倫的興致好不好？』我當時給他蒙住了，臉上拉不下來，又不好發作，索性給他暢論一回容成⑲之術，素女方⑳呀，醫心方㉑呀，胡謅㉒了一大篇。今天有個朋友告訴我，昨天人家問他，為什麼忽然說起『敦倫』？他道：『石農一生學問，這「敦倫」一道，還算是他的專門，不給他講「敦倫」，講什麼呢？』你們想這是什麼話？不活氣死了人！你們說，這種門生還收得嗎？」說罷，就看著姜、米二人微笑。大家聽著，都大笑起來。

潘尚書忽然跳起來道：「不好了，了不得了！」就連聽叫：「來！來！」大家倒怔著，不知何事。一會兒，一個管家走到潘尚書跟前，尚書正色問那管家道：「這月裡李治民李老爺的餵養費，發了沒有？」那管家笑著說：「不是李老爺的月敬嗎？前天打發人送過去了。」潘尚書道：「發了就得了。」就回過頭來，向著眾人笑道：「要遲發一步，也要來問老夫『敦倫』了。老夫更比不得石翁年少，這個『倫』，卻『敦』不起了！」眾人問什麼叫餵養費，龔尚書笑道：「你們怎糊塗起來，他挖苦純客是騾子罷了。」於是眾人回味，又大笑一回。正笑著，見一個管家，送進一封信來。潘尚書接著一看，正是純客手札，大家都聚頭來看著。蓴如今日來得本來勉強，又聽他們議論，一半不明白，一半不以為然，坐著好沒趣，知道人已到齊，快要到什麼何邵公那裡去行禮了，看見此時，大家都擁著看李純客的信，不

⑲ 容成：黃帝史官，世稱容成公。世傳道家採陰補陽之術，出於容成。
⑳ 素女方：書名，一卷，記房中之祕方。見隋書經籍志。
㉑ 醫心方：綜合性醫書名，日人丹波康賴撰，書成於北宋太宗太平興國七年（西元九八二年）。
㉒ 胡謅：隨意亂說，胡言亂語。謅，音ㄗㄡ。

留神他，就暗暗溜出。管家們問起，他對他們搖手，說去了就來，一直到門外上車回家。到了家中，他的夫人告訴他道：「你出門後，信局送來上海文報處一信，還有一個紙包，說是俄國來的東西，不知是誰的。」說罷，就把信並那包，一同送上去。雯如拆開看了，又拆了那紙包，卻密密層層的包著，直到末層，方露出是一張一尺大的西法攝影。上頭卻是兩個美麗的西法婦人。雯如夫人看了不懂，心中不免疑惑，正要問明，忽聽雯如道：「倒是一件奇聞。」正是：方看日邊德星聚，忽傳海外雁書來。欲知後事如何，且聽下回分解。

第十二回 影並帝天初登布士殿 學通中外重繙交界圖

卻說菶如當日正接了一封俄國郵來的信件，還沒拆開，先見兩個西裝婦女的攝影，不解緣故。他夫人倒大動疑心起來。菶如連忙把信拆開——原來這封信，還是去年臘月裡，雯青初到聖彼得堡京城時所寄的。信中並無別話，就告訴菶如幾時由德動身，幾時到俄。又說在德京，用重價購得一幅極祕密詳細的中俄交界地圖，自己又重加校勘，即日付印，印好後就要打發妥員齎送來京，呈送總理衙門存檔，先託菶如妥為招呼等語，辭氣非常得意。直到信末，另附一紙，說明這張攝影的來由，又是件曠世希逢❶的佳話。你道這攝影是誰呢？列位且休性急，讓俺慢慢說來。

話說雯青駐節柏林，只等彩雲覲見後，就要赴俄，已經耽擱了一個多月。恰值德皇政體違和，外部總沒回文，雯青心中很是焦悶。倒是彩雲興高彩烈，到處應酬，今日某公爵夫人的跳舞，明日某大臣姑娘的茶會，朝遊締爾園，夜登蘭姒館，東來西往，煞是風光。彩雲容貌本好，又喜修飾，生性聰明，巧得人意，倒弄得豔名大噪起來。偌大一個柏林城，幾乎沒個不知道傳彩雲是中國第一個美人，都要見識見識，連鐵血宰相的郁亨夫人，也來往過好幾次。那郁亨夫人，替彩雲又介紹認得一位貴夫人，自稱維亞太太，說是德國的世爵夫人，年紀不到五十許，體態雖十分端麗，神情卻八面威風。那日一見彩雲，

❶ 曠世希逢：向所少見。曠世，猶曠代，謂曠絕一代無可比擬。希逢，罕見。

就非常投契，從此也常常約會，不過約會的地方，不在花園，即在戲館，從不叫登這夫人的邸第，夫人也沒有來過。彩雲有時提起登門造訪的話，那太太總把別話支吾，彩雲只得罷了。話且不表。

卻說有一晚，彩雲剛與這位太太在維良園看完了戲，獨自回來，已在定更時候，坐著一輛華麗的轎式雙馬車，車上連一個女僕都不帶，如飛的到了使館門口停住。車夫拉開車門，彩雲正要跨下，卻見馬路上有一個十七八歲的美童，飛奔的跑到車前，把肩膀湊近車門，口裡還吁吁發喘。彩雲就一手搭在他肩上，輕輕的跳了下來。進了館門，就有一班管家們，都站了起來。喊道：「太太回來了，快掌燈伺候！」便有兩個小童，各執一盞明角燈兒，在前引導。這當兒，那些丫鬟僕婦，也都知道了，在樓上七跌八撞的跑了下來。那時彩雲已到了升高機器小屋裡，那些丫鬟僕婦，都要上前攙扶，都道：「阿福哥，勞你駕了！讓我們來攙著罷！」彩雲冷笑了一聲，自顧自仍扶著阿福。那機器就如飛的上升了。到了樓上，彩雲有氣沒力的，全身都靠在阿福的身上，連喘帶笑的，邁到了自己臥房一張五彩洋錦的軟榻上就倒下了，兩頰緋暈，雙眼粘餳❷，好像楊妃醉酒一般，歪著身，斜著眼，似笑不笑的望著阿福。阿福也笑瞇瞇的低著頭，立在榻旁。彩雲忽然把一個玉蔥，咬著銀牙，狠狠的直指到阿福額上，顫聲道：「你這壞透頂的小子，我不想今兒個……」剛說到這裡，那些丫鬟僕婦，都從扶梯上走了進來，彩雲就縮住了口，馬上翻過臉來道：「你們這班使壞心的娼婦，都曉得這會兒我快回來了，倒一個個躲起來。幸虧阿福是個小子，不要緊，要是大漢子，臭男人，也叫我扶著走嗎？」彩雲說罷，那些丫鬟僕婦，都面面相覷，不敢則聲。阿福就趁勢回道：「那輛車，明天還叫他來伺候嗎？」彩雲道：「明天有什麼事？」

---

❷雙眼粘餳：兩眼黏合，迷迷瞪瞪。餳，音ㄒㄧㄥˊ。黏。俗謂眼色朦朧、黏滯不靈之貌為眼睛發餳。

阿福道：「怎麼太太會忘了？剛纔在路上，你不是告訴我，明兒個維亞太太約遊締爾園（Tiergarten）嗎？」彩雲想一想道：「不差，看戲的時候，他當面約定的。」說著，把眼瞪著阿福道：「可是我再不要坐轎式車了。明天早上，叫他來一輛亨斯美罷。」阿福笑道：「你自個兒拉韁嗎？」彩雲道：「誰耐煩自個兒拉，你難道折了手嗎？」阿福笑了一笑，再要說話，聽見門外靴聲橐橐，僕婦們忙喊道：「老爺進來了。」阿福頓時失色，慌慌張張想溜，彩雲故意正色高聲的喊道：「阿福，你別忙走呀！我還有話吩咐呢！」阿福會意，就垂著手，答應一聲「著！」「你告訴他，明兒早上八下鐘來，別誤了。」這當兒，雯青一頭掀著門簾，一頭嘴裡咕嚕說：「阿福老是這樣冒冒失失得風使篷❸的。」說著，已經踱了進來，衝著彩雲道：「明天你又要上那兒去了？」其時阿福得空，就捱身出房。彩雲撅著嘴道：「到締爾園去，會一個外國女朋友，你問她什麼？難道你嫌我多出門嗎？什麼又不又的！」說著，賭氣就一溜風走到床後去更衣洗面了。雯青討了沒趣，低低說道：「彩雲，你近來真變了相了，我一句話沒有說了，你就生氣了！我原是好意，你可知道今天外部已有回文，叫你後天就去覲見，在沙老頓布士宮（Charlotenburg），離著柏林有二三十里地呢！我怕你連日累著，想要你歇息歇息呀！」彩雲聽了雯青這番軟話，心裡想想，到底有點過意不去，又曉得覲見在即，倒又歡喜起來，就笑嘻嘻走到床面前來道：「誰生氣來！不過老爺也太顧憐我了！既然後天要覲見，明天早點回來，省得老爺不放心，好嗎？」雯青道：「這也由你罷！」說罷，彼此一笑，同入羅幃。一宵無話。

次日清早，雯青尚在香夢迷離之際，彩雲偷偷的抽身錦被，心裡盤算出去的裝束，要格外新豔。忽

❸ 得風使篷：見機而作；見風轉舵。

然想起新購的一身華麗歐裝，就叫小丫頭取了出來，慢慢的走到梳妝檯，對鏡梳洗，調脂抹粉，不用細說。不一會，就攏上一束蟠雲曼陀髻，繫上一條踠地綷䌨❹裙，頸圍天鵝絨的領巾，肩披紫貂砍的外套，頭上戴了堆花雪羽帽，腳下踏著雕漆烏皮靴，顫巍巍胸際花毬，光灩灩指頭鑽石，果然是薔薇娘肖像、茶花女化身了。打扮剛完，自己把鏡子照了又照，很覺得意。忽見鏡子裡面阿福笑嘻嘻的站在背後，低低道：「車來了。」彩雲嗤的一笑道：「促狹鬼。倒嚇人一跳！」隨就把嘴兒指著床上，又附著阿福耳邊，密密切切，不知吩咐了些什麼話。阿福笑著點頭答應，就躡手躡腳的下樓去了。

這裡彩雲收拾完備，輕輕走到床邊，揭起帳子，張了一張，就回聲叫小丫頭攙了一徑下樓。到門口上車，打發小丫頭們進去，又叫馬夫坐在車後，自己就跳上亨斯美，輕提玉臂，緊勒絲韁，那匹馬就得得的向前去了。走了一條街，卻見那邊候著個西裝少年，遠遠招手兒。彩雲笑一笑，把車放慢了，那少年就飛身上車，與彩雲並肩坐下，把絲韁接了過來。一揚鞭，一搖鈴，風馳電捲，向馬龍車水中間滾滾而去，兩人左顧右盼，儼然自命一對畫中人了。不多一會，到了締爾園門前。——原來這座花園，古呢普提坊要算柏林市中第一個名勝之區，周圍三四里，門前有一個新立的石柱，高三丈，周十圍，頂立飛仙，金身金翅，是法、奧、丹三國戰爭時獲得大砲鑄成，號為「得勝銘」。園中馬路，四通八達。雕樓傑閣，曲廊洞房，錦簇花團，雲譎波詭，琪花瑤艸，四時常開，珈館❺酒樓，到處可坐。每日裡鈿車如水，裙屐如雲，熱鬧異常。園中有座三層樓，畫棟飛雲，雕盤承露，尤為全園之中心點。其最上一層，有精

---

❹ 踠地綷䌨：踠地，曳地；拖地。綷䌨，音ㄘㄨㄟˋ ㄘㄞˋ。衣聲；紈素聲。踠，音ㄨㄢˇ。䌨，或作「縩」。

❺ 珈館：咖啡館。珈，音ㄐㄧㄚ。

舍四五，無不金釭銜璧❻，明月綴帷❼，榻護繡襦，地鋪錦罽❽，為貴紳仕女登眺之所，尋常人不能攀躋。

彩雲每次到園，與諸貴女聚會，總在此間憩息。這日馬車進了園門，就一逕到這樓下下車，阿福扶著，迤邐登樓。剛走到常坐的那一間門口，彩雲一隻纖趾，正要跨進，忽聽咳嗽一聲，抬頭一看，卻見屋裡一個雄赳赳的日耳曼少年，金髮赬顏，風采奕然，一身陸軍裝束，很是華麗。見了彩雲，一雙美而且秀的眼光，彷彿雲際閃電，把彩雲周身上下打了一個圈兒。彩雲猛吃一驚，連忙縮腳退出。阿福指著道：「間壁有空房，我們到那裡坐罷。」說罷，就掖了彩雲逕進那緊鄰的一間精室。彩雲坐下，就吩咐阿福道：「你到外邊去候著，等維亞太太一到，就先來招呼。」阿福答應如飛而去。彩雲獨自在房，心裡暗忖，那個少年，不知是誰，倒想不到外國人有如此美貌的。我們中國的潘安、宋玉，想當時就算有這樣的風神，斷沒有這般的英武。看他神情，見了我也非常留意，可見好色之心，中外是一樣的了。

彩雲胡思亂想了一回，覺得心神恍惚，四肢軟咍咍提不起來，就和身倒在一張紅絨如意榻上，星眼惺忪，似睡不睡的，正有點朦朧，忽聽耳旁有許多腳步聲，連忙張開眼來。卻見阿福領了一個中年婦人上來。彩雲忙問阿福道：「這是誰？」阿福道：「這位就是維亞太太打發來的。」那婦人就接嘴道：「我

---

❻ 金釭銜璧：謂以黃金璧玉裝飾壁間。班固西都賦：「金釭銜璧，是為列錢。」後漢書注云：「謂以黃金為釭，其中銜璧，納之於壁帶為行列，歷歷如錢也。」釭，音ㄍㄤ。壁中之橫帶。

❼ 明月綴帷：謂帷幕中懸綴明月珠。淮南子氾論注：「夜光之珠，有似月光，故曰明月。」

❽ 錦罽：錦繡地毯。罽，音ㄐㄧˋ。毛織氈毯。

們主人說，今天不來這裡了，要請密細斯到我們家裡去。主人特地叫我們來接的，馬車已在外面等著，請密細斯上車罷。」彩雲聽了，想了一想道：「太太府上，我早該去請安，就為太太的住處，不肯告訴我，就因循下來了。現在既然太太見招，我就坐我自己的車前去便了。」說著，回頭叫阿福去套車。那婦人道：「我們主人吩咐，請密細斯就坐我們來車。因為我們主人的住處，不肯輕易叫人知道的。」彩雲道：「這是什麼道理？」那婦人笑道：「主人如此吩咐，其中緣故，奴輩那裡敢問呢？」彩雲沒法，只好叫阿福到身邊，附耳說了兩句話。阿福先去了，自己就立起身來道：「我們走罷。」那婦人在前，彩雲在後，走下樓來。剛到門口，彩雲還沒看清那車子的大小方圓，卻被那婦人猛然一推，彩雲身不由主被她推進車來，車門已砰的關上了。弄得彩雲迷迷糊糊，又驚又嚇，只見那車裡四面糊著金絨，當前一懸明鏡，兩旁卻放著綠色的布簾，遮著玻璃，一些望不見外面。對面卻笑微微坐著那婦人，開口道：「密細斯休怪粗莽，這是主人怕你知道了路程，所以如此的。」彩雲聽了這話，更加狐疑，要問那婦人，又知道她不肯說實話的，心理不免突突跳個不住。

正冥想間，那車忽然停了。車門欻的開了，那中年婦人先下車，就來攙彩雲。剛跨下地，忽覺眼前一片光明，耀耀爍爍，眼睛也睜不開。好容易定睛一認，原來一輛朱輪繡幰的百寶宮車，端端正正的，停在一座十色五光的玻璃宮臺階之下。那宮卻是輪奐⑨巍峨，矗雲干漢⑩，宮外浩蕩蕩，一片香泥細草的廣場，遍圍著鬱鬱蒼蒼的樹木，點綴著幾處名家雕石像，放射出萬條異彩的噴水池。彩雲不及細看，

⑨ 輪奐：高大華美。禮記檀弓上：「美哉輪焉，美哉奐焉。」輪，高大。奐，明亮。

⑩ 矗雲干漢：高聳入雲。矗，音ㄔㄨˋ。高聳的樣子。干，上犯；上入。漢，天河；銀河。

卻被那婦人不由分說就扶上臺階，曲曲折折，走到一面大鏡子面前。那婦人把鏡子一推，訇呀的一聲開了，原來是個門兒。向裡一望，只見是個窈窕洞房，滿室奇光異彩，也不辨是金是玉，是花是繡，但覺眼光繚亂而已。就有幾個華裝女子，聽見門響，向外一望，問道：「來了嗎？」那婦人答道：「來了。」忽聽嚶然一聲，恍如鳳鳴鶴唳，清越可聽道：「快請進來。」

那當兒，彩雲已揭起了繡幃，踏上了錦毯，迎面嬝嬝婷婷的，來了個細腰長裙錦裝玉裹的中年貴婦，不用說就是維亞太太了。見了彩雲，就搶上一步，緊握住彩雲的雙手，回頭向那些女子說道：「這就是中國第一美女，金公使的夫人傅彩雲呀！你們瞧著，我常說她是亞洲的姑妻巴，支那的馬克尼，今兒個你們可開開眼兒了！」說完，就把彩雲拉到了一張花磁面的圓桌上首坐下，自己朝南陪著。彩雲此時，迷迷糊糊，如在五里霧中，弄得不知所措，只是婉婉的說道：「賤妾蒲柳⓫之姿，幸蒙太太見愛，今日得登寶地，真是三生有幸了！只是太太的住處，為何如此祕密，還請明示，以啟妾疑。」維亞太太笑道：「不瞞密細斯說，我平生有個癖見⓬，以為天地間，最可寶貴的是兩種人物，都是有龍跳虎踞的精神，顛乾倒坤的手段，你道是什麼呢？就是權詐的英雄與放誕的美人。英雄而不權詐，便是死英雄。美人而不放誕，就是泥美人。如今密細斯又美麗，又風流，真當得起放誕美人四字。我正要你的風情韻致，瀉露在我的眼前，裝滿在我的心裡。我就怕你一曉了我的身分地位，就把你的真趣豔情拘束住了，這就大非我要見你的本心了。」彩雲不聽這太太的話，心裡倒還有點捉摸，如今聽了這番議論，更糊塗了。又

⓫ 蒲柳：水楊，在樹木中零落最早，故以喻體質衰弱或身分低微。

⓬ 癖見：不同流俗之見解。癖，音ㄆㄧˇ。嗜好。

問道：「到底太太的身分地位，能賜教嗎？」那太太笑道：「你不用細問，到明日就會知道的。」說話間，有幾個華裝女子，來請早餐，維亞太太就邀彩雲入餐室。原來餐室就在這室間壁，高華典貴，自不必說。坐定後，山珍海味，珍果醇醪⓭，繹絡不絕的上來。維亞太太殷勤勸進，彩雲也只得極力周旋。酒至數巡，維亞太太立起身來，走到沿窗一座極大的風琴前，手撫玉徽，回顧彩雲道：「密細斯精於音律嗎？」彩雲連說：「不懂。」那太太就引弦揚吭的唱起來。歌曰：

美人來兮亞之南，風為御兮雲為驂。微波渺渺不可接，但聞空際瓊瑤音。吁嗟乎彩雲！

美人來兮歐之西，驚鴻照海天龍迷，瑤臺綽約下仙子，握手一笑心為低。吁嗟乎彩雲！

山川渺渺月浩浩，五雲殿閣玻璃曉，報道青鸞海上來，汝來慰我憂心擣。吁嗟乎彩雲！

勸君酒，聽我歌，我歌歡樂何其多！聽我歌，勸君酒，雨覆雲翻在君手！願君留影隨我肩，人間天上仙乎仙！吁嗟乎彩雲！

歌畢，就向彩雲道：「下里之音⓮，不足動聽，只是末章所請願的，不知密細斯肯俯允嗎？」彩雲原不懂文墨，幸而這回歌辭，全用德語，所以彩雲倒略解一二。就答道：「太太如此見愛，妾非木石，那有不感激的理？祇是同太太並肩拍照，蒹葭倚玉⓯，恐折薄福，意欲告辭，改日再遵命罷！」那太太

⓭ 醇醪：音ㄔㄨㄣˊ ㄌㄠˊ。醲厚之酒。

⓮ 下里之音：同「下里巴人」。鄙俗之歌謠。下里，鄉里。巴人，巴蜀之蠻人。

⓯ 蒹葭倚玉：同「蒹葭倚玉樹」。喻卑微鄙陋之人託尊貴者之庇蔭。蒹葭，音ㄐㄧㄢ ㄐㄧㄚ。蘆荻。

道：「請密細斯放心，拍了照，我就遣車送你回去，現在寫真鏡已預備在草地上，我們走罷！」就親親熱熱攜了彩雲的手，一隊高髻窄袖的女侍，前後呵護，慢慢走出房來，就走到剛纔進來看見的那片草地上，早見有一群人，簇擁著一具寫真鏡的匣子，離匣子三四丈地，建立一個銅盤，上面矗起一個噴水的機器，下面周圍著白石砌成的小池。那水線自上垂下，在旭日光中，如萬顆明珠，隨風咳吐，煞是好看。那太太就攜了彩雲，立在這石池旁邊，只見那寫真師，正在那裡對鏡配光。彩雲瞥眼看去，那寫真師好像就是在薩克森船上見的那畢葉先生，心裡不免動疑。想要動問，恰好那鏡子已開，自己被鏡光一閃，覺得眼花繚亂了好一回。等到捉定了神，那鏡匣已收起，那一群人也不知去向了。卻見一輛馬車停在面前。維亞太太就執了彩雲的手道：「今天倒叫密細斯受驚了。車子已備好，就此請登車，我們改日再敘罷。」

彩雲一聽送他回去，很歡喜的，也道了謝，就跨進車來。車門隨手就關上了，卻見車簾仍舊放著，烏洞洞悶死人。那車一路走著，彩雲一路猜想，這太太的行徑，實在奇怪，到底是何等樣人，為什麼不叫我知道她的底裡呢？那畢葉先生，怎麼也認得她，替她拍照呢？想來想去，再想不出些道理來。還在呆呆的揣摩，只見門豁然開朗，原來已到了使館門口。彩雲就自己下了車，剛要發放車夫，誰知那車夫飛身跳上高座，加緊一鞭，逃也似的直奔前路，眨眼就不見了。彩雲倒吃了一驚，立在門口呆呆的望著，直到館中看門的看見，方驚動了裡邊的丫鬟們，出來扶了進去。阿福也上前來探問，彩雲含糊應了。後來見了雯青，也不敢把這事提及。雯青告訴她今天外部又來招呼，說明日七點鐘在沙老頓布士宮覲見，他們打發宮車來接。

當晚彩雲絕早就睡，只是心裡有事，終夜不曾安眠。剛要睡著，卻被雯青喚醒，說宮車已到，催著彩雲洗梳打扮，按品大裝。六點鐘動身，七點鐘就到了那宮前。那宮卻在一座森林裡面，清幽靜肅，壯麗森嚴，警兵羅列，官員絡繹。彩雲一到，迎面就見一座六角的文石臺，臺上立著個騎馬英雄的大石像。中央一條很長的甬道，兩面石欄，欄外植著整整齊齊高的塔形低的鐘形的常綠樹，從那甬道一層高似一層，一直到大殿。殿前一排十二座穹形窗，中間是凸出的圓形屋。彩雲走近圓屋，早有接引大臣，把彩雲引上殿來。卻見德皇峨冠華服，南面坐著，兩旁擁護劍珮趨蹌的勳戚大臣，氣象很是堂皇。彩雲隨著接引官走上前去，恭恭敬敬行了鞠躬大禮，照著向來覲見的儀節，都按次行了。那德皇忽含笑的向著彩雲道：「貴夫人昨朝辛苦了？」說著，手中擎著個錦匣，說道：「這是皇后賜給貴夫人的。今天皇后有事，不能再與貴夫人把晤，留著這個算紀念罷！」一面說著，一面就遞了下來。彩雲茫然不解，又不好動問，衹得糊裡糊塗的接了。這當兒，就有大臣啟奏別事。彩雲只得慢慢退了下來。到得車中，輪蹄轉動，要緊把那錦匣打開一看，不覺大大吃驚——原來這匣內，並非珠寶，也非財帛，倒是一張活靈活現的小影，兩個羽帽迎風長裙窣地的婦人，一個是裊裊亭亭的女郎，一個是莊嚴璀璨的貴婦；那女郎，不用說是自己的西裝小像。這個貴婦，就是昨天並肩拍照的維亞太太。心中恍然大悟道：「原來維亞太太，就是聯邦帝國大皇帝飛蝶麗皇后，世界雄主英女皇維多利亞的長女，維多利亞第二嘎！怪不得她說，她的身分地位，能拘束我了。虧我相處了半月有零，到今朝纔明白，真有眼不識泰山了。」心中就一驚一喜，七上八落起來。那車子卻已回到了自己門口，卻又看見門口停著一輛轎車。彩雲這兩天，遇著多少奇怪事情，心裡真弄得恍恍惚惚，提心吊膽的。見了此車，心裡又疑心道：「這車不知又是誰的了？」

此時丫鬟僕婦都已候在門口，都來攙扶，阿福也來車前站著。彩雲就問道：「老爺那裡有什麼客？」阿福道：「就是畢葉先生。」彩雲聽了，心裡觸動昨天拍照的事情，就大喜道：「原來就是他，我正要見他哩！你們攙我到客廳上去！」說著，就曲折行來。剛走到廳門口，彩雲望裡一張，只見滿桌子攤著一方一方的畫圖，雯青正彎著腰在那裡細細賞玩，畢葉卻站在桌旁。彩雲就叫且不要聲張，讓我聽聽那東西和老爺說什麼。只聽雯青道：「這圖上紅色的界線，就是國界嗎？」畢葉道：「是的。」雯青道：「這界線準不準呢？」畢葉道：「這地圖的可貴，就在這上頭。畫這圖的人，是個地學名家，又是奉著政府的命令畫的，那有不準之理？」雯青道：「既是政府的東西，他怎麼能賣掉呢？」畢葉道：「這是當時的稿本，清本已被政府收藏國庫，祕密萬分，卻不曉留著這稿子在外。這人如今窮了，流落在這裡，所以肯賣。」雯青道：「但是要一千金鎊，未免太貴了！」畢葉道：「他說，他賣掉這個，對著本國政府，擔了洩漏祕密的罪，一千鎊價值還是不得已呢！我看大人得了此圖，大可重新把他好好的翻印，送呈貴國政府，這整理疆界的功勞，是不小哩，何在這點兒小費呢！」

彩雲聽到這裡，心想道：「好呀，這東西倒瞞著我，又來弄老爺的錢了！我可不放他！」想著把簾子一掀，就飄然的走了進去。正是：羨煞紫雲傍霄漢，全憑紅線界華戎。不知彩雲見了畢葉，問他什麼話來，且聽下回分解。

第十三回　誤下第遷怒座中賓　考中書互爭門下士

話說雯青正與畢葉在客廳上講論中俄交界圖的價值，彩雲就掀簾進來，身上還穿著一身覲見的盛服。雯青就吃了一驚，正要開口，畢葉早搶上前來，與彩雲相見，恭恭敬敬的道：「密細斯覲見回來了。今天見著皇后陛下，自然益發要好了。賞賜了什麼東西，可以叫我們廣廣眼界嗎？」彩雲略彎了彎腰，招呼畢葉坐下，自己也坐在桌旁道：「妾正要請教先生一件事哪！昨天妾在維亞太太家裡，拍照的時候，彷彿看見那寫真師的面貌，和先生一樣，匆匆忙忙，不敢認真，到底是先生不是？」畢葉怔了怔道：「什麼維亞太太？小可卻不認得。小可一到這裡，就蒙維多利亞皇后賞識了小可的油畫。昨天專誠宣召進宮，就為替密細斯拍照。皇后命小可，把昨天的照片放大，照樣油畫。聽宮人們說，皇后和密細斯非常的親密，所以要常留這個小影在日耳曼帝國哩！怎麼密細斯倒說在維亞太太家碰見小可呢？」彩雲笑道：「原來先生也不知底細。妾與維多利亞皇后，雖然交好了一個多月，一向只知道她叫維亞太太，是個爵夫人罷咧。直到今天覲見了，纔知道她就是皇后陛下哩！真算一樁奇聞。」

且說雯青見彩雲突然進來，心中已是詫異。如今聽兩人你言我語，一句也不懂，就忍不住問彩雲：「怎麼你會認識這裡的皇后呢？」彩雲就把如何在郁亨夫人家認得維亞太太，如何常常往來，如何昨天約去游園，如何拍照，直到現在覲見德皇，賜了錦匣，自己到車子裡開看，方知維亞就是維多利亞皇后的託名，前前後後得意揚揚的細述了一遍，就把那照片遞給雯青。雯青看了，自然歡喜，就向著畢葉道：「別儘講這個了。畢葉先生，我們講正事罷，那圖價到底還請減些。」畢葉還未回答，彩雲就搶說道：「不差，我正要問老爺，這幾張破爛紙，畫得糊糊塗塗的，有什麼好看，值得化多少金子去買他，老爺你別上了當！」雯青笑道：「彩雲，你儘管聰明，這事你可不懂了！我好容易託了這位先生，弄到了這幅中俄地圖。我得了這圖，一來可以整理整理國界，叫外人不能佔踞我國的寸土尺地，也不枉皇上差我出洋一番；二來我數十年心血做成的一部元史補證，從此都有了確實證據，成了千秋不刊之業❶。就是回京見了中國著名的西北地理學家黎石農，他必然也要佩服我了。這圖的好處，正多著哩，不過這先生定要一千鎊，那不免太貴了！」彩雲道：「老爺別吹嗙❷，你一天到晚，抱了幾本破書，嘴裡咭唎咕嚕，說些不中不外的不知什麼話，又是對音哩，三合音哩，四合音哩，鬧得煙霧騰騰，叫人頭疼，倒把正經公事擱著，三天不管，四天不理，不要說國裡的寸土尺地，我看人家把你身體抬了去，你還摸不著頭腦哩！我不懂，你就算弄明白了元朝的地名，難道算替清朝開了疆拓了地嗎？依我說，還是省幾個錢，落得自己享用，這些不值一錢的破爛紙，惹我性起，一撕兩半，什麼一千鎊二千鎊呀！」雯青聽了彩雲的話，倒著急起來，怕她真做出來，連忙攔道：「你休要胡鬧，你快進去換衣服罷！」彩雲見雯青執意要買那地圖，倒趕她動身，就骨都著嘴，賭氣扶著丫鬟走了。

這裡畢葉笑道：「大人這一來不情❸極了！你們中國人常說千金買笑❹，大人何妨千鎊買笑呢！」

❶ 千秋不刊之業：永垂不朽之事業。不刊，不可磨滅。

❷ 吹嗙：自誇。與「吹牛」、「吹法螺」同。嗙，音ㄆㄤˇ。

雯青笑了一笑。畢葉又接說道：「既這麼著，看大人分上，在下替敝友減了二百鎊，就是八百鎊罷！」雯青道：「現在這裡諸事已畢，明後天我們就要動身赴貴國了。這價銀，你今天就領了去，省得周折，不過要煩你到戴隨員那裡走一遭。」說著，就到書桌上寫了一紙取銀憑證，交給畢葉。畢葉就別了雯青，來找戴隨員把憑證交了，戴隨員自然按數照付。正要付給時候，忽見阿福急急忙忙從樓上走來，見了戴隨員，低低的附耳說了幾句，戴隨員點頭，隨即拉畢葉到沒人處，也附耳說了幾句。畢葉笑道：「貴國採辦委員，這九五扣的規矩，是逃不了的。何況……」說到這裡，頓住了。又道：「小可早已預備，請照扣便了。」當時戴隨員就照付了一張銀行支票，畢葉收著，就與戴隨員作別，出使館而去。

這裡雯青、彩雲，就忙忙碌碌，料理動身的事。這日正是十一月初五日。雯青就帶了彩雲及參贊繙譯等，登火車赴俄。其時天氣寒洌，風雪載途，在德界內，尚常見崇樓傑閣，沃野森林，可以賞眺賞眺。到次日，一入俄界，則遍地沙漠，雪厚尺餘，如在冰天雪窖中矣。走了三日夜，始到俄都聖彼得堡，宏敞雄壯，比德京又是一番氣象。雯青到後，就到昔而格斯街中國使館三層洋樓裡，安頓眷屬，於是拜會了首相吉爾斯及諸大臣。接著覲見俄帝，足足亂了半個月。諸事稍有頭緒，那日無事，就寫了一封信，把自己購圖及彩雲拍照的兩件得意事，詳詳細細，告訴了菶如。又把那新購的地圖，就託次芳去找印書局，用五彩刷印。因為地圖自己還要校勘校勘，連印刷，至快要兩三個月，就先把信發了。

這信就是那日菶如在潘府回來時候接著的。當時，菶如把信看完，連說奇聞！他夫人問他，菶如照

---

❸ 不情：不合人情；不近人情。

❹ 千金買笑：極言美人一笑之珍貴。南朝梁王僧孺詠寵姬：「再顧連城易，一笑千金買。」

信演了一遍。正說得高興，只見葦如一個著身管家上來回道：「明天是朝廷放會試總裁房官的日子，老爺派誰去聽宣？」葦如想一想道：「就派你去罷，比他們總要緊些！」那管家諾諾退出，當日無話。次日天還沒亮，那管家就回來了。葦如急忙起來，管家老遠就喊道：「米市衚衕潘大人放了。」葦如接過單子，見正總裁是大學士高揚藻號理惺，副總裁就是潘尚書和工部右侍郎繆仲恩號綬山的，也是江蘇人。還有個旂人，葦如不甚在意。其餘房官，袁尚秋、黃仲濤、荀子珮那班名士，都在裡頭。同鄉熟人，卻有個姓尹名宗湯號震生也派在內，只有葦如向隅，不免沒精打采的，丟下單子，仍自回房高臥去了。按下不表。

且說潘尚書本是名流宗匠❺，文學斗山❻，這日得了總裁之命，夾袋中許多人物❼，可以脫穎而出❽，歡喜自不待言。尚書暗忖這回夥伴中，餘人都不怕他們，就是高中堂和平謹慎，過主故常，不能容奇偉之士，總要用心對付他，叫他為我使不為我敵纔好。當下匆忙料理，不到未刻❾，直徑進闈，三位大總裁，都已到齊，大家在聚奎堂挨次坐下。潘尚書先開口道：「這回應舉的，很多知名之士，大家閱卷，倒要格外用心點兒，一來不負朝廷委託，二來休讓石農獨霸，誇張他的江南名榜。」高中堂道：

---

❺ 宗匠：工人之長；人所宗仰之大匠。凡陶冶群才為眾望所歸者，皆稱宗匠，謂如大匠之指導群役，莫不尊仰。

❻ 斗山：同「山斗」、「北斗」。言為世人所景仰。新唐書韓愈傳：「學者仰之，如泰山北斗云。」

❼ 夾袋中許多人物：謂秉權者存記備用之人才。夾袋，即衣袋。

❽ 脫穎而出：喻以才能自顯。語出史記平原君列傳。穎，音ㄧㄥˇ。錐之尖端。

❾ 未刻：未時，下午一時至三時。刻，漏刻，即時刻。古以漏箭計時，一晝夜共作百刻，春分秋分晝夜各五十刻，冬至晝四十刻，夜六十刻，夏至反之。

「老夫荒疏已久，老眼昏花，恐屈真才，全仗諸位相助。但依愚見看來，暗中摸索，只能憑文去取，那裡管得他名士不名士呢！況且名士虛聲，有名無實的多哩！」繆侍郎道：「現在文章巨眼，天下都推龔、潘，然兄弟常見和甫先生，每閱一文，反來覆去，至少看十來遍，還要請人覆看；瀛翁卻只要隨手亂繙，從沒有首尾看完過，怎麼就知好歹呢？」潘尚書笑道：「文章望氣而知，何必尋行數墨❿呢！」大家議論一會，各自散歸房內。

過了數日，頭場已過，硃卷快要進來，各房官正在預備閱卷，忽然潘尚書來請袁尚秋，大家不知何事。尚秋進去一句鐘工夫，方始出來，大家都問什麼事。尚秋就在袖中取出一本小冊子，遞給子珮，仲濤、震生都湊來看。子珮打開第一頁，只見上面寫道：

章謇號直蜚，南通州；
聞鼎儒號韻高，江西；
姜表號劍雲，江蘇；
米繼曾號筱亭，江蘇；
蘇胥號鄭龕，福建；
呂成澤號沐庵，江西；

❿ 尋行數墨：謂僅泥於文字而不明道理。朱熹易詩：「須知三絕韋編者，不是尋行數墨人。」此處乃逐行逐句詳細閱覽之意。

楊遂號淑喬，四川；

易鞠號緣常，江蘇；

莊可權號立人，直隸；

繆平號奇坪，四川。

子珮看完這一頁，就把冊子合上，笑道：「原來是花名冊⓫。八瀛先生怎麼吩咐的呢？」尚秋道：「這冊子上攏共六十二人，都是當世名人，要請各位按著省分去搜羅的。章、聞兩位，尤須留心。」子珮道：「那位直蜚先生，但聞其名，卻不太認得。韻高原是熟人，真算得奇材異能了。兄弟告訴你們一件事，還是在他未中以前，有一回在國子監錄科⓬，我們有個同鄉，給他聯號，也不知道他是誰，只見他進來手裡就拿著三四本卷子，已經覺得詫異。一坐下來，提起筆如飛的只是寫，好像抄舊作似的。那同鄉只完得一篇四書文，他拿來的一疊卷子都寫好了。忽然停筆，想了想道：『啊呀，三代叫什麼名字呢？』我們那同鄉，本是講程朱學的，就勃然起來，高聲道：『先生既是名教中人⓭，怎麼連三代都忘了？』他笑著低聲道：『這原是替朋友做的。』那同鄉見他如此敏捷，忍不住要請教他的大作了。拜讀一遍，真大大吃驚，原來四篇很發皇的時文，四道極翔實的策問，於是就拍案叫絕⓮起來。誰知韻高卻

⓫ 花名冊：造成冊集之人名錄。

⓬ 錄科：科舉時代，生員於鄉試之前，先由學政官考試一次，文理通順者，乃錄其名，送入科場，謂之錄科。

⓭ 名教中人：講求儒家名分與人倫教化之人。

⓮ 拍案叫絕：形容驚異之際，以手擊桌稱妙。見兒女英雄傳第二十三回。

從從容容笑道：『先生謬讚不敢當，那裡及先生的大著樸實說理呢！』那同鄉道：『先生並未見過拙作，怎麼知道好呢？這纔是謬讚哩！』他道：『先生大著，早已熟讀。如不信，請念給先生聽，看差不差！』說罷，就把那同鄉的一篇考作，從頭至尾，滔滔滾滾念了一遍，不少一字。你們想這種記性，就是張松⑮復生，也不過如此罷！」

震生道：「你們說的不是聞韻高嗎？我倒還曉得他一件故事哩！他有個閨中談禪的密友，卻是個刎頸至交的嬌妻。那位至交，也是當今赫赫有名的直臣，就為妄劾大臣，丟了官兒，自己一氣，削髮為僧，浪跡四海，把夫人託給韻高照管。不料一年之後，那夫人倒寫了一封六朝文體的絕交書，寄與所天⑯，也遯跡空門去了。這可見韻高的辯才無礙，說得頑石點頭了。」大家聽了這話，都面面相覷⑰。尚秋道：「這是傳聞的話，恐未必確罷！」仲濤道：「那章直蜚是在高麗辦事大臣吳長卿那裡當幕友的，後來長卿死了，不但身後蕭條，還有一筆大虧空，這報銷就是直蜚替他辦的。還有人議論辦這報銷，直蜚很對不起長卿呢！」震生道：「我聽說直蜚還坐過監呢！這坐監的原因，就為直蜚進學時，冒了如皐籍，認了一個如皐人同姓的做父親，屢次向直蜚敲竹槓，直蜚不理會。誰知他竟硬認做真子，勾通知縣辦了忤逆，革去秀才，關在監裡。幸虧通州孫知州訪明實情，那時令尊叔蘭先生督學江蘇，纔替他昭雪開復的哩！仲濤回去一問令尊，就知道了。」原來尹震生是江蘇常州府人，現官翰林院編修，記名御史，為人

⑮ 張松：後漢人，為人短小精敏，有才辯，為劉璋別駕。

⑯ 所天：丈夫。儀禮喪服：「父者子之天也，夫者妻之天也。」

⑰ 面面相覷：你看我，我看你，不知說甚麼好。覷，音ㄑㄩˋ。

戇直敢任事，最根名士，且喜修儀容，車馬服御⑱，華貴整肅，遠遠望去，儼然是個旗下貴族。當下說了這套話，就暗想道：「這班有文無行⑲的名士，要到我手中，休想輕輕放過。」大家正談得沒有收場，恰好內監試送進硃卷來，於是各官分頭閱卷去了。不在話下。

且說有一天，子珮忽然看著一本卷子，是江蘇籍貫的，三篇制義，高華典實，饒有國初劉、熊風味；經義亦原原本本，家法⑳井然；策問十事對九，詳博異常。就大喜道：「這本卷子，一定是章直蜚的了。」連忙邀了尚秋、仲濤來看。大家都道無疑的，快些加上極華的薦批，送到潘尚書那裡，大有奪元之望。子佩自然歡喜，就親自袖了卷子，來到潘尚書處。剛走到尚書臥室廊下，管家進去通報，子佩在簾縫裡一張，不覺吃了一驚。只見靠窗朝南一張方桌上，點著一對斤通的大紅蠟，火光照得滿室通明，當中一個香爐，尚書衣冠肅肅，兩手捧著一炷清香，對著桌上一大堆的卷子，嘴裡噥噥不知禱告些什麼。禱告完了，好像眼睛邊有些淚痕，把手揩了一揩，卻志志誠誠的磕了三個大頭，然後起來。那管家方敢上前通報。尚書連忙叫請子佩進去。尚書就道：「這會你們把好卷子都送到我這裡來，實在擁擠得了不得了，不知道屈了多少好手！老夫弄得沒有法兒，只好賠著一付老淚，磕著幾個響頭，就算盡了一點愛士心了。」說罷，指著桌上的卷子笑道：「這一堆都是可憐蟲！」子佩道：「章直蜚的卷子，門生今天倒找著了。」尚書很驚喜道：「在那兒呢？」子佩連忙在袖中取出。尚書一手搶去，大略翻了翻，拍手

---

⑱ 車馬服御：車馬衣服之類。服御，或作「服馭」。

⑲ 有文無行：與文人無行意同，謂文章斐然而品行不良者。語出兒女英雄傳第三十四回。

⑳ 家法：專門之學，師弟相與授受而自成一派者，謂之家法。漢儒傳經，最重家法。

道：「踏破鐵鞋無覓處，得來全不費功夫。可惜會元已經被高中堂定去，只索給他爭一爭了！」說畢，就叫管家伺候，帶了卷子，去見高中堂，叫子佩就在這裡等等兒。去了沒多大的工夫，尚書手舞足蹈的回來道：「好了，定了。」子佩道：「怎麼定的？」尚書道：「高中堂先不肯換，給我說急了，他倒發怒，竟把先定元的那一本撤了，說讓他下科再中元罷。這人真晦氣，我也管不得了！」子佩就很歡喜的出來，告訴大家，都給他道賀。只有震生暗笑他們獃氣，自己想江西聞韻高的卷子，光罷㉑給我打掉了。

光陰容易，轉瞬就是填榜的日子，各位總裁房考，衣冠齊楚，會集至公堂，一面拆封唱名，一面填榜，從第六名起，直填到榜尾。其中知名之士，如姜表、米繼曾、呂成澤、易鞠、楊遂諸人，到也中了不少。只有章直蜚、聞韻高兩人，毫無影蹤。潘尚書心裡還不十分著急，認定會元定是直蜚、韻高，或也在魁卷中。直到上燈時候，至公堂上，點了萬支紅蠟，千盞紗燈，火光燭天，明如白晝，大家高高興興，鬧起五魁來。潘尚書拉長耳朵，只等第一名唱出來，必定是江蘇章騫。誰知那唱名的偏偏不得人心，朗朗的喊了姓劉名毅起來。尚書氣得鬚都豎了。子佩卻去揀了那本撤掉的元卷，拆開彌封一看，可不是呢！倒明明寫著章騫的大名。這一來，真叫尚書公好似啞子吃黃連了。填完了榜，大家各散，尚書也垂頭喪氣的，自歸府第去了。接著朝考殿試之後，諸新貴都來謁見，幾乎把潘府的門限都踏破了。尚書禮賢下士，個個接見，只有會元公來了十多次，總以閉門羹相待。會元公益發疑懼，倒來得更勤了。

此時已在六月初旬天氣。這日尚書南齋入值回來，門上稟報：「錢端敏大人從湖北任滿回京，在外求見。」尚書聽了大喜。連聲叫「請！」門上又回道：「還有新科會元劉。」尚書就瞪著眼道：「什麼

㉑ 光罷：恐怕，江蘇蘇州、常州一帶方言。

留不留？我偏不留他，該怎麼樣呢！」那門上不敢再說，就退下去了。原來唐卿督學湖北，三年任滿，告假回籍，在蘇州耽擱了數月，新近到京。潘公原是師門，所以先來謁見。當時和會元公劉毅同在客廳等候。劉公把尚書不見的話，告訴唐卿，請其緩頰㉒，唐卿點頭。恰好門上來請，唐卿就跟了進來。一進書室，就向尚書行禮。尚書連忙扶住，笑道：「賢弟三載賢勞，尊容真清減了好些了。漢上友人都道，賢弟提倡古學，掃除積弊，今之紀、阮㉓也！」唐卿道：「門生不過遵守師訓，不敢隕越㉔耳！然所收的都是小草細材，不足稱道，那裡及老師這回東南竹箭，西北琨瑤㉕，一網打盡呢！」尚書搖首道：「賢弟別挖苦了。這回章直蜚、聞韻高都沒有中，驪珠㉖已失，所得都是鱗爪㉗罷了！最可恨的，老夫衡文十多次，不想倒上了毗陵傖夫㉘的當。」唐卿道：「老師倒別這麼說。門生從南邊來，聽說這位劉君，

㉒緩頰：謂徐言引譬喻。今謂婉言為人解勸曰緩頰。見漢書高帝紀注。

㉓紀阮：紀昀，字曉嵐，一字春帆，河間人。阮元，字伯元，號芸臺，儀徵人。二人均為乾隆朝進士，亦為名儒名臣，均諡文達。

㉔隕越：喻失職。隕，墜落；降落。越，超出範圍或常規。

㉕東南竹箭二句：竹箭與琨瑤，均喻傑出之人才。爾雅釋地：「東南之美者，有會稽之竹箭焉。……西北之美者，有崑崙虛之璆琳琅玕焉。」

㉖驪珠：驪龍頷下之珠，喻人才之美。見莊子列禦寇。

㉗鱗爪：謂龍之鱗與爪，蓋喻殘賸之物，猶膚末。

㉘毗陵傖夫：會元劉毅，陽湖人，故謔稱為毗陵傖夫。毗陵，即陽湖，今江蘇武進。傖夫，同「傖父」。鄙賤之人。傖，音ㄘㄤ。

也很有文名的。況且這回元作，外間人人說好，只怕直蜚倒做不出哩！門生想朝廷快要考中書了，章、聞二公，既有異才，終究是老師藥籠中物㉙，何必介介㉚呢？倒是這位會元公，屢次登門，老師總要見見他纔好。」尚書笑道：「賢弟原來替會元做說客的，看你分上，我到客廳上去見一見就是了，你可別走。」說罷，揚長而去。

且說那會元公正在老等，忽見潘公出來，面容很是嚴厲，只得戰戰兢兢鋪上紅氈，著著實實磕了三個頭起來。尚書略招一招手，那會元公斜簽著身體，眼對鼻子，半屁股搭在炕上。尚書開口道：「你的文章，做得很好，是自己做的嗎？」會元公漲紅了臉，答應個「是。」尚書笑道：「好個揣摩家，我很佩服你！」說著，就端茶碗。那會元只得站起來，退縮著走。冷不防走到臺級兒上，一滑腳，恰正好四腳朝天，做了個狀元及第。尚書看著，就哈哈笑了兩聲，洒著手，不管他，進去了。不說這裡會元公爬起，忽忽上車。再說唐卿在書室門口，張見這個情形，不免好笑。接著尚書進來，倒不便提及。尚書又問了些湖北情形，及莊壽香的政策，唐卿也談了些朝政，也就告辭出來。再到龔和甫及菶如等熟人那裡去了。

話說菶如自從唐卿來京，添了熟人，夾著那班同鄉新貴姜劍雲、米筱亭、易緣常等，輪流讌會，忙忙碌碌，看看已到初秋。那一天，忽然來了一位姓黃的遠客。菶如請了進來，原來就是黃縉譯，因為母

㉙ 藥籠中物：藥箱中之藥品，以喻門下之人才。唐狄仁傑笑謂元行沖曰：「君正吾藥籠中物，不可一日無也。」參見唐書元行沖傳。

㉚ 介介：同「耿耿」。心有所存，不能忘懷，即不安。

病，從俄國回來的。雯青託他把新印的中俄交界圖帶來，菶如當下打開一看，是十二幅五彩的地圖，當中一條界線，卻是大紅色畫的，極為清楚。菶如想現在總理衙門，自己卻無熟人，常聽說莊小燕侍郎和唐卿極為要好，此事不如託了唐卿罷，就寫了一封信，打發人送到內城去。不一會，那人回來說：「錢大人今天和余同余中堂、龔平龔大人派了考中書的閱卷大臣，已經入闈去了。信卻留在那裡。」菶如只得罷了。過了三四日，這一天，菶如正要出門，家人送上一封信。菶如見是唐卿的，拆開一看，只見寫道：

前日辱教，適有校文之役，闕然久不報，歉甚！頃小燕、滬橋、韻高諸君，在荒齋㉛小酌，祈紆駕過我㉜，且商界圖事也。

末寫「知名不具」四字。菶如閱畢，就叫套車，一徑進城，到錢府而來。到了錢府，門公就領到花廳。看見廳上早有三位貴客，一個虎頷燕額、粗腰長幹、氣概昂藏的是莊小燕；一個短胖身材、紫圓臉盤、舉動脫略的是段滬橋，都是菶如認得的。還有個胖白臉兒、魁梧奇偉的，菶如不識得。唐卿正在那裡給他說話。只聽唐卿道：「這麼說起來，余中堂在賢弟面前，倒很居功哩！」說到這裡，卻見菶如走來，連忙起來招呼送茶，菶如也與大家相見了。正要請教那位姓名，唐卿就引見道：「這位就是這回考中書第一的聞韻高兄。」菶如不免道了久仰。大家坐下。

㉛ 荒齋：同「寒舍」。謙稱己之居所。

㉜ 紆駕過我：屈駕拜訪我。紆駕，猶枉駕，屈尊以相訪，用稱人來訪之謙詞。紆，音ㄩ。屈。過，訪。

滬橋就向韻高道：「我倒要請教余中堂怎麼居功呢！」韻高道：「他說兄弟的卷子，龔老夫子和錢夫子，都很不願意，全是他力爭來的。」唐卿哈哈笑道：「賢弟的卷子，原在余中堂手裡，他因為你頭篇裡，用了句史記殷本紀素王九主㉝之事，他不懂，來問我，我纔得見這本卷子。我一見就決定是賢弟的手筆，就去告訴龔老夫子，於是約著到他那裡去公保，要取作壓卷㉞。誰知他嫌你文體不正，不肯答應。龔老夫子給他力爭，幾乎吵翻了，還是我再四勸和，又偷偷兒告訴他，決定是賢弟的。自己門生，何苦一定給他辭掉這個第一呢！這他纔活動了。直到拆出彌封，見了名字，倒又歡喜起來，連忙架起老花眼鏡，仔細看了又看，迷花著眼道：『果然是聞鼎儒！果然是聞鼎儒！』這回兒倒要居功，你說好笑不好笑呢？」小燕道：「你們別笑他，近來余中堂很肯拉攏名士哩！前日山東大名士汪蓮孫，上了個請重修四庫全書的摺子，他也答應代遞了，不是奇事嗎？」大家正說得熱鬧，忽然外邊如飛的走進個美少年來，嘴裡嚷道：「晦氣，晦氣！」唐卿倒吃了一驚，大家連忙立起來。正是：相公爭欲探驪頷，名士居然占鳳頭。不知來者何人，嚷的何事，且聽下回分解。

㉝ 素王九主：素王，太古之帝王，太素上皇。九主者，三皇、五帝及夏禹；或以為法君、專君、授君、勞君、等君、寄君、破君、國君及三歲社君；或以為九皇。詳見史記殷本紀第三注。

㉞ 壓卷：最佳之詩文，冠於眾人作品之上，亦置於諸卷之上，故稱。

第十四回　兩首新詩是謫官月老　一聲小調顯命婦風儀

話說外邊忽然走進個少年，嘴裡嚷道晦氣，大家站起來一看，原來是姜劍雲。看他餘怒未息，驚心不定，嘴裡卻說不出話來。看官，你道為何？說來很覺可笑。原來劍雲和米筱亭，鄉會兩次同年，又在長元吳會館同住了好幾個月，交情自然很好了。朝殿等第，又都很高標，都用了庶常❶，不用說都要接眷來京，另覓寓宅。兩個人的際遇，好像一樣；兩個人的處境，卻大大不同。劍雲是寒士生涯，租定了西斜街一所小小四合房子，夫妻團聚，卻儼然鴻案鹿車❷。筱亭是豪華公子，雖在蘇州衚衕覓得很寬綽的宅門子，倒似檻鸞笯鳳❸。你道為何？

如今且說筱亭的夫人，是揚州傅容傅狀元的女兒，容貌雖說不得美麗，卻氣概豐富，倜儻不群❹，有巾幗鬚眉❺之號。但是性情傲不過，眼孔大不過，差不多的男子，不值他眼角一睃❻；又是得了狀元

❶ 庶常：官名，即庶吉士。清設庶常館，凡進士殿試畢，即簡授庶吉士。詳清會典。

❷ 鴻案鹿車：極言夫妻恩愛。後漢梁鴻妻孟光，為夫具食，不敢於鴻前仰視，舉案齊眉。又後漢鮑宣妻者，桓氏之女也，字少君，與宣共挽鹿車歸鄉里。均見後漢書。

❸ 檻鸞笯鳳：喻夫妻失和。檻，音ㄐㄧㄢˋ。獸籠。笯，音ㄋㄨˊ。鳥籠。

❹ 倜儻不群：豪放不羈，異於常人。倜儻，音ㄊㄧˋ ㄊㄤˇ。灑脫而不受世俗禮法拘束。

❺ 巾幗鬚眉：猶言女丈夫。巾幗，婦女用以覆髮之巾，代稱婦女。鬚眉，鬍鬚與眉毛，代稱男子。

的遺傳性，科名的迷信，非常濃厚。她這腦質，若經生理學家解剖出來，必然和車渠❼一樣的顏色。自從嫁了筱亭，常常不稱心，一則嫌筱亭相貌不俊雅，再則筱亭不曾入學中舉，不管你學富五車，文倒三峽，總逃不了臭監生❽的徽號，因此就有輕視丈夫之意。起先不過口角嘲笑，後來慢慢的竟要扑作教刑❾起來。筱亭礙著丈人面皮，凡事總讓她幾分。誰知習慣成自然，脅肩諂笑❿，竟好像變了男子對婦人的天職了。筱亭屢困場屋，曾想改捐外官⓫，被夫人得知，大哭大鬧道：「傅氏門中，那裡有監生姑爺，面皮都給你削完了！告訴你，不中還我一個狀元，仔細你的臭皮！」弄得筱亭沒路可投，只得專心黃榜⓬。如今果然鄉會聯捷⓭，列職清班⓮，旁人都替他歡喜，這回必邀玉皇上賞了。誰知筱亭自從曉得家眷將要到京，倒似起了心事一般，知道這回沒有占得鼇頭⓯，終難免夫鴨矢。這日正在預備的夫人房

---

❻ 一睃：猶言一瞥、一顧。睃，音ㄐㄩㄣˋ。視。

❼ 車渠：或作「硨磲」，文蛤類之最大者，殼表灰白色或暗褐色。

❽ 監生：謂入國子監肄業者。清代通常所謂監生，指由捐納而得之一種資格。

❾ 扑作教刑：謂以榎楚之類責撻犯禮者。語出尚書舜典。此處乃鞭笞之義。

❿ 脅肩諂笑：謂聳肩強笑為諂媚之狀。語出孟子滕文公下第七章。

⓫ 捐外官：向朝廷捐納貲財而得官職者，謂之捐官，亦稱捐班或捐功名。外官，對京官而言，地方官。

⓬ 專心黃榜：謂專心準備參加殿試。發布殿試成績之揭示，例用黃紙，故稱黃榜。

⓭ 鄉會聯捷：謂鄉試與會試相繼中式。

⓮ 清班：清貴之官班，多指文學侍從一類之大臣。

⓯ 鼇頭：謂狀元及第，現喻考試得第一。鼇，音ㄠˊ。海中大龜。

戶內，親手拿了雞毛帚，細細拂拭灰塵，忽然聽見院子裡夫人陪嫁喬媽的聲音，就走進房，給老爺請安道喜道：「太太帶著兩位少爺兩位小姐都到了，現在傅宅。」

筱亭不知不覺，手裡雞毛帚，就掉在地上道：「我去，我就去。」喬媽道：「太太吩咐，請老爺別出門，太太就回來。」筱亭道：「我就不出門，我在家等。」不一會，外邊家人起來道：「太太到了。」筱亭跟著喬媽，三腳兩步的出來，只聽得院子外很高的聲音道：「你們這班沒規沒矩的奴才，誰家太太們下了車，腳櫈兒也不知道預備！我可不比老爺好伺候，你們若有三條腿兒，儘懶！」說著，一班丫鬟僕婦，簇擁著，太太朝珠補褂⑯，一手搭著喬媽，一手攙著小女兒鳳兒，跨上垂花門的臺階兒來。劈面撞著筱亭道：「你大喜呀！你這回兒，不比從前了，也做了綠豆官兒了，怎樣還不擺出點兒主子架子，倒弄得屋無主，掃帚顛倒豎呀！」筱亭道：「原是只等太太整頓。」大家一窩風進了上房。原來那上房是五開間兩廂房，抄手回廊很寬大的。左邊兩間，筱亭自己住著，右邊就是替太太預備的，外間做坐起，裡間做臥室，鋪陳得很是齊整。當下就在右邊的外間坐了。太太一頭寬衣服，一頭說道：「你們小孩兒們，怎麼不去見爹呀？也道個喜！」於是長長短短四個小孩，都給筱亭請安。筱亭撫弄了小孩一會，看太太還歡喜，心裡倒放點兒心。

少頃，開上中飯，夫妻對坐吃飯，太太很讚廚子的手段好。筱亭道：「這是曉得太太喜歡吃揚州菜，專誠到揚州去弄來的。」太太忽然道：「呀，我忘問了。那廚子有鬍子沒有？」筱亭倒怔住，不敢開口。

---

⑯ 朝珠補褂：朝珠，清代品官飾物，形製同念珠，其數一百八粒，以珊瑚、琥珀、蜜蠟等珍物為之，懸於胸前。補褂，即補服，品官章服上之徽識也，亦稱補子，綴於前胸及後背，故亦稱背胸，以金線及彩絲繡成。

喬媽插嘴道：「剛纔到廚房裡，看見彷彿有幾根兒。」太太立刻把嘴裡含的一口湯包肚吐了出來道：「我最恨廚子有鬍子。十個廚子燒菜，九個要先嘗嘗味兒。給有鬍子的嘗過了，那簡直兒是清燉鬍子湯了，不嘔死，也要疑心死！」說罷，又乾嘔了一回，把筷碗一推不吃了。筱亭道：「這個容易，回來開晚飯，叫廚子剃鬍子伺候。」太太聽了，不發一語。筱亭怕太太不高興，有搭沒搭的說道：「剛纔太太在那邊，岳父說起我的考事沒有？」太太冷冷的道：「誰提你來！」筱亭笑道：「太太常常望我中狀元，不想倒真中了半天的狀元。」筱亭說這句話，原想太太要問，誰知太太卻不問，臉色慢慢變了。筱亭只管續說道：「向例閱卷大臣，定了名次，把前十名，進呈御覽，叫做十本頭。這回十本頭進去的時候，明明我的卷子第一，不知怎的發出換了第十，別的名次都沒動，就掉轉了我一本。有人說是上頭看時疊錯的，那些閱卷的，只好將錯就錯。太太，你想，晦氣不晦氣呢？」太太聽完這話，臉上更不自然了，道：「哼，你倒好！挖苦了我還不算，又要冤著我，當我三歲孩子都不如！」說罷，忽然嗚嗚咽咽的哭起來，連哭帶說道：「你說得我要沒鬍子的廚子伺候？這是話還是屁？我是紅頂子堆裡養出來的，仙鶴錦雞懷裡抱大的，這會兒，背上給你駝上一隻短尾巴的小鳥兒，看了就觸眼睛！算我晦氣，嫁了個不濟的闒茸貨⑰。堂堂二品大員的女兒，連窰姐兒傅彩雲都巴結不上，可氣不可氣！你不來安慰安慰我就穀了，倒還花言巧語，在我手裡弄乖巧兒！我只曉得三年的狀元，那兒有半天的狀元！這明明看我婦道家好欺負，你這會兒不過剛得一點甜頭兒，就不放我在眼裡了！以後的日子，我還能過麼？不如今兒個兩命一拚，

⑰ 不濟的闒茸貨：猶不中用的下賤東西。闒茸，音ㄊㄚˋ ㄖㄨㄥˊ。闒為小戶，茸為小草，故並舉以狀微賤，借喻下才不肖之人。

都死了，倒乾淨。」

說罷，自己把頭髮一拉，蓬著頭，就撞到筱亭懷裡，一路直頂到牆腳邊。筱亭只說道：「太太息怒，下官該死！」喬媽看鬧得不成樣兒，死命來拉開。筱亭趁勢要跪下，不提防被太太一個巴掌，倒退了好幾步。喬媽道：「怎麼老爺連老規矩都忘了？」筱亭道：「只求太太留個體面，讓下官跪在後院裡罷！」太太只坐著哭，不理他。筱亭一步捱一步，走向房後小天井的臺階上，朝裡跪著，太太方住了哭，自己和衣睡在床上去了。筱亭不得太太的吩咐，那裡敢自己起來？外面僕人僕婦，又鬧著搬運行李，收拾房間，竟把老爺的去向忘了。可憐筱亭整整露宿了一夜，好容易巴到天明，心想今日是岳丈的生日，不去拜壽，他還能體諒我的。倒是錢唐卿老師請我吃早飯，我豈可不理他呢！正在著急，卻見女兒鳳兒走來，筱亭就把好話哄騙她，叫她到對過房裡去拿筆墨信箋來，又叮囑她別給媽見了。那鳳兒年紀不過十二歲，倒生得千伶百俐，果然不一會，人不知鬼不覺的都拿了來。筱亭非常快活，就靠著窗檻當書桌兒，寫了一封求救的信給丈人傅容，叫他來勸勸女兒。就叫鳳兒偷偷送出去了。

卻說太太鬧了一天，夜間也沒睡好，一閃醒來，連忙起來梳妝洗臉，已是日高三丈。吩咐套車，要到娘家去拜壽。忽見鳳兒在院子外跑進來喊道：「媽，看外公的信喲！」太太道：「拿來！」就在鳳兒手裡劈手搶下，看了兩行，忽回顧喬媽道：「這會兒老爺在那裡呢？」鳳兒搶說道：「爹還好好兒的跪在後院裡呢！」喬媽道：「太太，恕他這一遭罷！」太太哈哈笑道：「咦，奇了！誰叫他真跪來！都是你們搗鬼！鳳兒，你還不快去請爺出來，告訴他外公生日，光罷又忘了！」鳳兒得命，如飛而去。不一會，筱亭扶著鳳兒一搭一蹺走出來。太太見了道：「老爺，你腿怎麼樣了？」筱亭笑道：「不知怎的扭了筯。太太，今兒岳父的大慶，虧你提我，不然，又要失禮了！」太太笑著。那當兒，一個家人進來回有客。筱亭巴不得這一聲，就叫「快請！」自己拔腳就跑，一逕走到客廳去了。

太太一看，這行徑不對，家人不說客人的姓名，主人又如此慌張，料道有些蹊蹺。就對鳳兒道：「你跟爹出去，看給誰說話，來告訴我！」鳳兒歡歡喜喜而去。去了半刻工夫，鳳兒又是笑，又是跳，進來說道：「媽，外頭有個齊整客人，倒好像上海看見的小旦似的。」太太想道：「不好，怪不得他這等失魂落魄。」不覺怒從心起，惡向膽生，顧不得什麼，一口氣趕到客廳，在門口一張，果然是個唇紅齒白面嬌目秀的少年，正在那裡給筱亭低低說話。太太看得準了，順手拉根門閂，簾子一掀，喊道：「好，好，相公都跑到我家裡來了！」就是一門閂，望著兩人打去。那少年連忙把頭一低，肩一閃，居然避過。筱亭肩上卻早打著，喊道：「嗄，太太別胡鬧！這是我，這是我……」太太高聲道：「是你的兔兒，我還不知道嗎！」不由分說，揪住筱亭辮子，拖羊拉豬似的，出廳門去了。這裡那個少年不防備吃了這一大嚇，還呆呆的站在壁角裡。有兩個管家，連忙招呼道：「姜大人，還不趁空兒走，等什麼呢？」原來那少年正是姜劍雲，正來約筱亭一同赴唐卿的席的，不想遭此橫禍。當下劍雲被管家提醒了，就一溜煙逕赴唐卿那裡來，心裡說不出的懊惱，不覺說了「晦氣」兩字來。大家問得急了，劍雲自悔失言，反漲紅了臉。滬橋笑道：「好兄弟，誰委屈了你？告訴哥哥，給你報仇雪恨！」小燕正色道：「別鬧！」唐卿催促道：「且說！」韻高道：「你不是去約筱亭嗎？」劍雲道：「可不是！誰知筱亭夫人，竟是個雌虎！」因把在筱亭客廳上的事情，說了一遍。

大家鬨堂大笑。小燕道：「你們別笑筱亭，當今懼內就是闊相。赫赫中興名臣威毅伯，就是懼內的領袖哩！」葦如也插嘴道：「不差，不多幾日，我還聽人說威毅伯為了招莊崙樵做女壻，老夫妻很鬧口舌哩！」滬橋道：「鬧口舌是好看話，還怕要給筱亭一樣捱打哩！」韻高道：「諸位別說閒話，快請燕公講威毅伯的新聞！」小燕道：「自從莊崙樵馬江敗了，革職充發到黑龍江，算來已經七八年了。只為威毅伯倒常常念道，說他是個奇才。今年恰遇著皇上大婚的慶典，威毅伯就替他繳了臺費，贖了回來。崙樵就住在威毅伯幕中，掌管緊要文件，威毅伯十分信用。」葦如道：「崙樵從前不是參過威毅伯驕奢罔上⑱的嗎？怎麼這會兒，倒肯提拔他呢？」劍雲道：「重公義，輕私怨，原是大臣的本分喲！」唐卿笑道：「非也，這便是英雄籠絡人心的作用，別給威毅伯瞞了！」說著，招呼眾人道：「筱亭既然不能來，我們坐了再談罷！」於是唐卿就領著眾人到對面花廳上來。家人遞上酒杯，唐卿依次送酒，自然小燕坐了首席，滬橋、韻高、葦如、劍雲各各就坐。大家追問小燕道：「崙樵留在幕中，怎麼樣呢？」

小燕道：「你們知道威毅伯有個小姑娘嗎？年紀不過二十歲，卻是貌比威、施⑲，才同班、左⑳，賢如鮑、孟㉑，巧奪靈、芸㉒，威毅伯愛之如明珠，左右不離。崙樵常聽人傳說，卻從沒見過，心裡總

---

⑱ 驕奢罔上：驕傲奢侈，欺誑君上。罔，蒙蔽。

⑲ 貌比威施：美貌和南威、西施一樣。南威，晉美女，晉文公夫人。亦作南之威。

⑳ 才同班左：才華同班固、左思一樣。班固，字孟堅，東漢扶風安陵人，著漢書。左思，字太沖，西晉臨淄人，作三都賦，人爭傳抄，洛陽為之紙貴。

㉑ 賢如鮑孟：賢德如鮑宣妻和孟光。見注❷鴻案鹿車條。

㉒ 巧奪靈芸：巧慧超過靈妃和芸娘。靈妃，即宓妃，神女名，傳為伏羲氏之女。芸娘，即陳芸，清沈復之妻，見沈著浮生六記。

想瞻仰瞻仰。」菶如道：「崙樵起此不良之心，不該！不該！」小燕道：「有一天，威毅伯有點感冒，忽然要請崙樵進去，商量一件公事。崙樵見召，就一逕到上房而來。剛一腳跨進房門，忽覺眼前一亮，心頭一跳，卻見威毅伯床前，立著個不長不短不肥不瘦的小姑娘，眉長而略彎，目秀而不媚，鼻懸玉準，齒列貝編㉓，崙樵來不及縮腳，早被威毅伯望見喊道：『賢弟進來，不妨事，這是小女呀，——你來見見莊世兄！』那小姑娘紅了臉，含羞答答的向崙樵福了福㉔，就轉身如飛的逃進裡間去了。崙樵還禮不迭。威毅伯笑道：『這癡妮子，被老夫慣壞了，真纏磨死人！』崙樵就坐在床邊，一面和威毅伯談公事，瞥目見桌子上一本錦面的書，上寫著『綠窗繡草』，下面題著『祖玄女史弄筆』，崙樵趁威毅伯一個眼不見，輕輕拖了過來，翻了幾張。見字跡娟秀，詩意清新，知道是小姑娘的手筆，心裡羨慕不已。忽然見二首七律。題是『基隆』，你想崙樵此時，豈有不觸目驚心的呢！」唐卿道：「這兩首詩，倒不好措詞，多半要罵崙樵了。」小燕道：倒不然，他詩開頭道：

基隆南望淚潸潸，聞道元戎匹馬還。

滬橋拍掌笑道：「一起便得勢，憂國之心，盎然言表。」小燕續念道：

一戰豈容輕大計，四邊從此失天關！

㉓ 鼻懸玉準二句：鼻梁高挺，色澤如玉。齒如編貝，晶瑩有光。

㉔ 福了福：古代婦女行禮，將手放在腰部，合拳敬拜，稱為萬福，亦簡稱福。此處即彎腰行禮之義。

劍雲道：「責備嚴謹，的是史筆！」小燕又念道：

焚車我自寬房琯，乘障誰教使狄山。宵旰甘泉猶望捷，群公何以慰龍顏。

大家齊聲叫好。小燕道：「第二首還要出色哩！」道：

痛哭陳詞動聖明，長孺長揖傲公卿。論材宰相籠中物，殺賊書生紙上兵。
宣室不妨留賈席，越臺何事請終纓！豸冠寂寞犀渠盡，功罪千秋付史評。

韻高道：「聽這兩首詩意，情詞悱惻，議論和平，這小姑娘倒是崙樵的知己。」小燕道：「可不是嗎？當下崙樵看完了，不覺兩股熱淚，骨碌碌的落了下來。威毅伯在床上看見了，就笑道：『這是小女塗鴉之作，賢弟休要見笑！』崙樵直立起來正色道：『女公子天授奇才，鬚眉愧色，金樓夫人，采薇女史，不足道也！』威毅伯笑道：『只是小兒女有點子小聰明，就要高著眼孔，這結親一事，老夫倒著實為難，託賢弟替老夫留意留意！』崙樵道：『相女配夫，真是天下第一件難事！何況女公子這樣才貌呢！門生倒要請教老師，要如何格式，纔肯給呢？』威毅伯哈哈笑道：『只要和賢弟一樣，老夫就心滿意足了。』崙樵怔了一怔道：『適纔拜讀女公子題為基隆的兩首七律，實是門生知己，選婿一事，分該盡力，祇可怕難乎其人！』威毅伯點了一點頭，忽然很注意的看了他幾眼。崙樵知道威毅伯有些意思，恐怕久了要變，一出來，馬上託人去求婚。威毅伯竟一口應承了。」

韻高道：「從來文字姻緣，感召最深；磁電相交，雖死不悔。流俗人那裡知道？」唐卿道：「我倒可惜崙樵的官，從此永遠不能開復了！」大家愕然。唐卿說：「現在敢替崙樵說話，就是威毅伯。如今變了翁婿，不能不避這點嫌疑，你們想，誰敢給他出力呢！」說罷，就向小燕道：「你再講呢！」小燕道：「那日崙樵說定了婚姻，自然歡喜。誰知這個消息，傳到裡面，伯夫人戟手㉕指著威毅伯罵道：『你這老糊塗蟲，自己如花似玉的女兒，高不成，低不就，千揀萬揀，這會兒倒要給一個四十來歲的囚犯！你糊塗，我可明白。休想！』威毅伯陪笑道：『太太，你別看輕崙樵，他的才幹，要勝我十倍！我這位子，將來就是他的。我女兒不也是個伯夫人嗎？』伯夫人道：『呸！我沒見過囚犯伯爵，你要當真，我給你拚老命！』說罷哭起來。威毅伯弄得沒法，這位小姑娘聽兩老為她嘔氣，鬧得大了，就忍不住來勸伯夫人道：『媽別要氣苦，爹爹已經把女兒許給了姓莊的，那兒能再改悔呢！就是女兒也不肯改悔！況且爹爹眼力，必然不差的。「嫁雞隨雞，嫁狗隨狗。」決不怨爹媽的。』伯夫人見女兒肯了，也只得罷了。如今聽說結了親，詩酒唱隨，百般恩愛，崙樵倒著實在那裡享豔福哩！你們想，要不是這位小姑娘明達，威毅伯光罷要大受房中的壓制哩！」唐卿道：「人事變遷，真不可測！當日崙樵和祝寶廷上摺的當兒，何等氣焰？如今雖說安神閨房，陶情詩酒，也是英雄末路了！」滬橋道：「崙樵還算有後福哩！可憐祝寶翁自從那年回京之後，珠兒水土不服，一病就死了。寶翁更覺牢騷不平，佯狂玩世㉖，常常獨自逛逛琉璃廠，游游陶然亭。吃醉酒，就在街上睡一夜。幾月前，不知那一家門口，早晨開門來，見階上躺著一人，仔細一認，卻是祝大人，連忙扶起，送他回去，就此受了風寒，得病嗚呼了。可歎不可歎

㉕ 戟手：或作「戟指」。罵人時怒伸手指如戟，故稱。戟，音ㄐㄧˇ。有枝之兵器。

㉖ 佯狂玩世：佯狂，假裝瘋狂。玩世，輕視一切世事，亦指藐視禮法，縱逸不羈。

呢？」於是大家又感慨了一回。看看席已將終，都向唐卿請飯。飯畢，家人獻上清茗，唐卿趁這當兒，就把葦如託的交界圖遞給小燕，又把雯青託在總理衙門存檔的話，說了一遍。小燕滿口應承。於是大家作謝散歸。葦如歸家，自然寫封詳信，去回覆雯青，不在話下。

且說雯青自從打發黃繙譯齎圖回京之後，幸值國家閒暇，交涉無多，雖然遠涉虜庭，卻似幽棲綠野，倒落得逍遙快活。沒事時，便領著次芳等，游游蠟人館，逛逛萬生院㉗，坐瓦泥江冰床，賞阿爾亞園之亭榭，入巴立帥場觀劇，看葡蕾塔跳舞；略識兵操，偶來機廠，足備日記材料罷了。雯青還珍惜光陰，自己倒定了功課。每日溫習元史，考究地理。就是讌會間，遇著了俄廷諸大臣中，有講究歷史地理學的，常常虛心博訪，大家也都知道這位使臣是歡喜講究蒙古朝政的故事。有一日，首相吉爾斯，忽然遣人送來古書一巨冊，信一函。雯青叫塔繙譯將信譯出，原來吉爾斯曉得雯青愛讀蒙古史，特為將其家傳鈔本波斯人拉施特所著的蒙古全史，送給雯青，雯青忙叫作書道謝。後來看看那書，裝潢得極為盛麗，翻出來卻一字不識。黃繙譯道：「這是阿剌伯文，使館譯員，沒人認得。」雯青只得罷了。

過了數日，恰好畢葉也從德國回來，來見雯青，偶然談到這書。畢葉說：「這書有俄人貝勒津譯本，小可那裡倒有，還有多桑書，訥薩怖書，都記元朝遺事。小可回去，一同送給大人，倒可參考參考。」雯青大喜。等到畢葉送來，就叫繙譯官譯了出來。雯青細細校閱，其中很足補正史傳，從此就杜門謝客，左槧右鉛㉘，於俎豆折衝㉙之中，成竹素馨香㉚之業，在中國外交官內，真要算獨一的人物了。只是雯

㉗ 游游蠟人館二句：蠟人館，通作「蠟像館」。萬生院，或作「萬生園」，即今日之動物園。

㉘ 左槧右鉛：左右都是書，與左圖右史、左圖右書同。槧，音ㄑㄧㄢˋ。書版。鉛，鉛版。

青這裡，正膨脹好古的熱心，不道彩雲那邊，倒伸出外交的敏腕。卻是為何？請先說彩雲的臥房：原來就在這三層樓中層的東首，一溜兒三大間，每間朝南，都是描金的玻璃門，開出門來，就是洋臺㉛，洋臺正靠著昔而格斯大街。這三間屋，中間是彩雲的臥房，裡面都敷設著紫檀花梨的家具，蜀錦淞繡的帳褥。右首一間，是彩雲梳妝之所；左首一間，卻是餐室。這兩間，全擺著西洋上等的木器，掛著歐洲名人的油畫，華麗富貴，雖比不得隋煬帝的迷樓㉜，也可算武媚娘的鏡殿㉝了。每日彩雲在梳妝室梳妝完畢，差不多總在午飯時候，就走到餐室，陪雯青吃了早飯，雯青自去下層書室裡，做他的元史補正，憑著彩雲在樓上翻江倒海，撩雲撥雨，都不見不聞了。

也是天緣湊巧，合當有事。這日彩雲送了雯青下樓之後，一個人沒事，叫小丫頭把一座小小風琴，抬到洋臺上，撫弄一回，靜悄悄的覺得沒趣，心想怎麼這時候阿福還不來呢？手裡拿著根金水煙袋，只管一筒一筒的抽，櫻桃口裡噴出很濃郁的青煙，一雙如水的眼光，只對著馬路上東張西望。忽見東面遠遠來了個年輕貌美的外國人，心裡當是阿福改裝，跺腳道：「這小猴子，又鬧這個玩意兒了！」一語未

㉙ 俎豆折衝：與「折衝樽俎」同，即於飲宴間拒敵之意，今泛指國際間外交會議交涉。俎豆，古祭祀時盛物之禮器。俎，音ㄗㄨˇ。折衝，禦敵。

㉚ 竹素馨香：謂著作傳世不朽。竹素，竹帛，謂竹簡與縑帛，引申為書籍之稱。馨香，香氣遠聞。

㉛ 洋臺：又作陽臺。樓房外的小平臺，有欄杆，供曬衣服、乘涼等用。以往上海租界中多建洋房，一般人因稱之為洋臺。後人以其在室外陽光可及之處，故稱為陽臺。

㉜ 迷樓：故址在今江蘇江都西北七里。隋巧匠項昇能構建，隋煬帝名之為迷樓。

㉝ 武媚娘的鏡殿：武媚娘，即武則天。鏡殿，以鏡作壁之殿。

了，只見那少年面上很驚喜的，慢慢踅到使館門口立定了。抬起頭來，呆呆的望著彩雲。彩雲仔細一看，倒吃一驚，那個面貌好熟，那裡是阿福！只見他站了一會，好像覺得彩雲也在那裡看他，就走到人堆裡一混不見了。彩雲正疑疑惑惑的怔著，忽覺臉上冰冷一來，不知誰的手把自己兩眼蒙住了，背後吃吃的笑。彩雲順手死命的一撒道：「該死的，做什麼！」阿福笑道：「我在這裡看締爾園樓上的一隻呆鳥飛到俄國來了。」彩雲聽了，心裡一跳，方想起那日所見陸軍裝束的美少年，就是他。就向阿福啐了一口道：「別胡說！這會兒悶得很，有什麼玩兒的？」阿福指著洋琴道：「太太唱小調兒，我來彈琴，好嗎？」彩雲笑道：「唱什麼調兒？」阿福道：「鮮花調。」彩雲道：「太老了。」阿福道：「四季相思罷！」彩雲道：「叫我想誰？」阿福道：「打茶會，倒有趣。」彩雲道：「呸，你發了昏！」阿福笑道：「還是十八摸，又新鮮，又活動。」說著，就把中國的工尺按上風琴彈起來。彩雲笑一笑，背著臉，曼聲細調的唱起來。頓時引得街上來往的人，擠滿使館的門口，都來聽中國公使夫人的雅調了。彩雲正唱得高興，忽然看見那個少年，又在人堆裡擠過來。彩雲一低頭，不提防頭上晶亮的一件東西，骨碌碌直向街心落下，說聲不好，阿福就丟下洋琴，飛身下樓去了。正是：紫鳳放嬌遺楚珮，赤龍狂舞過蠻樓。

不知彩雲落下何物，且聽下回分解。

第十五回　瓦德西將軍私來大好日　斯拉夫民族死爭自由天

話說彩雲只顧看人堆裡擠出那個少年，探頭出去，冷不防頭上插的一對白金底兒八寶攢珠鑽石蓮蓬簪，無心的滑脫出來，直向人堆裡落去。叫聲「啊呀，阿福你瞧，我頭上掉了什麼？」阿福丟了風琴，湊近彩雲椅背，端相道：「沒少什麼！嗄，新買的鑽石簪少了一支，快讓我下去找來！」說罷，一扭身往樓下跑。剛走到樓下夾衖，不提防一個老家人，手裡托著個洋紙金邊封兒，正往辦事房而來，低著頭往前走，卻被阿福撞個滿懷，一手拉住阿福喝道：「慌慌張張幹什麼來？眼珠子都不生，撞你老子！」阿福抬頭見是雯青的老家人金升，就一撒手道：「快別拉我，太太叫我有事呢！」金升馬上瞪著眼道：「撞了人，還是你有理！小雜種，誰是太太？有什麼說得響的事兒，你們打量我不知道嗎？一天到晚，黏股糖似的，不分上下，攪在一塊兒，坐馬車，看夜戲，遊花園，頑兒也不揀個地方兒，也不論個時候兒，青天白日，仗著老爺不管事，在樓上什麼花樣不幹出來？這會兒爽性唱起來了，引得閒人擠了滿街，中國人的臉，給你們丟完了！」嘴裡咕嘟個不了。阿福只裝個不聽見，箭也似的往外跑。跑到門口，只見街上看的人都散了，街心裡立個巡捕，臺級上三四個小么兒，在那裡摟著玩呢。看見阿福出來，一鬨兒都上來。一個說：「阿福哥，你許我的小表練兒，怎麼樣了？」一個說：「不差，我要的蜜蠟煙嘴兒，快拿來！」又有一個大一點兒的笑道：「別給他要。你們不想想，他敢賴我們東西嗎！」阿福把他們一推，幾步跨下臺級兒道：「誰賴你們！太太丟了根鑽石簪兒在這兒，快幫我來找，找著了，一并有賞。」幾個小么兒聽了，忙著下來，說在那兒呢？阿福道：「總不離這塊地方。」於是分頭滿街的找，東擺擺，西摸摸，阿福也四下裡留心的看，那兒有簪的影兒？

正在沒法時，街東頭兒，匡次芳和塔繙譯兩個人說著話，慢慢兒的走回來，問什麼事。阿福說明丟了簪兒。次芳笑了笑道：「我們出去的時候，滿擠了一街的人，誰揀了去了？趕快去尋找！」塔繙譯道：「東西值錢不值錢呢？」阿福道：「新買的呢！一對兒要一千兩哩，怎麼不值錢？」次芳向塔繙譯伸伸五指頭，笑著道：「就是這話兒了！」塔繙譯也笑了道：「快報捕呀！」阿福道：「到那兒去報呢？」塔繙譯指著那巡捕道：「那不是嗎？」次芳笑道：「他不會外國話，你給他報一下罷！」於是塔繙譯就走過去，給那巡捕咭唎咕嚕說了半天方回來，說巡捕答應給查了，可是要看樣兒呢。阿福道：「有，有，我去拿！」就飛身上樓了。這裡次芳和塔繙譯，就一逕進了使館門，過了夾衖，東首第一個門進去，就是辦事房。好幾個隨員，在那裡寫字，見兩人進來，就說大人有事，在書房等兩位去商量呢。兩人同出了辦事房，望西面行來。過了客廳，裡間正是雯青常坐的書室。塔繙譯先掀簾進去，只見雯青靜悄悄的，正在那裡把拉施特蒙古全史校元史太祖本紀哩！見兩人連忙站起道：「今兒俄禮部送來一角公文，不知是什麼事？」說著把那個金邊白封兒遞給塔繙譯。塔繙譯拆開看了一回，點頭道：「不差，今天是華曆二月初三，恰是俄曆二月初七，從初七起到十一，是耶穌遭難復生之期，俄國叫做大好日，家家結綵懸旂，唱歌酣飲。俄皇借此佳節，擇俄曆初九日，在溫宮開大跳舞會，請各國公使夫婦同去赴會，這分就是禮部備的請帖，屆時禮部大臣，還要自己來請呢！」次芳道：「好了，我們又要開眼兒了！」

雯青道：「剛纔倒嚇我一跳，當是什麼交涉的難題目來了！前天英國使臣告訴我，俄國鐵路已接至海參崴，其意專在朝鮮及東三省，豫定將來進兵之路，勸我們設法抵抗。我想此時有什麼法子呢？只好由他罷了！」次芳道：「現在中俄邦交很好，且德相俾思麥，正欲挑俄、奧開釁，俄、奧齟齬，必無暇及我，英使怕俄人想他的印度，所以恐嚇我們，別上他當！」塔繙譯道：「次芳的話不差。昨日報上說，俄鐵路將渡暗木河，進窺印度，英人甚恐，就是這話了。」兩人又說了些外面熱鬧的話，卻不敢提丟釵的事。見雯青無話，只得辭了出來。這裡雯青還是筆不停披的校他的元史，直到吃晚飯時，方上樓來，把俄皇請赴跳舞會的事，告訴彩雲，原想叫她歡喜。那知彩雲正為失了寶簪，心中不自在，推說這兩日身上不好，不高興去。雯青只得罷了。不在話下。

單說這日，到了俄曆二月初九日，正是華曆二月初五日，晴曦高湧，積雪乍消，淡雲融融，和風拂拂，彷彿天公解意，助人高興的樣子。真個九逵無禁❶，錦綵交飛，萬戶初開，歌鐘互答，說不盡的男歡女悅，巷舞衢謠❷。各國使館，無不升旂懸綵，共賀嘉辰。那時候，吉爾斯街中國使館門口，左右掛著五爪金龍的紅色大旂，樓前橫插雙頭猛鷲的五綵繡旂，樓上樓下，掛滿了山水人物的細巧絹燈，花團錦簇，不及細表。街上卻靜悄悄的人來人往，有兩個帶刀的馬上巡兵，街東走到街西，在那裡彈壓閒人，不許聲鬧。不一會，忽見街西面來了五對高帽烏衣的馬隊，如風的捲到使館門口，勒住馬韁，整整齊齊，分列兩旁。接著就是十名步行衛兵，一色金邊大紅長袍，金邊餃形黑絨帽，威風凜凜，一步一步掌著軍

❶ 九逵無禁：到處都可自由通行，毫無禁制。九逵，同「九馗」。九達之道。逵，音ㄎㄨㄟˊ。

❷ 巷舞衢謠：大街小巷，都在跳舞唱歌。衢，音ㄑㄩˊ。四通八達之大道。

樂而來，挨著馬隊站住了。隨後來了兩輛平頂箱式四輪四馬車，四馬車後隨著一輛朱輪華轂❸、四面玻璃、百道金繐❹的彩車，駕著六匹阿剌伯大馬，身披纓絡，尾結花球。兩個御夫，戴著金帶烏絨帽，雄赳赳，氣昂昂，揚鞭直馳到使館門口停住了。只見館中出來兩個紅纓帽青色褂的家人，把車門開了，說聲請，車中走出身軀偉岸髭鬚蓬鬆的俄國禮部大臣來，身上穿著滿繡金花的青氈褂，胸前橫著獅頭嵌寶的寶星，光耀耀款步進去。約摸進去了一點鐘光景，忽聽大門開處，嘻嘻哈哈一陣人聲，禮部大臣掖著雯青朝衣朝帽，錦繡飛揚，次芳等也朝珠補褂，衣冠清楚，一陣風的閧出門來。雯青與禮部大臣，對坐了六馬宮車，車後帶了阿福等四個俊童。次芳、塔繙譯等，各坐了四馬車，護衛的馬步各兵，吹起軍樂，按隊前驅，輪蹄交錯，雲煙繚繞，緩緩的向中央大道馳去。

此時使館中悄無人聲，只賸彩雲沒有同去，卻穿著一身極燦爛的西裝，一人靠在洋臺上。眼看雯青等去遠了，心中悶悶不樂。原來彩雲今日不去赴會，一則為了查考失簪，巡捕約著今日回音；二則趁館中人走空，好與阿福恣情取樂，這是他的一點私心。誰知不做美的雯青，偏生點名兒，派著阿福跟去。彩雲又不好怎樣，此時倒落得孤零零看著人家風光熱鬧，又悔又恨。靠著欄上，看了一回來往的車馬，覺得沒意思，一會罵丫頭瞎眼，裝煙煙嘴兒碰了牙了；一會又罵老媽兒都死絕了，一個個趕騷去。有一個小丫頭，想討好兒，巴巴的倒碗茶來，彩雲就手咂一口，急了，燙著唇，伸手一巴掌道：「該死的，燙你娘！」那丫頭倒退了幾步，一滑手，那杯茶，全個兒淋淋漓漓，都潑在彩雲新衣上了。彩雲也不抖

❸ 朱輪華轂：紅漆車輪，彩繪車轂，高級官吏所乘之車。

❹ 金繐：用金黃色絲線或布條結紮而成之穗狀裝飾品。繐，通「穗」。音ㄙㄨㄟˋ。

摟衣上的水，端坐著，笑嘻嘻的道：「你走近點兒，我不吃你的呀！」那丫頭剛走一步，彩雲下死勁一拉，順手頭上拔下一個金耳挖，照準她手背上亂戳，鮮血直冒。彩雲還不消氣，正要找尋東西再打，瞥見房門外一個人影一閃。彩雲忙喊道：「誰？鬼鬼祟祟的嚇人！」那人就走進來，手裡拿著一封書子道：「不知誰給誰一封外國信，巴巴兒打發人送來，說給你瞧，你自會知道。」彩雲抬頭，見是金升，就道：「你放下罷！」回頭對那小丫頭道：「你不去拿，難道還要下帖子請嗎？」那小丫頭哭著，一步一蹻，拿過來遞給彩雲，金升也咕嚕著下樓去了。

彩雲正摸不著頭腦，不敢就拆，等金升去遠了，連忙拆開一看，原來並不是正經信札，一張白紙歪歪斜斜寫著一行道：「俄羅斯大好日，日耳曼拾簪人，將於午後一句鐘，持簪訪遺簪人於支那公使館，願遺簪人勿出，此約！」彩雲看完，又驚又喜，喜的是寶簪有了著落，驚的是如此貴重東西，拾著了不藏起，或賣了，發一注財，倒肯送還，還要自己當面交還，不知安著什麼主意！又不知拾著的是何等人物，回來真來了，見他好，不見他好？正獨自盤算個不了，只聽餐室裡的大鐘，鏜鏜的敲起來，細數，恰是十二下。見一個老媽上來問道：「早飯還是開在大餐間嗎？」彩雲道：「這還用問嗎？」那老媽去了一回，又來請吃飯。彩雲把那信插入衣袋裡，嬝嬝婷婷，走進大餐間，就坐在常日坐的一張鏡面香楠洋式的小圓桌上。桌上鋪著白綿提花毯子，列著六樣精緻家常菜，都盛著金花雪地的小碗，兩邊老媽丫鬟，輪流伺候。不一會，彩雲吃完飯，左邊兩個老媽遞手巾，右邊兩個丫鬟送漱盂。漱盥已畢，又有丫鬟送上一杯咖啡茶。彩雲一手執著玻璃杯，就慢慢立起來，仍想走到洋臺上去。

忽聽樓下街上一片叫嚷的聲音。彩雲三腳兩步，跨到闌干邊，朝下一望，不知為什麼，街心裡圍著一大堆人。再看時，只見兩個巡捕，拉住一個體面少年，一個握了手，一個揪住衣服要搜。那少年只把手一揚，肩一掀，兩個巡捕，一個東，一個西，兩邊兒拋球似的直滾去。只見少年仰著臉，豎著眉，喝道：「好，好，不生眼的東西！敢把我當賊拿？叫你認得德國人，不是好欺負的！來呀，走了不是人！」彩雲此時方看清那少年，就是在締爾園遇見前天樓下聽唱那個俊人兒，不覺心頭突突地跳。想道：「難道那簪兒，倒是他拾了？」忽聽那跌倒的巡捕，氣吁吁的爬起趕來，嘴裡喊道：「你還想賴嗎？幾天兒在這裡穿梭似的來往，我就犯疑。這會兒，鬼使神差，活該敗露！爽性明公正氣的把簪兒拿出手來，還虧你一頭走一頭仔細看呢！怕我看不見了真贓！這會兒，給我捉住了！倒賴著打人，我偏要捉了你走！」說著，狠命撲去。那少年不慌不忙，只用一隻手，趁你撲進，就在肩上一抓，好似老鷹抓小雞似的，提了起來，往人堆外一擲，早是一個朝天餛飩，手足亂划起來。看的人喝聲采。那一個巡捕見來勢厲害，于于的吹起叫子來，四面巡捕聽見了，都擁上來，足有十來個人。

彩雲看得呆了，忽想這麼些人，那少年如何吃得了？怕他吃虧，須得我去排解纔好。不知不覺放下了玻璃杯，飛也似的跑下樓來，走到門口。眾多家人小廝，見她慌慌張張的往外跑，不解緣故，又不敢問，都悄悄的在後跟著。彩雲回頭喝道：「你們別來，你們不會說外國話，不中用！」說著，就推門出去。只見十幾個巡捕，還是遠遠的打圈兒，圍著那少年，卻不敢近。那少年立在中間，手裡舉著晶光奕奕的東西，喊道：「東西在這裡，可是不給你們，你們不怕死的就來！哼，也沒見不分青紅皂白，就把人當賊！」剛說這話，抬頭忽見彩雲，臉上倒一紅，就把簪兒指著彩雲道：「簪主來認了，你們問問，看我偷了沒有？」那被打的巡捕，原是常在使館門口承值的，認得公使夫人，就搶上來，指著少年，告訴彩雲：「簪兒是他拾的。剛纔明明拿在手裡走，被我見了，他倒打起人來。」彩雲就笑道：「這事都是我不好，怨不得各位鬧差了！」說著，笑指那少年道：「那簪兒倒是我這位認得的朋友拾的，他早有信給我。我一時糊塗，忘了招呼你們。這會子倒教各位辛苦了，又幾乎傷了和氣！」彩雲一頭說，就手在口袋裡，掏出十來個盧布，遞給巡捕道：「這不算什麼，請各位喝一杯淡酒罷！」那些巡捕見失主不理論，又有了錢，就謝了各歸地段去了。看的人也漸漸散了。

原來那少年，一見彩雲出來，就喜出望外。此時見眾人散盡，就嘻嘻笑著，向彩雲走來，嘴裡咕嚕道：「好笑這班賤奴，得了錢，就沒了氣了，倒活像個支那人！不枉稱做鄰國！」話一脫口，忽想現對著支那人，如何就說他不好，真平常說慣了，倒不好意思起來。連忙向彩雲脫帽致禮，笑道：「今天要不是太太，可吃大虧了！真是小子的緣分不淺！」彩雲聽他道著中國不好，倒也有點生氣，低了頭，淡淡的答道：「說什麼話來！就怕我也脫不了支那氣味，倒污了先生清操！」那少年倒局促起來道：「小子該死！小子說的是下等支那人，太太別多心！」彩雲嫣然一笑道：「別胡扯，你說人家，干我什麼！請裡邊坐罷！這裡不是說話的地方。」說著，就讓少年進客廳。一路走來，彩雲覺得意亂心迷，不知所為。要說什麼，又說不出什麼。只是怔看那少年，見少年穿著深灰色細氈大襖，水墨色大呢背褂，乳貂爪泥的衣領，金鵝絨頭的手套，金鈕璀璨，硬領雪清，越顯得氣雄而秀，神清而腴。一進門，兩手只向衣袋裡掏。彩雲當是要取出寶簪來還她，等到取出來一看，倒是張金邊白地的名刺，恭恭敬敬遞來道：「小子冒昧，敢給太太換個名刺。」彩雲聽了，由不得就接了，只見刺上寫著「德意志大帝國陸軍中尉瓦德西」。彩雲反覆看了幾遍，笑道：「原來是瓦德西將軍，倒失敬了！我們連今天，已經見了三次面了，從來不知道誰是誰，不想靠了一支寶簪，倒拜識了大名，這還不是奇遇嗎？」瓦德西也笑道：「太太倒還記得敝國締爾園的事嗎？小可就從那一天見了太太的面兒，就曉得了太太的名兒，偏生緣淺，太太就離了敝國到俄國來了。好容易小可在敝國皇上那裡，討了個遊歷的差使，趕到這裡，又不敢冒昧來見。巧了這支簪兒，好像知道小可的心似的。那一天，正聽太太的妙音，他就不偏不倚，掉在小可手掌之中。今兒又眼見公使赴會去了，太太倒在家，所以小可就放膽來了。這不但是奇遇，真要算奇緣了！」彩雲笑道：「我不管別的，我只問我的寶簪在那兒呢？這會兒也該見賜了！」瓦德西哈哈道：「好性急的太太！人家老遠的跑了來，一句話沒說，你倒忍心就說這話！」彩雲忍不住嗤的一笑道：「你不還寶簪，幹什麼來？」瓦德西忙道：「是，不差，來還寶簪。別忙，寶簪在這裡。」一頭說，一頭就在裡衣袋裡，掏出一隻陸離光采的小手箱來，放在桌上，就推到彩雲身邊道：「原物奉還，請收好罷！」彩雲吃一嚇。只見那手箱，雖不過一寸來高，七八分厚，赤金底兒，四面嵌滿的都是貓兒眼、祖母綠、七星線的寶石，蓋上雕刻著一個帶刀的將軍，騎著匹高頭大馬，雄武氣概，那相貌活脫一個瓦德西。彩雲一面賞玩，愛不忍釋，一面就道：「這是那裡說起！倒費……」剛說到此，彩雲的手，忽然觸動匣上一個金星紐的活機，那匣蓋豁然自開了。彩雲只覺眼前一亮，那裡有什麼鑽石簪，倒是一對精光四射的鑽石戒指，那鑽石足有五六克勒❺，似天上曉星般大。彩雲看了，目不能視，口不能言。瓦德西卻坐在彩雲對面，嬉著嘴，只是笑，也不開口。

彩雲正不得主意，忽聽街上蹄聲得得，輪聲隆隆，好像有許多車來，到門就不響了。接著就聽見門

---

❺ 克勒：英文之carat，通譯為克拉，為珠玉與鑽石之類的重量單位，一克拉合零點二零五公克。

口叫嚷。彩雲這一驚不小，連忙奪了寶石箱，向懷裡藏道：「不好了，我們老爺回來了。」瓦德西倒淡然的道：「不妨，說我是拾簪的來還簪就完了。」彩雲終不放心，放輕腳步，掀幔出來一張，劈頭就見金升領了個外國人往裡跑。彩雲縮身不及，忽聽那外國人喊道：「太太，我來報一件奇聞，令業師夏雅麗姑娘，謀刺俄皇不成被捕了。」彩雲方抬頭，認得是畢葉，聽了不禁駭然道：「畢葉先生，你說什麼？」畢葉正欲回答，幔子裡瓦德西忽的也鑽出來道：「什麼夏雅麗被捕呀？畢葉先生快說！」彩雲不防瓦德西出來，十分吃嚇❻。只聽畢葉道：「咦，瓦德西先生怎麼也在這裡！」瓦德西忙道：「你別問這個，快告訴我夏姑娘的事要緊！」畢葉笑道：「我們到裡邊再說。」彩雲只得領了兩人進來，大家坐定。畢葉剛要開談，不料外邊又嚷起來。畢葉道：「大約金公使回來了。」彩雲側耳一聽，果然門外無數的靴聲槖槖，中有雯青的腳聲，不覺心裡七上八下，再捺不住，只望著瓦德西發怔。忽然得了一計，就拉著畢葉低聲道：「先生，我求你一件事，回來老爺進來問起瓦將軍，你只說是你的朋友。」畢葉笑了一笑。說時遲，那時快，只見雯青已領著參贊、隨員、繙譯等，翎頂輝煌的陸續進來。一見畢葉，就趕忙上來握手道：「想不到先生在這裡。」一回頭，見著瓦德西，呆了呆，問畢葉道：「這位是誰？」畢葉笑道：「這位是敝友德國瓦德西中尉，久慕大人清望，同來瞻仰的。」說著，就領見了。雯青也握了握手，就招呼在靠東首一張長桌上坐了。黑壓壓團團坐了一桌子的人。雯青、彩雲也對面坐在兩頭。彩雲偷眼，瞥見阿福站在雯青背後，一眼注定了瓦德西，又溜著彩雲。

彩雲一個沒意思，搭訕著問雯青道：「老爺怎麼老早就回來了？不是說開夜讌嗎？」雯青道：「怎

❻ 吃嚇：吃驚；受驚。

麼你們還不知道？事情鬧大了，開得成夜讌倒好了！今天俄皇險些兒送了性命哩！」回頭就向畢葉及瓦德西道：「兩位總該知道些影響了？」畢葉道：「不詳細。」雯青又向著彩雲道：「最奇怪的，倒是個女子。剛纔俄皇正赴跳舞會，已經出宮，半路上忽然自己身邊，跳出個侍女，一手緊緊拉住了御袖，一手拿著個爆炸彈，要俄皇立刻答應一句話，不然，就把炸藥炸死俄皇。後來虧了幾個近衛兵有本事，死命把炸彈奪了下來，纔把她捉住。如今發到裁判所訊問去了。你們想險不險？俄皇受此大驚，那裡能再赴會呢！所以大家也散了。」畢葉道：「大人知道這女子是誰？就是夏雅麗！」雯青吃驚道：「原來是她？」說時覷著彩雲道：「怪道我們一年多不見她，原來混進宮去了。到底不是好貨，怎麼想殺起皇帝來！這也太無理了！到底逃不了天誅，免不了國法，真何苦來！」畢葉聽罷，就向瓦德西道：「我們何妨趕到裁判所去聽聽，看政府怎麼樣辦法？」瓦德西正想脫身，就道：「很好！我坐你車去。」兩人就起來向雯青告辭。雯青虛留了一句，也就起身相送。彩雲也跟了出來，直看雯青送出大門。彩雲方欲回身，忽聽外頭嚷道：「夏雅麗來了。」正是：苦向異洲挑司馬，忽從女界見荊卿。不知來者果是夏雅麗，且聽下回分解。

第十六回　席上逼婚女豪使酒　鏡邊語影俠客窺樓

話說彩雲正要回樓，外邊忽嚷「夏雅麗來了」，彩雲道是真的，飛步來看。卻見瓦、畢兩人，都站在車旁，沒有上去。雯青也在臺階兒上，仰著頭，張望東邊來的一群人。直到行至近邊，方看清是一隊背鎗露刃的哥薩克兵，靜悄悄的巡哨而過，那裡有夏雅麗的影兒？原來這隊兵，是俄皇派出來搜查餘黨的。大家誤會押解夏雅麗來了，所以嚷起來。其實夏雅麗是祕密重犯，信息未露之前，早迅雷不及的押赴裁判所去，那裡肯輕易張揚呢！此時大家知道弄錯，倒笑了。雯青送了瓦、畢兩人上車，自與彩雲進去易衣歇息不提。這裡瓦、畢兩人漸漸離了公使館。畢葉對瓦德西道：「我們到底到那裡去呢？」瓦德西道：「不是要到裁判所去看審嗎？」畢葉笑道：「你傻了，誰真去看審呢？吾原為你們倆鬼頭鬼腦，怪可憐的，特為借此救你出來，你到還在那裡做夢哩！快請我到那裡去喝杯酒，告訴你們倆的故事兒吾聽是正經！」瓦德西道：「原來如此，倒承你的照顧了！你別忙，我自然要告訴你的。倒是夏雅麗與我有一面緣，我真想去看看，行不行呢？」畢葉道：「我國這種國事犯，政府非常祕密，吾那裡雖有熟人，看你分上去碰一碰罷。」就吩咐車夫一逕向裁判所行去。

不說二人去裁判所看審，如今要把夏雅麗的根原，細表一表：原來夏雅麗姓游愛珊，俄國閔司克州人，世界有名虛無黨❶女傑海富孟的異母妹。父名司愛生，本猶太種人，移居聖彼得堡，為人鄙吝頑固。

髮妻歐氏，生海富孟，早死。續娶斐氏，生夏雅麗。夏雅麗生而娟好，為父母所鍾愛。及稍長，貌益嬌，面形橢圓若瓜瓤，色若雨中海棠，嬌紅欲滴。眼波澄碧，齒光研珠❷。髮作淺金色，蓬鬆披戍削肩上，俯仰如畫，顧盼欲飛，雖然些子年紀❸，看見的人，那一個不魂奪神與！但是貌妍心冷，性卻溫善，常恨俄國腐敗政治。又慣聞阿姊海富孟哲學議論，就有舍身救國的大志，卻為父母管束甚嚴，不敢妄為。那時海富孟已由家庭專制手段，逼嫁了科羅特搢齊。所幸科氏也是虛無黨員，倒是一對兒同命鴛鴦❹，奔走黨事。夏雅麗常瞞著父母，從阿姊夫妻受學。海富孟見夏雅麗敏慧勇決，也肯竭力教導。科氏又教她擊刺的法術。直到一千八百八十一年三月，海富孟隨著蘇菲亞趁觀兵式的機會，炸死俄皇亞歷山大。海氏、科氏，同時被捕於泰來西那街爆藥製造所，受死刑。那時夏雅麗已經十六歲了，見阿姊慘死，又見鮮黎亞博、蘇菲亞都遭慘殺，痛不欲生。常切齒道：「我必報此仇。」司愛生一聽這話，怕他出去闖禍，從此倒加防範起來，無事不准出門。夏雅麗自由之身，頓時變了錦妝玉裹的天囚❺了。還虧得斐氏溺愛，有時瞞著司愛生，領她出去走走。

---

❶ 虛無黨：虛無黨 (Nihilists) 為俄國之革命黨，崇奉虛無主義 (Nihilism)。此種思想在十九世紀中葉起於俄國，否定一切政治及宗教權威，主張徹底改革社會制度，使各階級歸於平等，個人享有絕對自由。

❷ 齒光研珠：牙齒有光澤，如研光之珍珠。研，音ㄧㄚˋ。用力軋磨，使器物光滑。

❸ 些子年紀：謂年紀不大。些子，少許。羅虬比紅兒：「應有紅兒些子貌。」

❹ 同命鴛鴦：同生同死患難與共之夫妻。

❺ 天囚：喻無形之束縛。唐盧仝常州孟諫議座上聞韓員外職方貶國子博士有感五首其五：「功名生地獄，禮教死天囚。」

事有湊巧，一日，在某爵家宴會，忽在座間，遇見了樞密顧問官美禮斯克罘的姑娘魯翠。這魯翠姑娘，也是恨政府壓制，願犧牲富貴，投身革命黨的奇女子。彼此接談，自然情投意合。魯翠力勸她入黨，夏雅麗本有此志，豈有不願？況且魯翠是貴族閨秀，司愛生等也願攀附，夏雅麗與她來往絕不疑心，所以夏雅麗竟得列名虛無黨中最有名的察科威團，常與黨員私自來往。來往久了，黨員中人物，已漸漸熟識，其中與夏姑娘最投契的兩個人，一個叫克蘭斯，一叫波麻兒，都是少年英雄。克蘭斯與姑娘更為莫逆。黨人常比他們做蘇菲亞、鮮黎亞博。雖說血風肉雨的精神，斷無惜玉憐香的心緒，然雄姿慧質，目與神交，也非一日了。

那知好事多磨，情瀾忽起。這日夏雅麗正與克蘭斯散步泥瓦江邊，無意中遇見了母親的表姪加克奈夫，一時不及回避，只好上去招呼了。誰知這加克奈夫，本是尼科奈夫的兒子。尼科奈夫是個農夫，就因一千八百六十六年，告發莫斯科亞特俱樂部實行委員加來科梭謀殺皇帝事件，在夏園親手捕殺加來科梭，救了俄皇，俄皇賞他列在貴族，尼科奈夫就皇然自大起來。俄皇又派他兒子做了憲兵中佐，正是炙手可熱的時候。司愛生羨慕他父子富貴，又帶些裙帶親，自然格外巴結。加克奈夫也看中了表妹的美貌，常常來溜搭❻，無奈夏雅麗見他貌粗性鄙，總不理他。任憑父母誇張他的敵國家私❼，薰天氣焰❽，只是漠然。加克奈夫也久懷怨恨了。恰好這日遇見夏姑娘與克蘭斯攜手同遊，禁不住動了醋火，就趕到司

---

❻ 溜搭：同「溜達」。散步，在此作探訪解。

❼ 敵國家私：同「富可敵國」。謂財產之多，足與國家相匹敵。家私，家產。

❽ 薰天氣焰：同「氣焰薰天」。極言其威勢之盛。薰天，火焰上升達天表。氣焰，火始燃燒之勢。

愛生家，一五一十的告訴了，還說克蘭斯是個叛黨，不但有累家聲，還怕招惹大禍。司愛生是暴厲性子，自然大怒，立刻叫回夏姑娘，大罵無恥婢、惹禍胚，就叫關在一間空房內，永遠不許出來。你想夏姑娘是雄武活潑的人，那裡耐得這幽囚的苦呢！倒是母親斐氏不忍起來，瞞了司愛生放了出來，又不敢公然出現。恰好斐氏有個親戚在中國上海道勝銀行管事，所以叫夏姑娘立刻逃避到中國來。一住三年，學會了些中國的語言文字。直到司愛生死了，斐氏方寫信來招她回國。夏姑娘回國時，恰也坐了薩克森船，所以得與雯青相遇，倒做了彩雲德語的導師，也是想不到的奇遇了。這都是夏姑娘未遇雯青以前的歷史。現在既要說她的事情，不得不把根原表明。

且說夏雅麗雖在中國三年，本黨裡有名的人，如女員魯翠、男員波麻兒、克蘭斯諸人，常有信息來往。未動身的前數日，還接到克蘭斯的一封信，告訴她黨中近來經濟困難，自己赴德運動，住在德京凱賽好富館（Kaiserhof）中層第二百十三號云云，所以夏姑娘那日一到柏林，就帶了行李，雇了馬車，逕赴凱賽好富館來，心裡非常快活。一則好友契闊，會面在即；一則正得了雯青一萬馬克，供獻黨中絕好一分土儀。心裡正在忖度，馬車已停在大旅館門口，就有接客的人，接了行李。姑娘就問中層二百十三號左近有空房嗎？那接客的忙道：「有，有，二百十四號就空著。」姑娘吩咐把行李搬進去，自己卻急急忙忙直向二百十三號而來。正推門進去，可巧克蘭斯送客出來，一見姑娘，搶一步，執了姑娘的手，瞪了半天，方道：「咦，你真來了！我做夢也想不到你真會回來！」說著話，手只管緊緊的握住，眼眶裡倒索索的滾下淚來。夏雅麗嫣然笑道：「克蘭斯，別這麼著。我們正要替國民出身血汗，生離死別的日子多著呢，那有閒工夫傷心！快別這麼著。快把近來我們黨裡的情形，告訴我要緊。」說到這裡，抬起頭來，方看見克蘭斯背後，站著個英風颯爽的少年，忙縮住了口。克蘭斯趕忙招呼道：「我送了這位朋友出去，再來給姑娘細談。」誰知那少年倒一眼釘住了姑娘呆了，聽了克蘭斯的話，方醒過來，一個沒意思走了。克蘭斯折回來，方告訴姑娘：「這位是瓦德西中尉，很熱心的助著我運動哩！」姑娘道：「說的是，前月接到你信，知道黨中經濟很缺，到底怎麼樣呢？」克蘭斯嘆道：「一言難盡。自從新皇執政，我黨大舉兩次，一次卡米匿橋下的隧道，一次溫宮後街的地雷，雖都無成效，卻消費了無數金錢，歷年運動來的資本，已傾囊倒篋❾了。敷衍到現在，再敷衍不下去了。倘沒巨資接濟，不但不能辦一事，連黨中祕密活版部、爆藥製造所、通券局、赤十字會，……一切機關，都要潰敗。姑娘有何妙策？」夏姑娘低頭半晌道：「我還當是小有缺乏，照這麼說來，不是萬把馬克可以濟事的了？」克蘭斯道：「要真有萬把馬克，也好濟濟急。」

夏雅麗不等說完，就道：「那倒有。」克蘭斯忙問：「在那裡？」夏姑娘因把訛詐中國公使的事說了一遍，克蘭斯倒笑了，就問：「款子已交割嗎？」夏姑娘道：「已約定由公使夫人親手交來，決不誤的。」於是姑娘又問了回魯翠、波麻兒的蹤跡，克蘭斯一一告訴了她。克蘭斯也問起姑娘避出的原由，姑娘把加克奈夫搆陷的事說了。克蘭斯道：「原來就是他幹的！姑娘你知道嗎？尼科奈夫倒便宜他，不多幾日好死了！加來科梭的冤仇，竟沒有報成，加克奈夫倒升了憲兵大尉，你想可氣不可氣呢！嗐，這死囚的腦袋，早晚總逃不了我們手裡！」夏雅麗愕然道：「怎麼尼科奈夫倒是我們的仇家？」克蘭斯拍案道：「可不是，他全靠破壞了亞特革命團富貴的，這會兒加克奈夫還了得，家裡放著好幾百萬家私，

❾ 傾囊倒篋：謂盡其所有以與人，在此作花費淨盡解。囊、篋皆儲錢財之物。篋，音ㄑㄧㄝˋ。小箱。

還要魚肉平民哩！」夏雅麗又怔了怔道：「加克奈夫真是個大富翁嗎？」克蘭斯道：「他不富誰富？」夏雅麗點點頭兒。

看官們，要知道兩人雖是舊交，從前私下往來，何曾暢聚過一日！此時素心相對，無忌無拘，一個是珠光劍氣的青年，一個是俠骨柔腸的妙女，我歌汝和，意浹情酣，直談到燭跋更深，克蘭斯送了夏姑娘歸房，自己方就枕歇息。從此夏姑娘就住在凱賽好富館，日間除替彩雲教德語外，或助克蘭斯同出運動，或與克蘭斯剪燭談心，快活光陰，忽忽過了兩月。雯青許的款子，已經交清，那時彩雲也沒閒工夫常常來學德語了。夏雅麗看著柏林無事可為，一天忽向克蘭斯要了一張照片。又隔了一天，並沒告知克蘭斯，清早獨自搭著火車飄然回國去了。直到克蘭斯夢醒起床，穿好衣服，走過去看她，但見空屋無人，留些殘紙零墨罷了，倒吃一驚。然人已遠去，無可如何，只得歎息一回，自去辦事。

單說夏姑娘那日偷偷兒出了柏林，逕趁聖彼得堡火車進發，姑娘在上海早得了領事的旅行券，一路直行無礙。到第三日傍晚，已到首都，姑娘下車，急忙回家，拜見親母斐氏，母女相見，又喜又悲。斐氏告訴她父親病死情形，夏姑娘天性中人⑩，不免大哭一場。接著親友訪問，魯翠姑娘同著波麻兒，也來相會。見面時，無非談些黨中拮据情形，知道姑娘由柏林來，自然要問起克蘭斯運動的消息。夏姑娘就把克蘭斯現有好友瓦德西助著各處設法的話說了。魯翠說了幾句盼望勉勵的話頭，然後別去。夏姑娘回得房來，正給斐氏在那裡閒談，斐氏又提起加克奈夫，誇張他的勢派，意思要引動姑娘。姑娘聽著，只是垂頭不語。不防頭一陣韃韃的皮靴聲，從門外傳進來，隨後就是嬉嬉的笑聲。這笑聲裡，就夾著狗

⑩ 天性中人：為人真實無偽，一本至誠。猶今言性情中人。

嗥一般的怪叫道：「妹妹回來了，怎麼信兒都不給我一個呢？」夏姑娘嚇一跳，猛抬頭，只見一個短短兒的身材，黑黑兒的皮色，亂蓬蓬一團毛草，光閃閃兩盞燈籠，真是眼中出火，笑裡藏刀，搖搖擺擺的走進來，不是加克奈夫是誰呢！斐氏見了，笑嘻嘻立起來道：「你倒還想來，別給我花馬吊嘴⓫的。妹妹記著前事，正在這裡恨你呢！」加克奈夫哈哈道：「屈天冤枉，不知那個天殺的移尸圖害，這會兒，我也不敢在妹妹跟前辯，只有負荊請罪，求妹妹從此寬恕就完了！」說著，兩腿已跨進房來，把帽子往桌子上一丟，伸出蒲扇來大的手，要來給夏姑娘拉，姑娘縮個不迭，臉色都變了。加克奈夫涎著臉道：「好妹妹，偺們拉個手兒！」斐氏笑道：「人家孩子面重，你別拉拉扯扯，臊了她，我可不依！」夏姑娘先本著了惱，自己已經很很的壓下去。這回聽了斐氏的話，低頭想了一想，忽然桃腮上泛起淺玫瑰色，秋波橫溢，柳葉斜飄⓬，在椅上欻的站起來道：「娘也說這種話！我從來不知道什麼臊不臊，拉個手兒，算得了什麼！高興拉，來，偺們拉！」就把一隻粉嫩的手，使勁兒去拉加克奈夫的黑手。加克奈夫倒啊呀起來道：「妹妹，輕點兒！」夏姑娘道：「你不知道嗎？拉手有規矩兒的，越重越要好。」說完，嗤的一笑，三腳兩步走到斐氏面前，滾在懷裡，指著加克笑道：「娘，你瞧！他是個膿包兒，一捏都禁不起，倒配做將軍！」

原來加克往日見姑娘總是冷冷的臉兒，淡淡的神兒，不道⓭今兒，忽變了樣兒，一雙半嗔半喜的眼

⓫ 花馬吊嘴：猶言花言巧語。

⓬ 秋波橫溢二句：眼波流轉，眉毛飛動。秋波，謂美人之目如秋水之澄清。柳葉，言美人眉毛細如柳葉。

⓭ 不道：不料；想不到。李商隱贈華陽宋真人兼寄清都劉先生：「但驚茅許同仙籍，不道劉盧是世親。」

兒，幾句若遠若近的話兒，加克雖然是風月場中的魔兒，也弄得沒了話兒，只嬉著嘴笑道：「妹妹到底出了一趟門，大變了樣兒了！」夏姑娘含怒道：「變好了呢，還是變歹？你說！」斐氏笑摟住姑娘的頸子道：「癡兒，你今兒個怎麼儘給你表兄拌嘴，不想想人家為好來看你，這會兒天晚了，該請你表兄吃晚飯纔對！」加克連忙搶說道：「姑母，今天妹妹快活，肯多罵我兩句，就是我的福氣了！快別提晚飯，我晚上還得到皇上那裡有事哪！」夏姑娘笑道：「娘，你聽！他又把皇帝扛出來，嚇唬我們娘兒倆。老實告訴你，你沒事，我也不高興請，誰家坐客不請行客，倒叫行客先請的！」加克聽了，拍手道：「不錯，我忘死了！今天該替妹妹接風！」說著，就一疊連聲叫伺候人，到家裡喚廚子帶酒菜到這裡來。斐氏道：「啊呀，天主！不當家花拉的⓮倒費你，快別聽這癡孩子的話。」夏姑娘瞟了他娘半天道：「咦！娘也奇了。怎麼只許我請他，不許他請我的？他有的是造孽錢，不費他費誰？娘，你別管，他不給我要好，不請，我也不希罕；給我要要好，他拿來，我就吃，娘也跟著我吃，橫豎不要你老人家掏腰兒還席，瞎費心幹嗎！」加克道：「是呀，我請！我死了也要請！」姑娘笑道：「死的日子有呢，這會兒，別死呀死呀怪叫！」加克忙自己掌著嘴道：「不識好歹的東西，你倒叫妹妹心疼！」夏姑娘戟手指著道：「不要臉的，誰心疼你來！」加克此時，看著姑娘嬌憨的樣兒，又聽著姑娘鋒利的話兒，半冷半熱，若諷若嘲，倒弄得近又不敢，遠又不捨，不知怎樣纔好。

不一會，天也黑了，廚夫也帶酒菜來了，加克就邀斐氏母女，同入餐室。原來這餐室，就在臥室外

⓮ 不當家花拉的：北方方言，指不當、不應該、有罪過。家即價，結構助詞。花拉，語尾，無實義。也作「不當家花花的」、「不當花花的」。

面，雖不甚寬敞，卻也地鋪錦罽，壁列電燈，花氣襲人，鏡光交影。東首掛著加特釐簪花小像，西方撐起姑婁巴多舞劍古圖，煞是熱鬧；大家進門，斐氏還要客氣，卻被夏姑娘兩手按在客位，自己也皇然不讓座了。加克真的坐了主位。侍者送上香賓、白蘭地各種瓶酒，加克滿斟了杯香賓酒，雙手捧給姑娘道：「敬替妹妹洗塵！」姑娘劈手奪了，直送斐氏道：「這杯給娘喝，你另給我斟來！」加克只得恭恭敬敬又斟了一杯。姑娘接著，揚著杯道：「既承主人美意，娘，偺們乾一杯！」說完一飲而盡。加克微笑，又挨著姑娘斟道：「妹妹喝個成雙杯兒！」夏姑娘一揚眉道：「喝呀！」接來喝一半，就手向加克嘴邊一灌道：「要成雙，大家成雙！」加克不防著，不及張口翕受，淋淋漓漓倒了一臉一身。

此時夏姑娘幾杯酒落肚，臉上紅紅兒的，更覺意興飛揚起來。脫了外衣，著身穿件粉荷色的小衣，酥胸微露，雪腕全陳，臂上幾個鐲子，玎玎璫璫的廝打，把加克罵一會，笑一會，任意戲弄。斐氏看著女兒此時的樣兒，也揣摩不透，當是女兒看中了加克，倒也喜歡。就借了更衣走出來，好讓他們敘敘私情。果然加克見斐氏走開，心裡大喜，就涎著臉，慢慢挨到姑娘身邊，欲言不言了半晌。夏姑娘正色道：「你來幹什麼？」加克笑嬉嬉道：「我有一句不知進退的話要……」姑娘不等他說完，跳起來指著加克道：「別給我蠍蠍螫螫的，那些個狼心豬肺狗肚腸，打量偺們照不透嗎？從前在我爹那裡調三窩四，甜言蜜語，難道是真看得起偺們嗎？真愛上我嗎？呸！今兒個推開窗戶說亮話，就不過看上我長得俊點兒，打算弄到手，做個會說話的玩意兒罷了！姑娘從前是高傲性子，眼裡那裡放得下去！如今姑娘可看透了，天下愛情，原不過爾爾，嫁個把人，算不了事。可是姑娘不高興，憑你王孫公子，英雄豪傑，休想我點點頭兒！要高興起來，牛也罷，馬也罷，狗也罷，我跟著就走。」加克聽了，眉花眼笑道：「這麼說，姑娘今兒肯嫁狗了！」夏姑娘冷笑道：「不肯，我就說。可是告訴你，要依我三件！」加克道：「都依，都依！」姑娘道：「一件，姑娘急性，一刻不等兩時，要辦就辦；二件，不許聲張，除了我們娘兒倆，還有牧師證人幾個人外，有一個知道了，我就不嫁；三件，到了你家，什麼事都歸我管，不許你牙縫高低一點兒。三件依得，我就嫁，有一不字兒拉個倒！」加克哈哈笑道：「什麼依不依，妹妹說的話兒，就是我的心願。」

兩人正說得熱鬧，誰知斐氏卻在門外都聽飽了，見女兒肯嫁加克，正合了素日的盼望，走進來，對著加克道：「恭喜你，我女兒答應了！可別忘了老身！但是老身只有一個女兒，也不肯太草草的，馬上辦起來，也得一月半月，那兒能就辦呢！頭一件，我就不依。」夏姑娘立刻變了臉道：「我不肯嫁，你們天天勸。這會兒，我肯嫁了，你們倒又不依起來。不依也好，我也不依。告訴你們罷，我的話說完了，我的興也盡了，人也乏了，我可要去睡覺了。」說罷，一扭身，自顧自回房，砰的一聲，把門關了。這裡加克奈夫與斐氏納罕了半天。加克想老婆心切，想不到第一回來就得了采，也慮不到別的，倒怕中變，就勸斐氏全依了姑娘主意。過了兩日，說也奇怪，果然斐氏領著夏姑娘，自赴禮拜堂，與加克結了親，簽了結婚簿。從此夏雅麗就與加克夫婦同居。加克奈夫要接斐氏來家，姑娘不許，只好仍住舊屋。加克新婚燕爾，自然千依百順，姑娘倒也克勤婦職，賢聲四布。加克愈加敬愛。差不多加克家裡的全權，都在姑娘掌握中了。

自古道：「鼓鐘於宮，聲聞於外。」又道：「若要人不知，除非己莫為。」何況一嫁一娶，偌大的事，雖姑娘囑咐不許聲張，那裡瞞得過人呢！自從加克娶了姑娘，人人都道綵鳳隨鴉⑮，不免紛紛議論，一傳十，十傳百，就傳到了魯翠、波麻兒等一班黨人耳中。先都不信，以為夏姑娘與克蘭斯有生死之約，那裡肯背盟倒嫁黨中仇人呢！後來魯翠親自來尋姑娘，誰知竟閉門不納，只見了斐氏，方知人言不虛，不免大家痛罵夏雅麗起來。

這日黨人正在祕密會所，決議此事如何處置，可巧克蘭斯從德國回來，也來赴會。一進門，別的都沒有聽見，只聽會堂上一片聲說「夏雅麗嫁了」五個字，直打入耳鼓來。克蘭斯飛步上前，喘吁吁還未說話，魯翠一見他來，就迎上喊道：「克蘭斯君，你知道嗎？你的夏雅麗嫁了！嫁了加克奈夫了。」克蘭斯一聽這話，但覺耳邊霹靂一聲，眼底金星四爆，心中不知道是鹽是醋是薑，一古腦兒都倒翻了，只喊一聲：「賤婢！殺！殺！」往後便倒，口淌白沫。大家慌了手腳。魯翠忙道：「這是急痛攻心，只要扶他坐起，自然會醒的。」波麻兒連忙上來扶起，坐在一張大椅裡，果然不一會醒了，噁的吐出一口濃痰，就跳起來要刀。波麻兒道：「要刀做什麼？」克蘭斯道：「你們別管，給我刀，殺給你們看！」魯翠道：「克蘭斯君別忙，你不去殺她，我們怕她洩漏黨中祕密，也放不過她。可是我想，夏雅麗學問見識本事，都不是尋常女流，這回變得太奇突。凡奇突的事，倒不可造次，還是等你好一點，晚上偷偷兒去探一回。倘或真是背盟從仇，就順手一刀了賬，豈不省事呢！」克蘭斯道：「還等什麼好不好，今晚就去！」於是大家議定各散。

魯翠臨走，回顧克蘭斯道：「明天我們聽信兒。」克蘭斯答應，也一路回家，不免想著向來夏姑娘待他的情義，為他離鄉背井，絕無怨言。這回在柏林時候，飯餘燈背，送抱推襟，一種密切的意思，真

---

⑮ 綵鳳隨鴉：同「彩鳳隨鴉」。喻女子之丈夫遠遜於己。

是筆不能寫，口不能言，如何回來不到一月，就一變至此呢！況且加克奈夫，又是她素來厭恨的，上回談起他名氏，還罵他哩！如何倒嫁他？難道有什麼不得已嗎？一回又猜想：她臨行替他要小照兒的厚情，一回又揣摸她不別而行的深意，這一刻時中，一寸心裡，好似萬馬奔馳，千猿騰躍，忽然心酸淚落，忽然切齒橫刀，翻來覆去，不覺更深，就在胸前掏出表來一看，已是十二點鐘。驚道：「是時候了！」趕忙換了一身純黑衣褲，腰間插了一把黨中常用的百毒純鋼小尖刀，扎縛停當，把房中的電燈旋滅了，輕輕推門到院子裡，聳身一縱，跳出牆外。那時正是十月下旬，沒有月亮的日子，一路雖有路燈，卻仍覺黑暗似墨，細霧如塵，一片白茫茫不辨人影，只有幾個巡捕，稀稀落落的在街上站著。克蘭斯靠著身體靈便，竟閃閃爍爍的被他混過幾條街去。看看已到了加克奈夫的宅子前頭，幸虧那裡倒沒有巡捕，黑魆魆地挨身摸來，只見四圍都是四尺來高的短牆，上排列著鐵蒺藜碎玻璃片。克蘭斯睜眼打量一回，估摸自己還跳得過去，緊把刀子插插好，猛然施出一個燕子翻身勢，往上一掠。忽聽玎璫一聲，一個身子，隨著幾片碎玻璃，直滾下去。看時，自己早倒在一棵大樹底下。爬起來，轉出樹後，原來在一片草地上，當中有條馬車進出的平路。克蘭斯就依著這條路走去，只見前面十來棵鬱鬱蒼蒼的不知什麼大樹，圍著一座巍巍的高樓。樓的下層，烏黑黑無一點火光，只有中層東首一間，還點著電燈，窗裡透出光來，照在樹上，卻見一個人影，在那裡一閃一閃的動。

克蘭斯暗想：這定是加克奈夫的臥房了。可是這樣高樓，怎麼上去呢？仰面忽見那幾棵大樹，樹叉兒正緊靠二層的洋臺，不覺大喜。一伸手，抱定樹身，好比白猴採果似的，旋轉而上。到了樹頂，把身子使勁一搖，那樹叉直擺過來，花拉一響，好像樹叉兒斷了一般。誰知克蘭斯就趁這一擺，一腳已鉤定了洋臺上的闌干，倒垂蓮似的反捲上去，卻安安穩穩站在洋臺上了。側耳聽了一聽，毫無聲音，就輕輕的走到那有燈光的窗口，向裡一望，恰好窗簾還沒放，看個完完全全，只見房內當地一張鐵床，帳子已垂垂放著，房中寂無人聲，就是靠窗擺著個鏡桌，當桌懸著一盞蓮花式的電燈，燈下卻嬝嬝婷婷立著個美人兒。呀，那不是夏雅麗嗎？只見她手裡拿著個小照兒，看看小照，又看看鏡子裡的影兒，眼眶裡骨溜溜的滾下淚來。克蘭斯看到這裡，忽然心裡捺不住的熱火，噴了出來，拔出腰裡的毒刀，直砍進來。正是：棘枳何堪留鳳采⑯，寶刀直欲濺鴛紅。不知夏雅麗性命如何，且看下回。

⑯ 棘枳何堪留鳳采：喻美人不應長留惡人家。棘枳，通「枳棘」。枳棘俱多刺，故稱惡木曰枳棘。

第十七回　辭鴛侶女傑赴刑臺　遞魚書航師嘗禁臠

話說克蘭斯看見夏雅麗對著個小照垂淚，一時也想不到查看查看小照是誰的，只覺得夏雅麗果然喪心事仇，按不住心頭火起。瞥見眼前的兩扇著地長窗是虛掩著，就趁著怒氣，不顧性命，揚刀挨入。忽然天昏地暗的一來，燈滅了，刀卻砍個空，使力過猛，幾乎身隨刀倒。克蘭斯吃一驚，暗道：「人呢？」回身瞎摸了一陣，可巧摸著鏡桌上那個小照兒，順手揣在懷裡，心想夏雅麗逃了，加克奈夫可在，還不殺了他走！剛要向前，忽聽樓下喊道：「主人回來了！」隨著轔轔的馬車聲，卻是在草地上往外走的。克蘭斯知道剛纔忽忙，沒有聽他進來。忽想道：「不好，這賊不在床上，他這一回來，叫起人，我怕走不了，不如還到那大樹上躲一躲再說。」打定主意，急忙走出洋臺，跳上闌干，伸手攀住樹叉兒。一腳挂在空中，一腳還蹬在闌干上。忽聽樓底下硼的一聲是槍，就有人沒命的叫聲：「啊呀！好，你殺我！」又是一聲，可不像槍，彷彿一樣很沉的東西，倒在窗格邊。克蘭斯這一驚，出於意外，那時他的兩腳還空掛著，手一鬆，幾乎倒撞下來，忙鑽到樹葉密的去處蹲著。只聽牆外急急忙忙跑回兩個人，遠遠的連聲喊道：「怎麼了？什麼響？」屋裡也有好幾個人喊道：「槍聲，誰放槍？」這當兒，進來的兩人裡頭，有一個拿著一盞電光車燈，已走到樓前，照得樓前雪亮。克蘭斯眼快，早看見廊下地上，一個漢子仰面橫躺著，動也不動。只聽一人顫聲喊道：「可了不得，殺了人！」「誰呢？主人！」

這當兒，裡面一鬨，正跑出幾個披衣拖鞋的男女來，聽是主人，就七張八嘴的大亂起來。克蘭斯在樹上聽得清楚，知加克奈夫被殺，心裡倒也一快。但不免暗暗駭異，倒底是誰殺的？這當兒，見樓下人越聚越多，忽然想到自己絕了去路，若被他們捉住，這殺人的事，一定是我了。正盤算逃走的法子，忽然眼前欻的一亮，滿樹通明，卻正是上中層的電燈都開了。燈光下，就見夏雅麗散了頭髮，倉倉皇皇跑到洋臺上，爬在闌干上，朗朗的喊道：「到底你們看是主人不是呢？」眾人嚴聲道：「怎麼不是呢！」又有一個人道：「纔從宮裡承值回來，在這裡下車的。下了車，我們就拉車出園，走不到一箭地，忽聽見槍聲，趕回來，就這麼著了。」夏雅麗跺腳道：「槍到底中在那裡？要緊不要緊？快抬上來！一面去請醫生，一面快搜兇手呢！一眨眼的事，總不離這園子，逃不了，怎麼你們都昏死了！」一句話提醒大眾道：「槍中了腦瓜兒，腦漿出來，氣都沒了，人是不中用了。倒是搜兇手是真的。」克蘭斯一聽這話，倒慌了，心裡正恨夏雅麗，忽聽下面有人喊道：「咦，你們瞧！那樹叉裡，不是一團黑影嗎？」樓上夏雅麗聽了，一抬頭，好像真吃一嚇的樣子道：「怎麼？真有了人！」連忙改口道：「可不是兇手在這裡！快多來幾個人逮住他，樓下也防著點兒，別放走了！」就聽人聲嘈雜的擁上五六個人來。克蘭斯知不能免，正是人急智生，一眼見這高樓，是四面洋臺，都圍著大樹，又欺著夏雅麗雖有本事，終是個婦人，仍從樹上用力一跳，跳上洋臺，想往後樓跑。這當兒，夏雅麗正在叫人上樓，忽見一個人陡然跳來，倒退了幾步，燈光下，看清是克蘭斯，臉上倒變了顏色，說不出話來。卻只把手往後樓指著。克蘭斯此時也顧不得什麼，飛奔後樓，果見靠闌干與前樓一樣的大樹。正縱身上樹，只聽夏雅麗在那裡亂喊道：「兇手跳進我房裡去了，你們快進去捉，不怕他飛了去。」只聽一群人，亂鬨鬨都到了屋裡。

這裡克蘭斯卻從從容容的爬過大樹，接著一溜平屋，在平屋搭了腳，恰好跳上後牆飛身下去，正是大道。幸喜沒個人影兒，就一口氣的跑回家去，仍從短牆奮身進去，人不知鬼不覺的到了自己屋裡，此時方算得了性命。喘息一回，定了定神，覺得方纔事，真如夢裡一般，由不得想起夏雅麗手指後樓的神情，並假說兇手進房的話兒，明明暗中救我，難道她還沒有忘記我嗎？既然不忘記我，就不該嫁加克奈夫！既嫁了加克奈夫，又不該二心於他！這女子的人格，就可想了！又想著自己要殺加克奈夫，倒被人家先殺了去，這人的本事，在我之上，倒要留心訪訪纔好。一頭心裡猜想，一頭脫去那身黑衣，想要上床歇息，不防衣袋中掉下一片東西，拾起來看時，倒吃一驚，原來就是自己在凱賽好富館贈夏雅麗的小照，上面添寫一行字道：「斯拉夫苦女子夏雅麗心嫁夫科察威團實行委員克蘭斯君小影。」克蘭斯看了，方明白夏雅麗對他垂淚的意思，也不免一陣心酸，掉下淚來，嘆道：「夏雅麗！夏雅麗！你白愛我了！也白救了我的性命！叫我怎麼能赦你這反覆無常的罪呢！」說罷，就把那照兒插在床前桌上照架裡，回頭見窗簾上漸漸發出魚肚白色，知道天明了，連忙上床，人已倦極，不免沉沉睡去。

正酣睡間，忽聽耳邊有人喊道：「幹得好事，捉你的人到了，還睡嗎！」克蘭斯睜眼見是波麻兒，忙坐起來道：「你好早呀，沒的大驚小怪，誰幹了什麼？」波麻兒道：「八點鐘還早嗎？魯翠姑娘找你來了，快出去。」克蘭斯連忙整衣出來，瞥眼看著魯翠華裝盛服，秀采飛揚，明眸修眉❶，豐頤高準❷，比到夏雅麗，另有一種華貴端凝氣象。一見克蘭斯，就含笑道：「昨兒晚上辛苦了。我們該替加來科梭

❶ 明眸修眉：明亮的眼睛，長長的眉毛。
❷ 豐頤高準：豐滿的面頰，高高的鼻子。頤，音ㄧˊ。面頰。

代致謝忱，怎麼夏雅麗倒免了？」波麻兒笑道：「總是克君多情，殺不下去，倒留了禍根了。」克蘭斯驚道：「怎麼著？她告了我嗎？」魯翠搖頭道：「沒有，她告的是不知姓名人，深夜入室，趁加克奈夫溫宮夜值出來，槍斃廊下。兇手在逃。俄皇知道，早疑心了虛無黨，已派偵探四出，倒嚴厲得很。克君還是小心為是。」克蘭斯笑道：「姑娘真胡鬧！小心什麼？那裡是我殺的？」魯翠倒詫異道：「難道你昨晚沒有去嗎？」克蘭斯道：「怎麼不去？可沒有殺人！」波麻兒道：「不是你殺是誰呢？」克蘭斯道：「別忙，我告訴你們！」就把昨夜所遇的事，從頭至尾說了一遍。祇把照片一事瞞起。兩人聽了，都稱奇道異。

波麻兒跳起來道：「克君，你倒被夏雅麗救壞了！不然倒是現成的好名兒！」魯翠正低頭沈思，忽被他一嚇，忙道：「波君別嚷，怕隔牆有耳。」頓一頓，又道：「據我看，這事夏雅麗大有可疑。第一為什麼要滅燈，再者既然疑心克君是兇手，怎麼倒放走了，不要倒就是她殺的呢！」克蘭斯道：「斷乎不會。她要殺他，為什麼嫁他呢？」魯翠道：「不許她辱身赴義❸嗎？」克蘭斯連連搖頭道：「不像。殺一加克奈夫，法子多得很，為什麼定要嫁了，纔能下手呢！況且看她得了凶信，神氣倉皇得很哩！」魯翠也點點頭道：「我們再去探聽探聽看。克君既然在夏雅麗面前露了眼，還是避避的好，請到我們家裡去住幾時罷！」克蘭斯就答應了。當時吩咐了家人幾句話，就跟了魯翠回家。從此魯翠、波麻兒諸人，替他在外哨探，克蘭斯倒安安穩穩住在美禮斯克罘邸第。先幾個月，風聲很緊，後來慢慢懈怠，竟無聲無臭起來。看官你道為何？原來俄國那班警察偵探，雖很有手段，可是歷年被虛無黨殺怕了，只看一千

❸ 辱身赴義：自身忍受屈辱，為道義而犧牲。

八百八十一年三月以後，半年間，竟殺了憲兵長官、警察長、偵探等十三人，所以事情關著虛無黨，大家就要縮手。這案俄皇雖屢下嚴旨，無奈這些人都不肯出力，且加克氏支族無人，原告不來催緊，自然冰雪解散了。克蘭斯在美禮家，消息最靈，探知內情，就放心回了家。

日月如梭，忽忽冬盡春來。這日正是俄曆二月初九，俄皇在溫宮開跳舞會的大好日，卻不道虛無黨也在首都民意俱樂部開協議會的祕密期。那時俄國各黨勢力，要推民意黨察科威團算最盛，土地自由黨、拿魯脫尼團次之。這日就舉了民意黨做會首。此外哥衛格團、奧能伯加團、馬黎可夫團、波蘭俄羅斯俱樂部、奪爾格聖俱樂部，紛紛的都派代表列席，黑壓壓擠滿了一堂。正是龍拿虎擲、燕叱鶯嗔、天地無聲、風雲異色的時候，民意女員魯翠，曳長裾，圍貂尾，站立發言臺上，桃臉含秋、蛾眉凝翠的宣告近來黨中經濟缺乏，團力渙散，必須重加聯絡，大事運動，方足再謀大舉。這幾句話，原算表明今日集會之想，還要暢發議論。忽見波麻兒連跌帶撞遠遠的跑來，喊道：「可了不得，今兒個又出了第二個蘇菲亞了！本黨宮內偵探員，有祕密報告在此！」大眾聽了愕然。魯翠就在臺上，接了波麻兒拿來的一張紙，約略看了看，臉上十分驚異。大眾都問何事？魯翠就當眾宣誦道：「本日皇帝在溫宮讌各國公使，開大跳舞會，車駕定午刻臨場，方出內宮門，突有一女子，從侍女隊躍出，左手持炸彈，右手揕帝胸，叱曰：『咄！爾速答我，能實行一千八百八十一年二月十二日民意黨上書要求之大赦國事犯、召集國會兩大條件否？不應則炸爾！』帝出不意，不知所云，連呼衛士安在。衛士見彈股慄，莫敢前。相持間，女子舉彈欲擲，帝以兩手死抱之，其時適文部大臣波別士立女子後，呼曰：『陛下莫釋手！』即拔衛士佩刀，猝砍女子臂。臂斷，血溢，女子踣。帝猶死持彈不敢釋。衛士前擒女子，女子猶蹶起，摳一衛士目，乃被捕，送裁判所。烈哉，此女惜未知名。探明再報！民意黨祕密偵探員報告。」魯翠誦畢。眾人都失色。齊聲道：「這女子是誰！可惜不知姓名。」

這一片驚天動地的可惜聲裡，猛可的飄來一句極淒楚的說話道：「眾位，這就是我的夏雅麗姑娘呀！」大家倒吃一驚。抬頭一看，原來是克蘭斯滿面淚痕的站在魯翠面前。魯翠道：「克君，怎見得就是她？」克蘭斯道：「不瞞姑娘說，昨晚她還到過小可家裡，可憐小可竟沒見面說句話兒。」魯翠道：「既到你家，怎麼不見呢？」克蘭斯道：「她來，我那裡知道呢！直到今早起來，忽見桌上安放的一個小照兒不見了，倒換上了一個夏姑娘的小照。我覺得詫異，正拿起來，誰知道照後還夾著一封密信。看了這信，方曉得姑娘一生的苦心，我黨大事的關係，都在這三寸的小照上。我正拿了來，要給姑娘商量救她的法子，誰知已鬧到如此了。」說罷，就在懷裡掏出一個小封兒，一張照片，送給魯翠。魯翠不暇看小照，先抽出信來，看了不過兩三行，點點頭道：「原來他嫁加克奈夫，全為黨中的大計，嗄！我們倒錯怪她了！嗳，放著心愛的人，生生割斷，倒嫁一個不相干的蠢人，真正苦了她了！」說著又看，忽然吃驚道：「怎麼加克奈夫倒就是她殺的？誰猜得到呢！」此時克蘭斯只管淌淚，波麻兒及眾人聽了魯翠的話，都面面相覷道：「加氏到底是誰殺的？」魯翠道：「就是夏雅麗殺的。」波麻兒道：「奇了，嫁他又殺他，這什麼道理？」魯翠道：「就為我黨經濟問題，她殺了他，好傾他的家，供給黨用呀！」眾人道：「從前楷愛團波爾佩，也嫁給一個老富人，毒殺富人，取了財產；夏姑娘想就是這主意了。」波麻兒道：「有多少呢？如今在那裡？」魯翠看著信道：「真不少哩，八千萬盧布哩！」又指著照片嘆道：「這就是八千萬盧布的支證書，這姑娘真布置得妥當！這些銀子，都分存在瑞士、法蘭西各銀行，都給總理說明是暫存的，全憑這照片收支，叫我們得信就去領取，遲恐有變。」

魯翠說到這裡，忽愕然道：「她為什麼化了一萬盧布，賄買一個宮中侍女的缺呢？」克蘭斯含淚道：「這就是今天的事情了。姑娘，你不見她，早把老娘斐氏搬到瑞士親戚家去，那個炸彈，還是加氏從前在亞突俱樂部搜來的。她一見，就預先藏著，可見死志早決的了。」魯翠放了信，也落淚道：「她替黨中得了這麼大資本，功勞也真不小，難道我們聽她給這些暴君污吏宰殺嗎？」眾人齊聲道：「這必要設法救的。」魯翠道：「妾意一面遣人持照到各行取銀，一面想法到裁判所去聽審。這兩件事，最要緊，誰願去？」於是波麻兒擔了領銀的責任，克蘭斯願去聽審，各自分頭前往。

話分兩頭：卻說克蘭斯一逕出來，汗淋淋的趕到裁判所。抬頭一看，署前立著多少衛兵，防衛得嚴密非常，閒人一個不許亂闖。克蘭斯正在為難，忽見署中走出兩個人來，一個老者，一個少者，正要上車。克蘭斯連忙要避，那少年忽然喚道：「克君，你也來了。」克蘭斯吃一驚，定睛一認，卻是瓦德西，只得上前相見。瓦德西就招呼了畢葉，並告訴他也來聽審的。誰知今日不比往常，畢君署中有熟人，也不放進去，真沒有法了。瓦德西當時就拉了克蘭斯，同到他家。克蘭斯此時也無計可施，只得跟著他們同走。瓦德西留住克蘭斯、畢葉在家吃夜飯，三人正在商議，忽然畢葉得了裁判所朋友的密信，夏雅麗已判定死刑，俄皇怕有他變，傍晚時已登絞臺絞死了。克蘭斯得了這信，咬牙切齒，痛罵民賊，立刻要去報仇雪恨，還是瓦德西勸住了，只得垂頭喪氣，別了畢、瓦兩人，趕歸祕密會所，報告凶信。其時魯翠諸人還在會商援救各法，猝聞這信，真是青天霹靂，人人裂目，個個椎心。魯翠更覺得義憤填膺，長悲纏骨，連哭帶咽，演說了一番。過了幾日，又開了個大追悼會，倒把黨中氣燄，提高了百倍。直到波麻兒回來，黨中又積儲了無數資本，自然黨勢益發盛大了。到底歇了數年，到一千九百零一年三月二十二日，克蘭斯狙擊了文部大臣波別士，也算報了砍臂之仇。魯翠姑娘也在一千九百零四年五月十一日，把爆藥彈擲皇帝尼古拉士，不成被縛。臨刑時道：「我把一個爆烈彈，換萬民自由，死怕什麼！」這都是夏姑娘一死的餘烈哩。此是後話，不必多述。

如今再說瓦德西那日送了克蘭斯去後，幾次去看彩雲，卻總被門上阻擋。後來彩雲約會在葉爾丹園，方得相會。從此就買囑了管園人，每逢彩雲到園，管園人就去通信。如此習以為常，一月中總要見面好幾次。情長日短，倏忽又是幾月。

那時正是溽暑❹初過，新涼乍生，薄袖輕衫，易生情興。瓦德西徘徊旅館，靜待好音。誰知日復一日，消息杳然。悶極無聊，只好坐在躺椅中，把日報消遣。忽見緊要新聞欄內，載一條云：「清國俄、德、奧、荷公使金汮三年任滿，現在清廷已另派許鏡澂前來接替，不日到俄」云云。瓦德西看到這裡，不覺呆了，因想怪道彩雲這禮拜不來相約，原來快要回國了。轉念道：「既然快要相離，更應該會得勤些，纔見得要好。」瓦德西手裡拿了張報紙，呆呆忖度個不了。忽然侍者送上一個電報道：「這是貴國使館裡送來的。」瓦德西連忙拆看，卻是本國陸軍大將打給他的，有緊要公事，令其即日回國，詞意很是嚴厲，知道不能耽擱的，就嘆口氣道：「這真巧了，難道一面緣都沒了？」丟下電報，走到臥室裡，換了套出門衣服，逕赴葉爾丹園而來，意思想去碰碰，或者得見，也未可定。誰知到園問問管園的，說好久沒有來過。等了一天，也是枉然。瓦德西沒法，只好寫了一封信，交給管園的，叮囑等中國公使夫

❹ 溽暑：濕熱。溽，音ㄖㄨˋ。潮濕。

人來時手交，自己硬了心腸，匆匆回寓，料理行裝。第二日一早，趁了火車，回德國去了，不提。

單說彩雲正與瓦德西打得火熱，那裡分拆得開？知道雯青任期將滿，早就攛掇雯青，在北京託了葦如，運動連任，誰知竟不能成。這日雯青忽接了許鏡澂的電信，已經到了柏林，三日內就要到俄。雯青進來告訴彩雲，叫他趕緊收拾行李。彩雲聽了這信，彷彿打個焦雷，恨不立刻去見瓦德西，訴訴離情。無奈被雯青終日逼緊著拾掇，而且這事，連阿福都瞞起的，不提什麼，阿福尚在那裡尋瑕索瘢❺，風言醋語，所以連通信的人都沒有，只好肚裡叫苦罷了。直到雯青交卸了篆務，一切行李都已上了火車站，叫阿福押去，雯青又被畢葉請去吃早飯餞別，彩雲得了這個巧當兒，求一個小么兒，許了他錢，去雇了一輛買賣車，獨自趕往葉爾丹園，滿擬遇見瓦德西，說些體己話兒，洒些知心淚，也不枉相識一場。誰知一進園，正要去尋管園的，他倒早迎上來，笑嘻嘻拿著一封信道：「太太貴忙呀！這是瓦德西先生留下的信兒，你瞧罷！」彩雲怔一怔，忙接了，只見紙上寫著道：

彩雲夫人愛鑒：昨讀日報，知錦車行邁，正爾神傷；不意鄙人，亦牽王事，束裝待發。嗚呼！我兩人何緣慳❻耶？十旬之愛，盡於浹辰❼，別淚盈懷，無地可洒，期於葉爾丹園叢薄間，作末日之握。乃夕陽無限，而谷音❽寂然，林鳥有情，送我哀響。僕今去矣，卿亦長辭！海濤萬里，相

❺尋瑕索瘢：想盡方法尋找缺失。瑕，玉之斑點。瘢，音ㄅㄢ。瘡痕。

❻緣慳：緣分淺少。慳，音ㄑㄧㄢ。吝惜；吝嗇。

❼浹辰：自子日至亥日周匝十二日。浹，音ㄐㄧㄚˊ。周匝。

❽谷音：空谷足音之省語，喻難得之人物或言論，有如空曠山谷中傳來足音，令人欣喜。

思百年，落月屋梁❾，再見以夢，亞鴻有便，惠我好音❿！

末署：「愛友瓦德西拜上。」彩雲就把信插入衣袋裡，笑問那管園的道：「瓦德西先生多喒給你這信的？他說什麼沒有？」管園的道：「他前天給我的，倒沒說別的，就恨太太不來。」彩雲點點頭，含著一包眼淚，慢慢上車，逕叫向火車站而來。到得車站，恰好見雯青剛上火車，俄國首相兼外部大臣吉爾斯，德、奧、荷三國公使，畫師畢葉，還有中國後任公使許鏡澂奏留的繙譯、隨員等，鬧哄哄多少人，都來送行。雯青正應酬得汗流浹背，那裡有工夫留心彩雲的事情。只有阿福此時，看見彩雲坐了一輛買賣車，如飛從東馳來，心裡就詫異，連忙迎上來，望了幾望彩雲的眼睛，對彩雲微微一笑。彩雲倒轉了頭也不理他，自顧已到停車場，自然有老媽丫鬟等扶著上車了。不一會，汽笛一聲，一股濃煙，直從煙突噴出，那火車就慢慢行動。停車場上送的人，有拱手的，有脫帽的，有揚巾的，一片平安祝頌聲裡，就風馳電捲，離了聖彼得堡而去。三日到了柏林。雯青把例行公事完了，就赴馬賽。

可巧前次坐來的薩克森船，於八月十六日，開往中國上海，仍是戴會計去講定妥了。十五日夜飯後，大家登了舟，雯青、彩雲仍坐了頭等艙。部署粗定，那船主質克笑著走進艙來，向雯青、彩雲道：「我們真算有緣了！來去都坐了小可的船。」雯青不會說外國話，只好彩雲應酬了一會，質克方去了。開了船，質克非常招呼，自己有時也來走走，彩雲也常到船頂去散步乘涼，偶然就在質克屋裡坐坐。原來彩

❾ 落月屋梁：極言思念故人之切。杜甫夢李白詩：「落月滿屋梁，猶疑照顏色。」

❿ 亞鴻有便二句：亞洲的鴻雁如方便，請寫信給我。好音，同「佳音」。即好消息。

雲自離了俄都，想著未給瓦德西作別，心中總覺不安，有時拿出信來看看，未免對月傷懷，臨風洒淚，自己德話雖會說，卻不會寫，連回信都難寄一封，更覺悶悶不樂。質克連日看出彩雲不樂，雖不解緣故，倒常常想法騙她快活。彩雲很感激他，按下不表。

且說阿福自從那日見了瓦德西後，就動了疑，不過究竟主僕名分，不好十分露相，只把語言試探而已。有一晚，薩克森船正在地中海駛行，一更初定，明月中天，船上乘客，大半歸房就寢，滿船靜悄悄的，但聞鼻息呼聲。阿福一人睡在艙中，反覆不安，心裡覺得躁煩，就起來，披了一件小羅衫走出來，從扶梯上爬到船頂，卻見頂上寂無人聲，照著一片白迷濛的月色，涼風颯颯，冷露玲玲，爽快異常。阿福就靠在帆桅上，賞玩海中夜景。正在得趣，忽覺眼前黑魆魆的好像一個人影，直掠煙突而過。心裡一驚，連忙躡手躡腳跟上去，遠遠見相離一箭之地，果真有個人，飛快的衝著船首走去，那身量窈窕，像個女子後影，可辨不清是中是西。阿福方要定睛認認，只聽船長小室的門，砌的一聲，那女影就不見了。阿福心想：「原來這船長是有家眷的，我左右空著，何妨去偷看看他們做什麼。」想著，就溜到那屋旁。只見這屋，兩面都有一尺來大小的玻璃推窗，紅色氈簾正鉤起。阿福向裡一張，只見室內漆黑無光，就在漏進去一點月光裡頭，隱約見那女子背坐在一張藍絨靠背上，質克正站起，一手要旋電燈的活機，那女子連連搖手，說了幾句咭唎咕嚕的話。質克只涎笑，傴著身，手掏衣袋裡，掏出個彷彿是信的小封兒，遠遠託著說話，大約叫那女子看。那女子瞥然伸手來奪。質克趁勢，拉住那女子的手，湊在耳邊，低低的說。那女子斜盯了質克一眼，就回過臉來，急忙探頭向門外一張，順手卻把簾子欻的拉上。阿福在這當兒，簾縫裡正給那女子打個照面，不覺啊呀一聲道：「可了不得了！」正是：前身應是瑣首佛，半夜猶張素女圖⓫。欲知阿福因何發喊，且聽下回分解。

⓫ 素女圖：男女交合的圖像。素女，古神女名，精於音樂。或謂其知陰陽天道，擅長房中術。

第十八回　游草地商量請客單　借花園開設讀瀛會

話說阿福在簾縫裡看去，迷迷糊糊，活像是那一個人，心裡一急，幾乎啊呀的喊出來。忽然轉念一想，質克這東西，凶狠異常，不要自己吃不了兜著走。側耳聽時，那屋是西洋柳條板實拼的，屋裡做事，外面聲息不漏。阿福沒法，待要抽門，卻聽得對面鞾鞾的腳聲。探頭一望，不提防碧沈沈兩隻琉璃眼，亂蓬蓬一身花點毛，倒是一條二尺來高的哈巴狗，搖頭擺尾，急騰騰地向船頭上趕著一隻錦毛獅子母狗去了。阿福啐了一口，暗道：「畜生也欺負人起來！」說罷，垂頭喪氣的，正在一頭心裡盤算，一頭踅回扶梯邊來，瞥然又見一個人影，在眼角裡一閃，急急忙忙，繞著船左舷，搶前幾步，下梯去了。阿福倒怔了怔，心想他們幹事怎麼這麼快！自己無計思量，也就下樓歸艙安歇。氣一回，恨一回，反覆了一夜，到天亮倒落唿❶了。朦朧中，忽然人聲鼎沸，驚醒起來，卻聽在二等艙裡，是個蘇州人口音。細聽正是匡次芳帶出來的一個家人。高聲道：「哼，外國人！船主！外國人買幾個銅錢介？船主生幾個頭幾隻臂膊介？勳現世，呧朵問問俚！昨伲夜裡做個啥事體嘎？儂拉艙面浪，聽子一夜朵！儂弄壞子俚大餐間一隻玻璃杯，俚倒勿答應，個末俚弄壞子伲公使夫人，倒弗翻淘。」這家人說到這裡，就聽見有個外國人，不曉得咭唎咕嚕，又嚷些什麼。隨後便是次芳喝道：「混賬東西！金大人來了！還敢胡說！給我

❶ 落唿：睡覺時鼻息作響，通稱打鼾，亦作打呼嚕。唿，音ㄏㄨ。

滾出去！」只聽那家人一頭走，一頭還在咕嚕道：「裡勢個事體，本來金大人該應管管哉！」

阿福聽了這些話，心裡詫異，想昨夜同在艙面，怎麼我沒有碰見呢？後來聽見主人也出來，曉得事情越發鬧大了，連忙穿好衣服走出來。只見大家都在二等艙裡，次芳正在給質克做手勢陪不是。雯青卻在艙門口，呆著臉站著。彩雲不敢進來，也在艙外遠遠探頭探腦，看見阿福，就招手兒。阿福走上去道：「到底怎麼回事呢？」彩雲道：「誰知道！這天殺的，打碎了人家的一隻杯子，人家罵他，要他賠，他就無法無天起來。」阿福冷笑道：「沒縫的蛋兒蒼蠅也不鑽，倒是如今弄得老爺都知道，我倒在這裡發愁。」彩雲別轉臉，正要回答，雯青卻氣憤憤的走回來。阿福連忙站開。雯青眼盯著彩雲道：「你還出來幹什麼？」彩雲聽了這話頭兒，一扭身，飛奔的往頭等艙而去。雯青也隨後跟來。彩雲一進艙，倒下吊床，雙手捧著臉，嗚嗚咽咽大哭起來。雯青道：「咦，怎麼倒你哭了！」彩雲咽著道：「怎麼叫我不哭呢！我是沒有老爺的苦人呀，儘叫人家欺負的！」雯青愕然道：「這，這是什麼話？」彩雲接著道：「我那裡還有老爺呢！別人家老爺，總護著自己身邊人，就是做了醜事，還要顧著向日恩情，一床錦被，遮蓋遮蓋，況且沒有把柄的事兒，給一個低三下四的奴才，含血噴人，自己倒站著聽風涼話兒！沒事人兒一大堆，不發一句話，就算你明白不相信，人家看你這樣兒，只說你老爺也信了。我這冤枉，那裡再洗得清呢！」

原來雯青剛纔一起床，就去看次芳。可巧碰下這事，聽了那家人的話，氣極了，沒有思前想後，一盆之火走來，想把彩雲往大海一丟，方雪此恥。及至走進來，不防兜頭給彩雲一哭，見了那嬌模樣，已是軟了五分；又聽見這一番話，說得有理，自己想想，也實在沒有憑據，那怒氣自然又平了三分。就道：

「你不做歹事，人家怎麼憑空說你呢？」彩雲在床上連連蹬足哭道：「這都是老爺害我的！學什麼勞什子的外國話！學了話，不叫給外國人應酬，也還罷了，偏偏這回老爺卸了任，把好一點的繙譯，都奏留給後任了。一下船，逼著我做通事，因此認得了質克，人家早就動了疑。昨天我自己又不小心，為了請質克代寫一封柏林女朋友的送行回信，晚上到他房裡去過一趟，那裡想得到鬧出這個亂兒來呢！」說著，歘的翻身，在枕邊掏出一封西文的信，往雯青懷裡一擲道：「你不信，你瞧！這書信還在這裡呢！」彩雲擲出了信，更加號啕起來，口口聲聲要尋死。雯青雖不認得西文，見她堂皇冠冕，擲出信來，知道不是說謊了。聽她哭得凄慘，不要說一團疑雲，自然飛到爪窪國去，倒更起了憐惜之心，只得安慰道：「既然你自己相信，對得起我，也就罷了，我也從此不提。你也不必哭了。」彩雲只管撒嬌撒癡的痛哭，說：「人家壞了我名節，你倒肯罷了！」雯青沒法，只好許他到中國後，送辦那家人，方纔收旗息鼓。外面質克吵鬧一回，幸虧次芳再四調停，也算無事了。阿福先見雯青動怒，也怕尋根問底，早就暗暗跟了進來。聽了一回，知道沒下文，自然放心去了。從此海程迅速，倒甚平安。所過埠頭，無非循例應酬，毫無新聞趣事可記，按下慢表。

如今且說離上海五六里地方，有一座出名的大花園，叫做味蒓園❷。這座花園，坐落不多，四面圍著嫩綠的大草地，草地中間，矗立一座巍煥的跳舞廳，大家都叫他做安凱第。原是中國士女，會集茗話之所。這日正在深秋天氣，節近重陽，草作金色，楓吐火光，秋花亂開，梧葉飄墮，佳人油碧，公子絲鞭❸，拾翠尋芳，歌來舞往，非常熱鬧。

❷ 味蒓園：在上海靜安寺路南，為西洋人所築。清光緒中，無錫張鴻祿購之，稱張園。今廢。

其時又當夕陽銜山，一片血色般的晚霞，斜照在草地上，迎著這片光中，卻有個骨秀神腴光風霽月的老者，一手捋著淡淡的黃鬚，緩步行來。背後隨著個中年人，也是眉目英挺，氣概端凝，胸羅匡濟之才❹，面盎詩書之澤❺，一壁閒談一壁走的，齊向那大洋房前進。那老者忽然歎道：「若非老夫微痾淹滯❻，此時早已在倫敦、巴黎間，呼吸西洋自由空氣了！」那中年笑道：「我們此時若在西洋，這談瀛勝會，那得舉發！大人的清恙，正天所以留大人為群英之總持也！也可見盍簪❼之聚，亦非偶然。」那老者道：「我兄獎飾過當，老夫豈敢！但難得此時群賢畢集，不能無此盛舉，以誌一時之奇遇。前日託兄所擬的客單，不知已擬好嗎？」那中年道：「職道已將現在這裡的人，大略擬就，不知有無掛漏，請大人過目。」說著，就趕忙在靴統裡抽出一個梅紅全帖，雙手遞給老者。那老者揭開一看，只見那帖上寫道：

本月重九日，敬借味蒓園，開談瀛會。凡我同人，或持旌歷聘❽，或憑軾偶游❾，足跡曾及他洲，

---

❸ 佳人油碧二句：美人乘坐綴有油碧幢之美車，公子騎著駿馬，手持絲鞭。油碧幢，古時車蓋之裝飾，供婦女乘坐。絲鞭，絲製之馬鞭。

❹ 胸羅匡濟之才：胸中具有匡世濟民之才幹。羅，搜尋、包括之義。

❺ 面盎詩書之澤：面上充滿飽讀詩書之光澤。盎，音ㄤˋ。盎然：興盛。

❻ 微痾淹滯：因小病而遲延。微痾，小病。淹滯，本謂有才德而居下位者，在此作淹留、遲延解。

❼ 盍簪：謂朋友會聚。盍，合。

❽ 持旌歷聘：擔任外交使臣，到外國訪問。旌，旌節。歷，經過。

壯游逾乎重譯⑩者，皆得來預斯會。借他山攻錯之資，集世界交通之益，翹盼旌旄⑪，勿吝金玉⑫！敬列台銜於左：

記名道、日本出使大臣呂大人印蒼舒，號順齋；

前充德國正使李大人印豐寶，號台霞；

直隸候補道，前充美、日、祕出使大臣雲大人印宏，號仁甫；

湖北候補道、鐵廠總辦、前充德國參贊徐大人印英，號忠華；

直隸即補道、招商局總辦、前奉旨游歷法國馬大人印中堅，號美菽；

現任常鎮道、前奉旨游歷英國柴大人印龢，號韻甫；

大理寺正堂，前充英、法出使大臣俞大人印耿，號西塘；

分省補用道，前奉旨游歷各國，現充英、法、義、比四國參贊王大人印恭，號子度。

下面另寫一行「愚弟薛輔仁頓首拜訂。」看官：你們道這老者是誰？原來就是無錫薛淑雲。還是去年七月，奉了出使英、法、義、比四國之命，誰知淑雲奉命之後，一病經年，至今尚未放洋，月內方纔來滬，駐節天后宮，還須調養多時，再行啟程。那個中年人，就是雯青那年與雲仁甫同見的王子度，原

---

❾ 憑軾偶游：駕車偶然出遊。憑軾，駕車。

❿ 重譯：各國語言不同，須輾轉翻譯始能溝通情意。重，音ㄔㄨㄥˊ。

⓫ 翹盼旌旄：非常盼望持旌旗旄節之達官貴人光臨。翹盼，同「翹企」。殷切盼望。翹，音ㄑㄧㄠˊ。

⓬ 勿吝金玉：勿吝惜尊貴之身，惠然肯來。金玉，喻尊貴，稱人之敬詞。

是這回淑雲奏調他做參贊，一同出洋的。這兩人都是當世通才，深知世界大勢，氣味甚是相投。當時在滬無事，恰值幾個舊友，如呂順齋從日本任滿歸朝，徐忠華為辦鐵料來滬，美菽、仁甫則本寓此間，淑雲素性好客，來此地聚著許多高朋，因與子度商量，擬邀曾經出洋者，作一盛會，借此聚集冠裳⓭，兼可研究世局。其時恰好京卿俞西塘，有奉旨查辦事件；常鎮道柴韻甫，有與上海道會商事件，這兩人也是一時有名人物，不期而遇，都聚在一處。所以子度一併延請了。

閒話少說。話說當時淑雲看了客單，微笑道：「大約不過這幾個人罷了？就少了雯青和次芳兩個！聽說也快回國，不知他們趕得上嗎？」子度一面接過客單，一面答道：「昨天知道雯青夫人，已經到這裡來迎接了。上海道已把洋務局預備出來，專候使節。大約今明必到。」言次兩人已踏上了那大洋房的平臺。正要進門，忽然門外風馳電捲的來了兩輛華麗馬車，後面塵頭起處，跟著四匹高頭大馬，馬上跨著戴紅纓帽的四個俊僮。那車一到洋房門口，停住了，就有一群老媽丫頭，開了車門，扶出兩位佳人，一個是中年的貴婦，一個是姣小的雛姬，都是珠圍翠繞⓮，粉滴脂酥⓯，款步進門而來。淑雲、子度，倒站著看呆了。子度低低向淑雲說道：「那年輕的，不是雯青的如夫人嗎？大約那中年的，就是正太太了。」淑雲點頭道：「不差，大約雯青已到了，我們客單上，快添上罷！我想我先回去拜他一趟，後日好相見。你在這裡給園主人把後天的事情說定，叫他把東邊老園的花廳，借給我們做會所就得了。」子

⓭ 聚集冠裳：會聚有身分地位之人士。冠裳，謂著正服，引申為著冠裳之士紳。

⓮ 珠圍翠繞：渾身滿是珍珠翡翠，極言其裝飾之豪華美麗。語出西廂記崔鶯鶯夜聽琴。

⓯ 粉滴脂酥：形容抹粉塗脂之多。

度答應，自去找尋園主人。這裡淑雲見雯青的家眷，許多人簇擁著上樓，揀定座兒，自去啜茗。淑雲也無心細看，連忙叫著管家伺候，忽忽上車回去拜客不提。

原來雯青還是昨日上午抵埠的，被腳靴手版⑯，膠擾⑰了一日，直到上燈時，方領了彩雲，進了洋務局公館。知道夫人在此，連忙接來，夫妻團聚，暢話離情，快活自不必說。到了次日，雯青叫張夫人領著彩雲各處去游玩，自己也出門拜訪友好，直鬧到天黑方歸。正在上房，一面叫彩雲伺候更衣，一面與夫人談天，細問今日游玩的景致。張夫人一一的訴說。那當兒，金升拿著個帖子，上來回道：「剛纔薛大人自己來過，請大人後日到味蒓園一聚，萬勿推辭！臨走留下一個帖子。」雯青就在金升手裡，看了一看，微笑道：「原來這班人都在這裡，倒也難得！」又向金升道：「你去外頭招呼匡大人一聲，說我去的，叫匡大人也去，不可辜負了薛大人一片雅意。」金升諾諾答應下去，當日無話。

單說這日重陽佳節，雯青在洋務局吃了早飯，約著次芳坐車直到味蒓園。到得園門，把車拉進老園洋房停著，只見門口已停滿了五六輛轎車，階上站著無數紅纓青褂的家人。雯青、次芳一同下車，就有家人進去通報，淑雲滿面笑容的把雯青、次芳迎接進去。此時花廳上，早是冠裳濟楚，坐著無數客人，見雯青進來，都站起來讓坐。雯青周圍一看，只見順齋、台霞、仁甫、美菽、忠華、子度一班熟人，都在那裡。雯青一一寒暄了幾句，方纔告坐。淑雲先開口向雯青道：「我們還是那年在一家春一敘，一別

⑯ 腳靴手版：著腳靴，持手版，謂高級官吏。手版，即笏，亦作「手板」。古時自天子至士皆執笏，以備記事之用。

⑰ 膠擾：義同「攪擾」。謂事務紛雜，忙亂不已。

十年，不想又在這裡相會。最難得的，仍是原班，不弱一個⑱！不過綠鬢少年，都換了華顛老子⑲了。」說罷，拈鬚微笑。子度道：「記得那年全安棧相見的時候，正是雯兄大魁天下衣錦榮歸的當兒，少年富貴，真使弟輩豔羨無窮。」雯青道：「少年陳跡，令人汗顏。小弟只記得那年暢聞高論，所談西國政治藝術，天驚石破，推崇備至，私心竊以為過當！如今靠著國家洪福，周遊各國，方信諸君言之不謬。可惜小弟學淺才疏，不能替國家宣揚令德，那裡及淑翁博聞多識，中外仰望，又有子度兄相助為理？此次出洋，必能爭回多少利權，增重多少國體。弟輩惟有拭目相望耳！」淑雲、子度謙遜了一回。台霞道：「那時中國風氣未開，有人討論西學，就是漢奸。雯兄，你還記得嗎？郭筠仙侍郎喜談洋務，幾乎被鄉人驅逐。曾劼剛襲侯學了洋文，他的夫人喜歡彈彈洋琴，人家就說他吃教的。這些粗俗的事情，尚且如此，政治藝術，不要說雯兄疑心，便是弟輩，也不能十分堅信。」美菽道：「如今大家眼光，比從前又換一點兒了。聽說俞西塘京卿在家飲食起居，都依洋派，公子小姐，出門常穿西裝，在京裡應酬場中，到也沒有聽見人家議論他，豈不奇怪！」

大家聽了，正要動問，只見一個家人手持紅帖，匆忙進來通報道：「俞大人到。」雯青一眼看去，只見走進一個四十多歲的體面人來，細長幹兒，橢圓臉兒，雪白的皮色，烏油油兩綹微鬚，藍頂花翎，滿面風芒的，就給淑雲作下揖去，口裡連說遲到。淑雲正在送茶，後面家人又領進一位粗眉大眼挺腰凸肚的客人，淑雲順手也送了茶，就招呼雯青道：「這位就是柴韻甫觀察，新從常鎮道任所到此。我們此

---

⑱ 不弱一個：不少一人。弱，喪失；死亡。左傳昭公三年：「又弱一个焉。」

⑲ 華顛老子：花白頭髮之老人。華，同「花」。顛，頭頂。老子，在此謂老人。

會，借重不少哩！」韻甫忙說不敢，就給大家相見。淑雲見客已到齊，忙叫家人擺起酒來，送酒定座，忙了一回。於是各各歸坐，舉杯道謝之後，大家就縱飲暢談起來。雯青向順齋道：「聽說東瀛從前崇尚漢學，遺籍甚多，往往有中土失傳之本，而彼國尚有流傳。弟在海外，就知閣下搜輯甚多，正有功藝林之作也。」順齋道：「經生結習，沒有什麼關係的。要比到子度兄所作的日本國志，把島國的政治風俗，網羅無遺，正是問鼎康瓠⑳，不可同語了！」子度道：「日本自明治變法，三十年來，進步之速，可驚可愕。弟的這書，也不過斷爛朝報㉑，一篇陳賬，不適用的了。」西塘道：「日本近來注意朝鮮，到是一件極可慮的事。即如那年朝鮮李昰應之亂，日本已遣外務卿井上馨率兵前往，幸虧我兵先到半日，得以和平了事。否則朝鮮早變了琉球之續了。」子度微笑，指著淑雲、順齋道：「這事都虧了兩位贊助之功。」

淑雲道：「豈敢！小弟不過上書莊制軍，請其先發海軍往救，不必轉商總理衙門，致稽時日罷了。至這事成功的樞紐，……」說到這裡，向著順齋道：「究竟還靠順齋在東京，探得確信，急遞密電，所以制軍得豫為之備，迅速成功哩！」美菽道：「可惜後來伊藤博文到津，何太真受了北洋之命，與彼立了攻守同盟的條約。我恐朝鮮將來有事，中、日兩國，必然難免爭端罷！」雯青道：「朝鮮一地，不但日本眈眈虎視，即俄國蓄意，亦非一日了。」淑雲道：「不差，小弟聞得吾兄這回回國，俄皇有臨別之

---

⑳ 問鼎康瓠：競爭欲得一低劣標的。問鼎，問鼎之輕重，有覬覦君位之意，引申為參與競爭相互爭奪之義。康瓠，空壺；破瓦器。

㉑ 斷爛朝報：殘缺不全之朝廷公文書。王安石譏評春秋之語，見宋史王安石傳。

言，不曉得究竟如何說法？」雯青道：「我兄消息好靈！此事確是有的。就是兄弟這次回國時，到俄宮辭別，俄皇特為免冠握手，對兄弟道：『近來外人都道朕欲和貴國為難，且有吞併朝鮮的意思。這種議論，都是西邊大國造出來離間我們邦交的。其實中俄交誼，在各國之先，朕那裡肯廢棄呢！況且我國新滅了波蘭，又割了瑞典、芬蘭，還有圖爾齊斯坦㉒各部，朕日夜兢兢，方要綏和斯地，萬不願生事境外的。至於東境鐵路，原為運輸海參崴、琿春商貨起見，更沒別意。又有人說我國海軍，被英國截住君士但丁峽，沒了屯泊所，所以要從事朝鮮，這話更不然了。近年我已在黑海旁邊，得了停泊善澳，北邊又有煤礦，又在庫頁島得了海口兩處，皆風靜水暖，礦苗豐富的。再者俄與丹馬㉓婚姻之國，倘要濟師，丹馬海峽也可借道，何必要朝鮮呢！貴大人歸國，可將此意，勸告政府，務敦睦誼。』這都是俄皇親口對弟說的。至於其說是否發於至誠，弟卻不敢妄斷，只好據以直告罷了。」

淑雲道：「現在各國內力充滿，譬如一杯滿水，不能不溢於外，侵略政策，出自天然，俄皇的話，就算是真心，那裡強得過天運呢！孫子曰：『毋恃人之不來，恃我有以待之！』為今之計，我國只有力圖自強，方足自存在這種大戰國世界哩！」雯青道：「當今自強之道，究以何者為先，淑翁留心有素，必能發抒宏議。」淑雲道：「富強大計，條目繁多，弟輩蠡測，那裡能盡！只就職分所當盡者，即如現在交涉裡頭，有兩件必須力爭的，第一件，該把我國列入公法之內，凡事不至十分吃虧；第二件，南洋

㉒ 圖爾齊斯坦：Turkistan，今譯為土耳其斯坦，中國新疆及烏茲別克、土庫曼、哈薩克、塔吉克、吉爾吉斯等國均屬之。

㉓ 丹馬：Denmark，今譯為丹麥，位於歐洲北部。

各埠，都該添設領事，使僑民有所依歸。這兩事，雖然看似尋常，卻與大局很有關係。弟從前曾有論著，這回出去，決計要實行的了。」次芳道：「淑翁所論，自是外交急務。若論內政，愚意當以練兵為第一。練兵之中，尤以練海軍為最要。近日北洋海軍，經威毅伯極意經營，丁雨汀盡心操演，將來必能收效的。但今聞海軍衙門，軍需要款，常有移作別用的，一國命脈所係，豈容兒戲呢？真不可解了！」忠華道：「練兵固不可緩，然依弟愚見，如以化學比例，兵事尚是混合體，決非原質。歷觀各國立國，各有原質，如英國的原質是商，德國的原質是工，美國的原質是農。農工商三樣，實是國家的命脈。各依其國的風俗、性情、政策，因而有所注重。我國倘要自強，必當使商有新思想，工有新技術，農有新樹藝，方有振興的希望哩！」

仁甫道：「實業戰爭，原比兵力戰爭更烈，忠華兄真探本之論！小弟這回遊歷英、美，留心工商界，覺得現在有兩件怪物，其力足以滅國殄種㉔，我國所必當預防的，一是銀行，一是鐵路。銀行非錢鋪可比，經其規制，一國金錢的勢力，聽其弛張了。鐵路亦非驛站可比，入其範圍，一國交通的機關，受其節制了。我國若不先自下手，自辦銀行，自築鐵路，必被外人先我著鞭，倒是心腹大患哩！」台霞道：「西國富強的本原，據兄弟愚見，卻不盡在這些治兵、制器、惠工、通商諸事上頭哩！第一在政體。西人視國家為百姓的公產，不是朝廷的世業，一切政事，內有上下議院，外有地方自治，人人有議政的權柄，自然人人有愛國的思想了。第二在教育，各國學堂林立，百姓讀書，歸國家管理，無論何人，不准不讀書，西人叫做強逼教育。通國無不識字的百姓，即販夫走卒，也都通曉天下大勢，民智日進，國力

㉔ 滅國殄種：義同「亡國滅種」。殄，音ㄊㄧㄢˇ。滅絕。

哩。我國現在事事要仿效西法，徒然用心那些機器事業的形跡，是不中用的。」西塘道：「政體一層，我國數千年來，都是皇上一人獨斷的，一時恐難改變。只有教育一事，萬不可緩。現在我國四萬萬人，讀書識字的，還不到一萬萬，大半癡愚無知，無怪他們要叫我們做半開化國了。現在朝廷如肯廢了科舉，大開學堂，十年之後，必然收效。不過弟意，現辦學堂，這些專門高等的，倒可從緩，只有普通小學堂，最是要緊。因為小學堂，是專教成好百姓的。只要有了好百姓，就不怕他沒有好國家了。」

韻甫道：「辦學堂，開民智，固然是要緊，但也有一層流弊，該慎之於始。兄弟從前到過各國學堂，常聽見那些學生，終日在那裡講究什麼盧梭的民約論，孟德斯鳩的法律魂，滿口裡無非革命、流血、平權、自由的話，我國如果要開學堂，先要把這種書禁絕，不許學生寓目纔好。否則開了學堂，不是造就人材，倒造就叛逆了。」美菽道：「要說到這個流弊，如今還早哩！現在我國民智不開，固然在上的人，教育無方，然也是我國文字太深，且與語言分途的緣故，那裡能給言文一致的國度比較呢！兄弟的意思，現在必須另造一種通行文字，給白話一樣的方好。還有一事，各國提倡文學，最重小說戲曲，因為百姓容易受他的感化。如今我國的小說戲曲，太不講究了，佳人才子，千篇一律，固然毫無道理；否則開口便是驪山老母、齊天大聖，閉口又是白玉堂、黃天霸，一派妖亂迷信的話，布滿在下等人心裡，北幾省此風更甚，倒也是開化的一件大大可慮的事哩！」當時味蒓園席上的人，你一句，我一句，正在興高彩烈、議論天下大勢的時候，忽見走進一個家人，站在雯青身邊，低低的回道：「太太打發人來，說京裡有緊要電報到來，請老爺即刻回去。」大家都吃了一驚，方隔斷了話頭。雯青心裡有事，坐不住，只好起身告辭。正是：海客高譚驚四座，京華芳訊報三遷。欲知後事，且聽下回。

第十九回　淋漓數行墨五陵未死健兒心　的皪三明珠一笑來觴名士壽

上回敘的是薛淑雲在味蒓園開譚瀛會，大家正在高談闊論，忽因雯青家中接到了京電，不知甚事，雯青不及終席，就道謝興辭，趕回洋務局公館。卻見夫人滿面笑容的，接出中堂道：「恭喜老爺！」雯青倒愕然道：「喜從何來？」張夫人笑道：「別忙，橫豎跑不了，你且換了衣服。彩雲，煩你把剛纔陸大人打來的電報，拿給老爺看。」那個當兒，阿福站在雯青面前，脫帽換靴，彩雲趴在張夫人椅子背上，怔怔的聽著。猛聽得夫人呼喚，忙道：「太太擱在那裡呢？」夫人道：「剛在屋裡書桌兒上給你同看的，怎麼忘了？」彩雲一笑，扭身進去。這裡，張夫人看著阿福給雯青升冠卸褂，解帶脫靴，換好便衣，靠窗坐著，阿福自出宅門。彩雲恰好手拿個紅字白封兒，跨出房來。雯青忙伸手來接。彩雲偏一縮手，遞給張夫人道：「太太看，這個是不是？」夫人點頭，順手遞在雯青手裡，雯青抽出，只見電文道：

上海斜橋洋務局出使大人金鑒：燕得內信，兄派總署，諭行發，囑速來。莘庚。

雯青看完道：「這倒想不到的。既然小燕傳出來的消息，必是確的，只好明後日動身了。」夫人道：「小燕是誰？」雯青道：「就是莊煥英侍郎。從前中俄交界圖，我也託他呈遞的。這人非常能幹，東西兩宮，都喜歡他，連內監們也沒個說他不好，所以上頭的舉動，他總比人家先曉得一點。他來招呼我，足見要好，倒不可辜負。夫人你可領著彩雲，把行李趕緊拾掇起來，我們後日準走。」張夫人答應了，自去收拾。雯青也出門至各處辭行。恰值淑雲、子度，也定明日放洋，忠華回湖北，韻甫回鎮江，當晚韻甫作主人，還在密采里吃了一頓，歡聚至更深而散。明日各奔前程。

話分兩頭，如今且把各人按下，單說雯青帶著全眷並次芳等，乘輪赴津。到津後，直託次芳護著家眷船，由水路進發，自己特向威毅伯處，借了一輛騾車，帶著老僕金升及兩個俊童，輕車簡從，先從旱路進京。此時正是秋末冬初，川原蕭索，涼風颯颯，黃沙漫漫，這日走到河西務地方，一個銅盆大的落日，只留得半個在地平線上，顏色恰似初開的淡紅西瓜一般，回光反照，在幾家野店的屋脊上，煞是好看。原來那地方，正是河西務的大鎮，一條很長的街，街上也有個小小巡檢衙門。衙兩旁，客店甚多。雯青車子一進市口，就有許多店夥迎上來，要攬這個好買賣，老遠的喊道：「我們那兒屋子乾淨，炕兒大，吃喝好，伺候又周到，請老爺試試就知道。」鵝嗆鴨嘴❶的不了。雯青忙叫金升飛馬前去，看定回報。誰知一去多時，絕無信息。雯青性急，叫趕上前去，揀大店落宿。過了幾個店門，都不合意，將近市梢，有一個大店，門前竹竿子，遠遠挑出一扇青邊白地的氈簾，兩扇破落大門半開著，門上貼一副半拉下的褪紅紙門對，寫的是：

三千上客紛紛至，
百萬財源滾滾來。

❶鵝嗆鴨嘴：像鵝和鴨子一樣，嘰嘰嘎嘎地喊叫。嗆，音ㄑㄧㄤ。

望進去，一片挺大的圍場，正中三開間，一溜上房，兩旁邊還有多少廂房，場中卻已停著好幾輛客車。雯青看這店還寬敞，就叫把車趕進去。一進門，還沒下車，就聽金升高聲喪氣，倒在那裡給一個胖白面的少年人吵架。少年背後，還站著個四五十歲、紫膛臉色、板刷般的烏鬍、眼上架著烏油油的頭號墨晶鏡、口啣京潮煙袋、一個官兒模樣的人。階前伺候多少家人。只聽金升道：「那兒跑出這種不講理的少爺大人們，仗著誰的大腰子，動不動就綑人！你也不看看我姓金的，綑得綑不得？這回兒你們敢綑，請綑！」那少年一聽，雙腳亂跳道：「好，好，好撒野！你就是王府的包衣❷，今天我偏綑了再說！來，給我綑起這個沒王法的忘八。」這一聲號令，階下那班如狼如虎的健僕，個個摩拳擦掌，只待動手，斜刺裡那個紫膛臉的倒走出來攔住，對金升道：「你也太不曉事了！我卻不怪你。大約你還纔進京，不知厲害。我教你個乖，這位是當前戶部侍郎總理衙門大臣莊煥英莊大人的少大人，這回替他老大人給老佛爺和佛爺辦洋貨進去的。這位莊大人，彷彿是皇帝的好朋友，太后的老總管，說句把話，比什麼也靈。你別靠著你主人，有一個什麼官兒仗腰子，就是斗大的紅頂兒，只要給莊大人輕輕一撥，保管骨碌碌的滾下來，你明白點兒，我勸你走罷！」

雯青聽到這裡，忍不住欻的跳下車來，喝金升道：「休得無禮！」就走上幾步，給那少年作揖道：「足下休作這老奴的準，大概他今天喝醉了！既然這屋子是足下先來，那有遷讓的理！況剛纔聽那位說，足下是小燕兄的世兄，兄弟給小燕數十年交好，足下出門，方且該諸事照應，倒爭奪起屋子來。笑話，笑話！」說罷，就回頭問著那些站著的店夥道：「這裡兩廂有空屋沒有？要沒有，我們好找別家。」店

❷包衣：滿洲語奴僕之義，後衍為清代旗籍名。清人未入關前，凡所獲各部落俘虜，均編為包衣，分屬八旗。

夥連忙應著：「有，東廂空著。」雯青向金升道：「把行李搬往東廂，不許多事。」

此時那少年見雯青氣概堂皇，說話又來得正大，知道不是尋常過客，到反過臉，很足恭的還了一揖，問道：「不敢動問尊駕高姓大名？」雯青笑道：「不敢，在下就是金雯青。」那少年忽然臉上一紅道：「呀，可了不得，早知是金老伯，就是尊价❸逼人太甚，也不該給他爭執了！可恨他終究沒提個「金」字，如今老伯只好寬恕小姪無知冒犯，請裡邊去坐罷，小姪情願奉讓正屋。」雯青口說不必，卻大踏步走進中堂，昂然上坐。那少年只好下首陪著。紫膛臉的坐在旁邊。雯青道：「世兄大名，不是一個『南』字，雅篆叫做稚燕嗎？這是兄弟常聽令尊說的。」那莊稚燕只好應了個「是」。雯青又指著那紫膛臉的道：「倒是這位，沒有請教？」那個紫膛臉的半天沒有他插嘴處，但是看看莊稚燕如此奉承，早忖是個大來頭，今忽然問到，就恭恭敬敬站著道：「職道魚邦禮，號陽伯，山東濟南府人。因引見進京，在滬上遇見稚燕兄，相約著同行的。」雯青點點頭。莊稚燕又幾回請雯青把行李搬來。雯青連說不必。

卻說這中堂正對著那圍場，四扇大窗洞開，場上的事，一目瞭然，雯青嘴說不必的時候，兩隻眼卻只看著金升等搬運行李下車。還沒卸下，忽聽門外一陣鸞鈴，瑲瑲的自遠而近，不一會，就見一頭純黑色的高頭大騾，如風的捲進店來。騾上騎著一位六尺來高的身材，紅顏白髮，大眼長眉，一部雪一般的長鬚，頭戴編蒲遮日帽，身穿烏絨闊鑲的樂亭布袍，外罩一件韋陀金邊巴圖魯夾砍肩，腳蹬一雙綠皮蓋板快靴，一手背著個小包兒，一手提著絲韁，直闖到東廂邊，下了騾，把騾繫在一棵樹上，好像定下似的，不問長短，走進東廂，拉著一把椅子，就靠門坐下，高聲叫：「夥計，你把這頭騾好生餵著，委屈

❸ 尊价：同「貴价」。尊稱他人之僕役。价，音ㄐㄧㄝˋ。僕役。

了，可問你！」那夥計連聲應著。待走，老者又喊道：「回來，回來！」夥計只得垂手站定。老者道：「回頭帶了開水來，打臉水，沏茶，別忘了！」那夥計又站了一回，見他無話，方走了。

金升正待把行李搬進廂房，見了這個情形，忙拉住了店主人，瞪著眼問道：「你說東廂空著，怎麼又留別人？」那店主人賠著笑道：「這事只好求二爺包荒❹些，東廂不是王老爺來，原空著在那裡。誰知他老偏又來到。不瞞二爺說，別人早趕了。這位王老爺，又是城裡半壁街上有名的大刀王二，是個好漢，江湖上誰敢得罪他？所以只好求二爺回回貴上，偺們商量個好法子纔是。」一句話沒了，金升跺腳道：「我不知道什麼『王二王三』，我只要屋子！」

場上吵嚷，雯青、稚燕都聽得清清楚楚。雯青正要開口，卻見稚燕走到臺階上喊道：「你們嚷什麼，把金大人的行李，搬進這屋裡來就得了！」回過頭來，向著階上幾個家人道：「你們別閒看，快去幫個忙兒！」眾家人得了這一聲，就一鬨上去，不由金升作主，七手八腳把東西都搬進來。店家看有了住處，慢慢就溜開。金升拿鋪蓋鋪在東首屋裡炕上，嘴裡還只管咕嚕，雯青只做不見不聞，由他們去鬧。直到拾掇停當，方站起來向稚燕道：「承世兄不棄，我們做一夜鄰居罷！」稚燕道：「老伯肯容小姪奉陪，已是三生之幸了！」雯青道了「豈敢」，就拱手道：「大家各便罷！」說完，兩個俊童，就打起簾子。雯青進了東屋，看金升部署了一回，那時天色已黑，屋裡烏洞洞，伸手不見五指，金升在網籃內翻出洋蠟臺，將要點上。雯青搖手道：「且慢！」一邊說，一邊就掀簾出來。

只見對面房靜悄悄的下著簾子，簾內燈燭輝煌。雯青忙走上幾步，伏在簾縫邊一張，只見莊、魚兩

❹ 包荒：本掩飾、遮蓋之義。此處用同包涵，乃寬恕之義。語出周易泰。

人，盤腿對坐在炕上，當中擺著個炕几，几上堆滿了無數的真珠盤金表、鑽石鑲嵌小八音琴，還有各種西洋精巧玩意兒，映著炕上兩枝紅色宮燭，越顯得五色迷離，寶光閃爍。几盡頭卻橫著一只香楠雕花畫匣，匣旁捲著一個玉潭錦籤的大手卷，只見稚燕卻只顧把那些玩意一樣一樣給陽伯看，陽伯笑道：「這種東西，難道也是進貢的嗎？」稚燕正色道：「你別小看了這個，我們老人家一點盡忠報國的意思，全靠他哩！」陽伯怔了怔。稚燕忙接說道：「這個不怪你不懂，近來小主人，很願意維新，極喜歡西法，所以連這些新樣的小東西，都愛得了不得。不過這個意思，外人還沒有知道，我們老人家，給總管連公公是拜把子，是他通的信。每回上裡頭去，總帶一兩樣在袖子裡，奏對得高興，就進呈了。陽伯，你別當他是玩意！我們老人家的苦心，要借這種小東西，引起上頭推行新政的心思。」陽伯點頭領會，順手又把那手卷，慢慢攤出來，一面看，一面說道：「就是這一樣東西，送給尊大人，不太菲嗎❺？」稚燕哈哈笑道：「你真不知道我們老爺子的脾氣了！他一生飽學，卻沒有巴結上一個正途功名，心裡常常不平，只要碰著正途上的名公鉅卿，他事事偏要爭勝。這會兒，他見潘八瀛搜羅商彝周鼎，龔和甫收藏宋槧元鈔❻，他就立了一個願，專收王石谷❼的畫，先把書齋的名兒，叫做了百石齋，見得不到百幅不歇手，如今已有了九十九幅了，只少一幅。老爺子說，這一幅，必要鉅軸精品，好做個壓卷。」

說著，手指那畫卷道：「你看這幅長江萬里圖，又濃厚，又超脫，真是石谷四十歲後得意之作，老

---

❺ 不太菲嗎：不是太菲薄嗎。即輕微之義。菲，音ㄈㄟˇ。

❻ 宋槧元鈔：宋代的版本，元代的手鈔本，謂古本書。槧，音ㄑㄧㄢˋ。古書之版本。

❼ 王石谷：王翬，清常熟人，字石谷，師王時敏畫山水，時稱畫聖。

爺子見了，必然喜出望外，你求的事情，不要說個把海關道，只怕再大一點也行。」說到這裡，又拍著陽伯的肩道：「老陽，你可要好好謝我！剛纔從上海趕來的那個畫主兒，一個是寡婦，一個是小孩子，要不是我用絕情手段，硬把他們關到河西務巡檢司的衙門裡，你那裡能安穩得這幅畫呢！」陽伯道：「我倒想不到這婦人跟那孩子，這麼潑賴❽，為了這畫兒，不怕老遠的趕來，看剛纔那樣兒，真要給兄弟拚命了。」稚燕道：「你也別怪她。據你說，這婦人的丈夫，也是個名秀才，叫做張古董，為了這幅畫，把家產都給了人，因此貧病死了。臨死叮囑子孫窮死不准賣。如今你騙了他來，只說看看就還，誰知你給他一捲走了，怎麼叫她不給你拚命呢！」陽伯聽了，笑了一笑。此時簾內的人，一遞一句說得高興。誰知簾外的人，一言半語也聽得清楚。雯青心裡暗道：「原來他們在那裡做傷天害理的事情，怪道不肯留我同住！」想想有些不耐煩，正想回身，忽見西面壁上，一片雪白的燈光影裡，欻的現出一個黑人影子，彷彿手裡還拿把刀，一閃就閃上梁去了。雯青倒嚇一跳，恰要抬頭細看，只見窗外圍場中，飛快的跑進幾個人來，嘴裡嚷道：「好奇怪，巡檢衙門裡關的一男一女都跑掉了。」

雯青見有人來，就輕輕溜回東屋，忙叫小童點起蠟來，攤著書看。耳朵卻聽外面，只聽許多人直嚷到中堂。莊、魚兩人聽了，直跳起來，問怎麼跑的。就有一個人回道：「恰纔有個管家，拿了金汋金大人的片子，跑來見我們本官，說金大人給那兩人熟識，勸他幾句話，必然肯聽。金大人已給兩位大人說明，特為叫小的來面見她們，哄她們回南的。本官信了，就請那管家進班房去。一進去半個時辰，再不出來，本官動疑，立刻打發我們去看，誰知早走得無影無蹤了。門卻沒開，只開了一扇涼槅子。兩個看

❽潑賴：同「潑刺」。不講理；桀驁不馴。

班房的人，昏迷在地。本官已先派人去追，特叫小的來報知。」雯青聽得用了自己片子，倒也吃驚！忙跑出來，問那人道：「你看見那管家什麼樣子？」那人道：「是個老頭兒。」莊、魚兩人聽了，倒面面相視了一回。雯青忙叫金升跟兩個童兒上來，叫那人相是不是。那人一見搖頭道：「不是，不是，那個是長白鬍子的。」莊、魚兩人都道：「奇了，誰敢冒充金老伯的管家？還有那個片子，怎麼會到他手裡呢？」雯青冷笑道：「拿張片子有什麼奇。比片子再貴重點兒的東西，他要拿就拿。不瞞二位說，剛纔兄弟在屋裡，沒點燈，靠窗坐著，眼角邊忽然飛過一個人影，直鑽進你們屋裡去。兄弟正要叫，你們就鬧起跑了人了。依兄弟看來，跑了人還不要緊，倒怕屋裡東西，有什麼走失。」一語提醒兩人，魚陽伯拔腳就走，纔打起簾兒，就忘命的喊道：「炕几上的畫兒，連匣子都那裡去了？」稚燕、雯青也跟著進來，幫他四面搜尋，那有一點影兒？忽聽稚燕指著牆上叫道：「這幾行字兒是誰寫的？剛剛還是雪白的牆。」雯青就踱過來仰頭一看，見幾筆歪歪斜斜的行書，雖然粗率，倒有點倔強之態。雯青就一句一句的照讀道：

王二王二，殺人如兒戲。空際縱橫一把刀，專削人間不平氣！有圖曰長江，王二挾之飛出窗。還之孤兒寡婦手，看彼笑臉開雙雙！笑臉雙開，王二快哉！回鞭直指長安道，半壁街上秋風哀！

三個人都看呆了！門口許多人，也探頭探腦的詫異。陽伯拍著腿道：「這強盜好大膽，他放了人，搶了東西，還敢稱名道姓的嚇唬我！我今夜拿不住他算孱頭❾！」稚燕道：「不但說姓名，連面貌都給

❾ 孱頭：謂下劣怯弱。見新方言釋言。孱，音ㄔㄢˊ。

你認清了！」陽伯喊道：「誰見狗面？」稚燕道：「你不記得給金老伯搶東廂房那個騎黑騾兒的老頭兒嗎？今兒的事，不是他是誰？」陽伯聽了，欻然站起往外跑道：「不差，我們往東廂去拿這忘八！」稚燕冷笑道：「早哩，人家還睡著等你綑呢！」陽伯不信，叫人去看，果然回說，一間空房，騾子也沒了。稚燕道：「那個人既有本事，衙門裡騙走人，又會在我們人堆裡取東西，那就是個了不得的。你一時那裡去找尋？我看今夜只好別鬧了，到明日再商量罷？」說完，就衝著雯青道：「老伯說是不是？」雯青自然附和了。陽伯只得低頭無語。稚燕就硬作主，把巡檢衙門報信人打發了，大家各散，當夜無話。

雯青一瞌❿醒來，已是「雞聲茅店，人跡板橋」⓫的時候，側耳一聽，只有四壁蟲聲唧唧，間壁房裡，靜悄悄地。雯青忙叫金升問時，誰知莊、魚兩人，趕三更天，早是人馬翻騰的走了。雯青趕忙起來，盥漱，叫起車夫，駕好牲口，裝齊行李，也自長行。

看官，且莫問雯青，只說莊、魚兩人，這晚走得怎早？原來魚陽伯失去了這一分重賂，心裡好似已經革了官一般，在炕上反覆不眠，意思倒疑是雯青的手腳。稚燕道：「你有的是錢，只要你肯拿出來，東海龍王，也叫他搬了家。蝦兵蟹將怕什麼！」又說了些京裡走門路的法子，把陽伯說得火拉拉的，等不到天亮，就催著稚燕趕路。一路鞭騾喝馬，次日就進了京城。陽伯自找大客店落宿，稚燕逕進內城，到錫蠟衚衕本宅下車。知道父親總理衙門散值初回，正歇中覺，自己把行李部署一回，還沒了，早有人來叫。稚燕整衣上去，見小燕已換便衣，危坐在大洋圈椅裡，看門簿上的來客。一個門公站在身旁。稚

❿ 一瞌：方言，從入睡到醒來為一瞌。時間長曰大瞌，時間短曰小瞌。瞌，音ㄏㄨ。

⓫ 雞聲茅店二句：唐溫庭筠商山早行：「雞聲茅店月，人跡板橋霜。」寫清晨行人早行的情景。

燕來了，那門公方托著門簿自去。小燕問了些置辦的洋貨，稚燕一一回答了，順便告訴小燕有幅王石谷的長江圖，本來有個候補道魚邦禮，要送給父親的，可惜半路被人搶去了。小燕道：「誰敢搶去？」稚燕因把路上盜圖的事，說了一遍，卻描寫畫角，都推在雯青身上。小燕道：「雯青給我至好，何況這回派人總署，還是我的力量多哩，怎麼倒忘恩反噬⑫？可恨！可恨！叫他等著罷！」稚燕冷笑道：「他還說爹爹許多話哩！」小燕作色道：「這會兒且不用提他，我還有要事吩咐你哩！你趕快出城，給我上韓家潭餘慶堂薆雲那裡去一趟，叫他今兒午後，到後載門成大人花園裡伺候李老爺，說我吩咐的。別誤了！」稚燕怔著道：「李老爺是誰？大人自己不叫，怎麼倒替人家叫？」

小燕笑道：「這不怪你要不懂了！姓李的就是李純客，他是個當今老名士，年紀是三朝耆碩⑬，文章為四海宗師⑭，如今要收羅名士，收羅了他，就是擒賊擒王之意。這個老頭兒相貌清癯，脾氣古怪，誰不合了他意，不論在大廷廣坐，也不管是名公鉅卿，頓時瞪起一雙穀秋眼，豎起三根曉星鬚，肆口謾罵，不留餘地。其實性情直率，不過是個老孩兒，曉得底細的常常當面戲弄他，他也不知道。他喜歡鬧鬧相公⑮，又不肯出錢。只說相公都是愛慕文名，自來暱就的。那裡知道幾個有名的，如素雲是袁尚秋

⑫ 忘恩反噬：忘恩負義，恩將仇報。噬，音ㄕˋ。

⑬ 三朝耆碩：義同「三朝元老」。耆碩，音ㄑㄧˊ ㄕˊ。年高德劭。

⑭ 四海宗師：天下之師表。堪為人師、為眾所宗仰者，謂之宗師。

⑮ 鬧鬧相公：玩玩戲子。相公，伶人之別稱，俗呼為戲子。舊時北京伶人之為旦角者，應徵為客侑酒，都人呼為相公。侑，音ㄧㄡˋ。助；勸。

替他招呼，怡雲是成伯怡代為道地⑯，老先生還自鳴得意，說是風塵知己哩！就是這個菱雲，他最愛慕的，所以常常暗地貼錢給他，今兒個是他的生日，成伯怡祭酒，在他的雲臥園大集諸名士，替他做壽，大約那素雲、怡雲必然到的，你快去招呼菱雲早些前去。」稚燕道：「這位老先生有什麼權勢，爹爹這樣奉承他呢？」小燕哈哈笑道：「他的權勢大著哩！你不知道，君相的斧鉞，威行百年，文人的筆墨，威行千年，我們的是非生死，將來全靠這班人的筆頭上定的。況且朝廷不日要考御史，聽說潘、龔兩尚書，都要勸純客去考。純客一到臺諫，必然是個鐵中錚錚⑰，我們要想在這個所在做點事業，臺諫的聲氣，總要聯絡通靈方好，豈可不燒燒冷灶⑱呢！你別再煩絮！快些趕你的正經罷！我還要先到他家裡去訪問一趟哩！」說著，就叫套車伺候。稚燕只得退出，自去招呼菱雲。

卻說小燕便服輕車，叫車夫逕到城南保安寺街而來。那時秋高氣和，塵軟蹄輕，不一會，已到了門口，把車停在門前兩棵大榆樹蔭下。家人方要通報，小燕搖手說不必，自己輕跳下車，正跨進門，瞥見門上新貼一幅淡紅硃砂箋的門對，寫得英秀瘦削、歷落傾斜的兩行字道：

保安寺街，藏書十萬卷；

戶部員外，補闕一千年。

⑯ 代為道地：代為關說。道地，言預為之稱說以留餘地。語出漢書田延年傳。

⑰ 鐵中錚錚：喻人之卓越傑出。語出後漢書劉盆子傳。

⑱ 燒冷灶：喻趨奉未得時之人，為將來得利預留地步。

小燕一笑。進門一個影壁，繞影壁而東，朝北三間倒廳。沿倒廳廊下一直進去，一個秋葉式的洞門。洞門裡面，方方一個小院落。庭前一架紫藤，綠葉森森，滿院種著木芙蓉，紅豔嬌酣，正是開花時候。三間靜室，垂著湘簾，悄無人聲。那當兒，恰好一陣微風，小燕覺得正在簾縫裡透出一股藥煙，清香沁鼻。掀簾進去，卻見一個椎結⑲小童，正拿著把破蒲扇，在中堂東壁邊煮藥哩！見小燕進來，正要立起，只聽房裡高吟道：「淡墨羅巾燈畔字，小風鈴佩夢中人！」小燕一腳跨進去笑道：「夢中人是誰呢？」一面說，一面看，只見純客穿著件半舊熟羅半截衫，踏著草鞋，本來好好兒一手捋著短鬚，坐在一張舊竹榻上看書，看見小燕進來，連忙和身倒下，伏在一部破書上發喘。顫聲道：「呀，怎麼小燕翁來了！老夫病體竟不能起迓！怎好？」小燕道：「純老清恙，幾時起的？怎麼兄弟連影兒也不知？」純客道：「就是諸公定議替老夫做壽那天起的。可見老夫福薄，不克當諸公盛意。雲臥園一集，只怕今天去不成了。」小燕道：「風寒小疾，服藥後，當可小痊。還望先生速駕⑳，以慰諸君渴望！」小燕說話時，卻把眼偷瞧，只見榻上枕邊，拖出一幅長箋，滿紙都是些抬頭。那抬頭卻奇怪，不是閣下台端，也非長者左右，一疊連三全是「妄人」兩字。小燕覺得詫異，想要留心看他一兩行，忽聽秋葉門外，有兩個人一路談話，一路躡手躡腳的進來。那時純客正要開口，只聽竹簾子拍的一聲。正是：十丈紅塵埋俠骨，一簾秋色養詩魂。不知來者何人，且聽下回分解。

⑲ 椎結：同「椎髻」。髻形如椎。語出後漢書梁鴻傳。

⑳ 速駕：催請客人早到之套語。語出左傳定公八年。

第二十回 一紙書送卻八百里 三寸舌壓倒第一人

原來進來的卻非別人，就是袁尚秋和荀子珮。兩人掀簾進來，一見純客，都怔著道：「壽翁真又病了嗎？」純客道：「怎麼你們連病都不許生了？豈有此理！」尚秋見小燕在坐，連忙招呼道：「小燕先生，幾時來的？我進來時竟沒有見。」小燕道：「也纔來。」又給子珮相見了。尚秋道：「純老的病，兄弟是知道的。」純客正色道：「你知道早哩！」尚秋帶笑吟哦道：「吾夫子之病，貧也！非病也！欲救貧病，除非炭敬❶。炭敬來饗，祝彼三湘❷！三湘伊何？維此壽香。」純客鼻子裡抽了一絲冷氣道：「壽香？還提他嗎？亦曰妄人而已矣！」就蹶然站起來，拈鬚高吟道：「厚祿故人書斷絕，含飢稚子色悽涼。」子珮道：「純老仔細，莫要忘了病體，跌了不是耍處。」純客連忙坐下，叫童兒快端藥碗來。尚秋道：「子珮好不知趣！純老那裡有病！」說著，踱出中間，喊道：「純老，且出來，兄弟這裡有封書子，請你看！」純客笑道：「偏是這個歪眼兒多歪事，又要牽率❸老夫，看什麼信來！」一邊說，就走出來。

---

❶ 炭敬：舊時外官在寒冬時節餽贈金銀與京官，稱為炭敬，意謂餽贈以購炭生火驅寒。

❷ 三湘：湘江上源之統稱，即灕湘、瀟湘及蒸湘，是為三湘。在此借稱湖南省。

❸ 牽率：同「牽帥」。勉強牽引。語出左傳襄公十年。

小燕暗暗地看他，雖短短身材，棱棱骨格，而神宇❹清嚴，步履輕矯，方知道剛纔病是裝的，就低問子珮道：「今天雲臥園一局，到底去得成嗎？」子珮笑道：「此老脾氣如此，不是人家再三勸駕，那裡肯就去呢？其實心裡要去得很哩！」小燕口裡應酬子珮，耳朵卻聽外邊，只聽得尚秋低低的兩句話，什麼因為先生誕日，願以二千金為壽，又是什麼信是託他門生四川楊淑喬寄來的。小燕正要摸擬是誰的，忽聽純客笑著進來道：「我道是什麼書記翩翩應阮才，卻原來是莊壽香的一封蠟蹋八行❺。」這當兒，恰好童子遞上藥來，一手卻夾著個同心方勝兒❻。純客道：「藥不吃了，你手裡拿的什麼？」童子道：「說是成大人雲臥園來催請的。」純客忙取來拆開，原來是一首菩薩蠻詞：

涼風偷解芙蓉結，紅似君顏色；只見此花開，遲君君未來。　三珠圓顆顆，玉樹蟠桃果；莫使久憑闌，鸞飛怯羽單。

素

恃愛蔓雲速叩。

怡

純老壽翁高軒，飛臨雲臥園，勿使停琴佇盼，六眼穿也。

❹ 神宇：人之儀表神情。

❺ 蠟蹋八行：謂下流書信。蠟蹋，同「邋遢」。吳語骯髒。八行，書信，因以往正式信箋多為八行。

❻ 同心方勝兒：指用紙摺成類似兩斜方形互相聯合之物。方勝，兩斜方形互相聯合稱方勝，為婦女頭飾之一。

純客看完笑道：「這個捉刀人卻不惡，倒捉弄得老夫秋興勃生了！」尚秋道：「本來時已過午，雲臥園諸君等得久了，我們去休⑦！」純客連聲道：「去休！去休！」小燕、子珮大家趁此都立起來，純客卻換了一套白袷衫，黑紗馬褂，手執一柄自己寫畫的白絹團扇，倒顯得紅顏白髮，風致蕭然。同著眾人出來上車，逕向成伯怡雲臥園而來。原來這個雲臥園，在後載門內，不是尋常園林，其地毗連一座王府，外面看著，一邊是宮闕巍峨，一邊是水木明瑟⑧，莊嚴野逸，各擅其勝。伯怡本屬王孫，又是名士，住了這個名園，更是水石為緣，縞紵無間⑨；春秋佳日，懸榻留賓；偶然興到，隨地談讌，一觴一詠，恆亙昏旦⑩；一官苜蓿⑪，度外置之。世人都比他做神仙中人，這便是成伯怡雲臥園的一段歷史。

閒話休提。且說純客、小燕、尚秋、子珮四人，一同到了雲臥園門外，尚秋先跳下車，來扶純客。純客推開道：「讓老夫自走。別勞駕了！」原來純客還是初次到園，不免想賞玩一番。當時抬起頭來，只見兩邊蹲著一對崆峒白石巨眼獅，當中六扇銅綠色雲夢竹絲門，釘著一色鑌鐵獸環，門樓上虬棟虹梁⑫，夭矯入漢⑬。正中橫著盤龍金字匾額，大書「雲臥園」三字。「雲」字上頂著「御賜」兩個小金

⑦去休：猶口語去吧。休，語助詞，無義。

⑧明瑟：鮮潔的樣子。語出水經濟水注。

⑨縞紵無間：不分貧富，一視同仁。縞，音ㄍㄠˇ。白生絹，指富者。紵，音ㄓㄨˋ。麻布，指貧者。

⑩恆亙昏旦：經常通宵達旦，極言友朋宴樂之甚。

⑪一官苜蓿：喻輕視官職。苜蓿，蔬類，喻微賤之物。

⑫虬棟虹梁：棟梁上彩繪虬龍虹霓，極言建築之華美。虬，同「虯」。音ㄑㄧㄡˊ。相傳為有角之小龍。

⑬夭矯入漢：飛騰上天。夭矯，音ㄧㄠ ㄐㄧㄠˇ。飛騰的樣子。漢，銀漢；天河。

字。純客道：「壯麗哉，王居也！黃冠⓮草服，那裡配進去呢！」小燕笑道：「惟賢者而後樂此。」說話時，就有兩個家人，接了帖子，請個安道：「主人和眾位大人候久了。」說著就揚帖前導，直進門來。門內就是一個方方的廣庭，庭中滿地都是合抱粗的奇松怪柏，龍幹撐雲，翠濤瀉玉，葉空中漏下的日光，都染成深綠色。松林盡處，一帶粉垣，天然界限，恰把全園遮斷。粉垣當中，一個大大的月洞門。尚秋領著純客諸人，就從此門進去。純客道：「這裡惜無宏景高樓，消受這一片濤聲。」

言猶未了，已到了一座金碧輝煌的牌樓之下，樓額上寫著「五雲深處」四個辟窠⓯大字。進了牌樓，一條五色碎石砌成的長隄，夾隄垂楊漾綠，芙蓉綻紅，還夾雜無數蜀葵海棠。秋色繽紛，兩邊碧渠如鏡，掩映生姿；破芡殘荷，餘香猶在，正是波澄風定的時候。忽聽灘頭拍拍的幾聲，一群鴛鴦鷺鷥，鼓翼驚飛。純客道：「誰在那裡打鴨驚鴛？」尚秋指著池那邊道：「你們瞧，扈橋雙槳亂划，載著個美人兒來了！」大家一看，果然見一隻瓜皮艇⓰，艙內坐著個粉妝玉琢的少年，面不粉而白，唇不硃而紅，橫波欲春，瓠犀⓱微露，身穿香雲衫，手搖白月扇，映著斜陽淡影，真似天半朱霞。扈橋卻手忙腳亂，把槳划來划去，蹲在船頭上，朗吟道：「擕著個小雲郎，五湖飄泊。」純客瞅著眼道：「哪，那艙裡坐著的

⓮ 黃冠：農夫之服飾。語出禮記郊特牲。

⓯ 辟窠：同「擘窠」。古人題額，為求點畫勻稱，分格書寫，稱為擘窠書。今為大字之通稱。擘，音ㄅㄛˋ。分裂。

⓰ 瓜皮艇：同「瓜皮船」。小船之一種。語出北堂書鈔。

⓱ 瓠犀：音ㄏㄨˋ ㄒㄧ。本謂瓠中之子，方正潔白，後借作女子齒美之喻。

不是菱雲嗎？」說時遲，那時快，扈橋已攙了菱雲跳上岸。與眾人相見，笑道：「純老且莫妬忌，此曲祇應天上有，人間那得紫雲迴！」說罷，把菱雲一推道：「去罷！」菱雲忙笑著上前給純客、小燕大家都請了安。小燕道：「誰叫你來的？」菱雲抿嘴笑道：「李老爺的千春，我們怎會忘了？還用叫嗎！」純客笑了笑，大家一同前行。走完了這長隄，翼然露出個六角亭，四面五色玻璃窗，面面吊起。純客正要跨進，只聽一人曼聲細詠，純客叫大家且住，只聽念道：

生小瑤宮住，是何人移來江上，畫闌低護！水珮風裳映空碧，祇怕夜涼難舞！但愁倚湘簾無緒。太液朝霞和夢遠，更微波隔斷鴛鴦語！抱幽恨，恨誰訴？　湖山幾點傷心處，看微微殘照，蕭蕭秋雨。忍教重認前身影，負了一汀鷗鷺！休提起洛川湘浦！十里曉風香不斷，正月明寒瀉金盤露。問甚日？凌波去。

純客向尚秋道：「這金縷曲，題目好似盆荷，寄託倒還深遠。」尚秋正要答言，忽聽亭內又一人道：「你這詞的寓意，我倒猜著了。這個鴛鴦，莫非是天上碧桃，日邊紅杏嗎？金盤瀉露，引用得也還恰當，可恨那露氣太寒涼些。什麼水殿瑤宮，直是金籠玉篞⓲罷了！」那一人道：「可不是！況且我的感慨，更與眾不同。馬季長雖薄劣，誰能不替絳帳⓳中人一洩憤憤呢！」純客聽到這裡，就突然闖進喊道：「好大膽！巷議者誅，亭議者族，你們不怕嗎？」你道那吟詠的是誰？原來就是聞韻高，科頭箕踞⓴，兩眼

⓲ 金籠玉篞：金玉製作之鳥籠。篞，音ㄋㄨˊ。鳥籠。
⓳ 絳帳：東漢馬融授徒，常坐高堂，施絳紗帳，後因美稱講座曰絳帳。絳，音ㄐㄧㄤˋ。深紅色。

朝天，橫在一張醉翁椅上，旁邊靠著張花梨圓桌，站著的是米筱亭，正握著枝提筆，滿蘸墨水，寫一幅什麼橫額哩。當時聽純客如此說，都站起來笑了。純客忙擋住道：「吟詩的儘著吟，寫字的只管寫，我們還要過那邊見主人哩！」

說話未了，忽從微風中吹來一陣笑語聲，一個說：「我投了個雙驍，比你的貫耳高得多哩！」一個道：「讓我再投個雙貫耳你看。」小燕道：「咦，誰在那裡投壺㉑？」筱亭道：「除了劍雲，誰高興幹那個！」扈橋就飛步搶上去道：「我倒沒玩過這個，且去看來。」純客自給菱雲一路談心，也跟下亭子來。一下亭，只見一條曲折長廊，東西蜿蜒，一眼望不見底兒。西首一帶，全是翠色粘天的竹林，遠遠望進去，露出幾處臺榭，甚是窈窕。這當兒，那前導的管家，卻趄向東首，渡過了一條小小紅橋，進了一重垂花門，原來裡面藏著三間小花廳。廳前小庭中，堆著高高低低的太湖山石，玲瓏緺透，磊砢㉒崢嶸，石氣撲人，雲根掩土。廊底下，果然見姜劍雲捲起雙袖，叉著手半靠在闌干上，看著一個十五六歲的活潑少年，手執一枝竹箭，離著個有耳的銅瓶五步地，直躬斂容的立著，正要投哩。恰好扈橋喘吁吁的跑來喊道：「好呀，你們做這樣雅戲，也不叫我玩玩！」說著，就在那少年手裡奪了竹箭，順手一擲，早拋出五六丈之外。

---

⑳ 科頭箕踞：科頭，結髮不戴冠。箕踞，伸腿而坐。王維與盧員外象過崔處士興宗林亭：「科頭箕踞長松下，白眼看他世上人。」

㉑ 投壺：古者主客燕飲相娛樂，每有投壺之事。其制設壺一，使賓主依次投矢其中，勝者則酌酒飲負者。

㉒ 磊砢：音ㄌㄟˇ ㄌㄨㄛˇ。眾多的樣子。

此時純客及眾人已進來，見了鬨然大笑。純客道：「蠢兒！這個把戲，那裡是粗心浮氣弄得來的！」一面說話，一面看那少年，見他英秀撲人，鋒鋩四射，倒吃一驚。想要動問，尚秋、子珮已先問劍雲道：「這位是誰？」劍雲笑道：「我真忘了，這位是福州林敦古兄。榜名是個「勛」字。文忠族孫，新科的解元。文章學問，很可以的。因久慕純老大名，渴願一見，所以今天跟著兄弟同來的。」說罷，就招呼敦古，見了純客和眾人。純客讚歎了一回，方要移步，忽回頭卻見那廳裡邊一間，一張百靈檯上，錢唐卿坐在上首，右手拿著根長旱煙筒，左手托一本書在那裡看，說道：「你這書把板本學的掌故，搜羅得翔實極了！弟意此書，既仿宋詩紀事詩之例，就可叫作藏書紀事詩，你說好嗎？」純客方知上首還有人哩。看時，卻是個黑瘦老者，危然端坐，彷彿老僧入定一樣。原來是八瀛尚書的得意門生、現在做他西席的易緣常。小燕要去招呼，純客忙說不必驚動他們，大家就走出那廳。又過了幾處廊榭，方到了一座宏大的四面廳前。周圍環繞遊廊，前後簇擁花木，裡裡外外，堆滿了光怪陸離的菊花山，都盛著五彩細磁古盆，湘簾高捲，錦罽重敷，古鼎龍涎，鏡屏鳳紐，真個光搖金碧，氣盪雲霞。當時那管家把純客等領進廳來，只見成伯怡破巾舊服，含笑相迎，見小燕、尚秋、子珮等道：「原來你們都在一塊兒，倒叫人好等！」

純客尚未開口，只聽東壁藤榻上一人高聲道：「我們等等，倒也罷了，只被怡雲、素雲兩個小燕子，聒噪得耳根不清，這會兒沒法子，趕到後面下棋去了。」純客尋聲看去，原來是黎石農，手裡正拿著本古碑，遞給一個圓臉微鬚、氣概粗率的老者。純客認得是山東名士汪蓮孫，就上去相見。一面就對石農道：「不瞞老師說，門生舊疾又發，幾乎不能來，所以遲到了，幸老師恕罪！」石農笑道：「快別老師門生的挖苦人了！只要不考問著我『敦倫』就彀了。」大家聽了，鬨堂笑起來。那當兒，後面三雲瓊枝照耀的都出來請安，外面各客也慢慢都聚到廳上。伯怡見客到齊，就叫在後面擺起兩桌席來。伯怡按著客單定坐。東首一席，請李純客首座，袁尚秋、荀子珮、姜劍雲、米筱亭、林敦古依次坐著，蔓雲、怡雲、素雲卻都坐在純客兩旁，共是九位。西首一席，黎石農首座，莊小燕、錢唐卿、汪蓮孫、易緣常、段扈橋、聞韻高依次坐著，伯怡坐了主位。共是八位。此時在座的共是十七人，都是臺閣名賢，文章巨伯，主賢賓樂，酒旨肴甘，觥籌雜陳，履趾交錯，也算極一時之盛了。

三雲引簫倚笛，各奏雅調，蔓雲唱豪宴，怡雲唱賞荷，素雲唱小宴，真是酒祓閒愁，花消英氣，純客怕她們勞乏，各侑了一觥，叫不必唱了。伯怡道：「今日為純老祝壽，必須暢飲！兄弟倒有一法消酒，不知諸位以為若何？」大家忙問何法。伯怡道：「今日壽筵前，了無獻納，不免令壽翁齒冷。弟意請諸公各將家藏珍物，編成柏梁體詩一句，以當蟠桃之獻，失韻或虛報者罰，佳者各賀一觥，惟首兩句籠罩全篇，末句總結大意，不必言之有物。這三句，只好奉煩三雲的了。其餘抽籤為次，不可攙越㉓。」大家都道新鮮有趣。伯怡就叫取了酒籌，編好號碼，請諸人各各抽定。恰好石農抽了第一。正要說，純客道：「不是要叫三雲先說嗎？我派蔓雲先說首句，怡雲說第二句，素雲說末句罷。」蔓雲道：「我不會做詩，諸位爺休笑！我說是雲臥園中開瓊筵。」怡雲想想道：「群仙來壽南極仙。」伯怡道：「神完氣足，真籠罩得住，該賀。如今要石農說了。」大家飲了賀酒。石農道：「我愛我的西嶽華山碑，我說『華山碑石垂千年』。」唐卿道：「華山碑。世間只傳三本，君得其一，那得不算偉寶？——第二就挨到我

㉓ 攙越：攙雜超越，不守秩序。攙，混合。

了。我所藏宋元刻中，只有十三行本周官好些，『周官精槧北宋鐫』，用得嗎？」緣常道：「紙如玉版，字若銀鉤，眉端有蕘翁小章，這書的是百宋一廛精品。」

小燕笑道：「別議論人家，你自己該說了！」緣常道：「寒士青氈，那有長物！只有平生夙好隋、唐經幢石搨，倒收得四五百通了。我就說『經幢千億求之虔』。」小燕道：「我的百石齋，要搬出來了。」就吟道：「耕煙百幅飛雲煙。」蓮孫接吟道：「然脂殘稿留金荃。」劍雲笑道：「你還提起那王士祿的然脂集稿本哩！吾先在琉璃廠見過，知道此書，當時只刻過敘錄，四庫著錄在存目內，現在這書，朱墨爛然，的是原本。原來給你搶了去！」蓮孫道：「你別說閒話，交了白卷，小心罰酒！」劍雲道：「不妨事，吾有十幅馬湘蘭救駕。」就舉杯說道：「馬湘畫蘭風骨妍。」扈橋搶說道：「漢碑秦石羅我前。」筱亭道：「人家收搨本，叫做黑老虎。你專收石頭，只好叫石老虎了。」扈橋道：「做石老虎還好，就不要做石龜，千年萬載，馱著石老虎，壓得不得翻身哩！」韻高道：「筱亭收藏極富，必有佳句。」筱亭道：「吾雖略有些東西，卻說不出那一樣是心愛的。」劍雲笑道：「你現在手中拿個寶物，怎不獻來？」大家忙問甚物，筱亭只得遞給純客。純客一看，原來是個瑪瑙煙壺兒，卻是奇怪，當中隱隱露出一泓清溪，水藻橫斜，水底伏著個綠毛茸茸的小龜，神情活現。純客一面看，一面笑道：「吾倒替筱亭做了一句，『綠毛龜伏瑪瑙泉』。倒是自己一無長物怎好？」

子珮道：「純老的日記，四十年未斷，就是一件大古董。」純客道：「既如此，老夫要狂言了！」念道：「『日記百年萬口傳』。」韻高道：「我也要效顰純老，把自己著作充數。說一句『續南北史藝文篇』。」子珮道：「我祇有部陳茂碑，是舊搨本，只好說『陳茂古碑我寶旃』。」伯怡道：「我家異寶，要推董小宛的小像，就說『影梅庵主來翩翩』罷。如今只有林敦古兄。還未請教了！」敦古沉思，尚未出口，劍雲笑道：「我替你一句罷！雖非一件古物，卻是一段奇聞。」眾人道：「快請教！」劍雲道：「黑頭宰相命宮填。」大家愕然不解。敦古道：「劍雲別胡說！」劍雲道：「這有什麼要緊！」就對眾人道：「我們來這裡之先，去訪余笏南。笏南自命相術是不凡的。他一見敦古，大為驚異，說敦古的相是奇格，貴便貴到極處，十九歲必登相位，操大權。凶便凶到極處，二十歲橫禍飛災，弄到死無葬身之地。你們想本朝的宰相，就是軍機大臣，做到軍機的，誰不是頭童齒豁？那有少年當國的理！這不是奇談嗎？」

大家正在吐舌稱異，忽走進個家人，手拿紅帖，向伯怡回道：「出洋回來的金汮金大人在外拜會，請不請呢？」伯怡道：「聽說雯青未到京，就得了總署，此時纔到，必然忙碌！倒老遠的奔來，怎好不請？」純客道：「雯青是熟人，何妨入座？」唐卿就叫在小燕之下，自己之上，添個座頭，不一會，只見雯青衣冠整齊，緩步進來，先給伯怡行了禮，與眾人也一一相見，臉上很露驚異色，就問伯怡道：「今天何事？群賢畢集呢！」伯怡道：「純老生日，大家公祝。雯兄不嫌殘杯冷炙，就請入座。」石農、小燕都站起讓坐。雯青忙走至東席，應酬了純客幾句，又與石農、小燕謙遜一回，方坐在唐卿之上。小燕道：「今早小兒到京，提說在河西務相遇，兄弟就曉得今天必到的了。敢問雯兄，多時稅駕㉔的？」雯青道：「今兒卯刻就進城了。」因又謝小燕電報招呼的厚意。唐卿問打算幾時覆命。雯青道：「明早宮門請安，下來就到衙門。」說著就向小燕道：「兄弟初次進總署，一切還求指教！」小燕道：「明日自

㉔ 稅駕：猶解駕，言休息，此處乃到達之義。

當奉陪，我們搭著雯兄這樣好夥計，公事好辦得多哩！」於是大家重新暢飲起來，伯怡也告訴了雯青柏梁體的酒令。雯青道：「兄弟海外初歸，荒古已久，只好就新刻交界圖說一句『長圖萬里甌脫堅』罷。」眾人齊聲道好，各賀一杯。純客道：「大家都已說遍，老夫也醉了。素雲說一句收令罷！」素雲漲紅臉，想了半天，就低念道：「共祝我公壽喬佺㉕！」伯怡喝聲采道：「真虧她收煞個住！大眾該賀個雙杯！」眾人自然喝了。那時純客朱顏酡然，大有醉態。自扶著蔆雲，到外間竹榻上，躺著閒話。大家又與雯青談了些海外的事情，彼酬此酢，不覺日紅西斜，酒闌興盡，諸客中有醉眠的，也有逃席的，紛紛散去。雯青見天晚，也辭謝了伯怡，逕自歸家。純客這日直弄得大醉而歸，倒真個病了數日。後來病好，做了一篇花部三珠贊，頑豔絕倫，旗亭傳為佳話。這是後話，不提。

且說雯青到京，就住了紗帽衚衕一所很寬大的宅門子，原是菶如替他預先租定的。雯青連日召見，到衙門，甚為忙碌。接著次芳護著家眷到來，又部署一番。諸事粗定，從此雯青每日總到總署，勤慎從公。署中有事，總與小燕商辦，見他外情通達，才識明敏，更覺投契。兩人此往彼來，非常熱絡。有一回小燕派辦陵工，出京了半個多月。所有衙中例行公事，向來都是小燕一手辦的。小燕出差，雯青見各堂官都不問津，就叫司官取上來，逐件照辦。直到小燕回來，就問司官道：「我出去了這些時，公事想來壓積得不少了？」司官道：「都辦得了，一件沒積起來。」小燕臉上一驚道：「誰辦的？」司官道：「金大人逐日批閱的。」小燕不語，頓了頓，笑向雯青道：「吾兄真天才也！」雯青倒謙遜了幾句，也不在意。又過了數日，這天雯青衙門回來，正要歇中覺，忽覺一陣頭暈惡心。彩雲道：「老爺每天此時

㉕ 壽喬佺：長壽如王子喬與偓佺，二人皆古仙人。

已睡中覺了，今天怕是晚了，還是躺會兒看。」雯青依言躺下。誰知這一躺，把路上的風霜，到京的勞頓，一齊發出來了。壯熱不退，淹纏床縟，足足病了一個多月，纔算回頭。只好請了兩個月的病假，在家養病。

卻說那日雯青還是第一天下床，可以在房內走走，正與張夫人、彩雲閒話家常，金升進來說：「錢大人要拜會。」張夫人道：「你沒告訴他老爺病還沒好嗎？」金升道：「怎麼不說，他說有要緊話，必要面談。老爺不能出來，就在上房坐便了。」雯青道：「唐卿是至好，就請裡邊來罷！」於是張夫人、彩雲都避開了，金升就領著唐卿大搖大擺的進來。雯青靠在張楊妃榻上，請唐卿就坐靠窗的大椅上。唐卿道：「雯兄雖大病了一場，臉色倒還依舊，不過清減了些。」雯青嘆道：「人到中年，真經不起風浪的了！」唐卿道：「你的風浪，現在正大得很哩！要經得起，纔是英雄的氣度哩！」雯青愕然道：「我出了什麼事嗎？」唐卿道：「可不是嗎？你且不要著急！我今天是龔尚書那裡得的消息，事情卻從你那幅交界圖惹出來的。西北地理，我卻不大明白。據說回疆邊外，有地名帕米爾，山勢回環，發脈葱嶺，雖土多磽薄，無著名部落，然高原綿亙，有居高臨下之勢，西接俄疆，南鄰英屬阿富汗，東中兩路，則服中國。近來俄人逐漸侵入，英人起了忌心，不多幾時，送了個秘密節略，及地圖一紙給總署，其意要中國收回帕境，隔閡俄人。總署就商之俄使，請劃清界址。俄使說：向來以郎庫郎里湖為界的。然查驗舊圖及英圖，卻大不然，已佔去地七八百里了。總署力駁其誤，俄使當堂把吾兄刻的交界圖呈出，說這是你們公使自己劃的，必然不會錯的。當時大家細看，竟瞠目不能答一語。現在各堂部為難得很。潘、龔兩尚書，卻都竭力想替你彌縫。誰知昨日又有個御史，把這事揭參了，說得很凶險哩！上頭震怒，幸虧龔尚書善言解說，纔把摺子留中㉖了。據兄弟看來，吾兄快些發一信給許祝雲，一信給薛淑雲，在兩國政府運動，做個釜底抽薪之法，纔有用哩！所以兄弟管不得我兄病體，急急趕來，給你商量的。」

這一席話，不覺把雯青說得呆了半晌，方掙出一句道：「這從何說起呢？」唐卿就附耳低低道：「你道俄公使的交界圖，是那裡來的？」雯青道：「我那裡知道？」唐卿笑道：「就是你送給小燕的那一本兒。那個御史，聽說也是小燕的把兄弟哩！」雯青吃一驚道：「小燕給我有什麼寃仇呢？」唐卿道：「宦海茫茫，誰摸得清底裡呢！雯兄，你講了半天話也乏了，我要走了，那個信倒是要緊的，別耽遲就是了。」說罷起身就走。唐卿去後，張夫人及彩雲都在後房出來，看見雯青面色，氣得鐵青，張夫人勸了一番，無非叫他病後保重的意思。那時已到了向來雯青睡中覺的時候，雯青心裡煩惱，就叫張夫人、彩雲都出房去，說讓我躺躺養神，大家自然一鬨散了。雯青獨自躺在床上，思前想後，悔一回，錯刻了地圖；恨一回，誤認了匪人，反來覆去，那裡睡得著！只聽壁上掛鐘鏚走的悉悉瑟瑟，下下打到心坎裡；又聽得窗外雀兒打架，喧噪得耳根出火，一個頭兒不知怎地，總著不牢枕。沒奈何，只好端坐床當中，學著老僧打坐模樣，好容易心氣好像落平些。忽然又聽見外房彷彿兩個老鼠，只管唧唧吱吱的怪叫，頓時心火湧起，欻的跳下床來，踏著拖鞋，直闖出房門來。誰知不出來倒也罷了，這一出來，只聽雯青狂叫道：「好呀，好！這個世界，我還能住下嗎？」說罷身子往後一仰，倒栽葱的直躺下地去，眼翻手撒，不省人事。正是：北海㉗酒尊逢客舉，茂陵病骨㉘望秋驚。不知雯青因何驚倒，且聽下回分解。

㉖ 留中：臣下奏章留於禁中不發表、不批示。語出史記三王世家。

㉗ 北海：孔融。融為後漢魯國人，獻帝時為北海相，後為曹操所殺。有孔北海集。

㉘ 茂陵病骨：因病免官居住茂陵之司馬相如。史記司馬相如列傳：「相如既病免，家居茂陵。」

第二十一回　背履歷庫丁蒙廷辱　通苞苴衣匠弄神通

話說上回回末，正敘雯青闖出外房，忽然狂叫一聲，栽倒在地，不省人事。想讀書的讀到這裡，必道是篇終特起奇峰，要惹起讀者急觀下文的觀念，這原是文人的狡獪，小說家常例，無足為怪。但在下這部孽海花，卻不同別的小說，空中樓閣，可以隨意起滅，逞筆翻騰，一句假不來，一語謊不得，只能將文機御事實，不能把事實起文情，所以當日雯青的忽然栽倒，其中自有一段天理人情，不得不栽倒的緣故，玄妙機關，做書的此時也不便道破，只好就事直敘下去，看是如何。

閒言少表。且說雯青一交倒栽下去，一頭正碰在內房門上，崩的一聲，震得頂格上蓬塵都索索的落下來。那當兒，恰好彩雲在外房醉妃榻上聽見了，早嚇得魂飛天外，連忙慢慢地爬起來。這真是婦人家的苦處，要急急不來，裹了腳，又要繫帶；繫了帶，還要鈕鈕；理理髮，刷刷鬢，亂了好一會子，又望外張了張，老媽丫頭，可巧一個影兒都沒有，這纔三腳兩步，搶到雯青栽倒的地方，只見雯青還是口開眼直，面色鐵青。彩雲衹得蹲身下去，一手輕輕把雯青的頭抱起，就勢坐在門限上，一手替他在背上搥拍，嘴裡顫聲叫道：「老爺醒來！老爺快醒來！」拍叫了好一會子，纔見雯青眼兒動了，嘴兒閉了，臉兒轉了白了，啞的一聲，淋淋漓漓噴了彩雲一袖子都是粘痰。彩雲不敢怠慢，只顧揉胸搥背，卻見雯青兩眼惡狠狠的盯著彩雲，還說不出話來，勉強掙起一手，抖索索的指著窗外。彩雲正沒擺佈，忽聽得外邊嘻嘻哈哈來了一群老媽丫頭。彩雲忙喊道：「你們快些來，老爺跌了交，快來幫我扶一扶！」兩個老媽，一個丫頭，見此光景，倒吃了一驚，也不解是何緣故，只得七手八腳擁上前來。彩雲捧定了頭頸，老媽托了腰，丫頭抱了腳，安安穩穩抬到房裡床上。彩雲隨手塾好了枕頭，蓋好了被窩，掖嚴了，就吩咐老婆子不許聲張，且去弄碗熱熱兒的茶來。老媽答應出去，彩雲先放下帳子，自己挨身坐在床沿上，伸進頭來，想再給雯青揉拍，誰知雯青原是氣急攻心，一時昏絕，揉拍一會，早已醒得清清楚楚。彩雲伸進手去，還未著身，卻被雯青用力一推，就嘆口氣道：「免勞罷，我今兒個認得你了！」彩雲知道雯青正在氣頭上，不是三言兩語解釋得開，也就低頭不語。氣兒也不透，滿房靜悄悄地，衹有帳中的微嘆聲和帳外小丫頭的呼吸聲，一遞一答。老媽捧進茶來，也不敢聲喊，輕輕走到床邊，遞給彩雲。彩雲接了，雙手捧進帳中湊到雯青唇邊，低聲下氣的道：「老爺，喝點熱……」這話未了，不防雯青伸手一攔，彩雲一個手鬆，連碗帶茶熱騰騰地全潑在褥子上。彩雲趁勢一扭身，鼻子裡哼哼的冷笑了幾聲，搶起空杯，就望桌子上一摔。雯青見彩雲倒也生了氣，就忍不住也冷笑道：「奇了，到這會兒，你還使性給誰看！你的破綻，今兒全落在我眼裡，難道你還有理嗎！」

雯青說罷這話，只把眼兒覷定彩雲，看她怎麼樣。誰知彩雲倒毫不怕懼，只管仰著臉剔牙兒，笑微微的道：「話可不差，我的破綻老爺今天都知道了，我是沒有話說的了。可是我倒要問聲老爺，我到底算老爺的正妻呢，還是姨娘？」雯青道：「正妻便怎麼樣？」彩雲忙接口道：「我是正妻，今天出了你的醜，壞了你的門風，叫你從此做不成人，說不響話，那也沒有別的，就請你賜一把刀，賞一條繩，殺呀，勒呀，但憑老爺處置，我死不緣眉。」雯青道：「姨娘呢？」彩雲搖著頭道：「那可又是一說，你們看著姨娘，本不過是個玩意兒，好的時，抱在懷裡，放在膝上，寶呀貝呀的捧；一不好，趕出的，發配的，送人的，道兒多著呢！就講我，算你待我好點兒，我的性情，你該知道了；我的出身，你該明白了；當初討我時候，就沒有指望我什麼三從四德三貞九烈，這會兒做出點兒不如你意的事情，也沒什麼稀罕，你要顧著後半世快樂，留個貼心伏伺的人，離不了我！那翻江倒海，只好憑我去幹！要不然，看我伺候你幾年的情分，放我一條生路，我不過壞了自己罷了，沒干礙你金大人什麼事。這麼說，我就不必死，也犯不著死。若說要我改邪歸正，阿呀！江山可改，本性難移。老實說，只怕你也沒有叫我死心塌地守著你的本事嗄！」說罷了，只是嘻嘻的笑。

雯青初不料彩雲說出這套潑辣的話，句句刺心，字字見血，心裡熱一陣冷一陣，面上紅一回白一回。正盤算回答的話，忽聽丫頭喊道：「太太來了。」簾子響處，張夫人就跨進房來，嘴裡說道：「怎麼，老爺跌了？」彩雲忙站起迎接。張夫人就掀起帳子問道：「跌壞了嗎？」雯青道：「沒有什麼，不過失腳跌一下，你怎麼知道的？」張夫人道：「剛纔門上來回，匡次芳要來見你，說是他新任放了日本出使大臣，國書已領，立刻就要回南，預備放洋，特地來辭行的。我想次芳是你至好，想請他到裡頭來，正要來問你一聲，老媽們來說，你跌壞了。我嚇得了不得，就叫他們回絕了，自己一逕來此。」雯青道：「原來次芳得了日本欽差，倒也罷了。這事是誰進來回的？」張夫人道：「金升。」雯青道：「看見阿福沒有？」張夫人笑道：「阿福肯管這些事，那倒好了。」雯青點點頭：「這小仔學壞了，用不得了。」於是夫妻兩人，你言我語，無非又談些家常，不必多述。

如今且說錢唐卿從雯青處出來，因想潘尚書連日請假，未知是否真病，不如出城去看看，一來探病，二來商量雯青的事情，回城時再到龔尚書那裡坐坐，也不為晚。主意打定，就吩咐車夫向南城而來。不多一會，到了潘府門前，親隨遞進帖兒，就見一個老家人走到車旁，回道：「家主大前兒衙門回來，忽得了病，三日連燒不退，醫生說是傷寒重症，這會兒裡頭正亂著哩，只好擋大人駕了。」唐卿愕然道：「這樣重嗎？我簡直不知道，那麼礙不礙呢？」老家人緺了眉道：「難說，難說，肝風都動了！」唐卿道：「既這麼著，我也不便驚動了。」便叫改轅回城，順道去謁龔老。一路行來，唐卿在車中無事，想著潘尚書，是當代宗師，萬流景仰的，倘有不測，關係匪輕哩。因潘尚書病在垂危，又想到朝中諸大老，沒有個擔當大事的人物，從前經過大難的老敬王爺，又不能出來，其餘旗人養尊處優，更不必說了。就是滿人裡頭，除了潘公，樞廷只有高理惺，部臣只有龔和甫，是肯任事的正人。但高中堂自有主見，難於轉移；龔尚書世故太深，遇事寡斷；他如吏部尚書鍾祖武貌恭心險；協揆余同，外正內貪：都是亂國有餘、治國不足的人。若說我們同班裡，自然要算莊煥英，是獨一的奇材了。餘外余雄義、繆仲恩、俞書屏、呂旦聞，這些人不過備員畫諾❶罷了。擺著那些七零八落的人才，要支撐這個內憂外患的天下，越想越覺危險，而且近來賄賂章聞❷，苞苴不絕；裡頭呢，親近弄臣❸，移天換日；外頭呢，少年王公，顛波作浪，不曉得要鬧成什麼世界哩！可惜莊崙樵一班清流黨，如今擯斥的擯斥，老死的老死了。若然

❶ 備員畫諾：備員，謂僅補備一官員，殊不能盡其職守，或作備位。此言己則為謙詞，指人則為諷詞。畫諾，立據應允，即今之簽字。

❷ 賄賂章聞：賄賂公行，遠近皆知。章，顯明。

❸ 弄臣：供皇上親近狎玩之臣。見史記申屠嘉傳。

他們在此，斷不會無忌憚到這步田地！

唐卿想到這裡，又不免提起從前莊壽香、何珏齋、過肇廷一班舊友來，當時盛會，何等熱鬧，如今壽香撫楚，珏齋撫粵，肇廷陳臬於閩，各守封疆，雖道身榮名顯，然要再求昔日盍簪之盛，不可得的了！原來從南城到龔尚書府第，兩邊距離，差不多有七八里，唐卿一頭走，只管一路想，忘其所以，倒也不覺路遠。忽然抬起頭來，方曉得已到龔府前了。只見門口先停著一輛華煥的大安車，駕著高頭黑騾兒，兩匹跟馬，一色烏光可鑑。兩個俊僕，站在車旁，扶下一個紅頂花翎紫臉烏髭的官兒，看他下車累墜，知道新從外來的。端相面貌，似乎也認得，不過想不起是誰。見他一下來，逕到門房，拉著一個門公，喊喊嗾嗾，不知叨登❹些什麼，說完後，四面張一張，偷偷兒遞過一個又大又沉的紅封兒，那門公倒毫不在意的接了。正要說話，回頭忽見唐卿的親隨，連忙丟下那官兒，搶步到唐卿車旁道：「主人剛下來，還沒見客哩，大人要見，就請進去。」唐卿點頭下車，隨著那門公，曲曲折折，領進一座小小花園裡。只見那園裡，竹聲松影，幽邃無塵，從一條石徑，穿到一間四面玻璃的花廳上。看那花廳庭中，左邊一座茅亭，籠著兩隻雪袂玄裳的仙鶴，正在那裡刷翎理翮；右邊一隻大綠瓷缸，滿滿的清泉，養著一對玉身紅眼的小龜，也在那裡呷波唼藻。廳內插架牙籤，叉竿錦軸，陳設得精雅絕倫。唐卿步進廳來，那門公說聲：「請大人且坐一坐。」說罷轉身去了。磨撐❺了好半天，纔聽見靴聲橐橐，自遠而近，接著連聲嘆息，很懊惱的說道：「你們難道不知道我得了潘大人的信兒，心裡正不耐煩，誰願意見生客！」一

❹ 叨登：宣揚事實或舊事重提，在此乃談論之義。叨，音ㄉㄠ。

❺ 磨撐：亦作「磨功夫」、「磨工夫」、「磨蹭」。做事緩慢拖延，消耗時間。

人答道：「小的知道，原不敢回，無奈他給錢大人一塊兒來，不好請一個，擋一個。」就聽見低低的吩咐道：「見了錢大人再說罷！」

說話時，已到廊下，唐卿遠遠望見龔尚書，便衣朱履，緩步而來，連忙搶出門來，叫聲「老師」，作下揖去。龔尚書還禮不迭，招著手道：「呵呀！老弟，快請裡頭坐，你打那兒來？八瀛的事，知道沒有？」唐卿愕然道：「潘老夫子怎麼了？」尚書道：「老友長別了，纔來報哩！」唐卿道：「這從那裡說起！門生剛從那裡來，只知病重，還沒出事哩！」言次，賓主坐定，各各悲歎了一回。尚書又問起雯青的病情。唐卿道：「病是好了，就為帕米爾一事，著急得很，知道老師替他彌縫，萬分感激哩！」因把剛纔商量致書薛淑雲、許祝雲的話，告訴了一遍。尚書道：「這是只要許祝雲在俄盡力伸辯，又得淑雲在英暗為聲援，拚著國家吃些小虧，沒有不了的事。現在國家又派出工部郎中楊誼柱，號叫越常的，專管帕米爾勘界事務，不日就要前往。好在越常給袁尚秋是至好，可以託他通融通融，更妥當了。」唐卿道：「全仗老師維持！否則這一紙地圖，竟要斷送雯青了！」尚書道：「老夫聽說，這幅地圖，雯青出了重價，在一外國人手裡買來的，即便印刷呈送，未免鹵莽。雯青一生精研西北地理，不料得此結果，真是可嘆！但平心而論，總是書生無心之過罷了。可笑那班小人，抓住人家一點差處，便想興波作浪。其實只為雯青人品還算清正些，就容不住他了。咳，宦海嶮巇❻！老弟，我與你都不能無戒心了！」唐卿道：「老師的話，正是當今確論。門生聽說，近來顯要，頗有外開門戶、內事逢迎的人物。最奇怪的，竟有人到上海採辦東西洋奇巧玩具，運進京來，耑備召對時候，或揣在懷裡，或藏在袖中，隨便進呈；

❻ 嶮巇：音ㄒㄧㄢˇ ㄧㄢˇ。喻艱難危險。嶮，同「險」。阻礙難行。巇，高峻。

又有外來官員，帶著十萬二十萬銀子，特來找尋門路的。市上有兩句童謠道：

若要頂兒紅，麻加剌廟拜公公；若要通王府，後門洞裡估衣鋪。

老師聽見過嗎？」尚書道：「有這事嗎？麻加剌廟，想就是東華門內的古廟，那個地方，本來是內監聚集之所。估衣鋪，又是什麼講究呢？」唐卿道：「如今後門估衣鋪的勢派大著哩！有什麼富興呀，聚興呀，掌櫃的都半是藍頂花翎，華車寶馬，專包攬王府四季衣服，出入邸第，消息比咱們還靈呢！」

尚書聽到這裡，忽然想起一件事似的，湊近唐卿低低道：「老弟說到這裡，我倒想起一件可喜的事告訴你呢！足見當今皇上的英明，可以一息外面浮言了。」唐卿道：「什麼事呢？」尚書道：「你看見今天宮門抄上，載有東邊道余敏，不勝監司之任，著降三級調用的一條旨意嗎？」唐卿道：「看可看見，正不明白為何有這嚴旨呢？」尚書道：「別忙，我且把今早的事情告訴你：今天戶部值日，我老早就到六部朝房裡，天纔亮，剛望見五鳳樓上的琉璃瓦，亮晶晶映出太陽光來，從午門起到乾清門，一路白石橋欄，綠雲草地，還是滑鞑鞑濕汪汪帶著曉露哩！這當兒裡，軍機起兒下來了，叫到外起兒，知道頭一個，就是東邊道余敏。此人我本不認得，可有點風聞，所以倒留神看著。曉色朦朧裡頭，只見他頂紅翎翠，面方耳闊，昂昂的在廊下走過來，前後左右，簇擁著多少蘇拉❼小監蜂圍蝶繞的一大圍，吵吵嚷嚷，有的說：『余大人，您來了。今兒頭一起，就叫您！佛爺的恩典大著哩！說不定幾天兒，咱們就要伺候您陞見呢！』有人說：『余大人，您別忘了我！連大叔面前，煩您提拔提拔，您的話比符還靈呢！』看

❼ 蘇拉：滿洲語，稱皇宮內之工役。

這余敏，一面給這些蘇拉小監應酬，一面歷歷碌碌❽碰上那些內務府的人員，隨路請安，風風芒芒❾的進去。趕進去了不上一個鐘頭，忽然的就出來了。出來時的樣兒，可大變了，帽兒歪斜，翎兒搭拉，滿臉光油油儘是汗，兩手替換的揩抹，低著頭有氣沒氣的一個人只望前走。蘇拉也不跟了，小監也不見了，只聽他走過處，背後就有多少人比手畫腳低低講道：『余敏上去碰了，大碰了。』我看著情形詫異，正在不解，沒多會兒，就有人傳說，已經下了這道降調的上諭了。」

唐卿道：「這倒希罕，老師知道他碰的緣故嗎？」尚書挪一挪身體，靠緊炕几，差不多附著唐卿的耳邊低聲道：「當時大家也摸不透，知道的又不肯說，後來找著一個小內監，常來送上頭節賞的，是個傻小仔，他倒說得詳細。」唐卿道：「他怎麼說呢？」尚書道：「他說，這位余大人是總管連公公的好朋友，聽說這個缺，就是連公公替他謀幹的。知道今天召見，是個緊要關頭，他老人家特地扔了園裡的差使，自己跑來招呼一切，儀制說話，都是連公公親口教導過的。剛纔在這裡走過時候，就是在連公屋裡講習儀制出來，從這裡一直上去，到了養心殿，揭起氈簾，踏上了天顏咫尺❿的地方。那余大人就按著向來召對的規矩，摘帽，碰頭，請了老佛爺的聖安，又請了佛爺的聖安，端端正正，把一手戴好帽兒，跪上離軍機墊一二尺遠的窩兒。這余大人心裡很得意，沒有拉什麼禮，失什麼儀，還了旗下的門面，總該討上頭的好，可以鬧個召對稱旨的榮耀了。正在眼對著鼻子，靜聽上頭的問話，預備對付。誰知這

---

❽ 歷歷碌碌：同「歷歷落落」。排列參差不齊的樣子。

❾ 風風芒芒：同「風風光光」。榮耀得意的樣子。

❿ 天顏咫尺：距皇上很近。天顏，指皇帝。咫尺，極言其近。咫，音ㄓˇ。八寸。

回佛爺只略問了幾句照例的話，兜頭倒問道：『你讀過書沒有？』那佘大人出其不意，只得勉勉強強答道：『讀過。』佛爺道：『你既讀過書，那總會寫字的了。』佘大人怔了一怔，低低答應個『會』字。這當兒裡，忽然御案上，拍的擲下兩件東西來，就聽佛爺吩咐道：『你把自己履歷寫上來。』佘大人睜眼一看，原來是紙筆，不偏不倚，掉在他跪的地方。頭裡佘大人應對時候，口齒清楚，氣度從容，著實來得，就從奉了寫履歷的旨意，好像得了斬絞的處分似的，頓時面白目瞪，拾了筆，鋪上紙，俄延了好一會，只看他鼻尖上的汗珠兒，一滴一滴的滾下，卻不見他紙頭上的黑道兒，一畫一畫的現出，足足挨了兩三分鐘光景。佛爺道：『你既寫不出漢字，我們國書，總沒有忘罷？就寫國書也好！』可憐佘大人自出孃胎，沒有見過字的面兒，拿著枝筆，還彷彿外國人吃中國飯，一把抓的捏著筷兒，橫豎不得勁兒，那裡曉得什麼漢字國書呢？這麼著，佛爺就冷笑了兩聲，很嚴厲的喝道：『下去罷，還當你的庫丁去罷！』佘大人正急得沒洞可鑽，得這一聲，就爬著謝了恩，抱頭鼠竄的逃了下來。」

唐卿聽到這裡，十分詫異道：「這佘敏真好大膽！一字不識，就想欺蒙朝廷，濫充要職，僅與降調，還是聖恩浩大哩！不過聖上叫他去當庫丁，又是什麼道理呢？」龔尚書笑道：「我先也不懂，後來纔知，這佘敏原是三庫上銀庫裡的庫丁出身。老弟，你也當過三庫差使，這庫丁的歷史，大概知道的罷？」唐卿道：「那倒不詳細，只知道那些庫丁，謀幹庫缺，沒一個不是貝子貝勒，給他們遞條子說人情的。那庫缺有多大好處，值得那些大帽子起烘⓫，正是不解？」龔尚書道：「說來可笑也可氣！那班王公貴人，雖然身居顯爵，卻都沒有恆產的。國家各省收來的庫帑，彷佛就是他們世傳的田莊。這些庫丁，就是他

⓫ 大帽子起烘：達官貴人湊熱鬧。大帽子，指達官貴人。

們田莊的仔種。薦成了一個庫丁，那就是田莊裡下了仔種了。下得一粒好仔種，十萬百萬的收成，年年享用，怎麼不叫他們不起烘呢！」唐卿道：「一樣庫丁，怎麼還有好歹呢？」尚書道：「庫丁的等級多著哩！尋常庫丁，不過逐日夾帶些出來，是有限的。總要升到了秤長，這纔大權在握，一出一入操縱自如哩！」唐卿道：「那些王公們，既靠著國庫做家產，自然要拚命的去謀幹了。這庫丁替人作嫁，辛辛苦苦，冒著這麼大的險，又圖什裡呢？」

尚書道：「當庫丁的，都是著名混混兒。他們認定一兩個王公做靠主，謀得了庫缺，庫裡偷盜出來的贓銀，就把六成獻給靠主，餘下四成，還要分給他們同黨的兄弟們。若然分拆不公，儘有滿載歸來，半路上要劫去的哩！」唐卿道：「庫上盤查很嚴，常見庫丁進庫，都把自己衣服，剝得精光，換穿庫衣，那衣褲是單層粗布製的，緊緊裹在身上，那裡能夾帶東西呢？」尚書笑道：「大凡防弊的章程愈嚴密，那作弊的法子愈巧妙，這是一定的公理。庫丁既知道庫衣萬難夾帶，千思萬想，就把身上的糞門，製造成一個絕妙的藏金窟了。但聽說造成這窟，也須投明師，下苦工，一二年方能應用。頭等金窟，有容得了三百紋銀的。各省銀式不同，元寶元絲，都不很合式，最好是江西省解來的，全是橢圓式，蒙上薄布，塗滿白蠟，儘多裝得下。然出庫時候，照章要拍手跳出庫門，一不留神，就要脫穎而出。他們有個口號，就叫做下蛋。庫丁一下蛋，斬絞流徒，就難說了。老弟，你想可笑不可笑？可恨不可恨呢？」

唐卿道：「有這等事，難道那余敏，真是這個出身嗎？」尚書道：「可不是？他就當了三年秤長，爬起了百萬家私，捐了個戶部郎中。後來不知道怎麼樣的改了道員，這東邊道一出缺，忽然放了他，原是很詫異的。到底狗苟蠅營，依然逃不了聖明燭照，這不是一件極可喜的事嗎？」唐卿正想發議，忽瞥眼望見剛纔那門公手裡，拿著一個手本，一晃晃的站在廊下窗口，尚書也常常回頭去看他。唐卿知道有客等見，不便久談，只得起身告辭。尚書還虛留了一句，然後殷勤送出大門。不言唐卿出了龔府，去託袁尚秋疏通楊越常的事。且說龔尚書送客進來，那門公便一逕揚帖前導，直向外花廳走去。尚書且走且問道：「誰陪著客呢？不是大少爺嗎？」門公道：「不，大少爺早出門了！」這話未了，尚書已到花廳廊下，忽覺眼前晃亮，就望見玻璃裡，炕床下首，坐著個美少年：頭戴一頂雙嵌線烏絨紅結西瓜帽，上面釘著顆水銀青光精圓大額珠，下面託著塊五色貓兒眼，背後拖著根烏如漆光如鏡三股大鬆辮，身上穿件雨過天青大牡丹漳絨馬褂，腰下也掛著許多珮帶，卻被闌干遮住，沒有看清。但覺繡采輝煌、寶光閃爍罷了。尚書暗忖，這是誰？如此華煥，還當就是來客呢！卻不防那門公就指著道：「哪，那不是我們珠官兒陪著嗎？」尚書這一抬眼，纔認清是自己的姪孫兒。一面就跨進廳來，那少年見了，急忙迎出，在旁邊垂著手站了一站，趁尚書上前見客時候，就慢慢溜出廳來，在廊下一面走一面低低咕噥道：「好沒來由！給這沒字碑，攪這半天兒，晦氣！」說著瀟瀟洒洒一溜煙的去了。

這裡尚書所見的客，你道是誰？原來就是上回雯青在客寓遇見的魚陽伯。這魚陽伯，原是山東一個土財主，捐了個道員，在南京候補了多年，黑透了頂，沒得過一個紅點兒。這回特地帶了好幾萬銀子，跟著莊稚燕進京，原想打幹個出路，吐吐氣、揚揚眉的。誰知莊稚燕在路上說得這也是門，那也是戶，好像可以馬到成功，弄得陽伯心癢難搔。自從一到了京，東也不通，西也不就，終究變了空中撈月，等得陽伯心焦欲死。有時催催稚燕，倒被稚燕搶白幾句，說他外行，連鑽門路的四得字訣都不懂。陽伯詫異，問：「什麼叫四得字訣，我真不明白。」稚燕哈哈笑道：「你瞧，我說你是個外行，沒有冤你罷！

如今教你這個乖！這四得字訣，是走門路的寶筏，鑽狗洞的靈符，不可不學的。就叫做時候耐得，銀錢捨得，閒氣吃得，臉皮沒得。你第一個時候就耐不得，還成得了事嗎？」陽伯沒法，只好耐心等去。後來打聽得上海道快要出缺，這缺是四海聞名的美缺，靠著海關銀兩存息，一年少說有一百多萬的餘潤。俗話說得好：「吃了河豚，百樣無味。」若是做了上海道，也是百官無味的了。你想陽伯如何不饞涎直流呢！只好婉言託稚燕想法，不敢十分催迫。事有湊巧，也是他命中注定，有做幾日空名上海道的福分。這日陽伯沒事，為了想做件時行衣服，去到後門估衣舖，找一個聚興號的郭掌櫃。這郭掌櫃，雖是個裁縫，卻是個出入宮禁交通王公的大人物，當日給陽伯談到了官經。問陽伯為何不去謀幹上海道？陽伯告訴他無路可走。郭掌櫃跳起來道：「我這兒倒放著一條挺好的路，你老要走不走？你快說！」郭掌櫃指手畫腳道：「這會兒講走門路，正大光明大道兒，自然要讓連公公，那是老牌子。其次卻還有個新出道人家不大知道的。」

說到這裡，就附著陽伯耳邊低低道：「聞太史，不是當今皇妃的師傅嗎？他可是小號的老主顧。你老若要找他，我給你拉個縴，包你如意。」陽伯正在籌畫無路，聽了這話，那有個不歡喜的道理？當時就重重拜託他，還許了他事成後的謝儀。從此，那郭掌櫃就竭力的替他奔走說合，雖陽伯並未見著什麼聞太史的面，兩邊說話，須靠著郭掌櫃一人傳遞，不上十天，居然把事情講到了九分九，只等綸音⓬一下，便可走馬上任了。陽伯滿心歡喜，自不待言。每日裡，只揀那些樞廷臺閣六部九卿要路人的府第前，奔來奔去，都預備到任後交涉的地步。所以這日特地送了一分重門包⓭，定要謁見龔尚書，也只為此。

⓬ 綸音：亦作「綸詔」。古代稱天子的詔令。

如今且說他謁見龔尚書，原不過通常的酬對，並無特別的干求。賓主坐定，尚書寒暄了幾句，陽伯趨奉了幾句，重要公案，已算了結。尚書正要端茶送客，忽見廊下走進一個十六七歲的俊僕，匆匆忙忙，走到陽伯身旁，湊到耳邊，說了幾句話，手中暗暗遞過一個小緘。陽伯疾忙接了，塞入袖中，頓時臉色大變，現出失張失智⑭的樣兒，連尚書端茶都沒看見。直到廊下伺候人，狂喊一聲送客，陽伯倒大吃一驚，嚇醒過來。正是：倉聖無靈頭搶地，錢神大力手通天。不知陽伯因何吃驚，且聽下回分解。

⑬ 重門包：厚禮，猶今之所謂大紅包。舊時高級官僚居處之管門人，往往向來求見者索取賄賂，謂之門包。

⑭ 失張失智：或作「失張失志」、「失張失致」。糊裡糊塗，心不在焉。

第二十二回　隔牆有耳都院會名花　宦海回頭小侯驚異夢

話說陽伯正在龔府，忽聽那進來的俊僕幾句附耳之談，頓時驚惶失措，匆匆告辭出來。你道為何？原來那俊僕是陽伯朝夕不離的寵童，叫做魚興，陽伯這回到京，住在前門外西河沿大街興勝客店裡，每日陽伯出門拜客，總留魚興看寓。如今忽然追蹤而來，陽伯料有要事，一看見心裡就突突的跳，又被魚興冒冒失失的道：「前兒的事情，變了卦了。郭掌櫃此時在東交民巷番菜館，立候主人去商量！他怕主人不就去，還捎帶一封信在這裡。」陽伯不等他說完，忙接了信，恨不立刻拆開，礙著龔尚書在前，好容易端茶送客看上車，一樣一樣禮節捱完，先打發魚興仍舊回店，自己跳上車來，外面車夫砰然動著輪，裡面陽伯就嗤的撕了封，只見一張五雲紅箋上寫道：

前日議定暫挪永豐莊一款，今日接頭，該莊忽有翻悔之意。在先該莊原想等余觀察還款接濟，不想余出事故，款子付出難收，該莊周轉不靈，恐要失約。今又知有一小爵爺，來京帶進無數巨款，往尋車字頭，可怕可怕！望速來密商，至荷至要！

末署「雲泥」兩字。陽伯一面看，車子一面只管走，逕向東交民巷前進。

且說這東交民巷，原是各國使館聚集之所，巷內洋房洋行最多，甚是熱鬧。這番菜館，也就是使館內廚夫開設，專為進出使館的外國人預備的，也可飲食，也可住宿，本是很正當的旅館。後來有幾個酒醉的外國人，偶然看中了鄰近小家女子，起了狎侮之心，館內無知僕歐❶，媚外湊趣，設計招徠，從此賣酒之家，變為藏花之隖了。都中那班浮薄官兒，輕狂浪子，都要效尤，也有借為秘密集會所的，也有當做公共尋歡場的，凡進此館，只要化京錢十二弔，交給僕歐，頃刻間纏頭錢去，賣笑人來，比妓館娼樓，還要靈便，就不能指揭姓名、揀擇妍醜罷了。那館房屋的建築法，是一座中西合壁的五幢兩層樓。樓下中間一大間，大小縱橫，排許多食桌，桌上硝瓶瑠盞，銀匙鋼叉，擺得異常整齊。東西兩間，連著廂房，與中間只隔一層軟壁，對面開著風門，門上嵌著一塊一尺見方的玻璃。東邊一間，鋪設得尤為華麗，地蓋紅毹，窗圍錦幙，畫屏重疊，花氣氤氳，靠後壁朝南，設著一張短闌矮腳的雙眠大鐵床，煙羅滊褥，備極妖豔。最奇怪的，這鐵床背後，卻開著一扇祕密便門，一出門來，就是一條曲折的小弄，由這弄中直通大街，原為那些狎客淫娃，做個意外遁避之所。其餘樓上，還有多少洞房幽室，不及細表。

如今且說陽伯的大安車，走到館門停住，陽伯原是館裡的熟客，常常來廝混的，當時忙跳下車，吩咐車夫，暫時把車卸了，把牲口去餵養，打發僕人自去吃飯，自己卻不走正路，翻身往後便走。走過了好幾家門首，纔露出一個狹衖口。衖口堆滿垃圾，衖內地勢低窪，陽伯挨身跨下，依著走慣的道兒彎彎曲曲的摸進去，看看那便門將近，三腳兩步趕到，把手輕輕一按，那門恰好虛掩，人不知鬼不覺的開了。陽伯一喜，一腳踏上，剛伸進頭，忽聽裡面床邊有婦女嚶嚀聲。陽伯吃一嚇，忙縮住腳，側耳聽去，那口音是個很熟的窰姐兒❷，逼著嗓子怪叫道：「老點兒礙什麼，就是你那幾位姨太太，我也不怕！我怕

❶ 僕歐：英文 boy 之音譯。西方人稱酒樓及飯店之侍者為僕歐。

的倒是你們那位姑太太！」只聽這話還沒說了，忽有個老頭兒涎皮賴臉❸的接腔道：「咦，嫁出的女兒，潑出的水，你倒怕了她！我告訴你說，一個女娘們，只要得夫心，得了夫心，誰也不怕。不用遠比，只看如今宮裡的賢妃，得了萬歲爺天寵，不管余道臺有多大手段，多高靠山，只要她召幸時候，一言半語，整顆兒的大紅頂兒，骨碌碌在他舌頭尖上牙齒縫裡滾下來了，就是老佛爺也沒奈何他。這消息還是今兒我們姑爺在聞韻高那兒聽來的。你說利害不利害、勢派不勢派呢？」聽那窰姐兒冷笑一聲道：「嚇，你別老不害臊！雞矢給天比了！你難道忘了上半年你引了你們姑爺來這裡一趟，給你那姑太太知道了，特為揀你生日那一天，賓客盈門時候，她駕著大安車趕上你們來，把牲口卸了，停在你門口兒，多少人請她可不下來，端坐在車廂裡，對著門，當著進進出出的客人，口口聲聲罵你，直罵到日落西山。他老人家乏了，套上騾兒，轉頭就走。你縮在裡邊，哼也沒有哼一聲兒，這纔算勢派哩！只怕你的紅頂兒，真在他牙縫裡打磨盤❹呢！老實告你說罷，別花言巧語了，也別胡吹亂嗙了，要我上你家裡去老虎頭上抓毛兒，我不幹！你若不嫌屈尊，還是趕天天都察院下來，到這兒溜搭溜搭，我給你解悶兒就得了。」

那老頭兒狠狠嘆了一口氣，還要說下去，忽聽廂房門外，一陣子嘻嘻哈哈的笑語聲，帖帖韃韃的腳步聲，接著呀啞一響，好像有人推門兒似的。陽伯正跨在便門限上，聽了，心裡一慌，想跑，還沒動腳，忽見黑蓬鬆一大團，從裡面直鑽出來，避個不迭，正給陽伯撞個對面。陽伯圓睜兩眼，剛要喚道：「該……」

---

❷ 窰姐兒：北方俗稱娼寮曰窰子，妓女曰窰姐兒。窰，或作「窯」。

❸ 涎皮賴臉：或作「嘻皮笑臉」、「嘻皮賴臉」、「嘻皮涎臉」。輕佻嘻笑，不莊重的樣子。

❹ 打磨盤：轉來轉去，把個紅頂兒官說得一文不值。

縮個不迭，卻幾乎請下安去。又一轉念，大人們最忌諱的是怕人知道的事情被人撞見了，連忙別轉頭，閃過身體，只做不認得，讓他過去。那人一手掩著臉，一手把袖兒握著嘴上的鬍子，忘命似的往小弄裡逃個不迭。陽伯看他去遠，這纔跨進便門。不提防一進門，劈臉就伸過一隻纖纖玉手來，把陽伯胸前衣服抓住道：「傅大人，你跑什麼！又不是姑太太來了，你怕誰呀？」陽伯仔細一聽，原來就是他的老相好這裡有名的姐兒小玉的口音，不禁嗤的一笑道：「乖姐兒，你的爸爸纔是傅大人呢！」小玉啐了一口，拉了陽伯的手，還沒有接腔，房裡面倒有人接了話兒道：「你們找爸爸，爸爸在這兒呢！」小玉倒嚇一跳，忙搶進房來道：「呸，我道是誰？原來是郭爺！巧極了！連您也上這兒來了！」陽伯故意縐縐眉，手指著郭掌櫃道：「不巧極了，老郭你千不來，萬不來，單揀人家要緊的時候，你可來了！」郭掌櫃哈哈笑道：「我真該死，我只記著我的要緊，可把你們倆的要緊倒忘了！」陽伯道：「你別拉我，我有什麼要緊？你嚇跑了總憲大人，明兒個都察院踏門拿人，那纔是要緊呢！」小玉瞪了陽伯一眼，走過來，趴在郭掌櫃肩膀上道：「郭爺，你別聽他，儘撒謊！」郭掌櫃伸伸舌頭道：「纔打這屋裡飛跑出去的就是……」小玉不等郭掌櫃說出口，伸手握住他的嘴道：「你敢說！」郭掌櫃笑道：「我不，我不說。」就問陽伯道：「那麼你跟他一塊兒來的嗎？大概沒有接到我的信罷！」陽伯道：「還提信呢！都是你這封信，把我叫進來，把他趕出去，兩下裡不提防，好好兒碰了一個頭。你瞧，這兒不是個大疙瘩嗎？這會兒還疼呢！」

說著話，伸過頭來給郭掌櫃看。郭掌櫃一面瞅著他左額上，果然紫光油油的高起一塊，一面衝著玻璃風門外，帶笑帶指的低低道：「哪，都是這班公子哥兒，鬧烘烘擁進來，我在外間坐不住，這纔撞進來，鬧出這個亂子。魚大人，那倒對不住您了！」陽伯搖搖手道：「你別磣❺了！小玉，你來，我們看一看外邊兒，都是些誰呀？」說罷，拉了小玉，耳鬢廝磨的湊近那風門玻璃上張望，只見中間一張大餐長桌上，團團圍坐著五個少年，兩邊兒多少僕歐們手忙腳亂的伺候，也有鋪檯單插瓶花的，也有擺刀叉洗杯盤的，各人身邊都站著一個戴紅纓帽兒的小跟班兒，遞煙袋，擰手巾，亂個不了。陽伯先看主位上的少年，面前鋪上一張白紙，口銜雪茄，手拿著筆，低著頭，在那裡開菜單兒。忽然抬起頭來，招呼左右兩座道：「勝佛先生和鳳孫兒，你們兩位都是外來的新客，請先想菜呀！」

陽伯這纔看清那主位的臉兒，原來不是別人，就是莊稚燕。再看左座那一個，生得方面大耳，氣概堂皇，衣服雖也華貴，卻都是寬袍大袖，南邊樣兒。右邊的，是瘦長臉兒，高鼻子，骨秀神清，舉止豪宕，雖然默默的坐著，自有一種上下千古的氣概。兩道如炬的目光，不知被他抹殺了多少眼前人物，身上服裝，卻穿得很樸雅的。這兩個陽伯卻不認得。下來，捱著這瘦長臉兒來，是曾侯爺敬華。對面兒坐著的，卻就是在龔尚書府上陪陽伯談天的珠公子。只聽右座那一個道：「稚燕，你又來了！這有什麼麻煩，胡亂點幾樣就得了！」右座淡淡的道：「兄弟還要赴楊淑高、林敦古兩兄的預約，恐怕不能久坐，隨便吃一樣湯就行了！」言下，彷彿顯出厭倦的臉色。稚燕一面點菜，一面又問道：「既到了這裡，那十二弔頭，總得花罷？」珠公子皺著眉道：「你們還鬧這玩意兒呢？我可不敢奉陪！」敬華笑道：「我倒要叫，我可不叫別人！」稚燕道：「得了，不用說了，我把小玉讓給你就是了！」說罷，就吩咐僕歐去叫小玉。勝佛推說就要走，不肯叫局，稚燕也不勉強，只給鳳孫叫了一人，連自己共是三人。僕歐連

❺ 別磣：別給人難看。磣，音ㄔㄣˇ。

聲「著」，答應下去。

陽伯在裡面聽得清楚，忙推著小玉道：「侯爺叫你了，還不出去！」小玉笑道：「那有那麼容易！今兒老媽兒都沒帶，只好回去一趟再來。」陽伯隨手就指著那桌上兩個不認得的問小玉道：「那兩個是誰，你認識麼？」小玉道：「你不認識麼？那個胖臉兒，聽說姓章，也是一個爵爺，從杭州來的。一個瘦長臉，是戴制臺的公子，是個古怪的闊少爺，還有人說他是革命黨。這些話，都是莊制臺的少爺莊立人告訴我的，不曉得是碻不碻。他們都是新到京的。」兩人正說話，恰好有個僕歐推門進來，招呼小玉上座兒。小玉站起身，抖摟了衣服，湊近那僕歐耳旁道：「你出去，別說我在這裡，我回家一趟，換換衣服就來。」回頭給陽伯、郭掌櫃點點頭道：「魚大人，我走了，回頭你再來叫啊！郭爺，你得閒兒，到我們那兒去坐坐。」趕說話當兒，早已轉入床後，一溜煙的出便門去了。

這裡陽伯順便就叫僕歐點菜，先給郭掌櫃點了蕃茄牛尾湯、炸板魚、牛排、出骨鷯鶉、加利雞飯、勃朗補丁，共是六樣。自己也點了葱頭湯、煨黃魚、牛舌、通心粉雀肉、香蕉補丁五樣。僕歐拿了菜單，打上號碼，自去叫菜。這裡兩人方談起正事來。郭掌櫃先開口道：「剛纔我彷彿聽見小玉給你說什麼姓章的，那個人你知道嗎？」陽伯道：「我不知道，就聽見莊稚燕叫他鳳孫。」郭掌櫃道：「他就是前任山東撫臺章一豪的公子，如今新襲了爵，到裡頭想法子來的。我纔信上說的就是他。」陽伯道：「那怕什麼？他既走了那一邊兒，如今余道臺纔鬧了亂子，走道兒總有點不得勁，這個機會，我們正好下手呢！」郭掌櫃道：「話是不差，可就壞在余道臺這件事。余道臺的銀子，原說定先付一半，還有一半，也是永豐莊塾付的。出了一張見缺即付的支票。誰曉得趕放的明文一見，果然就收了去了。如今出了這意外的事，如何收得回來呢！他的款子，收不回來不要緊，倒是咱們的款子，可有點兒付不出去了！我想你在先自己付的十二萬正款，固然要緊，就是這永豐莊擔承的六萬，雖說是小費，裡頭幫忙的人大家分的，可比正款還要緊些呢！要有什麼三差五錯，那事情就難說了！我瞅著永豐的當手，著急得很，我倒也替你擔憂，所以特地趕來，給你商量個辦法。」陽伯呆了呆，皺著眉道：「兄弟原只帶了十二萬銀子進京，後來添出六萬，力量本來就不濟的了。虧了永豐莊肯擔承這宗款子，雖覺得累點兒，那麼樹上開花，到底兒總有結果。兄弟纔敢豁出做這件事。如今照你這麼說，有點兒靠不住了，叫兄弟一時那兒去弄這麼大的款？可怎麼好呢！」郭掌櫃道：「你好好兒想想，總有法子的。」

陽伯躊躇了半天，忽然站起來，正對著郭掌櫃，兜頭唱了一個大喏❻道：「兄弟才短，實在想不出法子來。兄弟的第一妙法，只有『一總費心』四個字兒，還求你給我想法兒罷！」郭掌櫃還禮不迭道：「你別這麼猴急。你且坐下，我給你說！」陽伯又作了一揖，方肯坐了。郭掌櫃慢慢道：「法子是有一個，俗語道：『巧媳婦做不出無米飯』，不過又要你破費一點兒纔行。」陽伯跳起來道：「老郭，你別這麼婆婆媽媽的繞彎兒說話，這會兒只要你有法子，你要什麼就什麼！」郭掌櫃道：「那個是我要呢？咱們穀交情，給你辦事，一個大❼都不要，這纔是真朋友。只等將來，你上了任，我跟你上南邊去玩兒一趟，閒著沒事，你派我做個賬房，消遣消遣，那就是你的好處了。」陽伯道：「那好辦。你快說，有什麼好法子呢？」郭掌櫃道：「別忙，你瞧菜來了！咱們先吃菜，慢慢兒的講。」陽伯一抬頭，果然僕歐

---

❻ 唱了一個大喏：大聲問好行禮。古人相見時，雙手作揖，口中唸頌詞，稱為唱喏。喏，音ㄖㄜˇ。

❼ 一個大：一個大銅板。舊時用銅板，有大有小，一個大的可當十個小的。

托著兩盤湯，幾塊麵包來。安放好了，陽伯又叫僕歐開了一瓶香賓。郭掌櫃一頭噉著麵包，喝著湯，一頭說道：「你別看永豐莊怎麼大場面，一天到晚，整千整萬的出入，實在也不過東拉西扯，撐著個空架子罷了！遇著一點兒風浪，就擋不住。本來呢，他的架子空也罷，實也罷，不與我們相干，如今他既給我們辦了事，答應了這麼大的款子，他的架子撐得滿，我們的事情就辦得完全；倘或他有點破綻，不但他的架子撐不成，只怕連我們的架子都要坍了。這會兒，也沒有別的法子，只有大家夥兒幫著他，把這個架子扶穩了纔對。要扶穩這個架子，也不是空口說白話做得了的，要緊的就是銀子。但是這銀子，從那兒來呢？」陽伯道：「說得是，銀子那兒來呢？」

郭掌櫃道：「哈哈，說也不信，天下事真有湊巧，也是你老的運氣來了！這會兒天津鎮台，不是有個魯通一魯軍門嗎？這個人，你總該知道罷！」陽伯想了想道：「不差，那是淮軍裡頭有名的老將啊！」郭掌櫃笑道：「那裡是淮軍裡頭有名的老將！光是財神手下出色的健將罷！他當了幾十年的老營務，別的都不知道，只知道他撐了好幾百萬的家財。他的主意可很高，有的銀子，都存給外國銀行裡，什麼匯豐呀，道勝呀，我們中國號家錢莊，休想摸著他一個邊兒。可奇怪，到了今年，忽然變了卦了，要想把銀子勻點出來，分存京、津各號，特地派他的總管魯升，帶了銀子，進京看看風色。這位魯總管，可巧是我的好朋友，昨日他自己上門來找我，我想這是個好主兒，好好兒恭維他一下。後來講到存銀的事情，我就把永豐荐給他。他說：『來招攬這買賣的可不少，我們都沒答應呢！你不知道我們那裡有個老規矩，不論那家，要是成交，我們朋友，都是加一扣頭，只要肯出扣頭❽就行。』今天我把這話告訴永豐，誰

❽ 扣頭：手續費，即今之所謂佣金。

曉得永豐的當手，倒給我裝假，出扣頭的存銀他不要。我想這事，永豐的關係原小，我們的關係倒大，這扣頭不如你暫時先墊一下子，事情就成了。這事一成，永豐就流通了，我們的付款也就有著了。就有一百個章爵爺，那上海道也不怕跑到那兒去了。你看怎麼著？使得嗎？」

陽伯道：「他帶多少銀子來呢？存給永豐多少呢？」郭掌櫃道：「他帶著五六十萬呢！我們只要他十萬，多也不犯著，你說好不好？」陽伯頓時得意起來道：「好好，再好沒有了。事不宜遲，這兒吃完，你就去找那總管說定了，要銀子，你到永豐莊，在我旅用的摺子上取就得了。」兩人胡亂把點菜吃完，叫僕歐來算了賬，正要站起，郭掌櫃忽然咦了一聲道：「怎麼外邊已經散了？」陽伯側耳一聽，果然鴉雀無聲，傴身湊近風窗向外一望，只見那大餐桌上，還排列著多少咖啡空杯，座位上卻沒個人影兒。陽伯隨手拉開風門道：「我們就打前面走罷！」於是陽伯前行，郭掌櫃後跟，闖出廳來，一直的往外跑。不提防一陣嘁嘁喳喳說話聲音，發出在那廳東牆角邊一張小炕牀上，瞥眼看見有兩個人頭接頭的緊靠著炕几，一個彷彿是莊稚燕，那一個就是小玉說的章鳳孫。見那鳳孫手裡顫索索的拿著一張紙片兒，遞與稚燕。陽伯恐被瞧破，不敢細看，別轉頭，給郭掌櫃一溜煙的溜出那番菜館來，各自登車，分頭幹事去了。

如今且按下陽伯，只說那番菜館外廳上莊稚燕給章鳳孫，偷偷摸摸守著黑廳幹什麼事呢？原來事有湊巧，兩間房裡的人，做了一條路上的事，那邊魚陽伯與郭掌櫃摩拳擦掌的時候，正這邊莊稚燕替章鳳孫鑽天打洞的當兒。看官須知道這章鳳孫，是中興名將前任山東巡撫章一豪的公子，單名一個「誼」字，章一豪在山東任時，早就給他弄了個記名特用道。前年章一豪死了，朝廷眷念功臣，又加卹典，把他原有的一等輕車都尉，改襲了子爵。這章鳳孫年不滿三十，做了爵爺，已是心滿意足，倒也沒有別的妄想了。這回三年服滿，進京謝恩，因為與莊稚燕是世交兄弟，一到京，就住在他家裡，只曉得尋花夕醉，挾彈晨游，過著快樂光陰。當不住稚燕是宦海的神龍，官場的怪傑，看見鳳孫門閥又高，資財又廣，是個好吃的果兒。一聽見上海道出缺的機會，就一心一意調唆鳳孫去走連公的門路。可巧連公公為了余敏的事失敗了，憋著一肚子悶氣，沒得出處，正想在這上海道上找個好主兒，爭回這口氣來。所以稚燕去一說，就滿口擔承，彼此講定了數目，約了日期，就趁稚燕在番菜館請客這一天，等待客散了，在黑影裡開辦交涉。卻不防冤家路窄，倒被陽伯偷看了去。

閒話少表，當時稚燕乖覺，劈手把鳳孫手裡拿的紙片奪過來摺好，急忙藏在裡衣袋裡。鳳孫道：「這是整整十二萬的匯票，全數兒交給你了。可是我要問你一句，到底靠得住靠不住？」稚燕不理他，只望著外面嘮嘴兒，半晌，又望外張了一張，方低低說道：「你放心，我連夜給你辦去，有什麼差錯，你問我，好不好？」鳳孫道：「那麼我先回去，在家裡等回音。」稚燕點點頭，正要說話，驀地走進一個僕歐說道：「曾侯爺打發管家來說，各位爺都在小玉家裡打茶圍，請這裡兩位大人就去。」鳳孫一頭掀簾望外走，一頭說道：「我不去了。你若也不去，替我寫個條兒道謝罷！」說畢，自管自的上車回家去了。

不說這裡稚燕寫謝信，算菜賬，盡他做主人的義務。單講鳳孫獨自歸來，失張失智的走進自己房中，把貼身伏侍的兩個家人，打發開了，親自把房門關上，在枕邊慢慢摸出一只紫楠雕花小手箱，只見那箱裡頭放著個金漆小佛龕，佛龕裡坐著一尊羊脂白玉的觀世音。你道鳳孫百忙裡，拿出這個做什麼呢？原來鳳孫雖說是世間紈袴，卻有些佛地根芽，平生別的都不信，只崇拜白衣觀世音，所以特地請上等玉工，雕成這尊玉佛，不論到那裡，都要帶著他走；不論有何事，都要望著他求。只見當時鳳孫取了出來，恭恭敬敬，雙手捧到靠窗方桌上，居中供了，再從箱裡搬出一只宣德銅鑪，炷上一枝西藏線香，一本大悲神咒，一串菩提念珠，都擺在那玉佛面前，布置好了，自己方退下兩步，整一整冠，拍去了衣上塵土，合掌跪在當地裡，望上說道：「弟子章誼，一心敬禮觀世音菩薩。」說罷，匍匐下去，叨叨絮絮了好一會，好像醮臺裡拜表的法師一般，口中念念有詞，足足默禱了半個鐘頭，方纔立起。轉身坐在一張大躺椅上，提起念珠，攤開神咒，正想虔誦經文，卻不知怎的心上總是七上八下，一會兒神飛色舞，一會兒肉跳心驚，對著經文，一句也念不下去。看看桌上一盞半明不滅的燈兒，被鑪裡的煙氣，一股一股的沖上去，那燈光只是碧沉沉地。側耳聽著窗外靜悄悄的沒些聲息，知道稚燕還沒回來。鳳孫沒法，只得垂頭閉目，養了一回神，纔覺心地清淨點兒。忽聽門外帖帖達達飛也似的一陣腳步聲，隨即發一聲狂喊道：「鳳孫，怎麼樣？你不信，如今果真放了上海道了！你拿什麼謝我？」這話未了，就硼的一響，踢開門，鑽將進來。鳳孫抬頭一看，正是稚燕，心裡一慌，倒說不出話來。正是：富貴百年忙裡過，功名一例夢中求。欲知鳳孫得著上海道，到底是真是假，且聽下回分解。

第二十三回　天威不測蜚語中詞臣　隱恨難平違心驅俊僕

卻說鳳孫忽聽稚燕一路喊將進來，只說他放了上海道，一時心慌，倒說不出話來，呆呆地半晌方道：「你別大驚小怪的嚇我，說正經，連公公那裡，端的怎樣？」稚燕道：「誰嚇你？你不信，看這個！」說著，就懷裡掏出個黃面泥板的小本兒。鳳孫見是京報，接來只一揭，第一行就寫著「蘇松太兵備道著章誼補授」。鳳孫還道是自己眼花，忙把大號墨晶鏡，望鼻梁上一推，揉一揉眼皮，湊著紙細認，果然仍是「蘇松太兵備道著章誼補授」十一個字。心中一喜，不免頌了一聲佛號，正要向那玉琢觀音頂禮一番，卻恍恍惚惚就不見了稚燕。抬起頭來，卻只見左右兩旁站著六七個紅纓青褂短靴長帶的家人，一個托著頂帽，一個捧著翎盒，提著朝珠的，抱著護書的，有替他披褂的，有代他束帶的，有一個豁琅琅的搖著靜鞭❶，有一個就向上請了個安，報道：「外邊伺候已齊，請爵爺立刻上任！」真個是前呼後擁，呵么喝六，把個懵懂小爵爺，七手八腳的送出門來。只見門外齊臻臻的排列著紅呢傘、金字牌，旗鑼轎馬，一隊一隊長蛇似的立等在當街，只等鳳孫掀簾進轎。只聽如雷價一聲呵殿，那一溜排衙，頓時蜿蜿蜒蜒的向前走動。走去的道兒，也辨不清是東是西，只覺得先走的倒都是平如砥、直如繩的通衢廣陌，一片太陽光，照著馬蹄蹴起的香塵，一閃一閃的發出金光。誰知後來忽然轉了一個彎，就走進了一條羊腸小

❶ 靜鞭：舊時儀仗中使人肅靜的器具，為一鞭形物，振動時能發聲。亦稱鳴鞭。

徑。又走了一程，益發不像，索性只容得一人一騎慢慢的捱上去了，而且曲曲折折，高高低低，一邊是惡木兇林，一邊是危崖亂石。

鳳孫見了這些兇險景象，心中疑惑，暗忖道：「我如今到底往那裡去呢？記得出門時，有人請我上任，怎麼倒走到這荒山野徑來呢？」原來此時鳳孫早覺得自己身體不在轎中，就是剛纔所見的儀仗從人，一霎時也都隨著荒煙蔓草消滅得無影無蹤，連放上海道的事情也都忘了一半。獨自一個，在這七高八低的小路上，一腳絆一腳的望前走去。正走間，忽然眼前一黑，一陣寒風拂上面來，疾忙抬頭一看，只見一座鬱鬱蒼蒼的高岡橫在面前。鳳孫暗喜道：「好了，如今找著了正路了！」正想尋個上去的路徑，才想走近前來，卻見那岡子前面，蹲著一對巨大的獅子，張了磨牙吮血的大口，睜了奔霆掣電的雙瞳，豎起長鬣，舒開鐵爪，只待吃人。在雲煙縹渺中也看不清是真是假。再望進去，隱隱約約顯出畫棟雕梁，長廊石舫，丹樓映日，香閣排雲，山徑中還時見白鶴文鹿，彩鳳金牛，游行自在；但氣象雖然莊嚴，總帶些陰森肅殺的樣子，好像幾百年前的古堡。恐怕冒昧進去，倒要碰著些吃人的虎豹豺狼，迷人的山精木怪，反為不美。鳳孫躊躇了一回，忽聽各郎各郎一陣馬官鈴聲，從自己路上飛來，就見一匹跳澗爬山的駿馬，馱著個揚翎矗頂的貴官，挺著腰，仰著臉兒，得意揚揚的，只顧往前竄。鳳孫看著那貴官的面貌，好像在那裡見過的，不等他近前，連忙迎上去，攔著馬頭施禮道：「老兄想也是上岡去的？兄弟正為摸不著頭路不敢上去，如今老兄來了，是極好了，總求您攜帶攜帶。」那貴官聽了，哈哈的笑道：「你要想上那岡子麼？你莫非是瘋子罷！那道兒誰不知道？如今是走不得的了！你要走道兒，還是跟著我上東邊兒去。」說著話，就把鞭兒向東一指。鳳孫忙依著他鞭的去向只一望，果然顯出一條不廣不狹的小徑，看那裡邊，倒是暖日融融，香塵細細，夾岸桃花，爛如雲錦，那徑口卻有一棵夭矯不群的海楠，卓立在萬木之上。下面一層層排列著七八棵大樹，大約是檀槐楊柳靈杏棠杞等類，無不蟠幹梢雲，濃陰垂蓋，的是一條好路，倒把鳳孫看得呆了。正想細問情由，不道那貴官就匆匆的向著鳳孫拱了拱手道：「兄弟先偏了！」說罷，提起馬頭，四蹄翻盞的走進那東路去了。鳳孫這一急，非同小可，拔起腳要追，忽聽一陣悠悠揚揚的歌聲，從西邊一條道兒上梨花林吹來，歌道：

東邊一條路，西邊一條路；西邊梨花東邊桃，白的雲來紅的雨，紅白爭嬌，雨落雲飄，東海龍女，偷了半年桃，西池王母，怒挖明珠苗；造化小兒折了腰，君欲東行，休行，我道不如西邊兒平！

鳳孫尋著歌聲，回身西望，纔看見逕對著東路那一條道兒上，處處夾著梨樹，開的花，如雲如雪，一白無際，把天上地下罩得密密層層，風也不通。鳳孫正在忖量，那歌聲倒越唱越近了。就見有八九個野童兒，頭戴遮日帽，身穿背心衣，腳踏無底靴，面上烏墨塗得黑一搭白一搭，一面拍著手，一頭唱著歌，穿出梨花林來。一見鳳孫，齊連連招手道：「來，來，快上西邊兒來！」鳳孫被這些童兒一唱一招，心裡倒沒了主意，立在那可東可西的高岡面前，東一張，西一張，發恨道：「照這樣兒，不如回去罷！」一語未了，不提防西邊樹林裡，陡起了一陣撼天震地的狂風，飛沙走石，直向東邊路上刮刺刺的捲去。一會價，就日澹雲淒，神號鬼哭起來。遠遠望去，那先去的騎馬官兒，早被風刮得帽飛鞾落，人仰馬翻，萬樹桃花，也吹得七零八落，連路口七八株大樹，用盡了撐霆喝月的力量，終不敵排山倒海的神威，只抵抗了三分鐘工夫，唏唎唿喇倒斷了六株。連那海楠和幾株可稱樑棟之材的都連根帶土，飛入雲霄，不知飄到那裡去了。

這當兒，只聽那梨花林邊，一個大孩子領了八九個狂童，歡呼雷動，搖頭頓足的喊道：「好了！好了！倒了！倒了！倒了！」誰知這些童兒不喊猶可，這一喊，頓時把幾個烏嘴油臉的小孩，變了一群青面獠牙的妖怪，有的搖著驅山鐸❷，有的拿著迷魂旛，背了驪山老母的劍，佩了九天玄女的符，踏了哪吒太子的風火輪，使了齊天大聖的金箍棒，張著嘴，瞪著眼，耀武揚威，如潮似海的直向鳳孫身邊撲來。鳳孫這一嚇，直嚇得魂魄飛散，尿屁滾流，不覺狂叫一聲：「救苦救難觀世音菩薩！」正危急間，忽聽面前有人喊道：「鳳孫休慌，我在這裡。」鳳孫迷離中抬頭一看，彷彿立在面前是一個渾身白衣的老婦人，心裡只當是觀音顯聖來救他的，忙又叫道：「菩薩救命呀！」

只聽那人笑道：「什麼菩薩？菩薩坐在桌兒上呢！」鳳孫被這話一提，心裡倒清爽了一半，重又定眼細認了一認，呸！那裡是南海白衣觀世音，倒是個北京紈袴莊稚燕，嘻著嘴立在他面前。看看自己身體，還坐在佛桌旁的一張大椅上，爐裡供的藏香只燒了一寸，高岡飛了，梨花林、桃花徑迷了，童兒妖怪滅了，窗外半鈎斜月，牀前一粒殘燈，靜悄悄一些風聲也沒有，方曉得剛纔鬧轟轟的倒是一場大夢。想起剛纔自己狼狽的神情，對著稚燕倒有些惶愧，把白日托他到連公公那裡謀幹的事倒忘懷了，只顧有要沒緊的道：「你在那兒樂？這早晚纔回來！」稚燕道：「阿呀呀，這個人可瘋了！人家為你的事，腳不著地，跑了一整夜，你倒還樂呀樂呀的挖苦人！」鳳孫聽了這話，纔把番菜館裡，遞給他匯票，托他

---

❷ 驅山鐸：鐸名，秦始皇時物。燕閒錄：「海上漁人得一鐸，聲如霹靂。識者云，始皇驅山鐸也。」鐸，音ㄉㄨㄛˊ。大鈴。

到連公公那裡討準信的一總事，都想起來，不覺心裡勃的一跳，忙問道：「事情辦妥了沒有？」稚燕笑道：「好風涼話兒！天下那兒有這麼容易的事兒！我從番菜館裡出來，曾敬華那裡這麼熱鬧的窩兒，我也不敢踹，一口氣跑上連公公家裡，只道約會的事，不會脫卯兒的。誰知道還是撲了一個空。老等了半天，不見回來，問著他們，敢情為了預備老佛爺萬壽的事情，內務府來請了去商量，說不定多早纔回家呢！我想橫豎事兒早說妥了，只要這邊票兒交出去，自然那邊官兒送上來，不怕他有紅孩兒來搶了唐僧人參果去，你說對不對？」

鳳孫一聽「紅孩兒」三個字，不覺把夢中境界，直提起來，一面順口說道：「這麼說，那匯票你仍舊帶回來了？」一面呆呆的只管想那夢兒，從那一群小孩變了妖怪、撲上身來想起，直想到自己放了上海道，稚燕踢門狂喊，看看稚燕此時的形狀，宛然夢裡。忽然暗暗吃驚道：「不好了，我上了小人的當了！照夢詳來，小孩者，小人也，變了妖怪，撲上身來，明明說這班小人在那裡變著法兒的捉弄我。小徑者，小路也，已經有人比我走在頭裡，我是沒路可走的了。若然硬要走，必然惹起風波。」想到這裡，猛的又想起夢醒時候，看見一個白衣老婦，不覺恍然大悟道：「這是我一向虔誠供奉了觀音，今日特地來托夢點醒我的。罷了！罷了！上海道我決計不要了，倒是十二萬的一張匯票，總要想法兒騙回到手纔好。」想了一想，就接著說道：「既然你帶回來，很好。那票兒本來差著，你給我改正了再拿去！」稚燕愕然道：「那兒的事？數目對了就得了。」鳳孫道：「你不用管，你拿出來，看我改正，你就知道了。」稚燕似信不信的，本不願意掏出來，到底礙著鳳孫是物主兒，不好十分揹著不放，只得慢慢地從靴頁裡抽出，挪到燈邊遠遠的一照道：「沒有錯呀！」一語未了，不防被鳳孫劈手奪去，就望自己衣袋裡一塞。稚燕倒吃了個驚道：「這怎麼說？咦，改也不改，索性收起來了！」鳳孫笑道：「不瞞稚兄說，票子是沒有錯，倒是兄弟的主意打錯了。如今想過來，不幹這事了。稚兄高興，倒是稚兄去頂替了罷！兄弟是情願留著這宗銀子，去孝敬韓家潭口袋底的哥兒姐兒的了。」

稚燕跳起來道：「豈有此理！你這話到底是真話是夢話？你要想想，這上海道的缺，是不容易謀的！連公公的路，是不容易走的！我給你鬧神鬧鬼，跑了半個多月，這纔摸著點邊兒，你倒好意思，輕輕鬆鬆說不要了。我可沒臉去回覆人家，你倒把不要的道理說給我聽聽！」鳳孫仍笑嘻嘻的道：「回覆不回覆，橫豎沒有我的事，我是打定主意不要的了。」那當兒，一個是斬釘截鐵的咬定不要了，一個是面紅頸赤的死問他為何不要呢；一個笑咪咪只管賴皮，一個急吽吽無非撒潑❸。正鬧得沒得開交，忽聽砰的一聲，房門開處，走進一個家人，手裡拿著一封電報，走到鳳孫身旁道：「這是南邊發來給章大人的。」說著伸手遞給鳳孫，就回身走了。鳳孫忙接來一望，知道是從杭州家裡打來的，就吃了一嚇。拆開看了看，不覺說聲「僥倖」，就手遞給稚燕道：「如今不用爭吵了，我丁了艱了！」稚燕看著，方曉得鳳孫的繼母病故，一封報喪的電報。到此地位，也沒得說了，把剛纔的一團怒火，霎時消滅，倒只好敷衍了幾句安慰的套話，問他幾時動身。鳳孫道：「這裡的事情，料理清楚，也得六七天。」當時彼此沒興，各自安歇去了。從此鳳孫每日忙忙碌碌，預備回南的事。到了第五日，就看見京報上，果然上海道放了魚邦禮，外面就沸沸揚揚議論起來。有的說姓魚的托了後門估衣鋪，走王府的門路的；有的說姓魚的認得

❸ 急吽吽無非撒潑：急切吽吽地一味撒潑。吽吽，叫囂聲。吽，同「吼」。撒潑，或作「撒潑放刁」、「撒潑打滾」、「撒潑放肆」，謂蠻橫無理地吵鬧。

了皇妃的親戚，在皇上御前保舉的。鳳孫聽了這些話，倒也如風過耳，毫不在意，只管把自己的事，儘著趕辦。又歇了一兩天，就掩旗息鼓的回南奔喪去了。

單說稚燕替鳳孫白忙了半個多月，得了這個結果，大為掃興。他本意原想做魚陽伯的引線的，後來看看魚陽伯的門第資財氣概，都不如章鳳孫，所以倒過頭來，就擱起了陽伯，全力注在鳳孫身上。誰知如今陽伯果真得了上海道，自己的好窩兒，反給估衣鋪裡的郭掌櫃佔了去，你想他心裡怎麼不又悔又恨呢！連公公那裡，又不敢去回覆，只好私下告訴他父親轉說，還求他想個法兒，出出這口惡氣。一日清早，稚燕還沒起來，家人來回：「老爺上頭下來，有事請少爺即刻就去。」稚燕慌忙披衣出房，不及梳洗，一逕奔到小燕平常退朝坐起的一間書房內。掀簾進去，滿屋靜悄悄的，只見兩三個家人垂手侍立。小燕正在那裡低著頭，寫一封書信。看見稚燕走來，略一抬眼道：「你且坐著，讓我把高麗商務總辦方安堂的一封要緊信寫了再說。」稚燕只得在旁坐了，偷看那封信上寫的，全是高麗東學黨謀亂的事情。——原來那東學黨是高麗國的守舊黨，向來專與開化黨為仇，他的黨魁叫崔時亨，自號緯大夫的，忽然現在在全羅道的古阜地方起事，有眾五六萬，首蒙白巾，手執黃旗，倡言要驅逐倭夷，掃除權貴。高麗君臣，惶急萬狀，要借中國護商的靖遠兵船，前去助剿。那時駐紮高麗的商務總辦，就是方安堂官印叫代勝的，不敢擅主，發電到總理衙門請示。小燕昨日已經會商王大臣，發了許借的回電，現在所寫的，不過要他留心觀察，隨時稟報罷了。稚燕看著信，隨口道：「原來高麗反起了亂事了！」小燕道：「這回比甲申年金玉均、洪英植的亂事更要厲害，恐怕要求中朝發兵赴援哩！」

說著，那信已寫好，擱在一邊，笑嘻嘻道：「叫你不為別的，你知道今天上頭出了一件奇事嗎？魚邦禮革職了，倒連累金貴妃、寶貴妃都革了妃號，降做貴人。寶貴妃還脫衣受了七十廷杖。兩妃的哥哥致敏，貶謫到邊遠地方。老佛爺怒的了不得，聽說還牽涉到聞韻高太史，只為他是兩妃的師傅。幸虧他聞風遠避，總算免了。」稚燕半驚半喜的道：「爹爹知道這事怎麼發作的呢？」小燕道：「我也摸不清，不知道老佛爺聽了誰的話，忽然從園裡回來，一逕就到皇妃宮中，拿出一個小拜匣，裡頭都是些沒用的字紙，不知道老佛爺為什麼就天威不測起來，衹說金、寶兩貴妃，近來習尚浮華，屢有乞請，所以立刻下了這道嚴旨。」稚燕立起來仰著頭道：「原來也有今日！論理這會兒事情鬧得也太不像了，總得這位老聖人出來整頓整頓！」說著話，一抬頭，忽見一個眉清目秀初交二十歲的俊童，站在他父親身旁，穿著娃兒臉萬字綢紗袍，罩著美人蕉團花絨馬褂，額上根青，鬢邊髮黑，差不多的相公還比不上他嬌豔，心想我家從沒有過這樣俊俏童兒。忽然想起來道：「呀，這是金雯青那裡的阿福，怎麼到了我家來呢！」稚燕正在上下打量，早被小燕看見，因笑道：「這是雯青那裡有名的人兒，你從前給他同路進京，大概總認得罷！如今他在雯青那裡歇了出來，還沒投著主兒呢！求我賞飯，我可用不著，只好留著等機會薦出去罷！」小燕一面說，一面阿福紅著臉，就走到稚燕跟前，請了一個安。小燕忽然向稚燕道：「不差，你給我上金雯青那裡去走一趟罷！這幾天聽說他病又重了，我也沒工夫去看他，你替我去走走，禮到就得了。」當時稚燕答應下來，自去預備出門，按下慢表。

如今先要把阿福如何歇出，雯青如何病重的細情，敘述一番，免得讀書的說我拋荒❹本題。原來雯青那日，看張夫人出房後，就叫小丫頭把帳子放了，自把被窩蒙了頭，只管裝睡，並不瞅睬彩雲。彩雲

❹ 拋荒：拋棄荒廢。見清會典事例戶部田賦畿輔官兵莊田。

見雯青顏色不好，也不敢上來兜搭，自在外房，呆呆地坐著嗑瓜子兒。房裡冷清清的無事可說。我卻先要說張夫人那日在房時，聽了雯青的口氣，看了彩雲的神情，早就把那事兒瞧破了幾分。後來回到自己房中，不消說有那班獻殷勤的婆兒姐兒，半真半假的傳說，張夫人心裡更明白了，料想雯青這回必然要揚鑼搗鼓的大鬧，所以張夫人身雖在這邊，心卻在那邊，常常聽候消息。誰知道直候到二更以後，雯青那邊總是寂無人聲，張夫人倒詫異起來。暗道：「難道就這麼罷了不成？」忽一念轉到雯青新病初愈，感了氣，不要有什麼反覆嗎？想到這裡，倒不放心起來。那時更深人靜，萬籟無聲，房裡也空空洞洞的，老媽兒都去歇息了，小丫頭都躲在燈背黑影裡去打盹兒。張夫人只得獨自個躡手躡腳，穿過外套房，來到堂屋，各處燈都滅了，黑魆魆的好不怕人！張夫人正有些膽怯，想縮回來，卻望見雯青那邊廂房裡，一點燈光，窗簾上映出三四個長長短短的人影。接著一陣喊喊促促的講話聲音，知道那邊老媽丫頭，還沒睡哩。張夫人趁勢三腳兩步，跨進雯青外房，逕到房門口。正要揭起軟簾，忽聽雯青床上悉悉索索的響，響過處，就聽雯青低低兒的叫了「彩雲、彩雲」兩聲，並沒人答應。張夫人忖道：「且慢，他們要說話了，我且站著聽一聽！」

這當兒，張夫人靠在門框上，從簾縫裡張進去，只見靠牀一張鴛鴦戲水的鏡臺上，擺著一盞二龍搶珠的洋燈，罩著個碧玻璃的燈罩兒，發出光來，映得粉壁錦帷，都變了綠沉沉地。那時見雯青一手慢慢的鉤起一角帳兒，伸出頭來，臉上似笑不笑的，睒著靠西壁一張如意軟雲榻，只管發怔。張夫人連忙隨著雯青的眼光看去，原來彩雲正卸了晚妝，和衣睡著在那裡，身上穿著件同心珠扣水紅小緊身兒，單叉著一條合歡粉荷灑花褲，一搦柳腰，兩鉤蓮瓣❺，頭上枕著個湖綠卍紋小洋枕，一挽半散不散的青絲，斜拖枕畔，一手托著香腮，一手掩著酥胸，眉兒蹙著，眼兒閉著，頰上酒窩兒還搵著點淚痕，真有說不出畫不像的一種妖豔，連張夫人見了，心裡也不覺動了一動。忽聽雯青嘆了口氣，微微的拍著床道：「嗐，那世裡的冤家！我拚著做……」說到此咽住了，頓了頓道：「我死也不捨她的呀！」說話時，雯青就掙身坐起，喘吁吁披上衣服，套上襪兒，好容易把腿挪下床沿，趿著鞋兒，搖搖擺擺的直晃到那榻兒上，捱著彩雲身體倒下。好一會，顫聲推著彩雲道：「你到底怎麼樣呢？你知道我的心為你都使碎了！你只管裝睡，給誰嘔氣呢？」原來彩雲本未睡著，只為雯青不理她，摸不透雯青是何主意，自己懷著鬼胎，只好裝睡。後來聽見雯青幾句情急話，又力疾起來反湊她，不免心腸一軟，覺得自己行為太對不住他，一陣心酸，趁著此時雯青一推，就把雙手捧了臉，鑽到雯青腋下，一言不發，倒嗚嗚咽咽，哭個不了。

雯青道：「這算什麼呢？這件事你到底叫我怎麼樣辦嘎？有這會兒哭的工夫，剛纔為什麼拿那些沒天理的話來頂撞我呢！」說著，也垂下淚來。彩雲聽了，益發把頭貼緊在雯青懷裡，哽噎著道：「我只當你從此再不近我身的了。我也拚著把你一天到晚千憐萬惜的身兒，由你去割也罷，勒也罷，你就弄死我，我也不敢怨你。我只怨著我死了，再沒一個知心著意的人服伺你了！我只恨我一時糊塗，上了人家的當，只當嬉皮賴臉一會兒不要緊，誰知倒害了你一生一世受苦了！這會兒後悔也來不及了！」雯青瞅定彩雲，緊緊的拉了她手，一手不知不覺的替她拭淚道：「你真後悔了麼？你要真悔，我就不恨你了。誰沒有一時的過失，我倒恨我自己用了這種沒良心的人來害你了。這會兒沒有別的，好在這事祇有你知

❺ 蓮瓣：喻女人之小腳。以蓮瓣為飾之履，稱為蓮瓣。長生殿窺浴：「柳腰松段十圍，蓮瓣灘船半隻。」

我知，過幾天兒，借著一件事，把那個人打發了就完了。可是你心裡要明白，你負了我，我還是這麼嘔心挖膽的愛你，往後你也該體諒我一點兒了！」

彩雲聽了這些話，索性撒嬌起來，一條粉臂鈎住雯青的頸子，仰著臉，三分像哭，二分像笑的道：「我的爺，你算白疼了我了！你還不知道你那人的脾氣兒，從小只愛玩兒，這會兒悶在家裡，自個兒也保不定一時高興，給人家說著笑著，又該叫你犯疑了！我想倒不如死了，好叫你放心。」雯青道：「死呀活的做什麼，在家膩煩了，聽戲也罷，逛廟也罷，我不來管你就是了。」雯青說了這話，忽然牙兒作對的打了幾個寒噤。彩雲道：「你怎麼了？你瞧，我一不管，你就著了涼了。本來天氣怪冷的，你怎麼皮袍兒也不披一件就下床來呢？」雯青笑道：「就是怕冷，今兒個你肯給我先暖一暖被窩兒嗎？」說時，又湊到彩雲耳邊，低低的不知講些什麼。只見彩雲笑了笑，一面連連搖著頭坐起來，一面挽上頭髮道：「算了罷，你別作死了！」那當兒，張夫人看了彩雲一派狂樣兒，雯青一味沒氣性，倒憋了一肚子的沒好氣，不耐煩再聽那間壁戲❻了。只得邁步回房，自去安歇。晚景無話。

從此一連三日，雯青病已漸愈，每日起來，只在房中與彩雲說說笑笑，倒無一毫別的動靜。直到第四天早上，張夫人還沒起來，就聽見雯青出了房門，到外書房會客去了。等到張夫人起來，正在外套房，靠著窗，朝外梳妝，忽見一個小丫頭慌慌張張，飛也似的在院子裡跑進來。張夫人喝住道：「大驚小怪做什麼？」那小丫頭道：「老爺在外書房發脾氣哩，連阿福哥都打了嘴巴趕出去了。」張夫人道：「知道為什麼呢？」小丫頭道：「聽說阿福拿一個西瓜水的料煙壺兒遞給老爺，不知怎麼的，說老爺沒接好，

❻ 間壁戲：通稱隔壁戲，藏身於布幔中以口技娛人之戲。在此指張夫人偷窺雯青與彩雲男女之床戲。

掉在地上打破了，阿福只道老爺還是往常的好性兒，正彎了腰，低頭拾那碎片兒，嘴裡倒咕嚕道：『怪可惜的一個好壺兒。』這話未了，不防拍的一響，臉上早著了一個嘴巴。阿福吃一嚇，抬起頭來，又是一下。這纔看見老爺抖索索的指著他罵道：『沒良心的忘八羔❼！白養活你這麼大，不想我心愛的東西，都送在你手裡，我再留你，那就不用想有完全的東西了！』阿福吃了打，倒還嘴強說：『老爺自不防備，砸了倒怪我！』老爺越發拍桌的動怒，立刻要送坊辦，還是金升伯伯求下來。這會兒捲鋪蓋去了。」張夫人聽了，情知是那事兒發作了，倒淡淡的道：「走了就完了，嚷什麼的！」只管梳洗，也不去管他。一時間，就聽雯青出門拜客去了。正是：宦海波濤蹲百怪，情天雲雨證三生。不知雯青趕去阿福，後事如何，且聽下回分解。

---

❼ 忘八羔：通作「王八羔子」，或簡稱「羔子」。妻有淫行，稱其夫曰王八，謂如烏龜（俗呼王八）之縮頭而不敢出。妓院之男工，或下賤無恥之人，均呼為王八。羔子，幼羊。罵人羔子，猶言小畜牲。

第二十四回　憤輿論學士修文　救藩邦名流主戰

話說雯青趕出了阿福，自以為去了個花城的強敵，愛河的毒龍，從此彩雲必能回首面內、委心帖耳的了，衽席之間，不用力征經營，倒也是一樁快心的事。這日出去，倒安心樂意的辦他的官事了。先到龔尚書那裡，謝他帕米爾一事維持之恩。又到錢唐卿處，商量寫著薛、許兩欽差的信。到了第二日，就銷假到衙，照常辦事。光陰荏苒，倏忽又過了幾月，那時帕米爾的事情，楊誼柱也查覆進來，知道國界之誤，已經幾十年，並不始於雯青；又有薛淑雲、許祝雲在外邊，給英、俄兩政府交涉了一番，終究靠著英國的勢力，把國界重新畫定，雯青的事，從此也就平靜了。

卻說有一天，雯青到了總署，也是冤家路窄，不知有一件什麼事，給莊小燕忽然意見不合爭論起來。爭到後來，小燕就對雯青道：「雯兄久不來了，不怪於這裡公事，有些隔膜了。大凡交涉的事，是瞬息千變的，只看雯兄養痾一個月，國家已經蹙地❶八百里了。這件事，光雯兄就沒有知道罷？」雯青一聽這話，分明譏誚他，不覺紅了臉，一語答不出來。少時，小燕道：「我們別儘論國事了，我倒要請教雯兄一個典故，李玉溪道：『梁家宅裡秦宮入❷。』兄弟記得秦宮是被梁大將軍趕出西第來的，這個入字，

❶ 蹙地：減削國土。蹙，音ㄘㄨˋ。縮減。

❷ 梁家宅裡秦宮入：秦宮，後漢跋扈將軍梁冀之監奴，甚得梁冀寵信，因得與冀妻孫壽私通。詳後漢書梁冀傳。

好像改做出字的妥當。雯兒，你看如何？」說完，只管望著雯青笑。雯青到此，真有些耐不得了，待要發作，又怕蜂蠆有毒❸，惹出禍來，只好納著頭，生生的咽了下來。坐了一會，到底兒坐不住，不免站起來拱了拱手道：「我先走了。」說罷。回身就往外走，昏昏沉沉，忘了招呼從人。剛從辦事處，走到大堂廊下，忽聽有兩三個趕車兒的聚在堂下臺階兒上，密密切切說話，一個彷彿是莊小燕的車夫，一個就是自己的車夫。只聽自己那車夫道：「別再說我們那位姨太太了，真個像饞嘴貓兒似的，貪多嚼不爛，纔扔下一個小仔，倒又刮上一個戲子了！」那個車夫問道：「又是誰呢？」一個低低的說道：「也是有名的角兒，好像叫做孫三兒的。我們那位大人，不曉得前世作了什麼孽，碰上這位姨太太。這會兒，天天兒趕著堂會戲，當著千人萬人面前，一個在臺上，一個在臺下，丟眉弄眼，穿梭似的來去，這纔叫現世報呢！」

這些車夫，原是無意閒談，不料一句一句都被雯青聽得齊全。此時恍如一個霹靂，從青天裡打入頂門，頓時眼前火爆，耳內雷鳴，心裡又恨又悔，又羞又憤，迷迷糊糊欻的一步跨出門來，睜著眼喝道：「你們嚷什麼，快給我套車兒回家去！」那班趕車的，本沒防雯青此時散衙，倒都吃了一驚。幸虧那一輛油綠圍紅拖泥的大安車，駕著匹菊花青的高背騾兒，好好兒停在當院裡沒有卸，五六個前頂後跟的家人，也都聞聲趕來。那當兒，趕車的預備了車踏凳，要扶雯青上車，不想雯青祇把手在車沿兒上一搭，條的鑽進了車箱，嘴裡連喊著「走！走！」不一時，蹄翻輪動，出了衙門，幾十只馬蹄蹴得煙塵堆亂，

監奴，監知家務之奴。

❸ 蜂蠆有毒：蜂與蠆均為有毒之蟲，能螫人。蠆，音ㄔㄞˋ。似蠍而尾較長之毒蟲。

直向紗帽胡同而來。纔到門口，雯青一言不發，跳下車來，鐵青著臉，直瞪著眼，一口氣只望上房跑。幾個家人在背後手忙腳亂的還跟不上。金升手裡抱著門簿函牘，正想回事，看這光景，倒不敢，縮了回來。雯青一到上房，堂屋裡老媽丫頭，正亂糟糟嚷做一團，看見主人連跌帶撞的進來，背後有個家人只管給他們搖手兒，一個個都嚇得往四下裡躲著。雯青卻一概沒有看見，只望著彩雲的房門，認了一認，揭起氈簾，直搶入去。

那當兒，彩雲恰從城外湖南會館看了堂會戲回來，卸了濃妝，脫了豔服，正在梳妝臺上，支起了金粉鏡，重添眉翠，再整鬢雲。聽見雯青掀簾跨進房來，手裡只管調勻脂粉，要往臉上撲，嘴裡說道：「今兒回來多早呀！別有什麼不？」說到這裡，纔回過頭來，忽見雯青已撞到了上回並枕談心的那張如意軟雲榻邊，卻是氣色青白，神情恍惚，睜著眼愣愣的直盯在自己身上，頓了半晌，纔說道：「你好！你騙得我好呀！」彩雲摸不著頭腦，心裡一跳，臉上一紅，倒也怔住了。正想聽雯青的下文，打算支架的話，忽見雯青說罷這兩句話，身體一晃，兩手一撒，便要往前磕來。彩雲是吃過嚇來的人，見勢不好，說聲：「怎麼了，老爺？」搶步過來，攔腰一抱，脫了官帽，禁不住雯青體重，骨碌碌倒金山摧玉柱的兩個人一齊滾在榻上。等到那班跟進來的家人，從外套房趕來，雯青早已直挺挺躺好在榻上，彩雲喘吁吁騰出身來，在那裡老爺老爺的推叫。誰知雯青此時索性閉了眼，呼呼的鼾聲大作起來。彩雲輕輕摸著雯青頭上，原來火辣辣熱得燙手，倒也急得哭起來。問著家人們道：「這是怎麼說的？早起好好兒出去，這會兒到底打那兒回來？成了這個樣兒呢！」家人們笑著道：「老爺今兒的病，多管有些古怪，在衙門裡給莊大人談公事，還是有說有笑的，就從衙內出來，不曉得半路上，聽了些什麼話，頓時變了，叫奴才們那兒知道呢！」

正說著，只見張夫人也皺著眉，顫巍巍的走進來，問著彩雲道：「老爺呢？怎麼又病了！我真不懂你們是怎麼樣的了！」彩雲低頭不語，只好跟著張夫人走到雯青身邊，低低道：「老爺發燒哩！」隨口又把剛纔進房的情形，說了幾句。張夫人就坐在榻邊兒上，把雯青推了幾推，叫了兩聲，只是不應。張夫人道：「看樣兒，來勢不輕呢！難道由著病人睡在榻上不成！總得想法兒挪到床上去纔對！」彩雲道：「太太說得是！可是老爺總喊不醒，怎麼好呢！」正為難間，忽聽雯青嗽了一聲，一翻身就硬掙著要抬起頭來。睜開眼，一見彩雲，就目不轉睛的看她，看得彩雲吃嚇，不免倒退了幾步。忽見雯青手指著牆上掛的一幅德將毛奇的畫像道：「哪，哪，哪，你們看一個雄赳赳的外國人，頭頂銅兜，身掛勳章，他多管是來搶我彩雲的呀！」張夫人忙上前扶了雯青的頭，湊著雯青道：「老爺醒醒，我扶你上床去，睡在家裡，那兒有外國人！」雯青點點頭道：「好了，太太來了！我把彩雲托給你，你給我好好收管住了，別給那些賊人拐了去！」張夫人一面呋呋的答應，一面就趁勢托了雯青頸頸，坐了起來，忙給彩雲招手道：「你來，你先把老爺的腿挪下榻來，然後我抱著左臂，你扶著右臂，好歹弄到床上去。」

彩雲正聽著雯青的話，有些膽怯，忽聽張夫人又叫她，磨蹭了一會，沒奈何，只得硬著頭皮走上來，幫著張夫人半拖半抱，把雯青扶下地來，站直了，卸去袍褂，慢慢地一步晃一步的，邁到了床邊兒上。此時雯青並不直視彩雲，倒伸著頭東張西望，好像要找一件東西似的。一時間眼光溜到床前鏡臺上，擺設的一只八音琴，就看住了。原來那八音琴，與尋常不同，是雯青從德國帶回來的，外面看著，是一隻火輪船的雛形，裡面機括，卻包合著無數音譜，開了機關，放在水面上，就會一面啟輪，一面奏樂的。

不想雯青怔了一會喊道：「啊呀，不好了！薩克森船上的質克，駕著大火輪，又要來給彩雲寄什麼信了！太太，這個外國人賊頭鬼腦，我總疑著他。我告你，防著點兒，別叫他上我門！」雯青這句話，把張夫人倒蒙住了，順口道：「你放心，有我呢，誰敢來！」彩雲卻一陣心慌，一鬆手，幾乎把雯青放了一交。張夫人看了彩雲一眼道：「你怎麼的？」於是妻妾兩人，輕輕的把雯青放平在床上，墊平了枕，蓋嚴了被。張夫人已經累得面紅氣促，斜靠在床闌上。彩雲剛剛跨下床來，忽見雯青臉色一紅，雙眉直豎，滿面怒容，兩隻手只管望空亂抓。張夫人倒吃了一嚇道：「老爺要拿什麼？」雯青睜著眼道：「阿福這狗才，今兒我抓住了，一定要打死他！」張夫人道：「你怎麼忘了？阿福早給你趕出去了！」雯青道：「我明明看見他笑嘻嘻手裡還拿了彩雲的一支鑽石蓮蓬簪，一閃就閃到床背後去了。」張夫人道：「沒有的事，那簪兒好好兒插在彩雲頭上呢！」雯青道：「太太你那裡知道？那簪兒是一對兒呢！花了五千馬克，在德國買來的。你不見如今只賸了一支了嗎？這一支，保不定明兒還要落到戲子手裡去呢！」說罷，嗐了一聲。

張夫人聽到這些話，無言可答。就揭起了半角帳兒，望著彩雲。只見彩雲倒躲在牆邊一張躺椅上，低頭弄著手帕兒。張夫人不免有氣，就喊道：「彩雲！你聽老爺儘說胡話，我又攪不清你們那些故事兒，還是你來對答兩句，倒怕要清醒些哩！」彩雲半抬身挪步前行，說道：「老爺今天七搭八搭，不知道說些什麼，別說太太不懂，連我也不明白，倒怪怕的。」說時已到床前，鑽進帳來，剛與雯青打個照面。誰知這個照面不打，倒也罷了，這一照面，頓時雯青鼻搧唇動，一手顫索索拉了張夫人的袖，一手指著彩雲道：「這是誰？」張夫人道：「是彩雲呀！怎麼也不認得了？」雯青咽著嗓子道：「你別冤我，那裡是彩雲？這個人明明是贈我盤費進京趕考的那個烟臺妓女梁新燕，我不該中了狀元，就背了舊約，送她五百銀子，趕走她的。」說到此，咽住了，倒只管緊靠了張夫人道：「你救我呀！我當時衹為了怕人恥笑，想不到她竟會吊死，她是來報仇！」一言未了，眼睛往上一翻，兩腳往下一伸，一口氣接不上，就厥了過去。張夫人和彩雲一見這光景，頓時嚇做一團，滿房的老媽丫頭，也都鳥飛鵲亂起來，喊的喊，拍的拍，握頭髮的，掐人中的，鬧了一個時辰，纔算回了過來，寒熱越發重了，神智越發昏了，直到天黑，也沒有清楚一刻。張夫人知道這病厲害，忙叫金升拿片子去請陸大人來看脈。

原來葦如這幾年，在京沒事，倒很研究了些醫學，讀幾句湯頭歌訣❹，看兩卷本草從新❺，有時碰上些兒不死不活的病症，也要開個把半涼半熱的方兒，雖不能說盧扁❻重生，和緩❼再世，倒也平正通達，死不擔差，所以滿京城的王公大人，都相信他，不稱他名殿撰，倒叫他名太醫了。就是雯青家裡，一年到頭，上下多少人，七病八痛，都是他包圓兒❽的，何況此時是雯青自己生病呢！本是個管、鮑舊交❾，又結了朱、陳新好❿，一得了信息，不用說車不俟駕⓫的奔來。聽幾句張夫人說來的病源，看一

❹湯頭歌訣：醫藥書名，清汪昂撰，凡一卷，分二十門，歌二百首，列方三百有奇。

❺本草從新：中國醫藥類用書。昔有神農本草經，簡稱本草。明李時珍著本草綱目。

❻盧扁：即扁鵲。扁鵲為春秋時代之名醫，以居於盧，世稱盧醫。盧，古齊國地名，在今山東長清西南。

❼和緩：和與緩，春秋時秦之二良醫名，分見左傳成公十年及昭公元年。

❽包圓兒：完全負責包辦。

❾管鮑舊交：春秋時管仲和鮑叔之交情。管仲嘗言：「生我者父母，知我者鮑子也。」

❿朱陳新好：朱陳兩家婚姻通好。白居易有朱陳村詩。朱陳村，在今江蘇豐縣東南。

回雯青發現的氣色，一切脈，就搖頭說不好，這是傷寒重症，還夾著氣鬱房勞，倒有些棘手。少不得儘著平生的本事，連底兒掏摸出來，足足磋磨了一個更次，纔把那張方兒的君臣佐使⑫配搭好了，交給張夫人，再三囑咐，必要濃煎多服。葦如自以為用了背城借一⑬的力量，必然有旋乾轉坤的功勞，誰知一帖不靈，兩帖更凶，到了第三日，爽性藥都不能吃了。

等到小燕叫稚燕來看雯青，卻已到了香迷銅雀、雨送文鴛的時候。那時雯青的至好龔和甫、錢唐卿，都聚在那裡，幫著葦如，商量醫藥。稚燕走進來，彼此見了，稚燕就順口薦了個外國醫生，和甫、唐卿，倒都極口贊成，勸葦如立刻去延請。葦如搖著頭道：「我記得從前曾小侯信奉西醫，後來生了傷寒症，發熱時候，西醫叫預備五六個冰桶圍繞他，還擱一塊冰在胸口，要趕退他的熱，誰知熱可退了，氣卻斷了。這事我可不敢作主。請不請，去問雯青夫人罷！」和甫、唐卿還想說話，忽聽見裡面一片哭聲，沸騰起來，卻把個文園病渴的司馬相如⑭，竟做了玉樓赴召的李長吉⑮了。稚燕趁著他們擾亂的時候，也

⑪ 車不俟駕：不等傭僕駕車，急忙徒步前來。論語鄉黨：「君命召，不俟駕行矣。」

⑫ 君臣佐使：中醫配製方藥之法。蓋藥之治病，各有所主，主治者為君，輔治者為臣，與君反而相成者為佐，導藥使與病相遇者為使。

⑬ 背城借一：謂決一最後之死戰。語出左傳成公二年。在此乃用盡全力之義。

⑭ 文園病渴的司馬相如：漢朝司馬相如，曾任孝文陵園令，素有消渴疾（今之糖尿病）。及娶卓文君，悅其色，遂發痼疾，卒以此疾死。後人詩文中多以文園稱相如。

⑮ 玉樓赴召的李長吉：李賀，字長吉，唐宗室後。晝見緋衣人持一板書云：「上帝成白玉樓，召君作記。」遂卒，年二十七。

就溜之大吉。倒是龔和甫、錢唐卿，究竟與雯青道義之交，肝膽相託，竟與華如同做了託孤寄命的至友，每日從公之餘，彼來此往，幫著華如料理雯青的後事，一面勸慰張夫人，安頓彩雲，一面發電蘇州，去叫雯青的長子金繼元到京，奔喪成服。後來發訃開喪，倒也異常熱鬧。

開喪之後，過了些時，龔和甫、錢唐卿正和華如商量，想勸張夫人全家回南。還未議決，誰知那時中國外交上恰正起了一個絕大的風波，龔、錢兩人，也就無暇來管這些事了。就是做書的也顧不得來敘這些事了。——你道那風波是怎麼起的？原來就為朝鮮東學黨的亂事鬧得大起來，果然朝王到我國來請兵救援，我國因朝鮮是數百年極恭順的藩屬，況甲申年金玉均、洪英植的亂事，也靠著天兵，戡平禍亂的。這回來請兵，也就按著故事，叫北洋大臣威毅伯先派了總兵魯通一統了盛軍馬步三千，提督言紫朝領了淮軍一千五百人，前去救援。不料日本聽見我國派兵，藉口那回天津的攻守同盟條約，也派大鳥介圭帶兵逕赴漢城。後來黨匪略平，我國請其撤兵，日本不但不撤兵，反不認朝鮮為我國藩屬，又約我國協力干預他的內政。我國嚴詞駁斥了幾回，日本就日日遣兵調將，勢將與我國決裂。那時威毅伯雖然續派了馬裕坤帶了毅軍，左伯圭統了奉軍，由陸路渡鴨綠江到平壤設防，還是老成持重，不肯輕啟兵端，請了英、俄、法、德各國出來，竭力調停，口舌焦敝，函電交馳，別的不論，只看北洋總督署給北京總理衙門往來的電報，少說一日中也有百來封。不料議論愈多，要挾愈甚，要害坐失，兵氣不揚。這個風聲傳到京來，人人義憤填胸，個個忠肝裂血，朝勵枕戈之志，野聞同袍之歌，不論茶坊酒肆，巷尾街頭，一片聲的喊道：「戰呀！開戰呀！給倭子開戰呀！」

誰知就在這一片轟轟烈烈的開戰聲中，倒有兩個瀟瀟洒洒的出奇人物，冒了炎風烈日，帶了硯匣筆床，特地跑到後載門外的十剎海荷花蕩畔一座酒樓上，憑闌寄傲，把盞論文，你道奇也不奇？那當兒，一輪日大如盤，萬頃花開似錦，隱隱約約的是西山嵐翠，縹縹渺渺的是紫禁風煙，都趁著一陣薰風，向那酒樓撲來。看那酒樓，卻開著六扇玻璃文窗，護著一桁⑯冰紋畫檻，靠那檻邊，擺著個湘妃竹的小桌兒，桌上羅列些瓜果蔬菜，茶具酒壺；破硯殘箋，斷墨禿筆，也七橫八豎的抛在一旁。桌左邊坐著個豐肌雄幹，眉目開張，岸然不愧偉丈夫，卻赤著膊，將辮子盤在頭頂，打著一個椎結。右邊那個，卻是氣凝骨重，顧視清高，眉宇之間，盎然秋色，身穿紫葛衫，手搖鵰翎扇。你道這兩個人到底是誰？原來倒是書中極熟的人兒，左邊的就是有名太史聞韻高，右邊的卻是新點狀元章直蜚。兩人酒酣耳熱，接膝談心，把個看花飲酒的游觀場，當了運籌決策的機密室了。

只見聞韻高眉一揚，鼻一掀，一手拿著一海碗的酒，望喉中直倒，一手把桌兒一拍，含胡⑰的道：「大事去了，大事去了！聽說朝王虜了，朝妃囚了，牙山開了戰了！威毅伯還在夢裡，要等英、俄公使調停的消息哩！照這樣因循坐誤，無怪有名的御史韓以高約會了全臺，在宣武門外松筠庵開會，提議參劾哩！前兒莊煥英爽性領了日本公使小村壽太郎覲見起來，當著皇上，說了多少放肆的話。我倒不責備莊煥英那班媚外的人，我就不懂我們那位龔老師，身為輔弼，聽見這些事，也不阻擋，也沒決斷！我昨日謁見時，空費了無數的唇舌，難道老夫子心中，『和戰』兩字，還沒有拿穩嗎？」章直蜚仰頭微笑道：「大概摸著些邊兒了，拿穩我還不敢說。我問你，昨兒你到底說了些什麼？」韻高道：「你問我說的嗎？

⑯ 一桁：在此乃一列、一排之義。桁，音ㄏㄥˊ。屋上橫木。

⑰ 含胡：謂言語不明。

我說日本想給我國開戰並非臨時起意的，其中倒有四個原因：甲申一回，李應昰被我國虜來，日本不能得志。這是想雪舊怨的原因；朝鮮通商，中國掌了海關，日廷無利可圖，這是想奪實利的原因；前者王太妃薨逝，我朝遣使致唁，朝鮮執禮甚恭，日使相形見絀，這是想爭虛文的原因；金玉均久受日本庇護，今死在中華，又戮了屍，大削日本的體面，這是想洗前羞的原因。攢積這四原因，醞釀了數十年，到了今日，不過借著朝鮮的內亂，中國的派兵，做個題目，發洩出來。餓虎思鬬，夜狼自雄，我國若不大張撻伐，一奮神威，靠著各國的空文勸阻，他那裡肯甘心就範呢！多一日遲疑，便失一天機會，不要弄到他倒著著爭先，我竟步步落後，那時悔之晚矣！我說的，就是這些話，你看怎麼樣？」

直蜚點點頭道：「你的議論，透闢極了，我也想我國自法、越戰爭以來，究竟鎮南的小勝，不敵馬尾的大敗，國威久替⑱，外侮叢生，我倒常怕英、俄、法、德各大國，不論那一國來嘗試嘗試，都是不了的。不料如今首先發難的，倒是區區島國，雖說幾年來變法自強，蒸蒸日上，到底幅員不廣，財力無多，他既要來螳臂當車，我何妨去全獅搏兔，給他一個下馬威，也可發表我國的兵力，叫別國從此不敢正視。這是對外的情形，固利於速戰。何況中國正辦海軍。上回南北會操時候，威毅伯的奏報，也算得鋪張揚厲⑲了，但只是操演的虛文，並未經戰鬥的實驗。即旗綠淮湘，陸路各軍，自從平了髮逆，也閒散久了，恐承平無事，士不知兵，正好趁著這番大戰他一場，借硝煙彈雨之場，寓秋獮春苗⑳之意，一

⑱ 久替：長久棄置。三國志蜀書先主傳：「祖業不可久替。」在此乃長久衰微之義。

⑲ 鋪張揚厲：極力鋪排張揚。

⑳ 秋獮春苗：秋獵曰獮，夏獵曰苗。此言春苗，或係著者一時失察之筆誤。獮，音ㄒㄧㄢˇ。

旦烽煙有警，鼙鼓不驚㉑。這是對內說，也不可不開戰了。我今早就把這兩層意思，在龔老師處遞了一個手摺，不瞞你說，老師現在是排斥眾議，力持主戰的了。聽說高理惺中堂、錢唐卿侍郎，亦都持戰論。你看不日就有宣戰的明文了。你有條陳，快些趁此時上罷！」

韻高忙站起來，滿滿的斟了一大杯酒道：「得此喜信，勝聽撻音，當浮一大白！」於是一口氣喝了酒，抓了一把鮮蓮子過了口，朗吟道：「東海湄，扶桑涘，欲往從之多蛇豕！乘風破浪從此始。」直蜚道：「壯哉，韻高！你竟想投筆從戎嗎？」韻高笑道：「非也，我今天做了一篇請征倭的摺子，想立刻遞奏的，恐怕單銜獨奏，太覺勢孤，特地請你到這裡來，商酌商酌，會銜同奏何如？」說著就從桌上亂紙堆中，抽出一個摺稿子，遞給直蜚。直蜚一眼就見上面貼著一條紅簽兒，寫著事由道：「奏為請飭海軍，速整艦隊游弋日本洋，擇要施攻，以張國威而伸天討事。」直蜚看了一遍，拍案道：「此上策也！不入虎穴，焉得虎子？就怕海軍提督膽小如鼠，到弄得畫虎不成反類狗耳！」說著，就從衣袋裡掏出一張白紙條兒，給韻高看道：「你只看威毅伯寄丁雨汀的電報，真叫人又好氣又好笑哩！」韻高接著看時，只見紙上寫著道：

復丁提督：牙山並不在漢江內口，汝地圖未看明，大隊到彼，倭未必即開仗！夜間若不酣睡，彼未必即能暗算，所謂人有七分怕鬼也。言紫朝在牙，尚能自固，暫用不著汝大隊去；將來俄擬派

㉑ 鼙鼓不驚：猶言戰鼓不聞，謂無戰事之驚擾。白居易長恨歌：「漁陽鼙鼓動地來，驚破霓裳羽衣曲。」鼙，音ㄆㄧˊ。小鼓。

兵船，屆時或令汝隨同觀戰，稍壯膽氣。

韻高看罷，大笑道：「這必然是威毅伯檄調海軍赴朝鮮海面，為牙山接應，丁雨汀不敢出頭，反飾詞㉒慎防日軍暗襲，電商北洋，所以威毅伯有這覆電，也算得善戲謔兮的了！傳之千古，倒是一則絕好笑史。不過我想把國家數萬里海權，付之若輩庸奴，一旦僨事㉓，威毅伯的任用匪人㉔，也就罪無可逭㉕了。」直蜚道：「我聽說湘撫何太真，前日致書北洋，慷慨請行，願分戰艦隊一隊，身任司令，要仿杜元凱樓船直下江南㉖故事。威毅伯得書，哈哈大笑，置之不覆。我看何珏齋雖係書生，然氣旺膽壯，大有口吞東海之概，真派他統率海軍，或者能建奇功，也未可知。」兩人一面飲酒議論，一面把那征倭的疏稿，反反覆覆看了幾遍，直蜚提起筆來，斟酌了幾個字，署好了銜名，說道：「我想先帶這疏稿，送給龔老師看了，再遞何如？」韻高想了想，還未回答，忽聽樓梯上一陣腳步聲，隨後就見一個人，滿頭是汗，氣吁吁的掀簾進來，向著直蜚道：「老爺原來在這裡，即刻龔大人打發人來，告訴老爺，說日本給我國已經開戰了。載兵去的英國高陞輪船，已經擊沉了。牙山大營也打了敗仗了。龔大人和高揚藻高

㉒ 飾詞：掩飾之詞，謂假託言詞以掩飾過錯。

㉓ 僨事：敗事。禮記大學：「此謂一言僨事。」僨，音ㄈㄣˋ。覆敗；失敗。

㉔ 任用匪人：用人不當。匪人，謂才不當其職之人。匪，非。

㉕ 罪無可逭：罪不可恕。書太甲：「自作孽，不可逭。」逭，音ㄏㄨㄢˋ。逃避。

㉖ 杜元凱樓船直下江南：杜預，字元凱，西晉名將及名儒。拜鎮南大將軍，既克江陵，麾師伐吳，「徑造秣陵，所過城邑，莫不束手」。

尚書憂急得了不得，現在都在龔府，說有要事要請老爺去商量哩！」兩人聽了都吃了一驚，連忙收起了摺稿，付了酒錢，一同跑下樓來，跳上車兒，直向龔尚書府第而來。正是：半夜文星驚黯淡，一輪旭日照元黃㉗。不知龔尚書來招章直蜚有何要事，且聽下回分解。

㉗元黃：同「玄黃」。黑與黃，天地之色，此指天地。易坤文言曰：「夫玄黃者，天地之雜也，天玄而地黃。」

第二十五回　疑夢疑真司農訪鶴　七擒七縱巡撫吹牛

話說章直蜚和聞韻高兩人出了十剎海酒樓，同上了車，一路向東城而來。纔過了東單牌樓，下了甬道，正想進二條胡同的口子，韻高的車走的快，忽望見口子邊，團團圍著一群人，都仰著頭向牆上看，祇認做官廳的告示，不經意的微微回著頭，陡覺得那告示有些特別，不是楷書，是隸書，忙叫趕車兒勒住車轠，定睛一認，祇見那紙上橫寫著四個大字：

「失鶴零丁❶」。

而且寫得奇古樸茂，不是龔尚書，誰寫得出這一筆好字！疾忙跳下車來，恰好直蜚的車也趕到。直蜚半揭著車簾喊道：「韻高兄，你下車做什麼？」韻高招手道：「你快下來，看龔老夫子的妙文！」真的直蜚也下了車，兩人一同擠到人堆裡，抬頭細看那牆上的白紙，寫著道：

敬白諸君行路者：敢告我昨得奇夢，夢見東天起長虹。長虹繞屋變黑蛇，口吞我鶴甘如蔗。醒來

❶ 零丁：尋人招貼。古作「令丁」，即鉦鈴之類。尋人必用鉦鈴等以警眾，故招貼即以零丁名之。自後漢戴良作失父零丁，後遂為文體之一。

風狂吼猛虎，鶴籬吹倒鶴飛去。失鶴應夢疑不祥，凝望遼東心慘傷！諸君如能代尋訪，訪著我當贈金償！請為諸君說鶴狀：我鶴翩翻白逾雪，玄裳丹頂腳三節。請復重陳其身軀，比天鵝略大，比駝鳥不如，立時連頭三尺餘。請復重陳其神氣：昂頭側目睨雲際，俯視群雞如螞蟻，九皋清唳觸天忌。諸君如能還我鶴，白金十兩無扣剁。倘若知風報信者，半數相酬休嫌薄。

韻高道：「好一篇模仿後漢戴文讓❷的失父零丁！不但字寫得好，文章也做得古拙有趣。」直蜚道：「龔老夫子不常寫隸書，寫出來倒是梁鵠派的縱姿崛強，不似中郎派的雍容俯仰，真是字如其人。」韻高歎道：「當此內憂外患，接踵而來，老夫子繫天下人望，我倒可惜他多此一段閒情逸致！」兩人你一句我一句的議論著，不自覺的已走進胡同口。韻高道：「我們索性步行罷！」不一會，已到了龔府前，家人投了帖，早有個老門公把兩人一直領到花園裡。直蜚留心著那園庭裡的鶴亭，是新近修編，擴大了好些，亭裡卻賸下一隻孤鶴。那四面廳上，窗格❸全行卸去，挂了四扇晶瑩奪目的穿珠簾，映著晚霞，一閃一閃的暈成虹彩。龔尚書已笑著迎上來道：「韻高也同來，好極了！你們在那裡碰見的？我和理惺中堂正有事和兩位商量哩！」那時望見高理惺豐頤廣顙，飄著花白的修髯，身穿葛紗淡黃袍，腰繫漢玉帶鉤，挂著刻絲佩件，正在西首一張桌上，坐著吃點心，也半傴身❹的招呼著，問吃過點心沒有。直蜚

❷ 戴文讓：後漢戴良，字叔鸞，才既高達，目無餘子，隱居江夏山中，優游不仕。此作字文讓，待考。
❸ 窗格：窗戶之橫木。
❹ 傴身：義同「傴僂」。恭敬之意。傴，音ㄩˇ。背曲。

道：「門生和韻高兄都在十剎海酒樓上痛飲過了。韻高有一個請海軍游弋日本洋的摺稿，和門生商量會銜同遞，恰遇著龔老師派人來邀，曉得老師也在這裡，所以拉了韻高一塊兒來。門生想日本既已燬船接仗，是釁非我開，朝廷為什麼還不下宣戰的詔書呢？」

龔尚書道：「我和高中堂自奉派會議朝鮮交涉事後，天天到軍機處。今天小燕報告了牙山砲燬運船的消息，我和高中堂都主張明發宣戰諭旨，卻被景親王和祖蓀山擋住，說威毅伯有電，要等英使歐格納調停的回信，這有什麼法子呢？」韻高憤然道：「這一次大局，全壞在威毅伯倚仗外人，名為持重，實是失機。外人各有所為，那裡靠得住呢！」高中堂道：「賢弟所論，我們何嘗不知！但目前朝政，迥不如十年前了！外有樞臣❺把持，內有權璫❻播弄，威毅伯又剛愎驕縱如此，而且宮闈內訌，日甚一日，這回我和龔尚書奉派會議，太后還傳諭，叫我們整頓精神，不要再像前次辦理失當。咳！我看這回的軍事，一定要糟。不是我迷信災祥，你想，二月初一日中的黃暈，前日打壞宮門的大風，雨中下降的沙彈，陶然亭的地鳴，若彙集了編起五行志來，都是非常的災異。把人事天變，參合起來，祇怕國運要從此大變。」

龔尚書忽然蹙著眉頭歎道：「被理翁一提，我倒想起前天的奇夢來了！我從八瀛故後，本做過一個很古怪的夢，夢見一個白鬚老人，在一座石樓梯上，領我走下一道很深的地道。地道盡處，豁然開朗，

❺ 樞臣：舊稱宰輔為樞臣。樞，音ㄕㄨ。喻朝廷。

❻ 權璫：謂掌權大臣。後漢書輿服志：「侍中、中常侍加黃金璫，附蟬為文，貂尾為飾，謂之趙惠文冠。」璫，音ㄉㄤ。華飾。當冠前，附以金蟬。

倒進了一間似廟宇式的正殿。看那正殿裡，居中掛著一盞琉璃長明燈，上面供著個高大的朱漆神龕，龕裡塑著三尊神像，中坐的是面目軒露，頭戴幞頭，身穿彷彿武梁祠畫像❼的古衣服，左手裡握著個大龜，面目活像八瀛。上首一個，披著一件袈裟似的長衣，身傍站著一隻白鶴。下首一個，懷中抱一個猴子，滿身花繡，可不是我們穿的蟒袍，卻都把紅巾蒙了臉，看不清楚。我問白鬚老人：這是什麼神像？那老人衹對我笑，老不開口。我做這夢時，衹當是思念故友，偶然湊合，誰知一夢再夢，不知做了多少次，總是一般。這已經豰希奇了！不想前天，我又做了個更奇的夢，我入夢時，好像正當午後，一輪斜日，沉在慘澹的暮雲裡。忽見東天，又升起一個光輪，紅得和曉日一般。倏忽間，那光輪中，發出一聲怪響，頓時化成數百丈長虹，長蛇似的繞了我屋宇。我吃一嚇，定睛細認，那裡是長虹，紅的忽變了黑，長虹變了大蟒，屋宇變了那三尊神像的正殿，那大蟒伸進頭來，張開大口，把那上首神像身邊的白鶴，生生吞下肚去。我狂喊一聲，猛的醒來，纔知是一場午夢。耳中衹聽得排山倒海的風聲，園中樹木的摧折聲，門窗砰硼的開闔聲。恰好我的姪孫弓夫和珠哥兒，他們父子倆踉蹌的奔進來，嘴裡喊著：『今天好大風，把鶴亭吹壞，一隻鶴向南飛去了！』我聽了這話，心裡覺得夢兆不祥，也和理翁的見解一樣，大有風聲鶴唳、草木皆兵❽之感。後來弓夫見我不快，衹道是為了失鶴，就說：『飛去的鶴，大概不會過遠，我

❼ 武梁祠畫像：東漢石刻畫像，在今山東濟寧紫雲山。包括武氏家族墓葬的雙闕及四石室畫像，其中以武梁祠最早，故名武梁祠畫像。

❽ 風聲鶴唳草木皆兵：極言其戰敗驚恐之狀。肥水之戰，秦王苻堅初聞梁成兵敗，登壽陽城，望八公山草木，皆以為晉兵。旋秦兵大敗，其走者聞風聲鶴唳，皆以為晉兵且至，晝夜不敢息。

們何妨出個招貼，懸賞訪求？』我便不由自主的提起筆來，仿戴良失父零丁，做了一篇失鶴零丁，寫了幾張八分書的零丁，叫拿去貼在街頭巷口，賢弟們在路上，大概總看見過罷？賢弟們要知道，這篇小品文字，雖是戲墨，卻不是蒙莊的逍遙游❾，倒是韓非的孤憤❿！」

直蜚正色道：「兩位老師誤了！兩位老師是朝廷柱石，蒼生霖雨⓫，現在一個談災變，一個說夢占，這些頹唐憤慨的議論，該是不得志的文士，在草廬吟嘯中發的，身為臺輔⓬，手執斧柯⓭，像兩位老師一樣，怎麼好說這樣咨嗟歎息的風涼話呢！依門生愚見，國事越是艱難，越要打起全副精神，挽救這個危局。第一不講空言，要定辦法。」高中堂笑道：「賢弟責備得不錯。但一說到辦法，就是難乎其難。韻高請飭海軍游弋日本洋，這到底是空談還是辦法呢？」韻高道：「門生這個摺稿，是未聞牙山消息以前做的，現在本不適用了。目前替兩位老師畫策，門生倒有幾個扼要的辦法。」龔尚書道：「我們請兩位來，為的是要商定一個入手的辦法。」韻高道：「門生的辦法，一、宣示宗旨。照眼下形勢，沒有講和的餘地了，祇有趕速明降宣戰諭旨，布告中外，不要再上威毅伯的當。二、更定首輔。近來樞府，疲玩已極⓮，若仍靠著景王和祖蓀山的阿私固寵，莊慶藩的龍鍾衰邁，格拉和博的顢頇庸懦，如何能應付

❾蒙莊的逍遙游：蒙莊，即莊周。莊周為戰國時蒙人，故稱蒙莊。逍遙游，莊子篇名。

❿孤憤：戰國時代韓非著韓非子篇名。

⓫蒼生霖雨：人民救星。蒼生，人民。霖雨，大雨，喻恩澤。

⓬臺輔：尚書。尚書習稱臺閣。臺閣大臣輔佐帝王治理天下，故稱尚書為臺輔。

⓭斧柯：即斧柄，喻政權。孔子龜山操：「予欲望魯兮，龜山蔽之。手無斧柯，奈龜山何！」

⓮疲玩已極：懈怠疏忽已經到了極點。

這種非常之事？不如仍請敬王出來，做個領袖，兩位老師，也該當仁不讓，恢復光緒十年前的局面。三、慎選主帥。前敵陸軍魯、言、馬、左，各自為主，差不多有將無帥，必須另簡資深望重的宿將如劉益焜、劉瞻民等。海軍提督丁雨汀，坐視牙危，畏葸⓯縱敵，極應查辦更換。」直蜚搶說道：「門生還要參加些意見：此時最要的內政，還有停止萬壽的點景，驅除弄權的內監，調和兩宮的意見。軍事方面，不要專靠淮軍，該參用湘軍的將領。陸軍統帥，最好就派劉益焜；海軍必要個有膽識不怕死的人，何太真既然自告奮勇，何妨利用他的朝氣？彭剛直初出來時，並非水師出身，也是個倔強書獃。……」

正說到這裡，家人通報錢大人端敏來見。龔尚書剛說聲請，唐卿已搶步上廳，見了龔尚書和高中堂，又和章、聞二人彼此招呼了，就坐下，便開口道：「剛纔接到珏齋由湘來電，聽見牙山消息，憤激得了不得，情願犧牲生命，堅請分統海軍艦隊，直搗東京。倘這層做不到，便自率湘軍出關，獨當陸路。恐怕樞廷有意阻撓，託我求中堂和老師玉成⓰其志，否則他便自己北來。現在電奏還沒發，專候覆電。我知道中堂也在這裡，所以特地趕來相商。」龔尚書微笑道：「珏齋可稱齎冠一時。」直蜚正在這裡保他統率海軍，不想他已急不可待了！」高中堂道：「威毅伯始終迴護丁雨汀，樞廷也非常左袒，海軍換人，目前萬辦不到。」龔尚書道：「接統海軍雖然一時辦不到，唐卿可以先復一電，阻他北來。電奏請他儘管發，他這一片舍易就難、忠誠勇敢的心腸，實在令人敬佩。無論如何，我們定要叫他不虛所望。理翁以為如何？」高中堂點頭稱是。當時大家又把剛纔商量的話，一一告訴了唐卿。唐卿也很贊成聞、章的

⓯ 畏葸：懼怯。葸，音ㄒㄧˇ。畏懼的樣子。

⓰ 玉成：謂成全之意。張載西銘：「貧賤憂戚，庸玉女於成也。」

辦法。彼此再細細計議了一番，總算把應付時局的大綱決定了。唐卿也就在龔尚書那裡擬好了覆電，叫人送到電局拍發。談了一回閒話，各自散了。

你道珏齋為何安安穩穩的撫臺不要做，要告奮勇，去打仗呢？雖出於書生投筆從戎的素志，然在發端的時候，還有一段小小的考古軼史，可以順便說一下：——珏齋本是光緒初元清流黨裡一個重要人物，和莊崙樵、莊壽香、祝寶廷輩，都是人間麟鳳，臺閣鷹鸇⑰。珏齋尤其生就一付絕頂聰明的頭腦，帶些好高騖遠的性情，恨不得把古往今來名人的學問事業，被他一個人做盡了纔稱心。金石書畫，固是他的生平嗜好，也是他的獨擅勝場，但他那裡肯這麼小就呢！講心情，說知行，自命陸、王⑱不及；補大籀，攷古器，居然薛、阮⑲復生！山西辦賑，鄭州治河，鴻儒變了名臣；吉林劃界，北洋佐軍，翰苑遂兼戎幕。本來法、越啟釁時節，京朝士大夫，企慕曾、左⑳功業，人人歡喜紙上談兵，成了一時風尚，珏齋尤為高興。朝廷也很信任文臣，所以莊崙樵派了幫辦福建海疆事宜，珏齋也派了幫辦北洋事宜。後來崙樵失敗了，受了嚴譴，珏齋卻祇出使了一次朝鮮，辦結了甲申金玉均一案。又曾同威毅伯和日本伊藤博文定了出兵朝鮮彼此知會的條約，總算一帆風順，文武全才的金字招牌，還高高挂著，做了幾章孫子十

⑰ 人間麟鳳二句：麟鳳，麒麟與鳳凰，均靈異罕見之物，喻傑出難得之人才。鷹與鸇均為猛禽，喻強悍有為能保國衛民之賢臣。鸇，音ㄓㄢ。

⑱ 陸王：南宋陸九淵與明代王陽明，講學重尊德行，主致良知與知行合一。

⑲ 薛阮：薛福成，清江蘇無錫人，字叔耘，講求經世之學。阮元，字伯元，清代名儒，已見前注。

⑳ 曾左：曾國藩與左宗棠，均為清代咸同中興名臣。

家疏，刻了一篇槍礮準頭說，天下仰望丰采的，誰不道是江左夷吾，東山謝傳㉑呢！直到放了湘撫，一到任，便勤政愛民，孜孜不倦，一方面提倡風雅，幕府中羅致了不少的名下士㉒，就是同鄉中稍有一才一藝的，如編修汪子昇，中書洪英石，河南知縣魯師曾，連著畫家廉菉夫，骨董掮客余漢青，都追隨而來，蹡蹡蹌蹌㉓，極一時之盛。一方面聯絡湘軍宿將，如韋廣濤、季九光等，又引俞虎丞做了心腹，預備一朝邊陲有事，替國家出一身汗血，仿裴岑紀功、竇憲勒銘㉔的故事，使威揚域外，功蓋曾、胡㉕，這纔志得意滿哩！恰好中日交涉事起，北洋著著退讓，輿論激昂。有一天，公餘無事，珏齋正邀集了幕中同鄉，在衙齋小宴，瀏覽了一回書畫，摩挲了幾件鼎彝，忽然論到日本、朝鮮的事，珏齋道：「那年天津定約，我也是全權大臣之一，條約祇有三款，第二款兩國派兵交互知會這一條，如今想來，真是大錯特錯！若沒這條，此時日本如何能藉口派兵呢！我既經參與，不曾糾正，真是件疚心的事！如果日本和我們真的開釁，我祇有投袂而起，效死疆場，贖我的前愆㉖了！」

㉑ 江左夷吾二句：夷吾，即管仲，曾輔佐齊桓公首建霸業。謝傳，即謝安，東晉名臣，嘗隱居東山，卒贈太傅，世稱謝太傅。

㉒ 名下士：有盛名之士。宋韓琦贈鄭員外：「稚子亦知名下士，樂人爭唱卷中詩。」

㉓ 蹡蹡蹌蹌：本作「濟濟蹌蹌」，人才眾多的樣子。詩經小雅楚茨：「濟濟蹌蹌，絜爾牛羊。」

㉔ 裴岑紀功竇憲勒銘：裴岑，後漢雲中人，永和中為敦煌太守，誅北匈奴呼衍王，建功勒石而還。竇憲，後漢平陵人，和帝母竇太后之兄。因罪自請擊匈奴，大破之，乃令班固作銘，刻石於燕然山，紀漢威德。

㉕ 功蓋曾胡：功勛超過曾國藩和胡林翼。胡氏為湖南益陽人，與曾國藩均為咸同中興名臣。

㉖ 前愆：以前的過失。愆，音ㄑㄧㄢ。

汪子昇道：「老師的話，不免自責過嚴了！日本此時的蠻橫，實是看破了我國國勢的衰落，朝政的紛歧，起了輕侮之意，便想借此機會，一試他新軍的戰術。兵的派不派，全不係乎條約的有無。就算條約有關，定約究是威毅伯的主裁，老師何獨任其咎！兵凶戰危，未可輕以身試！」洪英石、魯師曾也附和著說了幾句不犯著出位冒險的話。珏齋哈哈大笑道：「你們倒這樣替我膽小！那麼叫我一輩子埋在書畫骨董裡，不許蘇州再出個陸伯言嗎？」正說得高興，忽見余漢青手裡捧著個古錦的小方匣，得意揚揚的走進來，嘴裡喊道：「我今天替老師找到一件寶貝，不但東西真，而且兆頭好，老師要看，必要先喝了一杯賀酒。」珏齋笑道：「你別先吹，祇怕是馬蹄燒餅印的古錢，我可不是潘八瀛，不上你骨董鬼的當，看了再說。」漢青道：「冤屈死人了！這是個流傳有緒的真漢印；是人家祖傳不肯出賣的，我好容易託了許多人，出了二百兩湘平銀，纔挖了出來。還有附著一本名人題識的冊頁，明天再補送來。老師你自己瞧罷。」說時雙手遞上去。

珏齋接了，揭開蓋來，祇見一個一寸見方、背上鏤著個伏虎紐的漢銅印，製作極精。翻過正面，刻著度遼將軍四個奇古的繆篆㉗，不覺喜形於色，忙擎起一杯纔斟滿的酒，一飲而盡，拍著桌子道：「此印正合孤意！度者，古通渡，要渡非艦不可，我意決矣！」連喊：「快拿紙筆來！」倒弄得大家相顧詫異。家人送上一枝蘸滿墨水的筆，珏齋提筆，在紙上揮洒自如的寫了一百多字，大家方看清是打給北洋威毅伯的電報。大力主張和日本開戰，自己願分領海軍一艦隊，以充前驅。寫完，加上速發兩字，隨手交給家人送電報處去發了，大家便不敢再勸。這便是珏齋請告奮勇最初的動機。不想這個電報發去後，

㉗ 繆篆：王莽六體書之一，用來摹印。按：繆篆之名，取其屈曲纏繞，以檢奸偽而輔信用。

好像石沉大海，消息杳然，倒是兩國交涉破裂的消息，一天緊似一天。高陞運船擊沉了。牙山不守，成歡打敗，不好的警信，雪片似的飛來，統帥言紫朝還在那裡揑報勝仗，邀朝廷二萬兩的獎賞，將弁數十人的獎敘。珏齋不禁義憤填膺㉘，自己辦了個長電奏，力請宣戰，並自請幫辦海軍，兼募湘勇，水陸並進，身臨前敵，立待要發。被魯師留攔住，勸他先電唐卿，一探龔、高兩尚書的意旨如何，再發也不為遲。珏齋聽了有理，所以有唐卿這番的洽商。唐卿的電復，差不多當夜就接到。珏齋看了，很覺滿意，把電奏又修改了些，添保了變個湘軍宿將韋廣濤、季九光、柳書元等，索性把俞虎丞也加入了。發電後，就喚了俞虎丞來，限他一個月內，募足湘勇八營做親軍。又吩咐修整槍械，勤速操練。又把生平得意的槍礮準頭練習法，印刷了數千本，發給各營將領實習。又召集了司道府縣，籌議服裝餉糈，並結束許多未了的公事，足足忙了一個多月。

那時，與日本宣戰的明諭，早發佈了，日公使匡次芳也下旗回國了。陸軍方面，言、魯、馬、左四路人馬，在平壤和日軍第一次正式開戰，被日軍殺得轍亂旗靡㉙，祇有左伯圭在玄武門死守血戰，中彈陣亡；海軍方面，丁雨汀領了定遠、鎮遠、致遠十一艦，和日海軍十二艦在大東溝大戰，又被日軍打得落花流水，沉了五艦，祇有致遠管帶鄧士祖血戰彈盡，猛撲敵艦，誤中魚雷，投海而死。朝旨把言、魯逮問，丁雨汀革職戴罪自効；威毅伯也拔去三眼花翎，褫去黃馬褂。起用了老敬王會辦軍務，添派宋欽領毅軍，劉成佑領銘軍，依唐阿領鎮邊軍，都命開赴九連城，大局頗有岌岌可危的現象。同時珏齋也疊

㉘ 義憤填膺：謂因正義而發之氣憤充塞胸中。膺，音ㄧㄥ。心胸。

㉙ 轍亂旗靡：言軍隊潰敗之狀。左傳莊公十年：「吾視其轍亂，望其旗靡，故逐之。」

奉電旨，中飭他的率請幫辦海軍，卻准他募足湘軍二十營，除俞虎丞八營本屬親軍外，韋廣濤六營，柳書元六營，也都歸節制，命他即日準備，開赴關外。好在珏齋佈置早已就緒，軍士操演亦漸純熟，一奉旨意，一面飭令俞虎丞星夜整裝，逐批開拔，一面自己把撫署的事部署停當，便帶了一班親信的幕僚，隨後啟行。先到天津，一來和威毅伯商購精槍快砲，二來和戶部籌撥餉款。誰知到了天津，發生了許多困難，定購的槍砲，一時也到不了手。

光陰如駛，忙忙碌碌中，不覺徊翔了三個多月，時局益發不堪了。自九連城挫敗後，日兵長驅直入，連破了鳳凰、岫巖，直到海城，旅順、威海衛也相繼失守，弄得陵寢震驚，畿輔搖動，天顏有喜的老佛爺，也變了低眉入定的法相，祇得把六旬慶典，停止了點景；把老敬王派在軍務處，節制各路兵馬，兼領軍機；把樞廷裡莊慶藩、格拉和博兩中堂開去，補上龔平、高揚藻，又添上一個廣東巡撫耿義；把劉益焜派了欽差大臣，節制關內外防剿各軍；珏齋和宋欽派了幫辦，而且下了嚴旨，催促開拔。在這種人心皇皇的時候，珏齋卻好整以暇，大有輕裘緩帶的氣象，祇把軍隊移駐山海關，還是老等他未到的槍砲。一直到開了年，正月元宵後，纔浩浩蕩蕩的出了關門，直抵田莊臺，進偪海城。一到之後，便擇了一所大廟宇，做了大營。祇為那廟門前，有一片百來畝的大廣場，很可做打靶操演之用，合了珏齋之意。跟去的一班幕僚，看看珏齋這種從容不迫的態度，看他每天一早，總領著他新練專門打靶的護勇三百人，他稱做虎賁營的，逐日認真習練準頭，打完靶後，隨後便會客辦公。吃過午飯，不是邀了廉葑夫、余漢青幾個清客，畫山水，拓金石；便是一到晚上，關起門來，秉燭觀書。大家都疑惑起來。汪子昇尤其替他擔憂，想勸諫幾句，老沒得到機會。

卻說那天，正是剛到田莊臺的第一個早晨，曉色朦朧，鳥聲初噪，子昇還在睡眼惺忪、寒戀重衾的時候，忽然一個弁兵推門進來喊道：「大帥就要上操場，大人們都到那邊候著，我們洪大人先去，叫我招呼汪大人馬上去！」說完，那弁兵就走了。子昇連忙起來，盥漱好，穿上衣冠，迤邐走將出來，一路朔風撲面，凝霜滿階，好不悽冷！看看廟內外進進出出的人，已經不少。門口有兩個紅漆木架，上首架上，插著一面隨風飛舞的帥字大纛旗，下首豎起一扇五六尺高白地黑字的木牌，牌上寫著「投誠免死牌」五個大字，是方稜出角的北魏書法。抬起頭來，又見門右粉牆上，貼著一張很大的告示，寫來伸掌躺腳，是仿黃山谷體的，都是珏齋的親筆。走近細看那告示時，祇見上面先寫一行全銜，全銜下卻寫著道：

為出示曉諭事：本大臣恭奉簡命，統率湘軍，訓練三月，現由山海關拔隊東征，不久當與日本決一勝負。本大臣講求槍礮準頭，十五六年，所練兵勇，均以精槍快砲為前隊，堂堂之陣，正正之旂，能進不能退，能勝不能敗，日本以久頓之兵，豈能當此生力軍乎！惟本大臣率仁義之師，素以不嗜殺人為貴，念爾日本人民，迫於將令，暴師在外，拚千萬人之性命，以博大鳥圭介之喜快。本大臣欲救兩國人民之命，自當剴切曉諭：兩軍交戰之後，凡爾日本兵官，逃生無路，但見本大臣所設投誠免死牌，即繳出刀槍，跪伏牌下，本大臣專派妥員，收爾入營，一日兩餐，與中國人民，一律看待。事平之後，送爾歸國。本大臣出此告示，天神共鑒，決不食言。若竟執迷死拒，與本大臣接戰三次，勝負不難立見。迨至該兵三戰三北㉚之時，本大臣自有七縱七擒㉛之計，請

㉚ 三戰三北：謂屢戰屢敗。國語吳語：「三戰三北，乃至於吳。越師遂入吳國，圍王宮。」

鑒前車，毋貽後悔！切切特示！

子昇一口氣把告示讀完，正在那裡贊歎他的文章，納罕㉜他的舉動，忽聽裡面一片聲的嚷著大帥出來了，就見珏齋頭戴珊瑚頂的貂皮帽，身穿曲襟藍綢獺袖青狐皮箭衣，罩上天青綢天馬出風馬褂，腰垂兩條白緞忠孝帶，仰著頭，緩步出來。前面走著幾個戈什哈㉝，廉菉夫和余漢青左右夾侍，後邊跟著一群護兵，蜂擁般的出廟。子昇祇好上前參謁，跟著同到前面操場。祇見場上遠遠立著一個紅心槍靶，虎賁三百人，都穿了一色的號衣，肩上掮著有刺刀的快槍，在曉日裡耀得寒光凜凜，一字兒兩邊分開；還有各色翎頂的文武官員，也班分左右。子昇見英石、師曾已經先到，就擠入他們班裡。

那時珏齋一人站在中央，高聲道：「我們今天是到前敵的第一日，說不定一兩天裡就要決戰。趁著這打靶的閒暇，本帥有幾句話和大家講講：你們看本帥在湘出發時候，勇往直前，性急如火，一比從天津到這裡，這三個多月的從容不迫，遲遲我行，我想一定有許多人要懷疑不解。大家要知道，這不是本帥的先勇後怯，這正是儒將異乎武夫的所在。本帥在先的意思，何嘗不想殺敵致果，氣吞東海呢！後來在操兵之餘，專讀孫子兵法，讀到第三卷謀攻篇，頗有心得，徹悟孫子所說不戰而屈人之兵的道理，完全和孟子仁者無敵的精神是一貫的。所以我的用兵，更上了一層，仰體天地好生之德，不願多殺人為戰

㉛ 七縱七擒：義同「七擒七縱」。蜀漢諸葛亮七度擒孟獲，又七縱之，終使孟獲心悅誠服。詳見漢晉春秋。

㉜ 納罕：謂驚異其事非意所料。

㉝ 戈什哈：清代武弁名，督撫、將軍、都統、提鎮等官皆有之。戈什哈乃滿洲語，義為護衛。

功，祇要有碻實把握的三大捷，約斃日兵三五千人，就可借軍威以行仁政，使日人不戰自潰。今天發布的告示和免死牌，就是這個戰略的發端。但你們一定要問本帥大捷的把握在那裡呢？本帥不是故作驚人的話，就在這場上打靶的三百虎賁身上。本帥練成這虎賁營，已經用去一二萬元的賞金。這打靶的規則，立著五百步的小靶，每人各打五槍，五槍都中紅心，叫做全紅，便賞銀八兩；近來每天賞銀多至一千餘串，一勇有得銀二三十兩的，可見全紅的越多了。這種精技，西人偶然也有，決沒有多至數百人；便和泰西各國交綏㉞，他們也要退避三舍㉟，何況區區日本！所以本帥祇看技術的成否，不管出戰的遲速；槍砲的精良，湘勇的勇壯，還是其次。勝仗擱在荷包裡，何必急急呢！到了現在，可已到了爐火純青㊱的氣候，正是弟兄們各顯身手的時期。本帥希望弟兄們牢牢記著的訓詞，祇有『不怕死，不想逃』六個大字，不但恢復遼東，日本人也不足平了。本帥的話，也說完了。我們還是來打一次練習的靶，仍舊是本帥自己先試，以後便要實行了。」

說罷，叫拿槍來。戈什哈獻上一支德國五響的新式快槍，珏齋手托了槍，埋好腳步，側著頭，擠緊眼，瞄好準頭，一縷白煙起處，砰然一聲，一顆彈丸呼的恰從紅心裡穿過；煙還未散，第二聲又響，一連五響，都中在原洞裡。合場歡呼，唱著新編的凱旋歌，奏起軍樂，大家都嚴肅地站得齊齊的。祇有廉

㉞ 交綏：本謂雙方軍隊各自撤退，後轉為兩軍交戰亦曰交綏。古名退軍為綏。

㉟ 退避三舍：對人退讓，不敢與爭。左傳僖公二十八年：「退三舍辟之。」舍，三十里。

㊱ 爐火純青：道家說煉丹成功時，爐火會發出純青火焰。後以此喻人的品德修養、學問或技藝已到精粹完美的地步。

葉夫跨出了班，左手拿著一張白紙，右手握了一根燒殘的細柳條，在那裡東抹西塗。珏齋回顧他道：「菉夫你做什麼？」菉夫道：「我想今天的勝舉，不可無圖以紀之，我在這裡起一幅田莊打靶圖的稿子，將來流傳下去，畫史上也好添一段英雄佳話。」珏齋道：「這也算個新式的雅歌投壺㊲罷！」說罷，仰面而笑。就在這笑聲裡，俞虎丞忽在人叢裡擠了出來，向珏齋行了個軍禮，呈上一個電報信兒。珏齋拆開看時，原來是個廷寄。看罷，嘆了一口氣。正是：半日偷閒談異夢，一封傳電警雄心。不知廷寄說的何事，且待下回細說。

㊲ 雅歌投壺：吟雅詩及作投壺遊戲。後漢書祭遵傳：「遵為將軍，取士皆用儒術，對酒設樂，必雅歌投壺。」李賢注：「雅歌，謂歌雅詩也。禮記投壺經曰：『壺頸脩七寸，腹脩五寸，口徑二寸半，容斗五升。壺中實小豆焉，為其矢之躍而出也。矢以柘若棘，長二尺八寸，無去其皮，取其堅而重。投之勝者飲不勝者，以為優劣也。』」後常以此指武將之儒雅行為。按：禮記投壺原文與此注文略有出入。

第二十六回　主婦索書房中飛赤鳳　天家脱輻被底臥烏龍

話說珏齋在田莊臺大營操場上，演習打靶，自己連中五槍，正在唱凱歌、留圖畫、志得意滿的當兒，忽然接到一個廷寄。拆開看時，方知道他被御史參了三款，第一款逗遛不進，第二濫用軍餉，第三虐待兵士。樞廷傳諭，著他明白回奏。看完，歎了一口氣道：「悠悠之口❶不諒人，怎能不使英雄短氣！」就手遞給子昇道：「賢弟替我去辦個電奏罷！第一款的理由，我剛纔已經說明；第二款大約就指打靶賞號而言；祇有第三，適得其反，真叫人無從索解，儘賢弟去斟酌措詞就是了。龔尚書和唐卿處，該另辦一電，把這裡的情形，儘量詳告。好在唐卿新派了總理衙門大臣，也管得著這些事了，讓他們奏對時，有個準備。」子昇唯唯的答應了。

我且暫不表珏齋在這裡的操練軍士，預備迎戰。再說唐卿那日在龔尚書那裡發了珏齋覆電，大家散後，正想回家，再給珏齋寫一封詳信，報告情形。走到中途，忽見自己一個親隨，騎馬迎來，情知家裡有事，忙遠遠的問什麼事。那家人道：「金太太派金升來請老爺，說有要事商量，立刻就去，陸大人已在那裡候著。」唐卿心裡很覺詫異，吩咐不必回家，撥轉馬頭，逕向紗帽胡同而來。進了金宅，祇見雯青的嗣子金繼元，早在倒廳門口迎候，嘴裡說著：「請世伯裡面坐！陸姻伯早來了。」唐卿跨進門來，

❶ 悠悠之口：許多人的議論。悠悠，眾多。後漢書朱穆傳：「悠悠者皆是。」

一見莑如就問道：「雯青夫人邀我們什麼事？」莑如笑道：「左不過那些雯青留下的罪孽罷咧！」道言未了，祗聽家人喊著太太出來了，氈帘一揭，張夫人全身縞素的走進來，向錢、陸兩人叩了個頭，請兩人上炕坐。自己靠門坐著，含淚說道：「今天請兩位伯伯來，並無別事，為的就是彩雲。這些原是家務小事，兩位伯伯都是忙人，本來不敢驚動，無奈妾身向來懦弱，繼元又是小輩，真弄得沒有辦法。兩位伯伯是雯青的至交，所以特地請過來，替我出個主意。」唐卿道：「嫂嫂且別說客氣話，彩雲到底怎樣呢？」張夫人道：「彩雲的行為脾氣，兩位是都知道的。自從雯青去世，我早就知道是一件難了的事。在七裡，看她倒很悲傷，哭著時，口口聲聲說要守，我倒放些心了。誰曉得一終了七，她的原形漸漸顯了，常常不告訴我，出去玩耍。後來索性天天看戲，深更半夜的回來，不乾不淨的風聲又刮到我耳邊來。我老記著雯青臨終託我收管的話，不免說她幾句。她就不三不四給我瞎吵。近來越鬧越不成話，不客氣要求我放她出去了。二位伯伯想，熱辣辣不滿百天的新喪，怎麼能把死者心愛的人讓她出這門呢！不要說旁人背後要議論我，就是我自問良心，如何對得起雯青呢！可是不放她出去，她又鬧得你天翻地覆，雞犬不寧，真叫我左右為難。」說著聲音都變了哽噎了。

莑如一聽這話，氣得跳起來道：「豈有此理！嫂嫂本來太好說話！照這種沒天良的行徑，你該拿出做太太的身分來，把家法責打了再和她講話！」唐卿忙攔住道：「莑如你且不用先怒，這不是蠻幹得來的事。嫂嫂請我們來，是要給她想個兩全的辦法，不是請我們來代行家長職權的。依我說，……」正要說下去，忽見彩雲倏的進了廳來，身穿珠邊滾魚肚白洋紗衫，鏤空襯白挖雲玄色明綃裙，梳著個烏光如鏡的風涼髻，不戴首飾，也不塗脂粉，打扮得越是素靚❷，越顯出風神絕世。一進門，就站在張夫人身旁朗朗的道：「陸大人說我沒天良，其實我正為了天良發現，纔一點不裝假，老老實實求太太放我走！我說這句話，彷彿有意和陸大人別扭似的，其實不相干，陸大人千萬別多心。老爺一向待我的恩義，我是個人，豈有不知？半路裡丟我死了，十多年的情分，怎麼說不悲傷呢！剛纔太太說在七裡悲傷，願意守，這都是真話，也是真情。在那時候，我何嘗不想給老爺掙口氣，圖一個好名兒呢！可是天生就我這一付愛熱鬧尋快活的壞脾氣，事到臨頭，自個兒也做不了主。老爺在的時候，我儘管不好，我一顆心，還給老爺的柔情蜜意，管束住了不少；現在沒人能管我，我自個兒又管不了，若硬把我留在這裡，保不定要鬧出不好聽的笑話，到那一步田地，我更要對不住老爺了！再者我的手頭散漫慣的，從小沒學過做人家❸的道理，到了老爺這裡，又由著我的性兒，成千累萬的花，如今老爺一死，進款是少了，太太縱然賢惠，我怎麼能隨隨便便的要？但是我闊綽的手，一時縮不回，祇怕老爺留下來這點子死產業，供給不上我的揮霍，所以我徹底一想，與其裝著假幌子糊弄下去，結果還是替老爺傷體面，害子孫，不如直截了當，讓我走路，好歹死活，不干姓金的事，至多我一個人背著個沒天良的罪名，我覺得天良上倒安穩得多呢！趁今天太太、少爺和老爺的好友，都在這裡，我把心裡的話全都說明了，我是斬釘截鐵的走定的了。要不然，就請你們把我弄死，倒也爽快。」

彩雲這一套話，把滿廳的人，說得都怔住了。張夫人祇顧拿絹子擦著眼淚，卻並不驚異，倒把葦如氣得鬍鬚倒豎，紫脹了臉，一句話都說不出。唐卿瞧著張夫人的態度，早猜透了幾分，怕葦如發獃，就

---

❷ 素靚：面部化妝很素淨。靚，音ㄐㄧㄥˋ。妝飾。

❸ 做人家：日常量入為出處理家務的居家理財之道。

向彩雲道：「姨娘的話，倒很直爽。你既然不願意守，那是誰也不能強你。不過今天你們太太為你請了我們來，你既照直說，我們也不能不照直給你說幾句話。你要出去是可以的，但是要依我們三件事：第一不能在北京走，得回南後，纔許走；祇為現在滿城裡傳遍你和孫三兒的事，不管他是誑是真，你在這裡一走，便坐實了，你要給老爺留面子，這裡熟人太多，你不能給他丟這個臉；第二這時候不能去，該滿了一年纔去。你既然曉得老爺待你的恩義，你也承認和老爺有多年的情分，這一點短孝，你總得給他戴滿了；第三你不肯揮霍老爺留下的遺產，這是你的好心，現在答應你出去，那麼除了老爺從前已經給你的，自然你帶去，其餘不能再向太太少爺要求什麼。這三件，你如依得，我就替你求太太，放你出去。」彩雲聽著唐卿的話，來得厲害，句句和自己的話，針鋒相對，暗忖祇有答應了再說。便道：「錢大人的話，都是我心裡要說的話，不要說三件，要多些我都依。」唐卿回頭望著張夫人道：「嫂嫂怎麼樣？我勸嫂嫂看她年輕可憐，答應了她罷！」張夫人道：「這也叫做沒法，祇好如此。」葦如道：「答應儘管答應，可是在這一年內，姨娘不能再在外胡鬧，在家瞎吵，要好好兒守孝伴靈，伺候太太。」彩雲道：「這個請陸大人放心，我再吵鬧，好在陸大人會請太太拿家法來責打的。」說著冷笑一聲，一扭身就走出去了。

葦如看彩雲走後，向唐卿伸伸舌頭道：「好厲害的傢伙！這種人，放在家裡，如何得了！我也勸嫂嫂越早打發越好！」張夫人道：「我何嘗不知道呢！就怕不清楚的人，反要說我不明大體。」唐卿道：「好在今天許她走，都是我和葦如作的主，誰還能說嫂嫂什麼話！就是一年的限期，也不過說說罷了，可是我再有一句要緊話告訴嫂嫂，府上萬不能在京耽擱了。固然中、日開戰，這種世亂荒荒，雯青的靈柩，該早些回南安葬，再晚下去，衹怕海道不通。就是彩雲，也該離開北京，免得再鬧笑話。」葦如也極端贊成。於是就和張夫人同繼元商定了儘十天裡出京回南，所有扶柩出城以及輪船定艙等事，都由葦如、唐卿兩人分別妥託城門上和津海關道成木生招呼，自然十分周到。張夫人天天忙著收拾行李，彩雲倒也規規矩矩的幫著料理，一步也不曾出門。到了臨動身的上一晚，張夫人已經累了一整天，想著明天還要一早上路，一吃完夜飯，即便進房睡了。睡到中間，忽然想著日裡繼元的話，雯青有一部元史補證的手稿，是他一生的心血，一向擱在彩雲房裡，叮囑我去收回放好，省得糟蹋，便叫一個老媽子向彩雲去要。

誰知不要倒平安無事，這一要，不多會兒，外邊鬧得沸反盈天，一片聲的喊著：「捉賊，捉賊！」張夫人正想起來，衹見彩雲身上衹穿一件淺緋色的小緊身，頭髮蓬鬆，兩手捧著一包東西，索索的抖個不住，走到床面前，把包遞給張夫人道：「太太要的是不是這個？太太自己去瞧罷！啊呀呀！今天真把我嚇死了！」說著話，和身倒在床面前一張安樂椅裡，兩手揿住胸口吁吁的喘。張夫人一面打開包看著，一面問道：「到底怎麼回事？嚇得那樣兒！」彩雲顫聲答道：「太太打發人來的時候，我已經關上門睡了。在睡夢中聽見敲門，知道太太房裡的人，爬起來，半天找不著火柴匣子，摸黑兒的去開門，進來的老媽纔把話說明了，我正待點著支洋燭去找，那老媽忽然狂喊一聲，嚇得我洋燭都掉在地上，眼犄角裡彷彿看見一個黑人，向房門外直攛。那老媽就一頭追，一頭喊捉賊，奔出去了。我還不敢動，怕還有第二個。按定了神，勉勉強強的找著了，自己送過來。」張夫人包好書，說道：「書倒不差，現在賊捉到了沒有呢？」彩雲還未回答，那老媽倒先回來，接口道：「那裡去捉呢？我親眼看他在姨太的床背後衝出，挨近我身，我一把揪住他衣襟，被他用力洒脫，我一路追，一路喊，等到更夫打雜兒的到來，他早一縱跳上了房，瓦都沒響一聲，逃得無影無蹤了。」張夫人道：「彩雲，這賊既然藏在你床背後，你回去看看，走失什麼沒有？」彩雲道聲：「啊呀，我真嚇昏了！太太不提，我還在這裡寫意呢！」說時，慌慌張張的奔回自己房裡去，不到三分鐘工夫，彩雲在那邊房裡果真大哭大跳起來，喊著她的首飾箱丟了，丟了首飾箱，就是丟了她的命。張夫人祇得叫老媽子過去，勸她不要鬧，東西已失，夜靜更深，鬧也無益，等明天動身時候，陸、錢兩大人都要來送，托他們報坊追查便了。彩雲也漸漸地安靜下去。一宿無話。

果然，菶如、唐卿，都一早來送，張夫人把昨夜的事說了，彩雲又說了些懇求報坊追查的話，唐卿笑著答應，並向彩雲要了失單。那時門外鹵簿❹和車馬都已齊備，於是儀仗引著雯青的靈柩先行，眷屬行李後隨，菶如、唐卿都一直送到二牐上船纔回。張夫人護了靈柩，領了繼元、彩雲，從北通州水路到津；到津後，自有津海關道成木生來招待登輪，一路平安回南，不必細說。

如今再說唐卿自送雯青夫人回南之後，不多幾天，就奉了著在總理各國事務衙門行走的諭旨。從此每天要上兩處衙門，上頭又常叫起兒。高中堂、龔尚書新進軍機，遇著軍國要事，每要請去商量。回得家來，又總是賓客盈門，大有日不暇給的氣象。連素愛摩挲的宋、元精槧，黃、顧校文，也祇好似束筍襪材❺，暫置高閣。在自身上看起來，也算得富貴場中的驕子，政治界裡的巨靈了。但是國事日糟一日，

❹ 鹵簿：本為古代天子出行時前導之儀仗，在此指喪車前儀仗。

❺ 束筍襪材：束筍，喻為數之多。韓愈贈崔立之評事：「深藏篋笥時一發，戢戢已多如束筍。」此言詩卷累積，

戰局是愈弄愈僵。從他受事到今，兩三個月裡，水陸處處失敗，關隘節節陷落，反覺得憂心如擣，寢饋不安。這日剛在為國焦勞的時候，門上來報聞韻高聞大人要見。唐卿疾忙請進，寒暄了幾句，韻高說有機密的話，請屏退僕從。唐卿倒嚇了一跳，揮去左右。

韻高低聲道：「目前朝政，快有個非常大變，老師知道嗎？」唐卿道：「怎麼變動？」韻高道：「就是我們常怕今上做唐中宗，這件事要實行了。」唐卿道：「何以見得？」韻高道：「金、寶兩妃的貶謫，老師是知道的了。今天早上，又把寶妃名下的太監高萬枝，發交內務府撲殺。太后原擬是要明發諭旨審問的，還是龔老師恐興大獄，有礙國體，再三求了，纔換了這個辦法。這不是廢立的發端嗎？」唐卿道：「這還是兩宮的衝突，說不到廢立上去。」韻高道：「還有一事，就是這回耿義的入軍機，原是太后的特簡。祇為耿義祝嘏來京，騙了他屬吏造幣廳總辦三萬個新鑄銀圓，託連公公獻給太后，說給老佛爺預備萬壽時賞賜用的。太后見銀色新，花樣巧，賞收了，所以有這個特簡。不知是誰，把這話告訴了今上，太后和今上商量時，今上說耿義是個貪鄙小人，不可用。太后定要用，今上垂淚道：『這是親爺爺逼臣兒做亡國之君了！』太后大怒，親手打了皇上兩個嘴巴，牙齒也打掉了。皇上就病不臨朝了好久。恰好太后的倖臣西安將軍永潞也來京祝嘏，太后就把廢立的事，和他商量。永潞說：『祇怕疆臣❻不伏。』這是最近的事。由此看來，主意是早經決定，不過不敢昧然宣布罷了。」唐卿道：「兩宮失和的原因，

如成束之竹筍。襪材，即襪線之才，謂才短。清代張遠題黃山山人墨竹：「襪材揮盡世莫知，撐腸拄肚徒爾為。」

❻ 疆臣：凡守護邊疆之臣，統稱疆臣。

我也略有所聞了。」——且慢，唐卿如何曉得失和的原因呢？失和的原因，到底是什麼呢？我且把唐卿和韻高的談話擱一擱，說一段帝王的婚姻史罷！

原來清帝的母親，是太后的胞妹；清后的母親，也是太后的胞妹。結這重親的意思，全為了親上加親，要叫愛新覺羅的血統裡，永遠混著那拉氏的血統，這是太后的目的。在清帝初登基時，一直到大婚前，太后雖然嚴厲，待皇帝倒很仁慈的。皇后因為親戚關係，常在宮裡充官眷，太后也很寵遇。其實早有配給皇帝的意思，不過皇帝不知道罷了。那時他他拉氏，也有兩個女兒在宮中，就是金妃、寶妃。宮裡喚金妃做大妞兒，寶妃做二妞兒，都生得清麗文秀。二妞兒更是出色，活潑機警，能詩會畫，清帝很喜歡她，常常瞞著太后，和她親近。二妞兒是個千伶百俐的人，豈有不懂清帝的意思呢！世上祇有戀愛是沒階級的，也是大無畏的，儘管清帝的尊貴，太后的威嚴，不自禁的眉目往來，語言試探，彼此都有了心了。可是清帝雖有這個心，向來怕懼太后，不敢說一句話。一天，清帝在樂壽堂侍奉太后看完奏章後，走出寢宮，恰遇見二妞兒，那天穿了一件粉荷繡袍，襯著嫩白的臉，澄碧的眼，越顯嬌媚，正捧著物件，經過廳堂，不覺看出神了。二妞兒也怔著，大家站定，相視一笑。不想太后此時正身穿了海青色滿繡仙鶴大袍，外罩紫色珠纓披肩，頭上戴一支銀鏤珠穿的鶴簪，大袍鈕扣上還挂著一串梅花式的珠練，顫巍巍的也走出來。看見了，清帝慌得給逃的一樣跑了。太后立刻叫二妞兒進了寢宮，屏退宮眷。二妞兒嚇得渾身抖戰，不曉得有什麼禍事，看看太后面上，卻並無怒容。祇聽太后問道：「剛纔皇帝站著和你幹嗎？」二妞兒囁嚅道：「沒有什麼。」太后笑道：「你不要欺蒙我，當我是傻子！」二妞兒忙跪下去，碰著頭道：「臣妾不敢。」太后道：「祇怕皇上寵愛了你罷？」二妞兒紅了臉道：「臣妾不知道。」

太后道：「那麼你愛皇帝不愛呢？」二妞兒連連的碰頭，祇是不開口。太后哈哈笑道：「那麼我叫你們稱心，好不好？」二妞兒俯伏著低聲奏道：「這是佛爺的天恩。」太后道：「算了，起來罷！」

這麼著，太后就上朝堂見大臣去了。二妞兒聽了太后這一番話，認以為真，曉得清帝快要大婚，皇后還未冊定，自己倒大有希望，暗暗欣幸。既存了這個心，和清帝自然要格外親密，趁沒人時，見了清帝，清帝問起那天的事，曾否受太后責罰，便含羞答答的把實話奏明了，清帝也自喜歡。歇了不多幾天，太后忽然傳出懿旨來，擇定明晨寅正，冊定皇后，宣召王大臣提早在排雲殿伺候。清帝在玉瀾堂得了這個消息，心裡不覺突突的跳個不住，不知太后意中到底選中了那一個，是不是二妞兒，對二妞兒說的話，是假是真？七上八落了一夜。一交寅初，便打發心腹太監前去聽宣。正是等人心慌，心裡越急，時間走得越慢，看看東窗已滲進淡白的曉色，纔聽院裡橐橐的腳步聲。那聽宣的太監，興興頭頭的奔進來，就跪下碰頭，喊著替萬歲爺賀喜。清帝在床上坐起來著急道：「你胡嚷些什麼？皇后定的是誰呀？」太監道：「葉赫那拉氏。」這一句話，好像一個霹靂，把清帝震呆了，手裡正拿著一頂帽子，恨恨的往地上一扔道：「她也配嗎！」太監見皇帝震怒，不敢往下說。停了一會，清帝忽然想起喊道：「還有妃嬪呢？你怎麼不奏？」太監道：「妃是大妞兒封了金貴妃，嬪是二妞兒封了寶貴妃。」清帝心裡略略安慰了一點，總算沒有全落空。不過記掛著二妞兒一定在那兒不快活了。微微嘆口氣道：「這也是她的命運罷！皇帝有什麼用處！碰到自己的婚姻，一般做了命運的奴隸。」

原來皇后雖是清帝的姨表姊妹，也常住宮中，但相貌平常，為人長厚老實，一心向著太后，不大理會清帝。清帝不但是不歡喜，而且有些厭惡，如今倒做了皇后，清帝心中，自然一百個不高興。然既由太后作主，沒法挽回，當時祇好憋了一肚子的委曲，照例上去向太后謝了恩，太后還說了許多勉勵的話，皇后和妃嬪，倒都各歸府第，專候大婚的典禮。

自冊定了皇后，祇隔了一個月，正是那年的二月裡，春氣氤氳萬象和樂的時候，清帝便結了婚，親了政。太后非常快慰，天天在園裡唱戲。又手編了幾齣宗教神怪戲，造了個機關活動的戲臺，天精從上降，鬼怪由地出，親自教導太監們搬演。又常常自扮了觀音，叫妃嬪福晉扮了龍女、善財善男女等，連公公扮了韋馱❼，坐了小火輪，在昆明湖中游戲，真是說不盡的天家富貴，上界風流。正在皆大歡喜間，忽然太后密召了清帝的本生父賢親王來宮。那天龍顏很為不快，告訴賢王，皇帝自從大婚後，沒臨幸過皇后宮一次，倒是金、寶二妃非常寵幸，這是任性妄為，不合祖制的，朕勸了幾次，總是不聽。當下就很嚴厲的責成賢王，務勸皇帝同皇后和睦。賢王領了嚴旨，知道是個難題。這天正是早朝時候，軍機退了班，太后獨召賢王，談了一回國政，太后推說要更衣，轉入屏後，領著宮眷們回宮去了。此時朝堂裡，祇有清帝和賢王兩人，賢王還是直挺挺的跪在御案前，清帝忽覺心中不安，在寶座上下來，直趨王前，恭恭敬敬請了個雙腿安，嚇得賢王汗流浹背，連連碰頭，請清帝歸座。清帝沒法，也祇好坐下。賢王奏道：「請皇上以後，不可如此。這是國家體制，孝親事小，瀆國事大，請皇上三思！」當時又把和皇后不睦的事，懇切勸諫了一番。清帝淒然道：「連房帷的事，朕都沒有主權嗎？但既連累皇父為難，朕可

❼ 韋馱：神名，世以此神為護持佛法者，故亦稱護法韋馱，僧寺中皆供奉之。實則護法者，為四天王下三十二將軍之一，姓韋，名琨，世稱韋將軍。而世稱韋馱者，蓋與韋馱天混而為一也。韋馱天，亦作「韋陀天」，印度婆羅門所事奉之天神。

勉如所請，今夜便臨幸宜芸館便了。」清帝說罷，便也退了朝。

再說那個皇后，正位中宮以來，幾同虛設，不要說羊車❽不至，鳳枕常孤，連清帝的天顏，除在太后那裡偶然望見，永無接近的機緣。縱然身貴齊天，常是愁深似海。不想那晚，忽有個宮娥來報道：「萬歲爺來了！」皇后這一喜，非同小可，當下跪接進宮，小心承值，百樣逢迎。清帝總是淡淡的，一連住了三天。到第四天早朝出去，就不來了。皇后等到鼉樓❾三鼓，鸞鞭❿不鳴，知道今夜是無望的了。正卸了晚妝，命宮娥們整理衾枕，猛見被窩好好的敷著，中央鼓起一塊，好像一個小孩睡在裡面，心中暗暗納罕。忙叫宮娥揭起看時，不覺嚇了一大跳。你道是什麼？原來被裡睡著一隻赤條條的白哈叭狗，渾身不留一根絨毛，卻洗剝得乾乾淨淨，血絲都沒有，但是死的，不是活的。這明明是有意做的把戲。宮娥都面面相覷，驚呆了。皇后看了，頓時大怒道：「這是誰做的魘殃？暗害朕的？怪不得萬歲爺平白地給朕不和了；這個狠毒的賊，反正出不了你們這一堆人！」滿房的宮娥都跪下來，喊冤枉，內中有一個年紀大些的道：「請皇后詳察，奴婢們誰長著三個頭，六個臂，敢犯這種彌天大罪！奴婢想，今天早上，萬歲爺和皇后起了身，被窩都疊起過了，後來萬歲不是說頭暈，叫皇后和奴婢們都出寢宮，讓萬歲靜養一會嗎？等到萬歲爺出去坐朝，皇后也上太后那裡去了，奴婢們沒有進寢宮來重敷衾褥，這是奴婢們的

---

❽ 羊車：帝王宮中所用裝飾華美之小車。釋名釋車：「羊車。羊，祥也。祥，善也。善飾之車，今犢車是也。」

❾ 鼉樓：安裝鼉鼓報更之樓。鼉，音ㄊㄨㄛˊ。俗稱鼉龍，形似鱷魚，長二丈餘，生於江湖中，為中國特產。鼉皮堅厚，可以製鼓，謂之鼉鼓。

❿ 鸞鞭：鸞車之鞭。鸞，古帝王所乘之車。

罪該萬死！」說罷叩頭出血。誰知皇后一聽這些話，眉頭一蹙，臉色鐵青，一陣痙攣，牙關咬緊，在龍椅裡暈厥過去了。正是：風花未脫沾泥相，婚媾終成誤國因。未知皇后因何暈厥，被裡的白狗是誰弄的玩意，等下回詳說。

第二十七回　秋狩記遺聞白妖轉劫　春颿開協議黑眚臨頭

話說皇后聽了那宮娥的一番話，雖不曾明說，但言外便見得這件事，不是萬歲爺，沒有第二個人敢幹的。一時又氣，又怒，又恨，又羞，又怨，說不出的百千煩惱，直攻心窩，一口氣轉不過來，不知不覺的悶倒了。大家慌做一團，七手八腳的搥拍叫喚，全不中用。皇后梳頭房太監小德張在外頭得了消息，飛也似奔來，忙喊道：「你們快去皇后的百寶架裡，取那瓶龍腦香來。」一面喊，一面就在龍床前的一張朱紅雕漆抽屜桌上，捧出一個嵌寶五彩鏤花景泰香爐，先焚著了些水沉香，然後把宮娥們拿來的龍腦香末兒，撒些在上面。一霎時，在裊裊的青煙裡，揚起一股紅色的煙縷，頓時滿房氤氳地布散了一種說不出的奇香。小德張兩手抖抖的捧了那香爐，移到皇后坐的那張大椅旁邊一個矮凳上，再看皇后時，直視的眼光，慢慢放下來，臉上也微微泛紅暈了，喉間嘓嘓嘟嘟的響，眼淚漉漉的流下來，忽然嗯的一聲，口中吐出一塊頑痰，頭衹往前倒。宮娥忙在後面扶著。小德張跪著，揭起衣襟，承受了皇后的吐。皇后這纔放聲哭了出來。大家都說：「好了，好了。」皇后足足哭了一刻多鐘，欻地洒脫宮娥們，很有力的站了起來，一直往外跑，宮娥們拉也拉不住，衹認皇后發了瘋。

小德張早猜透了皇后的意思，三腳兩步，抄過皇后前面，攔路跪伏著，奏道：「奴才大膽勸陛下一句話：剛纔宮娥們說萬歲爺早上玩的把戲，不怪陛下要生氣！但據奴才愚見，陛下倒不可趁了一時之氣，連夜去驚動老佛爺。」皇后道：「照你說，難道就罷了不成？」小德張道：「萬歲爺是個長厚人，決想不出這種刁鑽古怪的主意，這件事一定是和陛下有仇的人唆使的。」皇后道：「宮裡誰和我有仇呢？」小德張道：「奴才本不該胡說，祇為天恩高厚，心裡有話，也不敢隱瞞。陛下該知道寶妃和萬歲爺在大婚前的故事了！陛下得了正宮，寶妃對著陛下，自然不會有好感情。萬歲爺不來正宮還好，這幾天來了，那裡會安穩呢！這件事十份倒有九份是她的主意。」皇后被小德張這幾句話，觸動心事，頓時臉上飛起一朵紅雲，咬著銀牙道：「這賤丫頭一向自命不凡地霸佔著皇帝，不放朕在眼裡，朕沒和她計較，她倒膽敢向朕作祟！得好好兒處置她一下子纔好！你有法子嗎？你說！」小德張道：「奴才的法子，就叫做即以其人之道，還治其人之身，請陛下就把那小白狗，裝在禮盒裡，打發人送到寶妃那裡，傳命說是皇后的賞賜。這個滑稽的辦法，一則萬歲爺來侮辱陛下，陛下把他轉敬了寶妃，表示不承受的意思；二則也可試出這事是不是寶妃的使壞。若然於她無關，她豈肯平白地受這羞辱？不和陛下吵鬧？若受了不聲不響，那就是賊人心虛，和自己承認了一樣。」皇后點頭道：「咱們就這麼幹，那麼你明天好好給我辦去！」小德張諾諾連聲的起來，皇后也領著宮娥們自回寢宮去安息不提。

如今且說清帝這回的臨幸宜芸館，原是敷衍他父王的敦勸，萬分勉強。住了兩夜，實在冷冰冰沒甚動彈。照宮裡的老規矩，皇帝和后妃交歡，有敬事房太監專司其事，凡皇帝臨幸皇后的次日，敬事房太監必要跪在帝前請訓，如皇帝曾與皇后行房，須告以行房的時間，太監就記在冊上，「某年月日某時，皇帝幸某皇后。」若沒事，則說「去」。在園裡雖說比宮裡自由一點，然請訓的事，仍要舉行。清帝這回在皇后那裡出來，敬事房太監永祿請訓了兩次，清帝都說個「去」字。在第二次說「去」的時候，永祿就碰頭。清帝詫異道：「你做什麼？」永祿奏道：「這冊子，老佛爺天天要吊去查看的。現在萬歲爺兩夜在皇后宮裡，冊子上兩夜空白，奴才怕老佛爺又要動怒，求萬歲爺詳察！」清帝聽了，變色道：「你管我的事！」永祿道：「不是奴才敢管萬歲爺的事，這是老佛爺的懿旨。」清帝本已憋著一肚子的惡氣，聽見這話，又抬出懿旨來壓他，不覺勃然大怒，也不開口，就在御座上伸腿把永祿重重的踢了一腳。永祿一壁抱頭往外逃，一壁嘴裡還是咕嚕。也是事有湊巧，那時恰有個小太監領著玉瀾堂裡餵養的一隻小袖狗，搖頭擺尾的進來。這隻袖狗，生得精緻乖巧，清帝沒事時，常常放在膝上撫弄。此時那狗一進門，畜生那裡曉得人的喜怒不測，還和平時一樣，縱身往清帝膝上一跳。清帝正在有火沒發處，嘴裡罵一聲「逆畜」，順手抓起那狗來，向地上用力祇一甩，這種狗是最嬌嫩不過，經不起摧殘，一著地，哀號一聲，滾了幾滾，四腳一伸，死了。清帝看見那狗的死，心中也有些可惜，但已經死了，也是沒法。忽然眉頭一縐，觸動了他半孩氣的計較來，叫小太監來囑咐了一番，自己當晚還到皇后宮裡，早晨臨走時候，就鬧了這個小玩意，算借著死袖狗的屍，稍出些苦皇帝的氣罷了。

次日，上半天，忙忙碌碌的過了。到了晚飯時，太監們已知道清帝今夜不會再到皇后那裡，就把妃嬪的綠頭簽放在銀盤裡，頂著跪獻。清帝把寶妃的簽翻轉了，吩咐立刻宣召。原來園裡的儀制，和宮裡不同，用不著太監駝送，也用不著脫衣裹氅，不到一刻鐘，太監領著寶妃裊裊婷婷的來了。寶妃行過了禮，站在案旁，一面幫著傳遞湯點，一面睸了清帝，祇是抿著嘴笑，倒把清帝的臉都睸得紅了，靦覥著問道：「你什麼事這樣樂？」寶妃道：「我看萬歲爺嘗了時鮮，所以替萬歲爺樂！」清帝見案上食品雖列了三長行，數去倒有百來件，無一時鮮品，且稍遠的多惡臭不堪，曉得寶妃含著醋意了，便嘆口氣道：

「別說樂，倒惹了一肚子的氣！你何苦再帶酸味兒！這裡反正沒外人，你坐著陪我吃罷！」說時，小太監捧了個坐凳來，放在清帝的橫頭。寶妃坐著笑道：「一氣就氣了三天，萬歲爺倒唱了一齣三氣周瑜❶。」清帝道：「你還是不信？你也學著老佛爺一樣，天天去查敬事房的冊子好了。」寶妃詫異道：「怎麼老佛爺來查咱們的帳呢？」清帝面現驚恐的樣子，四面望了一望，叫小太監們都出去，說御饍的事，有妃子在這裡伺候，用不著你們。幾個小太監奉諭，都退了出去。清帝方把昨天敬事房太監永祿的事和今早鬧的玩意兒，一五一十告訴了寶妃。寶妃道：「老佛爺實在太操心了！面子上算歸了政，底子裡那一件事肯讓萬歲爺作一點主兒呢！現在索性管到咱們床上來了！這實在難怪萬歲爺要生氣！但這一下子的鬧，祇怕闖禍不小，皇后如何肯干休呢？老佛爺一定護著皇后，不知要和萬歲爺鬧到什麼地步，大家都不得安生了！」

清帝發恨道：「我看唐朝武則天的淫凶，也不過如此。她特地叫繆素筠畫了一幅金輪皇帝袞冠臨朝圖，掛在寢宮裡，這是明明有意對我示威的。」寶妃道：「武則天相傳是鎖骨菩薩轉世，所以做出這一番驚天動地的事業。我們老佛爺，也是有來歷的，萬歲爺曉得這一段故事嗎？」清帝道：「我倒不曉得，難道你曉得嗎？」寶妃道：「那還是老佛爺初選進宮來時一件奇異的傳說。寇連材在昌平州時，聽見一個告退的老太監說的。寇太監又私下和我名下的高萬枝說了，因此我也曉得了些。」清帝道：「怎麼傳說呢？你何妨說給我知。」寶妃道：「他們說：『宣宗皇帝每年秋天，照例要到熱河打圍。有一次，宣

---

❶ 三氣周瑜：三國演義中，自第五十一回至第五十六回之標題，有「孔明一氣周公瑾」、「孔明二氣周公瑾」、「孔明三氣周公瑾」。諸葛亮字孔明，周瑜字公瑾。

宗正率領了一班阿哥王公們去打圍，走到半路，忽然有一隻很大的白狐，伸著前腿，俯伏當地，攔住御騎的前進。宣宗拉了寶弓，拔一枝箭，正待要射，那時文宗皇帝還在青宮，一同扈蹕前去，就啟奏道：「這是陛下聖德廣敷，百獸效順，所以使修鍊通靈的千年老狐，也來接駕。乞免其一死！」宣宗笑了一笑，就收了弓，掖起馬頭，繞著鑾兒走過去了。誰知道獵罷回鑾❷，走到原處，那白狐調轉頭來，依然迎著御馬俯伏。那時宣宗正在弓燥手柔的時候，不禁拉起弓來，就是一箭，仍舊把他射死。過了十多年，到了文宗皇帝手裡，遇著選繡女的那年，內務府呈進繡女的花名冊，那繡女花名冊，照例要把繡女的姓名、旗色、生年月日，詳細記載，文宗繙到老佛爺的一頁，祇見上面寫著「那拉氏，正黃旗，名翠。年若干歲，道光十四年十月初十日生。」看到生年月日上，忽然觸著什麼事似的，回顧一個管起居注❸的老太監道：「那年這個日子，記得過一件很稀罕的事，你給我去查一下子。」那老太監領命，把那年的起居注冊子繙出來，恰就是射死白狐的那個日子。文宗皇帝笑道：「難道這女子倒是老狐轉世！」當時就把老佛爺發到圓明園桐蔭深處承值❹去了。老佛爺生長南邊，會唱各種小調，恰遇文宗游園時聽見了，立時召見，命在廊闌上唱了一曲。次日，就把老佛爺調充壓帳宮娥。不久因深夜進茶得幸，生了同治皇上，封了懿貴妃了。』這些話，都是內監們私下互相傳說，還加上許多無稽的議論，有的說老佛爺是來給文宗報恩；有的說是來報一箭之仇，要擾亂江山；有的說是特為討了人身，來享世間福樂，補償他千

❷ 回鑾：皇帝所乘之鑾車返回京師。

❸ 起居注：記錄人君日常生活起居等事，以為後日撰寫史書之依據。

❹ 承值：猶當值伺候，隨時聽候差遣之意。長生殿窺浴：「派到溫泉殿中承值。」

年的苦修。話多著呢。」

清帝冷笑道：「那兒是報恩！簡直說是擾亂江山，報仇享福，就得了！」寶妃道：「老佛爺倒也罷了，最可惡的是連總管仗著老佛爺的勢，膽大妄為，什麼事都敢幹！白雲觀就是他納賄的機關，高道士就是他作惡的心腹，京外的官員，那個不趨之若鶩呢！近來更上一層了！把他妹子引進宮來，老佛爺寵得了不得，稱呼她做大姑娘。現在和老佛爺並吃並坐的，祇有女畫師繆太太和大姑娘兩個人。前天萬歲爺的聖母賢親王福晉進來，忽然賜坐，福晉因為是非常恩寵，皇悚❺不敢就坐，老佛爺道：『這個恩典，並不為的是你，祇為大姑娘腳小，站不動，你不坐，她如何好坐？』這幾句話，把聖母幾乎氣死。照這樣兒做下去，魏忠賢和奉聖夫人的舊戲❻，很容易的重演。這一層，倒要請萬歲爺預防的！」清帝縐著眉道：「我有什麼法子防呢？」寶妃道：「這全在乎平時召見臣子時，識拔幾個公忠體國的大臣，遇事密商，補苴萬一。無事時固可藉以潛移默化，一遇緊要，便可鉏奸摘伏❼。依臣愚見，大學士高揚藻和尚書龔平，侍郎錢端敏、常璘，侍讀學士聞鼎儒，都是忠於陛下有力量的人，陛下該相機授以實權。此外新進之士，有奇才異能的，亦應時時破格錄用，結合士心。裡面敬王爺的大公主，耿直嚴正，老佛爺倒怕她幾分，陛下也要格外的和她親熱。總之：要自成一種勢力，纔是萬全之計。陛下待臣妾厚，故敢

❺ 皇悚：惶恐悚懼。皇，同「惶」。悚，音ㄙㄨㄥˇ。懼怕的樣子。

❻ 魏忠賢句：魏忠賢，明代宦官，熹宗時任司禮秉筆太監，兼掌東廠事，擅權專橫。奉聖夫人，即熹宗乳母客氏。自魏忠賢入宮，「客氏愛進忠（即忠賢）憨猛，乃與之私通」。

❼ 鉏奸摘伏：舉發奸人隱瞞之罪惡。鉏奸，剷除奸人。鉏，同「鋤」。摘，同「擿」。音ㄊㄧˋ。揭發。

冒死的說。」

清帝道：「你說的全是赤心向朕的話。這會兒，滿宮裡，除了你一人，還有誰真心忠朕呢？」說著放下筷碗說：「我不吃了。」一面把小手巾揩著淚痕。寶妃見清帝這樣，也不自覺的淚珠撲索索的墜下來，投在清帝懷裡，兩臂繞了清帝的頸子道：「這倒是臣妾的不是，惹起陛下傷心。乾脆的說一句，老佛爺和萬歲爺打吵子❽，大婚後纔起的。不是為了萬歲爺愛臣妾不愛皇后嗎？依這麼說，害陛下的，不是別人，就是臣妾，請陛下顧全大局，捨了臣妾罷！」清帝緊緊的抱著溫存道：「我寧死也捨不了你，決不做硬心腸的李三郎❾。」寶妃道：「就怕萬歲爺到那時自己也做不了主。」清帝道：「我祇有依著你纔說的主意，慢慢地做去，不收回政權，連愛妃都保不住，還成個男子漢嗎？」說罷，拂衣起立道：「我們不要談這些話罷！」寶妃忙出去招呼小內監來撤了筵席。彼此又絮絮情話了一會。正是三日之別，如隔三秋；一夕之歡，願閏一紀❿。天帷暱就，攬留仙以龍拏⓫；鈿合⓬承恩，寓脫簪於雞旦⓭；情長

❽ 打吵子：吵架；吵鬧。

❾ 硬心腸的李三郎：唐玄宗李隆基，小字三郎。安祿山之亂，馬嵬坡兵變，唐玄宗下令縊死楊貴妃，所以說硬心腸的李三郎。

❿ 願閏一紀：希望增長十二年或一百年。陽曆閏年多一日，陰曆閏年多一月，故閏有增多之義。十二年為一紀。又一紀即一世紀。

⓫ 攬留仙以龍拏：喻男女交歡之酣暢。龍拏，義同「龍拏虎擲」。謂英雄相戰。拏，同「拿」。

⓬ 鈿合：金飾之盒子。白居易長恨歌：「唯將舊物表深情，鈿合金釵寄將去。」合，通「盒」。

⓭ 雞旦：猶言雞晨，謂雞啼報曉。

夜短，春透夢酣，一覺醒來，已是丑末寅初，寶妃急忙忙的起床，穿好衣服，把頭髮掠了一掠，就先回自己的住屋去了。

清帝消停了幾分鐘，也就起來，盥漱完了，吃了些早點，照著平時請安的時候，帶了兩個太監，迤邐來到樂壽堂。剛走到廊下，祇見一片清晨的太陽光，照在黃緞的窗帘上，氣象很是嚴肅，靜悄悄的沒一點聲息，祇有太后愛的一隻叭兒黑狗，叫做海獺的，躺在門檻外，呼呼的打鼾。宮眷裡景王的女兒四格格，和太后的姪媳袁大奶奶，在那裡逗著銅架上的五彩鸚哥。繆太太坐在廊闌上，仰著頭正看天上的行雲。一見清帝走來，大家一面照例的請安，一面各現著驚異的臉色。大姑娘卻濃裝豔抹，體態輕盈的靠在寢宮門口，彷彿在那裡偷聽什麼似的。見了清帝，一面屈了屈膝，一面打起帘子讓清帝進去。清帝一腳跨進宮門，抬頭一看，倒吃了一驚，祇見太后滿面怒容，臉色似岩石一般的冷酷，端坐在寶座上。皇后斜倚在太后的寶座旁，頭枕著一個膀子嗚咽的哭。寶妃眼看鼻子，身體抖抖的跪在太后面前。金妃和許多宮眷宮娥都站在窗口，面面相覷的不則一聲。太后望見清帝進門，就冷冷的道：「皇帝來了！我正要請教皇帝，我那一點兒待虧了你？你事事來反對我！聽了人家的唆掇⑭，膽敢來欺負我！」清帝忙跪下道：「臣兒那兒敢反對親爺爺，『欺負』兩字更當不起！誰又生了三頭六臂敢唆掇臣兒！求親爺爺息怒。」太后鼻子裡哼了一聲道：「朕是瞎了眼，抬舉你這沒良心的做皇帝。把自己的姪女兒，配你這風吹得倒的人做皇后，那些兒配不上你！你倒聽了長舌婦的枕邊話，想出法兒欺負她！昨天玩的好把戲，那簡直兒是罵了！她是我的姪女兒，你罵她，就是罵我！」回顧皇后道：「我已叫騰出一間屋子，你來

⑭ 唆掇：音ㄙㄨㄛ ㄉㄨㄛˊ。教唆指使。

跟我住。世上快活事多著呢，何必跟人家去爭這個病蟲呢！」說時怒氣沖沖的拉了皇后往外就走，道：「你跟我挑屋子去！」又對皇帝和寶妃道：「別假惺惺了，除了眼中釘，儘著你們去樂罷！」一壁說著，一壁領了皇后宮眷，也不管清帝和寶妃跪著，自管自蜂擁般出去了。

這裡清帝和寶妃，見太后如此的盛怒，也不敢說什麼，等太后出了門，各自站了起來。清帝問寶妃：「這到底是怎麼一回事呢？」寶妃道：「臣在萬歲爺那裡回宮時，宮娥們就告訴說：『剛纔皇后的太監小德張，傳皇后的諭，賞給一盒禮物。』臣打開來一看，原來就是那隻死狗。臣猜皇后的意思，一定把這件事，錯疑到臣身上了。正想到皇后那裡去辯明，誰知老佛爺已經來傳了。一見面，就不由分說的痛罵，硬派是臣給萬歲爺出的主意。臣從沒見過老佛爺這樣的發火，知道說也無益，祇好跪著忍受。那當兒，萬歲爺就進來了。這一場大鬧，本來是意中的，不過萬歲爺的一時孩子氣，把臣妾葬送在裡頭就是了。」清帝正欲有言，寶妃瞥見窗外廊下，有幾個太監在那裡探頭探腦，寶妃就催著道：「萬歲爺快上朝堂去罷，時候不早，祇怕王大臣都在那裡候著了！」清帝點了點頭，沒趣搭拉⑮的上朝去了。寶妃想了一想，這回如不去見一見太后，以後更難相處，祇好硬著頭皮，老著臉子，追蹤前往，不管太后的款待如何，照舊的殷勤伺候。這些事，都是大婚以後，第二年的故事。

從這次一鬧後，清帝去請安時，總是給他一個不理。這樣過了三四個月，以後外面雖算和藹了一點，但心裡已築成很深的溝塹⑯。又忽把皇帝的寢宮和佛爺的住屋，中間造了一座牆，無論皇帝到后妃那裡，

---

⑮ 沒趣搭拉：沒趣得很。搭拉，或作「搭剌」，詞尾，有很、非常的意思。

⑯ 塹：音ㄑㄧㄢˋ。繞城之河。

或后妃到皇帝寢宮，必要經過太后寢宮的廊下。這就是嚴重監督金、寶二妃的舉動。直到余敏的事鬧出來，連公公在太后前，完全推在寶妃身上，又加上許多美言，更觸了太后的忌。然而這件事，清帝辦得非常正大，太后又不好說甚，心裡卻益發憤恨，祇向寶妃去尋瑕索瘢。不想魚陽伯的上海道，外間傳言說是寶妃的關節。那時清帝和嬪妃都在禁城，忽一天，太后突然回宮，搜出了聞鼎儒給二妃一封沒名姓的請託信，就一口咬定是罪案的憑據，立刻把寶妃廷杖，金、寶二妃都降了貴人。二妃名下的太監，撲殺的撲殺，驅逐的驅逐。從此不准清帝再召幸二妃了。你想清帝以九五之尊⑰，受此家庭慘變，如何能低頭默受呢？這便是兩宮失和的原因。本來聞韻高是金、寶兩宮的師傅，自然知道宮闈的事，比別人詳細。龔尚書在毓慶宮講書時候，清帝每遇太后虐待，也要向師傅哭訴。這兩人都和唐卿往來最密，此時談論到此，所以唐卿也略知大概。當下唐卿接著說道：「兩宮失和的事，我也略知一二，但講到廢立，當此戰禍方殷、大局瀕危之際，我料太后雖有成竹，決不敢冒昧舉行，這是賢弟關心太切，所以有此杞人之憂。如不放心，好在劉益焜現在北京，賢弟可去謁見，祕密告知，囑他防範。我再去和高、龔兩尚書密商，借翊衛畿輔⑱為名，把淮軍夙將倪鞏廷調進關來。這人忠誠勇敢，可以防制非常。又函託署江督莊壽香把馮子材一軍留駐淮徐。經這一番佈置，使西邊有所顧忌，也可有備無患了。」韻高拊掌⑲稱善。

⑰ 九五之尊：天子之位。易卦六爻，由下往上數，陽爻居第五位，謂之九五，象君位。

⑱ 翊衛畿輔：翊衛，輔佐保衛。畿輔，國都附近地區。

⑲ 拊掌：拍手。世說新語文學：「拊掌大笑。」拊，音ㄈㄨˇ。拍擊。

唐卿道：「據我看來，目前切要之圖，還在戰局的糜爛。賢弟，你也是主戰派中有力的一人，對於目前的事，不能不負些責任。你看，上月劉公島的陷落，數年來全力經營的海軍，完全覆沒，丁雨汀服毒自盡了，從此山東文登、寧海一帶，也被日軍佔領。海蓋方面，說也羞人，宋欽領了十萬雄兵，攻打海城日兵六千人，五次不能下，現在祇靠珏齋所率的湘軍六萬人，還未一試。前天他有信來，為了臺諫的參案，很覺灰心；又道伊唐阿忽然藉口救遼，率軍宵遁，軍心頗被搖動。他雖然還是口出大言，我卻很替他十分擔憂。至於議和一層，到了如此地步，自然不能不認他是個急救的方策。但小燕和召廉村徒然奉了全權的使命，還被日本挑剔國書上的字句拒絕了，白走一趟。其實不客氣說，這個全權大臣，非威毅伯去不可。非威毅伯帶了賠款割地的權柄去不可！這還成個平等國的議和嗎？就是城下之盟⑳罷了！喪失的鉅大，可想而知。這幾天威毅伯已奉諭開復了一切處分，派了頭等全權大臣，正在和敬王、祖蓀山等計議和議的方鍼。高中堂和龔尚書都不願參預，那還不是掩耳盜鈴的態度嗎？我想，最好珏齋能在這時候掙一口氣，打一個大勝仗，給法、越戰爭時候的馮子材一樣，和議也好講得多哩。」韻高道：「門生聽說江蘇同鄉今天在江蘇會館公讌威毅伯的參贊馬美菽、烏赤雲，老師是不是主人？」唐卿道：「我也是主人，正待要去。美菽本是熟人，他的文通一書也曾讀過。烏君聽說是粵中的名士，不但是外交能手，而且深通西方理學，倒不可不去談談，看他們對於時局，有什麼意見。」韻高知道唐卿尚須赴讌，也不便多談，就此告辭出來。

唐卿送客後，看看時候不早，連忙換了一套讌客的禮服，吩咐套車，直向米市胡同江蘇會館而來。

⑳ 城下之盟：敵迫城下，與之言和，謂戰敗降服。語出左傳宣公十五年。

到得館中，同鄉京官，都朝珠補褂，蹡蹡蹌蹌的擠滿了館裡的東花廳，陸莑如、章直蜚、米筱亭、易緣常、尹震生、龔弓夫，這一班人也都到了。唐卿一一招呼了。不一會，長班引進兩位特客來，第一個是神清骨秀，氣概昂藏，上唇翹起兩簇烏鬚，唐卿認得就是馬美菽；第二個卻生得方面大耳，神情肅穆，鬚髯豐滿，大概是烏赤雲了。同鄉本已推定唐卿做主人的領袖，於是送了茶，寒暄了幾句，馬上就請到大廳上，斟酒坐定。

套禮已畢，大家慢慢談聲漸終，唐卿便先開口道：「這幾天中堂為國宣勞，政躬想必健適，行旌何日徂東㉑？全國正深翹企！」美菽道：「戰局日危，遲留一日，即多一日損失，中堂也迫不及待，已定明日請訓後，即便啟行。」直蜚道：「言和是全國臣民所恥，中堂冒不韙㉒而獨行其是，足見首輔孤忠。但究竟開議後，有無把握，不致斷送國脈？」赤雲道：「孫子曰：『知彼知己，百戰百勝。』中堂何嘗不主戰！不過戰必量力，中堂知己力不足，人力有餘，不敢附和一般不明內容而自大輕敵者，輕言開戰。現時戰的效驗，已大張曉喻了，中堂以國為重，決不負氣。但事勢到此，祇好盡力做去，做一分是一分，講不到有把握沒把握的話了。」弓夫道：「海軍是中堂精心編練，會操覆奏，頗自誇張。前敵各軍，亦多淮軍精銳，何以大東遇敵，一蹶不振㉓；平壤交綏，望風而靡㉔？中堂武勳蓋代㉕，身總師干㉖，國

㉑ 行旌何日徂東：行旌，本為官長出行時之旗幟，後用為對出行者之敬稱。旌，音ㄐㄧㄥ。古時有羽毛裝飾之旗。徂東，到東方日本去。徂，音ㄘㄨˊ。往。

㉒ 不韙：不應該；不是。韙，音ㄨㄟˇ。是；善。

㉓ 一蹶不振：謂失敗之後，無力再起。蹶，音ㄐㄩㄝˊ。顛仆。

力之足不足，似應稍負責任！」美菽笑道：「弓夫兄，你不是局外人，海軍經費，每年曾否移作別用？中堂曾否聲明不敷展布？此次失敗，與機械不具，有無關係？其他軍事上，是否毫無掣肘？弓夫兄回去一問令叔祖，當可瞭然。但現在當局，自應各負各責，中堂也並不諉卸。」震生忽憤憤插言道：「我不是祖護中堂，前幾個月，大家發狂似的主戰，現在戰敗了，又動輒痛罵中堂。我獨以為這回致敗的原因，不在天津，全在京師。中堂思深慮遠，承平之日，何嘗不建議整飭武備？無奈封章一到，幾乎無一事不遭總署及戶部的駁斥。直到高陞擊沉，中堂還請撥巨帑購械和倡議買進南美洲鐵甲船一大隊，又不批准。有人說，蕞爾㉗日本，北洋的預備，已足破敵。他說這話，大概已忘卻了歷年自己駁斥的案子了！諸位想，中堂的被罵，冤不冤呢？」筱亭見大家越說越到爭論上去，大非敬客之道，就出來調解其間道：「往事何必重提？各負各責，自是美菽先生的名論。以後還望中堂忍辱負重，化險為夷㉘。兩公左輔右弼，折衝禦侮，是此次中堂一行，實中國四萬萬人所託命；敢敬一觥，為中國前途祝福！為中堂及二公祝福！」筱亭說罷，立起來滿飲了一杯，大家也都飲了一杯。美菽和赤雲也就趁勢告辭，離了江蘇館，到別處去了。這裡同鄉京官也各自散歸。

㉔ 望風而靡：通作「望風披靡」。極言兵士潰敗之甚，未見人影，即行逃走。望風，遠望。

㉕ 蓋代：同「蓋世」。超越當世，無人可比。

㉖ 師干：軍隊眾多，足以扞敵。語見詩經小雅采芑。干，扞，或作干戈之干解。

㉗ 蕞爾：很小的樣子。蕞，音ㄗㄨㄟˋ。小。

㉘ 化險為夷：化危險為平安。夷，平。

話分兩頭：我現在把京朝的事，暫且慢說，要敘敘威毅伯議和一邊的事了。且說馬、烏兩參贊到各處酬應了一番，回到東城賢良寺威毅伯的行轅，已在黃昏時候，門口伺候的人們，看見兩人，忙迎上來道：「中堂纔回來，便找兩位大人說話。」兩人聽了，先回住屋，換上便衣，來到威毅伯的辦公室。祇見威毅伯很威嚴的端坐在公事桌上，左手捋著下頷的白鬚，兩隻奕奕的眼光，射在幾張電報紙上，望見兩人進來，微微的動了一動頭，舉著右手彷彿表示請坐的樣子，兩人便在那文案兩頭分坐了。威毅伯一壁不斷的繙閱文件，一壁說道：「今天在敬王那裡，把一切話都說明了。請他第一不要拿法、越的議和來比較，這次的議和，就算有結果，一定要受萬人唾罵；但我為扶危定傾起見，決不學京朝名流，只顧迎合輿論，博一時的好名譽，不問大計的安危。這一層要請王爺注意！又把要帶蔭白大兒做參贊的事，請他代奏。敬王倒很明白爽快，都答應了。明天我們一准出京，你們可發一電給羅道積丞、曾守潤孫，趕緊把放洋的船預備好，到津一逕下船，不再耽擱了。」

赤雲道：「我們國書的款式，轉託美使田貝去電給伊藤，是否滿意，尚未得復。應否等一等？」威毅伯道：「復電纔來，伊藤轉呈日皇，非常滿意。日皇現在廣島，已派定內閣總理伊藤博文、外務大臣陸奧宗光為全權大臣，在馬關開議，並先期到彼相候。」美菽道：「職道正欲回明中堂適間得到福參贊世德的來電，我們的船，已雇了公義、生義兩艘，何時起碇㉙，悉聽中堂的命令。」威毅伯忽面現驚奇的樣子道：「這是個匿名信，奇怪極了！」兩人都站起湊上來看，見一張青格子的白綿紙上寫著幾句似通非通的漢文，信封上卻寫明是「日本郡馬縣邑樂郡大島村小山」發的。信文道：「支那全權大使殿，

㉙起碇：同「起錨」。輪船弔起鐵錨，準備開航。碇，音ㄉㄧㄥˋ。繫船之石墩或鐵錨。

汝記得小山清之介乎？清之介死，汝乃可獨生乎？明治二十八年二月十一日預告。」馬、烏二人猜想了半天，想不出一個道理來。威毅伯掀髯微笑道：「這又是日本浪人的鬼祟！七十老翁，死生早置度外，由他去罷，我們幹我們的。」隨手就把他撩下㉚了，一宿匆匆過去。

次日，威毅伯果然在皇上皇太后那裡請訓下來，隨即率同馬、烏等一班隨員，乘了專輪回津。到津後，也不停留，自己和大公子、美國前國務卿福世德、馬美菽、烏赤雲等坐了公義船，其餘羅積丞、曾潤孫一班隨員、繙譯等坐了生義船，那天正是光緒二十一年二月二十日，在風雪漫天之際，戰雲四逼之中，鼓輪而東。海程不到三天，二十三的清晨，已到了馬關。日本外務省派員登舟敬迓，並說明伊藤、陸奧兩大臣均已在此恭候，會議場所，擇定春帆樓，另外備有大使的行館。威毅伯當日便派公子蔭白同著福參贊先行登岸，會了伊藤、陸奧兩全權，約定會議的時間。第二天，就交換了國書，移入行館。第三天，正式開議，威毅伯先提出停戰的要求。不料伊藤竟嚴酷的要挾，非將天津、大沽、山海關三處准由日軍暫駐，作為抵押，不允停戰。威毅伯屢次力爭，竟不讓步。這日正二十八日四點鐘光景，在第三次會議散後，威毅伯積著滿腔憤怒，從春帆樓出來，想到中申年伊藤在天津定約的時候，自己何等的驕橫，現在何等的屈辱，恰好調換了一個地位。一路的想，猛抬頭，忽見一輪落日，已照在自己行館的門口，滿含了慘淡的色彩，不覺發了一聲長嘆。嘆聲未畢，人叢裡忽然擠出一個少年，向轎邊直撲上來，崩的一聲，四圍人聲鼎沸起來，轎子也停下來了，覺得面上有些異樣，伸手一摸，全是濕血，方知自己中了槍了。正是：問誰當道狐狸在，何事驚人霹靂飛。不知威毅伯性命如何，且聽下回分解。

㉚ 撩下：同「撂下」。拋下；放下。

第二十八回　棣萼雙絕武士道捨生　霹靂一聲革命團特起

話說上回說到威毅伯正從春帆樓會議出來，剛剛走近行館門口，忽被人叢中一個少年，打了一槍。此時大家急要知道的，第一是威毅伯中槍後的性命如何，第二是放槍謀刺的是誰，第三是謀刺的目的為了什麼。我現在卻先向看官們告一個罪，要把這三個重要問題暫時都擱一擱，去敘一件很遙遠海邊山島裡田莊人家的事情。

且說那一家人家，本是從祖父以來，一向是種田的。直傳到這一代，是兄弟兩個，曾經在小學校裡讀過幾年書，父母現都亡故了。這兄弟倆，在這村裡，要算個特色的人，大家很恭維的各送他們一個雅綽❶，大的叫「大癡」，二的叫「狂二」。祇為他們性情雖完全相反，卻各有各的特性。哥哥是很聰明，可惜聰明過了界，一言一動，不免有些瘋顛了。不過不是直率的瘋顛，是帶些乖覺的瘋顛。他自己常說：「我的腦子裡是全空虛的，祇等著人家的好主意，就抓來發狂似的幹。」兄弟是很愚笨，然而愚笨透了頂，一言一動，倒變成了驕矜了。不過不是豪邁的驕矜，是一種褊急❷的驕矜。他自己也常說：「我的眼光是一直線，祇看前面的，兩旁和後方，都悍然不屑一顧了。」他們兄弟倆，各依著天賦的特性，各

❶ 雅綽：雅致的綽號。
❷ 褊急：度量狹小，性情急躁，易於衝動。褊，音ㄅㄧㄢˇ。窄小；急躁。

自向極端方面去發展，然卻有一點是完全一致，就為他們是海邊人，在驚濤駭浪裡生長的，都是膽大而不怕死。就是講到兄弟倆的嗜好，也不一樣，前一個是好酒，倒是醉鄉裡的優秀分子；後一個是好賭，成了賭經上的忠實宗徒。你想他們各具天才，各懷野心，幾畝祖傳下來的薄田，那個放在眼裡？自然地荒廢了。他們既不種田，自然就性之所近，各尋職業。大的先做村裡酒吧間跳舞廳裡的狂舞配角，後來到京城帝國大戲院裡，充了一名狂劇俳優❸。小的先在鄰村賭場上做幫閒，不久，他哥哥把他薦到京城裡一家輪盤❹賭場上做個管事。

說了半天，這兄弟倆究是誰呢？原來哥哥叫做小山清之介，弟弟叫做小山六之介，是日本郡馬縣邑樂郡大島村人氏。他們倆雖然在東京都覓得了些小事，然比到在大島村出發的時候，大家滿懷著希望，氣概卻不同了。自從第一步踏上了社會的戰線，祇覺得面前跌腳絆手的佈滿了敵軍，第二步再也跨不出。每月賺到的工資，連喝酒和賭錢的欲望，都不能滿足，不覺彼此全有些垂頭喪氣的失望了。況且清之介近來又受了性慾上重大的打擊，他獨身住在戲院的宿舍裡，有一回，在大醉後失了本性的時候，糊糊塗塗和一個宿舍裡的下女花子有了染❺。那花子是個粗蠢的女子，而且有遺傳的惡疾，清之介並不是不知道，但花子自己說已經醫好了。清之介受了酒力的煽發，性慾的衝動，不管三七二十一的幹了一次，等到酒醒，已是悔之無及。不久，傳染病的症象漸漸地顯現，也漸漸地增劇，清之介著急，瞞了人請醫生

❸ 俳優：或作「俳倡」，即伶人，今謂演藝人員。俳，音ㄆㄞˊ。

❹ 輪盤：規模較大之一種賭具，作圓盤形，直徑約二公尺，由圓心畫許多直線，可下各種錢數不一之賭注。

❺ 有了染：通稱有染，謂男女有姦情。

去診治幾次，化去不少的冤錢，祇是終於無效。他生活上本覺著困難，如今又添了病痛，不免怨著天道的不公，更把花子的乘機誘惑，恨得牙癢癢的。偏偏不知趣的花子，還要來和他歪纏，益發挑起他的怒火。每回不是一飛腳，便是一巴掌，弄得花子也莫名其妙。

有一夜，在三更人靜時，他在床上呻吟著病苦的刺激，輾轉睡不穩，忽然惡狠狠起了一念，想道：「我原是清潔的身體，為什麼沾染了污癜？舒泰的精神，為什麼糾纏了痛苦？現在人家還不知道，一知道了，不但要被人譏笑，還要受人憎厭。現在我還沒有愛戀，若真有了愛戀，不但沒人肯愛我，連我也不忍愛人家，叫人受騙。這麼說，我一生的榮譽幸福，都被花子一手斷送了。在花子呢，不過圖逞淫蕩的肉慾，冀希無饜的金錢，害到我如此。我一世聰明，倒鑽了蠢奴的圈套，全部人格，卻受了賤婢的蹂躪。想起來，好不恨呀！花子簡直是我唯一的仇人！我既是個漢子，如何不報此仇？報仇祇有殺！」想罷，在地鋪上倏的坐起來，在桌子上摸著了演劇時常用的小佩刀，也沒換衣服，在黑暗中輕輕開了房門，一路扶牆挨壁下了樓。他是知道下女室的所在，剛踮著光腳，趁著窗外射進來的月光，認準了花子臥房的門，一手耀著明晃晃的刀光，一手去推，門恰虛掩著，清之介咬了一咬牙，正待攛進去，忽然一陣凜冽的寒風撲上面來，吹得清之介毛髮竦然。昂著火熱的頭，慢慢低了下來；豎著執刀的手，徐徐垂了下來，驚醒似的道：「我在這裡做什麼？殺人嗎？殺人，是個罪；殺人的人，是個凶手。那麼，花子到底該殺不該殺呢？她不過受了生理上性的使命，不自覺的成就了這個行為，並不是她的意志。遺傳的病，是她祖父留下的種子，她也是被害人，不是故意下毒害人。至於圖快樂，想金錢，這是人類普遍的自私心。若把這個來做花子的罪案，那麼全世界人沒一個不該殺！花子不是耶穌，不能獨自強逼她替全人類受慘刑！花子沒有可殺的罪，在我更沒有殺她的理。我為什麼要酒醉呢？衝動呢？明知故犯的去冒險呢？無愛戀而對女性縱慾，便是蹂躪女權；傳染就是報應！人家先向你報了仇，你如何再有向人報仇的權？」

清之介想到這裡，祇好沒精打采的倒拖了佩刀，踅回自己房裡，把刀一丟，倒在地鋪上，把被窩蒙了頭，心上好像火一般的燒炙，知道仇是報不成，恨是消不了，看著人生真要不得，自己這樣的人生更是要不得！病痛的襲擊，沒處逃避；經濟的壓迫，沒法推開；譏笑的恥辱，無從洗滌；憎厭的醜惡，無可遮蓋。想來想去，很堅決的下了結論：自己祇有一條路可走，祇有一個法子可以解脫一切的苦。什麼路？什麼法子？就是自殺！那麼馬上就下手嗎？他想：還不能，祇因他和兄弟六之介是很友愛的，還想見他一面，囑咐他幾句話，等到明晚再幹還不遲。當夜清之介攪擾了一整夜，沒有合過眼。好容易巴到天明，慌忙起來盥洗了，就奔到六之介的寓所。那時六之介還沒起，被他闖進去叫了起來。六之介倒吃驚似的問道：「哥哥，祇怕天不早了罷？我真睡糊塗了！」說著看了看手表道：「呀，還不到七點鐘呢！哥哥，什麼事？老早的跑來！」忽然映著斜射的太陽光，見清之介死白的臉色，蹙著眉，垂著頭，有氣沒力的倒在一張藤躺椅上，祇不開口。心裡嚇了一跳，連連問道：「你怎麼？你怎麼？」清之介沒見兄弟之前，預備了許多話要說，誰知一見面，喉間好像有什麼梗住似的，一句話也掙不出來。等了好半天，被六之介逼得無可如何，纔吞吞吐吐把昨夜的事說了出來。原定的計畫，想把自殺一節瞞過，誰知臨說時，舌頭不聽你意志的使喚，順著口全淌了出來。六之介聽完，立刻板了臉，發表他的意見道：「死倒沒有什麼關係，不過哥哥這自殺的目的，做兄弟的實在不懂！怕人家譏笑嗎？我眼睛裡就沒有看見過什麼人家。怕人憎厭我嗎？我先憎厭別人的親近我！怕痛苦嗎？這一點病的痛苦都熬不住，如何算得武士道的日本人？自殺是我讚美的，像哥哥這樣的自殺，是盲目的自殺，否則便是瘋狂的自殺。我的眼，祇看前面，前面有路走，還是很闊大的路，我決不自殺。」清之介被六之介這一套的演說倒堵住了口。當下六之介拉了他哥哥同到一家咖啡館裡，吃了早餐，後來又送他回戲院，勸慰了一番，晚間又陪他同睡，監視著。直到清之介說明不再起自殺的念頭，六之介方放心回了自己的寓。

過了些時，六之介不見哥哥來，終有些牽掛，偷個空兒，又到戲院宿舍裡來，探望他哥哥。誰知一到宿舍裡臥房前，祇見房門緊閉，推了幾遍，沒人應，叫個僕歐來問時，說小山先生請假回大島村去已經五六天了。六之介聽了驚疑，暗忖哥哥決不會回家，難道真做出來，這倒是我誤了事了。轉念一想，下女花子，雖則哥哥恨她，哥哥的真去向，祇怕她倒知些影響，回頭就向僕歐道：「這裡有個下女花子，可能叫她來問一下？」僕歐微笑答道：「先生倒問起花子？可巧花子在小山先生走後第二天，也歇了出去，不知去向了。」說時咬著唇，露出含有惡意的笑容。這一來，倒把六之介提到渾水裡，再也摸不清路頭，知道在這裡也無益，出來順便到戲院裡打聽管事人和他的同事，大家祇知道他正式請假。不過有幾個說，他請假之前，覺得樣子是很慌忙的，也問不出個道理來。六之介回家，忙寫了一封給大島村親戚的信，一面又到各酒吧間、咖啡館、妓館去查訪，整整鬧了一星期，一點蹤跡也無。六之介弄得沒法擺佈，尋訪的念頭，漸漸淡了。

那時日本海軍，正在大同溝戰勝了中國海軍，舉國若狂，慶祝凱勝，東京的市民，尤其高興得手舞足蹈。輪盤賭場裡，賭客來得如潮如海，成日成夜，整千累萬的輸贏。生意越好，事務越忙，意氣越高，連六之介向前的眼光裡，覺得自己矮小的身量，也頓時暗漲一篙，平昇三級。祇想做東亞的大國民，把哥哥的失蹤，早撇在九霄雲外。那天在賭場裡整奔忙了一夜，兩眼裝在額上的踱回寓所，已在早晨七點鐘。祇見門口站著個女房東，手裡捏著一封信，見他來，老遠的喊道：「好了，先生回來了，這裡有一封信，剛纔有個刺騷鬍子❻的怪人，特地送來，說是從支那帶回，祇為等先生不及，託我代收轉交。」六之介聽了有點驚異，不等他說完就取了過來。瞥眼望見那寫的字，好像是哥哥的筆跡，心那倒勃的一跳。看那封面上寫著道：

東京　下谷區　龍泉寺町四百十三番地

小　山　六　之　介　君　　樣

小山清之介自支那天津

六之介看見的確是他哥哥的信，而且是親筆，不覺喜出望外。慌忙撕開看時，上面寫的道：

我的摯愛的弟弟：我想你接到這封信時，一定非常的歡喜而驚奇。你歡喜的，是可以相信我沒有去實行瘋狂的自殺。你驚奇的，是半月來一個不知去向的親人，忽然知道了他確實的去向。但是我這次要寫信給你，還不僅是為了這兩個簡單的目的。我這回從自殺的主意裡，忽地變成了旅行支那的主意，這裡面的起因和經過，決定和現實，待我來從頭至尾的報告給你：自從那天承你的提醒，又受你的看護，我頓然把盲目或瘋狂的自殺斷了念。不過這個人生，我還是覺得倦厭；這

❻ 刺騷鬍子：從下巴到臉頰長滿鬍子，俗稱絡腮鬍子。

個世界，我還是不能安居，自殺的基本論據，始終沒有變動，僅把不擇手段的自殺，換個有價值的自殺，卻祇好等著機會，選著題目。不想第二天，恰在我們的戲院裡，排演一齣悲劇，劇名叫諜犧，是表現一個愛國男子，在兩國戰爭時，化裝混入敵國一個要人家裡；那要人的女兒，本是他的情人，靠著她探得敵軍戰略上的祕密，報告本國，因此轉敗為勝。後來終於祕密洩漏，男子被敵國斬殺，連情人都受了死刑。我看了這本戲，大大的徹悟。我本是個富於模仿性的人，況在自己不毛的腦田裡，把別人栽培好的作物，整個移植過來，做自己人生的收穫，又是件最聰明的事。我想如今我們正和支那開戰，聽說我國男女，去做間諜的也不少。我何妨學那愛國少年，拚著一條命去偵探一兩件重大的祕密，做成了，固然是無比的光榮；做不成，也達了解脫的目的。當下想定主意，就投參謀部陳明志願，恰值參謀部正有一種計畫，要盜竊一二處險要的地圖，我去得正好。經部裡考驗合格，我就祕密受了這個重要的使命，人不知鬼不覺的離了東京，來到這裡。我走時，別的沒有牽掛，就是害你吃驚不小，這是我的罪過。我現在正在進行我的任務，成功不成功，是命運的事；勉力不勉力，是我的事。不成便是死，成是我的目的，死也是我的目的。我祇有勉力，勉力即達目的。我卻有最後一句話要告訴你，死以前的事，是我的事，我的事是捨生；死以後的事，是你的事，你的事是復仇。我希望你替我復仇，這纔不愧武士道的國民！這封信，關係軍機，不便付郵，幸虧我國一個大俠天弢龍伯正要回國，他是個忠實男子，不會洩漏，我便託付了他，攜帶給你。並祝你的健康！

你的可憐的哥哥清之介白

六之介看完了信，心中又喜又急，喜的是哥哥總算有了下落，急的是做敵國的偵探，又是盜竊險要的地圖，何等危險的事，一定凶多吉少。自肚裡想：人家叫哥哥「大癡」，這些行徑，祇怕真有些癡。好好生活不要過，為了一個下女要自殺；自殺不成功，又千方百計去找死法；既去找死，那麼死是你自願的，人家殺你，正如了你願，該感謝，為什麼要報仇？強逼著替你報仇，益發可笑！難道報仇是件好玩的事嗎？況且花子的同時失蹤，更是奇事。哥哥是恨花子的，決不會帶了走；花子不是跟哥哥，又到那裡去呢？這真是個打不破的啞謎⑦！忽然又想到天弢龍伯，是主張扶助支那革命的奇人，可惜遲來一步，沒有見識見識怎樣一個人物，不曉得有再見的機會沒有，若然打聽得到他的住址，一定要去謝謝他。六之介心裡亂七八糟的想了一陣，到底也沒有理出個頭緒來，祇得把信收起，自顧自去歇他的午覺。

從此胸口總彷彿壓著一塊大石，撥不開來，時時留心看看報紙，打聽打聽中國的消息，卻從來沒有關涉他哥哥的事。祇有戰勝的捷報，連珠砲價傳來；歡呼的聲浪，溢漲全國，好似火山爆裂一般，島根都隆隆地震動了。不多時，天險的旅順，都攻破了，威海也占領了，劉公島一役，索性把中國的海軍全都毀滅了，驕傲性成的六之介，此時他的心理上，以為從此可以口吞渤海，腳踢神州，大和魂要來代替神明冑⑧了，連哥哥的性命，也被這權威呵護，決無妨礙。忽然聽見美國出來調停，他就破口大罵。後來日政府拒絕了莊、召兩公使，他的憤氣又平了一點。不想不久，日政府竟承認了威毅伯的全權大使，

⑦啞謎：以隱晦費解之辭句供人猜測者曰啞謎，通稱謎語，亦名「隱語」。

⑧大和魂句：大和魂，日本人自命為大和民族固有之優秀精神，其特點為忠君、愛國、尚武、任俠、廉潔、知恥，並富於闊大、果敢、進取、向上之氣象。神明冑，義同「炎黃世冑」。指神聖偉大之中國文明。

直把他氣得三尸出竅，六魄飛天，終日在家裡椎壁拍几的罵政府混蛋。正罵得高興哩，房門呀的開了，女房東拿了張卡片道：「前天送信來的那怪人要見先生。」六之介知道是天弢龍伯，忙說請。祗見一個偉大軀幹的人，亂髯戟張❾，目光電閃，蓬髮闊面，膽鼻劍眉，身穿和服，洒洒落落的跨了進來。便道：「前日沒緣見面，今天又冒昧來打你的攪。」六之介一壁招呼坐地，一壁道：「早想到府，謝先生帶信的高義，苦在不知住址，倒耽誤了。今天反蒙枉顧，又慚愧，又歡喜。」天弢龍伯道：「我向不會說客氣話，沒事也不會來找先生，先生曉得令兄的消息嗎？」六之介道：「從先生帶信後，直到如今，沒接過哥哥隻字。」天弢龍伯慘然道：「怎麼能寫字？令兄早被清國威毅伯殺了！」

六之介突受這句話的猛擊，直立了起來道：「這話可真？」天弢龍伯道：「令兄雖被殺，卻替國家立了大功。」六之介被天性所激，眼眶裡的淚，似泉一般直流，哽噎道：「殺了，怎麼還立功呢？」天弢龍伯道：「先生且休悲憤。這件事，政府至今還守祕密，我卻全知道。我把這事的根底細細告訴你。令兄是受了參謀部的祕密委任，去偷盜支那海軍根據地旅順、威海、劉公島三處設備詳圖的。我替令兄傳信時，還沒知道內容，但知道是我國的軍事偵探罷了。直到女諜花子回國，纔把令兄盜得的地圖帶了回來。令兄殉國的慘史，也鬨動了政府。」六之介詫異道：「是帝國戲院裡的下女花子嗎？怎麼也做了間諜？哥哥既已被殺，怎麼還盜得地圖？帶回來的，怎麼倒是花子呢？」

天弢龍伯道：「這事說來很奇。據花子說，她在戲院裡，早和令兄發生關係，後來不知為什麼，令兄和她鬧翻了。令兄因為悔恨，纔發狠去冒偵探的大險。花子知道他的意思，有時去勸慰，令兄不是罵

❾ 亂髯戟張：滿臉鬍鬚如戟般張開，有原野遊俠意味。

便是打，但花子一點不怨，反處處留心令兄的動作。令兄充偵探的事，竟被她探明白了，所以令兄動身到支那，她也暗地跟去。在先，令兄一點不知道，到了天津，還是她自己投到，跪在令兄身邊，說明她的跟來，並不來求愛，是來求死。不願做同情，祇願做同志。凡可以幫助的，水裡火裡都去。令兄祇得容受了。後來令兄做的事，她都預聞。令兄先探明了這些地圖，共有兩份，一份存在威毅伯衙門裡，一份卻在丁雨汀公館。督署禁衛森嚴，無隙可乘，祇好決定向丁公館下手。令兄又打聽得這些圖，向來放在簽押房公事桌抽屜裡，丁雨汀出門後，簽押房牢牢鎖閉，家裡的一切鑰匙，卻都交給一個最信任的老總管丁成掌管。丁成就住在那簽押房的耳房裡，監守著。那耳房的院子，祇隔一座牆，外面便是馬路橫頭的荒僻死衖❿。這種情形，令兄都記在肚裡，可還沒有入腳處。恰好令兄有兩種特長，便是他成功之母：一是在戲院裡學會了很純熟的支那話，一是歡喜喝酒。不想丁成也是個酒鬼，沒一天不到三不管一爿小酒店裡去買醉。令兄曉得了，就借這一點做了兩人認識的媒介，漸漸地交談了，漸漸地合夥了。不上十天，成了酒友，不但天天替他會鈔付帳，而且時時給他送東送西，做得十分的殷勤親密。丁成雖是個算小⓫愛恭維的人，倒也有些過意不去。有一天，忽然來約他道：『我有一罈「女兒紅」，今晚為你開了，請你到公館來，在我房間裡，咱們較一較酒量，喝個暢。』令兄暗忖機會來了，當下滿口應承。臨赴約之前，卻私下囑咐花子，三更時分，叫她到死衖裡去等，彼此擲石子為號，便來接受盜到的東西，立刻拿回寓所。令兄那夜在丁公館裡，果真把丁成灌得爛醉。果真在他身上偷到鑰匙，開了簽押房和抽

❿ 死衖：義同「死巷」、「死衚衕」、「死胡同」。有入口沒有出口的小巷。衖，同「弄」。小巷。

⓫ 算小：小處計較；斤斤計較。

屜，果真把地圖盜到了手，包好結上一塊石頭，丟出牆外。果真花子接到，拿回了寓。令兄還在丁公館裡，和丁成同榻宿了一宵，平平安安的回來。令兄看著這一套圖，雖然盜出來，但尺寸很大，紙張又硬又厚，總分圖不下三十張，路上如何藏匿！決逃不過偵查的眼目。苦思力索了半天，想出一個辦法，先儘著兩日夜的工夫，把最薄的軟棉紙套畫了三件總圖，鄭重交給花子，囑她另找個地方去住，把圖紙縫在衣褲裡，等自己走後兩三天再走。自己沒事，多一副本也好。若出了事，還有第二次的希望。自己決帶全份的正圖，定做了一隻夾底木箱，把圖放在夾層裡，外面卻裝了一箱書。計議已定，令兄第三天在天津出發。可憐就在這一天，在輪船碼頭竟被稽查員查獲，送到督署，立刻槍斃了。倒是花子有智有勇，聽見了令兄的消息，他一點不膽怯，把三張副圖，裁分為六，用極薄的橡皮包成六個大丸子，再用線穿了，臨上船時，生生的都吞下肚去，線頭含在嘴裡，路上碰到幾次檢查，都被她逃過。靠著牛乳湯水，維持生命，千辛萬苦竟把地圖帶回國來。這回旅順、威海的容易得手，雖說支那守將的無能，幾張地圖的助力，也就不小。不過花子經醫生把地圖取出後，胃腸受傷，至今病倒醫院，性命祇在呼吸之間了。六之介先生，你想，令兄的不負國，花子的不負友，真是一時無兩⓬，我怕你不知道，所以今天特來報告你。」

六之介忽然瞪著眼，握著拳狂呼道：「可恨！可恨！必報此仇！花子不負友，我也決不負兄！」天弢龍伯道：「你恨的是威毅伯嗎？他就在這幾天要到馬關了！這是我們國際上的大計，你要報仇，卻不可在這時期去胡做。」六之介默然。天弢龍伯又勸慰了幾句，也便飄然而去。

⓬一時無兩：同一時間內，世上找不到第二個。

且說六之介本恨威毅伯的講和，阻礙了大和魂的發展，如今又悲痛哥哥的被殺，感動花子的義氣，他想花子還能死守哥哥託付的遺命，他倒不能恪遵哥哥的預囑，那還成個人嗎？他的眼光是一直線的，現在他祇看見前面晃著報仇兩個大字，其餘一概不屑顧了。當時就寫了一封漢文的簡單警告，逕寄威毅伯，就算他的哀的美敦書⓭了。從此就天天祇盼望威毅伯的速來，打聽他的到達日期。後來聽見他果真到了，並且在春帆樓開議，就決意去暗殺。在神奈川縣橫濱街上金丸謙次郎店裡，買了一支五響短槍，並買了彈子，在東京起早，趕到赤間關。恰遇威毅伯從春帆樓會議回來，剛走到外濱町，被六之介在轎前五尺許，硼的一槍，竟把威毅伯打傷了。幸虧彈子打破眼鏡，中了左顴，深入左目下。當時警察一面驅逐路人，讓轎子抬近行館；一面追捕刺客，把六之介獲住。威毅伯進了臥室，因流血過多，暈了過去。隨即兩醫官趕來診視，知道傷不致命，連忙用了止血藥，將傷處包裹。威毅伯已清醒過來。伊藤、陸奧兩大臣得了消息，慌忙親來慰問謝罪，地方文武官員也來得絡繹不絕。第二天，日皇派遣醫官兩員並皇后手製裹傷繃帶，降諭存問⓮，且把山口縣知事和警察長都革了職，也算鬧得滿城風雨了。

其實威毅伯受傷後，彈子雖未取出，病勢倒日有起色，和議的進行，也並未停止。日本恐挑起世界的罪責，氣焰倒因此減了不少，竟無條件的允了停戰。威毅伯雖耗了一袍袖的老血，和議的速度，卻添了滿鍋爐的猛火，祇再議了兩次，馬關條約的大綱，差不多快都議定了。這日，正是山口地方裁判所判決小山六之介的謀刺罪案，參觀的人非常擁擠，馬美菽和烏赤雲在行館沒事，也相約而往，看他如何判

⓭ 哀的美敦書：英文 Ultimatum 之音譯，即最後通牒。

⓮ 降諭存問：日皇下諭，派人慰問。

決。剛聽到堂上書記宣讀判詞，由死刑減一等辦以無期徒刑這一句的時候，烏赤雲忽見人叢中一個虬髯亂髮的日本大漢身旁，坐著個年輕英發的中國人，好生面善，一時想不起是誰。那人被烏赤雲一看，面上似露驚疑之色，拉了那大漢匆匆的就走了。赤雲恍然回顧美菽道：「纔走出去的中國人你看見嗎？」美菽看了看道：「我不認得，是誰呢？」赤雲道：「這就是陳千秋，是有名的革命黨，支那青年會的會員。昨天我還接到廣東同鄉的信，說近來青年會很是活動，衹怕不日就要起事哩。現在陳千秋又到日本來，其中必有緣故。」兩人正要立起，忽見行館裡的隨員羅積丞奔來喊道：「中堂請赤雲兄速回，說兩廣總督李大先生有急電，要和赤雲兄商量哩。」赤雲向美菽道：「衹怕是革命黨起事了。」正是：輸他海國風雲壯，還我軒皇土地來。不知兩廣總督的急電，到底發生了甚事，下回再說。

第二十九回　龍吟虎嘯跳出人豪　燕語鶯啼驚逢逋客

卻說烏赤雲正和馬美菽在山口縣裁判所聽審刺客，行館隨員羅積丞傳了威毅伯的諭，來請赤雲回館，商量兩廣督署來的急電。你道這急電為的是件什麼事？原來此時兩廣總督就是威毅伯的哥哥李大先生，新近接到了兩江總督的密電，在上海破獲了青年會運廣的大批軍火，軍火雖然全數扣留，運軍火的人，卻都在逃。探得內中有個重要人犯陳千秋即陳青，是青年會裡的首領，或言先已回廣，或言由日本浪人天弢龍伯保護，逃往日本，難保不潛回本國，圖謀大舉。電中請其防範，並轉請威毅伯在日密探黨人內容。大先生得了此電，很為著急，在省城裡疊派幹員偵查，雖有些風言霧語❶，到底探不出個實在，所以打了一個萬急電，託威毅伯順便偵探；如能運動日政府將陳千秋逮捕，尤為滿意。當時威毅伯恰和蔭白大公子在那裡修改第五次會議問答節略的稿子，預備電致軍機和總署，做確定條約的張本。看見了大先生這個電，他是不相信中國有這些事發生的，就捋著鬍子笑道：「你們大伯伯又在那裡瞎耽心❷了！這種都是窮極無聊的文丐❸，沒把鼻的炒蛋❹，怕他們做什麼！我們的兵，雖然打不了外國人，殺家裡

---

❶ 風言霧語：通作「風言風語」，謂沒有根據的傳說。

❷ 瞎耽心：瞎操心。瞎，妄；亂。耽心，通作「擔心」。

❸ 文丐：生活窮苦之文人，指懷才不遇或以鬻文為生的文人。

個把毛賊❺，還是不費吹灰之力。但大伯伯既然當一件事來託我，也得敷衍他一下。不過我不大明白，這些事怎麼辦呢？」蔭白道：「這是廣東的事，青年會的總機關，也在廣東，祇有廣東人知道底細。父親何妨去請赤雲來商量商量。」威毅伯點點頭，所以就叫羅積丞來請赤雲。

當下赤雲來見威毅伯，威毅伯把電報給他看了，赤雲一壁看一壁笑著道：「無巧不成書！說到曹操，曹操就到，職道纔和美菽在裁判所裡，遇見陳千秋，正和美菽講哩。這個人，職道從小認識的，是個極聰明的少年，可惜做了革命黨。」蔭白道：「那麼這人的確在日本了！我國正好設法逮捕。」赤雲道：「這個談何容易！我們固然沒有逮捕之權，國事犯日本又定照公法保護，況且還有天弢龍伯自命俠客的做他的護身符！」蔭白道：「我們可以把他騙到行館裡來，私下監禁，帶回去。」威毅伯道：「使不得，使不得。現在和議的事，一髮千鈞，在他國內，私行捕禁，雖說行館有治外法權，萬一漏了些消息，連累和議，不是玩的！」赤雲道：「中堂所見極是，還是讓職道去探聽些黨人的舉動，照實電復就是了。」議定了這事，威毅伯仍注意到節略稿子，赤雲便告退出來，自去想法偵查不題。

卻說吾人以肉眼對著社會，好像一個混沌世界，熙熙攘攘不知為著何事，這般忙碌。記得從前不曉得那一個皇帝南巡時節，在金山❻上，望著揚子江心多少船，問個和尚，共是幾船？和尚回說，只有兩

❹ 沒把鼻的炒蛋：沒把鼻，無根據；無把握。亦作「沒巴鼻」、「沒巴臂」。炒蛋，搗蛋；搗亂。

❺ 毛賊：小賊；小盜。孔尚任桃花扇撫兵：「那李自成、張獻忠幾個毛賊，何難勦滅？」

❻ 金山：在江蘇鎮江縣西北，本在大江中，今土砂堆積，已與南岸相接，為江南勝地。山上有金山寺，清聖祖康熙皇帝南巡抵此，改名為江天寺。明大儒王陽明十一歲隨祖父赴北京，過金山寺，有詩云：「金山一點大

船，一為名，一為利。我想這個和尚，一定是個肉眼，人類自有靈魂，即有感覺；自有社會，即有歷史。那歷史上的方面最多，有名譽的，有痛苦的。名譽的歷史，自然興興頭頭，誇著說著，雖傳下幾千年，祖宗的名譽，子孫還不會忘記；即如吾們老祖黃帝，當日戰勝蚩尤，驅除苗族的偉績，豈不是永遠紀念呢！至那痛苦的歷史，當時接觸靈魂，沒有一個不感覺，張拳怒目，誓報國讎。就是過了幾百年，隔了幾百代，總有一班人牢牢記著，不能甘心的。我常常聽見故老傳聞，那日滿洲入關之始，亡國遺民，起兵抗拒的，原也不少；只是東起西滅，運命不長，後來只賸個鄭成功，占領廈門，叫做思明州，到底立腳不住，逃往臺灣。其時成功年老，曉得後世子孫，也不能保住這一寸山河，不如下了一粒民族的種子，使他數百年後，慢慢膨脹起來。列位想這種子，是什麼東西？原來就是祕密會社。成功立的祕密會社，起先叫做天地會，後來分做兩派，一派叫做三合會，起點於福建，盛行於廣東，而膨脹於暹羅、新嘉坡、新舊金山、檀島；一派叫做哥老會，起點於湖南，而蔓延於長江上下游。兩派總叫做洪幫。取太祖洪武的意思，那三合亦取著洪字偏旁三點的意思。恰好那時北部，同時起了八卦教、在理會、大刀、小刀會等名目，只是各派內力不足，不敢輕動。直到西曆一千七百六十七年間，川、楚一面，蠢動了數十年，就叫川、楚教匪。教匪平而三合會始出現於世界。膨脹到一千八百五十年間，金田革命，而洪秀全、楊秀清，遂起立了太平天國，占了十二行省。

那時政府，就利用著同類相殘的政策，就引起哥老會黨，去撲滅那三合會。這也是成功當時萬萬料不到此的。哥老會既撲滅了三合會，頓時安富尊榮，不知出了多少公侯將相，所以兩江總督一缺，就是

如拳，打破維揚水底天。醉倚妙高臺上月，玉簫吹徹洞龍眠。」

哥老會用著幾十萬頭顱血肉，去購定的衣食飯碗，凡是會員做了總督，一年總要貼出幾十萬銀子，孝敬舊時的兄弟們；不然，他們就要不依哩。然而因此以後，三合會與哥老會結成個不世之仇，他們會黨之人，出來也不立標幟，醫卜星相江湖賣技之流，趕車行船驛夫走卒之輩，煙燈飯館藥堂質鋪❼等地，掛單雲游❽衲僧貧道之亞，無一不是。劈面相逢，也有些子儀式，幾句口號，肉眼看來，毫不覺得，他們甘心做叛徒逆黨，情願去破家毀產，名在那裡？利在那裡？奔波往來，為著何事？不過老祖宗傳下這一點民族主義，各處運動，不肯叫他埋沒永不發現罷了。如此看來，吾人天天所遇的人，難保無英雄帝王俠客大盜在內，要在放出慧眼看去，或能見得一二分，也未可知。方三合、哥老同類相殘的時候，歐洲大西洋內，流出兩股暗潮，一股沿阿非利加洲大西洋，折好望角，直渡印度洋，以向廣東；一股沿阿美利加南角，直渡太平洋，以向香港、上海。這兩股潮流，就是載著革命主義，那廣東地方，受著這潮流的影響最大，於是三合會殘黨內，跳出了多少少年英雄，立時組成一個支那青年會，發表宗旨，就是民族共和主義。雖然實力未充，比不得瑪志尼的少年意大利，濟格士奇的俄羅斯革命團，卻是比著前朝的幾社、復社，現在上海的教育會，實在強多！該黨會員，時時在各處偵察動靜，調查實情，即如此時赤雲在山口縣裁判所內看見的陳千秋，此人就是青年會會員。

如今且說那陳千秋在未逃到日本之先，曾經在會中擔任了調查江浙內情、聯絡各處黨會的責任，來到上海地方，心裡總想物色幾個偉大人物，替會裡擴張些權力。誰知四下裡物色遍了，遇著的，倒大多

❼ 質鋪：或作「質庫」，將錢借給典押物品的人以收取利息的店鋪，今通稱當鋪。

❽ 掛單雲游：掛單，佛家語，謂僧人投寺寄宿，亦作「掛褡」。雲游，任意遨遊。

數是醉生夢死花天酒地的浪子，不然便是膽小怕事買進賣出的商人。再進一步，是王紫詮派向太平天國獻計的斗方名士❾，或是蔡爾康派替廣學會宣傳的救國學說，又在應酬場中，遇見同鄉裡大家推崇的維新外交家王子度，也秖主張廢科舉，興學堂。眾人驚詫的改制新教王唐獻輝，不過說到開國會，定憲法，都是些扶牆摸壁的政論，沒一個揮戈迴日的奇才。正自納悶，忽一日，走過虹口一條馬路上一座巍煥的洋房前，門上橫著一塊白漆匾額，上寫「常磐館」三個黑字，心裡頓時記起這旅館裡，很多日本的浪人寄寓，他有個舊友叫做曾根的，是館中的老旅客，暗忖自己反正沒事，何妨訪訪他，也許得些機會。想罷，就到那旅館裡，找著一個僕歐似的同鄉人，在懷裡掏出卡片，說明要看曾根君。那僕歐笑了笑道：「先生來得巧，曾根先生纔和一個朋友在外邊回來，請你等一等，我去回。」不一會僕歐出來，道聲請，千秋就跟他進了一個陳設得古雅幽靜的小客廳上，卻不是東洋式的。一個瘦長條子上唇堆著兩簇小鬍子的人，站起身來，張著滴溜溜轉動的小眼，微笑地和他握手道：「陳先生久違了！想不到你會到這裡，我還冒昧介紹一位同志，是熱心扶助貴國改革的俠士南萬里君，也是天弢龍伯的好友。先生該知道些吧！」

千秋一面口裡連說久仰久仰，一面搶上客座和那人去拉手，祇見那人生得黑蒼蒼的馬臉，一部烏大鬍，身幹雖不高大，氣概倒很豪邁。回顧曾根道：「這位就是你常說起的青年會幹事陳青君嗎？」曾根道：「可不是？上回天弢龍伯住在這館裡時，就要我介紹，可惜沒會到。今天有緣遇見先生，也是一樣。你把這回去湖南的事可以說下去，好在陳先生不是外人。」千秋道：「天弢龍伯君我雖沒會過，他的令

❾ 斗方名士：謂寫詩於斗方之小名士，譏人之附庸風雅者。斗方，詩箋。

兄宮畸豹二郎，是我的好友，他主張亞洲革命，先從中國革起。中國一克復，然後印度可興，暹羅、安南可振，菲律賓、埃及可救，實是東亞黃種的明燈，可惜死了。天弢龍伯君還是繼續他未竟之志，正是我們最忠懇的同志。不知南萬里君這次湖南之行得到了什麼成績，極願請教！」南萬里道：「我這回的來貴國，目的專在聯合各種秘密黨會。湖南是哥老會老巢，我這回去結識了他的大頭目畢嘉銘，陳說利害，把他感化了。又解釋了和三合會的世仇，正要想到貴省去。祇為這次出發，我和天弢龍伯是分任南北，他到北方，我到南方，貴會是南方一個有力的革命團，今天遇見閣下，豈不是天假之緣嗎？請先生將貴會的宗旨人物，詳細賜教，並求一封介紹書，以便往聯合。」千秋聽了，非常歡喜，就把青年會的主義、組織和中堅分子，傾筐倒篋的告訴了他。並依他的要求，寫了一封切實的信。聲氣相通，山鐘互應，自然談得十分痛快。直到日暮，方告別出來。剛剛到得寓所，忽接到本部密電，連忙照通信暗碼譯出來，上寫著：

上海某處陳千秋鑒：星加坡裘叔遠助本會德國新式洋槍一千桿，連子，在上海瑞記洋行交付。設法運廣。汶密。

千秋看畢，將電文燒了，就趕到瑞記軍裝帳房，知道果有此事。那帳房細細問明來歷，千秋一一回答妥當，就領見了大班⑩，告訴他裘叔遠已經託他安置在公司船上，只要請千秋押往。千秋與大班諸事談妥，打算明日坐公司船回廣東。恰從洋行內走出來，忽見門外站著兩個雄壯大漢，年紀都不過三十許，

⑩ 大班：俗稱洋行或銀行的經理。

兩目灼灼，望著千秋，形狀可怕得很。千秋連忙低著頭，只顧往前走，已經走了一里路光景，回頭一看，那兩人仍舊在後頭跟著走，一直送到千秋寓所，在人叢裡一混，忽然不見了。千秋甚是疑惑。在寓吃了晚飯，看著鐘上正是六點，走出了寓來，要想到虹口去訪一個英國的朋友，剛走到外白渡橋，在橋上慢慢的徘徊，看黃浦江的景致。正是明月在地，清風拂衣，覺得身上異常涼爽，心上十分快活。恰賞玩間，忽然背後飛跑的來了一人，把他臂膀一拉道：「你是陳千秋嗎？」千秋抬頭一看，彷彿是巡捕的裝束，就說：「是陳千秋，便怎麼樣？」那人道：「你自己犯了彌天大罪，私買軍火，謀為不軌，還想賴麼？警署奉了道臺的照會，叫我來捉你。」千秋怱忙間，也不辨真假，被那人拉下橋來。早有一輛羅車等在那裡，就把千秋推入車箱。那人也上了車，隨手將玻璃門帶上，四面圍著黑色簾子，黑洞洞不見一物，正如牢獄一般。馬夫拉動轡繩，一會兒風馳電捲，把一個青年會會員陳千秋，不知趕到那裡去了。

誰知這裡白渡橋陳千秋被捕之夜，卻正是那邊廣東省青年會開會之時。話說廣東城內國民街上有一所高大房屋，裡頭崇樓傑閣，好像三四造，這晚上坐著幾十位青年志士，點著保險洋燈，聽得壁上鐘鳴鐺鐺敲九下，人叢裡走出一人，但見跑到當中的一張百靈檯後，向眾點頭，便開口道：

我熱心共和、投身革命的諸君聽者！諸君曉得現在歐洲各國，是經著革命一次，國權發達一次的了！諸君亦曉得現在中國是少不得革命的了！但是不能用著從前野蠻的革命，無知識的革命。從前的革命，撲了專制政府，又添一個專制政府。現在的革命，要組織我黃帝子孫民族共和的政府。今日查一查會冊，好在我們同志，亦已不少，現在要分做兩部：一部出洋遊學，須備他日建立新政之用；一部分往內地，招集同志，以為擴張勢力，他日實行破壞舊政府之用。夏間派往各處調查運動員，除南洋、廣西、檀島、新金山的，已經回來了，惟江、浙兩省的調查員陳千秋，尚未到來。前日有電信，說不日當到。待到本部，大家決議方針。我想……

剛說到這裡，忽然外面走進一位眉宇軒爽神情活潑的偉大人物，眾皆喊道：「孫君來說！孫君來說！」那孫君一頭走，一頭說，就發出洪亮之口音道：「上海有要電來！上海有要電來！」你道這說的是誰呢？原來此人姓孫，名汶，號一仙，廣東香山縣人。先世業農。一仙還在香山種過田地，既而棄農學商，復想到商業也不中用，遂到香港去讀書。天生異稟，不數年，英語漢籍，無不通曉，且又學得專門醫學。他的宗旨，本來主張耶教的博愛平等，加以日在香港，接近西洋社會，呼吸自由空氣，俯瞰民族帝國主義的潮流，因是養成一種共和革命思想，而且不尚空言，最愛實行的。那青年會組織之始，籌畫之力，算他為最多呢。他年紀不過二十左右，面目英秀，辯才無礙⓫，穿著一身黑呢衣服，腦後還拖根辮子。當時走進來，只見會場中，一片歡迎拍掌之聲，如雷而起。演臺上走下來的，正是副議長楊雲衢君，兩邊卻坐著四位評議員，左邊二位，卻是歐世傑、何大雄；右邊也是二位，是張懷民、史堅如。還有常議員、稽察員、幹事員、偵探員、司機員，個個精神煥發，神采飛揚，氣吞全球，目無此虜⓬。一仙步上演臺，高聲道：「諸君靜聽上海陳千秋之要電！」說罷，會眾忽然靜肅，鴉雀無聲，但聽一仙

⓫ 辯才無礙：謂菩薩為人說法，義理圓融，言辭通達，無所滯礙。今凡能言善辯者，皆云辯才無礙。

⓬ 目無此虜：心目中無此敵，極言其意氣風發信心十足之狀。虜，指專制腐敗之滿清政府。

朗誦電文道：

午電悉：軍火妥，明日裝德公司船，秋親運歸。再頃訪友過白渡橋，忽來警察裝之一人，傳警署命，以私運軍火捕秋。……

會眾聽到此句，人人相顧錯愕。楊雲衢卻滿面狐疑，目不旁瞬，耳不旁聽，只抬頭望著一仙；史堅如更自怒目切齒，頓時如玉之嬌面，發出如霞之血色。一仙笑一笑，續念道：

……推秋入一黑暗之馬車，狂奔二三里，抵一曠野中高大洋房，昏夜不辨何地。下車入門，置秋於接待所，燈光下，走出一雄壯大漢。秋狂惑不解。大漢笑曰：「捕君誑耳！我乃哥老會頭目畢嘉銘是也。……

一仙讀至此，頓一頓。向眾人道：「諸君試猜一猜，哥老會劫去陳君，是何主義？」歐世傑、何大雄一齊說道：「莫非是劫奪新辦的軍火嗎？」一仙道：「非也，此事有絕大關係哩。」又念道：

「尾君非一日，知君確係青年會會員，今日又從瑞記軍裝處出，故以私運軍火偽為捕君之警察也者，實欲要君介紹於會長孫一仙君，為哥老、三合兩會媾和之媒介。哥老、三合，本出一源，中以太平革命之役，頓起釁端，現在黃族瀕危，外憂內患，豈可同室操戈，自相殘殺乎？自今伊始，三會聯盟，齊心同德，漢土或有光復之一日乎？願君速電會長，我輩當率江上健兒，共隸於青年會會長孫君五色旗之下，誓死不貳。」秋得此意外之大助力，欣喜欲狂，特電賀我黃帝子孫萬歲！青年會萬歲！青年會會長孫君萬歲！

一仙將電文誦畢道：「哥老會既悔罪而願投於我青年會民族共和之大革命團，我願我會友忘舊惡，釋前嫌，以至公至大之心歡迎之。想三合會會長梁君，當亦表同情。諸君以為如何？」眾人方轉驚為喜的時候，聽見此議，皆拍掌贊成。忽右邊座中一十四歲的美少年史堅如，一躍離座，向孫君發議道：「時哉不可失！願會長速電陳君：令其要結哥老會，尅日舉事於長江！一面遣員，約定三合會及三洲田虎門、博羅城諸同志，同時並起。堅如願以一粒爆裂藥和著一腔熱血，拋擲於廣東總督之頭上。霹靂一聲，四方響應，正我漢族如茶如火之國民，執國旗而跳上舞臺之日也。願會長速發電！」一仙道：「壯哉轟轟烈烈革命軍之勇少年！」

楊雲衢道：「願少安勿躁！且待千秋軍火到此，一探彼會之內情，如有實際，再謀舉事。一面暗中關會三合會，彼此呼應，庶不致輕率僨事。」一仙道：「沉毅哉！老謀深算，革命軍之軍事家！」歐世傑道：「本會經濟問題，近甚窘迫，宜遣員往南洋各島募集，再求星加坡裘叔遠臂助。內地則南關陳龍、桂林超蘭生，皆肯破家効命，為革命軍大資本家，毋使臨渴而掘井，功敗垂成！」一仙道：「周至哉！綢繆慘澹之革命軍理財家！哈！哈！本會有如許英雄崛起，怪傑來歸，羽翼成矣！股肱張矣！洋洋中土，何患不雄飛於二十世紀哉！自今日始，改青年會曰興中會。革命謀畫，俟千秋一到，次第布置何如？」眾皆鼓掌狂呼道：「興中會萬歲！興中會民族共和萬歲！」一仙當時，看看鐘上，已指十一下，知道時間晚了，即忙搖鈴散會。自己也就下臺出去，各自散歸，專候千秋回到本部，再議大計。

過了五六日，毫無消息，會友每日到香港探聽，德公司船來了好幾只，卻沒千秋的影，大家都慌了。發電往詢，又恐走漏消息，只好又耐了兩日，依然石沉大海。這日，一仙開了個臨時議會，籌議此事。有的說應該派一偵探員前往的，有的說還是打電報給那邊會裡人問信的；有的說不要緊，總是為著別事未了，不日就可到的，議論紛紛。一仙卻一言不發，知道這事有些古怪。難道哥老會有什麼變動嗎？細想又決無是事。正在摸不著頭，忽見門上通報道：有一位外國人在門外要求見。眾皆面面相覷。一仙道：「有名片沒有？」門上道：「他說姓摩爾肯。」一仙：「快請進來！」少間走進一個英國人來，先是一身教士裝束，面上似有慌張之色，一見眾人，即忙摘帽致禮。一仙上前，與他握手道：「密斯脫摩爾肯，從那裡來？」那人答道：「頃從上海到此。我要問句話，貴會會友陳千秋回來了沒有？」一仙一愕道：「正是至今還沒到，密斯脫從上海來，總知道些消息。」摩爾肯愕然道：「真沒有到麼？奇了，難道走上天了？」一仙道：「密斯脫在上海，會見沒有呢？」摩爾肯道：「見過好幾次，就為那日約定了夜飯後七點鐘到敝寓來談天，直等到天亮，沒有來。次日去訪，寓主說，昨天夜飯後，出門了，沒有回寓。後來又歇兩天，去問問，還是沒有回來，行李一件都沒有來拿。我就有點詫異。四處暗暗打聽，連個影兒都沒有。我想一定是本部有了什麼要事回去了，所以趕著搭船來此，問個底細，誰知也沒回來。不是奇事麼？」一仙道：「最怪的是他已有電報說五月初十日，搭德公司船回本部的。」摩爾肯忽拍案道：「壞了，初十日出口的德公司船麼？聽說那船上被稅關搜出無數洋槍子藥，公司裡大班，都因此要上公堂哩。不過聽說運軍火的人，一個沒有捉得，都在逃了。這軍火是貴會的麼？」

於是大家聽了，大驚失色。一仙歎口氣道：「這也天意了！」停一回道：「這事必然還有別的情節，要不然，千秋總有密電來招呼的。本意必須有一個機警謹慎的人，去走一趟，探探千秋的實在消息纔好。」當時座中楊雲衢起立說道：「不才願往。」摩爾肯道：「稅關因那日軍火的事情，盤查得很緊，倒要小心。」雲衢笑道：「世界那裡有貪生怕死的革命男兒！管他緊不緊，干甚事！」摩爾肯笑向一仙道：「觀楊君勇往之概，可見近日貴會，團結力益發大了！兄弟在英國也組立了一個團體，名曰中友會，英文便是 Friend of China Society，設本部於倫敦，支部於各國，徧播民黨種子於地球世界。將來貴會如有大舉，我們同志必能挺身來助的。」一仙道了謝，楊雲衢自去收拾行李，到香港趁輪船赴上海去了。一仙與摩爾肯也各自散去。

話分兩頭。且說楊雲衢在海中走不上六日，便到了上海。那時青年會上海支部的總幹事，姓陸名崇溎，號皓冬，是個意志堅強的志士，和雲衢是一人之交。雲衢一上岸，就去找他，便寄宿在他家裡。皓冬是電報局繙譯生，外面消息，本甚靈通，祇有對於陳千秋的蹤跡，一點影響都探不出。自從雲衢到後，自然格外替他奔走，一連十餘日，毫無進步，雲衢悶悶不樂。皓冬怕他悶出病來，有一晚，高高興興的闖進他房裡道：「雲衢，你不要儘在這裡納悶了，我們今夜去樂一下子罷！你知道狀元夫人傅彩雲嗎？」雲衢道：「就是和德國皇后拍照的傅彩雲嗎？怎麼樣？」皓冬道：「他在金家出來了，改名曹夢蘭，在燕慶里掛了牌子了。我昨天在應酬場中，叫了他一個局，今夜定下一臺酒，特地請你去玩玩。」說著不管雲衢肯不肯，拉了就走。門口早備下馬車，一鞭得得，不一會，到了燕慶里，登了彩雲妝閣。此時彩雲早已堂差出外，家中祇有幾個時髦大姐，在那裡七手八腳的支應不開。三間樓面，都擠得滿滿的客，連亭子間都有客佔了，祇替皓冬留得一間客堂房間，一個大姐阿毛笑眯眯的說道：「陸大少，今天實在對不起，回來大小姐自己來多坐一會兒賠補罷！」皓冬一笑，也不在意。

雲衢卻留心看那房間，敷設得又華麗，又文雅，一色柚木錦面的大榻椅，一張雕鏤褂絡的金銅床，壁掛名家的油畫，地鋪俄國的彩氈。又看到上首正房間裡，已擺好了一席酒，許多客已團團的坐著，都是氣概昂藏，談吐風雅。忽然飄來一陣廣東口音，雲衢倒注意起來。忽聽一個老者道：「東也要找陳千秋，西也要找陳千秋，再想不到他會逃到日本來！再想不到人家正找他，我們恰遇著他。」又一個道：「遇見也拿不到，他還是和天弢龍伯天天在一起，計議革命的事。」老者道：「就是拿得到，我也不願拿。拿了一個，還有別個，中什麼用呢！」雲衢聽了，喜得手舞足蹈起來，推推皓冬低聲道：「踏破鐵鞋無覓處，得來全不費工夫！」皓冬道：「這一班是什麼人呢？讓我來探問一下。」說著就向那邊房裡窗口站著的阿毛，招了招手。阿毛連忙掀簾進來。正是：拏雲攫去無雙士，墮溷重看第一花。不知阿毛說出那邊房裡的客究是何人，且聽下回分解。

第三十回　白水灘名伶擲帽　青陽港好鳥離籠

上回書裡，正說興中會黨員陸皓冬，請他黨友楊雲衢，到燕慶里新掛牌子改名曹夢蘭的傅彩雲家，去吃酒解悶。在間壁房間裡，一班廣東闊客口中得到了陳千秋在日本的消息，皓冬要向大姐阿毛問那班人的來歷。我想讀書的看到這裡，一定說我敘事脫了筍❶了。彩雲跟了張夫人出京，路上如何情形，沒有敘過。而且彩雲曾經斬釘截鐵的說定守一年的孝，怎麼沒有滿期，一踏上南邊的地，好像等不及的就走馬上章臺❷呢？這裡頭，到底怎麼一回事呢？請讀書的恕我一張嘴，說不了兩頭話。既然大家性急，祇好先把彩雲的事，從頭細說。

原來彩雲在雯青未死時，早和有名武生孫三兒鈎搭上手，算頂了阿福的缺。他們的結識，是在宣武門外的文昌館裡。那天是內務府紅郎中官慶家的壽事，堂會戲唱得非常熱鬧，祇為官慶原是個紈袴班頭，最喜歡聽戲。他的姑娘，叫做五妞兒；雖然容貌平常，卻是風流放誕，常常假扮了男裝，上館子，逛戲

❶ 脫了筍：喻前後不連貫。筍，本作「榫」。製作木器時，為使兩件材料接合而特製之凸凹部分，稱之為榫。凸者稱為榫頭，凹者稱為榫眼，舊稱卯眼。榫頭切入卯眼，即使兩件材料接合為一。一旦脫筍，兩者即分離。

❷ 走馬上章臺：迅速重入妓院。走馬，驅馬疾行，引申為迅速之義。章臺，漢唐時長安街名。唐代章臺有名妓柳氏，韓翃呼之為章臺柳，後人因稱妓院所在地為章臺。

園，京師裡出名的女戲迷，所以那一回的堂會，差不多把滿京城的名角都叫齊了，孫三兒自然也在其列。雯青是翰院名流，向來瞧不起官慶的，祇是彩雲和五妞兒氣味相投，往來很密。這日官家如此熱鬧的場面，不用說老早的魚軒❸蒞止了。彩雲和五妞兒還有幾個內城裡有體面的堂客❹，佔了一座樓廂，一壁聽著戲曲，一壁縱情談笑，有的批評生角旦角相貌打扮的優劣，有的考究鬍子青衣唱工做工的好壞，倒也議論風生，興高采烈。看到得意時，和爺兒們一般，在懷裡掏出紅封，叫丫鬟們向戲臺上拋擲。臺上就有人打千❺謝賞，嘴裡還喊著謝某太太或某姑娘的賞！有些得竅一點的優伶，竟親自上樓來叩謝。這班堂客，居然言來語去的搭訕。彩雲看了這般行徑，心裡暗想，我在京堂會戲雖然看得多，看旂人堂會戲卻還是第一遭，不想有這般興趣，比起巴黎、柏林的跳舞會和茶會，自由快樂，也不相上下了！

正是人逢樂事，光陰如駛，彩雲看了十多齣戲，天已漸漸的黑了。彩雲心裡有些忐忑不安，恐怕回去得晚，雯青又要嚕囌。不是彩雲膽小謹慎，祇因自從阿福的事，雯青把柔情戰勝了她，終究人是有天良的，縱然樂事賞心，到底牽腸掛肚，當下站了起來，向五妞兒告辭。五妞兒把她一拉，往椅子上祇一撳，笑著道：「金太太，您忙什麼？別提走的話，我們的好戲，還沒登場呢！」彩雲道：「今兒的戲，已彀瞧了，還有什麼好戲呢？」五妞兒道：「孫三兒的白水灘，您不知道嗎？快上場了！您聽完他這齣拿手戲再走不遲。」彩雲聽了這幾句話，也是孽緣前定，身不由主的軟軟兒坐住了。

❸ 魚軒：貴婦所乘之車。古時諸侯夫人所乘之車，以魚皮為飾，稱為魚軒。語出左傳閔公二年。

❹ 堂客：舊時稱男士為官客，稱婦女為堂客，或稱妻子為堂客。見清人李斗揚州畫舫錄。

❺ 打千：本作「打扦」。屈一足，手垂地行禮。或謂扦字本作跧，俗作千。

一霎時，鑼鼓喧天，池子裡一片叫好聲裡，上場門繡簾一掀，孫三兒扮著十一郎，頭戴范陽捲檐白緣氈笠子，身穿攢珠滿鑲淨色銀戰袍，一根兩頭垂穗雪線編成的白蠟桿兒，當了扁擔，扛著行囊，放在雙肩上，在萬盞明燈下，映出他紅白分明又威又俊的橢圓臉，一雙旋轉不定、神光四射的吊梢眼，高鼻長眉，丹唇白齒，真是女娘們一向意想裡醞釀著的年少英雄，忽然活現在舞臺上，高視闊步的向你走來。這一來，把個風流透頂的傅彩雲直看得眼花撩亂，心頭捺不住突突的跳，連阿福的伶俐，瓦德西的英武，都壓下去了。彩雲這邊如此的出神，誰知那邊孫三兒一出臺，瞥眼瞟見彩雲，雖不認得是誰家宅眷，也似張君瑞遇見鶯鶯，魂靈兒飛去半天，不住的把眼光向樓廂上睃，不期然而然的兩條陰陽電，幾次三番的要合成交流，爆出火星來。可是三兒那場戲文，不但沒有脫卯，反而越發賣力，剛剛演到緊要的打棍前面，跳下山來，嘴裡說著「忍氣吞聲是君子，見死不救是小人」兩句，說完後，將頭上戴的圓笠，向後一丟，不知道有心還是無意，用力太大，那圓笠子好像有眼似的滴溜溜飛出舞台，不偏不倚，恰好落在彩雲懷裡。那時樓上樓下一陣鼓譟，像吆喝，又像歡呼，主人官慶有些下不來，大聲叫戲提調去責問掌班。那裡曉得彩雲倒坦然無事，順手把那笠兒丟還戲臺上，向三兒嫣然一笑。

三兒劈手接著，紅著臉，對彩雲請了個安。此時滿園裡千萬隻眼，全忘了看戲文，倒在那裡看他們串的真戲了。官慶卻打發一個家人上來，給彩雲道歉，還說，耽一會兒戲完了要重處孫三兒。彩雲忙道：「請你們老爺千萬別難為他們，這是無心失手，又沒碰我什麼。」五妞兒笑著道：「可不是，金太太是在龍宮月殿裡翻過身來的人，不像那些南豆腐的娘兒們遮遮掩掩的，你瞧，他多麼大方！我們誰都趕不上！你告訴爺，不用問了！等這齣完了，叫孫三兒親自上樓來，給金太太賠個禮就得了！」回過頭，瞧縫著眼，向彩雲道：「是不是？」彩雲祇點著頭，那家人諾諾連聲的去了。不一會，真的那家人領了孫三兒跑到邊廂闌干外，靠近彩雲，笑瞇瞇的又請了一個安。嘴裡說道：「謝太太恕我失禮！」彩雲祇少得沒有去攙扶，半抬身，眼斜瞅著道：「這算得什麼！」兩人見面，表面上彼此祇說了一句話，但四目相視，你來我往，不知傳遞了多少說不出的衷腸。這一段便是彩雲和孫三兒初次結識的歷史。

後來漸漸熱絡，每逢堂會，或在財神館，或在天和館，或在貴家的宅門子裡，彩雲先還隨著五妞兒各處的闖，和三兒也到處廝混，越混越密切，竟如膠如漆起來，便瞞了五妞兒，買通了自己的趕車兒的貴兒，就在東交民巷的番菜館裡幽會了幾次。還不痛快，索性兩下私租了楊梅竹斜街一所小四合房子，做了私宅。在雯青未病以前，兩人正打得火一般的熱，以致風聲四布，竟傳到雯青耳中，把一個名聞中外的狀元郎，生生氣死。等到雯青一死，孫三兒心裡暗喜：以為從此彩雲就是他的專利品了。他料想金家決不能容彩雲，彩雲也決不會在金家守節，祇要等遮掩世人眼目的七七四十九天，或一百天過了，彩雲一定要跳出樊籠，另尋主顧。這個主顧，除了他，還有誰呢？第一使他歡喜的，彩雲固然是人才出眾，而且做了廿多年得寵的姨太太，一任公使夫人，聽得手頭著實有些積蓄，單講珠寶金鑽，也夠一生吃著不盡了。他現在祇盼彩雲見面，放出他征服女娘們的看家本事來迷惑。他又深知道彩雲雖則一生寵擅專房，心上時常不足，祇為沒有做著大老母❻，彷彿做官的捐班出身，那怕做到督撫，還要去羨慕正途的窮翰林一樣。他就想利用彩雲這一個弱點，把自己實在已娶過親的事瞞起，祇說討她做正妻，拚著自己再低頭服小些，做足五字訣裡的小字工夫，使彩雲覺得他知趣而又好打發，不怕她不上鉤。一上了鉤，

---

❻ 大老母：吳語，大老婆；大太太。

就由得他擺佈了。到那其間，不是人財兩得嗎？孫三兒想到這裡，禁不住心花怒放。忽然一個轉念，口對口自語道：「且慢，別瞎得意！彩雲不是個雛兒，是個精靈古怪，見過大世面的女光棍！做過把戲子的大老母，就騙得動她的心嗎？況金雯青也是風流班首，難道不會對她陪小心說矮話嗎？她還是饞嘴貓兒似的東偷西摸。現在看著，好像她很迷戀我，老實說，也不過像公子哥兒嫖姑娘一樣，吃著碗裡，瞧著碟裡，把我當做家常例飯的消閒菓子吧咧！我若要正做服帖她，衹有在枕席上力征經營，這是她對我惟一滿意的原因。我還是在這件事上去下死工夫。」三兒頓了頓，又沉思了一回，笑著點頭道：「有了，山珍海味，來得容易吃得多，儘你愛吃，也會厭煩；等到一厭煩，那就沒救了。我既要弄她到手，說不得，衹好趁她緊急的當口，使些刁計的了。」這些都是孫三兒得了雯青死信後，心上的一番算盤。

若說到彩雲這一邊呢，在雯青新喪之際，目睹病中幾番含胡的囑咐，回想多年寵愛的恩情，明明雯青為自己而死，自己實在對不起雯青，人非木石，豈能漠然！所以倒也哀痛異常，因哀生悔，在守七時期，把孫三兒差不多淡忘了。但彩雲終究不是安分的人，第一她從來沒有一個人獨睡過，這回居然規規矩矩守了五十多天的孤寂，在她已是石破天驚的苦節了。日月一天一天的走，悲痛也一點一點的減，先覺得每夜回到空房，四壁陰森，一燈低黯，有些兒膽怯；漸感到一人坐守長夜，擁衾對影，倚枕聽更，有些兒愁煩。到後來，衹要一聽到鼠子廝叫，貓兒打架，便禁不住動心。自己很知道自己，這種孤苦的生活，萬不能熬守長久，與其顧惜場面，硬充好漢，到臨了弄的一蹋糊塗，還不如一老一實，揭破真情，自尋生路。她想：就是雯青在天之靈也會原諒她的苦衷。所以不守節，去自由，在她是天經地義的辦法，不必遲疑的；所難的，是得到自由後，她的生活，該如何安頓？再嫁呢，還是住家？還是索性大張旗鼓的重理舊業？這倒是個大問題。費了她好久的考量，她也想到若再嫁人，再要像雯青一樣的丈夫，才貌雙全，風流富貴，而且性情溫厚，凡百隨順，祇怕世界上找不到第二個了。那麼去嫁孫三兒嗎？那如何使得！這種人，不過是一時解悶的玩意兒，祇可我玩他，不可被他玩了去。況且一嫁人，就不得自由，何苦脫了一個不自由，再找一個不自由呢？住家呢，那就得自立門戶，固然支撐的經費不易持久，自己一點兒小積蓄，不夠自己的揮霍。況一挂上人家的假招牌，便有許多面子來拘束你，使你不得不藏頭露尾；尋歡取樂，如何能稱心適意？她徹底的想來想去，終究決定了公開的去重理舊業。等到這個主意一定，她便野心勃發，不顧一切的立地進行。她進行的步驟，第一要脫離金家的關係，第二要脫離金家後過渡時期的安排。要脫離金家，當然要把不能守節的態度，逐漸充分的表現，使金家難堪。要過渡時期的安排，先得找一個臨時心腹的忠奴，外間供她驅使，暗中做她保護。為這兩種步驟上，她不能不伸出她敏巧的纖腕，順手牽羊的來利用孫三兒了。

閒話少說，卻說那一天，正是雯青終七後十天上，張夫人照例的借了城外的法源寺替雯青化庫誦經，領了繼元和彩雲同去，在寺中忙了整一天。等到紙宅冥器焚化佛事完畢後，大家都上車回家，彩雲那天坐的車，便是她向來坐的那一輛極華美的大安車，駕著一匹菊花青的高頭大騾，趕車的是她的心腹貴兒。出來時她本帶著個小ㄚ頭，卻老早先打發了回家。此時她故意落後，等張夫人和少爺的車先開走了，她纔慢慢吞吞的出寺上車。貴兒是個很乖覺的小子，伺候彩雲上車後，放了車帘，站在身旁問道：「太太好久沒出門了，這兒離楊梅竹斜街，沒多遠兒，太太去散散心罷？」彩雲笑道：「小油嘴兒，你怎麼知道我要上那兒去呢？你這一向見過他沒有？」貴兒道：「不遇見，我也不說了。昨天三爺還請我喝了四兩白乾兒，說了一大堆的話。他正惦記著你呢！」彩雲道：「別胡說了！我就依你上那兒去。」貴兒一笑，口中就得兒得兒趕著車前進，不一會，到了他們私宅門口。彩雲下了車，吩咐貴兒把車子寄了廠，馬上去知照孫三兒快來。彩雲走進一家高臺級黑漆雙扇大門的小宅門子，早有看守的一對男女，男的叫趙大，女的就是趙大家的，在門房裡接了出來，扶了彩雲向左轉彎進了六扇綠色側牆門，穿過倒廳小院，跨入垂花門；門內便是一座三間兩廂的小院落。雖然小小結構，卻也布置得極其精緻，東首便是臥房，地敷氍毹❼，屏圍紗繡，一色硃紅細工雕漆的桌椅，一張金匡鏡面宮式的踏步床，襯著蚊帳窗帘，几毯門幙，全用雪白的紗綢，越顯得光色迷離，盪人心魄。這是彩雲獨出心裁敷設的。當下一進房來，便坐在床前一張小圓矮椅上，趙家的忙著去預備茶水，捧上一隻粉定茶杯，杯內滿承著綠沉沉新泡的碧螺春❽。

彩雲一壁接在手裡喝著，一壁向趙家的問道：「我一個多月不來，三爺到這兒來過沒有？」趙家的道：「三爺差不多還是天天來。有時和朋友在這兒喝酒、唱曲、賭牌，有時就住下了。」彩雲道：「他給你們說些什麼來？」趙家的道：「他儘發愁，不大說話。說起話來，老是愁著太太在家裡逼悶出病來。」彩雲點點頭兒。此時彩雲被滿房火一般的顏色，挑動了她久鬱的情燄，衹巴著三兒立刻飛到面前。正盼哩，忽聽院中腳步響，見貴兒一人來了。彩雲忙問道：「怎樣沒有一塊兒來？你瞧見了沒有呢？」貴兒道：「瞧是瞧見了，他也急得什麼似的，想會你。巧了景王府裡堂會戲，貞貝子貞大爺一定要叫他和敷二爺合串四杰村，十二道金牌似的把他吊了去。他託我轉告您，戲唱完了就來，請您耐心等一等。」

---

❼ 地敷氍毹：地上鋪了地毯。氍毹，音ㄑㄩˊ ㄩˊ。毛織的地毯。

❽ 碧螺春：本作「碧蘿春」。茶葉名，產於江蘇太湖中洞庭山碧蘿峰。

彩雲聽了，心上十分的不快，但也沒有法兒，就此回去，也不甘心，祇好叫貴兒且出去候著，自己懶懶的仍舊坐下，和趙家的七搭八扯的胡講了一會，覺得不耐煩，爽性躺在床上養神。靜極而倦，矇矓睡去，等到醒來，見房中已點上燈，忙叫趙家的問什麼時候。趙家的道：「已經晚飯時候了，晚飯已給太太預備著，要開不要開？」彩雲覺得有些飢餓，就叫開上來，沒情沒緒吃了一頓啞飯。又等了兩個鐘頭，還是杳無消息，真有些耐不住了，忽見貴兒奔也似的進來道：「三爺打發人來了，說今夜不得出城，請太太不要等了，明天再會吧。」這個消息，真似一盆冷水，直澆到彩雲心裡。當下鼻子裡哼了一聲道：「明天再會，說得好風涼的話兒！管他呢！我們走我們的！」說著氣憤憤的叫貴兒套車，一逕回家。到得家裡，已在二更時候，明知張夫人還沒睡，她也不去，自管自逕到自己房裡，把衣服脫下一撂，小丫頭接也接不及，撒得一地，倒在床上就睡。

其實那裡睡得著，嘴裡雖怨恨三兒，一顆心卻不由自主的祇想三兒好處，多麼勇猛，多麼伶俐，又多麼熨貼，滿擬今天和他取樂一天，填補一月以來的苦況，千不巧，萬不巧，碰上王府的堂會，害我白等了一天。可是越等不著他，心裡越要他，越愛他，有什麼辦法呢！如此翻來覆去，直想了一夜，等天一亮，偷偷兒叫貴兒先去約定了。梳洗完了，照例到張夫人那裡去照面。那天，張夫人顏色自然不會好看，問她昨天到了那裡，這樣回來的晚。她隨便揑了幾句在那裡聽戲的謊話。張夫人卻正顏厲色的教訓起來說：「現在比不得老爺在的時節，可以由著你的性兒鬧。你既要守節，就該循規蹈矩，豈可百天未滿，整夜在外，成何體統！」彩雲不等張夫人說完，別轉臉冷笑道：「什麼叫做體統？動不動就抬出體統來嚇唬人！你們做大老母的有體統，儘管開口體統，閉口體統。我們既做了小老母，早就失了體統，那兒輪得到我們講體統呢！你們怕失體統，那麼老實不客氣的放我出去就得了！否則除非把你的誥封借給我不還。」說著，仰了頭轉背自回臥房。張夫人陡受了這意外的頂撞，氣得一佛出世，二佛涅槃。

彩雲也不管，回到房裡，貴兒已經回來，告訴她三兒約好在私宅等候。彩雲飯也不吃，人也不帶，竟自上車，直向楊梅竹斜街而來。到得門口，三兒早已紗衫團扇，玉琢粉裝，倚門等待。一見面，便親手拿了車踏凳，扶了彩雲下車。一路走一路說道：「昨兒個真把人掯死了！明知您空等了一天，一定要罵我，我可是這班王爺阿哥兒們死釘住了人不放，衹顧尋他們的樂，不管人家的死活，這衹好求您饒我該死了！」彩雲掙脫了他手向前跑，含著半惱恨的眼光回瞪著三兒道：「算了罷，別給我貓兒哭耗子似的，知道你昨兒玩的是什麼把戲呢！除了我這傻子，誰上你這當！」三兒追上一步捱著喊道：「屈天冤枉，造誑的，害疔瘡！」說著話，已進了房，兩人坐在中央放的一張雕漆百齡小圓桌上，一般的四個鼓墩，都罩著銀地紅花的錦墊，桌上擺著一盤精巧糖果，一雙康熙五彩的茶缸。趙家的上來伺候了一回，彩雲吩咐她去休息，也退出去了。房中衹賸他們倆面對面，彼此久別重逢，自不免訴說了些別後相思之苦。三兒看了彩雲半晌道：「你現在打算怎麼樣？難道真的替老金守節嗎？我想你不會那麼傻罷？」彩雲道：「說的是，我正為難哩！我是個孤拐兒，自己又沒有見識，心口自商量，誰給我出主意呢？」三兒涎著臉道：「難道我不是你的體己人嗎？」彩雲道：「那麼你為什麼不替我想個主意呢？」三兒暗忖那話兒來了，但是我不可鹵莽，便把心事露出，火候還沒有熟呢！回說道：「我很知道你的心。照良心說，你自然願意守；但是實際上，你就是願守，金家人未必容你守。守下去，沒得好收場。所以我替你想，除了出來，沒有你的活路。」彩雲道：「出來了，怎麼樣呢？」三兒道：「像你這樣兒身份，再落煙花，實在有一點不犯著了。而且金家就算許你出來，不見得許你做生意。論正理，自然該好好兒再嫁一個人。不過吃了河豚，百樣無味，你嫁過了金狀元，祇怕合得上你胃口的丈夫就難找了。」彩雲忽低下頭去，拿帕子祇搵著臉，哽噎的道：「誰還要我這苦命的人呢？若是有人真心愛我，肯體貼我的癡心，不把人一夜一夜的向冰缸裡擱，倒滿不在乎狀元不狀元，我都肯跟他走。」三兒聽了這些話，忙走過來，一手替她拭淚，一手摟著她道：「這都是我不好，倒提起你心事來了。快不要哭，我們到床上去躺會子罷！」此時彩雲不由自主的兩條玉臂鉤住了三兒項頸，三兒輕輕地抱起彩雲，邁到床心，雙雙倒在枕上。

正當春雲初展、漸入佳境之際，趙家的突然闖進房來喊道：「三爺，外邊兒有客立等會你。」三兒條的坐起來，向彩雲道：「讓我去看一看是誰再來！」彩雲沒防到這陣橫風，恨得牙癢癢的，在三兒臂上狠狠的咬了一口，用力一推道：「去罷，我認得你了！」三兒趁勢兒嘻皮賴臉的往外跑，彩雲賭氣一翻身，朝裡床睡了。原想不過一時的掃興，誰知越等越沒有消息，心裡有些著慌，一疊連聲喊趙家的。趙家的帶笑走到床邊道：「太太並沒睡著哩？我倒不敢驚動。天下真有不講理的人！三爺又給景王府派人邀了去了，真和提犯人一般的，連三爺要到裡面來說一聲都不准。我眼睜睜看他拉了走。」這幾句話，把彩雲可聽呆了，心裡又氣又詫異，暗想怎麼會兩天出來，恰巧碰上兩天都有堂會。三兒儘管紅，從前沒有這麼忙過，不要三兒有了別的花樣罷？要是這樣，還是趁早和他一刀兩段的好，省得牽腸掛肚不爽快。沉思了一回，喂喂獨語道：「不會，不會。昨天趙家的不是說我不出來時，他差不多天天來的嗎？若然他有了別人，那有工夫光顧這空屋子呢？就是他剛纔對我的神情，並不冷淡，這是在我老練的眼光下逃不了的。也許事有湊巧，正遇到他真的忙。」忽又悟到什麼似的道：「不對，不對。這裡是我們的祕密小房子，誰都不知道的。景王府裡派的人，怎麼會跑到這裡來邀了？這明明是假的，是三兒的搗鬼。但他搗這個鬼什麼用意呢？既不是為別人，那定在我身上。噢，我明白了，該死的小王八，他準看透了我貪戀他的一點，想借此做服我，叫我看得見，吃不著，吊得我胃口火熱辣辣的。不怕我不自投羅網。嚇，好厲害的傢伙！這兩天，我已經被他弄得昏頭昏腦了，可是我傅彩雲也不是窩子貨❾，今兒個既猜破了你的鬼計，也要叫你認識認識我的手段。」

彩雲想到這裡，倒笑逐顏開的坐了起來，立刻叫貴兒套車回家。一路上心裡盤算，三兒弄這種手腕，雖則可惡，然目的不過要我真心嫁他，並無惡意。若然，我設法報復，揭破機關，原不是件難事，不過結果倒弄得大家沒趣，這又何苦來呢？我現在既要跳出金門，外面正要個連手，不如將計就計，假裝上鉤，他為自己利益起見，必然出死力相助。等到我立定了腳，嫁他不嫁他，權還在我，怕什麼呢？這個主意，是彩雲最後的決定。一路心上的輪和車上的輪一般的旋轉，不覺已到了家門。

誰知一進門，恰碰上張夫人為他的事，正請了錢唐卿、陸荸如在那裡商量。他在窗外聽得不耐煩，爽性趁此機會，直闖進去，把出去的問題直接痛快的解決了。上面所敘的事，都是在未解決以前彩雲在外放浪的內容。解決以後，彩雲既當眾聲明，不再出門，他倒很守信義，並不學時髦派的言行相違。不過叫貴兒暗中通知了孫三兒，若要見面，除非他肯冒險一試武生的好身手，夜間從屋上來。這也是彩雲作難三兒的一種策略。三兒也曉得彩雲的用意，竟不顧死活的，先約定時刻，在三更人定後，真做了黃衫客從簷而下。彩雲倒出於意外，自然驚喜欲狂，不覺綢繆備至。三兒乘機把願娶她做正妻的話說了。

---

❾ 窩子貨：同「窩囊廢」。懦弱無能的人。

彩雲要求他祇要肯同到南邊，凡事任憑處置。三兒也答應了。從此夜來明去，幽會了好幾次。那夜彩雲正為密運首飾箱出去，約得時間早了一點，以致被張夫人的老媽撞破，鬧了一個賊案。這些情節，我已經在二十六回裡敘過，這裡不過補敘些事情的根原，不必絮煩。

幸虧第二天，彩雲就跟了張夫人和金繼元護了雯青靈柩，由水路出京，這案子自然不去深究了。孫三兒也在此時，從旱路到津。等到張夫人等在津，把雯青的柩，由津海關道成木生招呼，安排在招商局最新下水的新銘船上，家眷包了三個頭等艙，平平安安的出海。孫三兒早坐了怡和公司的船，先到上海，替彩雲暗中布置一切去了。這邊張夫人和彩雲等坐的新銘船，在海中走了五天，那天午後，進了吳淞口，直抵金利源碼頭。碼頭上紮起了素綵松枝，排列了旗鑼牌傘，道縣官員的公祭，招商局的路祭，雖比不上生前的烜赫排衙⑩，卻還留些子身後的風光餘韻。祇為那時招商局的總辦，便是過肇廷，是雯青的至交，先本是臺灣的臬台⑪，因蒿目時艱⑫，急流勇退，威毅伯篤念故舊，派了這個清閒的差使。聽見雯青靈柩南歸，知照了當地官廳，顧全了一時場面，也是惺惺惜惺惺⑬，略盡友誼的意思。當下張夫人不願在滬耽擱，已先囑家裡雇好兩隻大船在蘇州河候著，由輪船上將靈柩運到大船上，人也跟了上去。招

⑩ 烜赫排衙：聲威盛大，氣勢驚人。烜赫，聲威盛大之義。烜，音ㄒㄩㄢˇ。火盛的樣子。排衙，謂長官陳設儀仗，受屬署屬吏之依次參謁。

⑪ 臬台：同「臬臺」。明清之提刑、按察司，皆稱臬司，俗稱臬臺。參閱第二回⑭。

⑫ 蒿目時艱：謂愛國之志士仁人，眼見國家多難而憂心。蒿目，舉目遠望，或作目亂解。

⑬ 惺惺惜惺惺：亦作「惺惺相惜」，謂聰慧人恆愛憐其同類。惺惺，謂了慧之人。

商局派了一隻小火輪來拖帶。那時彩雲向張夫人要求另雇一隻小船，附拖在後，張夫人也馬馬虎虎的應允了。等到靈柩安頓妥貼，吊送親友齊散，即便鼓輪開行。剛剛走過青陽港，已在二更以後，大家都沉沉的睡熟了，忽然後面船上人聲鼎沸起來，把張夫人驚醒，祇聽後面船上高叫停輪，嚷著姨太太的小船沒有了，姨太太的小船不知到那裡去了。正是：但願有情成眷屬，卻看出岫便行雲。

（以上三十回，為曾虛白先生認可之定本。）

第三十一回　摶雲搓雨弄神女陰符　瞞鳳棲鸞惹英雌決鬥

話說張夫人正在睡夢之中，忽聽後面船上高叫停輪，嚷著姨太太的小船不見了。你想，張夫人是何等明亮的人，彩雲一路的行徑，她早已看得像玻璃一般的透徹；等到彩雲要求另坐一船，拖在後面，心裡更清楚了。如今果然半途解纜，這明明是預定的布置，她也落得趁勢落篷，省了許多周折。當下繼元過船來，請示辦法。張夫人吩咐儘管照舊開輪，大家也都心照不宣❶了。不一時，機輪鼓動，連夜前進。次早到了蘇州，有一班官場親友，前來祭弔。開喪出殯，又熱鬧了十多日。從此紅顏軒冕❷，變成黃土松楸❸，一棺附身，萬事都已。這便是富貴風流的金雯青，一場幻夢的結局。按下不題。

如今且說彩雲怎麼會半路脫逃呢？這原是彩雲在北京臨行時和孫三兒預定的計畫。當時孫三兒答應了彩雲同到南邊，順便在上海搭班唱戲。彩雲也許了一出金門，便明公正氣的嫁他。兩人定議後，彩雲便叫三兒趕先出京，替她租定一所小洋房，地點要僻靜一點，買些靈巧雅致的中西器具，雇好使喚的僕

---

❶ 心照不宣：謂彼此心知其意，不用說明。

❷ 紅顏軒冕：有美人相伴，乘軒服冕。軒冕，猶言車服。古時大夫以上之官，乘軒車，服冕服。因以軒冕指官位爵祿，或指貴顯之人。

❸ 黃土松楸：一坏黃土，滿園松楸，指墳墓。松楸二木，墓園多植之，因用為墓園之代稱。

役，等自己一到上海就有安身之所。她料定在上海總有一兩天耽擱，趁此機會，溜之大吉。不料張夫人到上海後，一天也不耽擱，船過船的就走。在大眾面前，穿麻戴孝的護送靈柩，沒有法兒可以脫得了身。幸虧彩雲心靈手敏，立刻變了計；也靠著她帶出來的心腹車夫貴兒，給約在碼頭等候的三兒通了信，就另雇了一只串通好的拖船。好在彩雲身邊的老媽丫頭都是一條籐兒❹，爽性把三兒藏在船中。開船時掩人眼目的同開，一到更深人靜，老早就解了纜，等著大家叫喊起來，其實已離開了十多里路了。這便叫做錢可通神。當下一解纜，調轉船頭，恰遇順風，拉起滿篷向上海直駛，差不多同輪船一樣的快，後面也一點沒有追尋的緊信，大家都放了心了。彩雲是跳出了金枷玉鎖，去換新鮮的生活，不用說是快活。三兒是把名震世界的美人據為己有，新近又搭上了夏氏兄弟的班，每月包銀，也夠了旅居的澆裹❺，不用說也是快活。

船靠了碼頭，不用說三兒早準備了一輛紮綵的雙馬車，十名鮮衣的軍樂隊，來迎接新夫人。不用說新租定的靜安寺路虞園近旁一所清幽精雅的小別墅內，燈綵輝煌，音樂響亮。不用說彩雲一到，一般拜堂、祭祖、坐床、撤帳，行了正式大禮。不用說三兒同班的子弟們，夏氏三兄弟同著向菊笑、蕭紫荷、筱蓮笙等，都來參觀大典。一鬨的聚在洞房裡，喝著，唱著，鬧著，直鬧得把彩雲的鞋也硬脫了下來做鞋杯。三兒只得逃避了，彩雲倒有些窘急。還是向菊笑做好人，搶回來，還給她。當下彩雲很感念他一種包圍下的解救，對他微笑地道了謝。當晚直鬧到天亮，方始散去。彩雲雖說過慣放浪的生活，然終沒

---

❹ 一條籐兒：亦稱「一條線兒」、「一條腿兒」。串通一氣。兒女英雄傳第三十回：「兩個人是一條籐兒。」

❺ 澆裹：日常生活開支。語見三俠五義第二十七回。

有跳出高貴溫文的空氣圈裡。這種粗獷而帶流氓式的放浪，在她還是第一次經歷呢，卻並不覺得討厭，反覺新鮮有興。

從此彩雲就和三兒雙宿雙棲在新居裡，度他們優伶社會的生涯。三兒每天除了夜晚登臺唱戲，不是伴著彩雲出門游玩，就是引著子弟們在家裡彈絲品竹，喝酒賭錢。彩雲毫不避嫌，攪在一起，倒和這班戲子廝混得熟了。向菊笑最會獻小殷勤，和彩雲買俏調情，自然一天比一天親熱了。自古道快活光陰容易過，糊塗的光陰尤其容易，不知不覺離了金門，跟了孫三兒，已經兩個月了。有一天，正是夏天的晚上，三兒出了門，彩雲新浴初罷，晚妝已竟，獨自覺得無聊，靠在陽臺上乘涼閒眺。忽聽東西鄰家車馬喧闐，人聲嘈雜，抬頭一望，只見滿屋裡電燈和保險燈相間著開得雪亮，客廳上坐滿了衣冠齊楚的賓客，大餐間裡擺滿了鮮花，排列了金銀器皿，刀叉碗碟，知道是開筵讌客。

原來這家鄉鄰，是個比他們局面闊大的一所有庭園的住宅，和他們緊緊相靠，只隔一道短墻。那家人家，非常奇怪，男主人是個很俊偉倜儻的中國人，三十來歲年紀，雪白的長方臉，清疏的八字鬚，像個闊綽的紳士。女主人卻是個外國人，生得肌膚富麗，褐髮碧眼，三十已過的人，還是風姿婀娜，家常西裝打扮時，不失為西方美人。可是出門起來，偏歡喜朝珠補褂，梳上個船形長髻，拖一根孔雀小翎，弄得奇形怪狀，惹起彩雲注意來。曾經留心打聽過，知道是福建人姓陳，北洋海軍的官員，娶的是法國太太。往常彩雲出來乘涼時，總見他們倆口子一塊兒坐著說笑。近幾天來，只賸那老爺獨自了，而且滿面含愁，彷佛有心事的樣子。有一天，忽然把目光注視了她半晌，向她微微的一笑，要想說話似的，彩雲慌忙避了進來。昨天早上，索性和貴兒在門口搭話起來，不知怎地被他曉得了彩雲的來歷，託貴兒探問肯不肯接見像他一樣的人。彩雲生性本喜拈花惹草，聽了貴兒的傳話，面子上雖說了幾聲詫異，心裡卻暗自得意。正在盤算和猜想間，那晚忽見間壁如此興高彩烈的盛會，使她頓起了一種莫名其妙的感觸，益發看得關心了。

那晚的女主人，似乎不在家。男主人也沒到過陽臺上，只在樓下殷勤招待賓客。忙了一陣，就見那庭園中旋風也似的湧進兩乘四角流蘇、黑蝶堆花藍呢轎。轎帘打起，走出兩個豔臻臻顫巍巍的妙人兒。前一個是長身玉立，濃眉大眼，認得是林黛玉；後一個是豐容盛鬋❻，光采照人，便是金小寶，娘姨大姐，簇擁著進去了。後來又輪蹄碌碌的來了一輛鋼絲皮篷車，一直沖到階前，卻載了個嬌如沒骨弱不勝衣的陸蘭芬。陸陸續續，花翠琴坐了自拉韁的亨斯美，張書玉坐了橡皮輪的轎式馬車，還有詩妓李苹香、花榜狀元林絳雪等，都花枝招展，姍姍其來。一時粉白黛綠，燕語鶯啼，頓把餐室客廳，化做碧城錦谷。一群客人，也如醉如狂，有譁笑的，有打鬧的，有拇戰的，有耳語的。歌唱聲，絲竹聲，熱鬧繁華，好像另是一個世界。那邊的喧嘩，越顯得這邊的寂寞，愣愣的倒把彩雲看呆了。突然驚醒似的自言自語道：「我真發昏死了！我這麼一個人，難不成就這樣冷冷清清守著孫三兒胡擾一輩子嗎？我真嫁了戲子，不要被天下人笑歪了嘴！怪不得連隔壁姓陳的都要來哨探我的出處了。我趕快的打主意，但是怎麼辦呢？一面要防範金家的干涉，一邊又要斷絕三兒的糾纏。」低頭沈思了一會，蹙著眉道：「非找幾個上海有勢力的人保護一下，撐不起這個……。」

一語未了，忽然背後有人在他肩上一拍道：「為什麼不和我商量呢？」彩雲大吃一驚，回過頭來一

---

❻ 豐容盛鬋：豐滿的容貌，濃密的頭髮。鬋，音ㄐㄧㄢ。女子鬢髮下垂的樣子。

看，原來是向菊笑，立在她背後，嘻開嘴笑。彩雲手揿住胸口，瞪了他一眼道：「該死的，嚇死人了！怎麼不唱戲，這早晚，跑到這兒來！」向菊笑涎著臉伏在她椅背上道：「我特地為了你，今晚推托嗓子啞，請了兩天假，跑來瞧你。不想倒嚇著了你，求你別怪。」彩雲道：「您多偺來的？」菊笑道：「我早就來了。」彩雲道：「那麼我的話，你全聽見了？」菊笑道：「差不多。」彩雲道：「你知道我為的是誰？」菊笑躊躇道：「為誰嗎？」彩雲披了嘴道：「沒良心的，全為的是你！你不知道嗎？老實和你說，我和三兒過得好好兒的日子，犯不上起這些念頭。就為心裡愛上你，面子上礙著他，不能稱我的心。要稱我的心，除非自立門戶。你要真心和我好，快些給我想法子。你要我和你商量，除了你，我本就沒有第二個人好商量。」菊笑忸怩地拉了彩雲的手，低著頭，頓了頓道：「你這話是真嗎？你要我想法子，法子是多著呢。找幾個保護人，我也現成。我可不是三歲小孩子，不能叫我見了舔不著的糖就跑。我也不是不信你，請你原諒我真愛你，給我一點實惠的保證，死也甘心。」說話時，直撲上來，把彩雲緊緊抱住不放。彩雲看他情急，嗤的一笑，輕輕推開了他的手道：「急什麼，鍋裡饅頭嘴邊食，有你的總是你的。我又不是不肯，今兒個太晚了，倘或冷不防他回來，倒不好。趕明天早一點來，我準不哄你。你先把法子告訴我，找誰去保護，怎麼樣安排，我們規規矩矩大家商量一下子。」菊笑情知性急不來，只好訕訕的去斜靠在東首的鐵欄杆上。噘著嘴向間壁道：「你要尋保護人，恰好今天保護人就擺在你眼前。那不是上海著名的四庭柱都聚在一桌上嗎？」

彩雲詫異的問道：「什麼叫做四庭柱？四庭柱在哪裡？」菊笑道：「第一個就是你們的鄉鄰，姓陳，名叫驥東。因為他做了許多外國文的書，又住過外國不少時候，這裡各國領事佩服他的才情，他說的話，差不多說一句聽一句，所以人家叫他領事館的庭柱。」彩雲道：「還有三個呢？」菊笑指著主人上首坐的一個四方臉、沒髭鬚、衣服穿得挺挺脫脫像旗人一般的道：「這就是會審公堂的正讞官寶子固，赫赫有名租界上的活閻羅，人家都叫他做新衙門的庭柱。還有在主人下首的那一位，黑蒼蒼的臉色，唇上翹起幾根淡鬚，瘦瘦兒，神氣有些呆頭呆腦的，是廣東古冥鴻，也是有名的外國才子，讀盡了外國書，做得外國人都做不出的外國文章，字林西報館請他做了編輯員，別的報館也歡迎他，這叫做外國報館的庭柱。又對著我們坐在中間的那個年輕的小胖子，打扮華麗，意氣飛揚，是上海灘上有名的金遜卿，綽號金獅子，專門在堂子裡稱王道霸，龜兒鴇婦，沒個不怕他，這便是堂子裡的庭柱。今天不曉得什麼事，恰好把四庭柱配了四金剛，都在一起。也是你的天緣湊巧，只要他們出來幫你一下，你還怕什麼？」

彩雲道：「你且別吹嘮，我一個都不認得，怎麼會來幫我呢？」菊笑笑道：「這還不容易？你不認識，我可都認識。只要你不要過橋抽板，我馬上去找他們，一定有個辦法，明天來回復你。」彩雲欣然道：「那麼一準請你就去。我不是那樣人，你放心。」說著就催菊笑走。菊笑又和彩雲歪纏了半天，彩雲只好稍微給了些甜頭，才把他打發了。等到三兒回家，彩雲一點不露痕跡的敷衍了一夜。次日飯後，三兒怕彩雲在家厭倦，約她去逛虞園。彩雲情不可卻，故意裝得很高興的直玩到日落西山，方出園門。三兒自去戲園，叫彩雲獨自回去。

彩雲一到家裡，提早洗了浴，重新對鏡整妝，只梳了一條淌三股的朴辮，穿上肉色緊身汗褲，套了玉雪的長絲襪，披著法國式的薔薇色半臂，把丫鬟僕婦都打發開了，一人懶懶地斜臥在臥房裡一張涼榻上，手裡搖著一柄小蒲扇，眼睛半開半閉的候著菊笑，滿房靜悄悄的。忽聽掛鐘鐺鐺的敲了六下，心裡便有些煩悶起來，一會兒猜想菊笑接洽的結果，一會兒又模擬菊笑狂熱的神情，不知不覺情思迷離，夢魂顛倒，竟沈沈睡去。朦朧間，彷彿菊笑一聲不響的閃了進來，像貓兒戲蝶一般，擒擒縱縱的把自己搏弄。但覺輕飄飄的身體，在綿軟的虛空裡，一點沒撐拒的氣力。又似乎菊笑變了一條靈幻的金蛇，溫膩的潛勢力，蜿蜒地把自己灌頂醍醐似的軟化了全身，要動也動不得。忽然又見菊笑成了一只脫鍊的獼猴，在自己前後左右，只管跳躍，再也捉摸不著。心裡一急，頓時嚇醒過來。

睜眼一看，可不是呢，自己早在菊笑懷中，和他摟抱的睡著。彩雲佯嗔的瞅著他道：「你要的，我都依了你，該心滿意足了。我要的，你一句還沒有給我說呢！」菊笑道：「你的事，我也都給你辦妥了。昨天在這兒出去，我就上隔壁去。他們看見我去，都很詫異。我先把寶大人約了出來，一五一十的把你的事告訴了。他一聽你出來，歡喜得了不得。什麼事他都一力擔當，叫你儘管放膽做事。挂牌的那天，他來吃開枱酒，替你做場面。說不定，一兩天，他還要來看你呢！誰知我們這些話，都被金獅子偷聽了去，又轉告訴了陳大人。金獅子沒說什麼。陳大人在我臨走時，卻很熱心的偷偷兒向我說，他很關心你，一定出力幫忙。等你正式挂牌後，他要天天來和你談心呢。我想你的事，有三個庭柱給你支撐，還怕什麼！現在只要商量租定房子和脫離老三的方法了。」彩雲道：「租房子的事，就託你辦。」菊笑道：「今天我已經看了一所房子，在燕慶里，是三樓三底，前後廂房帶亭子間，倒很寬敞合用的。得空你自己去看一回。」

彩雲正要說話，忽聽貴兒在外間咳嗽一聲。彩雲知道有事，便問道：「貴兒，什麼事？」貴兒道：「外邊有個姓寶的客人，說太太知道的，要見太太。」彩雲隨口答道：「請他樓上外間坐。」菊笑發起急來道：「你怎麼一請就請到樓上，我在這裡，怎麼樣呢？」彩雲鉤住了菊笑的項頸，面對面熱辣辣的送了一個口親道：「好人，我總歸是你的人。我們既要仗著人家的勢力，來圓全我們的快樂，怎麼第一次就冷了人家的心呢，只好委屈你避一避罷！」菊笑被彩雲這一陣迷惑，早弄得神搖魂蕩，不能自主。勉強說道：「那麼讓我就在房裡躲一躲。」彩雲一手掠著蓬鬆的雲鬢，一手徐徐的撐起嬌軀，笑著道：「我知道你不放心，不過怕我和人家去好。你真瘋了，我和他初見面，有什麼關係呢？不過你們男人家妒忌心是沒有理講的，在我是虛情假意，你聽了一樣的難過。我捨不得你受冤枉的難過，所以我寧可求你走遠一點兒倒乾淨。」一壁說一壁挽了菊笑的手，拉到他臥房後的小樓梯口道：「你在這裡下去，不會遇見人。咱們明天再見罷。」菊笑不知不覺好像受了催眠術一般，一步一步的走出去了。

且說彩雲踅回臥房，心想這回正式懸牌，第一怕的是金家來攪她的局。但是金家的勢力，無論如何的大，總跳不出新衙門。這麼說，她的生死關頭，全捏在寶子固的手裡。她只有放出全身本事，籠絡住了他再說。想罷，走到穿衣鏡前，把弄亂的鬢髮重新刷了一回。也不去開箱另換衣褲，就手揀了一件本色玻璃紗的浴衣，裹在身上。雪膚皓腕，隱現在一朵縹緲的白雲中，絕妙的一幅楊妃出浴圖。自己看了，也覺可愛。一挪步，輕輕地拽開房門，就嬝嬝婷婷的走了出來，向寶子固嫣然一笑，鶯聲嚦嚦的叫了一聲寶大人。

寶子固雖是個花叢宿將，卻從沒見過這樣赤裸的裝束，妖豔的姿態。頓時把一隻看花的老眼，彷彿突然遇見了四射的太陽光，耀得睜不開了，痴立著只管呆看。彩雲羞答答的別轉了頭笑著道：「寶大人，你瞧得人怪臊的。您怎麼不請坐呀！您來的當兒，巧了我在那兒洗澡，急得什麼似的，連衣褲都沒有穿好，就冒冒失失跑出來了。求您恕我失禮，倒褻瀆了您了。」

寶子固這才坐定了。捉準了神，徐徐的說道：「我仰慕你十多年，今天一見面，真是名不虛傳。昨天的話，菊笑大概都給你說過了罷？你只管放心。」彩雲挨著子固身旁坐下道：「我和寶大人面都沒有見過，那世裡結下的緣份，就承您這樣的憐愛我，搭救我，還要自個兒老遠的跑來看我，我真不曉得怎麼報答您才好呢！」子固道：「你嫁孫三兒，本來太自糟蹋了，大家聽了都不服氣。我今天的來，不是光來看你，為的就慮到你不容易擺脫他的牢籠。」子固說到這裡，四面望了一望。彩雲道：「寶大人儘管說，這裡都是我心腹。」子固低聲接說道：「陳大人倒替你出了一個主意，他恰好有一所新空下來的房子，在虹口，本來他一個英國夫人住的，今天回國去了。我們商量，暫時把你接到那裡去住，先走出了姓孫的門，才好出手出腳的做事。你說好不好？」

彩雲本在那裡為難這事，聽了這話正中下懷，很喜歡的道：「那是再好也沒有了。」子固附耳又道：「既然你願意這麼辦，事不宜遲，那麼馬上就趁了我馬車走，行不行呢？那一邊什麼都現成的。」彩雲想了一想道：「也只有這麼給他冷不防的一走，省了多少嚕囌。咱們馬上走。」子固道：「你的東西怎麼樣呢？」彩雲道：「我只帶一個裝飾箱和隨身的小衣包，其餘一概不帶。連下人都瞞了，只說和您去聽戲的就得了。那麼請您在這裡等一等，讓我去歸著歸著就走。」說罷，丟下子固，匆匆的進了房去。不到十分鐘，見彩雲換了一身時髦的中裝，笑嘻嘻提了一個小包兒，對子固道：「寶大人，你今天不做官，倒做了犯人了。」子固詫異道：「怎麼我是犯人？」彩雲笑道：「這難道不算拐逃嗎？」子固也忍不住笑起來。

正說笑間，忽然一個丫鬟推開門，向彩雲招手。彩雲慌忙走出去，只見貴兒走來，給他低低道：「又來了一個客，說姓金，要見太太。」彩雲知道是金獅子，又是個不好得罪的人。她又摸不清楚他和寶子固是不是一路，心想兩雄不並立，還是不叫他們見面的好。擭出自己多費一點精神，哄他們人人滿意，甘心做她裙帶下的忠奴。當下暗囑貴兒請他在客廳上坐，自己回到房裡向子固道：「討人厭的來了個三兒的朋友，要見我說幾句話。沒有法兒，只好請您耐心等一會兒，我去支使他走了，我們才好走。」子固蹙著眉道：「這怎麼好呢？那麼你趕快去打發他走！」子固眼睜睜看彩雲扶著丫鬟下樓去了。

這一回，可不比上一次來得爽快了。一個人悶坐在屋裡，左等也不來，右等也不來。一陣微風中，飄來笑語的聲音。側耳再聽，寂靜了半天，忽又聽見斷續的呢喃細語。掏出時計看時，已經快到九下鐘了。心裡正在煩悶，房門呀的一聲，彩雲閃了進來。喘吁吁地道：「您等得不耐煩了罷，真纏死人。好容易把他哄跑，我們現在可以走了。」子固在燈下瞥見彩雲兩頰緋紅，雲鬢不整，平添了幾多春色，心裡暗暗驚異。彩雲拿了小包，催著子固動身。一路走著，一路吩咐丫鬟僕婦們好生照顧家裡。一到門口，跳上子固的馬車。輪蹄得得，不一會，已經到了虹口靶子路一座美麗的洋房門前停下。子固扶她下車。輕按門鈴，便有老僕開了門。彩雲跟進門來，過了一片小草地，跨上一個高臺階。子固領了她各處看了一看，都鋪設得整齊潔淨，文雅精工。來到樓上，一間臥室，一間起坐，器具帷幙，色色華美，的確是外國婦女的閨閣。還留著一個女僕，兩個僕歐，可供使用。

彩雲看了，心裡非常愉快，又非常疑怪。忽然向著子固道：「你剛才說這房子是陳驥東的英國夫人住的，陳驥東怎麼有了法國夫人，又有英國夫人呢？外國人不是不許一個男人討兩個老婆的嗎？為什麼放著這樣好的住宅不住，倒回了國呢？」子固笑道：「這話長哩，險些兒弄出人命來。陳驥東就為這事，這兩天正在那裡傷心。我們都是替他調停這公案的人，所以前天他請酒酬謝。我從頭至尾的告訴你罷。」

原來陳驥東是福建船廠學堂出身，在法國留學多年。他在留學時代，已經才情橫溢，中外兼通，成了個倜儻不群的青年。就有一個美麗的女學生，名叫佛倫西的，和他發生了戀愛，結為夫婦。這就是現在的法國夫人。學成回國後，威毅伯賞識了他，留在幕府裡，辦理海軍事務，又常常差他出洋，接洽外交。四五年間，就保到了鎮臺的位子。可是驥東官職雖是武夫，性情卻完全文士。恃才傲物，落拓不羈。中國的詩詞，固然揮洒自如；法文的作品，更是出色。他做了許多小說戲劇，在巴黎風行一時。中國人看得他一錢不值，法國文壇上，卻很露驚奇的眼光，料不到中國也有這樣的人物。尤其是一班時髦女子，差不多都像文君的慕相如，俞姑的愛若士，他一到來，到處蜂圍蝶繞，他也樂得來者不拒。

有一次，威毅伯叫他帶了三十萬銀子到倫敦去買一艘兵輪。他心裡不贊成，不但沒有給他去購買船隻，反把這筆款子，一股腦兒胡花在巴黎、倫敦的交際社會裡。做了一部名叫做我國的書，專門宣傳中國文化，他自己以為比購買鐵甲船有用的多。結果又被一個英國女子叫瑪德的愛上了。有人說是商人的姑娘，有人說是歌女。壓根兒還是迷惑了他的虛名，明知他有老婆，情願跟他一塊兒回國。威毅伯知道了，勃然大怒，說他貽誤軍機，定要軍法從事。後來虧得烏赤雲、馬美菽幾個同事替他求情，方才免了。驥東從此在北洋站不住，只好帶了兩個嬌妻，到上海隱居來了。但驥東的娶英女瑪德，始終瞞著法國夫人。到了上海，還是分居，一個住在靜安寺，一個就住在這裡。驥東夜裡總在靜安寺，白天多在虹口。法國夫人只道他丈夫沾染中國名士積習，問柳尋花，逢場作戲，不算什麼事。別人知道是性命交關的事，又誰敢多嘴，倒放驥東兼收並蓄，西食東眠，安享一年多的豔福了。不想前禮拜一的早上，驥東已到了這裡，瑪德也起了床，正在水晶簾下看梳頭的時候，法國夫人欻地一陣風似的捲上樓來。瑪德要避也來不及，驥東站在房門口，若迎若拒的不知所為。

法國夫人倒很大方的坐在驥東先坐的椅裡，對瑪德凝視半晌道：「果然很美，不怪驥東要迷了！姑娘不必害怕，我今天是來請教幾句話的。先請教姑娘什麼名字？」瑪德抖聲答道：「我叫瑪德。」法國夫人道：「貴國是否英國？」道：「是的。」法國夫人指著驥東道：「你是不是愛這個人？」瑪德微微點了一點頭。法國夫人正色道：「現在我要告訴你了。我叫佛倫西，是法國人。你愛的陳驥東是我的丈夫，我也愛他，那麼我們倆合愛一個人了。你要是中國人，向來馬馬虎虎的，我原可以恕你。可惜你是英國人，和我站在一條人權法律保護之下。我雖不能除滅你心的自由，但愛的世界裡，我和你兩人裡面，總多餘了一個。現在只有一個法子，就是除去一個。」說罷，在衣袋裡掏出兩支雪亮的白郎寧❼，自己拿了一支，一支放在桌上，推到瑪德面前。很溫和的說道：「我們倆誰該愛驥東，凭他來解決罷！密斯瑪德，請你自衛。」說著，已一手舉起了手槍，瞄準瑪德，只待要扳機。

說時遲，那時快，驥東橫身一跳，隔在兩女的中間，喊道：「你們要打，先打死我！」法國夫人機械地立時把槍口向了地道：「你別著急，死的不一定是她。我們終要解決，你擋著什麼用呢？」瑪德也哭喊道：「你別擋，我願意死！」正鬧得不得了，可巧古冥鴻和金遜卿有事來訪驥東。僕歐們告知了，

❼ 白郎寧：通作「白朗寧」，手槍名。白朗寧 (John M. Browning, 1855–1926)，美國槍械發明家，創製有自動連珠手槍等，並自設製造廠於奧格頓，俗因稱其槍為白朗寧。

兩人連忙奔上樓來，好容易把瑪德拉到別一間屋裡。瑪德只是哭，佛倫西只是要決鬥，驥東只是哀懇。古、金兩人剛要向佛倫西勸解，佛倫西倏的站起來，發狂似的往外跑。大家追出來，她已自駕了亨斯美飛也似的向前路奔去。

子固講到這裡，彩雲急問道：「她奔到那裡去，難道尋死嗎？」子固笑道：「那裡是尋死？」剛說到這裡，聽得樓下門鈴叮鈴鈴的響起來，兩人倒吃了一嚇。正是：皆大歡喜鎖骨佛，為難左右跪池郎。

不知如此深更半夜，敲門的果是何人，且聽下回分解。

第三十二回　艷幟重張懸牌燕慶里　義旗不振棄甲雞隆山

話說寶子固正和彩雲講到法國夫人自拉了亨斯美狂奔的話，忽聽門鈴亂響，兩人都喫了一驚。子固怕的是三兒得信趕來；彩雲知道不是三兒，卻當是菊笑暗地跟蹤而至。方各懷著鬼胎，想根問間，只聽下面大門開關聲，接著一陣樓梯上歷碌的腳步聲、談話聲。一到房門口，就有人帶著笑的高聲喊道：「好個閻羅包老，拐了美人偷跑，現在我陳大爺到了，捉姦捉雙，看你從那裡逃！」寶子固在裡面哈哈一笑的應道：「不要緊，我有的是朋友會調停。只要把美人送回大英，隨他天大的事情也告不成。」就在這一陣笑語聲中，有一個長身鶴立的人，肩披熟羅衫，手搖白團扇，翹起八字鬚，瞇了一線眼，兩臉緋紅，醉態可掬，七跌八撞的沖進房來道：「子固不要胡扯，我只問你把你的美人，我的芳鄰，藏到那裡去了？」

子固笑道：「不要慌，還你的好鄉鄰。」回過頭來向彩雲道：「這便是剛才和你談的那個英、法兩夫人決鬥搶奪的陳驥東。」又向驥東道：「這便是你從前的鄉鄰，現在的房客，大名鼎鼎的傅彩雲。我來給你們倆介紹了罷。」驥東啐了一口道：「嗄，多肉麻的話！好像傅彩雲只有你一個人配認識，我們做了半年多鄉鄰，一天裡在露臺上見兩三回的時候也有，還用得著你來介紹嗎？」彩雲微微的一笑道：「可不是，不但陳大人我們見的熟了，連陳大人的太太，也差不多天天見面。」子固道：「你該謝謝這位太太哩。」彩雲道：「呀，我真忘死了！陳大人幫我的忙，替我想法，容我到這裡住，我該謝陳大人是真的。」驥東道：「這算不了什麼，何消謝得。」子固拍著手道：「著啊，何消謝得！若不是法國太太逼走了瑪德姑娘，驥東那裡有空房子給你住呢，你不是該謝太太嗎？」驥東道：「子固盡在那裡胡說八道，你別聽他的鬼話。」彩雲道：「剛才寶大人正告訴我法國太太和英國太太吵翻的事呢，後來法國太太自拉了亨斯美上哪兒去了呢？就請陳大人講給我聽罷。」

驥東聽到這裡，臉上立時罩上一層愁雲，懶懶的道：「還提他做什麼，左不過到活閻羅那裡去告我的狀罷咧！這件事，總是我的罪過，害了我可憐的瑪德。你要知道這段歷史，有瑪德臨行時留給我的一封信，一看便知道了。」驥東正去床面前鏡臺抽屜裡尋出一個小小洋信封的時候，一個僕歐上來，報告晚餐已備好了。驥東道：「下去用了晚餐再看罷。」三人一起下樓，來到大餐間。只見那大餐間裡，圍滿火紅的壁衣，映著海綠的電燈，越顯出碧沈沈幽靜的境界。子固瞥眼望見餐桌上只放著兩副食具，忙問道：「驥東，你怎麼不吃了？」驥東道：「我今天在密采里請幾個瑞記朋友，為的是謝他們密派商輪到臺南救了劉永福軍門出險，已吃的醉飽了，你們請用罷。」彩雲此時一心只想看瑪德的信，向驥東手裡要了過來。一面吃著，一面讀著，但見寫的很沈痛的文章，很娟秀的字跡道：

驥東我愛：我們從此永訣了！我們倆的結合，本是一種熱情的結合。在相愛的開始，你是迷惑，差不多全忘了既往；我是痴狂，毫沒有顧慮到未來。你愛了我這了解你的女子，存心決非欺騙；我愛了你那有妻的男子，根本便是犧牲。所以我和你兩人間的連屬，是超道德和超法律的。彼此都是意志的自動，一點不生怨和悔的問題。我隨你來華，同居了一年多，也享了些人生的快樂，感了些共鳴的交響，這便是我該感謝你賜我的幸福了。前日你夫人的突然而來，破了我們的秘密，固然是我們的不幸，然當你夫人實彈舉槍時，我極願意無抵抗的死在她一擊之下，解除了我們難解的糾紛。不料被你橫身救護，使你夫人和我的目的，兩都不達。頓把你夫人向我決鬥的意思，變了對你控訴，一直就跑到新衙門告狀去了。幸虧寶瓛官是你的朋友，當場擋住，不曾到堂宣布。把你夫人請到他公館中，再三勸解，總算保全了你的名譽。可是你夫人提出的條件，要她不告，除非我和你脫離關係，立刻離華回國。寶子固明知這個刻酷的條件你斷然不肯答應，反瞞了你，等你走後，私下來和我商量。驥東我愛：你想罷，他們為了你社會聲望計，為了你家庭幸福計，苦苦的要求我成全你。他們對你的熱忱，實在可感，不過太苦了我了！驥東我愛：咳！罷了，罷了！我既為了你，肯犧牲身分，為了你，並肯犧牲生命，如今索性連我的愛戀，我的快樂，一起為你犧牲了罷！子固代我定了輪船，我便在今晨上了船了。驥東我愛：從此長別了！恕我臨行時竟未向你告別。相見無益，徒多一番傷心，不如免了罷。身雖回英，心常在滬。願你夫婦白頭永好，不必再念海外三島間的薄命人了。瑪德留書。

彩雲看完了信，向驥東道：「你這位英國夫人，實在太好說話了。叫我做了她，她要決鬥，我便給她拼個死活。她要告狀，我也和她見個輸贏。就算官司輸了，我也不能甘心情願輸給她整個兒的丈夫。」

驥東歎一口氣道：「英國女子，性質大半高傲，瑪德何嘗是個好打發的人，這回的忽然隱忍退讓，真出我意料之外，但決不是她的怯懦。她不惜破壞了自己來成全我，這完全受了小仲馬茶花女劇本的影響。想起來，不但我把愛情誤了她，還中了我文學的毒哩。怎叫我不終身抱恨呢！」

彩雲道：「那麼你怎麼放她走的呢？她一走之後，難道就這麼死活不管她了？陳大人你也太沒良心了！」驥東還沒回答，子固搶說道：「這個你倒不要怪陳大人，都是我和金遜卿、古冥鴻幾個朋友，替陳大人徹底打算，只好硬勸瑪德吃些虧，解救這一個結。難得瑪德深明大義，竟毫不為難的答應了。所以自始至終，把陳大人瞞在鼓裡。直到開了船，方才宣布出來。陳大人除了哭一場，也沒有別的法兒了。至於瑪德的生活費，是每月由陳大人津貼二十金鎊，直到她改嫁為止，不嫁便永遠照貼，這都是當時講明白的。現在陳大人如有良心，依然可以和她通信。將來有機會時，依然可以團聚。在我們朋友們，替他處理這件為難的公案，總算十分圓滿了。」驥東站起身來，向沙發上一躺道：「子固，算我感激你們的盛情就是了，求你別再提這事罷！到底彩雲正式懸牌的事，你們商量過沒有？我想，最要緊的是解決三兒的問題。這件事，只好你去辦的了。」

子固道：「這事包在我身上，明天就叫人去和他開談判，料他也不敢不依。」彩雲道：「此外就是租房子、鋪房間、雇用大姐相幫，這些不相干的小事，我自己來張羅，不敢再煩兩位了。」驥東道：「這些也好叫菊笑來幫幫你的忙，讓我去暗地通知他一聲便了。」彩雲聽了驥東的話，正中下懷，自然十分的歡喜稱謝。子固雖然有些不願菊笑的參加，但也不便反對驥東的提議，也就含胡道好。當下驥東在沙發上起來，掏出時計來一看，道聲：「啊喲，已經十一點鐘了。時候不早，我要回去，明天再來和你們道喜罷。」說著對彩雲一笑。彩雲也笑了一笑道：「我也不敢多留，害陳大人回去受罰。」子固道：「驥兒先走一步，我稍坐一會兒，也就要走。」子固說這話時，驥東早已頭也不回，揚長出門而去。一到門外，跳上馬車，吩咐馬夫，一逕回靜安寺路公館。

驥東和他夫人，表面上雖已恢復和平，心裡自然存了芥蒂，夫婦分居了好久了。當驥東到家的時候，他夫人已經息燈安寢。驥東獨睡一室，對此茫茫長夜，未免百端交集。在輾轉不眠間，倒聽見了隔壁三兒家，終夜人聲不絕，明知是尋覓彩雲，心中暗暗好笑。

次日，一早起來，打發人去把菊笑叫來，告訴了一切，又囑咐了一番。菊笑自然奉命惟謹的和彩雲接頭辦理。子固也把孫三兒一面安排得妥妥貼貼，所有彩雲的東西，一概要回，不少一件。不到三天，彩雲就擇定了吉日良時，搬進燕慶里。子固作主，改換新名。去了原來養母的姓，改從自己的姓，叫了曹夢蘭。定製了一塊硃字銅牌，插了金花，挂上綵球，高高挂在門口。第一天的開檯酒，當然子固來報效了雙雙檯，叫了兩班燈擔堂名，請了三四十位客人，把上海灘有名的人物，差不多一網打盡，做了一個群英大會。從此芳名大震，哄動一時，窟號銷金，城開不夜，說不盡的繁華熱鬧。曹夢蘭三字，比四金剛還要響亮，和琴樓夢的女主人花翠琴齊名，當時號稱哼哈二將❶。

閒言少表。卻說那一天，驥東正為了隨侍威毅伯到馬關辦理中、日和議的兩個同僚，烏赤雲和馬美菽，新從天津請假回南，到了上海。驥東替他們接風，就借曹夢蘭妝閣，備了一席盛筵，邀請子固、冥鴻、遜卿，又加上一個招商局總辦、從臺灣回來的顧肇廷做陪客。驥東這一局，一來是替夢蘭捧場，了

❶ 哼哈二將：佛經所稱之金剛力士，也叫金剛神、金剛夜叉、密迹金剛等，是執金剛杵護衛佛法之天神，在佛教寺院中立於寺門兩側，作為護門神。

卻護花的心願；二來那天所請的特客，都是刎頸舊交，濟時人傑，所以老早就到。就是赤雲、美菽一班客人，因為知道曹夢蘭便是傅彩雲的化身，人人懷著先睹為快的念頭，不到天黑，陸陸續續的全來了。夢蘭本是交際場中的女王，來做姐妹花中的翹楚❷，不用說靈心四照，妙舌連環，周旋得春風滿座。等到華燈初上，豪宴甫開，驥東招呼諸人就座。夢蘭親手執了一把寫生鏤銀壺，遍斟座客。赤雲坐了首席，美菽第二，其餘肇廷、子固、冥鴻、遜卿，依次坐定。夢蘭告了一個罪，自己出外應徵去了。這裡諸客叫的條子，大概不外林、陸、金、張四金剛，翁梅倩、胡寶玉等一群時髦倌人❸。翠暖紅酣，花團錦簇，不必細表。

當下驥東先發議道：「我們今日這個盛會，列座的都是名流，侑酒的盡屬名花，女主人又是中外馳名的美人，我要把清平調的『名花傾國兩相歡』，改做『傾城名士兩相歡』了。」大家拍手道好。子固道：「驥兄固然改得好，但我的意思，這一句該注重在一個『歡』字。傾城名士，兩兩相遇，雖然是件韻事，倘使相遇在烽火連天之下，便不歡樂了。今天的所以相歡，為的是戰禍已消，和議新結。照這樣說來，豈不是全虧了威毅伯春帆樓五次的磋商，兩公在下關密勿❹的贊助，方換到這一晌之歡。我們該給赤兄、美兄公敬一杯，以表感謝。」

❷ 翹楚：楚木中獨高而起者曰翹楚，後以喻人才之高出儕輩者曰翹楚。翹，音ㄑㄧㄠˊ。舉。

❸ 倌人：蘇州習俗稱妓女為倌人。倌，音ㄍㄨㄢ。

❹ 密勿：黽勉，即勉力或努力之義。漢書劉向傳：「故其詩曰：『密勿從事，不敢告勞。』」注引師古曰：「密勿，猶黽勉從事也。」

遜卿道：「在煙臺和日使伊東已正治，交換和約，是赤翁去的，這是和議的成功。赤翁該敬個雙杯。」赤雲捋鬚微笑道：「諸位快不要過獎，大家能罵得含蓄一點，就十分的叨情❺了。這回議和的事，本是定做去串吃力不討好的戲文。在威毅伯的鞠躬盡瘁，忍辱負重，不論從前交涉上的功罪如何，我們就事論事，這一副不要性命並不顧名譽的犧牲精神，真叫人不能不欽服。但是議約的結果，總是賠款割地，大損國威。自奉三品以上官公議和戰的朝命，反對的封章電奏，不下百十通。臺灣臣民，爭得最為激烈。尤其奇怪的，連老成持重的江督劉益焜，也說戰而不勝，尚可設法撐持。鄂督莊壽香極端反對割地，洋洋灑灑上了一篇理有三不可、勢有六不能的鴻文，還要請將威毅伯拿交刑部治罪哩。我們這班附和的人，在袞袞諸公心目中，只怕寸磔不足蔽辜❻呢！」

美菽道：「其實我們何嘗有什麼成見，還夠不上像蔭白副使一般，有一個日本姨太太，人家可以說他是東洋駙馬。自從劉公島海軍覆沒後，很希望主戰派推戴的湘軍，在陸路上得個勝仗，稍挽危局。無奈這位自命知兵的何太真，只在田莊臺挂了一面受降的大言牌，等到依唐阿一逃，營口一失，想不到綸巾羽扇❼的風流，脫不了棄甲曳兵❽的故事，狂奔了一夜，敗退石家站。從此湘軍也絕了望了。危急到如此地步，除了議和，還有什辦法？然都中一班名流，如章直蜚、聞鼎儒輩，還在松筠庵大集議，植髭

❺ 叨情：猶言叨恩，謂忝受恩情。叨，音ㄊㄠ。
❻ 寸磔不足蔽辜：罪大惡極，死有餘辜。寸磔，古時分裂罪犯肢體之酷刑。磔，音ㄓㄜˊ。辜，罪。
❼ 綸巾羽扇：同「羽扇綸巾」。頭戴綸巾，手持羽扇，極言其態度瀟灑從容。綸巾，青絲綬為巾。綸，音ㄍㄨㄢ。
❽ 棄甲曳兵：拋棄鎧甲，拖著兵器，極言軍隊潰敗時奔逃情形之狼狽。語出孟子梁惠王上。

奮鬣❾，飛短流長，攻擊威毅伯，奏參他十可殺的罪狀呢！」肇廷道：「何太真輕敵取敗，完全中了書毒。其事可笑，其心可哀，我輩似不宜苛責。我最不解的，莊壽香號稱名臣，聽說在和議開始時，他主張把臺灣贈英。政府竟密電翁養魚使臣，通款英廷。幸虧英相羅士勃雷婉言謝絕，否則一個女兒受了兩家茶，不特破壞垂成的和局，而且喪失大信。國將不國，這才是糊塗到底呢！」

冥鴻插嘴道：「割臺原是不得已之舉，臺民不甘臣日，公車上書反抗，列名的千數百人。在籍主事邱逢甲，創議建立臺灣民主國，誓眾新竹，宣布獨立。我還記得他們第一個電奏，只有十六個字道：『臺灣士民，義不臣倭，願為島國，永戴聖清。』這是一時公憤中當然有的事。可恨唐景崧身為疆吏，何至不明利害，竟昧然徇臺民之請，憑眾抗旨，直受伯理璽天德印信，建藍地黃虎的國旗，用永清元年的年號，開議院，設部署，行使鈔幣，儼然以海外扶餘❿自命。既做此非常舉動，卻又無絲毫預備。不及十日，外兵未至，內亂先起。貽害臺疆，騰笑海外！真是『畫虎不成』，應了他的旗讖了！就是大家崇拜的劉永福，在臺南繼起，困守了三個多月，至今鋪張戰績，還有人替劉大將軍草平倭露布⓫的呢！沒一個不說得他來像生龍活虎，牛鬼蛇神。其實都是主戰派的造言生事，憑空結撰。守臺的結果，不過犧牲了幾個敢死義民，糟蹋了一般無辜百姓，等到計窮身竭，也是一逃了事罷了。」

驥東聽到這裡，勃然作色道：「冥鴻兄，你這些都是成敗論人的話，實在不敢奉教！割讓臺灣一事，

---

❾ 植髭奮鬣：鬚髮振動，表慷慨激昂之狀。植，立；豎。髭，音ㄗ。嘴脣上毛。鬣，音ㄌㄧㄝˋ。借指頭上毛。

❿ 扶餘：古國名，東漢時穢貊別族所建，後為高句麗所滅。今遼寧昌圖之扶餘城，即古扶餘王城。

⓫ 露布：謂詔書簡牘等不加緘封者，或軍中告捷之文書。

在威毅伯為全局安危策萬全，忍痛承諾，國人自應予以諒解。在唐、劉替民族存亡爭一線，仗義揮戈，我們何忍不表同情！我並不是為了曾替薇卿運動外交上的承讓，代淵亭營救戰敗後的出險，私交上有心袒護，只憑我良心評判，覺得甲午戰史中，這兩人雖都失敗，還不失為有血氣的國民。我比較他人知道些內幕，諸位今天如不厭煩，我倒可以詳告。」赤雲、美菽齊聲道：「臺事傳聞異辭，我們如墜五里霧中。驥兄既經參預大計，必明真相，願聞其詳。」

驥東道：「現在大家說到唐景崧七天的大總統，誰不笑他虎頭蛇尾，唱了一齣滑稽劇。其實正是一部民族滅亡的傷心史，說來好不悽惶。當割臺約定，朝命景崧率軍民離臺內渡的時候，全臺震動，萬眾一心，誓不屈服。明知無濟，願以死抗。邱逢甲、林朝棟二三人登臺一呼，宣言自主，贊成者萬人。立即雕成臺灣民主國大總統印綬，鼓吹前導，民眾後擁，一路哭送撫署。這正是民族根本精神的表現。景崧受了這種精神的激盪，一時義憤勃發，便不顧利害，朝服出堂，先望闕叩了九個頭，然後北面受任。這時節的景崧，未嘗不是個赴義扶危的豪傑。再想不到變起倉皇，一蹶不振。議論他的，不說他文吏不知軍機，便說他鹵莽漫無布置，實際都是隔靴搔癢的話。他的失敗，並不失敗在外患，卻失敗在內變。內變的主動，便是他的寵將李文魁。李文魁的所以內變，原因還是發生在女禍。

「原來景崧從法、越罷戰後，因招降黑旗兵的功勞，由吏部主事外放了臺灣道。不到一年，升了藩司⓬，在宦途上總算一帆風順的了。景崧卻自命知兵，不甘做庸祿官僚，只想建些英雄事業，所以最喜歡招羅些江湖無賴，做他的扈從。內中有兩個是他最賞識的。一個姓方，名德義。還有一個，便是李文

⓬ 藩司：明清各省之布政使稱藩司，俗稱藩臺。布政使為民政兼財政之長官，屬布政司。

魁。方德義本是哥老會的會員，在湘軍裡充過管帶，年紀不過三十來歲，為人勇敢忠直，相貌也魁梧奇偉。李文魁不過一個直隸游匪，混在淮軍裡做了幾年營混子⑬。只為他詭計多端，生相凶惡，大家送他綽號，叫做『李鬼子』。兩人多有些膂力⑭。景崧在越南替徐延旭護軍時，收撫來充自己心腹的。後來景崧和劉永福、丁槐合攻宣光，兩人都很出力。景崧把方德義保了守備，文魁只授了把總。文魁因此心上不憤，常常和德義發生衝突。等到景崧到了臺灣，兩人自然跟去，各派差使。又為了差使的好壞，意見越鬧越深。文魁是個有心計的人，那時駐臺提督楊岐珍，統帶的又都是淮軍，被文魁暗中勾結，結識了不少黨羽，勢力漸漸擴大起來。景崧一升撫臺，便馬馬虎虎委了德義武巡捕，文魁親兵管帶。文魁更加不服。

「景崧知道了，心裡想代為調和，又要深結文魁的心。正沒有方法，也是合當有事，一日方在內衙閒坐，妻妾子女，團聚談天。忽見他已出嫁的大女兒余姑太身邊站著一個美貌丫鬟，名喚銀荷。那銀荷，本是景崧向來注意，款待得和群婢不同，合衙人都戲喚她做候補姨太太。其實景崧倒並沒自己享用的意思，他想把她來做鉤餌，在緊急時，釣取將士們死力的。那時，他既代臺廉村接了巡撫印，已移劉永福軍去守臺南，自任守臺北。日本軍艦有來攻文良港消息，正在用人之際，也是利用銀荷的好時機，不覺就動了把銀荷許配文魁的心。當下出去，立刻把文魁叫到簽押房，私下把親事當面說定，勉勵了一番，又吩咐以後不許再和德義結仇。在景崧自以為操縱得法，總可得到兩人的同心協力。誰知事實恰與思想

⑬ 營混子：在軍營中混日子的人。以往輕視職業軍人，故稱長期當兵的人為營混子。

⑭ 膂力：或作「膐力」，肢體之力。膂，音ㄌㄩˇ。脊骨。

相反。只為德義同文魁，平常都算景崧的心腹，一般穿房入戶，一般看中了銀荷，彼此都要向她獻些小殷勤，不過因為景崧的態度不明，大家不敢十分放肆罷了。如今景崧忽然把銀荷賞配了文魁，文魁狼子野心，未必能知恩斂跡。這個消息，一傳到德義耳中，好似打了個焦雷。最奇怪的，連銀荷也哭泣了數天。

「不久，景崧的中軍黃翼德出差到廣東募兵，就派德義署了中軍。文魁恃寵驕縱，往往不服從他的命令，德義真有些耐不得了。有一次，竟查到文魁在外結黨招搖的事，拿到了歃血⓯的盟書，不客氣的揭稟景崧。景崧見事情鬧的實了，只得從寬發落，把文魁斥革驅逐了。文魁大恨，暗暗先將他的黨羽，布滿城中和撫署內外，日夜圖謀報仇雪恨。恰好獨立宣布，景崧命女婿余鑾保護家眷行李，乘輪內渡，銀荷當然隨行。文魁知道了，那裡肯依，立時集合了同黨，商議定計。一來搶回銀荷，二來趁此機會，反戈撫署，把景崧連德義一並戕殺，投效日軍獻功。這是文魁原定的辦法。當時文魁率領了黨徒三百多人，在城外要道分散埋伏下了。等到余鑾等一行人走近的當兒，呼哨一聲，無數塗花臉的強徒，蜂湧四出。余鑾見不是頭⓰，忙叫護送的一隊撫標兵，排開了放槍抵禦。自己彈壓著轎夫，抬著女眷們飛奔的逃回。撫標兵究竟寡不敵眾，死的死，逃的逃，差不多全打散了。幸虧余鑾已進了城，將近撫署，那時德義正在署中，聞知有變，急急奔出。正要嚴令閉門，余鑾已押了眷轎，踉蹌而入。背後槍聲，隨著似連珠般的轟發，門前已開了火了。

⓯ 歃血：古時盟者以血塗口旁以示信。歃，音ㄕㄚˋ。

⓰ 不是頭：或作不是頭勢，謂情況不對，情勢不佳。見野叟曝言第二十二回。

「德義還未舉步，不提防文魁手持大朴刀，突門沖進。正是仇人相見，分外眼明，兜頭一刀斫下，血肉淋漓，飛去了半個頭顱。德義狂叫一聲，返奔了十餘步，倒在大堂階下。人聲槍聲鼎沸中，忽然眷轎裡跳出一人，撲在德義血泊的屍身上，號啕痛哭，原來便是銀荷。文魁提刀趕到，看見了倒怔住了。忽然暖閣門砰硼的大開，景崧昂然的走了出來。那時大堂外的甬道上，立滿了叛徒，人人怒容滿面，個個殺氣沖天。文魁兩眼只注射染血的刀鋒上。忽然屍旁的哭聲停了，銀荷倏的站了起來，突然拉住了文魁的右臂喊道：『你看見了嗎？我們的恩主唐撫臺出來了。』如瘋狗一般的文魁，被銀荷這句話一提，彷彿夢中驚醒似的，文魁的刀鋒慢慢的朝了下。景崧已走到他面前，很從容的問道：『李文魁，你來做什麼？』

「文魁低了頭，垂了手，忸怩似的道：『來保護大帥。』景崧道：『好。』手執一支令箭，遞給文魁，吩咐道：『我正要添募新兵，你認得的兄弟們很多，限你兩天招足六營，派你做統領，星夜開拔，赴獅球嶺駐紮。』文魁叩頭受命。各統領聞警來救，景崧託言叛徒已散，都撫慰遣歸。另行出示，緝拿戕官凶犯，一天大禍，無形消弭。也虧了景崧應變的急智，而銀荷的寥寥數語，魔力更大。景崧正待另眼相看，不想隔了一夜，銀荷竟在署中投繯自盡。大家也猜不透她死的緣故，有人說她和方德義早發生了關係，這回見德義慘死，誓不獨生。這也是情理中或有之事。但銀荷的死，看似平常，其實卻有關臺灣的存亡，景崧的成敗。為什麼呢？就為李文魁的肯服從命令，募兵赴防，目的還在欲得銀荷。一聽見銀荷死信，便絕了希望，還疑心景崧藏匿起來，假造死信哄他，所以又生了叛心，想驅逐景崧，去迎降日軍。

「等到日軍攻破雞隆的這一日，三貂嶺正在危急。文魁在獅球嶺領了他的大隊，挾了快槍，馳回城中，直入撫署，向景崧大呼道：『獅球嶺破在旦夕了，職已計窮力竭，請大帥親往督戰罷。』景崧見前後左右，獰目張牙，環侍的都是他的黨徒，自己親兵，反而瑟縮退後。知道事不可為，強自鎮攝，舉案上令箭擲下，拍案道：『什麼話！速去傳令，敢退後的，軍法從事。』說罷拂袖而入。歎道：『文魁誤我，我誤臺民！』

「就在此時，景崧帶印潛登了英國商輪，內渡回國，署中竟沒一個人知道，連文魁都瞞過了。這樣說來，景崧守臺的失敗，原因全在李文魁的內變。這種內變，事生肘腋，無從預防，固不關於軍略，也無所施其才能，只好委之於命了！我們責備景崧，說他用人不當，他固無辭，若把他助無告禦外侮的一片苦心，一筆抹殺，倒責他違旨失信，這變了日本人的論調了，我是極端反對的。」

肇廷舉起一大杯酒，一口吸盡道：「驥兄快人，這段議論，一泄我數月以來的悶氣，當浮一大白。就是劉永福的事，前天有個從臺灣回來的友人，談起來，也和傳聞的不同。今天索性把臺灣的事，談個痛快罷。」大家都說道：「那更好了，快說，快說！」正是：華筵會合皆名宿，孤島興亡屬女戎。不知肇廷說出如何的不同，且聽下回分解。

第三十三回　保殘疆血戰臺南府　謀革命舉義廣東城

話說肇廷提起了劉永福守臺南的事，大家知道他離開臺灣還不甚久，從那邊內渡的熟人又多，聽到的一定比別人要真確，都催著他講。肇廷道：「劉永福雖然現在已一敗塗地，聽說沒多時，才給德國人營救了出險。但外面議論，還是沸沸揚揚❶，有讚的，有罵的。讚他說的神出鬼沒，成了封神榜上的姜子牙❷；罵他的又看做抗旨害民，像是平臺記裡的朱一桂❸，其實這些都是挾持成見的話。平心而論，劉永福固然不是什麼天神天將，也決不會謀反叛逆，不過是個有些膽略有些經驗的老軍務罷了。他的死抗日軍，並不想建什麼功，立什麼業，並且也不是和威毅伯有意別扭著鬧法、越戰爭時被排斥的舊意見。他明知道馬關議約時，威毅伯曾經向伊藤博文聲明過，如果日本去收臺，臺民反抗，自己不能負責。現在臺民真的反抗了。自從臺北一陷，邱逢甲、林朝棟這班士紳，率領了全臺民眾，慷慨激昂的把總統印

❶ 沸沸揚揚：亦作「沸沸騰騰」，喻議論紛紛。

❷ 封神榜上的姜子牙：封神傳，明代神怪小說，述武王伐紂事，情節多虛構。書中首言姜太公分封諸神事，故名封神傳，又名封神演義，俗稱封神榜。

❸ 平臺記裡的朱一桂：清聖祖康熙六十年（一七二一年），朱一貴在岡山起義抗清，七日占據全臺，稱中興王。福建水師提督施世驃討平之，朱一貴被擒至北京，磔死。藍鼎元撰平臺紀略一書記其事。此作朱一桂，或小說家有意為之。

綬硬獻給他。你們想，劉永福是和外國人打過死仗的老將，豈有不曉得四無援助的孤島，怎抗得過乘勝長驅的日軍呢！無如他被全臺的公憤，逼迫得沒有回旋餘地，只好挺身而出，作孤注一擲❹了。只看他不就總統任，仍用幫辦名義，擔任防守，足見他不得已的態度了。

「老實說，就是大家喧傳❺劉大將軍在安平砲臺上，親手開砲，打退日本的海軍，這才是笑話呢！要曉得臺南海上，常有極利害的風暴，在四五月裡起的，土人叫做颷風。比著英、法海峽上的雪風，還要凶惡。那一次，日艦來犯安平，恰恰遇到這危險的風暴。永福在砲臺上只發了三砲，日艦就不還砲的從容退去。那全靠著颷風的威力，何嘗是黑旗的本領呢？講到永福手下的將領，也只有楊紫雲、吳彭年、袁錫清三四個人，肯出些死力，其餘都是不中用的。所以據愚見看來，對於劉永福，我們不必給他捧場，也不忍加以攻擊，我們認他是個有志未成的老將罷了。我現在要講的，是臺灣民族的一部慘史。雖然後來依然葬送在一班無恥的土人手裡，然內中卻出了幾個為種族犧牲死抗強權的志士。」

合座都鼓著掌道：「有這等奇事，願聞，願聞！」那當兒，席面上剛剛上到魚翅，夢蘭出堂唱尚未回來。娘姨大姐滿張羅的斟酒，各人叫的林、陸、金、張四金剛等幾個名妓，都還花枝招展的坐在肩下。肇廷道：「自從永福擊退了日艦後，臺民自然益發興高彩烈。不到十日，投軍效命的，已有萬餘人。永福趁這機會，把防務嚴密部署了一番。又將民團編成二十營，選定臺民中著名勇士二人分統了。一個最勇敢的叫徐驤，生得矮小精悍，膂力過人，跳山越澗，如履平地，不論生番和土人，都有些怕他。一個

---

❹ 孤注一擲：賭博時，罄其所有，一擲以決勝負。語出元史伯顏傳。

❺ 喧傳：猶哄傳，謂眾口相傳。

林義成，原是福州人，從他祖上落籍在嘉義縣，是個魁偉的丈夫，和徐驤是師兄弟，本事也相彷。把這兩個人統率民團，自然是永福的善於駕馭。還有一個，叫做劉通華，是朱一桂部將劉國基的子孫，在當地也有些勢力，和徐、林兩人，常在一起，臺人稱做臺南三虎。不過劉通華生得獐頭鼠目❻，心計很深，遠不如徐、林兩人的豪俠。徐驤因為是自己的同道，也把他引荐給永福，做了自己部下的幫統。編派已定，徐、林兩人日夜操練兵馬。甫有頭緒，那時日軍大隊已猛攻新竹。守將楊紫雲，只抗月餘，大小二十餘戰，勢危請援。徐驤和林義成都奉了永福命令，星夜開赴前敵。剛走過太甲溪，半路遇見吳彭年，方知道赴援不及，新竹已失，楊紫雲陣亡。日軍乘勝長驅，勢不可當。於是大家商定，只好退守太甲溪。

「且說那太甲溪，原是一個臨河依山的要隘，沿著溪河的左岸，還留下舊時的塼壘❼，山巔上可以安置砲位。當下徐驤、林義成領著民團，幫同吳彭年，把隊伍分紮在岸旁和山上，專候日兵來攻。那天正是布置好了防務的臨晚，一輪火紅的落日，已漸漸沒入樹一般粗的高竹林後面，在竹罅裡散出萬道紫光，返照在正在埋鍋造飯的野營和沿河的古壘上，映得滿地都成了血色。夏天炙蒸已過，吹來的濕風，還是熱烘烘的。就在這慘澹的暮靄裡，有兩個少年在塼壘上面，肩並肩的靠在古壘的砲堵子上低低講話。兩人頭上都繞著黑布，身上穿著黑布短衣，黑纏腰❽。腰帶上左掛馬槍，右插標槍。兩腿滿纏著一色的布，腳蹬草鞋。一個長不滿五尺，面似乾柴一般的瘦，兩眼炯炯有威。一個是個稍長大漢，圓而黑的一

❻ 獐頭鼠目：賤人之相，謂其頭如獐、其目如鼠。

❼ 塼壘：磚作之營壘。

❽ 纏腰：即纏帶，束腰之帶，用以纏束外衣。

張巨臉。那瘦小的不用說是徐驤，長大的便是林義成。那時徐驤眼望著對岸，憤憤的道：『他媽的！那矮鬼的槍砲真利害，憑你多大本領，皮肉總擋不住子彈。我們總得想一個巧妙的法子，不管他成不成，殺他一個痛快，也是好的！』林義成道：『說的是！有什麼法子呢？』

「徐驤沈吟了一回道：『大岡山上的女武師鄭姑姑，不是你曉得的嗎？拳腳固然練得不壞，又會一手好標槍，懂得兵法，有神出鬼沒的手段，番人沒個不畏服，奉她做女神聖。我想，若能請她出來帶助我們，或者有些辦法。』林義成揚了一揚眉，望著徐驤道：『她肯出來嗎？你該知道鄭姑姑是鄭芝龍的子孫，世代傳著仇滿的祖訓。他們寧可和生番打交道，怎肯出來幫助官軍呢！』徐驤搖頭道：『老林，你差了！我們現在和滿清政府，有什麼關係呢？他們早把我們和死狗一般的丟了！我們目前和日本打仗，原是臺灣人自爭種族的存亡。勝固可賀，敗也留些悲壯的紀念，下後來復仇的種子。況且這回日軍到處，不但擄掠，而且任意姦淫，臺中婦女，全做了異族縱慾的機械。鄭姑姑也是個女子，就這一點講，她也一定肯挺身而出。』林義成道：『就算她肯，誰去請呢？』

「徐驤指著自己道：『是我。』林義成正要說話，忽聽背後一人喊道：『團長你敢嗎？』兩人卻吃了一嚇。回過頭來，見是自己的幫統劉通華。滿臉毛茸茸未剃的鬍子，兩條板刷般的眉毛下，露出狡猾的笑容。徐驤怒道：『為什麼我不敢？』劉通華道：『鄭姑姑住在二鯤身大岡山鐵貓椗龍耳甕旁邊。從這裡去，路程不過十來里，可是要經過幾處危險的山洞溪澗。瘴氣毒蛇，不算一回事，最凶險的是那猴悶溪。那是兩個山岬中間的急流溪，在兩崖巔沖下像銀龍般的一大條瀑布。凡到大岡山的，必要越過這溪。除了番人，任你好漢，都要淌下海去。團長你敢冒這個險嗎？』徐驤道：『什麼險不險，去的，就敢！』通華道：『敢去我也不贊成。臺灣的男子漢都死絕了，要請一個半人半鬼的女妖去殺敵，說也羞人！』義成冷笑道：『老劉不必說了，你不過為了從前迷戀鄭姑姑的美貌，想喫天鵝肉，喫不到，倒受了她一標槍，記著舊仇來反對，這又何苦呢！』通華道：『我是好意相勸，反惹你們許多話。』徐驤瞪起眼，手按鎗靶喝道：『今天我是團長，你敢反抗我的命令嗎？再說，看槍！』通華連連冷笑了幾聲，轉背揚長的去了。

「這裡徐驤被劉通華幾句話一激，倒下了決心，一聲不響，漲紫了露骨的臉，一口氣奔下壘來。跑到一座較高的營帳前，繫著一匹青鬃大馬的一棵椰子樹旁，自己解下轡繩，取了鞭子，翻身跨上鞍轎❾。義成連忙追上來問道：『你就這麼去嗎？還是我跟著你同走罷！』徐驤回頭答道：『再不去，被老劉也笑死！你還是照顧這裡的防務。也許矮子今天就來，去不得，去不得！吳統領那裡，你給我代稟一聲。明天這時，我一定回來，再見罷！』說著把鞭一揚，在萬灶炊煙中，早飛上山坡，向峰密深處，疾馳而去。

「林義成到底有些不放心，疾忙回到自己營中，囑咐幾句他的副手，拉了一匹馬，依著徐驤去的路，加緊了馬力，追上去。翻了幾個山頭，穿了幾處山洞，越過了幾條溪澗，天色已黑了下來。在微茫月光裡，只看見些洪荒的古樹，蟠屈的粗籐。除了自己外，再找不到一人一騎。暗暗詫異道：『難道他不走這條路嗎？』

「正勒住馬探望間，一陣風忽地送來一聲悠揚的馬嘶。踏緊了鐙，聳身隨了聲音來處望去，只見一

❾ 鞍轎：通作「鞍橋」。因馬鞍形似橋，故稱鞍橋。

匹馬恰繫在溪邊一株半倒的怪樹下，鞍轡❿完全，卻不見人到。義成有些慌了，想上前去察看，忽聽硼的一聲，是馬槍的爆響。一瞥眼裡，溪下現出徐驤的身量，一手插好了鎗，一手拉韁，跳上馬背，只一提，那馬似生了翅膀似的飛過溪流去了。義成才記起這溪是有名多蛇的。溪那邊，便是雅猴林。雅猴林的盡頭，就是猴悶溪。那是土人和生番的界線。

「義成一邊想，一邊催馬前進。到了溪邊，在月光下，依稀看見淺灘上，蠕動著通身花斑的幾堆閃光。忙下了鞍，牽了馬，涉水過溪。方見清溪流裡橫著兩條比人腿還粗的花蛇，尾稍向上開著，紅色的尖瓣和花一般。靠左一條是中標鎗死的，右面一條是馬槍打死的。看那樣兒，方想到剛才徐驤被這些畜生襲擊的危險，虧得他開了路，自己倒安然的渡過溪來。看著溪那邊，是一座深密的大樹林。在夏夜濃蔭下，簡直成了無邊的黑海，全靠了葉孔枝縫中篩簸下一些淡白月影，照見前面彎曲林徑裡忽隱忽現的徐驤背影。義成遙遠的緊跟著前進。兩人騎行的距離，雖隔著半里多，卻是一般的速度。過了一會兒，樹林盡處，豁然開朗。面前突起了沖天高的一個危崖，耳邊聽見澎湃的水聲。在雲月朦朧裡，瞥見從天瀉下一條挾著萬星跳躍的銀河，義成認得這就是最可怕的猴悶溪了。忽見徐驤一出了林，縱馬直上那陡絕的坂路。義成怕他覺得，只好在後緩緩的跟上去。

「過了危坂，顯出一塊較平坦的坡地。見那坡地罩出的高崖下，有幾間像船一般狹長的板屋。屋檐離地不過四五尺高，門柱上彷彿現出五彩的畫。屋前種著七八株椰樹，屋後圍著竹林。那竹子都和斗一樣的粗，數十丈的高，確是番人的住宅。看見徐驤到了椰樹前，就跳下馬來。繫好馬，去那矮屋前敲門。

❿ 轡：音ㄆㄟˋ。鞍上被，又鞍轡等馬具之統稱。

只聽那屋前的竹窗洞裡一個乾啞的人聲問道：『誰，半夜打門！狗賊嗎？看箭！』言未了，硼的一響，一根沒翎毛尖長的箭，向徐驤射來。幸虧徐驤避得快，沒射著。就喊道：『我是老徐。』呀啞的一扇板門開了，走出一個矮老人來。草縛著頭上半截的披髮，一張人臘的臉藏在一大簇刺蝟的粗毛裡，露著一口漆黑的染齒，兩耳垂著兩個大木環，赤了腳，裸著刺花的上半身。腰裡圍了一幅布，把編籐束得緊緊的。一見徐驤，現出凶狡的笑容道：『原來是你，我只當來了一個紅毛鬼。』徐驤也笑道：『我不是紅毛鬼，我是想殺黃毛小鬼的鍾馗。』老人道：『我們山裡，只有紅花的大蛇，沒有黃毛的小鬼。你深夜來做什麼？』

「徐驤道：『小鬼要來，儘你有大蛇也擋不住，我特地來請一位殺鬼的幫手。』老人道：『誰？』徐驤道：『你們的鄭姑姑。你們往常找鄭姑姑，必要經過猴悶溪。怎樣越過，你們肯幫我嗎？』老人像怪鳥一樣的笑了一聲道：『小鬼是要仙女來殺的，我們一定幫你。』說著把手向屋裡一招，出來了一對十五六歲的一男一女，赤條條的一絲不掛，頭上都戴滿了花草，兩臂刺著青色的紅毛文。女的胸懸貝殼，手帶銅鐲，右手挽著男的臂，左手托著豬腰似的果肉，自己咬了一口，餵到男的嘴邊。一壁嬉笑，一壁跳躍的出來。看見徐驤，詫異似的眼望老人傻看。老人向徐驤道：『這就是我的女兒和她自己招來的丈夫。你瞧，這對呆鳥，只曉得自己對吃檨果⓫，也不分些敬客。可是你不要看輕他們，能幫你過溪的只有他們倆。』徐驤莫名其妙的聽著那老番很高興的講，隨後又很高興的吩咐那兩孩子領客人過溪。於是兩個孩子和猴子般向前竄，老番也拉了徐驤一同往高崖下瀑布沖激的斜坡奔去。

⓫ 檨果：即芒果。檨，音ㄕㄜ。

「義成看到這裡，正想舉步再跟，忽見木屋的側壁上，細碎的月光中，閃過一個很長的黑影，好像是個人影轉過屋後不見了。心裡好生奇怪，不由自主的抄到竹林裡，又尋不到一些踪跡。暗忖道：『難不成這裡有鬼？』回過臉來，恰對著那屋後的一個大窗洞。向裡一望，大吃一驚！只見一片月光，正斜照在沿窗懸掛著的一排七八個人頭上。都是瞪著無光的大眼，眦露著黑或白的齒，臉皮也有金箔色的，也有銀色的，慘賴的怕人。義成被這一嚇，不揀方向的亂跑。一跑就跑出竹林以外，恰遇到岩石的缺口處。在依稀斜月中，望見下面奔雷似的大溪河。溪河這邊，站著老番和徐驤。看那老番，正望著怒瀑的兩岬間，指指點點的給徐驤講話。義成隨著他手指地方看去，忽見崖頂上彷彿天河決了口倒下的洪濤裡，翻滾著兩個赤條條的孩子。再細認時，方辨明有一條飯碗粗的長籐，中段暗結在瀑布下兩岬夾縫的深谷裡，兩端卻生根似的各牢繫在兩岸的土中。此時正被兩孩解放了谷中的結，趁勢同鞦韆一樣向沖激的水空裡直盪進去，簡直是天蓋下掛著一座穿雲的水晶壺，跳躍著一對戲水的金魚。

「一瞬目間，兩孩已離開了瀑流，緣著籐直滑到溪岸。只聽溪邊徐驤拍著掌歡呼道：『妙啊！好一雙絕技的弄潮兒。奇啊！好一條自然秘藏的飛橋。』說著話，搶上幾步，縱身只一躍，兩臂早挽上了懸籐。全身懸垂在空，手和臂變了肉翅。一屈一伸，一路飛行而進，恰鑽入了雪崩的洪水圈裡。倏地豁刺一聲，徐驤全體隨了一邊脫拴的老籐，突落下沸成危潭的渦漩裡，被幾個狂浪打擊，捲入溪中不可控制的急湍，向下海直淌。但見水花飛濺了幾陣，一些人影也找不到了。老番站在岸邊，張手頓足，嘴裡狂喊道：『怎麼千年的古籐，今天會拔了根，送了老徐的性命。你倆到底怎麼弄的？』兩孩也喊道：『太奇怪了！這棵籐根，本長在我們屋後竹林外的石壁上，若不是有人安心把刀斧斫斷，任什麼都拔不了根。』老番道：『是呀，一定有歹人暗算！我們已沒法救老徐的命，只有趕快去殺那害人賊，替他報仇。』一聲呼嘯，三人一齊向崖上跑。

「義成正著急他同伴遇險，想跳下崖去營救，忽聽到這幾句話，頓悟自己犯了嫌疑，一落番人手裡，一定遭慘殺。三十六著，走為上著，只好不顧一切，逃出竹林，飛身上馬，沒命的向來路狂奔。奔夠了一兩個鐘頭，不知越過了多少深林巨壑，估量著離猴悶溪已遠，心頭略略安定。剛放鬆轡繩，忽地望見遠遠月光中，閃電般飛過一個騎影。等到再定睛時，已轉入山彎裡不見了。義成十分驚詫，料定就是害徐驤的人，不覺怒從心起，加緊一鞭，追尋前去。正追得緊時，風中傳來隆隆的砲聲，又一陣陣連珠似的槍聲，越走越聽得清楚。義成猛吃一驚，抬頭遠望，已見天空中偶然飛起的彈火，疾忙催馬向火發處馳去。

「又走了半個鐘頭，才現出一個平坦寬廣的坂路，上面屯聚著一堆堆的人馬營帳，旗幟刀鎗，認得是吳統領的隊伍。那坂路上面，恰當著兩座高峰夾峙的隘口。那隘口邊，已臨時把沙土築成了一條城堡般的防障，吳統領正指揮許多兵士輪流著抵禦下面猛攻的敵軍。義成趕到，下馬上前謁見。吳彭年一望是他，就喊道：『你和徐驤到哪裡去了？日軍偷渡了太甲溪半夜來攻，你們的隊伍先自潰退，牽動了全軍。我們當然也抵擋不住，直退到這凹底山的隘口，好容易才紮住了。你們民團，被日軍追逼到東面的密箐中，至今不知下落。咦！怎麼你只賸一人，徐驤呢？』義成知道自己壞了事，很慚愧的把徐驤去尋鄭姑和自己跟蹤目睹的事，詳細說了一遍。吳彭年驚道：『啊喲！這樣說來，徐驤是被人害死了。害死他的，一定是劉通華！』

「義成問道：『統領怎麼知道是他害的？』吳彭年道：『劉通華早已不知去向了！如今事已如此，說他無益，由他去罷，還是請你振作精神，幫助我一同防守要緊。』義成到此地步，既悲傷徐驤的慘死，又悔恨自己的失機，心裡十分的難過。現在看見吳統領不但不斥責他，反獎勵他，豈有不感激效命的呢！雖然敵人砲火連天，我軍死傷山積，義成竟奮不顧身，日夜不懈的足足幫著守禦了三天。到第四天的清曉，日軍忽然停止了攻擊。義成隨著吳彭年在大帳裡休憩，計議些防務。忽見幾個兵士，捉住了一個番女，嚷著奸細，簇擁進帳來，請統領審問。誰知那番女一踏進帳門，望見吳、林二人，就高聲說道：『我不是奸細，也不是番女，我是從間道來報告秘密事情的，請統領屏退從人。如不相信，儘可叫兵士們先搜我身上，有無軍器，或者留林義士在這裡護衛，都聽統領的便。』

「吳、林二人聽了，暗暗納罕。當時照例搜檢了一通，真的身無寸鐵。吳統領立刻喝退了護衛，只叫義成執槍侍立。那番女忽地轉身向外，拔除了頭上滿插的花草，卸下了耳邊懸垂的木環，扯掉了肩頭抖張的鳥翅，拉去了項下聯絡的貝殼，等到回過臉來，倏變成了一個垂辮豐豔的美貌少女。義成先驚叫道：『你是鄭姑姑，怎會跑到這裡？』言猶未了，把吳彭年也驚得呆了。鄭姑姑微笑從容說道：『我自有我的跑法，林義士不必考問。我現在來報告的，是我預定的破敵奇計。』吳彭年詫問道：『你有奇計嗎？』

「鄭姑姑把眉一揚道：『原也算不了奇，不過老套罷了。我從前夜裡在大岡山，領了百十個壯健些的番女，一同下來。剛到傀儡內山的郎嬌社，就遇到民團潰兵竄過，向著山後卑南覓路逃走。日軍見窮山深箐，不敢窮追，便在社內紮住了。幸我先到一步，把帶來的番女，都暗暗安頓在番眾家裡。我只留了老婦二人，小番女一人，認做親屬，也佔住了一座番屋。日兵一到，在休戰時間，第一件事，當然是搜尋婦女取樂，補償他們血戰之苦。番女中稍有姿色的，全被擄去，注目到我的格外的多。正謀劫奪，忽然闖進一個會說中國話的青年軍官，自稱砲兵隊長，相貌魁梧，態度溫雅，不愧武士道風。進得門來，便把老婦少女支使出去，親手關上了門，轉身挨我身旁坐下，很婉轉的和我搭話。我先垂著頭，佯羞不答，也不峻拒。他有些迷惑了，絮絮叨叨，說了許多求愛的軟話。我故意斜看了他一眼，低低說道：「像將軍這般英雄年少，我在中國還沒有遇見過。若能正式娶我，我豈有不願？」隊長道：「令娘真好眼力，我恰正沒有娶妻。」說罷，就拉我就抱，將施無禮。我卻徐徐把他推開，帶著嘲弄的樣子和他說：「那有堂堂大國男兒，想做苟合之事。」他倒窘了，問我該怎麼辦呢？我說：「我們既是正式婚嫁，難道不用媒證？」他說：「一時那裡去找？」我問：「圍繞在門外的那些人是誰？」他說：「是同伍。」我道：「何妨請他們進來，做我們的媒證？」那隊長見我說得誠懇，很歡喜的答應，竟招眾人進門，宣布了大意，大家都歡呼贊成，並且要求我立刻成婚。我推託嫁衣未備，便做和服，至快也得三天。這麼著，磋商的結果，定了後天下午成婚。我又要他當夜在我家裡開一個大宴會，他允許我請到同僚裡許多重要官佐，替我裝場面，內中我知道就有這裡的砲隊長和機關槍隊長。這些都是昨夜約定的話。老實說，我早準備下虎阱龍窩⑫，就打算在這筵席上關門殺賊。可恨那些小鬼，一向看扁了中國人，這回也叫他們嘗嘗老娘的辣手，可見漢族還有人在，不是個個像遼東將帥的闒茸。我探知統領被困在此，所以特地偷空從小路冒險而來，通知一聲。請你們記好：在後天夜飯後，見東南角上，流星起時，儘管放隊猛攻，做

⑫ 虎阱龍窩：捕捉猛虎之陷阱，困龍之窩穴，喻捕殺敵人之周密方法。

我聲援，必可獲勝。」

「鄭姑姑說完這一席話，吳、林二人都咋舌驚歎。還沒有等到林義成告訴她徐驤往訪被害的話，一眨眼早把原來的番裝，重新紮扮停當。上前一把拉了義成說道：『我不能久留在此，請義士伴送出營。只須說明是舊識的番女，免得大家疑心。其餘的事，請統領依著我的話做就得了。』當下吳彭年惟有唯唯聽命，義成也一一照了她的話，恭恭敬敬送到營外山角一座樹林邊，看她跨上騎來的一匹駿馬，絲鞭一動，就風馳電掣的捲入林雲深處不見了。

「話分兩頭。如今且說鄭姑姑久住番中，熟悉路徑，隨你日光不照處，也能循籐跳石，如履平地。不一刻，已趕回了郎嬌社自己家裡，招集了她的心腹女門徒，有替她裁縫的，有替她烹調的，有替她奔走的。備了十罈美酒，十桌筵席，又請了許多同社的番女。那隊長見她這樣的高興忙碌，居然深信不疑。到了結婚那一天，家中掛燈結綵，小番女打著銅鼓，吹著口琴，當做音樂。滿屋陳列著四季錦邊蓮等各種花卉。

「日到中天時候，一排軍樂隊和一班肩縫輝煌袖章璀璨的軍官，簇擁了揚揚得意的隊長進門。推了兩位年長的做了證婚人。鄭姑姑穿了極美麗的日本禮服，就在大廳上舉行了半中半日式的結婚典禮。黃昏將近，廳上已排開了十個盛筵。筵上鮮果羅列，最可口的是味敵荔枝的檨果，其他如波羅蜜、梨仔茇、王梨、芭蕉果、椰子、檳榔、甘馬弼等，不計其數。餚饌中，有奇異的海味，泥鰍烏魚之外，又有蚊港的蟳[13]蝦，坑子口的蚶螯和蠔螺[14]，樣樣投合日人的口味。絡繹左右的，又都是些野趣橫生的年輕番女。

[13] 蟳：蟹類，即青蟳，螯似蟹，殼青，海濱謂之蝤蛑。

那些日軍官剛離了硝煙彈雨之中，倏進了酒綠燈紅之境，沒一個不興高彩烈，猜忌全忘。隊長則美人在抱，目眩魂消，不知不覺的和大家狂歡大嚼起來。

「酒過數巡，陡見滿堂的燈燭，逐漸熄滅，伺候的番女，逐漸減退。大家覺得有些詫異，互相詰問，人人都道腹痛如裂。正要質問鄭姑姑，鄭姑姑出其不意，已袖出匕首，直洞隊長之胸，立時倒地；拔出刀來，順手又殺一人。其餘番女各持兵器，從暗中竄出，逢人便斫。日人都徒手袒露，無可抵禦。眾人想奪門而走，誰知前後門都落了大閂，鎖上鐵鎖。日人無奈，只好應用他國粹的柔術來抵敵。鄭姑姑率領了一大隊親練的蠻學生，刀劈槍挑，殺人真如刈草。一剎那間，死屍枕藉滿庭。即不受刀槍刺死的，也都中毒死了。這一場惡戰，大約來赴讌的百餘人，沒有一個倖免。那時忽聽西北方凹底山邊槍砲聲一陣緊似一陣，鄭姑姑知道她放射流星的效力，吳彭年軍隊已響應了。門外知風的日兵，也圍得鐵桶般的劇烈撞擊。鄭姑姑忙收拾了屋內和場上縱橫倒斃的日人身上許多槍彈，分配給眾番女，高聲喊道：『我們的死期到了！一樣的死，與其在此等死，不如衝出去戰死。』大家同聲附和。鄭姑姑舉起一塊大石，打破邊墻，率領了眾番婦，長鎗短銃，和著鐵鏢弩箭，一窩風的向日兵聚集處殺去。

「日兵正集中在攻門，沒有提防到一大群見人即噬的雌狼，在外面反攻，一時措手不及，等到轉身抵禦，已經成了肉搏的形勢，火器失了效用。雖然殺傷了不少番女，究竟大和魂的勇猛，敵不住傀儡番的矯捷。還有郎嬌社全社的番壯，一齊舞動蠻器，旋風似的捲來，只好往下直退。退到太甲溪相近，恰

---

⑭ 蛤螯和蠔螺：蛤螯，音ㄏㄢˊ ㄠˊ。蛤，蚌屬，即扇貝，一名魁蛤，又稱瓦楞子。螯，車螯，亦蟹屬。蠔，蚌屬，即牡蠣。螺，亦蚌屬。

遇到吳彭年和林義成也率了大隊，在凹底山衝下。鄭姑姑和吳彭年合在一起，奮勇追奔。日兵本備下渡溪的船隻，一到溪邊，都爭先上船。慌亂之際，落水和中彈的不計其數，數百隻船艦，正載著逃軍，蕩到中流，岸上的追兵和船中的敗兵還不斷的矢彈橫飛。忽地上流頭順著風淌下無數兵船，鎗砲紛來，向日船中腰轟擊，頓時把日船打得東飄西盪，不成行列。

「吳、林等在火把光中看時，只見來船船頭上站著個偉丈夫，不是別人，正是徐驤。全軍中人人驚喜狂喊，都說是徐義士顯靈助戰，立時增加百倍的勇氣，沒個人不冒死向前，竟奪得許多渡船，把日軍一直驅迫到海邊，方始收兵回來。等到吳、林兩人渡過太甲溪，忽不見了鄭姑姑，番女們都四處奔馳的尋覓她們的賢師。吳、林兩人忽在太甲溪的一個小灣水灘上，瞥見鄭姑姑滿身血污的橫躺在砂土上，旁邊坐著在那裡掩面號哭的，正是大家認為已死的徐驤。義成跳上去問道：『咦！徐統帶你怎麼沒有死，倒在這裡，鄭姑姑怎麼反死了呢？』徐驤嗚咽道：『我在猴悶溪斷了籐，抓住了籐沒脫手。幸遇到鄭姑巡山看見，她救了我的性命，並且許我下山，設謀殺敵。誰知她的計成了功，她可在爭渡時，胸腹中了敵人的兩彈，我竟眼睜睜看她死去，沒法救活，這未免太悲傷了！』

「於是大家才明白這次戰勝的首功，全是鄭姑姑一人。大家都洒淚讚歎，不用說，第二天就舉行了一個盛大的喪儀，全軍替她縞素⓯一天，把她葬在大岡山的龍耳甕。這個捷報，申報到劉永福那裡，自然更增了徐驤和林義成的信用。雖然後來還是劉通華懷恨背叛，到了七月中，利用大幫土匪，造了大營譁潰的謠言，嚇跑了新楚軍統領李惟義，牽動前敵，袁錫清戰死。日軍仍襲據了太甲溪，進攻彰化。劉

⓯ 縞素：服喪，謂著白色之喪服。縞，音ㄍㄠˇ。

通華又導匪暗襲八卦山，破了彰化，吳彭年也殉了難。日軍連陷雲林、苗栗二縣，進逼嘉義。當時和日軍對壘的，只賸徐驤和林義成兩人，還屢次設伏打敗日人。然日軍大集，用全力攻臺南，徐驤和林義成，相繼中礮而亡。從此劉永福孤立無援，兵盡餉絕，只得逃登德國商輪，棄臺內渡了。但至今談到太甲溪一戰，還算替中國民族吐一口氣，在甲午戰爭史上最光榮的一頁哩！不過大家不大知道罷了。」

肇廷講完這一大篇的歷史，赤雲先嘆了一口氣道：「龔璱人⓰尊隱上說的話真不差，凡在朝的人，懨懨無生氣；在野自多任俠敢死之士。不但臺灣的義民，即如我們在日本遇到和天弢龍伯在一起的陳千秋，也是一個奇怪的人。」被赤雲這句話一提，合座的話機就轉到陳千秋身上去了。又誰料知己傾談，忘了隔墻有耳，全灌進了楊雲衢的耳中。

正和皓冬在動問那大姐阿毛，忽然相幫送上皓冬家裡來的一個廣東急電。拆封一看，知道是黨裡的商業隱語密電。皓冬是電報生，當然一目了然。電文道：

大事準備已齊，不日在省起事，盼速來協謀。

當下遞給雲衢看了，兩人正格外的高興。倏地帘子一掀，一陣鶯聲嚦嚦的喊道：「你們鬼鬼祟祟的幹得好事！」兩人猛吃一驚。正是：血雨四天傾玉手，風雷八表動嬌喉。不知來者何人，下回再來交代。

⓰ 龔璱人：清龔自珍，字璱人，號定盦，道光進士，著有定盦全集。璱，音ㄙㄜˋ。

第三十四回　雙門底是烈女殉身處　萬木堂作素王改制談

上回掀帘進門來的，不是別人，當然是主人曹夢蘭。那時，夢蘭出局回家，先應酬了正房間裡的一班闊客，挨次來到堂樓，皓冬等方始放了心。恰好皓冬邀請的幾個同鄉陪客，也陸續而來。這臺花酒，本是皓冬替雲衢解悶而設，如今陳千秋的行蹤已在無意中探得，又接到了黨中要電，醉翁之意不在酒，但既已到來，也只好招呼擺起臺面，照例的歡呼暢飲，徵歌召花❶，熱鬧了一場。夢蘭也竭力招呼，知道楊、陸兩人，都不大會講上海白❷，就把英語來對答，倒也說得清脆悠揚，娓娓❸動聽。頓使楊、陸兩志士，在剎那間渾忘了血花彈雨的前途。等到席散，兩人匆匆回寓。雲衢固然為了責任所在，急欲返粵。皓冬一般的義憤勃勃，情願同行。

兩人商議定了。皓冬把滬上的黨務和私事料理清楚，就於八月十四日，和雲衢同上了怡和公司的出口船，向南洋進發。那晚，正是中秋佳節，一輪分外皎潔的圓月，湧上濤頭，彷彿要盪滌世間的腥穢。皓冬和雲衢餐後無事，都攀登甲板，憑欄賞月。兩人四顧無人，漸漸密談起來。皓冬道：「來電說，準

❶ 徵歌召花：謂徵召歌妓美人。徵歌，徵求歌唱者。李白宮中行樂詞之二：「選妓隨雕輦，徵歌出洞房。」

❷ 上海白：上海話。猶蘇州話之稱為蘇白。

❸ 娓娓：勤勉不倦的樣子，常用來形容談論不倦，如娓娓道來、娓娓動聽。

備已齊，不知到底準備了些什麼？」雲衢道：「你是乾亨行會議裡參預大計的一人，主張用青天白日國旗的是你，主張先襲取廣州也是你。你是個重要黨員，怎麼你猜不到如何準備？」皓冬道：「我到上海後，只管些交際和宣傳事務，怎及你在香港總攬一切財政和接應的任務，知道的多！革命的第一要著，是在財政。我們會長在檀香山也沒有募到許多錢，我倒很不解這次起事的錢，從那裡來？」雲衢道：「別的我不曉得，我離開廣東前，就是黨員黃永襄捐助了蘇杭街一座大樓房，變價得了八千元，後來或者又有增加。」

皓冬道：「軍火也是準備中的要事。上次被扣後，現在不知在那裡購運？」雲衢道：「這件事，香港日本領事暗中很幫忙罷！況且陳千秋現在日本，他本來和日本一班志士天弢龍伯父子，還有曾根，都是通同一氣，購運當然有路。我這回特地來滬，跟尋陳千秋，也為了這事的關係重大。」皓冬道：「革命事業，決不能專靠拿筆桿兒的人物。從前三會聯盟，黨勢擴大了不少。其實不但秘密會黨，就是綠林中，也不少可用之才。這回不知道曾否羅致一二？」雲衢道：「這層早已想到，現在黨中已和北江的大砲梁，香山隆都的李杞侯艾存，接洽聯絡。關於這些，黨員鄭良士十分出力。恰好遇到粵督談鍾靈裁汰綠營的機會，軍心搖動，前任水師統帶程奎光，就利用了去運動城中防營和水師，大半就緒了。所以就事勢上講，舉事倒有九分的把握，只等金錢和軍火罷了。」

皓冬道：「我聽說我們會長，和談督結交得很好，這話確不確？」雲衢笑道：「這是孫先生扮的滑稽劇。一則靠他的外科醫學，雖然為葡醫妒忌，葡領禁止他在澳門行醫，並封閉了他開設的藥店，然上流人都異常信任，當道也一般歡迎。二則借振興農業為名，創辦農學會，立了兩個機關。一在雙門底王的背後，吟道：

家祠雲崗別墅，一在東門外咸蝦欄張公館。就用這兩種名義結納官紳，出入衙署。談督也震于虛聲，另眼款接。農學會中還有不少政界要人，列名贊助。再想不到那兩處都是革命重要機關，你想那些官僚糊塗不糊塗！孫先生的行動，滑稽不滑稽！」皓冬正想再開口，忽聽有一陣清朗激越的吟詩聲，飛出他們

雲冥冥兮天壓水，黃祖小兒挺劍起。大笑語黃祖，如汝差可喜。丈夫呰窳❹豈偷生，固當伏劍斷頭死。生亦我所欲，死亦貴其所。鄴城有人怒目視，如此頭顱不敢取。乃汝黃祖真英雄，尊酒相讐意氣何栩栩！蜮❺者誰？彼魏武。虎者誰？汝黃祖。與其死於蜮，孰若死於虎！

兩人都吃了一驚。聽那聲音是從離他們很近的對過船舷上發出，卻被大煙囱和網具遮蔽，看不見人影。細辨詩調和口音，是個湘人。他們面面相覷了一晌，疑心剛才的密談，被那人偷聽了去，有意吟這幾句詩來揶揄❻他們的。此時再聽，就悄無聲息了。皓冬忽地眉頭一皺，英俊的臉色，漲滿了血潮。一手在衣袋裡，掏出一支防身的小手槍，拔步往前就沖。雲衢搶上去，拉住他低問道：「你做什麼？」

皓冬著急道：「你不要拉我，寧我負人，毋人負我。我今天只好學曹孟德！」雲衢道：「槍聲一發，

❹ 呰窳：亦作「呰窳」。音ㄗˋ ㄩˇ。苟且偷惰之謂。

❺ 蜮：音ㄩˋ。亦稱「短狐」、「射工」、「射影」、「視影」、「水弩」。傳為能害人之水中毒蟲，形似鱉，能含沙射人。

❻ 揶揄：嘲弄。白居易東南行百韻詩：「時遭人指點，數被鬼揶揄。」

驚動大眾，事機更顯露了，如何使得！」皓冬道：「打什麼緊！我打死了他，就往海中一跳，使大家認做仇殺就完了。結果不過犧牲我一個人，於大局無關。」說完，把手用力一摔，終被他掙脫，在中間綑具上，直跳過去。誰知跳過這邊一望，只有舖滿在甲板上霜雪般的月光，冷靜得鬼也找不到一個，那裡有人？皓冬心裡詫異，一壁四處搜尋，一壁低喊道：「活見鬼哩！」雲衢那時也在船頭上繞了過來道：「皓兄不必找了，你跳過來時，我瞥見月下一個影子掠過前面，下艙去了。這樣看來，我們的機密，的確給他聽去。不過這個人機警得出人意表，決不是平常人，我們倒要留心訪察，好在有他的湖南口音，可以做標準。探訪明白，再作商量，千萬不要造次❼。」皓冬聽了，哭喪著臉，也只好懶洋洋的隨著雲衢一同歸艙。

次早，雲衢先醒。第一灌進他耳鼓的，就是幾聲湖南口音，不覺提起了注意。好在他睡的是下鋪，一骨碌爬起來，拉開門向外一望，只見同艙對面十號房門，門口正站著一個廣額豐頤長身玉立的人。飛揚名俊的神氣裡，帶一些狂傲高貴的意味，剛打著他半雜湘音的官話，吩咐他身旁侍立的管家道：「你拿我的片子送到對過六號房間裡二位西裝先生，你對他說，我要去拜訪談談。」

那管家答應了，忙走過來，把片子交給也站在門外的雲衢。雲衢拿起來一看，只見上面寫著：「戴同時，號勝佛，湖南瀏陽人。」雲衢知道他是當代知名之士，也是熱心改革政治人物，一壁向管家道：「就請過來。」一壁喚醒睡在上鋪上的皓冬。皓冬睡眼朦朧爬起來，莫名其妙的招待來客。那時戴勝佛已一腳跨進了房門，微笑的說道：「昨夜太驚動了，不該，不該！但是我先要聲明一句，我輩都是同志，

❼ 造次：急遽；倉猝。論語里仁：「造次必於是。」

雖然主張各異，救國之心，總是殊途而同歸。兄等秘密的談話，我就全聽見了，決不會洩漏一句，請只管放心！」皓冬聽了這一套話，這才明白來客就是昨天甲板上吟詩自己要去殺他的人。現在倒被他一種伉爽誠懇的氣概籠罩住了，固然起不了什麼激烈的心思；就是雲衢也覺來得突兀，心裡只有驚奇佩服，先開口答道：「既蒙先生引為同志，許守秘密，我們實在榮幸得很。但先生又說，主張各異，究竟先生的主張和我們不同在那裡，倒要請教。」

勝佛道：「兄等首領孫先生興中會的宗旨，我們大概都曉得些。下手方策，就是排滿。政治歸宿，就是民主。但照愚見看來，似乎太急進了。從世界革命的演進史講，政治進化，都有一定程序。先立憲而後民主，已成了普遍的公例。大政治家孟德斯鳩的法意，就是主張立憲政體的。就拿事實來講，英國的虛君位制度，日本的萬世一系法規，都能發揚國權，力致富強，這便是立憲政體的效果。至於種族問題，在我以為無甚關係。我們中國，雖然常受外族侵奪，然我們族性裡，實在含有一種不可思議的潛在力。結果，外族決不能控制我們，往往反受了我們的同化。你看如今滿洲人的風俗和性質，那一樣不和我們一樣，再也沒有韃靼人一些氣味了！」

皓冬道：「足下的見解差了。兄弟從前也這樣主張過，所以曾經和孫先生去游說威毅伯變法自強。後來孫先生徹底覺悟，知道是不可能的。立憲政體，在他國還可以做，中國則不可。第一要知道國家就是一個完整民族的大團集，依著相同的氣候、人情、風俗、習慣，自然地結合。這個結合的表演，就是國性。從這個國性裡才產生出憲法。現在我們國家在異族人的掌握中，奴役了我們二百多年，在他們心目中，賤視我們當做劣種，卑視我們當做財產，何嘗和他們的人一樣看待？憲法的精神，全在人民獲得自由平等，他們肯和我們平等嗎？他們肯許我們自由嗎？譬如一個惡霸或強盜，霸占了我們的房屋財產，弄得我們亂七八糟。一朝自己想整理起來，我們請那個惡霸去做總管，天下那裡有這種笨人呢！至於政治進行的程序，本來沒有一定。目的就在去惡從善，方法總求適合國情。我們既認民主政體，是適合國情的政體，我們就該奮勇直前，何必繞著彎兒走遠道呢？」

勝佛忙插言道：「皓兄既說到適合國情，這個合不合，倒是一個很有研究的問題。我覺得國人尊君親上的思想，牢據在一般人的腦海裡，比種族思想強得多。假如忽地主張推翻君主，反對的定是多而且烈。不如立憲政體，大可趁現在和日本戰敗後，人人覺悟自危的當兒，引誘他去上路。也叫一班自命每飯不忘的士大夫，還有個存身之地，可以減少許多反動的力量。」雲衢接著道：「先生只怕還沒透徹罷！我國人是生就的固定性，最怕的是變動。只要是變，任什麼多要反對的。改造民主，固然要反對；就是主張立憲，一般也要反對。我們革命，本來預備犧牲。一樣的犧牲，與其做委屈的犧牲，寧可直捷了當的做一次徹底的犧牲。我們本還沒敢請教先生這回到粵的目的，照先生這樣熱心愛國，我們是很欽佩的，何不幫助我們去一同舉事。」

雲衢說到這裡，皓冬睃了他一眼。勝佛笑著說道：「不瞞兩位說，我這回到粵，是專誠到萬木草堂，去訪一位做孔子改制考大名鼎鼎的唐常肅先生。我在北京本和聞鼎儒、章騫等想發起一個自強學會，想請唐先生去主持一切，而且督促他政治上的進行。至於兄等這回的大舉，精神上，我們當然表同情。遇到可以援助的機會，也無不盡力。兩位見到孫先生時，請代達我的敬意罷。」於是大家漸漸脫離了政見的舌戰，倒講了許多時事和學問，說得很是投機。皓冬的敏銳活潑，和勝佛的豪邁靈警，兩雄相遇，尤其沆瀣一氣❽。一路上你來我往，倒安慰了不少長途的寂寞。沒多幾天，船抵了廣州埠。大家上岸，珍重道別。勝佛口裡祝頌他們的成功，心裡著實替他們擔心。

話分兩頭。如今且說勝佛足跡遍天下，卻沒到過廣東。如今為了崇拜唐常肅的緣故，想捧他做改革派的首領，秘密來此，先託他的門人梁超如作書介紹。一上岸，就問明了長興里萬木草堂唐常肅講學的地方，就一逕前去。一路上聽見不少傑格鉤輈的語調，看見許多豐富奇瑰的地方色彩，不必細表。忽到了一個幽曠所在，四面圍繞滿了郁蔥的樹木，樹木裡榕和桂為最多。在蕭疏秋色裡，飄來濃郁的天香。兩扇銅環黑漆洞開著的牆門，在深深的綠蔭中湧現出來。門口早有無數上流人在那裡進進出出。勝佛忙上前去投刺，並且說明來意。一個很伶俐像很忙碌的門公❾接了片子，端相了一回，帶笑說道：「我們老爺此時恰在萬木堂上講孔夫子呢！他講得正高興，差不多和耶穌會裡教士們講道理一樣，講得津津有味。你看，來聽講的人這麼熱鬧。先生來得也算巧、也算不巧了！」

勝佛詫問道：「怎麼又巧又不巧呢？」門公笑道：「我們老爺，大家都叫他清朝孔夫子。他今天講的題目，就是講孔夫子道理裡的真道理，所以格外重要。從來沒有講過，在大眾面前開講，今天還是第一遭。先生剛剛來碰上，那不是巧嗎？可是我們老爺定的學規，大概也是孔夫子當日的學規罷！他老人家一上了講座，在講的時候，就是當今萬歲爺來，也不接駕的。先生老遠奔來，只好委屈在聽講席上，

---

❽ 沆瀣一氣：喻臭味相投，志趣相合。宋錢易著南部新書：「乾符二年，崔沆放崔瀣榜，譚者稱座主門生，沆瀣一氣。」沆瀣，音ㄏㄤˋ ㄒㄧㄝˋ。

❾ 門公：通常指年齡較長的看門人。

等候一下。」

勝佛聽著，倒也笑了。當下就隨著那門公，蜿蜒走著一條長廊。長廊盡處，巍然顯出一座很宏敞的堂樓。迎面就望見樓檐下，兩楹間，懸著一塊黑漆綠字的大匾額，上面是唐先生自寫的「萬木草堂」四個飛舞倔強的大字。堂中間，設起一個一丈見方三四尺高的講臺。臺中間，擺上一把太師椅，一張半桌。臺下，緊靠臺橫放著一張長方桌，兩頭坐著兩個書記。外面是排滿了一層層聽講席，此時已人頭如浪般波動，差不多快滿座了。唐先生方站在臺上，興高彩烈，指天畫地的在那裡開始他的雄辯。那門公把勝佛領進堂來，替他找到一個座位。聽眾的眼光，都驚異地注射到這個生客。那門公和臺邊併坐著兩少年，低低交換了幾句話，見那兩少年彷彿得了喜信似的，慌忙站起向勝佛這邊來招呼。唐先生在臺上，眼光裡也表示一種歡迎。第一個相貌豐腴的先向勝佛拱手道：「想不到先生到得怎快，使我們來不及來迎駕。」第二個瘦長的隨著道：「超如沒告訴我們先生動身日期和坐的船名，倒累我們老師盼念了好久。」

勝佛謙遜了幾句，動問兩少年的姓名。前一個說姓徐名勉，後一個說姓麥名化蒙。這兩個都是唐門高弟，勝佛本來知道的。不免說了些久慕套話，大家仍舊各歸了原位。那時唐先生在講臺上，正說到緊要關頭。高聲的喊道：

我們渾渾沌沌崇奉了孔子二千多年，誰不曉得孔子的大道在六經，又誰不曉得孔子的微言大義在春秋呢！但據現在一萬八千餘字的春秋看來，都是些會盟征伐的記載，看不出一些道理，類乎如今的京報匯編。孟子轉述孔子的話：「春秋，天子之事也。」這個「事」在那裡？又道：「其事則齊桓、晉文，其文則史，其義則丘竊取之矣。」這個「義」又在那裡？又說：「知我者，其惟春秋乎。罪我者，其惟春秋乎！」這種關係的重大，又在那裡？真令人莫名其妙！無怪朱子疑心他不可解，王安石蔑視他為斷爛朝報，要束諸高閣了。

那麼孔子真欺騙我們嗎？孟子也盲從瞎說嗎？這斷乎不是。我敢大膽地正告諸君：春秋不同他經，春秋不是空言，是孔子昭垂萬世的功業。他本身是個平民，託王于魯。自端門虹降⑩，就成了素王受命的符瑞。借隱公元年，做了新文王的新元紀，實行他改制創教之權。生在亂世，立了三世之法，分別做據亂世、升平世、太平世。三朝三世中，又各具三世，三重而為八十一世。示現因時改制，各得其宜。演種種法，一以教權範圍舊世新世。公羊、穀梁所傳筆削之義，如用夏時、乘殷輅、服周冕等主張，都是些治據亂世的法。至於升平、太平二世的法，那便是春秋新王行仁大憲章，合鬼神山川、公侯庶人、昆蟲草木全統於他的教。大小精粗，六通四闢⑪，無乎不在。所以孔子不是說教的先師，是繼統的聖王。春秋不是一家的學說，是萬世的憲法。他的偉大基礎，就立在這一點改制垂教的偉績上。我說這套話，諸位定要想到春秋一萬八千字的經文裡，沒有提

⑩ 端門虹降：端門，魯國城門名。公羊傳哀公十四年何休注：「得麟之后，天下血書魯端門曰：『趍作法，孔聖沒。周姬亡，彗東出。秦政起，胡破術。書記散，孔不絕。』子夏明日往視之，血書飛為赤烏，化為白書，署曰演孔圖，中有作圖制法之狀。」

⑪ 大小精粗二句：大小精粗，謂宇宙萬有之大小與精密粗疏。六通四闢，六通謂通陰、陽、風、雨、晦、明，四闢謂春、夏、秋、冬。闢，或作「辟」。

過像這樣的一個字，必然疑心是後人捏造，或是我的夸誕。其實這個黑幕，從秦、漢以來，老子、韓非刑名法術君尊臣卑之說，深中人心。新莽時，劉歆又創造偽經，改國語做左傳，攻擊公穀；賈逵、鄭玄等竭力贊助。晉後，偽古文經大行。公穀被擯，把千年以來學人的眼，都蒙蔽了。不但諸位哩！若照盧仝和孫明復的主張，「獨抱遺經究終始」，那麼春秋簡直是一種帳簿式的記事，沒甚深意。只為他們所抱的是古「魯史」，並沒抱著孔子的「遺經」。我們第一要曉得春秋要分文、事和義三樣。孔子明明自己說過，「其事則齊桓、晉文，其文則史，其義則丘竊取之。」孔子作春秋的目的，不重在事和文，獨重在義。這個「義」在那裡？公羊說：「制春秋之義，以俟後聖。」漢人引用，廷議斷獄。漢書上常大書特書道：「春秋大一統、大居正，春秋之義，王者無外。春秋之義，大夫無遂事。春秋之義，子以母貴，母以子貴。春秋之義，不以父命辭王父命，不以家事辭王事。」像這樣的，指不勝屈。明明是傳文，然都鄭重地稱為春秋。可見所稱的春秋，別有一書，不是現在共尊的春秋經文。

第二要曉得春秋的義。傳在口說。漢書藝文志說：「春秋貶損大人，不可書見，口授弟子。」劉歆移太常博士文，也道「信口說而背傳記」，許慎亦稱「師師口口相傳」。只因孔子改制所託，升平、太平並陳，有非常怪論，故口授而不能寫出，七十子傳於後學。直到漢時，全國誦講，都是些口說罷了。

第三要曉得這些口說還分兩種：一種像漢世廷臣，斷事折獄，動引春秋之義；奉為憲法遵行，那些都是成文憲法。就是公、穀上所傳，在孔門叫做大義，都屬治據亂世的憲法。不過孔子是匹夫制憲，貶天子，刺諸侯，所以不能著於竹帛，只好借口說傳授。便是後來董仲舒、何休的陳口說，那些都是不成文憲法。在孔門叫做微言，大概全屬於升平世、太平世的憲法。那麼這些不在公、穀所傳的春秋義，附麗在什麼地方呢？我考公羊曹世子來朝，傳、春秋有「譏父老子代從政」者，不知「其在曹歟在齊歟？」這幾句話，非常奇特，傳上大書特書稱做春秋的，明明不把現有一萬八千文字的春秋當春秋。確乎別有所傳的春秋，「譏父老子代從政」七字，今本經文所無。而且今本經文，全是記事，無發義，體裁也不同。這樣看來，便可推知春秋真有口傳別本，專發義的。孟子所指「其義則丘竊取之」，公羊所說「制春秋之義」，都是指此。並可推知孔子雖明定此義，以為發之空言，不如託之行事之博深切明。故分綴各義，附入春秋史文。特筆削一下，做成符號。然口傳既久，漸有誤亂。故公羊先師，對於本條，已忘記附綴的史文，該附在「曹世子來朝」條，還該在「齊世子光會於柤」條，只好疑以傳疑了。

第四就要曉得春秋碻有四本。我從公羊傳莊七年經文：「夜中星霣如雨。」公羊傳：「不修春秋曰：『雨星不及地尺而復。君子修之曰，星霣如雨。』」不修春秋，就是魯春秋。君子修之，就是孔子筆削的春秋。因此可以證知不修春秋，公羊先師還親見過他的本子。曾和筆削的春秋，兩兩對校過。凡公羊有名無名、或詳或略、有日月、無日月、何以書、何以不書等等，都從不修春秋上校對知道。那麼連筆削的春秋，成文的已有兩本。其他口說的「春秋大義」，公、穀所傳的是一本。口說的「春秋微言」，七十子直傳至董仲舒和何休，又是一本。其實四本裡面，口說的微言一本，最能表現春秋改制創教的精神。

請諸位把我今天提出的四要點，去詳細研究一下。向來對於春秋的疑點，一切都可迎刃而解。只要不被劉歆偽經所蠱惑，不受偽古文學家的欺蒙，確信孔子春秋的真義，決不在一萬八千餘字的經文，並不在公、穀兩家的筆削大義，而反在董仲舒、何休所傳的秘密口說。這樣一經了徹，不但素王因時立法的憲治，重放光明；便是我輩通經致用的趨向，也可以確立基礎了。

當時唐先生演講完了，臺下聽眾倒也整齊嚴肅，一個都不敢叫囂紛亂，挨次的退下堂去。足見長興學規的氣象，或者有些彷佛杏壇。勝佛還是初次見到這現代聖人的面。見他身中，面白，無鬚，圓圓的臉盤，兩目炯炯有光，於盎然春氣裡，時時流露不可一世的精神。在臺上整刷了一下衣服，從容不迫的邁下臺來。

早有徐勉、麥化蒙兩大弟子，疾趨而進。在步踏旁報告勝佛的來謁，一面由徐勉遞上卡片。其實唐先生早在臺上料知，一看卡片，立時顯露驚喜的樣子，搶步下臺，直奔勝佛座次。勝佛起迎不迭，被唐常肅早緊拉住了手，哈哈大笑道：「多年神交，今天竟先辱臨草堂，直是夢想不到。剛才鄙人的胡言亂道，先生休要見笑。反勞久待，抱歉得很！」勝佛答道：「振聾發聵，開二千年久埋的寶藏。素王法治，繼統有人。我輩係門牆外的人，得聞非常教義，該敬謝先生的寬容，何反道歉？」常肅道：「上次超如寄來大作仁學初稿，拜讀一過。冶宗教、科學、哲學於一爐，提出仁字為學術主腦，把以太來解釋仁的體用變化，把代數來演繹仁的事象錯綜，對於內學相宗各法門，尤能貫徹始終。真是無堅不破，無微不發，中國自周、秦以後，思想獨立的偉大作品，要算先生這一部是第一部書了。」

勝佛道：「這種萌芽時代淺薄的思想，不足掛齒，請先生不要過譽。我現在急欲告訴先生的，是我這次從北京來南，受著幾個熱心同志的委託，特來敦促先生早日出山。希望先生本春秋之義，不徒託之空言，該建諸實事。還有許多預備組織事，要請先生指示主持哩。」常肅道：「我們要談的話多著呢，我們到裡面內書室裡去談罷，而且那裡已代先生粗備了臥具。」於是徐、麥二人就來招呼前導，唐常肅在後陪著，領到了一間很幽雅的小書室裡，布置得異常精美安適，兩人就在那裡上天下地的縱談起來，徐、麥兩高弟也出入輪替來照顧。當夜不免要盡地主之義，替勝佛開讌洗塵。席間勝佛既嘗到些蠁螺、干翅、蛇酒、蠔油南天的異味，又介紹見了常肅的胞弟常博，認識了幾個唐門有名弟子陳萬春、歐矩甲、龍子積、羅伯約等。從此往來酬酢，熱鬧了好幾天。有暇時，便研究學問，討論討論政治。彼此都意氣相投，脫略形迹⑫。

勝佛知道了常肅不但是個模聖範賢的儒生，還是個富機智善權變能屈能伸的政治家。常肅也了解勝佛不是個縋幽鑿險⑬的空想人，倒是個任俠仗義的血性男子。不知不覺在萬木草堂裡流連了二十多天。看著已到了滿城風雨的時季，勝佛提議和常肅同行。後來決定過重九節後，勝佛先行，常肅隨後就到北京。到了重九，常肅又替勝佛餞行，痛飲了一夜。

次日勝佛病酒，起的很晚。正在自己屋裡料理行裝，常肅面現驚異之色走進來，喊道：「勝佛，你倒睡得安穩，外面鬧得翻天覆地了！」勝佛詫問道：「什麼事？」常肅道：「革命黨今天起事，被談鍾

⑫ 脫略形迹：真誠相待，不拘形迹。脫略，任性不受拘束。形迹，儀容禮貌。

⑬ 縋幽鑿險：好高騖遠，標奇立異，喜作幽深險怪之想。

靈預先得信，破獲了！」勝佛注意的問道：「誰革命？怎麼起得這麼突然，破壞得又這樣容易呢？」常肅道：「革命的自然是孫汶。我只曉得香港來的保安輪船到埠時，被南海縣李征庸率兵在碼頭搜截。捕獲了丘四、朱貴全等四十餘人。又派緝捕委員李家焯到雙門底王家祠和咸蝦欄張公館兩個農學會裡，捉了許多黨人，搜到了許多軍器軍衣鐵釜等物。現在外面還在緹騎四出，徐、麥兩人正出去打聽哩。」勝佛心裡著急，沖口的問道：「陸皓冬被捉嗎？」常肅道：「不知道。陸皓冬是誰，你認得嗎？」勝佛道：「也是我才認識的。」方才滔滔地把輪船上遇見楊、陸兩人的事，向常肅訴說。

徐勉外面回來道：「這回革命的事，幾乎成功。真是談督的官運亨通，陰差陽錯裡倒被他糊裡糊塗的撲滅了。我有一個親戚，也是黨裡有關係的人，他說得很詳細。這次的首領，當然是孫汶。其餘重要人物，如楊雲衢、鄭良士、黃永襄、陸皓冬、謝贊泰、尤烈、朱淇等，都在裡面。這回的布置很周密，總分為兩大任務：孫汶總管廣州方面軍事運動，楊雲衢擔任香港方面接應及財政上的調度。軍事上，由鄭良士結合了許多黨會和附近綠林，由程奎元運動了城內防營和水師，集合起來，至少有三四千人。接應上，雲衢購定小火輪兩艘，用木桶裝載短槍，充作士敏土瞞報稅關。在省河南北，分設小機關數十處，以備臨時呼應集合。先由朱淇撰討滿檄文，何啟律師和英人鄧勤起草對外宣言，約期重九日發難。等輪船到埠時，用刀劈開木桶，取出軍械，首向城內重要衙署進攻。同時埋伏水上和附城各處的會黨，分為北口順德、香山、潮州、惠州大隊，分路響應。更令陳清率領炸彈隊在各要區施放，以壯聲勢。預定以紅帶為號，口號是『除暴安良』四字。那裡曉得這樣嚴密的設備，偏偏被自己的黨員走漏了消息。那天，便是初八日，孫汶在一家紳士人家赴讌。忽見他的身旁，有好幾個兵勇輪流來往，情知不妙，反裝得沒事人一般，笑對座客道：『這些人，是來逮捕我的嗎？』依然高談闊論，旁若無人。等到飯罷回寓，兵勇們只見他進去，沒有見他出來。那時楊雲衢在港，又因布置不及，延期了兩天。恰恰給予了官廳一個預備的機會，立即調到駐長洲的營勇一千五百人做防衛。海關上也截住了黨軍私運的軍械。今早由南海縣在埠頭搜捕了丘四等一干黨人，其餘一鬨而散。又起得七箱洋槍。原報告人李家焯在雙門底農會裡捉住了黨人陸皓冬、程耀臣等五人。」

勝佛頓足道：「陸皓冬真被捕了，可惜！可惜！到底是那個黨員走漏的消息呢？陸皓冬捉到後，如何處置呢？」徐勉道：「那個走漏消息，至今還沒明白。不過據原報告委員李家焯說，是黨員自首的。」勝佛拍案道：「這種賣友黨員，可殺！可殺！」言猶未了，麥化蒙從外跳了進來。怒吽吽⓮的道：「陸皓冬、丘四、朱貴全已在校場斬首了，程奎元在營務處把軍棍打死了。陸皓冬的供辭，非常慷慨動人，臨刑時，神氣也從容得很。這種人真是可敬！又誰知害他的就是自己黨友朱淇，首告黨中秘密，這種人真是可恨！」勝佛聽到這裡，又憤又痛，發狂似的直往外奔。常肅追上去，嘴裡喊著：「勝佛，你做什麼？」正是：直向光明無反趾，推翻筆削逞雄心。勝佛奔出，是何用意，下回再說。

⓮ 怒吽吽：極言其怒不可遏之狀。吽，同「吼」。大怒。參閱第二十三回❸。

第三十五回　燕市揮金豪公子無心結死士　遼天躍馬老英雄仗義送孤臣

且說常肅追上去，一把抓住了勝佛道：「你做什麼?凡是一個團體，這些叛黨賣友的把戲，歷史上數見不鮮。何況朱淇自首，到底怎麼一回事，還沒十分證明。我們只管我們的事罷！」勝佛原是一時激於義憤，沒加思索的動作，聽見唐先生這般說，大家慨歎一番，只索罷休。

勝佛因省城還未解嚴，多留了一天。次日，就別過常肅，離開廣州，途中不敢逗遛，趕著未封河前，到了北京。勝佛和湖北制臺莊壽香的兒子莊立人，名叫可權的，本是至交。上回來京，就下榻在立人寓所。這回為了奔走國事而來，當然一客不煩二主，不必勝佛通信關照，自有聞韻高、楊淑喬、林敦古一班同志預告立人，早已掃徑而待。到京的第一天，便由韻高邀了立人、淑喬、敦古，又添上莊小燕、段扈橋、余仁壽、劉光地、梁超如等，主客湊了十人，都是當代維新人物，在虎坊橋韻高的新寓齋，替勝佛洗塵。原來韻高本常借住在金、寶二妃的哥哥禮部侍郎支綏家裡，有時在棲鳳樓他的談禪女友程夫人宅中勾留。近來因為寶妃的事，犯了嫌疑，支綏已外放出去，所以只好尋了這個寓所暫住，今天還是第一天宴客。當下席間，勝佛把在萬木草堂和常肅討論的事，連帶革命黨在廣州的失敗，一起報告了。韻高也滔滔地講到最近的朝政：「禧后雖然退居頤和園，面子上不干涉朝政，但內有連公公，外有永潞、耿義，暗做羽翼。授永潞直隸總督、北洋大臣，在天津設了練兵處，保定立了陸軍大學。保方代勝升了兵部侍郎，做了練兵處的督辦，專練新軍，名為健軍。更在京師神機營之外，添募了虎神營，名為翊衛畿輔，實則擁護牝朝❶，差不多全國的兵權，都在他掌握裡。皇上雖有變政的心，可惜孤立無援。偶在禧后前陳說幾句，沒一次不碰頂子，倒弄得兩宮意見越深。在帝黨一面的人物，又都是些老成持重的守舊大臣，不敢造作非常。所以我們要救國，只有先救皇上。要救皇上，只有集合一個新而有力的大團體，輔佐他清君側，振朝綱❷。我竭力主張組織自強學會，請唐先生來主持，也就為此。照皇上的智識度量，別的我不敢保，我們贊襄他造成一個虛君位的立憲國家，免得革命流血，重演法國慘劇，這是做得到的。」小燕道：「韻高兄的高見，我是很贊同的。不過要創立整個的新政治，非用徹底的新人物不可。像我們這種在宮廷裡旅進旅退❸慣的角色，儘管賣力唱做，掀帘出場，決不足震動觀眾的耳目。所以這齣新劇，除了唐常肅，誰都不配做主角。所難的唐先生位卑職小，倘這回進京來，要叫他接近天顏，就是一件不合例的難題。而且一個小小主事，突然召見，定要惹起后黨疑心，尤其不妥。我想司馬相如借狗監而進身，論世者不以為辱，況欲舉大事者何恤小辱，似乎唐先生應採用這種秘密手腕，做活動政治的入手方法。不識唐先生肯做不肯？」

超如微笑道：「不入虎穴，焉得虎子？佛不入地獄，誰入地獄？本師只求救國，決不計較這些。只

---

❶ 牝朝：謂婦女專擅朝政。時為慈禧太后垂簾聽政，故稱。牝，音ㄆㄧㄣˋ。雌性之禽獸。

❷ 清君側二句：清除君主左右之奸佞小人，振作朝廷之綱紀。

❸ 旅進旅退：謂與眾人共進共退。禮記樂記注：「旅，猶俱也。俱進俱退，言其齊一也。」後亦以稱無所建白、隨眾進退者，在此即取後一義。

是沒有門徑也難。」扈橋道：「門徑有何難哉！你們知道東華門內馬加剌廟的歷史嗎？」韻高把桌子一拍道：「著呀！我知道，那是帝黨太監的秘密集會所。為頭的是奏事處太監寇連才，這人很忠心今上，常常代抱不平，我認得他。」敦古舉起杯來向眾人道：「有這樣好的機緣，我們該浮一大白，預祝唐先生的成功。唐先生不肯做，我們也要逼著他去結合。」人家鬨堂附和。都喊著：「該逼他做，該逼他做！」席上自從這番提議後，益發興高彩烈，彷彿變法已告成功，在那裡大開功臣宴似的。真是飛觴驚日月，借箸動風雷。直吃到牙鏡沉光，銅壺歇漏❹，方罷宴各自回家。

且說勝佛第二天起來，就聽見外間一片謔浪笑傲聲裡，還混雜著吟哦聲，心裡好生詫異。原來勝佛住的本是立人的書齋，三大間的平房。立人把上首一間，陳設得最華美的讓給他住，當中滿擺著歐風的各色沙發和福端椅等，是立人起居處，也就是他的安樂窩。勝佛和立人，雖然交誼很深，但性情各異。立人儘管也是個名士，不免帶三分公子氣。勝佛最不滿意的，為他有兩種癖好：第一喜歡蓄優童，隨侍左右的都是些十五六歲的雛兒，打扮得花枝招展；乍一望，定要錯認做成群的鶯燕。高興起來，簡直不分主僕，打情罵俏的攪做一團。第二喜歡養名馬，所以他的馬號特別大。不管是青海的，張家口外的，四川的，甚至於阿拉伯的，不惜重價買來。買到後，立刻分了顏色毛片，替他們題上一個赤電、紫騮等名兒。有兩匹最得意的，一名驚帆駃，一名望雲騅，總數不下二十餘匹。春暖風和，常常馳騁康衢，或到白雲觀去比試。大有太原公子不可一世氣象。

勝佛現在驚異的，不是笑語聲，倒是吟哦聲。因為這種拈斷髭鬚的音調，在這個書齋裡，不容易聽

❹ 牙鏡沉光二句：月色西沉，銅壺漏盡，天將破曉。

到的。勝佛正想著，立人已笑嘻嘻的跨進房來，喊道：「勝佛兄，你睡夠了罷！你一到京，就被他們講變法，變得頭腦都漲破了。今天我想給你換換口味，約幾個洒脫些的朋友，在口袋底小玉家裡去樂一天。恰好你的詩友，程叔寬同蘇鄭龕，都來瞧你。我已約好了，他們都在外邊等你呢。」勝佛忙道：「啊喲，真對不起！我出來了。」

一語未了，已見一個瘦長條子，龍長臉兒，滿肚子的天人策、陰符經，全堆積在臉上，那是蘇胥。一個半乾削瓜面容，蜜蠟顏色，澄清的眼光，小巧的嘴，三分名士氣倒佔了七分學究風，那便是程二銘。兩人都是勝佛詩中畏友，當下一齊擁進來。勝佛歡喜不迭的一壁招呼，一壁搭話道：「我想不到兩位大詩人會一塊兒來。叔寬本在吏部當差，沒什麼奇；怎麼鄭龕好好在廣西，也會跑來呢？」鄭龕道：「不瞞老兄說，我是為了宦海灰心，邊防棘手，想在實業上下些種子，特地來此，尋些機緣。」叔寬道：「不談這些閒話。我且問你，我寄給新刻的滄臥閣詩集，收到沒有？連一封回信都不給人，豈有此理！」勝佛很謙恭的答道：「我接到你大集時，恰遇到我要上廣東去，不及奉答，抱歉得很。但卻已細細拜讀過了。叔兄的大才，弟一不敢亂下批評，只覺得清淳幽遠，如入邃谷迴溪，景光儵忽❺。在近代詩家裡，確是獨創。推崇你的，或說追躡草堂❻，或云繼繩隨州❼，弟獨不敢附和，總帶著宋人的色彩。」鄭龕道：「現代的詩，除了李純老的白華絳跗閣，由溫李而上溯杜陵，不愧為一代詞宗。其餘便是

❺ 儵忽：目眩神迷。儵，音ㄕㄨˋ。倏之本字。
❻ 草堂：指杜甫。杜甫在成都時，建宅於浣花溪畔，號曰浣花草堂，因稱杜甫為草堂。
❼ 隨州：指劉長卿。長卿為唐河間人，字文房，官終隨州刺史。詩調雅暢，權德輿稱為五言長城，有劉隨州集。

王子度的人境廬，縱然氣象萬千，然辭語太沒範圍，不免魚龍曼衍。袁尚秋的安舫簃，自我作古，戛戛獨造，也有求生求新的跡象。那一個不是宋詩呢？那也是承了乾、嘉極盛之後，不得不另闢蹊徑，一唱百和，自然的成了一時風氣了。」勝佛道：「鄭龕兄承認乾、嘉詩風之盛，弟不敢承教。弟以為乾、嘉各種學問，都是超絕千古，惟獨無詩。乾、嘉的詩人，只有黃仲則一人罷了。北江、茂芳輩，固然是學人的緒餘；便是袁、蔣、舒、王，那裡比得上嶺南、江左曝書精華呢！」

立人聽他們談詩不已，有些不耐煩了。插口道：「諸位不必在這裡盡著論詩了，何妨把論壇喬遷到小玉家中。他那邊固然窗明几淨，比我這裡精雅，而且還有兩位三唐正統的詩王，早端坐在寶座上，等你們去朝參哩。外邊馬車都準備好，請就此走罷！」勝佛等三人齊聲問道：「那詩王是誰？你說明了才好走。」立人笑道：「當今稱得起詩王的，除了萬范水、葉笑庵，還有誰？」鄭龕哈哈大笑道：「我道是誰，原來是他倆，的確是詩國裡的名王。一個是寶笏下藏著脂粉盒，一個是冕旒中露出白鼻子。好，我們快去肉袒獻俘罷！要不然，尊大人就要罵我們白盲不識寶貨了。」說著這話，連叔寬、勝佛也都跟著笑了。立人氣憤憤立起身來，一壁領著三人向外走，一壁咕嚕著道：「誰斷得定誰是王，誰是寇！今天姑且去舌戰一場，看看你們的成敗。」說時遲，那時快，已望見大門外，排列著一輛紅拖泥大鞍車，一輛綠拖泥的小鞍車。請勝佛上了大鞍車，鄭龕、叔寬坐了自己坐來的小鞍車。立人立刻跳上一輛墨綠色錦緞圍子、鑲著韋陀金一線滾邊、嵌著十來塊小玻璃格子的，北京人叫做十三太保的車子，駕著一匹高頭大騾，七八個華服的俊童，騎著各色的馬，一陣喧嘩中，動輪奮鬣，電掣雷轟般捲起十丈軟紅，齊向口袋底而來。

原來那時京師的風氣，還是盛行男妓，名為相公，士大夫懍於狎妓飲酒的官箴，帽影鞭絲，常出沒於韓家潭畔。至於妓女，只有那三等茶室，上流人不能去。還沒有南方書寓變相的清吟小班，有之，就從口袋底兒起。那妓院，共有妓女四五人，小玉是此中的翹楚。有許多闊老名流，迷戀著她，替她捧場，上回書裡已經敘述過了。到了現在，聲名越大，場面越闊，纏頭一擲，動輒萬千。車馬盈門，不問寒暑。而且這所妓院，本是舊家府第改的，並排兩所五開間兩層的大四合式房屋，庭院清曠，軒窗宏麗。小玉佔住的，是上首第一進，尤其布置得堂皇富麗，幾等王宮。可是豪富到了極顛，危險因此暗伏。北京號稱人海，魚龍混雜。混混兒❽的派別，不知有多少。看見小玉多金，大家都想染指。又利用那班揩鼻子的嫖客們，力不勝雞，膽小如鼠，只要略施小計，無不如願大來。所以近來流浪花叢的，至少要聘請幾個保鏢。立人既是個中人，當然不能例外。

閒言少表。且說小玉屋裡，在立人等未到之先，已有三個客，據坐在右首的像書室般敷設的房裡。滿房是一色用舊大理石雕嵌文梓的器具，隨處擺上火逼的碧桃、山茶、牡丹等香色俱備的鮮花，當中供著一座很大的古銅薰籠，四扇阮元就石紋自然形成的山水畫題句的嵌雲石屏。三人恰在屏下，圍繞著薰籠。屋主人小玉打扮得花枝招展的在一旁殷勤招待。

三人一壁烘火，一壁很激昂的在那裡互相嘲笑。一個方面大耳，膚色雪白，雖在中年，還想得到他少年時的神俊，先帶笑開口道：「范水，你不要盡擺出正則詞人每飯不忘的腔調，這哄誰呢！明明是金荃集的側豔詩，偏要說香草美人的寄託。顯然是會真記紀夢一類的偷情詩，卻要說懷忠不諒，托諷悟君。

❽ 混混兒：謂無業遊民。混混，苟且度過之義。

我試問你那首沈浸濃郁的彩雲曲，是不是妒羨雯青，騷情勃發？讀過你范水判牘的，遇到關著姦情案件的批判，你格外來得風趣橫生，這是為著什麼來？」范水把三指拈著清瘦的尖下頦上一蕞稀疏的短鬚，帶著調皮的神氣道：「陶令閒情賦、歐公西江月，大賢何嘗沒綺語？只要不失溫柔敦厚的詩教罷了！難道定要像你桀紂式的詩王，只俯伏在琴夢樓一個女將軍的神旗下，餘下的便一任你鞭鸞笞鳳嗎！可惜我沒有在大集上添上兩個好詩題：一個簡內子背花重放感賦；一個題姬人雪中裸臥圖，倒是一段詩人風流佳話。」

旁邊一個三十來歲沒留鬚的半少年，穿了一身很時髦的衣帽，面貌清瘦，氣象華貴，一望就猜得到是旗下貴人，當下聽了，非常驚詫的問道：「范公要添這兩題目，到底包孕什麼事兒？」范水笑道：「這樣風趣橫生的事，只有請笑庵自講最妙。」笑庵想接嘴，外面一片腳步聲，接著一陣笑聲。立人老遠的喊道：「呀，原來你也先到了！伯𣪘，這件事，笑庵自己和親供一般的全告訴了小玉，不必他講，叫小玉替他講得了。」小玉漲紅了臉，發急道：「莊大人，看你不出，倒會搭橋。我怎麼會曉得，怎麼能講？」立人隨手招呼勝佛、鄭龕、叔寬進門和這裡三人見面。隨口道：「小玉，你別急！等會兒，我來講給大家聽。」說著話，就給伯𣪘介紹給勝佛、鄭龕、叔寬，都是沒見過面的。便道：「這位便是宗室八旗名士草詩人祝寶廷先生的世兄富伯𣪘兄，單名一個壽字，是新創知恥學會的會長。曾有一篇告八旗子弟書，傳誦的兩句名論，是『民權興而大族之禍烈，戎禍興而大族更烈』。是個當今志士，也是個詩人。」

勝佛道：「我還記得寶廷先生自劾回京時，曾有兩句哄動京華的詩句，家大人常吟咏的。詩云：『微臣好色誠天性，只愛風流不愛官。』」真是不可一世的奇士！有此父，斯有此子，今天真幸會了。」伯黻道：「諸君不要謬獎，我是一心只想聽笑庵的故事，立人快講罷！」立人笑道：「真的幾乎忘了。笑庵，我是秉筆直書，懸之國門，不能增損一字。」笑庵道：「放屁！本來歷史是最不可靠的東西，奉敕編纂的史官，不過是頂冠束帶的抄胥❾。藏諸名山的史家，也都是借孝堂哭自己的造謊人。何況區區的小事，由你們胡說好了。」

立人道：「你們看著笑庵外貌像個溫雅書生，誰也想不到他的脾氣，倒是個凶殘的惡霸。偏偏不公的天，配給他一位美貌柔順的夫人，反引起了他多疑善妒的惡習性來。他名為愛護妻子，實在簡直把她囚禁起來。一年到頭，不許見一個人，也不許出一次門。偶然放她回娘家一次，便是他的皇恩大赦。然而先要把轎子的四面，用黑布蒙得緊騰騰地。轎夫抬到娘家後，放在廳上，可不許夫人就出轎。有四個跟轎的女僕，慢慢把轎子抬到內堂，才能拋頭露面。而且當夜就得回來，稍遲了約定的鐘點，就鬧得你家宅翻騰。這已經不近人情了！有一次，冬天，下雪的天氣，一個他的姨娘，不知什麼事觸怒了他，毒打了一頓，還不算數，把那姨娘，剝得赤條條地，丟在雪地裡。眼看快凍死了，他的夫人看不過，暗地瞞了他，搭救了進來。恰被他查穿，他並不再去尋姨娘，反把夫人硬拉了出來，脫去上衣，揿在板凳上，自己動手，在粉嫩雪白的玉背上，抽了一百皮鞭。這一來，把他最賢惠的夫人受不住這淫威了，和他拚死鬧到了分離，回住娘家。他也就在這個時候，討了名妓花翠琴。說也奇怪，真是一物一制。自從花翠琴嫁來後，竟把他這百煉鋼化為繞指柔❿了。只怕花翠琴就是天天賞他一百皮鞭，他也綿羊般低頭忍受

❾ 抄胥：亦作「鈔胥」。在政府機關擔任抄寫工作的人，胥，小吏。

了。范水先生，這些故事，都是你詩裡的好材料。你為什麼不在彩雲曲後，賡續一篇琴樓歌呢？」

那當兒，立人講得有些手舞足蹈起來。范水是本來曉得的，伯歉也有些風聞，倒把鄭翕和叔寬聽得呆了。小玉婀婀婷婷的走近立人，在他肩上輕拍了一下，睨視嬌笑著道：「喂，莊大人你說話溜了韁⓫了。且不說你全不問葉大人臉上的紅和白，你連各位肚子裡的飢和飽都不管。酒席也不叫擺，條子也不寫一張，難道今天請各位來，專聽你講故事不成？」立人跳起來，自己只把拳鑿著頭，喊道：「該死，該死！不是小玉提醒我，我連做主人的義務，全忘懷了。小玉，快擺起酒來，拿局票來讓我寫！」小玉笑嘻嘻的滿張羅，娘姨七手八腳照顧臺面。小玉自己獻上局票盤，立人一面問著各人應叫的堂唱名兒照寫，一面向笑庵道歉，揭露了他的秘密。笑庵啐了他一口道：「虧你說這種醜話，若然我厭惡那些話，聽了會生氣，老實說，你敢這般肆無忌憚嗎！一人自然有一人的脾氣，有好的，定有壞的；沒有壞的，除非是偽君子，那就比壞的更壞了。大家如能個個像我，坦白地公開了自己的壞處，政治上，用不著陰謀詭計；戰爭上，用不著權謀策略；外交上，用不著折衝欺詐；陰符七術可以燒，風後握奇可以廢，政書可以不作，世界就太平了。」勝佛拍案叫絕道：「不是快人，焉得快語！我從此認得笑庵，不是飯顆山⓬頭窮愁潦倒的詩人，倒是瑤臺桃樹⓭下玩世不恭的奇士了。」

⓾ 百煉鋼化為繞指柔：百煉鋼，即百鍊剛，喻意志堅強。繞指柔，喻極柔弱。晉劉琨重贈盧諶詩云：「何意百鍊剛，化為繞指柔。」

⓫ 溜了韁：即溜韁，馬脫韁亂跑。在此喻海闊天空，隨意亂說，漫無邊際，猶俗言跑野馬。

⓬ 飯顆山：長安山名。李白戲贈杜甫云：「飯顆山頭逢杜甫，頭戴笠子日卓午。借問別來太瘦生，總為從前作

一語未了，抬起頭來，忽見立人身畔，站在桌子角上的小玉，嚇得面如土色，一雙迷花的小眼，睜得大大的，注定了窗外。大家沒留意，勝佛也吃了一驚。隨著他的眼光，剛瞟到門口，只見氈帘一掀，已跨進一個六尺來長、紅顏白髮、一部銀髯的老頭兒，直向立人處走來。滿房人都出乎意外，被他一種嚴重的氣色，壓迫住了，都石像似的開不出口。小玉早顫抖的躲到壁角裡去了。立人是膽粗氣壯的豪公子，突然見這個生人，進來得奇怪，知道不妙。然不肯示弱，當下丟了筆，瞪著那老者道：「咦，你是誰？怎麼這般無禮的闖到我這裡來！你認得我是誰嗎？」那老頭兒微笑了一笑，很恭敬的向立人打了一個千道：「誰不認得您是莊制臺的公子莊少大人，今天打聽到您在這裡玩，老漢約了弟兄們特地趕來伺候您的。」立人扮著很嚴厲的樣子道：「你既然知道我的名兒，你要來見我，你怎麼不和我帶來的鏢師們接一個頭呢！」老頭兒冷笑了一聲道：「您要問他們嗎？膿包，中什麼用！聽見老漢一到，逃得影兒也沒一個。」

勝佛聽到這裡，忽然心上觸著一個人，忙奔過來，拉住那老頭兒的手，哈哈笑喊道：「你莫非是京師大俠大刀王二嗎？我和立人念道了你多少年，不想廝會在這裡，這多僥倖的事！立人，我和你該合獻三千金，為壯士壽。」那老頭兒反驚得倒退了幾步，喊道：「我不是王二，我是不愛虛名只愛錢，老漢還不識這位大人是誰，既蒙這樣豪爽的愛結交，老漢也就不客氣的謝賞。」說罷，就向勝佛請了一個安。勝佛忙扶住了道：「我是戴勝佛，專愛結識江湖奇士，這一點兒算什麼！」老頭兒道：「原來是戴三公

詩苦。」此譏杜甫作詩太拘束用力。

⑬ 瑤臺桃樹：瑤臺，神話中為神仙所居之地。桃樹，蟠桃樹，謂仙桃樹。

子，怪不得江湖上都愛重你好名兒。」立人被勝佛這麼一攪，真弄得莫名其妙，瞪著眼只望勝佛，又看看那老頭兒，只見還是威風凜凜的矗立不動。滿座賓客，早已溜的溜，躲的躲，房中嚴靜地只賸了四個人。忍不住的問道：「我和戴大人已經答應送給你三千金，那麼你老人家也可以自便了。」那老人裝了一個笑臉道：「剛才戴少大人說的三千金，是專賞給我的。眾弟兄還沒有發付，他們辛苦一場，難道好叫他們空手而回嗎！」立人這回也爽快起來了，忙接口道：「好了，好了！我再給他們兩千，歸你去分派罷。」

那老漢還是兀立不走。勝佛倒也詫異起來，分外和氣的說道：「壯士還有話說嗎？要說，請說。」老頭兒嘲諷似開口道：「兩位少大人，到底還是書獃子。這筆款子，難道好叫老漢上門請領嗎？兩位這般的仗義疏財，老漢在貴家子弟中，還是第一次領教呢！那麼索性請再爽利一點，當場現付罷。省得弟兄們在外邊囉唣⑭，驚動大家！」立人頓時發起極來道：「我們身邊怎麼會帶這許多款子，小玉又墊不起，這怎麼辦呢？」回過頭來，向著勝佛和屋角裡正在牙齒打架的小玉道：「是不是？我們既出口了，其實斷不會失信。」那老兒道：「我們也知道兩位身邊不會有現款，好在有的是票號錢莊。沒法兒，只好勞動那一位大駕走一趟了。」立人道：「只怕我們趕車兒的一時叫不齊。」老頭兒道：「不妨事，我早預備下一輛快車，候在門口。老漢伺候了一塊去走一遭。」

立人和勝佛都驚訝這老頭兒布置得太周密了。勝佛就站起來，拉了立人道：「咱們跟他去，那麼上那一家去呢？」立人此時只答了一句：「到蔚長厚去取。」身不由主的跟著那老人同到門口，果然見一

⑭ 囉唣：亦作「囉噪」。吵鬧。紅樓夢第一〇五回：「不許囉唣。」

輛很華美的小快車，駕著一頭菊花青騾子，旁邊還繫著一匹黑騾呢。只見那屋子四圍的街路上，東一簇，西一群，來來往往，滿是些不三不四的人，明明是那話兒了。那老頭子一到門外，便滿面春風的來招呼立人、勝佛上車，自己也跨上黑騾。鞭絲一揚，蹄聲得得的引導他們前進。勝佛在車廂裡和跨在車沿上的立人搭話。勝佛道：「今天的事，全是我幹的。這筆款子，你不願出，算我的帳，將來劃還你！」立人搖著頭道：「你真說笑話了！我們的交情，還計較這些。倒是今天這件事，來得太奇怪，怕生出別的岔子。化幾個錢滿不在乎。」勝佛道：「你放心，你瞧那老兒，多氣魄，多豪爽，多周密！我猜準他一定是大刀王二。我們既然想在政治上做點事業，這些江湖上的英雄，也該結識幾個，將來自有用處。這些錢，斷不會白扔掉的。」

兩人說說講講，不多會兒，車子已停在蔚長厚門前。立人等跳下車來，那老頭子已恭恭敬敬的等候在下馬石邊。低聲道：「老漢不便進去，請兩位取了出來，就在這裡交付。」立人點頭會意，立刻進去開了兩張票子。開好了就出來，把一張三千的親手遞給老頭子，一張兩千的託他去分配。那老頭兒又謝了，隨口道：「老漢今天才知道兩位都不是尋常紈袴，戴少大人尤其使我欽佩得五體投地。不瞞兩位說，老漢平生，最喜歡劫富濟貧，抑強扶弱，打抱不平。只要意氣相投的朋友，赴湯蹈火，全不顧的。今天既和兩位在無意中結識了，以後老漢身體性命，全個兒奉贈給你們，有什麼使喚，儘管來叫我。不過我還有一個不知進退的請求，明天早上，我們在西山碧雲寺有一個聚會，請兩位務要光臨。」勝佛道：「我第一要問明的你到底是不是王二？再者，我還有叨教的話，何妨再到口袋底去細談一回。」老頭子笑道：「我是誰，明天到碧雲寺，便見分曉，何必急急呢！口袋底請兩位不用再去了，我已吩咐了趕車的逕送兩位回府。老漢自去料理那邊的事，眾弟兄還等著我呢！」說完一席話，兩手一拱，跳上騾背，疾馳而去。

這裡立人和勝佛只得依了他話，回得家來，商量明天赴會的事。勝佛堅決主張要去，立人拗不過，只得依了。到了次日，勝佛天一亮就起來，叫醒立人，跨了兩匹駿馬，一個扈從也不帶。剛剛在許多捎雲蔽日的古檜下落馬，一進頭門，那老頭子已迎候出來。一領就領到了大殿東首的一間客廳上，齊齊整整的，排開了六桌筵席。席面上已坐滿了奇形怪狀，肥的，瘠的，貧的，富的，華絢的，襤褸的，醜怪的，文雅的，一大堆的人。看見勝佛、立人進來，都站起來拍掌狂呼的歡迎。

那老人很殷勤的請勝佛和立人分了東西，各坐了最高的座位，自己卻坐了中間一個最低的主位。筵席非常豐盛。侍席的人遍斟了一巡酒，那老者才舉起杯來，朗朗的說道：「老漢王二，今天請各位到這裡來，有兩個原因。一是歡迎會，二是告別筵。歡迎會，就為我們昨天結交了戴勝佛、莊立人兩位先生，都是當今不易得的豪傑，能替國家出力的偉人。我們弟兄，原該擇主而事，得了這兩位做我們的主人，我們就該替他效死。從今日起，凡我同會的人，都是戴、莊兩先生的人。無論叫我們做什麼事，到什麼地方，都不問生死的服從。而且明裡暗裡，隨時隨處，每日輪班保護。這就是歡迎會的意思。第二是因為當今第一忠臣，參威毅伯、連公公的韓惟藎侍御，奉上旨充發張家口。他是個寒士，又結了許多有勢力的仇家，若無人幫助保護前去，路上一定要被人暗害。這種人，是國家的元氣，做大臣的榜樣。我聽見人說，他摺子裡，有幾句話說到皇太后的道：『皇太后既歸政皇上矣，若猶遇事牽制，將何以上對祖宗，下對天下臣民！』你們看，多麼膽大，多麼忠心！我因欽敬他的為人，已答應他親身護送，又約了幾個弟兄，替他押運行李。擇定後日啟程，順便給諸位告別。」

說罷，把斟滿的一杯酒，向四周招呼。滿廳掌聲雷動中，忽然從外面氣急敗壞奔進一個人來，大家面色都嚇變了。正是：提挈玉龍為君死，馳驅紫塞為誰來。欲知來者是何人，為何事，且聽下文。

附　錄

修改後要說的幾句話

曾　樸

我把孽海花的初二兩編修改完了，付印時候，我心裡有幾句要說的話，把他寫在這裡：我要說的話是些什麼呢？（一）這書發起的經過；（二）這書內容的組織和他的意義；（三）此次修改的理由。

這書發起的經過怎麼的呢？這書造意的動機，並不是我，是愛自由者。愛自由者，在本書的楔子裡就出現，但一般讀者往往認為虛構的，其實不是虛構，是實事。現在東亞病夫已宣布了他的真姓名，愛自由者，何妨在讀者前，顯他的真相呢？他非別人，就是吾友金君松岑，名天翮。他發起這書，曾做過四五回。我那時正創辦小說林書社，提倡譯著小說，他把稿子寄給我看。我看了認是一個好題材。但是金君的原稿過於注重主人公，不過描寫一個奇突的妓女，略映帶些相關的時事，充其量，能做成了李香君的桃花扇、陳圓圓的滄桑豔，已算頂好的成績了。而且照此寫來，祇怕筆法上仍跳不出海上花列傳的蹊徑。在我的意思卻不然，想借用主人公做全書的線索，盡量容納近三十年來的歷史，避去正面，專把些有趣的瑣聞逸事，來烘托出大事的背景，格局比較的廓大。當時就把我的意見，告訴了金君。誰知金君竟順水推舟，把繼續這書的責任，全卸到我身上來。我也就老實不客氣的把金君四五回的原稿，一面點竄塗改，一面進行不息，三個月工夫，一氣呵成了二十回。這二十回裡的前四回，雜糅著金君的原稿不少，即如第一回的引首詞和一篇駢文，都是照著原稿，一字未改。其餘部分，也是觸處都有，連我自已也弄不清楚誰是誰的。就是現在已修改本裡，也還存著一半金君原稿的成分。從第六回起，纔完全是我的作品哩！這是我要說的第一件。

這書內容的組織和他的意義是怎麼樣的呢?我說這書實在是個幸運兒,一出版後,意外的得了社會上大多數的歡迎,再版至十五次,行銷不下五萬部,讚揚的讚揚,攷證的攷證,模仿的,繼續的,不知糟了多少筆墨,禍了多少棗梨。而尤以老友畏廬先生,最先為逾量的推許。——他先並不知道是我做的——我真是慚愧得很。但因現在我先要說明組織,我卻記到了新青年雜誌裡錢玄同和胡適之兩先生對於孽海花辯論的兩封信來。記得錢先生曾謬以第一流小說見許,而胡先生反對,以為祇好算第二流。——原文不記得,這是概括的大意。——他反對的理由有二:(一)因為這書是集合了許多短篇故事,聯綴而成的長篇小說,和儒林外史、官場現形記是一樣的格局,並無預定的結構。(二)又為了書中敘及煙臺孽報一段,含有迷信意味,仍是老新黨口吻。這兩點,胡先生批評得很合理,也很忠實。對於第一點,恰正搔著我癢處,我的稿把數十年來所見所聞的零星掌故,集中了拉扯著穿在女主人公的一條線上,表現我的想像,被胡先生瞥眼捉住,不容你躲閃,這足見他老人家讀書和別人不同,焉得不佩服!但他說我的結構和儒林外史等一樣,這句話,我卻不敢承認,祇為雖然同是聯綴多數短篇成長篇的方式,然組織法彼此截然不同。譬如穿珠,儒林外史等是直穿的,拿著一根線,穿一顆算一顆,一直穿到底,是一根珠練;我是蟠曲回旋著穿的,時收時放,東交西錯,不離中心,是一朵珠花。譬如植物學裡說的花序,儒林外史等是上昇花序或下降花序,從頭開去,謝了一朵,再開一朵,開到末一朵為止。我是繖形花序,從中心幹部一層一層的推展出各種形色來,互相連結,開成一朵球一般的大花。儒林外史等是談話式,談乙事不管甲事,就渡到丙事,又把乙事丟了,可以隨便進止。我是波瀾有起伏,前後有照應,有擒縱,有順逆,不過不是整個不可分的組織,卻不能說他沒有複雜的結構。至第二點,是對於金君原稿一篇駢文而發的,我以為小說中對於這種含有神秘的事是常有的。希臘的三部曲,末一部完全講的是報應固不必說,浪漫派中,如梅黎曼的短篇,尤多不可思議的想像。如婢尼斯銅像一篇,因誤放指環於銅像指端,至惹起銅像的戀妒,搿死新郎於結婚床上。近代象徵主義的作品,迷離神怪的描寫更數見不鮮,似不能概斥他做迷信。祇要作品的精神上，並非真有引起此種觀念的印感就是了。所以當時我也沒有改去，不想因此倒賺得了胡先生一個老新黨的封號。大概那時胡先生正在高唱新文化的當兒，很興奮地自命為新黨，還沒想到後來有新新黨出來，自己也做了老新黨，受國故派的歡迎他回去呢！若說我這書的意義，畏廬先生說：「孽海花非小說也。」又道：「彩雲是此書主中之賓，但就彩雲定為書中主人翁，誤矣。」這幾句話，開門見山，不能不說他不是我書的知言者！但是「非小說也」一語，意在極力推許，可惜倒暴露了林先生祇因在中國古文家的腦殼裡，不曾曉得小說在世界文學裡的價值和地位。他一生非常的努力，卓絕的天才，是我一向傾服的，結果僅成了個古文式的大繙譯家，吃虧也就在此。其實我這書的成功，稱他做小說，還有些自慚形穢呢！他說到這書的內容，也祇提出了鼓盪民氣和描寫名士狂態兩點。這兩點，在這書裡固然曾注意到，然不過附帶的意義，並不是他的主幹。這書主幹的意義，祇為我看著這三十年，是我中國由舊到新的一個大轉關，一方面文化的推移，一方面政治的變動，可驚可喜的現象，都在這一時期內飛也似的進行。我就想把這些現象，合攏了他的側影或遠景，和相連繫的一些細事，收攝在我筆頭的攝影機上，叫他自然地一幕一幕的展現，印象上不啻目擊了大事的全景一般。例如：這書寫政治，寫到清室的亡，全注重在德宗和太后的失和，所以寫皇家的婚姻史，寫魚陽伯、余敏的買官，東西宮爭權的事，都是後來戊戌政變、庚子拳亂的根原。寫雅聚園、含英社、談瀛會、臥雲園、強學會、蘇報社，都是一時文化過程中的足印。全書敘寫的精神裡，都自勉的含蓄著這兩種意義。我的才力太不彀，能否達到這個目的，我也不敢自詡，祇好待讀者的評判了。這是我要說的第二件。

此次修改的理由怎麼的呢？第一，是為了把孫中山先生革命的事業，時期提得太早了。興中會的組織，大約在光緒庚寅辛卯間，而廣州第一次的舉事，事實卻在乙未年十月。這書敘金雯青中了狀元，請假回南，過滬時就遇見陳千秋，以後便接敘青年黨、興中會的事。雯青中狀元，書中說明是同治戊辰年，與乙未相差幾至三十年，雖說小說非歷史，時期可以作者隨意伸縮，然亦不宜違背過甚，所以不得不把他按照事實移到中日戰爭以後。既抽去了這麼一件大事，篇幅上要缺少兩回的地位。好在這書裡對於法越戰爭，敘得本來太略，補敘進去，並非蛇足。第二，原書第一回是楔子，完全是憑空結撰；第二回發端還是一篇議論，又接敘了一段美人誤嫁醜狀元的故事，仍是楔子的意味，不免有疊床架屋之嫌，所以把他全刪了。其餘自覺不滿意的地方，趁這再版的機會，也刪改了不少。看起來，第一編幾乎大部是新產品了，這是我要說的第三件。

這書還是我二十二年前——時在是光緒三十二年——一時興到之作。那時社會的思潮，個人的觀念，完全和現時不同，我不自量的奮勇繼續，想完成自己未了的工作。停隔已久，不要說已搜集的材料，差不多十忘八九，便是要勉力保存時代的色彩，筆墨的格調，也覺得異常困難。矛盾拙滥，恐在所不免，讀者如能忠實的加以糾正，便是我的非常寵幸了！

追悼曾孟樸先生

蔡元培

我是四十多年前，就知道曾君表先生了。那時候我正在李蓴客先生京寓中，課其子，而李先生於甲午年去世，他的幾位老友與我商量搜集李先生遺著的事，曾說李先生駢文，曾君表先生有輯錄本，我所以知道君表先生。最近兩年，我在筆會裡常見到虛白先生，然而我始終未曾拜見孟樸先生。今所以參加追悼的緣故，完全為先生所著的孽海花。

我是最喜歡索隱的人，曾發表過石頭記索隱一小冊，但我所用心的並不止石頭記，如舊小說兒女英雄傳、品花寶鑑，以至於最近出版的轟天雷、海上花列傳等，都是因為有影事在後面，所以讀起來有趣一點。孽海花出版後，覺得最配我的胃口了。他不但影射的人物與軼事的多，為從前小說所沒有；就是可疑的故事，可笑的迷信，也都根據當時一種傳說，並非作者捏造的。加以書中的人物，半是我所見過的；書中的事實，大半是我所習聞的，所以讀起來更有趣。

我對於此書，有不解的一點。就是這部書借傅彩雲作線索，而所描寫的傅彩雲，除了美貌與色情狂以外，一點沒有別的。在第二十一回中敘彩雲對雯青說：「你們看著姨娘，本來不過是個玩意兒，好的時候抱在懷裡，放在膝上，寶呀貝呀的捧。一不好，趕出的，發配的，送人的，道兒多著呢！就講我，算你待得好點兒。我的性情，你該知道了。我的出身，你該明白了。當初討我時候，就沒有指望我什麼三從四德三貞九烈，這會兒做出點兒不如你意的事情，也沒什麼稀罕。」似乎有點透徹的話，可以叫納妾的男子寒心。然而他前面說：「我是正妻，今天出了你的醜，壞了你的門風，叫你從此做不成人，說不響話，那沒有別的，就請你賜一把刀，賞一條繩，殺呀，勒呀，但憑老爺處置，我死不綴眉。」可見他的見地，還是在妻妾間的計較，並沒有從男女各自有人格的方面著想。所說「出醜」、「壞門風」、「做不成人，說不響話」，完全以男子對於女子的所有權為標準，沒有什麼價值。彩雲的舉動，比較有一點關係的，還是拳匪之禍，她在瓦德西面前，勸不妄殺人，勸勿擾亂琉璃廠，算是差強人意。後來劉半農、張競生等要替她做年譜、謀生計，還是這個緣故。觀孟樸先生「修改後要說的幾句話」稱：初稿是光緒三十二年一時興到之作，是起草時已在拳匪事變後七年，為什麼不敘到庚子，而絕筆於「青陽港好鳥離籠」的一回？是否如西施沼吳以後（彩雲替梁新燕報仇），「一舸逐鴟夷」，算是「神龍見首不見尾」的文法？但是第二十九回為什麼又把燕慶里掛牌子的曹夢蘭先洩露了？讀卷端臺城路一闋，有「神虎營荒，鸞儀殿闢，輸爾外交纖腕」等語，似是指彩雲與瓦德西的關係，後來又說：「天眼愁胡，人心思漢，自由花神，付東風拘管。」似指辛亥革命。是否先生初定的輪廓，預備寫到辛亥，或至少寫到辛丑，而後來有別種原因，寫到甲午，就戛然而止？可惜我平日太疏懶！竟不曾早謁先生，問個明白，今先生去世了，我的懷疑，恐永不能析了。這就是我追悼先生的緣故！

追憶曾孟樸先生

胡　適

我在上海做學生的時代，正是東亞病夫的孽海花在小說林上陸續刊登的時候。我的哥哥紹之曾對我說這位作者就是曾孟樸先生。

隔了近二十年，我才有認識曾先生的機會。我那時在上海住家，曾先生正在發願努力翻譯法國文學大家嚣俄的戲劇全集。我們見面的次數很少，但他的謙遜虛心，他的獎掖後進的熱心，他的勤奮工作，都使我永永不能忘記。

我在民國六年七年之間，曾在新青年上和錢玄同先生通訊討論中國新舊的小說。在那些討論裡，我們當然提到孽海花，但我曾很老實的批評孽海花的短處。十年後我見著曾孟樸先生，他從不曾向我辯護此書，也不曾因此減少他待我的好意。

他對我的好意，和他對於我的文學革命主張的熱烈的同情，都曾使我十分感動。他給我的信裡曾有這樣的話：「您本是……國故田園裡培養成熟的強苗，在根本上，環境上，看透了文學有改革的必要，獨能不顧一切，在遺傳的重重羅網裡殺出一條血路來，終究得到了多數的同情，引起了青年的狂熱。我不佩服你別的，我祇佩服你當初這種勇決的精神，比著托爾斯泰棄爵放農身殉主義的精神，有何多讓！」這樣熱烈的同情，從一位自稱「時代消磨了色彩的老文人」坦白的表述出來，如何能不使我又感動又感謝呢！

我們知道，他這樣的熱情一部分是因為他要鼓勵一個年輕的後輩，大部分是因為他自己也曾發過「文學狂」，也曾發下宏願要把外國文學的重要作品翻譯成中國文，也曾有過「擴大我們文學的舊領域」的雄心。正因為他自己是一個夢想改革中國文學的老文人，所以他對於我們一班少年人都抱著熱烈的同情，存著絕大的期望。

我最感謝的一件事，是我們的短短交誼，居然引起了他寫給我的那封六千字的自敘傳的長信（按：此信見胡適文存三集，頁一一二五—一一三八）。在那信裡，他敘述他自己從光緒乙未（一八九五）開始學法文，到戊戌（一八九八）認識了陳季同將軍，方才知道西洋文學的源流派別和重要作家的傑作。後來他開辦了小說林和宏文館書店，——我那時候每次走過棋盤街，總感覺這個書店的雙名有點奇怪，——他告訴我們，他的原意是要「先就小說上做成個有統系的譯述，逐漸推廣範圍，所以店名定了兩個」。他又告訴我們，他曾勸林琴南先生用白話翻譯外國的「重要名作」，但林先生聽不懂他的勸告。他說：「我在畏廬先生（林紓）身上不能滿足我的希望後，從此便不願和人再談文學了。」他對於我們的文學革命論十分同情，正是因為我們的主張是比較能夠「滿足他的希望」的。

但是他的冷眼觀察，使他對於那個開創時期的新文學「總覺得不十分滿足」。他說：「我們在這新闢的文藝之園裡巡遊了一週，敢說一句話：精緻的作品是發現了，祇缺少了偉大。」這真是他的老眼無花，一針見血！他指出中國新文藝所以缺乏偉大，不外兩個原因：一是懶惰，一是欲速。因為懶惰，所以多數少年作家只肯做那些「用力少而成功易」的小品文和短篇小說。因為欲速，所以他們「一開手便輕蔑了翻譯，全力提倡創作」。他很嚴厲的對我們說：「現在要完成新文學的事業，非力防這兩樣毛病不可。欲除這兩樣毛病，非注重翻譯不可。」他自己創辦真美善書店，用意只是要替中國新文藝補偏救弊，要替它醫病，要我們少年人看看他老人家的榜樣，不可輕蔑翻譯事業，應該努力「把世界已造成的作品，做培養我們創造的源泉」。

我們今日追悼這一位中國新文壇的老先覺，不要忘了他留給我們的遺訓！

一九三五，九，十一夜半，在上海新亞飯店

賽金花本事節錄

劉半農

我本姓趙，生長姑蘇，原籍是徽州。家中世業當商，我的父親就生在徽州。十二歲上，因鬧長毛（即太平天國，以其披髮，俗皆呼曰長毛），我們徽州很受蹂躪，家人都四散奔逃了，他隻身便跑到蘇州找我祖父。那時我祖父在蘇州與一個叫朱鬍子的合夥開當舖，後來亂事平定，也沒有回本鄉，就在蘇州落戶了。我的母親是蘇州人，姓潘，容貌長得很美，性子又溫和，親友們都稱她賢惠。生我那年，是同治末年，她整整三十歲。這時候，我家住在蘇州城內周家巷。

我的祖父叫趙多明，人極忠厚，篤信神佛，天天燒香磕頭，求著多子多孫。後來果然求得八個兒子，但不幸因鬧長毛都流離失散了，以後也迄無音訊，不知死活，膝下的衹有我父親一人。

我的祖母是一位很有才幹很有經驗的人，家務都歸她主持。只是脾氣太大，約束家人嚴厲極了，偶犯小過，便遭申斥，家裡沒有不怕她的。唯獨對我卻特別鍾愛，從未打過一下，罵過一句，一切飲食服用，也都很精心細意的給預備，這也是因我小時就很聰慧，會伺候她的緣故。她身體原來很健康，因我嫁了洪家不久，便要隨洪先生赴歐洲，她著實捨不得叫走，卻又無法攔阻，心裡總是在罣念。到了歐洲，我又不能常寫信給家裡，因此使她漸漸的竟悲慮成了病，以致不起。臨危時，還叨叨絮絮的說盼望見我一面，這樣遼遠的路程，怎麼容易回來呢？

我還有一弟弟，中年病歿，已娶妻，無子。

彩雲是我的乳名，姓傅是假冒的。因那時常常出去應酬客人，為顧全體面，不好意思露出真姓氏，便想得一個富字，取富而有財之意，後來人們都把它寫成人旁的傅字了。嫁了洪家，洪先生給取名夢鸞，脫離洪家後，又改為夢蘭。

我們趙家在徽州也是大族，人口繁殖，後分二支：一曰千戶堂，一曰積禧堂，有兩個祠堂，修蓋得非常壯麗。

〔附言：或謂伊之姓趙，也是冒出，實乃姓曹，為清代某顯宦之後。〕

我小時就很聰敏，什麼禮節全懂得，也會款待人。七八歲時，家中有親友來，總是先打招呼，裝煙倒茶，陪著家人談話。親友們因此都很喜歡我，一到我家，便忙著打聽我，找我。我祖母本來是個最講究體面的人，見我如此，便對我更加疼愛，常常聽到她在人前誇讚她的孫女如何如何的好。

我到了十幾歲，出落的俊俏非凡，又天性喜歡妝飾，就愛擦胭脂抹粉穿好衣裳，一打扮起來，人都說好看，都說：「這小妮子，不知將來要被那個有福的娶了走呢！」漸漸蘇州城內沒有不知道周家巷有個美麗姑娘的了。有時我在門口閒立，撫臺學臺們坐著轎子從我跟前過，都向我凝目注視，常常弄得我很害羞的跑進家去。

我們徽州有一種食品，叫狀元飯，是用紅莧菜加豬油拌飯，我小時最愛吃這個。有人便說：我「將來必定要嫁個狀元」。後來果然嫁了洪先生（名鈞，同治戊辰科一甲一名進士），這也是前生註定的姻緣罷！

我從小就說蘇州話，官話是後來纔學會的。我家裡人都說徽州話，只有我母親，因是蘇州人，她說蘇州話。這時候，我家的經濟狀況已漸漸感覺困難。祖父同朱鬍子合夥開的當舖，已因賠累不堪倒閉了。父親是沒有什麼能力出去作事的，家裡又沒有多大積蓄，差不多全靠著借債典賣度日。我祖母整日價愁得什麼似的，但為顧全體面，還竭力支撐著門面，不願意顯出困窘的樣子，叫人家知道笑話。

我家有一使女，名喚小阿金，是我母親陪嫁過來的。後來家裡的境況越來越窮，就把她打發走了。她出去先跟了別家，後又歸一姓金的，名叫金石泉。金有一妹子叫雲仙，當時是蘇州很出風頭的一個拉縴的，交際很廣，蘇州的闊人差不多她都認得。她久已聞知我的豔名，想著引誘我為娼，從中圖利，只苦於無法著手。小阿金一到她家，她有了法子，就授命小阿金托詞來我家閒玩，尋機會先把我誘到她家，俟慢慢的熟了再下手。

這時我纔十三歲，雖然聰明，究竟幼穉，又從小便喜歡同小阿金在一塊，現今她能常常來我家伴我嬉戲，更邀我出去遊玩，心裡怎不願意？每次都是瞞了祖母偷偷的走，她若知道了，是不會叫我出去的。

有一天，是個春季，小阿金把我領到金家。金雲仙道：「今天天氣清爽，我們一同到外邊逛逛，好麼？」我是貪玩，那裡都願意去，我們就出了城，見河裡有許多隻船，佈置全很講究，船上人有的在那兒猜拳吃酒，有的唱曲，煞是熱鬧。一會兒，船上有人向我們打招呼，金雲仙就領我上了那船。坐下後，船裡的人都和我攀談鬧笑，我覺得這很好玩，也不害羞。在一船上坐了功夫不大，又到一船，也是這樣說說笑笑。一連串過有十幾隻船，纔同她們回家。心裡只知道這是玩，那曉得原來這是她們假詞遊逛，騙我到花船上去「出條子」。當時每一個清倌條子是給四塊銀圓，這次金雲仙借著我，憑空的賺了好幾十圓錢。

以後，便連著同她出去過幾次，家裡人全不知曉。一天，又隨她到一處，恰巧有本地官員在座，睹我驚訝道：「這不是周家巷裡的那個姑娘麼？」我聽著暗笑，心裡說：「怎麼不是？」

漸漸外邊人們有些說閒話的了，家裡也已知道，我祖母很難過。過了些時，還是我母親竭力的勸解，說：「家裡的境況，這幾年很是困難，叫彩雲出去賺幾個錢回來，多少總能有些補助，過一二年再給物色一個才貌兼全的夫婿，好好的嫁了，也沒有什麼不對。」祖母想了想：家裡也實在是沒有辦法，只好答應。

我是只作清倌人，應酬條子，蘇州那時候也沒有「花捐」。妓女在家裡不招待客人，多半都在花船上，或逕到客的宅裡。

到了五月裡，因有個吳三大人，脾氣太倨傲，一日招我侑酒，嫌我對他太不客氣了，大鬧一頓，摔毀許多器物，把我嚇壞了。從那次就沒有敢再出來，後來還是洪先生派人來叫我，說了些謙遜話，纔又出去的。

我十三歲那年，出的工夫不多，就認識了洪先生。這時候他正丁憂在家，初次一見面，我倆便很投契。他愛我極了，只要在一起，話總是不會說完的。

洪先生的家在蘇州城北內張家巷，他不常出門，都是把我叫到他的府上。同他常常在一起的朋友，有吳承儒、姚念慈、沈問之、老潘四大人幾位，都是當時蘇州很有名的人物。他們悶了時，常鬥一種牌，名叫「打黃河陣圖」。這種牌也有花、么二三等，輸贏很大。他們每次鬥牌，總叫我旁邊陪著。

洪先生一天不見我，便想我。他的朋友們就說：「你既對彩雲這麼好，為什麼不娶了她？」他道：「我年紀太大了，覺得有些不好意思。」這時洪先生是四十九歲。後來他的朋友們竭力慫恿，就託人向我祖母提說，我祖母嫌是做偏房，執意的不肯。他們又託許多人過來，長說短說，我們這邊所提的條件，洪家也一一答應了，這纔說成。媒人算是吳承儒、姚念慈。

翌年正月十四日，把我娶了過去——我十四歲，洪先生整五十。婚禮也很莊重，坐的是綠呢大轎，前面打著洪狀元紗燈，儀仗甚多，好不氣派！

洪先生名鈞，號文卿，祖籍也是徽州，三十歲中的狀元。正太太比他長兩歲，南京王家的小姐。還有一個姨太太是揚州人。有一個少爺是正太太生的。少奶奶是陸家的小姐（陸潤庠之女）。一家人都很和藹，正太太待人尤好。我過去，他們都很喜歡我，都稱呼我「新太太」。

到四月，洪先生三年服滿，帶我進京。五月裡便放了出使俄、德、奧、荷四國欽差大臣，沒有能在京多住就動身了。

由北平到天津坐的長龍（船創於曾國藩，以其船身頗長故名）。這種船身子很長，兩邊用許多船夫，駛起來快極。一路上迎接欽差的很多，真忙個不了。由天津到上海，改乘輪船，應酬纔少些。

到上海我還鬧了一個笑話：我們下了船，我見洪先生已上了轎，我也就隨著上轎。這時候驀然響了三聲大炮，我不知道是作什麼，把我嚇得臉也發了白，身上打起抖來，女僕們趕忙牽著我纔上了轎。原來這是放一種表示敬禮的砲，我那裡經驗過？事後一想，覺得真可笑。

我們在上海住的是天后宮（清出使外洋大臣，多以此為行轅）。

陪洪先生到歐洲去的家屬衹有我一人。正太太因須要留家操持事務，不能夠去。那個揚州姨太太身體也過弱，常常抱病，禁不起輪船的顛蕩。此外還帶了些隨員和男女僕人。隨員中，他的學生和我們出洋的一切裝束，全是中國樣子，或便衣或官服。洪先生最討厭人穿洋服，可是我們在船上吃的卻都是洋餐，我們是過了中秋節，又耽擱些日子纔動的身，到柏林已屆十一月了。

柏林的中國使館（非今館）很是闊氣。起先是一位公爵的別墅，景物很幽雅，一座長形的樓，有三層高，建築得閎麗曲邃。院的周圍種植了許多花木，到春天，樹青花豔，再配上那茸茸像綠莿似的細草，真好看極了。樓後有一道小河，能划船，閒暇時蕩漾其中，叫人心爽意快。樓裡面的裝置也很講究，如宴會廳、辦公室、臥房等等，無一不備。我同洪先生就住在樓內的右邊，佔了有十幾間房。這房是租賃人家的，手主本來要賣掉它，先索價很低，洪先生不願買，後來想買又貴了，終於沒有買成。

我去歐洲，只帶了兩個女僕，因那時的人多不開通，一說到外洋，誰也躊躇不敢去，有去的索工資也過昂。這兩個女僕每月的工資就是五十兩銀子。到歐洲感覺著不夠使用，又雇了四個洋丫環，工資倒很便宜，一月四十兩，還是她們自己吃自己。洋丫環很會服侍人，體貼極了，比起中國的僕人對主人，還要忠實聽從得多。

我們在歐洲還是吃中國飯。一去時就帶了兩名廚師，烹調技術都很精，都是洪先生用了多少年很得意的人，後來歸盛宣懷家用了。洪先生對於飲食上最愛講究，也最有研究。家裡每次請客，調製出的菜品，有許多樣是外邊做不來的。使館裡有請客時，我們也是給預備中餐，歐洲人也最愛吃。不過要囑咐廚師把菜作清淡些，減去油膩，因油膩是中國菜的一個大缺點。吃的方法仿洋餐各自分食，他們吃完以後，都極口稱讚說：「中國菜滋味最美，最好吃。」——話可不是容易獲得的呀！因為那時廚師少，忙不過來，隨便找個人又幫不上手，都是我幫忙。有時候手腳不閒的忙上好幾天，纔能弄完，真累極了！最可笑的，是叫洋丫環揀燕窩，她們那裡弄過這個？把眼睛全弄紅了。

我在歐洲還請了一個女陪伴。這種人也是伺候人的性質，不過比起普通女僕卻高貴，可以和主人在一起吃飯，彼此相待的有些客氣。我請的這個女陪伴，沒有什麼事叫她做，除了早晨給我梳梳頭，整日便陪著我閒玩。我的德國話就是從她學會的。

有人說，我在歐洲的舉止很闊綽，每次由外邊來，都有四個洋丫環提著明角燈引導我上樓。這事倒有。不過，我在國內時，也有四個丫環給我打燈籠。又有人說，我在歐洲常常到各跳舞場裡去，那卻是一派胡謅。要想一想，我是個纏腳女子，走動起來是如何的不方便，而且我在歐洲就連洋裝也沒有穿過，叫我怎麼跳得起？休說到跳舞場，便是館裡遇著請客，按照外國規矩，欽差夫人應該出來奉陪，可是我只出來打個招呼，同他們握握手，就退回去。洪先生是最反對外國禮節的，常說他們野蠻，不可仿習。

德皇同皇后我都見過幾次。覲見時，我穿中服行西禮鞠躬或握手，有時候也吻吻手，有時候常是在晚間，那時宮裡還沒有電燈，全燃蠟燭。有名的俾斯麥宰相，我也見過，是一位精神矍鑠的老翁，長長的鬍子，講起話來聲音極洪亮。

我住柏林最久，也到過聖彼得堡、巴黎、倫敦等處，但只是遊逛性質，不幾天便回。我在柏林還生了一個女孩，因生在德國，取名叫德官。

洪先生人雖精明，只是性子太固執，到了歐洲，一點洋物也不肯用，還是穿那三道雲式的福字履、布襪子。有一次出去應酬，因多走了些路，回來把腳都磨壞了。我勸他換穿洋襪子，他一味的不肯。苦苦的勸了半天，他纔說，要我做的便穿。我就叫洋丫環做了幾雙，假說是我做的，哄騙了他一下，他纔穿上了。纔到歐洲時，人家都要給他照像，他怎麼也不肯。等我們歸國時，德國人又擬為我倆製蠟像，留在給柏林蠟人館作個紀念，他更是不肯，不然，現在還能有個少年像在那裡。

洪先生在歐洲整整三年。這三年中的生活，除去辦公務以外，差不多全是研究學問。他最懶於應酬，悶倦時便獨自一個人到動物園去散步，回來又伏案看起書來。他的身體羸弱多病，也就是因他用心過度所致。洪先生不懂洋文，連一句洋話也不會說，參考外國書籍，是一個比國人給作翻譯，常常見他到各圖書館裡去替洪先生尋找材料。他名叫根亞，有個中國姓是金，我們都稱呼他金先生。

這時候，日本在歐洲也有了外交官，他們卻都是穿洋服，不像洪先生還是穿中國裝。有一年，高麗也派了外交代表到俄國。它本是我國的屬邦，竟越過不顧，把洪先生氣急了，給國內打了多少次電報，商辦這件事，後來幾乎弄裂了要回國。

〔附言：已往小說中，皆調賽旅歐時，行為浪漫，風流勾當頗多。實則，伊係一纏足女子，抵歐時年僅十四，及歸亦不過十七，以此穉齡，兼之洪文卿又是一個很古板的人，事實上非惟不許，且恐有不能也。〕

洪先生由歐洲歸來，便留京任兵部左侍郎職。中間為採辦軍器，曾被參一次，很是冤屈。這都因他的性子太鯁直，辦事容易開罪人，他已忘了，人家卻還記在心裡，遇機會便圖報復。那次還虧得慈禧太后平日對他很信任，不然，就了不得了。頤和園裡的那些滑水車、小火輪，還是洪先生在歐洲時買來獻給太后的。

我們在京住前門外小草廠。後來因太狹窄，又在東城史家胡同買了一所較大的宅子，間數很多，局樣也好，因擬拆去後邊的一部，為我重新蓋幾間洋式樓房。那想到，家還沒有搬，洪先生就得了病。病時，正值被派督修東西陵、天壇等處的工程。

初得是一種痧氣。恰巧宅裡有個雇用多年的剃頭匠，嫻於針術，常見他給人家治好了病，這時便想教他治一治，洪先生不願意。嗣經我竭力的勸說，纔應允了，扎過幾針，病果見效，但挨時未久又復犯。這次轉入黃病，請來多少的名醫，也都束手無策了，就這樣的不治而歿，享年五十五歲。

歿後，朝廷頗加優禮，賞賜卹金，並派大臣致祭，儀式隆重得很。所派致祭的大臣是高陽的李鴻藻相國。

這時候我真痛苦呀！洪先生一死，京裡除去幾個族人僕人以外，只有我同我母親，親戚朋友們人家是不便給作主張的，我那裡經過這樣事？簡直都弄糊塗了。後來還是有人說，趕緊著先給少爺打個電報，叫他來京奔喪吧，這纔打了去。

裝殮時，我在棺材裡面放了許多珍貴器物，記得有二十幾挂朝珠，佛頭都是很好的，四個鼻煙壺，兩個翡翠的，兩個白玉的，又燒了不少的衣服。裝殮完畢，棺材的蓋暫沒有上楔，淨待著少爺來，這樣待了有七八天，他纔來到。

洪先生的靈柩是奉了旨特許進城，出的朝陽門，到通州，由運河上船回籍。途中，少爺因有病，也沒有伴靈，抵家後不久就去世了。

〔附洪鈞小傳：洪鈞，字陶士，號文卿，先世自歙遷吳，遂為吳縣人。幼穎異，家貧令習賈，涕潤泣請讀書。十八歲補縣學生，同治三年中舉，七年廷對第一成進士，時年三十歲。授翰林修撰，八遷至內閣學士，中間曾纂修穆宗毅皇帝實錄，充陝西、山東鄉試正考官，提督湖北、江西學政。旋丁母憂。服闋後，簡派出使俄、德、奧、荷四國大臣。任滿，受代歸，陞兵部左侍郎，在總理各國事務衙門行走。光緒十九年八月二十三日以疾卒於京，年五十又五。著元史譯文證補三十卷，元和陸潤庠，其親家也，為校寫付梓。子洛，縣學生，以蔭考授通判，改工部郎中，不勝喪而卒。（參據清史本傳費念慈所撰墓誌銘、陸潤庠元史譯文證補序）〕

洪先生歿後，所遺下的財產很多。臨危時曾對我說：「你跟我一場很不容易，無論守不守，給你五萬塊錢，當年我也有過這話。」這是我歸洪家時，洪先生對媒人說的：「彩雲跟了我，幸而能偕老，便無話說，不麼，我必給她留下相當的資產，使她生活無憂慮。」蓋也覺自己年長，恐不及白頭也。當時我聽著洪先生的這種遺命，心裡只是難過、啼哭，不敢說什麼，也不知道說什麼。洪先生就把筆款子交給了我們一個本族兄弟名洪鑾的，原意是託他把我送回娘家，替我安置安置。誰想回到蘇州，他昧了良心，把款子私自吞沒，藏匿起來不見我。我派人四下裡尋找，也沒有找著他。還是第二年的冬天，在上海馬路上碰見他，我向他討索，他支吾著說：「新嫂子，你請放心吧！轉過年我一定給你。」轉過年又躲遠了，因我沒有拏著什麼憑據，也無法同他打官司，歸結便這樣白白的讓他侵吞了。

最初，我本沒想到能脫離洪家。我們少爺覺著我很年輕，怎麼能叫守寡，一般親友也都不主張我守，我家裡也不願我守。我同他們一船伴靈到了蘇州，在接官亭便與他們分手，我攜帶著自己的東西，逕歸了娘家。從此以後，也就沒有再入洪家的門。我那四歲的女兒——德官，也給洪家留下了。唉！我那裡捨得？後來德官長到十九歲，因病死去。第二年正月裡，我在上海還生了一個遺腹子，生下十一個月，也夭折了。這都是我命該如此呀！

脫離洪家時，為我提親事的很多。有人便勸我不必再配了，到了上海立個門戶，掙它一萬八千很容易。我一時也拏不定主意，想了想，還是先到上海再說吧。到上海住在垃圾橋保康里。這時候，上海正在繁華，勾欄林立，我一看事情頗能望好，心裡拿定了主意，但須要先找一個人來給撐門立戶。在二月間，就由我的女僕找到了孫作舟——字少棠，天津人，在天津娘娘宮開過首飾樓。他的父親名在棠，父子倆都喜歡唱戲，也算是津沽一帶的名票。與孫菊仙同族，菊仙是少棠的族叔。他長得並不怎麼好看，臉上許多黑瘢，還有麻子，只是體格魁梧，性子也柔和，故我倆情愛甚篤，他行三，上下都稱呼他「三爺」。

我從洪家出去，因沒有拏到什麼，手裡很是空虛。這時候須要先墊補許多錢，自己就折變了些東西，還是不夠，又拋著臉向各處借了幾個湊上，合有四五千圓，便在二馬路鼎豐里旁邊的彥豐里，賃了一所五樓五底的房子，裡面全帶有家具。又化兩千多圓錢包了兩個姑娘，一叫月娟，一叫素娟，姿色都長得夠標緻，就教她們挂牌應客。我不出名，但遇到熟交或感情契合的客，也出來陪陪。這種派頭算是半「住家」半「書寓」。慢慢想見一見我的人太多了，他們都勸我也挂牌罷，後來我覺著也實在是推脫不開，便規定每禮拜日兩天見客，名字用的是趙夢蘭。這麼一來，每到這兩天，真是客人絡繹，車馬盈門，忙得我連吃飯的工夫都沒有。累固累，可也真賺了錢。

光緒二十四年的夏天，孫三爺想回天津，就慫恿我也跟他到北邊來。我離開北京已有五六年了，心裡倒也很想來玩玩。把上海的事情略略的結束了一下，便跟著他到了天津。先住在高小妹的班子裡，不多工夫，當地的人就都知道了，都來捧場，每天的客總是應接不暇。我一看事情既然這樣望好，便打算自己開班子，同我母親和三爺商量又商量，他們也願意，於是就在江岔胡同——那時這個胡同內南方班子很多——租賃了一所房，房底原也是個班子，又接了五個南邊姑娘，我自己也出名應酬客，班子名就叫「金花班」。

在這個時期中，我結識了不少的顯貴人物。有一位楊立山（內務府蒙古正黃旗人，官至戶部尚書，庚子時，因反對義和團被殺。死後，家人不敢收其尸，伶人姜妙香與之交契，購棺殮之，時人稱義），性情極豪爽，和我最要好。初次見面，就送給我一千兩銀子，以後三百兩、五百兩是常常給。又有一位德曉峰（名馨，滿洲鑲紅旗人，曾任浙江、江西巡撫），人也誠懇，和我最投契。這兩位算是我在天津這個時期中所交最知己的朋友。

第二天，楊立山的老太太作壽，我由天津來京給她拜壽。恰巧德曉峰也在京，事畢時，他們便同著一些朋友懇切的挽留我長住在京裡，無論如何不讓再回天津了。有的便趕忙去給我租房子。他們的這番美意，我很難違拂，並且想了想，有他們幾位在旁關照，也決沒有什麼舛錯。況且，北京又是我最愛的一個地方，隨著就派人把天津的班子收拾，搬來京裡。

我們在京就住在李鐵拐斜街的鴻陞店內——這時如韓家潭、陝西巷、豬毛胡同、百順胡同、石頭胡同等地方，住的差不多全是妓女。這一帶非常繁華，京裡在從前是沒有南班子的，還算由我開的頭。

我在京裡這麼一住，工夫不久，又經諸位摯好一替吹噓，幾乎沒有不知道「賽金花」的了。每天店門前的車轎，總是擁擠不堪，把走的路都快塞滿了。有些官職大的老爺們，覺著這樣來去太不方便，便邀我去他們府裡。這一來，我越發忙了。夜間在家裡陪客見客，一直鬧到半夜，白天還要到各府裡去應酬。像莊王府、慶王府我都是常去的。尤其是莊王府，只有我一個人能去，旁的妓女皆不許進入。

賽二爺的稱呼，也是從這時纔有的。因為楊立山給我介紹了他一好友，名叫盧玉舫，人極有趣，見我幾次面，就想著同我拜把兄弟。我竭力的推辭，說不敢高攀，他偏是不允，便換了盟單，磕了頭，他行大，我行二，從此人們就都稱呼我賽二爺。……

中國古典名著

專家校注考訂　古典小說戲曲大觀

世俗人情類

紅樓夢
脂評本紅樓夢
金瓶梅
老殘遊記
平山冷燕
品花寶鑑
野叟曝言
綠野仙踪
禪真逸史
海上花列傳
九尾龜
醒世姻緣傳
三門街
花月痕
孽海花
魯男子
遊仙窟　玉梨魂（合刊）
筆生花

浮生六記
玉嬌梨
好逑傳
啼笑因緣
歧路燈

公案俠義類

水滸傳
兒女英雄傳
三俠五義
七俠五義
小五義
續小五義
蕩寇志
綠牡丹
羅通掃北
楊家將演義
萬花樓演義
粉妝樓全傳
七劍十三俠
包公案

海公大紅袍全傳
施公案
乾隆下江南

歷史演義類

三國演義
東周列國志
東西漢演義
隋唐演義
說岳全傳
大明英烈傳

神魔志怪類

西遊記
封神演義
濟公傳
三遂平妖傳
南海觀音全傳　達磨出身傳燈傳（合刊）

諷刺譴責類

儒林外史
官場現形記
文明小史
鏡花緣
二十年目睹之怪現狀
何典　斬鬼傳　唐鍾馗平鬼傳（合刊）

擬話本類

拍案驚奇
二刻拍案驚奇
喻世明言
警世通言
醒世恒言
今古奇觀
豆棚閒話　照世盃（合刊）

石點頭
十二樓
西湖佳話
西湖二集
型世言

著名戲曲選

竇娥冤
漢宮秋
梧桐雨
琵琶記
第六才子書西廂記
牡丹亭
荊釵記
荔鏡記
長生殿
桃花扇
雷峰塔
倩女離魂

老殘遊記

劉鶚／撰　田素蘭／校注　繆天華／校閱

《老殘遊記》被譽為中國第一部政治小說，也是晚清小說中最有價值的一部。作者藉書中主角老殘的遊歷，來抒發一己之思想襟懷，對當時政治黑暗、國勢危急，表達深切不滿與焦慮，並對善良百姓寄予無限同情。在文學表現方面，則能突破舊有傳統，無論狀人寫景或敘事，寫來都能引人入勝。本書不僅小說文本收集齊全，引言和考證對其人其書也有深入的探討，堪稱最為詳備的版本。

國家圖書館出版品預行編目資料

孽海花／曾樸撰;葉經柱校注;繆天華校閱.－－三版
一刷.－－臺北市：三民，2020
面； 公分.－－(中國古典名著)

ISBN 978-957-14-6837-2（平裝）

857.44　　109007637

中國古典名著

孽海花

作　者	曾樸
校注者	葉經柱
校閱者	繆天華
封面繪圖	劉憶
發行人	劉振強
出版者	三民書局股份有限公司
地　址	臺北市復興北路 386 號 (復北門市) 臺北市重慶南路一段 61 號 (重南門市)
電　話	(02)25006600
網　址	三民網路書店 https://www.sanmin.com.tw
出版日期	初版一刷 1998 年 1 月 二版二刷 2017 年 10 月 三版一刷 2020 年 8 月
書籍編號	S853720
ISBN	978-957-14-6837-2

三民書局